KB042949

용재수필 ③

용재삼필 容齋三筆

容齋隨筆, (宋) 洪邁 撰 ; 孔凡禮 點校

이 책은 (재)한국연구재단의 지원으로 학고방출판사에서 출간, 유통합니다.

한국연구재단 학술번역총서 동양편 *615*

용재수필
容齋隨筆

용재삼필
容齋三筆

[송宋]홍 매洪邁 지음

홍승직 · 노은정 · 안예선 옮김

學古房

1   역주는 공범례孔凡禮가 교감한 『용재수필容齋隨筆』(중화서국中華書局, 2006)을 저본으로 하였다. 글자와 표점에 의문이 있는 경우 상해고적출판사上海古籍出版社, 1996)에서 출판한 것을 참조하였다.

2   저본에 수록된 내용을 모두 한국어로 옮겼으며, 주석은 번역문에 각주로 달았다. 원문은 각 권의 말미에 수록하였다. 시가 인용된 경우는 원문을 번역문 옆에 함께 제시하였다.

3   번역문에서 한자를 표기할 경우 독음이 같으면 괄호 없이 병기하였고, 독음이 다르면 [ ]를 사용하였다. 인용문의 경우는 " "와 ' '를 사용하고, 서명에서는 『 』를, 편명에서는 「 」를 사용하였다.

4   인물, 지명, 관명, 주요 사건, 관련 고사, 주요 개념 중 필요하다고 판단될 경우 각 권에서 처음 출현할 때 각주를 달았다. 다만, 단순 예시로서 나열되어있거나 의미의 이해에 문제가 없는 경우에는 각주를 생략하였다.

5   『용재수필容齋隨筆』·『용재속필容齋續筆』·『용재삼필容齋三筆』·『용재사필容齋四筆』·『용재오필容齋五筆』 각 권의 뒤에 서명과 인물 색인을 두었다.

  2010년 봄, 서울 삼선교 근처에 세 사람이 모여 결의했다. 그 기세가 약 1,800년 전 도원결의桃園結義와 맞먹는지라, '삼선결의三仙結義'라고 할 만했다. 중국 송나라 때 홍매洪邁가 쓴 글을 모은『용재수필容齋隨筆』을 한글로 번역하기로 결의한 것이다. 중국 고전 번역에 뜻이 있어서 그 전부터 의기투합했던 세 사람은 마침 한국연구재단 학술명저번역 지원 목록에『용재수필』이 등재되었다는 공고를 보고 응모하기로 결의를 굳혔다. 짧은 기간 동안 자료 수집, 지침 토의, 샘플 번역 작업을 거쳐서 응모한 결과 세 사람에게 임무가 맡겨지게 되었다.

  『용재수필』은 일단 '수필隨筆'이란 용어가 유통되는 신호탄이었다. 번역을 마치고 그동안 섭렵한 내용을 돌이켜보면, 자기 글을 모은 것에 홍매가 '수필'이라고 이름을 붙이지 않을 수 없었던 연유가 짐작된다. 유난히 책에 애착을 가진 사람을 종종 본다. 애착이라는 말로는 모자라 '광적狂的'이라는 수식어를 붙여야 하는 사람도 드물게 있다. 홍매도 그 중 한 사람이다. 마치 샘에 물이 차오르듯 독서량이 늘어나서 어느 시점부터 자연적 용출이 일어난다. 범위와 깊이를 헤아릴 수 없는 독서의 결과로 샘물처럼 용출되는 그의 글 속에는 세상만사 망라되지 않은 것이 없다. 때로는 주위에서 마주치는 사소한 물건의 이름 한 글자에 집착하여 온갖 독서의 이력과 폭넓은 지식이 동원되기도 하고, 때로는 무수한 시공을 넘나들며 역사와 천문이 펼쳐지기도 한다. 이런 그의 글이 두루 모였으니 뭐라고 이름 짓기가 수월하지 않았을 것이다. 그러니 그저 '붓 가는대로 썼다'는 뜻에서 '수필隨筆'이라고 했을 것이다. 홍매가 21세기에 활동했다면 세계에서 손꼽히는 파워블로거이자 SNS 파워유저가 되었을 것이다.

  현재 가장 권위 있는 것으로 인정되는 원문은 중화서국에서 출판한『용재수필』'상, 하' 두 권이다. 그러면서 그 안에는 출간된 시기의 선후에 따라서 『용재수필容齋隨筆』, 『용재속필容齋續筆』, 『용재삼필容齋三筆』, 『용재사필容齋四筆』, 『용재오필容齋五筆』 다섯 가지로 분류 수록되었다. 즉 '용재수필'이라고 하면 다섯 가지 모두를 포함하는 시리즈 명칭이기도 하고, 그 중 첫 번째 것만을 일컫기도 한다. 이 번역 출판에서는 위와 같이 다섯 가지를 나누어 다섯 권으로 출판하면서 전체를 '용재수필' 시리즈로 간주하여 각각 '용재수필' 다음에 일련번호를 붙이고, 원문에 쓰였던 각 책의 명칭을 작은 글씨로 병기하였다.

2010년 가을에 정식으로 번역을 시작했다. 홍매의 방대한 독서량과 깊이 있는 지식을 조금이라도 따라가고자 참고 자료를 계속 수집하면서 번역을 진행해나갔다. 현대 한국의 독자가 쉽게 이해할 수 있도록 평이한 언어를 사용하고 풍부한 주석을 수록하는 것을 대원칙으로 삼았다. 1년 후 중간 심사와 2년 후 최종 심사를 순조롭게 통과하여 '출판 가' 판정을 받았다. 그럼에도 불구하고 세 사람은 마치 이제부터 다시 시작이라는 듯, 세 사람이 분담함으로써 피할 수 없었던 상이한 문체를 통일하고 해석을 가다듬고 주석을 보충하기 위해 여러 차례 윤독과 교정을 거듭했다.

지난한 과정이 드디어 결실을 보이게 되었다. 그럼에도 불구하고 지식의 넓이와 깊이가 원저자 홍매에 훨씬 못 미침으로 인하여 그 뜻을 충분히 풀어내지 못한 부분을 면할 수 없다. 여러 차례 교정과 윤독을 거쳤지만 그래도 발견하지 못한 미숙과 오류가 적지 않을 것이다. 독자 여러분이 무언가 얻는 게 있다면 남송의 독서광 홍매에게 그 공을 돌리고, 어딘지 부족한 구석이 있다면 역자 세 사람의 무능과 소홀을 탓해야 하리라.

예측하지 못한 방대한 분야에 걸친 내용, 겉보기와 다른 끝없이 집요한 교정 요구 등으로 인하여 힘들고 지쳤을텐데도 변함없이 꾸준하게 좋은 번역서를 만드느라 고생하신 학고방 하운근 사장님과 편집부 여러분에게 뜨거운 격려와 끝없는 감사의 마음을 표시한다.

2016년 6월 삼선교에서 마지막 윤독회를 마치면서
홍승직, 노은정, 안예선

『용재수필』해제

　『용재수필容齋隨筆』은 남송시대 홍매洪邁(1123~1202)가 독서하며 얻은 지식과 심득을 정리해 집대성한 것으로 역사, 문학, 철학, 정치 등 여러 분야의 고증과 평론을 엮은 학술 필기이다.

　홍매洪邁(1123~1202)의 자는 경로景盧, 호는 용재容齋이며, 시호는 문민공文敏公으로 강서성江西省 파양鄱陽 사람이다. 홍매의 부친과 두 형들은 모두 당시의 저명 인사였다. 부친인 홍호洪皓는 금나라에 사신으로 갔다가 억류되어 15년 만에 송나라로 돌아왔는데, 당시 고종 황제는 "한나라 시기 흉노에게 억류되었다가 19년 만에 돌아왔던 소무蘇武와 같은 충절"이라며 칭송하였다. 홍매의 두 형들 또한 재상과 부재상을 지낸 고위 관료이자 학자였기에 당시 '홍씨 삼 형제의 학문과 문학적 명성이 천하에 가득했다[三洪文名滿天下]'(『송사宋史』)는 평판이 있었다.

　홍매는 고종 소흥紹興 15년(1145) 박학굉사과博學宏詞科에 급제한 후 천주泉州, 길주吉州, 공주贛州, 건녕建寧, 무주婺州, 진강鎭江, 소흥紹興 등에서 지방관을 지냈다. 중앙에 있는 기간 동안에는 기거사인起居舍人, 중서사인겸시독中書舍人兼侍讀, 직학사원直學士院, 한림학사翰林學士 등의 관직을 거쳐 단명전학사端明殿學士로 관직생활을 마감하였다.

　저작으로는 기이한 이야기 모음집인 『이견지夷堅志』, 당시唐詩 선집인 『만수당인절구萬首唐人絶句』, 학술 필기인 『용재수필』, 문집으로 『야처류고野處類稿』가 있다. 또한 30여 년 동안 사관史官을 지내면서 북송 신종神宗, 철종哲宗, 휘종徽宗, 흠종欽宗 4대의 왕조의 역사인 『사조국사四朝國史』와 『흠종실록欽宗實錄』, 『철종보훈哲宗寶訓』을 집필하였다.

　『용재수필』은 『용재수필』16권, 『속필續筆』16권, 『삼필三筆』16권, 『사필四筆』16권, 『오필五筆』10권인 5부작, 총 1220여 조목으로 구성되어 있다. 『오필』을 제외하고는 매 편마다 서문이 있는데 『사필』의 서문에서 "처음 내가 용재수필을 썼을 때는 장장 18년이 걸렸고, 『이필』은 13년, 『삼필』은 5년, 『사필』은 1년도 채 걸리지 않았다"고 했다. 이와 『오필』을 합쳐본다면 근 40년의 세월을 『용재수필』과 함께 한 셈이다. 그러나 후반부로 갈수록 집필기간이 점점 짧아졌고, 말년에는 『이견지』의 집필에 치중하느라 『용재수필』에 쏟는 시간과 정력은 예전만 못할 수밖에 없었다. 실제로 『사필』과 『오필』은 내용의 충실도와 정확함이 이전만 못하며 오류가 있기도 하다.

홍매는 『수필』의 서문에서 "생각이 가는 대로 써 내려갔으므로 두서가 없어 수필이라 했다"고 하였다. 생각이 가는 대로 써 내려갔다는 말에서 문학적이고 감성적인 내용을 기대할 수도 있지만 실제는 그렇지 않다. 『용재수필』은 경전과 역사, 문학 작품에 대한 견해와 고증, 전인의 오류에 대한 교정이 주를 이루는 공부의 산물이다. 그의 '생각'은 주로 학문에 국한된 것이었다. 다만 시종일관 엄중한 태도로 치밀하고 객관적인 논증이나 규명의 과정을 거치기보다는 학문적 심득과 단성을 자유롭게 풀어냈기에 일반적인 학술 저작에 비해 덜 무겁고 덜 체계적이다. 매 조목의 제목도 임의적으로 붙인 것이며, 의문이나 격앙된 감정을 그대로 표출하기도 한다.

『용재수필』과 같은 저서를 중국 문학에서는 '필기'라고 한다. 필기란 사대부들의 사교나 일상, 시문 창작과 관련된 일화와 평론, 문화와 풍속, 학술적 고증 등을 자유롭게 기록한 잡기식의 글쓰기 모두를 포함한다. 잡록雜錄, 잡기雜記, 쇄어鎖語, 한담閑談, 만록漫錄 등의 제목에서 볼 수 있듯이 필기는 정통적이고 주류적인 고문과는 달리 잡스럽고 자잘하며 가볍다. 이러한 글쓰기는 송대부터 성행하였는데 홍매가 자신의 저작에 '수필'이라는 제목을 붙인 것은 동시대 다른 필기 작가들의 태도와 크게 다르지 않다.

홍매는 바로 이 필기 문체를 학문의 영역으로 끌어왔다는 점에서 의미가 있다. 진지하고 치밀한 학문의 영역과 필기의 만남은 일견 어울리지 않는 듯하다. 그러나 한 방면에 국한되지 않는 다양한 독서와 지식의 습득, 무르익지 않은 단상과 심득, 고민과 의문을 담아내기에 필기는 제격이었다. 정해진 격식이 없고 오류로부터도 덜 엄격하며 보편적 인식과는 다른 자신만의 견해를 풀어낼 수 있기 때문이다. 홍매는 이러한 필기의 장점을 일상의 학문 생활과 연결하여 반평생에 걸친 공부의 기록을 남긴 것이다.

당대唐代에도 학술 필기가 있기는 했지만 그 내용이 경전의 의미 고증에 편중되어 있었으며 편폭도, 수량도 많지 않았다.『용재수필』이 출현하면서 학술 필기가 전반적으로 유행하게 되었고, 경전의 고증에 국한되었던 내용에서 확장되어 경사자집뿐만 아니라 당시 사회의 풍속, 문화까지 모든 담론을 대상으로 하게 되었다.

『용재수필』이 다루고 있는 내용은 경학 및 문자학, 언어학, 역사, 제자백가, 고고학, 전장 제도, 천문과 지리, 역법과 음악, 문화와 풍속, 점술과 의학 등 일일이 열거할 수 없을 정도로 다양하다.『용재수필』에 인용된 사서와 문집이 총 250종에 달한다는 통계는 얼마나 광범위한 내용을 다루고 있는지를 보여준다.『용재수필』의 내용을 대상으로 한 연구만 보더라도 문학, 역사학, 문헌학, 고증학, 훈고학, 어학, 민속학 등이 있다. 하나의 원전을 중심으로 이처럼 다양한 연구가 가능하다는 것은 내용이 다양할 뿐만 아니라 학술적으로도 가치 있음을 의미한다. 이처럼 모든 학문 영역을 아우르는 박학과 탁월한 식견, 정확한 고증과 논리로『용재수필』은 '남송 필기 중 최고 작품'(『사고전서총목四庫全書總目』)이라 인정받으며 이에 있어서는 고문의 대가인 구양수歐陽脩와 증공曾鞏도 따를 수 없다는 찬사까지 받았다.(청淸, 주중부周中孚,『정당독서기鄭堂讀書記』)

남송 가정嘉定 16년(1223), 홍매의 후손인 홍급洪伋이 쓴『용재수필』의 발문에 "사대부들이 다투어 전하고자 했다"고 한 것으로 보아 당시 지식인들 사이에서 상당한 반향을 불러일으켰던 것으로 보인다. 홍매는 자신이 의구심을 가진 문제나 대상에 대해 최대한 자료를 종합하여 검토하고 최종 판단을 내리게 되기까지의 과정과 근거를 기록하였기 때문에 지식의 습득에 상당히 유용했을 것이다. "고증이 정확하고 의론이 심오하면서도 간결하여 독서와 작문의 법이 여기에 모두 담겨있다"(명明, 마원조馬元調,「서序」), "학문에 크게 도움이 되는 것이니 마땅히 집집마다 한 권씩 두어 독서와 글을 짓는 도움으로 삼아야 한다"(청淸, 경문광耿文光)는 전인의 평가는『용재수필』의 유용함과 영향력을 대변한다.

『용재수필』 이후 학술 필기는 하나의 유파를 형성할 정도로 영향력 있는 글쓰기이자 학문의 방법으로 자리 잡게 되었으며 중국 학술사에서 큰 비중을 차지하게 된다. 청대淸代에 이르러 '차기箚記'를 제목으로 하거나 '차기'식의 학술 필기가 대거 등장하였고 이러한 학술 필기가 청대의 고증학을 선도하였다. 차기는 청대 학자들의 공부 방법에서 가장 보편적이고 중요한 것이었다. 학문을 하는 선비들은 모두 '차기책자'를 가지고 있었다. 독서를 할 때마다 심득이 있으면 이곳에 기록하였고 오랜 시간 축적되면 내용을 정리하고 체계적으로 엮어 한 권의 저작으로 만들어냈다. 청대 고증학을 대표하는 역작의 대부분은 이러한 '차기'에서 만들어졌으며, 이는 홍매의 『용재수필』에서 비롯되었다고 할 수 있다.

••• 용재삼필 서

••• 용재삼필 권1

••• 용재삼필 권2

••• 용재삼필 권3

••• 용재삼필 권6

••• 용재삼필 권10

왕희지王羲之[1]는 진晉[2]·송宋[3] 시대 일류 인사였다. 작록爵祿[4]에 마음이 없어서, 세파에서 벗어나는 것이 그의 평생 뜻이었다. 회계내사會稽內史[5] 자리를 떠나고 나서 결국 더 이상 세상에 나오지 않으려고 했다. 부모 묘 앞에서 이것을 스스로 맹세하였는데 그 말에 쓰디 쓸 만큼 확고한 의지가 담겼다. 그 말을 음미해보니 매우 슬펐다. 또 그는 사만석謝萬石에게 보낸 서신에서 다음과 같이 말했다.

> 가만히 앉아서 여유로운 시간을 즐기니, 드디어 숙원을 이루었습니다. 예전에 안석安石(사안謝安)[6]과 함께 동쪽 산과 바다를 유람하면서 한가롭게 휴양을 누렸던 적이 있습니다. 친지들과 함께 즐겁게 연회를 열면서 술잔 가득 채워 권하고

---

1 王羲之(303~361): 자 일소逸少, 호 담재澹齋, 원적은 낭야琅邪(지금의 산동성 임기臨沂)로, 나중에 회계會稽(지금의 절강성 소흥紹興)로 옮겼다. 동진東晉의 서예가로, 「난정집서蘭亭集序」를 쓴 것으로 유명하며, 서성書聖이라고 부른다. 비서랑秘書郞·영원장군寧遠將軍·강주자사江州刺史 등을 역임하고, 나중에 회계내사會稽內史·영우장군領右將軍 등을 지냈기 때문에 왕우군王右軍·왕회계王會稽라고도 부른다. 그의 아들 왕헌지王獻之 역시 서예에 뛰어나, '이왕二王'이라고 불렀다.

2 晉(316~420): 남조 동진東晉.

3 宋(420~479): 남조 유송劉宋.

4 爵祿: 원문에서는 '헌면軒冕'이라고 했다. 지위나 신분에 따라 타고 다니는 마차를 '헌軒'이라고 하고, 모자를 비롯한 복식을 '면冕'이라고 했다.

5 內史: 지방직의 경우, 군 태수에 상당하는 관직.

6 謝安(320~385): 동진 시기 재상. 자 안석安石. 진군陳郡 양하陽夏(지금의 하남성 태강太康) 사람. 사부謝裒의 아들, 사상謝尙의 종제이다. 처음에는 겨우 한 달 남짓 관직에 있다가 사직하고 회계 동산東山의 별장에서 은거하면서 왕희지·손작孫綽 등과 교유했고, 40여 세 때 다시 출사하여 재상에까지 올라서 전진前秦의 침략을 물리쳤다. 이로부터 '은퇴 이후 다시 요직에 등용되다' 또는 '실세 이후 재기하여 왕년의 세력을 회복하다'라는 뜻의 동산재기東山再起라는 고사성어가 나왔다.

1

마시며 전원의 일상을 얘기함으로써 손뼉 칠 만큼의 재미를 얻고자 하였지요. 그 득의한 기분을 어찌 말로 다 표현할 수 있겠습니까! 육가陸賈[7]와 반사班嗣[8]의 처세를 늘 염두에 두었으니, 이 노인의 뜻이 모두 여기에 있습니다.

따져 보니 당시 왕희지의 나이 겨우 50여 세였다. 사가史家는 그의 고상한 취미를 칭찬할 줄 모르고 왕회조王懷祖와 연루되었다는 까닭으로 그를 얕게 평가했다. 나 역시 회계에서 관복을 벗고 향리로 돌아와 이제까지 6년이 흘렀다. 옛날 현인을 우러러보면 마치 노둔한 말이 천리마를 보는 것 같아 애초부터 비교할 거리가 되지 않는다. 게다가 나이 또한 먹을 대로 먹어 일흔을 넘어 여든을 바라보니 제도에 따라 마땅히 신호문神虎門[9]에 의관을 벗어 걸고 퇴임해야 하는지라, 부모의 묘소에 맹세하고 어쩌고 할 필요조차 없다. 다행스럽게도 아직은 마음이 혼미하지 않아, 마음껏 즐기던 틈틈이 한가하고 적적할 때 붓을 쥐고 책상에 기대어 흥취를 따라서 기록했다. 비록 무슨 남다른 논설은 없지만 마음을 그대로 담았으니 또한 기쁜 일이다. 그렇게 세월이 쌓여서 『용재삼필』이 완성되었다. 어린 아들이 "서문이 없으면 안 되지요"라고 말했다. 그래서 나는 마음 속 품었던 말을 끄적거려 왕희지의 고고孤高한 의표를 밝혀내고 진나라 사가史家의 경망한 평가를 깨트려 아들과 조카들에게 보여주려 한다. 이후 언젠가 『사필四筆』 등이 완성되면 좋은 말이 있을까 기대해본다.

경원慶元 2년(1196) 6월 말일 서문 쓰다.

---

7 陸賈(B.C.240~B.C.170) : 서한 때 정치가·문학가·사상가. 언변이 뛰어나, 고조는 항상 그를 각 제후국 사절로 파견했다. 남월南越을 언변으로 복속시켰다.
8 班嗣 : 동한 때 역사가·문학가. 반표班彪(3~54)의 형.
9 神虎門 : 원문에서는 신호神虎라고 했다. 원래 남조 양梁나라 건강建康의 황궁 서문西門 이름으로, 도홍경陶弘景이 의관을 벗어 이 문에 걸고 사직서를 올렸다고 한다. 신무문神武門이라고도 하며, 이로부터 '관직을 사퇴하고 은거한다'는 고사성어로 신무괘관神武掛冠이 나왔다고 한다.

••• 容齋三筆 序

王右將軍逸少，晉、宋間第一流人也。遺情軒冕，擺落世故，蓋其生平雅懷。自去會稽內史，遂不肯復出。自誓於父母墓下，詞致確苦。予味其言而深悲之。又讀所與謝萬石書云：「坐而獲逸，遂其宿心。比嘗與安石東游山海，頤養閒暇之餘，欲與親知時共歡宴，銜杯引滿，語田里所行，故以爲撫掌之資，其爲得意，可勝言邪！常依依陸賈、班嗣之處世，老夫志願盡於此也。」案，是時逸少春秋財五十餘耳，史氏不能賞取其高，乃屑屑以爲坐王懷祖之故，待之淺矣。予亦從會稽解組還里，于今六年，仰瞻昔賢，猶駑蹇之視天驥，本非倫儗，而年齡之運，踰七望八，法當挂神虎之衣冠，無假於誓墓也。幸方寸未渠昏，於寬閒寂寞之濱，窮勝樂時之暇，時時捉筆據几，隨所趣而志之，雖無甚奇論，然意到即就，亦殊自喜。於是容齋三筆成累月矣，稚子云：「不可無序引。」因攄寫所懷，并發逸少之孤標，破晉史之妄，以詔兒姪，冀爲四筆他日嘉話。

慶元二年六月晦日序。

1. 조설지의 경학 晁說迂經說

조설지晁說之[1]가 육경六經에 뜻을 두어 책을 각각 저술하여 그 뜻을 밝혔다. 그래서 『역규易規』와 『서전書傳』·『시서론詩序論』·『중용中庸』·『홍범전洪範傳』·『삼전설三傳說』 등이 나왔다. 그 중에는 당시 유학자들과 다른 학설이 많았다.

『역易』의 학자들이 말하는 '응應'·'위位'·'승승承乘'·'주主' 등 괘상에 대한 설은 모두 잘못된 것이라고 했다. 대의를 보자면, 『계사繫辭』에서 말한 괘효卦爻·상수象數·강유剛柔·변통變通같은 것들은 일치되는 점이 없어서 초응사初應四[2]·이응오二應五[3]·삼응육三應六[4]과 맞지 않는다는 것이다.

양이 양 자리에 자리 잡고 음이 음 자리에 자리 잡으면 득위得位한 것으로 보고, 득위하면 길하다고 했다. 양이 음 자리에 자리 잡고 음이 양 자리에 자리 잡으면 실위失位한 것으로 보고, 실위하면 흉하다고 했다. 그렇다면 구오九五·구삼九三·육이六二·육사六四는 모두 좋은 것인가? 육오六五·육삼六三·구이九二·구사九四는 모두 좋지 않은 것인가?

용재삼필 권1

---

1 晁說之(1059~1129) : 송대 먹 제조 명인이자 경학가. 자 이도以道, 호는 경우景迂. 오경에 널리 통달했으며, 특히 『역易』에 정통했다. 작가·화가로서 작품 활동도 활발히 하였고, 소식·황정견 등의 문하생 및 동호인과 널리 사우師友 관계를 맺었다. 사마광을 흠모하여 '경우'라고 호를 지었기에, 그가 창건한 학파를 '경우학파'라고 했다.

2 初應四 : 한 괘의 여섯 효 중에서 첫 번째 효와 네 번째 효가 음양이 다르면 좋다는 설.

3 二應五 : 한 괘의 여섯 효 중에서 두 번째 효와 다섯 번째 효가 음양이 다르면 좋다는 설.

4 三應六 : 한 괘의 여섯 효 중에서 세 번째 효와 여섯 번째 효가 음양이 다르면 좋다는 설. '삼응상三應上'이라고도 한다.

유응무응有應無應·득위부득위得位不得位의 설로 뜻을 구해서 통하지 않으면 또 승승承乘의 설을 채택한다. 음이 양을 승承하면 순順이고 양이 음을 승承하면 역逆이라고 한다. 양이 유柔를 승乘하면 길하고 음이 강剛을 승乘하면 흉하다고 하니, 이건 생각을 안 해도 너무 안한 것이다.

또한 꼭 그렇게 위치를 가지고 어떤 게 맞느니 어떤 게 바르니 따지려고 하여, 두 번째 위치의 음효와 다섯 번째 위치의 양효가 맞고 바르다고 하면, 다섯 번째 위치의 음효와 두 번째 위치의 양효는 모두 안 좋은 것인가? 첫 번째·여섯 번째·세 번째·네 번째는 영원히 맞을 수 없는가! 괘는 각각 주도적 작용이 있는데, 일률적으로 다섯 번째가 주도적 작용을 한다는 것도 말이 되지 않는다.

『상서尙書』에 대해 다음과 같이 말했다.

> 나는 「요전堯典」에서 천문天文을 익혔다. 그런데 사시四時를 말하는 자들은 중성中星을 제대로 몰랐다. 「우공禹貢」은 땅을 나누고 치수를 하는 것이었다. 그런데 구주九州를 논하는 자들이 물의 흐름 경로를 몰랐다고 할 수 있다. 「홍범洪範」은 성명性命의 근원이다. 그런데 구주九疇[5]라고 말한 것을 보면 수數를 몰랐다고 할 수 있다. 순舜은 사흉四凶[6]의 경우 요堯의 조정에서 일하던 옛 신하였기 때문에 추방하거나 처형했다. 주 목왕穆王은 형벌을 개선하려고 했을 때 먼저 노신老臣에게 치욕을 주었다. 탕湯은 걸桀을 정벌할 때 뜻하지 않은 출동을 감행하여 농시農時를 빼앗았다. 문왕이 천명을 받아 주周의 왕이라고 하자 소공召公은 언짢아하며 위를 업신여기는 것과 같다고 보았다. 태갑太甲은 이윤伊尹에게 순종하지 않아 추방되었고, 관숙管叔·채숙蔡叔·곽숙霍叔은 유언비어를 날조하여 주살되었다. 하夏의 계啓는 주살의 형벌을 시행하여 명을 따르지 않는 자에게 경고했고, 반경盤庚은 의진劓殄의 형벌을 시행하여 수도를 옮겼다. 주나라 사람은 술을 마시면 사형을 당했고, 노나라 사람은 판간板榦[7]으로 집을 짓지 않으면 주벌을 당했다. 규정된

----

5 九疇: 기자箕子가 주周 무왕武王의 물음에 응답한 천하를 다스리는 아홉 가지의 대법大法. 곧 오행五行·오사五事·팔정八政·오기五紀·황극皇極·삼덕三德·계의稽疑·서징庶徵·오복五福.

6 四凶: 요·순 시대 악명 높았던 네 부족 우두머리로, 『좌전』에서는 '혼돈渾敦·궁기窮奇·도올檮杌·도철饕餮'이라고 했고, 『서경·순전』에서는 '공공共工·환두驩兜·삼묘三苗·곤鯀이라고 했다.

7 板榦: 옛날 성이나 담을 쌓던 도구.

시간보다 앞서거나 뒤처지면 봐주는 것 없이 죽였다. 위엄 부리는 걸 막을 수 없었고, 노신은 공경할 구석이 없었고, 화는 두려워할 필요가 없었고, 흥덕은 꺼리지 않아도 되었다.

이 경전은 진秦나라 때 불에 잿더미가 되고 나서 공벽孔壁에서 훼손되어 발견되었는데 공안국孔安國이 처음으로 예서체와 전서체로 된 것을 근거로 과두문자科斗文字[8]가 아닐까 추정했다. 그 후 낙양에서 고문본古文本과 금문본今文本이 출현하여 복잡해졌으나 두림杜林[9]에 의해 바르게 교감이 되었다. 당대에 이르러 더욱 통일이 안 되어 현종이 위포衛包에게 조서를 내려 모두 금문으로 바꾸도록 하였으니, 원본과 얼마나 멀어지게 되었을까! 지금 학자들은 의심하지 않고 마치 수洙·사泗[10]에서 직접 전수받은 것처럼 모두 믿고 있으니 또한 얼마나 미혹에 빠진 것인가!

「요전堯典」의 중성中星에 대해 논하기를, 춘분날 남방의 정井·귀鬼 등 일곱 별자리가 회합하여 저녁에 모두 나타난다고 한 것은 공씨의 오류라고 했다. 어찌 109도 일곱 개 별자리가 하루 저녁 사이에 모두 보일 리가 있겠는가! 이는 사실 춘분 어느 한 때 정위正位의 중성中星으로, 항상 저녁 무렵 보이는 중성이 아니다. 하지에 동방의 각角·항亢 일곱 개 별자리가 저녁에 모두 보인다고 한 것은 공씨의 오류다. 어찌 77도 일곱 개 별자리가 하루 저녁 사이에 모두 보일 리가 있겠는가! 이는 하지 어느 한 때 중성으로, 항상 저녁 무렵 보이는 것이 아니다. 추분·동지에 대한 설도 모두 그렇다.

이상의 내용이 모두 조씨의 설이다. 그가 분석한 경전이 어떤 건 지 알 수가 없다. 그런데 천문으로 살펴보면 사철 어느 때를 막론하고 함께 하늘에 있는 것이 항상 10여 별자리이다. 태양이 자리 잡는 시간을 제외하면 저녁부터 아침까지 나머지 시간에 나타나는 것이 3분의 2인데, 일곱 별자리가 하루 저녁 사이에 모두 보일 수 없다고 어떻게 말할 수 있을까! 아무래도

용재삼필 권1

....

8 科斗文字 : 중국 고대문자의 한 형태. 서사書寫 도구가 아직 발달되기 전 대나무 끝을 쪼개서 거기에다 칠액漆液 같은 것을 찍어 글자를 쓴 경우, 그 글자 획의 처음은 칠액이 많이 묻어 뭉툭하고 끝으로 갈수록 가늘어지게 된다. 그 모양이 올챙이 같다 하여 과두문자蝌蚪文字라 하였다.

9 杜林 : 후한의 유학자. 자는 백산伯山, 부풍扶風 무릉茂陵(지금의 섬서성 홍평興平) 사람. 예학 연구에 심혈을 기울였으며, 하서河西에서 칠서漆書 『고문상서』를 손에 넣어 늘 곁에 두고 연구했다. 나중에 가규賈逵가 『훈訓』을 저술하고, 마융이 『전傳』을 저술하고, 정현鄭玄이 『주해』를 저술함으로써 『고문상서』가 전해지게 되었다.

10 洙·泗 : 수수洙水와 사수泗水. 춘추시기에 노나라에 속했으며, 공자는 수수와 사수의 사이에서 무리를 모아 강학을 하였다.

조씨는 별에 대해 잘 몰랐던 것 같다.

「시서詩序」에 대해 논하면서, 시를 지을 때 꼭 서序를 지은 것은 아니라고 했다. 지금 논자들은 서序는 시詩와 동시에 지어진 것이라고 하니 뭘 모르는 게 아닌가! 일시逸詩가 전해지는 것을 보아도, 기산岐山 밑의 석고石鼓에 새겨졌기 때문인데 어디 서序를 찾을 수 있는가? 진무공晉武公은 정권을 훔쳐서 나라를 세웠고, 진중秦仲이란 자는 석륵石勒같은 부류이고, 진양공秦襄公은 평왕平王의 동천을 보좌하여 주周의 땅을 취하였으니, 모두 찬미하면 안된다고 주장했다.

「문왕유성文王有聲」은 정벌을 찬양한 것으로, 문왕은 주紂를 정벌하는 것을 뜻으로 삼았고, 무왕은 주紂를 정벌하는 것을 공으로 삼았다. 「정료庭燎」·「면수沔水」·「학명鶴鳴」·「백구白駒」는 선왕宣王에게 권고하고 제언하고 풍자하여 깨우치게 하려 한 것이고, 「운한雲漢」·「한혁韓奕」·「숭고崧高」·「증민烝民」은 제멋대로 지은 것이다. 소아小雅처럼 이렇게 나쁜 시가 있었던 적이 없고, 대아처럼 그렇게 좋은 시가 있었던 적이 없다. 「자금子衿」·「후인候人」·「채록采綠」의 서序는 장황하게 늘어놓았으되 무익하고, 「규목樛木」·「일월日月」의 서序는 어긋난 점이 많고, 「정지방중定之方中」과 「목과木瓜」의 서序는 불순하다고 보았다.

맹자孟子·순경荀卿·좌씨左氏 등과 가의賈誼·유향劉向 등 한나라의 유자들이 『시』에 대해 논한 것이 많은데, 「시서詩序」에 대해 논의한 것은 한 마디도 없었다. 그러므로 「시서」가 늦게 지어진 것임을 알 수 있다. 조씨가 논한 것이 맞는 지 여부를 아직 단정하여 말할 수는 없다. 그러나 그 내용 중에 진秦 강공康公이 목공穆公의 패업을 망치고 모친의 모국과 날마다 전쟁을 일삼으며, 상중에도 창칼을 손에 쥐고서 종신토록 전쟁을 그칠 줄 몰랐는데, 「위양渭陽」 서序에서 "내가 외숙을 만나니, 마치 모친이 살아 계신 듯하다"라고 했다면서 그 효성을 칭찬한 것이 나오는데, 과연 강공의 효성이 순수했던가? 진陳 여공厲公이 타佗를 시해하고 대신 왕위에 올랐는데, 「묘문墓門」 서序에서는 타에게 "훌륭한 스승이 없었다"고 책망했는데, 언사가 적절한 표현을 잃은 것이다.

내가 보기에 강공의 「위양」 시는 진晉 문공文公이 진晉에 들어가는 것을 전송할 때 지은 것으로, 그가 즉위하기까지는 아직 16년 기간이 남아 있다. 상복을 입고 전쟁을 일으킨 것은 아마도 진晉 양공襄公으로, 『좌전』에서 "양공이 상복을 검게 물들이다[11]"라고 말한 것이 그것이다. 강공康公이 공자公子 옹雍을 진晉으로 보낸 것은 아마도 개인적 부탁을 들어준 것으로 보인다. 진晉이 약속을 등지고 전쟁을 했는데, 강공에게 무슨 죄가 있겠는가? 모친의 친가를 상대로 군대를 동원했다고 책망하는 것은 안 되는 것이다. 진타陳佗가 위공威公의 태자를 죽이고 그 자리를 대신하였기 때문에 채蔡 사람이 진타를 죽이고 여공厲公을 옹립하였으니, 여공의 죄가 아니다. 조씨는 여공을 비난함으로써 진타의 억울함을 풀어주려고 했는데, 이 또한 불가한 것이다.

그는 '춘추삼전'에 대해 두예杜預가 『좌전』과 『춘추』를 하나로 묶으면서 좌씨의 이목을 가지고 공자가 필삭한 공로를 빼앗았다고 보았다. 『공양전』은 뒤섞인 것이 단점인데, 하휴何休는 특히 『공양전』이 그렇게 된 것에 책임이 있다. 『곡량전』만이 비교적 늦게 나와서, 두 사람 저술의 착오와 오류를 감별하여 바로잡았다. 그러나 어떤 부분에서는 두 가지 저술과 같은 오류를 범하였지만 깊고 원대한 점에서는 자하子夏가 전한 것을 진정으로 얻었다고 할 수 있다. 범녕范甯 또한 제유諸儒의 설을 따라 널리 판별하여 곡량의 뜻을 밝혀냈지만, 시비의 판단에서는 또한 긍정할 만한 부분이 적다. 그러나 두예杜預가 일체를 『좌전』을 위해 변호하며 감히 다른 견해를 제시하지 않은 것과는 달랐다. 이 논의가 가장 훌륭하다.

조설지는 여러 경서에 대해서 자신감이 투철하면서도 무조건 따르진

---

11 『좌전左傳 · 희공僖公』 33년 : 결국 출동 명령을 내려서, 강융의 군대를 즉시 동원하고, 양공은 상복을 검게 물들였다.[遂發命, 遽興姜戎, 子墨衰絰]
   ○ 진晉 문공 장례를 마치기도 전에 침략한 진秦나라 군대를 응징하기 위해 양공이 상복을 검게 물들이고 출전했다는 말이다.

않았다고 할 수 있다.

2. 비동과 역상 邳彤酈商

후한의 광무제 유수劉秀가 즉위하기 전 경시제更始帝[12]의 명을 받들어 왕랑王郎[13]을 토벌할 때, 하북河北 많은 세력들이 모두 왕랑을 배반하고 유수에게 투항하였다. 그러나 거록鉅鹿[14]과 신도信都[15]만은 투항하지 않고 성을 사수하고 있었다. 계책을 논의하던 중 어떤 이가 거록과 신도 두 군의 병사들은 저절로 투항을 할 수 밖에 없으니 장안으로 돌아갈 것을 제안했다. 그러나 비동邳彤[16]만은 만약 이 계책을 그대로 실행한다면 헛되이 하북을 잃을 뿐 아니라, 필시 삼보三輔[17] 또한 더욱 혼란스러워질 것이라며 반대했다. 광무제의 대군이 서쪽으로 철수하게 되면, 왕랑의 본거지였던 한단邯鄲의 병사들은 자신들의 성주를 배반하지 않을 것이며 광무제를 호위하기 위해 천 리 길을 가려고 하지도 않을 것이니, 분명 도중에 흩어져 도망할 것이라고 했다. 광무제는 그 말에 동의하고 장안으로 돌아가려는 생각을 버렸다. 이에 대해 소식蘇軾은 다음과 같이 평했다.

....

12 更始帝(?~25 / 재위 23~25) : 전한前漢과 후한後漢 사이의 시기에 녹림군綠林軍이 건립한 경시정권更始政權의 황제. 본명은 유현劉玄. 전한의 황족 출신으로 경제의 후손이며, 부친인 유자장劉子張은 광무제 유수劉秀의 족형族兄이다.
13 王郎(?~24) : 왕망의 신新 정권 말기 군웅. 본명은 왕창王昌. 조국趙國 한단邯鄲 사람. 점을 치고 관상 보는 것을 업으로 삼다가 결국 자기는 한漢 성제成帝의 아들 유자여劉子輿라고 속이고 하북을 거점으로 대사를 도모했다. 23년, 한 종실 유림劉林과 대호족 이육李育 등이 그를 한의 황제로 옹립하고 한단에 도읍을 정하였는데, 역사에서는 이 정권을 조한趙漢이라고 한다. 24년 5월, 유수가 한단을 격파하자 왕랑은 패하여 달아나다가 도중에 피살되었다.
14 鉅鹿 : 지금의 하북성 평향平鄉 서남쪽.
15 信都 : 지금의 하북성 두기杜冀.
16 邳彤 : 후한의 대장군. 자 위군偉君, 신도信都 사람. 운대雲臺 28장수 중 하나로, 처음에는 왕망 밑에서 일하다, 나중에 유수(광무제)에게 항복하여 화성和城 태수가 되었다. 유수가 군사를 잃고 귀환할 때 비동이 군사들 보내 맞이하였고, 이로부터 늘 정벌을 함께 했다. 광무제 즉위 이후 영수후靈壽侯에 책봉되었고, 지위는 태상太常에까지 올랐다.
17 三輔 : 지금의 섬서성 중부 일대를 일컫는다.

이것이야말로 동한의 흥망성쇠를 판가름하는 열쇠였다. 비동은 후한의 개국공신이라고 할 수 있다.

비동은 '운대雲臺 28장'[18] 중에서 뛰어나거나 남다르다고 인정되지 않았는데, 소식의 이 평가가 나오자 식자들이 비로소 그가 남다르다는 것을 알게되었다.

한 고조가 세상을 떠나자 여후呂后가 심이기審食其[19]를 불러 모의하였다.

> "황제와 함께 이 나라를 세웠던 장수들은 예전에 황제처럼 평민이었던 사람들로,
> 지금 어린 주군을 모시고는 있지만 불만이 있을 것이요. 장수들을 모두 처치하지
> 않으면 천하가 불안해질 것입니다."

그리고 그러한 이유로 장례를 치르지 않았다. 이 일을 알게 된 역상酈商[20]이심이기를 만나 말했다.

> "이대로 간다면 정말로 천하가 위태롭게 될 것이오. 진평陳平과 관영灌嬰이 10만
> 을 거느리고 형양滎陽을 지키고 있고, 번쾌樊噲와 주발周勃이 20만을 거느리고 연
> 燕[21]·대代[22]를 평정하고 있소이다. 그런데 그들이 황제께서 붕어하시고 장수들이
> 모두 주살되었다는 소식을 들으면 분명 연합해서 군대를 이끌고 관중을 향하여
> 공격해 올 것이니, 발꿈치를 들고 서서 망하기를 기다리는 것이나 마찬가지요."

• •

18 雲臺二十八將 : 후한 광무제 휘하에서 광무제의 천하 통일과 한실 중흥을 도와준 대장
　　28명을 말한다. 광무제를 따라서 동한을 건설한 공신명장을 명제明帝가 회고하면서, 낙양
　　남궁 운대에 공신 28명의 화상을 그리도록 하여, '운대 28장'이라고 했다.
19 審食其(?~B.C.177) : 전한의 재상. 한 고조 유방과 동향인 패현沛縣(지금의 강소성 서주徐州)
　　사람. 사인舍人 신분으로 유방의 식구를 돌보았고, 유방의 아내 여치呂雉와 깊은 정을 맺었다.
　　나중에 벽양후辟陽侯에 책봉되었다. 여후 때 좌승상까지 지내며 막대한 권세를 누렸다. 여후
　　가 죽은 뒤 진평·주발이 여씨들을 주살했으며, 심이기는 승상에서 면직되었다. 후에 회남왕
　　유장劉長에게 살해되었다.
20 酈商(?~B.C.180) : 진말한초秦末漢初 인물. 진류陳留 고양高陽 사람. 유세객 역이기酈食其의
　　동생이다. 진승이 봉기했을 때, 수천 명을 모아 기병했다. 후에 유방 군대가 진류 고양에
　　이르자 형 역이기와 함께 유방에게 귀순하여, 신성군信成君에 책봉되었다. 초·한 전쟁 때
　　유방을 따라 전한 왕조 건립에 참여했고, 후에 진희陳豨 반란 토벌에 참가했다. 유방 사망
　　이후 계속해서 혜제와 여후를 보좌했다.
21 燕 : 지금의 북경 일대.
22 代 : 지금의 하북성 울현蔚縣 동북 일대.

11

심이기가 입궁하여 여후에게 이 말을 전달하였고 결국 장례를 거행했다.

그렇다면 당시 한나라 황실은 거의 보전하지 못할 만큼 위험에 처해있었다. 그런데 역상이 담소하면서 던진 한 마디로 아무 일도 없게 되었으니, 그 공이 어찌 크지 않겠는가! 그러나 그의 공을 드러내 칭찬해주는 사람이 없었다.

여후가 사망했을 때 여록呂祿[23]은 북군北軍을 차지하고 있었다. 역상의 아들 역기酈寄가 여록을 속여 외지로 나가게 하였고 주발이 들어와 북군을 장악할 수 있었다. 그렇다면 한나라 입장에서 역씨 부자는 사직의 신하라고 할 수 있다. 역기는 유게劉揭와 함께 여록을 설득하여 장군 인수를 풀게 했다. 그런데 문제文帝가 논공행상을 할 때, 유게는 후侯에 책봉되고 금품을 하사받았는데, 역기에게는 아무 것도 없었고, 진평·주발 또한 그를 위해 한 마디도 하지 않았으니, 이 또한 이해할 수 없는 일이다. 그 후 역기는 부친의 뒤를 이어 후侯가 되었다가 다시 죄로 박탈당했으니, 애석한 일이다!

용재수필

3. 「무성」 武成之書

공자가 말했다.

> "주周의 덕은 최고의 덕이라고 할 수 있구나! 천하의 3분의 2를 가졌으면서도 은殷에 '복사服事'하였으니!"[24]

여기서 '복사服事했다'고 한 것은 은나라 주왕紂王 때 신하의 도리를 기꺼이 다한 것을 찬미한 것이다.

그런데 『사기·주본기』에서는 서백西伯이 대체로 천명을 받은 해에 왕을

---

23 呂祿(?~B.C.180) : 산양山陽 단보單父(지금의 산동성 단현單縣) 사람. 여공呂公의 차남인 여석지呂釋之(즉 여후呂后 여치呂雉의 오빠)의 차남.

24 홍매가 논어를 인용하면서 선후를 뒤바꾸었다. 원문은 이러하다. 『논어·태백泰伯』 : 三分天下有其二, 以服事殷. 周之德, 其可謂至德也已矣.

칭하였고, 우虞와 예芮의 소송을 판결하고, 그 후 법도를 개혁하고, 정삭正朔을 제정하고, 고공古公·공계公季를 선왕으로 추존했다고 했다. 이 설의 오류를 당나라 때 양숙梁肅[25]부터 송나라 때 구양수와 소식·손복孫復[26]에 이르기까지 모두 논술하였는데, 그 실수는 「무성武成」[27]으로부터 시작되었다. 맹자는 "나는 「무성」에서 2, 3할 정도만 받아들일 따름이다"라고 말했다.

지금 그 책을 살펴보면 "태왕大王께서는 왕업의 기틀을 세우셨고, 문왕께서는 탄신과 더불어 천명을 받아서 사방 화하華夏를 위무慰撫하셨다"고 한 것으로부터 무왕이 자칭 주왕발周王發이라고 하기에 이르기까지 모두 주왕이 아직 재위할 때의 말이라고 했다. 또한 태왕은 빈邠에서 거처할 때 북적北狄에게 핍박받고 쫓겨 다녔는데, 어찌 "왕업의 기틀을 세울 수" 있었겠는가! 문왕은 단지 서백西伯이라고 칭했을 뿐인데, 어찌 "탄신과 더불어 천명을 받을 수" 있었겠는가! 무왕이 아직 상商을 대체하지 않았는데 이미 주왕이라고 칭하는 것이 가능했겠는가! 그러므로 "절구공이가 떠다닐 만큼 피가 흘렀다血流漂杵"는 말 뿐만 아니라, 「무성」이란 책 내용을 모두 믿을 수는 없다. 죽간 편집에 착오가 있다는 것은 사소한 것일 뿐이다.

---

25 梁肅(753~793) : 자는 경지敬之 또는 관중寬中, 안정安定(지금의 감숙성 경천涇川) 사람, 대대로 육혼陸渾(지금의 하남성 숭현嵩縣 동북)에서 살았다. 감찰어사·우보궐·한림학사·황태자시독·사관수찬 등을 지냈다. 독고급獨孤及을 사사하여 고문에 뛰어났으며, 한유·유종원·이고의 사표가 되었다. 정원 8년(792) 육지陸贄와 협조하여 시험을 주관하여, 한유·구양첨歐陽詹 등을 추천 급제시켰다. 다만 한유는 불교를 배척했던 반면, 양숙은 불교를 신봉했다.

26 孫復(992~1057) : 자는 명복明復, 호는 부춘富春, 북송 진주晉州 평양平陽(지금의 산서 임분臨汾) 사람이다. 학문에 뛰어났으나 과거시험 결과가 여의치 않아, 오랜 기간 태산에서 거주하며 강학하여, 흔히 '태산선생'이라고 불렸다. 그의 문하에서 석개石介·문언박文彦博·범순인范純仁 등 일세의 뛰어난 학자가 배출되었다.

27 「武成」 : 『상서尙書·주서周書』 편명.

4.「상재유」象載瑜

한나라의 『교사가郊祀歌[28]·상재유象載瑜』 장에서 "상재유象載瑜, 백집서白集西"라는 구절이 있다. 이에 대해 안사고顔師古는 다음과 같이 주를 달았다.

상재象載는 상여象輿[29]이다. 산에 상여가 나타나는 것은 상서로움을 상징하는 수레이다.

「적교赤蛟」 장에서 "상여의象輿轙"라고 한 것이 바로 이것이다. 그런데「경성景星」 장에서는 "상재소정象載昭庭"이라고 하였고, 이에 대해 안사고는 다음과 같이 설명하였다.

상象은 현상縣象[30]을 말한다. 현상은 비사秘事인데, 뜨락에 밝게 드러났다.

'상재'라는 단어가 똑같이 나오는데 안사고는 두 가지 의미로 해설한 것이다.

악장樂章의 단어 뜻을 살펴보면, 바로 서응거瑞應車를 가리키는 것으로, 대정大庭 아래 밝게 늘어서 있음을 말한 것일 뿐이다. 삼류三劉가 『한서』를 해설한 것[31]도 이것과 같은데 이래야만 정확한 해석이라고 할 수 있다. 그러나 "백집서白集西"는 서옹西雍[32]의 기린이라고 말했는데, 이것은 그렇지 않다. 대체로 가시歌詩가 모두 19장으로, 모두 그 이름을 뒤에 적었다.「상재유」 앞 행에 "행행옹획백린작行幸雍獲白麟作"이라고 했으니, 이것은 당연히 앞

----

28 『郊祀歌』: 악부樂府 가곡歌曲 명칭. 『한서漢書·예악지禮樂志』에 따르면, 한 무제가 교사郊祀의 예禮를 제정하여 악부를 세우고, 이연년李延年을 협률도위協律都尉로 삼고, 사마상여 등에게 명하여 『교사가』 19장을 짓도록 하였다. 곡목 중 노래의 첫 구를 이름으로 삼은 것이 많다. 이로써 천지天地에 교사를 지냈다. 이후 역대 왕조의 이런 가사는 모두 한대의 풍습을 이어받은 것이다.
29 象輿: 상거象車. 코끼리가 끄는 수레.
30 縣象: 천상天象. 일월성신日月星辰. 천문 현상.
31 三劉: 송나라 유창劉敞, 유반劉攽, 유봉세劉奉世를 가리키며, 이들은 『한서간오漢書刊誤』를 편찬하였다.
32 西雍: 지금의 섬서성 봉상鳳翔 서북 지역.

편 "조롱수^{朝隴首}, 남서은^{覽西堰}"의 내용으로, 하편에서 다시 중복해서 나타날 리가 없다.

5. 관중과 안영의 말 管晏之言

『맹자』에 이러한 내용이 나온다.

> 제나라 경공^{景公}이 안자^{晏子}에게 물었다.
> "내가 전부^{轉附33}·조무^{朝儛34}로부터 시찰을 하면서 바다를 따라 남으로 가서 낭야^{琅邪35}까지 가보려고 합니다. 내가 어떻게 해야 선왕의 시찰에 비견될 수 있을까요?"
> 안자가 대답했다.
> "천자와 제후는 어느 것도 통치와 관련되지 않은 것이 없습니다. 봄에는 경작 상황을 살펴서 부족한 부분을 채워주고, 가을에는 수확 상황을 살펴서 모자란 부분을 보조했습니다. 지금은 그렇지 않습니다. 군대를 거느리고 행군하며 대규모 식량을 징발합니다. 상류에서 하류로 내려가며 즐기면서 돌아갈 걸 잊는 것을 유^流라고 합니다. 하류에서 상류로 올라가며 즐기면서 돌아갈 걸 잊는 것을 연^連이라고 합니다. 만족할 줄 모르면서 동물 따라다니며 사냥을 즐기는 것을 황^荒이라고 합니다. 만족할 줄 모르면서 술을 즐기는 것을 망^亡이라고 합니다. 선왕은 유연^{流連}의 쾌락을 즐기고 황망^{荒亡}의 행실을 일삼는 경우가 없었습니다."
> 이에 경공은 기뻐하면서 위와 같은 경우가 없도록 나라에 대대적으로 경계를 내렸다.[36]

『관자^{管子}·내언^{內言}·계^戒』에 다음 내용이 나온다.

> 제나라 위공^{威公}이 동쪽으로 유람을 나가려고 관중^{管仲}에게 물었다.
> "내가 유람 노선을 축^軸으로 갔다 곡^斛으로 돌려 남으로 낭야^{琅邪}까지 가려고 하자 이 역시 선왕의 유람이라고 사마^{司馬}가 말하였는데, 무슨 말입니까?"
> 관중이 다음과 같이 대답했다.

....

33 轉附 : 산동성 연태^{煙台}에 있는 산 이름. 지부산^{之罘山}.
34 朝儛 : 산 이름.
35 琅邪 : 지금의 산동성 제성^{諸城} 동남 해변에 있는 산 이름.
36 『맹자·양혜왕하』.

"선왕께서 유람을 가시면, 봄에는 나가서 본업에 힘쓰지 못하는 가구가 없는지 살펴보셨으니, 이를 유遊라고 했습니다. 가을에는 나가서 부족한 가구에 채워주셨으니, 이를 석夕이라고 했습니다. 군대가 행군하면서 백성의 양식을 징발하는 것을 망亡이라고 했습니다. 환락을 즐기느라고 귀환하지 않는 것을 황荒이라고 했습니다. 선왕은 백성에게 유遊와 석夕을 힘쓴 건 있어도 자신에게 황荒과 망亡을 일삼은 적은 없습니다."

위공은 물러나 재배하면서, 보배와도 같은 법으로 삼도록 명하였다.

관중과 안자 두 사람의 말이 어쩌면 그리 서로 비슷한지! 혹시 전기에 실렸던 것을 서로 전재한 것은 아닐까? 관중은 이에 앞서 이미 『관자管子』라는 저서를 남겼으니, 분명 오류가 있지는 않았을 것이다. 아무래도 『안자춘추』를 다시 한 번 잘 살펴봐야겠다.

6. 공공씨 共工氏

『예기禮記·제법祭法』과 『한서漢書·교사지郊祀志』에서 모두 공공씨共工氏[37]가 구주九州를 제패[霸]했다고 했는데, 천명을 받은 것이 아닌데 왕이 되었기 때문에 '패霸'라고 했다고 하였다. 「역지曆志」에는 이런 내용이 있다.

비록 수덕水德을 타고났지만, 그 수덕은 화火와 목木의 중간에 있는 것이어서, 그의 순서가 아니었다. 오로지 형벌을 통하여 강함을 내세울 줄만 알았으므로, 왕도가 아니라 패도를 실행한 것이다. 주나라 때 사람들이 그 순서를 바꿨기 때문에 『역易』에 실리지 않았다.

주석에서 "그가 오행의 순서에 부합하지 않았기 때문에 제외시켰다"고 했다.

『사기·율서律書』에서 "전욱제顓頊帝는 공공의 건의로 인하여 수해를 평정했

----

37 共工氏 : 고대 중국의 신화에 나오는 인물. 전욱顓頊과 황제의 자리를 두고 다투었는데, 이기지 못하자 화가 나 머리로 불주산不周山을 쳐서 천주天柱가 부러져 지유地維가 끊어졌다. 이 때문에 하늘이 서북쪽으로 기울어져 일월성신日月星辰이 이동하고 동남쪽 대지가 이지러졌는데, 그곳이 바다가 되었다고 한다.

다"고 했다. 문영文穎이 이에 대해 다음과 같이 설명했다.

공공은 물을 관리하는 관직이었다. 소호씨少昊氏가 쇠락하여 정치에서 학대를 일
삼자 전욱이 정벌하였다. 본래 물을 관리하는 관직이었으므로 오행에서 수水에
해당된다.

그러나 『좌전』에서 담자郯子는 황제黃帝・염제炎帝 등 오대五代에 임명된
관리를 서술하면서, 공공씨는 수水에 해당되는 것으로 기록하였다. 그래서
공공씨는 수사水師로 임명되었고, 물 이름으로 된 관직명이 붙었다. 두예杜預가
다음과 같이 주를 달았다.

공공씨는 제후로써 구주를 제패한 자이다. 신농神農의 앞이자 태호太昊 다음으로,
역시 수水의 서기瑞氣를 받아서 관직의 이름을 수水로 했다.

염제・황제 등과 마찬가지로 고르게 오행의 서기瑞氣를 받아서 누가 더하고
못하고 차이가 없었으니, 그 또한 왕이었음이 명백하다. 그의 아들 후토后土는
구주를 평정했고 지금까지 사직에서 제사를 올린다. 앞에서 기록한 "주나라
때 사람들이 그 오행의 순서를 없앴다"고 한 것은 아니지 않을까 생각한다.
화가 나서 부주산不周山을 들이받아 하늘이 서북쪽으로 기울어지고 땅이
동남쪽에서는 모자라게 되었다는 설은 황당하기 짝이 없다.

홍씨洪氏가 여기에서 나왔다. 본래 '공共'이라고 하였으니, 『좌전』에 기록된
진晉나라의 좌행左行 공화共華와 노魯나라의 공류共劉가 모두 그 후예이다.
나중에 또 수덕水德의 실마리의 뿌리를 찾아올라가 왼쪽에 물을 첨가하여
홍洪이 되었다고 한다. 「요전堯典」에서 "공공의 공적이 모여서 드러나 보일
수 있게 되었습니다"라고 칭송했는데, 이는 순舜임금 시기에 전해지던 이야기
와 다르다. 당시 관직에 명칭을 붙이면서 순은 이렇게 하도록 명을 내린
것이다.

7. 『한서·지』의 오류 漢志之誤

옛날 사람들은 안사고顏師古가 반고班固의 충신이라고 했다. 안사고가 반고의 『한서』에 주석을 하면서, 아무리 오류가 있어도 반드시 그를 위해 왜곡하고 변호했기 때문이다. 그러한 변호는 「오행지」에 가장 많은데, 그 중 가장 눈에 띄는 것은 『상서』나 『춘추』의 기록과 일치하지 않는다는 것이다.

뽕나무와 곡식이 조정에 함께 자라났다는 기록을 예로 들어보자. 유향劉向은 이를 상나라의 도가 쇠미해지자 무정武丁[38]이 그 기회를 틈 타 흥기하였지만 명성과 영광을 얻은 후 정치를 태만히 하여 나라가 위태로운 지경에 이르자 뽕나무와 곡식이 조정에 자라는 기이한 현상이 출현하게 되었다고 해석했다. 무정武丁은 놀라고 두려워, 현명하고 충성스런 신하에게 방책을 물었다. 이에 대해 안사고는 다음과 같이 주석했다.

> 뽕나무[桑]와 곡식[穀]은 태무太戊[39] 때부터 자란 것인데 유향이 고종(무정) 때라고 하였으니, 그 설이 『상서대전』과 달라서 그 뜻을 자세히 모르겠다. 아니면 혹시 『상서대전』을 편찬한 복생伏生이 오류나 착오를 범했을 수도 있다.

『한서·예문지』를 보면 반고는 다음과 같이 말했다.

> 뽕나무와 곡식이 함께 자라나서, 태무가 이로써 흥했다. 꿩이 울며 정鼎에 오르니, 무정이 고종이 되었다.

이것이 바로 『한서』의 기록이니 어찌 명백한 증거가 되지 않겠는가! 그런데 거꾸로 복생의 오류라고 한 것은 어째서인가?

희공僖公 29년, 폭우와 우박이 쏟아졌다. 유향은 희공이 공자公子 수遂를

---

38 武丁 : 상나라의 22대 국군國君. 소을小乙의 아들로 묘호는 고종高宗이다. 59년 동안 재위했다고 한다. 무정은 상나라의 위협이 되었던 북방의 귀방鬼方을 정벌하였고, 현신賢臣 부열傅說을 재상으로 임명하였으며, 부인 부호婦好를 장군으로 삼아 상나라가 다시 강성해지는 무정중흥武丁中興 시대를 열었다고 한다.

39 太戊 : 성은 자子, 이름은 밀密이다. 상商의 9대 국군으로, 탕湯의 5세손이요, 태갑太甲의 손자이다. 사후 중종中宗이라고 추시追諡되었다.

신임하여 그가 권력을 멋대로 휘두르는 것을 깨닫지 못했으며, 2년 후 수는 희공의 아들 적赤을 죽이고 선공宣公을 옹립했기 때문이라고 해석했다.

또한 문공文公 16년 천궁泉宮에서 뱀이 나타난 일에 대해 유향은 뱀이 나온 이후 공자 수가 두 아들을 죽이고 선공을 옹립했다고 해석했다. 이는 문공 말년의 일인데, 유향은 이 일을 기록하였고 또 문공을 희공이라고 하였다. 그러나 안사고는 이에 대해 분석하지 않았다.

은공隱公 3년 일식이 있었다. 유향은 이에 대해 정鄭나라가 노나라 은공을 포로로 잡게 될 조짐이라고 보았다. 안사고는 주석에서 "호양狐壤 전투에서 은공이 사로잡혔다"고 했다. 그러나 호양전투에서 포로가 되었던 것은 은공이 공자公子였을 때의 일로, 『좌전』에 아주 분명하게 기록되어 있다.

선공宣公 15년, 왕찰王札의 아들이 소백召伯과 모백毛伯을 죽였다. 동중서董仲舒는 성공成公 때라고 보았다. 그 외 초 장왕莊王이 처음 왕을 칭했다든가 진晉이 강江을 멸망시켰다든가 하는 것에 대해 안사고는 비록 사건에 따라서 설명을 하기는 했지만, 모두 그 설이 상세하지 않다고 하면서, 끝내 그 오류를 바로잡거나 비평하려고 하지 않았다.

『한서·지리지』 중 패군沛郡 공구현公丘縣에 대해서 "옛날 등국滕國[40]으로, 주周 의왕懿王의 아들 숙수叔繡가 책봉된 곳이다"라고 했다. 안사고는 『좌전』을 인용하여 "고郜[41]·옹雍[42]·조曹[43]·등滕은 진문공이 위엄과 덕망을 드날린 곳이다"라고 증거를 대면서, 또 그 뜻을 상세하게 설명하지는 않았다. 진정眞定의 비루肥纍와 치천菑川의 극劇·태산泰山의 비성肥城이 모두 비자국肥子國이라고 했는데, 요서遼西의 비여肥如에서는 또 "비자肥子가 연燕으로 달아나, 연나라에서 그를 이곳에 책봉했다"고 했다. 위군魏郡 원성현元城縣에서는 "위나라 공자公子 원元이 이곳을 식읍으로 받아 결국 이름을 현의 명칭으로 삼았다."고

. . . .
40 滕國 : 지금의 산동성 등현滕縣.
41 郜 : 지금의 산동성 성무城武.
42 雍 : 지금의 섬서성 봉상鳳翔.
43 曹 : 지금의 산동성 정도定陶.

하고, 상산常山 원씨현元氏縣에서는 "조趙의 공자公子 원元의 봉읍으로, 그래서 원씨元氏라고 했다"고 하였는데, 두 읍의 이름이 이처럼 비슷할 수는 없다.

『한서』 본문과 『한서·지리지』 5권에서 호지하滹池河를 인용했는데, 모두 "滹호의 음은 呼호, 池지의 음은 '徒도'와 '河하'의 반절이다"라고 했다. 또한 "오패가 차례로 흥기했다"에 대한 주석에서 "이 오패는 제위왕과 송양공·진문공·진목공·초장왕이다"라고 했다. 그런데 「제후왕표」 "오패가 약자를 도왔다五伯扶其弱"에 대한 주석에서는 오패를 "제환공·송양공·진문공·진목공·오나라의 부차"라고 했고, 「이성제후왕표異姓諸侯王表」의 "변방 군대가 오패보다 강하다"에 대한 주석에서는 오패를 "곤오昆吾·대팽大彭·시위豕韋·제환齊桓·진문晉文"이라고 했다. 모두 한 책에서 나온 것이고, 모두 안사고가 주석한 것인데, 이처럼 다르다.

용재수필

8. 어사보다 서열이 높았던 한나라 장군 漢將軍在御史上

『한서·백관공경표漢書百官公卿表』를 보면, 어사대부가 부승상副丞相을 맡았는데, 지위는 상경上卿에 해당되고 은인銀印과 파란 인수印綬를 패용했다고 한다. 전·후·좌·우 장군 역시 지위는 상경에 해당되는데, 금인金印과 자색紫色 인수를 패용했다.

그렇기 때문에 『한서·곽광전霍光傳』에 실려 있는 군신群臣이 연명한 상주문은 이렇게 시작된다.

> 승상丞相 양창楊敞·대장군 곽광霍光·거기장군車騎將軍 장안세張安世·도료장군度遼將軍 범명우范明友·전장군前將軍 한증韓增·후장군後將軍 조충국趙充國·어사대부 채의蔡誼

이들 뭇 신하들은 순서대로 전각에 올랐다고 하였다.[44] 그렇다면 번다한

· ·

44 이 상주문은 곽광과 여러 신하들이 창읍왕의 죄상을 논한 것이다. 창읍왕은 한 무제의 손자로 소제(昭帝)를 이어 즉위했으나 향연과 음란을 일삼다가 곽광에 의해 즉위 27일만에

호칭의 장군이 모두 어사대부 앞에 있었으니, 전·후·좌·우를 구분할 필요가 없다.

9. 대보름 등 축제 上元張燈

정월 대보름 등 축제에 대해 『태평어람太平御覽』[45]에는 『사기·악서樂書』 중 "한나라 때 태일太一[46]에 제사를 지내는데, 저녁 무렵부터 다음날까지 계속되었다"는 기록을 인용하였다. 지금 사람들이 정월 대보름 밤에 노닐면서 등을 구경하는 것은 바로 그 유풍이다. 그러나 지금의 『사기』에는 이 내용이 없다.

당나라 위술韋述[47]의 『양경신기兩京新記』에 "정월 15일 밤 앞뒤 각 하루까지 등을 구경하도록 통행금지를 완화하라고 금오金吾[48]에 칙령을 내렸다"는 기록이 있다.

우리 왕조에 들어와 경사에서는 닷새 밤으로 증가했다. 속설에 따르면, 전숙錢俶[49]이 땅을 바치고 귀순하면서 돈을 내서 이틀 밤을 사들였다는데 이전 사서史書에서 말한 돈을 내서 연회를 사들인 것과 유사한 것이다. 처음에는 정월 12·13일 이틀 밤으로 했다가, 휘종 숭녕崇寧[50] 초에 이르러, 두

폐위되었다.

45 『太平御覽』: 송 태종 때 이방李昉(925~996)이 황명에 따라 편집한 유서類書로, 이를 통해 고적과 일문佚文이 많이 전해졌다.

46 太一: 천신天神, 태양신, 북극신.

47 韋述 : 당나라 저술가. 젊어서 진사 급제하여 집현전학사·공부시랑 등을 역임했고, 방성현 후方城縣侯에 책봉되었다. 장서가 많았고, 이를 모두 교감하였으며, 오랫동안 사관史官을 지냈다. 안사의 난 때 자신이 지은 『국사國史』를 가지고 남산에 들어가 은거하다 죽었다고 한다.

48 金吾 : 집금오執金吾. 수도 치안을 담당한 관명.

49 錢俶(929~988 / 재위 948~978) : 5대10국 시기 오월吳越의 마지막 왕 충의왕忠懿王. 이름 홍숙弘俶, 어릴 때 자 호자虎子, 자 문덕文德. 전목錢鏐의 손자, 전원관錢元瓘의 아홉번째 아들이다. 송 태조가 강남을 평정하는데 군대를 출동시켜 공을 세워서 천하병마대원수天下兵馬大元帥에 임명되었다. 태평흥국太平興國 3년(978), 근거지 양절兩浙 13주를 바치면서 송에 귀순했다.

50 崇寧 : 북송 휘종徽宗 때의 연호(1120~1106).

날이 모두 국기일國忌日이라 결국 17·18일 밤으로 늦추어졌다.

내가 국사國史를 살펴보니, 태조 건덕乾德 5년(967) 정월 조서를 내려서, 조정이 무사하고 국토가 평안하니 개봉부開封府에서는 관등일觀燈日에 17·18일 이틀 저녁을 추가하도록 하였다. 그러므로 속설에서 전숙이 돈을 들여 이틀밤을 사들였다는 것과 숭녕 연간 관등일 날짜를 연기했다는 것은 모두 틀린 말이다.

태평흥국太平興國 5년(980) 10월 15일 하원절下元節, 개봉에서 처음으로 정월 대보름 저녁처럼 등을 걸도록 하였다. 순화淳化 원년(990) 6월 비로소 7월 보름 중원절中元節과 10월 보름 하원절下元節에 등을 다는 것을 폐지했다.

10. 정확한 칠석 날짜 七夕用六日

송 태종 태평흥국 3년(978) 7월, 다음과 같은 조서가 하달되었다.

> 칠월 칠석 좋은 날이라고 나라의 율령에 분명히 밝혀져 있다. 지금 풍속에서 6일로 지내는 경우가 많은데, 이는 전통 관습이 아니다. 마땅히 7일로 지내는 것을 회복해야 할 것이다.

명칭이 '칠석'인데 6일로 지내다니, 언제부터 시작되었는지 모르겠다. 당나라 때는 이런 말이 없었으니, 필시 오대 때 생긴 풍습일 것이다.

11. 재상과 참지정사 숫자 宰相參政員數

송 태조는 등극하면서 후주後周의 범질范質[51]과 왕부王溥[52]·위인포魏仁浦[53]

---

51 范質(911~964) : 오대五代 후주後周와 북송 초 대신. 자 문소文素. 오대 후량後梁 건화乾化 원년(911) 출생하여, 후량·후당·후진·후한·후주·북송 등 여섯 왕조를 거치면서 다섯 왕조에서 관리가 되었고, 두 왕조에서 재상을 지냈다.
52 王溥(922~982) : 오대에서 북송 초기 시기 저명한 정치가, 사학자. 자 제물齊物.
53 魏仁浦(911~969) : 북송의 정치가. 자 도제道濟. 위주衛州 급현汲縣(지금의 하남성 위휘衛輝)

세 재상을 그대로 등용했다가, 건륭建隆 4년(963)에 모두 파직하고 조보趙普만 재상에 임명했다. 석 달 지나 참지정사參知政事라는 직함을 처음 만들고 설거정薛居正과 여여경呂餘慶을 임명하고 나중에 유희고劉熙古를 더하였으니, 이리하여 1상相·3참參이 되었다. 조보가 파직되어 떠나자 설거정과 심의륜沈義倫을 재상에 임명하고 노다손盧多遜을 참지정사에 임명했다.

태종이 즉위하여 노다손을 다시 재상에 임명했다. 이 6년 동안 재상은 셋이요 참지정사는 하나도 없었다. 이후로는 대체로 2상相·2참參을 표준으로 하였다. 인종 지화至和 2년(1055), 문언박文彦博을 소문상昭文相으로 하고, 유항劉沆을 사관상史館相으로 하고, 부필富弼을 집현상集賢相으로 하고, 정감程戡 한 사람만 참지정사에 임명했다. 이에 앞서 태종 지도至道 3년(997), 여단呂端이 우복야右僕射에서 혼자 재상이 되었고, 호부시랑 온중서溫仲舒와 예부시랑 왕화기王化基·공부상서 이지李至·예부시랑 이항李沆 네 사람이 참지정사였는데, 이제까지 이런 적이 없었다.

12. 주애로 좌천된 사람 朱崖遷客

당나라 때 위집의韋執誼[54]가 재상에서 애주崖州[55] 사호司戶로 폄적되었다. 애주자사는 그에게 군사 아추衙推[56]를 맡으라고 명하였는데, 임명 문서는 다음과 같다.

사람. 후진·후주·북송 때에 요직을 지냈다.
54 韋執誼(769~814) : 당나라 재상. 자 종인宗仁. 당대 경조京兆(지금의 섬서성 서안) 사람. 재상을 14명 배출했다는 당대 장안 명족 출신으로, 진사 급제하여 우습유·한림학사 등을 지냈다. 당 영정永貞 원년(805), 순종順宗이 정권을 잡으면서 위집의를 재상으로 임명하고 왕숙문王叔文을 한림학사로 임명했다. 왕숙문은 정치 개혁을 추진하면서, 환관의 군권을 회수할 것을 건의했다가 환관 구문진俱文珍 등의 반대에 부딪혔다. 같은 해 8월 순종은 병을 핑계로 퇴위하고 헌종이 이어서 즉위했다. 11월 위집의는 애주사마로 폄적되었다가, 다시 사호司戶로 폄적되었다.
55 崖州 : 지금의 해남海南 경산瓊山.
56 衙推 : 군부軍府의 속관.

앞에 있는 이 관리는 오랫동안 조정에 있어서 공무에 대해 많이 알고 있으니, 이곳의 통치에 보좌가 있기를 기대한다. 두려워하지 말고 능력을 발휘하라.

당시 이 내용을 서로 전하면서 웃었다. 그러나 위집의를 업신여기는 정도에는 아직 이르지 않았다.

노다손盧多遜[57]이 재상에서 파직되어 애주로 갔다. 지주知州는 군관 출신으로, 자신의 아들이 노다손의 딸과 혼인을 맺게 하고자 했지만, 노다손이 받아들이지 않자 구박하고 욕보이며 해치려고까지 하였다. 노다손은 어쩔 수 없이 혼사를 받아들여 혼인을 맺었다.

소흥紹興[58] 연간에 호방형胡邦衡이 신주新州[59]로 좌천되었다가 다시 길양吉陽으로 옮겨가게 되었는데, 길양은 바로 주애朱崖이다. 군수軍守인 장생張生 또한 하급 군리 출신이기에, 호방형을 대하는 것이 무례하였다. 열흘마다 상황을 보고할 때면 꼭 죄수처럼 주부州府 뜨락 아래서 서 있게 했다. 호방형은 예를 다하여 그를 모셨고 50운의 시를 써서 생일을 축하까지 했지만, 아침에 저녁을 장담할 수 없을 만큼 목숨에 대한 걱정이 심했다.

당시 여족黎族 추장이 호방형의 명성을 듣고 아들을 보내 공부를 하게 했다. 추장은 성에서 30리 떨어진 곳에 살고 있었는데, 호방형을 초청하여 산채에 들어오게 한 적이 있다. 그곳에 장군수張軍守가 형구를 메고 서쪽 주랑 아래 묶여 있었다. 추장이 가리키며 말했다.

"이 인간의 탐욕과 포학이 너무 심해 내가 죽이려 하는데, 선생은 어떻게 생각하시오?"

호방형이 말했다.

. . . .

57 盧多遜(934~985) : 북송의 재상. 회주懷州 하내河內(지금의 하남성 심양沁陽) 사람. 총명하고 경사經史에 두루 통달했으며, 태조와의 독서 문답에서 여러분 태조를 탄복시켰다고 한다. 태평흥국 7년(982) 조정미趙廷美와 결탁했다는 연유로 체포 구금되어 사형과 멸족을 판결받았다가, 가문의 공헌이 정상참작되어 애주崖州로 폄적되었다.
58 紹興 : 남송 고종高宗 때의 연호(1131~1162).
59 新州 : 황강黃岡 신주新州, 지금의 호북성 무한 신주구新洲區.

"그의 죄는 죽음으로도 씻을 수 없으므로 그를 죽인다면 한 지방의 원한에 찬 마음을 씻기에는 충분합니다. 그러나 이왕 이렇게 제게 의견을 물어주시니 제 생각을 말씀드리겠습니다. 아드님께서 저를 따라 공부하게 하시는 건 무엇 때문입니까? 군신君臣과 상하의 명분을 알게 하기 위한 것 아니십니까? 이 사람이 본래 잘한게 없지만 그래도 한 주州의 주인으로, 방군邦君입니다. 그의 죄악을 고소하려면 우선 해남海南 안무사安撫司에게 보고하고, 다음으로 광서廣西 경략사經略司에게 알리고, 그래도 두 곳에서 조치를 취하지 않으면 추밀원樞密院에 송사를 제기해야 합니다. 지금 사람을 함부로 죽이면 안 됩니다."

추장은 호방형의 말을 듣고 깨달은 바가 있어 결국 군수를 풀어주고 종이 한 장을 주며 자신의 잘못을 쓰게 했다. 군수는 호방형에게 거듭 인사를 하고 떠나갔다. 그리고 다음 날 호방형이 돌아오자 장생은 직접 성문까지 마중 나와서 그동안 잘못을 뉘우치며 호방형에게 고마워했다. 특히 갱생의 기회를 준 은혜에 감사를 표했고 그를 상객으로 대우했다. 호방형이 효종 융흥隆興60 초 시종관으로 있을 때 예전에 지었던 생일 축하시를 둘째 형님인 문안공文安公61에게 보여주면서 그 때 일을 자세히 말해주었다. 귀양을 간다는 것이 만 리 먼 곳에 가 구중 심연에 빠져서 날마다 죽음을 오락가락하는 것은 예나 지금이나 마찬가지이다.

13. 장사귀와 송경 張士貴宋璟

당나라 태종이 병영에 직접 가서 군대를 점검했다. 군진이 바르게 정렬되어 있지 않자, 대장군 장사귀張士貴62에게 중랑장中郞將 등을 곤장 치도록 명하였다. 그런데 곤장을 살살 친다고 분노하여, 옥리에게 보내 장사귀의 죄를 묻게 했다. 위징魏徵63이 간언하였다.

....

60 隆興 : 남송 효종孝宗 때의 연호(1163~1164).
61 文安公 : 홍매의 작은 형 홍준洪遵.
62 張士貴(586~657) : 당대唐代 명장. 본명은 홀률忽峍. 조적은 우현盂縣 상문촌上文村. 어려서부터 무예를 배웠고 완력이 뛰어났으며 활을 쏘면 헛발이 없었다. 수나라 말기 기병했다가 이연에게 귀순하여 당의 통일 완성과 변방 영토 확장에 큰 공을 세웠다.

"장군의 직책은 나라를 지키는 조아爪牙이온데, 곤장을 들게 하시다니 누가 본받을까 걱정이옵니다. 하물며 곤장을 살살 친다는 이유로 옥리에게 내려 보내시다니요!"

그제서야 태종은 장사귀를 풀어주었다.

현종 개원 3년(715), 어사대부 송경宋璟⁶⁴이 조당朝堂을 감독하던 중 곤장을 때리는데 곤장을 살살 때렸다는 죄에 연루되어 목주睦州 자사로 폄적되었다. 당시 요숭姚崇⁶⁵이 재상이었으나 말리지 못했다. 노회신盧懷愼⁶⁶도 재상직에 있었는데 병이 심했음에도 불구하고 표를 올려 송경은 태평성대의 귀중한 그릇으로 연루된 죄가 작으니 불쌍히 여겨 선처를 바란다고 하였고 황제가 깊이 고려하여 받아들였다.

태종과 현종은 당나라의 현군賢君이다. 그런데도 곤장을 살살 때렸다는 이유로 대장군과 어사대부에게 죄를 묻다니, 정치와 형벌의 도를 잃었다고 할 수 있다.

....

63 魏徵(580〜643) : 당唐나라 초기의 정치가. 자 현성玄成. 당 태종太宗에게 끊임없는 간언을 하여 '정관의 치[貞觀之治]'를 이루는 데 큰 역할을 했다.

64 宋璟(663〜737) : 당 현종 시기 재상. 자 광평廣平. 하북성 형태邢台 사람. 선조가 북위·북제에서 모두 명신이 되었다. 어려서부터 박학다재하고 문학에 뛰어났다. 약관에 진사 급제하여 여러 관직을 거치고, 개원 17년(729) 상서우승에 임명되었다. 당이 중흥하여 개원의 치세를 여는데 결정적 역할을 하였다.

65 姚崇(650〜721) : 당 현종 시기 재상. 자 원지元之. 본명은 원숭元崇이었는데, 당 현종 때 연호 '개원開元'을 피휘하여 요숭姚崇으로 개명했다. 하남성 삼문협三門峽 섬현陝縣 사람이다. 부친은 요의姚懿로, 협석陝石 현령을 지냈다. 조적은 강소성 오흥吳興인데 대대로 섬주陝州에서 관리를 지내서, 결국 섬주 협석으로 거처를 정했다. 젊을 때는 음악을 좋아했다가 나이 들어 학문에 힘써서, 대기만성형이다. 측천무후·예종·현종 3대에 걸쳐 재상을 지냈으며, 특히 현종 때 개원의 치적에 많은 공을 세웠다.

66 盧懷愼(?〜716) : 당 현종 시기 재상. 활주滑州 영창靈昌(지금의 하남성 활현 서남 지역) 사람. 측천무후 때 감찰어사를 지냈고, 이후 시어사·어사대부를 지냈으며, 현종 개원 원년(713) 재상이 되었다. 재능이 요숭만 못하다 하여 매사에 양보하면서, 재임기간 동안 오직 현능한 인재를 추천하는 데 힘썼다고 한다. 재상 부임 3년 만에 병으로 세상을 떠났다. 청렴결백하여 집안에 쌓아놓은 재산이 없었으며, 문에 발을 치지 않고 처자식이 기아와 추위에 시달릴 정도로 빈궁하게 살았다고 한다. 노회신의 아들 노환盧奐 역시 광주廣州에서 태수로 있을 때 현지의 진귀한 보물에 마음을 뺏기지 않고 청렴결백한 생활을 유지하여 청송을 받았다고 한다.

14. 한유와 구양수의 문장 韓歐文語

한유는 「반곡서盤谷序」에서 다음과 같이 말했다.

> 무성한 숲에 앉아 하루를 보내고 맑은 샘물에 스스로를 깨끗이 씻는데 산에서
> 나물 캐니 맛이 좋아 먹기에 아주 좋고, 물에서 낚시하니 신선하여 먹기에 그만
> 이다.

구양수는 「취옹정기醉翁亭記」에서 다음과 같이 말했다.

> 들꽃 피어나니 향기 그윽하고, 나무 쑥쑥 뻗어가니 그늘 넓어진다. 시내 찾아가
> 고기 잡으니 시내가 깊어 물고기 살 올랐고, 샘물 길어 술 빚으니 샘물 맛이 좋
> 아 술이 향기롭다. 산나물, 들나물 이것저것 앞에 늘어섰다.

구양수의 글은 한유의 글을 변화시킨 것이다. 그런데 "물에서 낚시하니
신선하여 먹기에 그만이다釣於水, 鮮可食"와 "시내 찾아가 고기 잡으니 시내
가 깊어 물고기 살 올랐고臨溪而漁, 溪深而魚肥", "산에서 나물 캐니采於山",
"산나물 들나물 이것저것 앞에 늘어섰다山殽前陳" 등 구절은 번다함과 간략
함의 내공에서 차이가 있다.

용재삼필 권1

27

1. 晁景迂經說

景迂子晁以道留意六經之學, 各著一書, 發明其旨, 故有易規、書傳、詩序論, 中庸、洪範傳、三傳說。其說多與世儒異。

謂易之學者所謂應、所謂位、所謂承乘、所謂主, 皆非是。大抵云, 繫辭言卦爻象數剛柔變通之類非一, 未嘗及初應四、二應五、三應六也。以陽居陽、以陰居陰爲得位, 得位者吉。以陽居陰、以陰居陽爲失位, 失位者凶。然則九五、九三、六二、六四俱善乎? 六五、六三、九二、九四俱不善乎? 既爲有應無應、得位不得位之說, 而求之或不通, 則又爲承乘之說。謂陰承陽則順, 陽承陰則逆, 陽乘柔則吉, 陰乘剛則凶, 其不思亦甚矣。又必以位而論中正, 如六二、九五爲中且正, 則六五、九二俱不善乎? 初、上、三、四永不得用中乎? 卦各有主, 而一概主之於五, 亦非也。

其論書曰: 予於堯典, 見天文矣, 而言四時者不知中星。禹貢敷土治水, 而言九州者不知經水。洪範性命之原, 而言九疇者不知數。舜於四凶, 以堯庭之舊而流放竄殛之。穆王將善其祥刑, 而先醜其耄荒。湯之伐桀, 出不意而奪農時。文王受命爲僭王, 召公之不說, 類爲無上。太甲以不順伊尹而放, 羣叔才有流言而誅, 啓行孥戮之刑以誓不用命, 盤庚行劓殄之刑而遷國, 周人飲酒而死, 魯人不板榦而屋誅。先時不及時而殺無赦。威不可詑, 老不足敬, 禍不足畏, 凶德不足忌之類。惟此經遭秦火煨燼之後, 孔壁朽折之餘, 孔安國初以隸篆推科斗。既而古今文字錯出東京, 乃取正於杜林。傳至唐, 彌不能一, 明皇帝詔衞包悉以今文易之, 其去本幾何其遠矣! 今之學者盡信不疑, 殆如手授於洙、泗間, 不亦惑乎! 論堯典中星云, 於春分日而南方井、鬼七宿合, 昏畢見者, 孔氏之誤也。豈有七宿百九度 而於一夕間畢見者哉! 此實春分之一時正位之中星, 非常夜昏見之中星也。於夏至而東方角、亢七宿合, 昏畢見者, 孔氏之誤也。豈有七宿七十七度而於一夕間畢見者哉! 此夏至一時之中星, 非常夜昏見者也。秋分、冬至之說皆然。凡此以上, 皆晁氏之說。所繹聖典, 非所敢知。但驗之天文, 不以四時, 其同在天者常有十餘宿。自昏至旦, 除太陽所舍外, 餘出者過三之二, 安得言七宿不能於一夕間畢見哉! 蓋晁不識星故云爾。

其論詩序, 云作詩者不必有序。今之說者曰, 序與詩同作, 無乃惑歟! 且逸詩之傳者, 岐下之石鼓也, 又安覿序邪? 謂晉武公盜立, 秦仲者石勒之流, 秦襄公取周地, 皆不應

美。文王有聲爲繼伐，是文王以伐紂爲志，武王以伐紂爲功。庭燎、沔水、鶴鳴、白駒，
箴、規、誨、刺於宣王，則雲漢、韓奕、崧高、烝民之作爲妄也。未有小雅之惡如此，而
大雅之善如彼者也。謂子衿、候人、采綠之序駢蔓無益，樛木、日月之序爲自戾，定之
方中、木瓜之序爲不純。孟子、荀卿、左氏、賈誼、劉向漢諸儒，論說及詩多矣，未嘗
有一言以詩序爲議者，則序之所作晚矣。晁所論是否，亦未敢輕言。但其中有云秦康公
隳穆公之業，日稱兵於母家，自喪服以尋干戈，終身戰不知已，而序渭陽，稱其「我見舅氏，
如母存焉」，是果純孝歟？陳厲公弒佗代立，而序墓門責佗「無良師傅」，失其類矣。予謂
康公渭陽之詩，乃贈送晉文公入晉時所作，去其卽位十六年。衰服用兵，蓋晉襄公耳，傳
云「子墨衰經」者也。康公送公子雍于晉，蓋徇其請。晉背約而與之戰，康公何罪哉! 責
其稱兵於母家，則不可。陳佗殺威公太子而代之，故蔡人殺佗而立厲公，非厲公罪也。晁
詆厲以申佗，亦爲不可。

　　其論三傳，謂杜預以左氏之耳目，奪夫子之筆削。公羊家失之舛雜，而何休者，又特負
於公羊。惟穀梁晚出，監二氏之違畔而正之，然或與之同惡，至其精深遠大者，眞得子夏
之所傳。范甯又因諸儒而博辯之，申穀梁之志，其於是非亦少公矣，非若杜征南一切申
傳，汲汲然不敢異同也。此論最善。

　　然則晁公之於羣經，可謂自信篤而不詭隨者矣。

2. 邳彤酈商

　　漢光武討王郎時，河北皆叛，獨鉅鹿、信都堅守，議者謂可因二郡兵自送，還長安。惟
邳彤不可，以爲若行此策，豈徒空失河北，必更驚動三輔。公旣西，則邯鄲之兵，不肯背城
主而千里送公，其離散逃亡必也。光武感其言而止。東坡曰:「此東漢興亡之決，邳彤
亦可謂漢之元臣也。」彤在雲臺諸將之中，不爲人所標異，至此論出，識者始知其然。漢
高祖沒，呂后與審食其謀曰:「諸將故與帝爲編戶民，今乃事少主，非盡族是，天下不安。」
以故不發喪。酈商見食其曰:「誠如此，天下危矣。陳平、灌嬰將十萬守滎陽，樊噲、周
勃將二十萬定燕、代，比聞帝崩，諸將皆誅，必連兵還嚮以攻關中，亡可翹足待也。」食其
入言之，乃發喪。然則是時漢室之危，幾於不保，酈商笑談間，廓廓無事，其功豈不大
哉! 然無有表而出之者。迨呂后之亡，呂祿據北軍，商子寄紿之出游，使周勃得入。則
酈氏父子之於漢，謂之社稷臣可也。寄與劉揭同說呂祿解將印，及文帝論功，揭封侯賜
金，而寄不錄，平、勃亦不爲之一言，此又不可曉者。其後寄嗣父爲侯，又以罪免，惜哉!

3. 武成之書

　　孔子言:「周之德，其可謂至德也已矣。三分天下有其二，以服事殷。」所謂服事者，美
其能於紂之世盡臣道也。而史記周本紀云西伯蓋受命之年稱王，而斷虞芮之訟，其後改

法度, 制正朔, 追尊古公、公季爲王。是說之非, 自唐梁肅至於歐陽、東坡公、孫明復皆嘗著論, 然其失自武成始也。孟子曰:「吾於武成, 取二三策而已矣。」今考其書, 云「大王肇基王迹, 文王誕膺天命, 以撫方夏」, 及武王自稱曰「周王發」, 皆紂尚在位之辭。且大王居邠, 猶爲狄所迫逐, 安有「肇基王迹」之事? 文王但稱西伯, 焉得言「誕膺天命」乎? 武王未代商, 已稱周王, 可乎! 則武成之書, 不可盡信, 非止「血流漂杵」一端也。至編簡舛誤, 特其小小者云。

4. 象載瑜

漢郊祀歌象載瑜章云:「象載瑜, 白集西。」顏師古曰:「象載, 象輿也。山出象輿, 瑞應車也。」赤蛟章云「象輿車轙義」, 卽此也。而景星章云:「象載昭庭。」師古曰:「象謂縣象也。縣象祕事, 昭顯於庭也。」二字同出一處, 而自爲兩說。案樂章詞意, 正指瑞應車, 言昭列於庭下耳。三劉漢釋之說亦得之, 而謂「白集西」爲西雍之麟, 此則不然。蓋歌詩凡十九章, 皆書其名於後, 象載瑜前一行云「行幸雍獲白麟作」, 自爲前篇「朝隴首覽西垠」之章, 不應又於下篇贅出之也。

5. 管晏之言

孟子所書:「齊景公問於晏子曰:『吾欲觀於轉附、朝儛, 遵海而南, 放於琅邪, 吾何脩而可以比於先王觀也?』晏子對曰:『天子諸侯, 無非事者。春省耕而補不足, 秋省斂而助不給。今也不然。師行而糧食。從流下而忘反謂之流, 從流上而忘反謂之連, 從獸無厭謂之荒, 樂酒無厭謂之亡。先王無流連之樂, 荒亡之行。』景公說, 大戒於國。」管子內言戒篇曰:桓威公將東游, 問於管仲曰:『『我游猶軸轉斛, 南至琅邪。司馬曰, 『亦先王之游已。』何謂也?』對曰:『『先王之游也, 春出原農事之不本者, 謂之游。秋出補人之不足者, 謂之夕。夫師行而糧食其民者, 謂之亡。從樂而不反者, 謂之荒。先王有游夕之業於民, 無荒亡之行於身。』』桓威公退再拜, 命曰寶法。觀管、晏二子之語, 一何相似, 豈非傳記所載容有相犯乎? 管氏旣自爲一書, 必不誤, 當更考之晏子春秋也。

6. 共工氏

禮記祭法、漢書郊祀志皆言共工氏霸九州, 以其無錄而王, 故謂之霸。曆志則云:「雖有水德, 在火木之間, 非其序也。任知刑以彊, 故伯而不王。周人卷罨其行序, 故易不載。」注言:「以其非次故去之。」史記律書:「顓頊有共工之陳, 以平水害。」文穎曰:「共工, 主水官。少昊氏衰, 秉政作虐, 故顓頊伐之。本主水官, 因爲水行也。」然左傳郯子所敍黃帝、炎帝五代所名官, 共工氏以水紀, 故爲水師而水名。杜預云:「共工氏以諸侯伯有九州者, 在神農之前, 太昊之後, 亦受水瑞, 以水名官。」蓋其與炎、黃諸帝均受五行

之瑞, 無所低昂, 是亦爲王明矣。其子曰后土, 能平九州, 至今祀以爲社。前所紀謂「周人去其行序」, 恐非也。至於怒觸不周之山, 天傾西北, 地不滿東南, 此說尤爲誕罔。洪氏出於此, 本曰「共」, 左傳所書晉左行共華、魯共劉, 皆其裔也。後又推本水德之緒加水於左而爲「洪」云。堯典所稱「共工方鳩僝功」, 卽舜所流者, 非此也。時以名官, 故舜命垂爲之。

7. 漢志之誤

昔人謂顏師古爲班氏忠臣, 以其注釋紀傳, 雖有舛誤, 必委曲爲之辨故也。如五行志中最多, 其最顯顯者, 與尚書及春秋乖戾爲甚。桑穀共生於朝。劉向以爲商道旣衰, 高宗乘敝而起, 旣獲顯榮, 怠於政事, 國將危亡, 故桑穀之異見。武丁恐駭, 謀於忠賢。顏注曰:「桑穀自太戊時生, 而此云高宗時, 其說與尚書大傳不同, 未詳其義, 或者伏生差謬。」案藝文志自云:「桑穀共生, 太戊以興, 鳴雉登鼎, 武丁爲宗。」乃是本書所言, 豈不可爲明證, 而翻以伏生爲謬, 何也? 僖公二十九年, 大雨雹。劉向以爲信用公子遂, 遂專權自恣, 僖公不寤, 後二年, 殺子赤, 立宣公。又載文公十六年, 蛇自泉宮出。劉向以爲其後公子遂殺二子而立宣公。此是文公末年事, 而劉向旣書之, 又誤以爲僖, 顏無所辨。隱公三年, 日有食之。劉向以爲其後鄭獲魯隱。注引「狐壤之戰, 隱公獲焉」。此自是隱爲公子時事耳, 左傳記之甚明。宣公十五年, 王札子殺召伯、毛伯。董仲舒以爲成公時。其它如言楚莊始稱王, 晉滅江之類, 顏皆隨事敷演, 皆云未詳其說, 終不肯正抵其疵也。地理志中沛郡公丘縣曰:「故滕國, 周懿王子叔繡所封。」顏引左傳「邘、雍、曹、滕, 文之昭也」爲證, 亦云未詳其義。眞定之肥纍, 蕾川之劇, 泰山之肥城皆以爲肥子國, 而遼西之肥如又云「肥子奔燕, 燕封於此」。魏郡元城縣云:「魏公子元食邑於此, 因而遂氏焉。」常山元氏縣云:「趙公子元之封邑, 故曰元氏。」不應兩邑命名相似如此。正文及志五引虖池河, 皆注云:「虖音呼, 池音徒河反。」又「五伯迭興」注云:「此五伯謂齊桓、宋襄、晉文、秦穆、楚莊也。」而諸侯王表「五伯扶其弱」注云:「謂齊桓、宋襄、晉文、秦穆、吳夫差也。」異姓諸侯王表「適戍彊於五伯」注云:「謂昆吾、大彭、豕韋、齊桓、晉文也。」均出一書, 皆師古注辭, 而異同如此。

8. 漢將軍在御史上

漢書百官公卿表, 御史大夫掌副丞相, 位上卿, 銀印靑綬, 前後左右將軍亦位上卿, 而金印紫綬。故霍光傳所載羣臣連名奏曰, 丞相敞、大將軍光、車騎將軍安世、度遼將軍明友、前將軍增、後將軍充國、御史大夫誼。且云羣臣以次上殿。然則凡雜將軍, 皆在御史大夫上, 不必前後左右也。

9. 上元張燈

上元張燈, 太平御覽所載史記樂書曰：「漢家祀太一, 以昏時祠到明。」今人正月望日夜游觀燈, 是其遺事, 而今史記無此文。唐韋述兩京新記曰：「正月十五日夜, 敕金吾弛禁, 前後各一日以看燈。」本朝京師增爲五夜, 俗言錢忠懿納土, 進錢買兩夜, 如前史所謂買宴之比。初用十二、十三夜, 至崇寧初, 以兩日皆國忌, 遂展至十七、十八夜。予案國史, 乾德五年正月, 詔以朝廷無事, 區(寓)乂安, 令開封府更增十七、十八兩夕。然則俗云因錢氏及崇寧之展日, 皆非也。太平興國五年十月下元, 京城始張燈如上元之夕, 至淳化元年六月, 始罷中元、下元張燈。

10. 七夕用六日

太平興國三年七月, 詔：「七夕嘉辰, 著於甲令。今之習俗, 多用六日, 非舊制也, 宜復用七日。」且名爲七夕而用六, 不知自何時以然。然唐世無此說, 必出於五代耳。

11. 宰相參政員數

太祖登極, 仍用周朝范質、王溥、魏仁浦三宰相, 四年皆罷, 趙普獨相。越三月, 始創參知政事之名, 而以命薛居正、呂餘慶, 後益以劉熙古, 是爲一相三參。及普罷去, 以居正及沈義倫爲相, 盧多遜參政。太宗卽位, 多遜亦拜相。凡六年, 三相而無一參。自後頗以二相二參爲率。至和二年, 文彥博爲昭文相劉沆爲史館相, 富弼爲集賢相, 但用程戡一參。惟至道三年呂端以右僕射獨相, 而吏部侍郎溫仲舒、兵部侍郎王化基、工部尚書李至、戶部侍郎李沆四參政, 前後未之有也。

12. 朱崖遷客

唐韋執誼自宰相貶崖州司戶, 刺史命攝軍事衙推, 牒詞云：「前件官, 久在朝廷, 頗諳公事, 幸期佐理, 勿憚縻賢。」當時傳以爲笑, 然猶未至於挫抑也。盧多遜罷相流崖州, 知州乃牙校, 爲子求昏, 多遜不許, 遂侵辱之, 將加害, 不得已, 卒與爲昏。紹興中, 胡邦衡銓竄新州, 再徙吉陽, 吉陽卽朱崖也。軍守張生, 亦一右列指使, 遇之亡狀, 每旬呈, 必令囚首詣廷下。邦衡盡禮事之, 至作五十韻詩, 爲其生日壽, 性命之憂, 朝不謀夕。是時, 黎酋聞邦衡名, 遣子就學, 其居去城三十里, 嘗邀致入山, 見軍守者, 荷枷絣西廡下, 酋指而語曰：「此人貪虐已甚, 吾將殺之, 先生以爲何如？」邦衡曰：「其死有餘罪, 果若此, 足以洗一邦怨心。然既蒙垂問, 切有獻焉。賢郎所以相從者爲何事哉？ 當先知君臣、上下之名分。此人固亡狀, 要之爲一州主, 所謂邦君也。欲訴其過, 合以告海南安撫司, 次至廣西經略司, 俟其不行, 然後訟於樞密院, 今不應擅殺人也。」酋悟, 遽釋之, 令自書一紙引咎, 乃再拜而出。明日, 邦衡歸, 張詣門悔謝, 殊感再生之恩, 自此待爲上客。邦衡以

隆興初在侍從, 錄所作生日詩示仲兄文安公, 且備言昔日事。乃知去天萬里, 身陷九淵,
日與死迫, 古今一轍也。

13. 張士貴宋璟

唐太宗自臨治兵, 以部陳不整, 命大將軍張士貴杖中郎將等, 怒其杖輕, 下士貴吏。魏
徵諫曰:「將軍之職, 爲國爪牙, 使之執杖, 已非後法, 況以杖輕下吏乎!」上亟釋之。明皇
開元三年, 御史大夫宋璟坐監朝堂杖人杖輕, 貶睦州刺史, 姚崇爲宰相, 弗能止, 盧懷愼亦
爲相, 御疾亟, 表言璟明時重器, 所坐者小, 望垂矜錄, 上深納之。太宗、明皇, 有唐賢君
也, 而以杖人輕之故, 加罪大將軍、御史大夫, 可謂失政刑矣。

14. 韓歐文語

盤谷序云:「坐茂林以終日, 濯清泉以自潔。采於山, 美可茹, 釣於水, 鮮可食。」醉翁
亭記云:「野花發而幽香, 佳木秀而繁陰」。「臨溪而漁, 溪深而魚肥;釀泉爲酒, 泉香而
酒洌。山殽野蔌, 雜然而前陳。」歐公文勢, 大抵化韓語也。然「釣於水, 鮮可食」與「臨
溪而漁, 溪深而魚肥」、「采於山」與「山殽前陳」之句, 煩簡工夫, 則有不侔矣。

1. 유자를 등용하지 않은 한나라 선제 漢宣帝不用儒

한 선제宣帝는 유자儒者를 좋아하지 않아서 이렇게 말하곤 했다.

> "속유俗儒는 시의를 제대로 알지 못하고 걸핏하면 옛것이 옳다 하고 지금 것이
> 잘못되었다고 하여, 사람들이 명名과 실實을 혼동하여 무엇을 지켜야 할 지 모르
> 게 하니, 어떻게 일을 맡기겠는가."

광형匡衡[1]이 평원平原에서 교관으로 있을 때, 많은 학생이 글을 올려 광형을
추천하면서, 그가 경서에 밝으며 그만한 사람이 없으니 먼 곳에 있게 해서는
안 된다고 했다. 광형을 소망지蕭望之[2]와 양구하梁丘賀[3]에게 보내 일을 돕게
했다. 소망지는 광형이 경학에 정통하고 그 학설에 사도師道가 담겨 있으니
선제가 직접 접견하여 살펴볼 만하다고 아뢰었다. 그러나 선제는 유자를
그다지 등용하려고 하지 않아서, 광형을 옛 자리로 돌려보냈다.

사마광은 속유俗儒와는 함께 정치를 할 수 없다고 했는데, 그렇다면 진정한
유자를 찾아서 등용할 수 없었단 말인가! 또한 옛것이 옳다 하고 지금
것이 잘못 되었다는 설은 진시황·이사가 금지한 것인데 어찌 그것을 본받으

용재삼필 권2

<hr>

1 匡衡 : 서한 시기 경학가. 자 치규稚圭, 동해군東海郡 승현承縣(지금의 조장시棗莊市 역성구嶧城區
　왕장향王莊鄕 광담촌匡談村) 사람. 『시』 해설로 유명했다고 하며, 원제元帝 때 승상을 지냈다.
2 蕭望之(B.C.114?~B.C.47?) : 서한 시기 경학가. 자 장천長倩, 소하蕭何의 6대손, 동해 난릉蘭
　陵(지금의 산동 창산蒼山 난릉진蘭陵鎭) 사람. 『제시齊詩』를 주로 연구했고, 그밖에 경서도
　연구했으며, 한대 『노논어魯論語』의 유명한 전인이라고 한다. 이백이 『객중행客中行』에서 칭
　송한 '난릉 미주美酒'는 바로 소씨 집안에서 빚은 술이라고 한다.
3 梁丘賀 : 서한 시기 학자. 자 장옹長翁, 낭아琅琊 제현諸縣(지금의 지구진枳溝鎭 교장촌喬莊村
　동쪽) 사람이다. 금문 역학易學인 양구학梁丘學의 개창자이다.

려고 하였는가! 유자를 등용하지 않고 오로지 중서령中書令인 환관에게만 일을 맡겨 홍공弘恭[4]과 석현石顯[5]이 정치를 제멋대로 좌지우지하여 결국 후세의 화근이 되었다. 군주가 치국의 방도를 생각함에 경계로 삼지 않을 수 있겠는가!

2. 국가 재정 國家府庫

진종眞宗이 제위를 이은 초기 담당 관리가 전국 매년 부세 수입의 대략을 보고했는데, 그 해가 지도至道 3년(997)으로 곡식 2,179만 석碩·전錢 465만 관貫·견絹과 주紬 190만 필匹·사絲와 면綿 658만 냥兩·차 49만 근·황랍黃蠟 30만 근이었다.

이후 많고 적음이 일정하지 않았지만 대략 이런 규모였다. 국가가 전성기일 때는 백성의 경제력이 풍족하므로 징수하는 것이 해가 되지는 않았다. 지금의 경제력은 도저히 예전과 같은 수준이라고 볼 수 없는데, 통상적인 세금 수입이 거의 10배를 초과한다. 백성의 삶은 나날이 다달이 힘들어지는데 폐단을 구제할 방책을 알지 못하니 걱정스러울 뿐이다. 황랍 항목은 지금 징수한다는 것을 듣지 못했다.

3. 유방과 항우의 성패 劉項成敗

한 고조高祖 유방과 항우는 기병했던 초창기에 함께 회왕懷王을 군주로

....

4 弘恭 : 서한 시기 환관. 서한 패沛(지금의 안휘 수계濉溪) 사람. 청년 때 궁형을 당했다가 중상서中尙書로 선발되었다. 선제宣帝가 황권을 강화하려고 환관을 임용하여 주요 업무를 맡기면서, 홍공은 중서령으로 임명되었다. 법령에 밝고 주청을 잘했으며, 오랫동안 내정에서 있으면서, 자기를 따르지 않는 자는 모두 배척하여, 승상·어사대부 등도 모두 그에게 잘 보이려고 아부할 지경이었다.

5 石顯(?~B.C.33) : 서한 시기 환관. 자 군방君房. 제남 사람. 중황문中黃門·중서복야中書僕射·중서령中書令·장신중태복長信中太僕 등을 지냈다. 원제가 환락에 빠져서 정치를 소홀히 하여, 조정이 석현에 의하여 유지되면서, 소망지蕭望之·맹장張猛·경방京房·진함陳咸 등을 박해했다. 원제 다음 성제成帝즉위 이후 악행을 알리는 상소가 빗발처, 폄적되어 원적지로 돌아가던 도중 병사했다.

섬겼다. 유방이 관중에 들어가 진나라를 격파하고 진왕秦王 자영子嬰[6]이 항복하자 여러 장수들은 진왕을 죽여야 한다고 했다. 유방이 말했다.

> "애초에 회왕이 나를 보낸 것은 원래 관용을 잘 베푼다고 보았기 때문이다. 또한 그가 이미 항복을 했으니 죽이는 것은 상서롭지 못하다."

그러고는 자영을 관리에게 넘겼다.

그러나 항우는 그렇지 않았다. 자영을 죽이고, 함양을 도륙질하고, 사람을 보내 회왕에게 보고하도록 했다. 회왕은 처음 약속대로 먼저 함곡관에 들어간 자를 왕으로 삼으려 했다. 그러자 항우가 말했다.

> "회왕은 나의 숙부 무신군武信君[7]께서 옹립한 왕이다. 전쟁터에 나가 싸운 경력도 없는데 어떻게 멋대로 맹약을 주관할 수 있단 말인가! 지금 천하가 평정된 것은 모두 여러 장수와 나의 힘으로 된 것이고, 회왕의 공은 없다. 땅을 나누어 왕이 되는 것이 지당하다."

그리고 겉으로는 초왕을 높여 의제義帝로 칭하고는 결국 죽여 버렸다.

이 두 가지 사례를 보면, 유방은 공을 이루고도 오히려 회왕의 분부를 존중하여 받들었던 반면, 항우는 주군과의 약속을 등졌고 결국에는 회왕을 죽였으니 성패의 실마리는 누구라도 알 수 있는 것이다.

유방이 평민이었을 때 함양에 요역을 간 적이 있었는데, 진시황제를 멀리서 보고 탄식하며 "대장부라면 마땅히 이 정도는 되어야지!"라고 하였다. 항우는 진시황제를 보고 "저걸 내가 대신 차지해야겠군"이라고 했다 한다. 비록 역사가가 기록을 하면서 어느 정도 꾸민 부분이 있을 수 있으나 그 대략의 뜻은 알 수 있다.

• • • • • • • • • • • • • • • • • • • •

6 子嬰 : 진시황제 태자 부소扶蘇의 아들. 조고趙高는 2세 황제 호해胡亥를 살해하고, 황제의 칭호를 없애고 자영을 진왕으로 내세웠다. 재위 기간 46일이다. 유방이 가장 먼저 패상覇上에 도착하자, 자영은 소거백마素車白馬를 타고 나와 항복했다.

7 武信君 : 항우의 숙부 항량項梁. 항량은 회왕을 옹립하고 나서 무신군을 자처했다.

4. 화를 부른 점술 占術致禍

길흉화복과 관련된 일은 대체로 먼저 그 조짐이 나타난다. 그러나 원래 그것을 알고 믿었다가 도리어 죽임을 당하고 멸족의 해를 당하기도 한다. 한 소제昭帝 때 창읍昌邑[8]에서 돌이 저절로 일어서고, 상림上林[9]에서 말라 쓰러진 버드나무가 다시 일어나고, 벌레가 잎을 갉아먹어 "공손병이립公孫病已立"이란 다섯 글자가 나왔다. 휴맹眭孟이 글을 올려, 필부에서 천자가 될 사람이 있을 것이라고 하면서, 그 현인을 찾아서 제위를 선양하라고 소제에게 권했다. 휴맹은 요언을 했다는 죄목을 뒤집어쓰고 주살을 당했다. 그런데 그 반응이 효선제孝宣帝[10] 때 드러났으니, 그의 이름이 바로 '병이病已'였다.

애제哀帝 때 하하량夏賀良[11]은 한나라 국운이 쇠하였으므로 다시 천명을 받아야 한다며 진성유태평황제陳聖劉太平皇帝로 호칭을 바꾸기까지 했다. 그러나 결국 부도不道하다는 죄목을 쓰고 주살당했다. 이후 왕망王莽이 찬탈을 하여 스스로를 진陳의 후예[12]라고 하였고, 광무제는 새로운 천명을 실제로

....

8 昌邑 : 지금의 산동성 금향金鄕.

9 上林 : 상림원上林苑. 황실 원림.

10 宣帝(B.C.91~B.C.49) : 서한 10대 황제 유순劉詢. 본명 유병이劉病已, 자 차경次卿, 한 무제의 증손으로 여태자戾太子 유거劉據의 장손이며, 유진劉進의 장자이다. 원평元平 원년(B.C.74) 한 소제昭帝가 후사가 없이 사망하였다. 대사마 곽광霍光이 옹립한 창읍왕昌邑王 유하劉賀는 즉위한 지 27일 만에 곽광의 외손녀 상관上官태후에 의해 폐위되었다. 뒤를 이어 등극할 사람을 고를 때, 광록대부 병길邴吉이 곽광에게 유병이를 추천했다. 원평 원년 가을 7월에 유병이가 입궁하여 상관태후를 만나 양무후陽武侯에 책봉되고, 같은 날 황제로 등극하여 소제의 뒤를 잇고 본시本始로 개원하고, 유순으로 개명했다.

11 夏賀良 : 한 애제哀帝 유흔劉欣은 성제成帝의 양자로, 20세 때 즉위하여, 연호를 건평建平으로 정했다. 황제가 된 이후 애제는 자주 병이 났다. 건평 2년(B.C.5) 6월, 애제의 모친 정태후丁太后가 병으로 세상을 떠났다. 황문대조黃門待詔를 맡았던 고문관 하하량이 애제에게 한 왕조 역법이 이미 쇠락하였으니, 다시 천명을 받아야 한다는 내용의 상소를 올렸다. 성제 때 천명에 순응하지 못하여 친아들을 보지 못했고, 애제 또한 몸이 불편한 지 오래이고, 천하에 또한 각종 변고가 일어나니, 이는 하늘의 경고이므로 즉시 연호를 바꿔야 무병장수하고 황자를 낳고 재난을 잠재울 수 있다고 했다. 애제는 하하량의 이 말을 듣고, 건평 2년(B.C.5) 6월 갑자일 즉 태후 사망 4일째 되는 날 조서를 내려서 건평 2년을 태초太初 원년으로 바꿨다. 그 후 아무 효과가 없자 이들의 사기 행각을 조사하도록 하였고, 하하량 등은 요언으로 혹세무민했다고 하여 사형을 당했다.

증험했다.

남조 송宋 문제文帝 때 공희선孔熙先[13]은 천문과 도참을 분석해서, 황제가 필시 비정상적으로 세상을 떠나고 골육상잔이 일어나 강주江州에서 천자가 나올 것이라고 예측하였다. 결국 대역을 모의하여 강주자사江州刺史 팽성왕彭城王 유의강劉義康[14]을 추대하려고 하였다가 공희선은 주살을 당하고 유의강 역시 해를 입었다. 그러나 황제는 결국 왕자로부터 화를 당했고 효무제가 강주에서 기병하여 제위에 올랐다.

한 문제의 모친 박희薄姬가 위왕魏王 표豹의 궁에 있을 때 허부許負가 그 관상을 보고 천자를 낳을 것이라고 했다. 위왕 표는 이 말을 듣고 속으로 기뻐했고, 이로 인해 한나라를 배반했다가 멸족을 당하기에 이르렀다. 그런데 그 증험이 한 문제文帝로 나타났다.

당나라 때 이기李錡가 윤주潤州[15]를 근거로 반란을 일으켰는데, 어떤 관상가가 단양丹陽 정씨鄭氏의 딸이 천자를 낳을 것이라고 하자, 이기는 이 말을 듣고 그녀를 시녀로 데려왔다. 이기가 패한 후 그녀는 궁의 일꾼으로 몰수되었는데, 헌종의 사랑을 받아서 선종宣宗을 낳았다.

오대五代 시기 이수정李守貞이 하중河中 절도사를 지낼 때 사람 목소리를 듣고 판별하는 재주를 가진 사람이 있었는데, 그의 며느리 부씨符氏의 목소리를 듣고 놀라며 말했다.

"이는 천하의 어머니 목소리입니다."

이수정이 말했다.

------

12 진陳의 후예라는 것은 순舜 임금의 후예를 자처한 것이다.
13 孔熙先(?~445) : 남조 송나라 사람. 문사文史·점성에 통달하고, 의술이 뛰어났다.
14 劉義康(409~451) : 남조 송나라 고조 유유劉裕의 넷째 아들. 자 거자車子. 모친은 미인 왕씨王氏로, 팽성왕彭城王에 책봉되었다. 원가元嘉 17년(440), 송 문제는 유의강의 측근과 가족 등 8명을 죽이고, 유의강을 강주자사로 폄적시켰다. 이에 불복하여 정권 탈취를 모의하던 중, 원가 22년(445) 서담徐湛이 범엽範曄·공희선孔熙先 등이 유의강을 옹립하려고 한다고 고발하여, 범엽 등은 모반죄로 처형되고, 유의강은 폐서인廢庶人되었다.
15 潤州 : 지금의 강소성 진강鎭江.

"내 며느리가 천하의 어머니라면, 내가 천하를 차지한다는 것을 어찌 의심할 바 있겠는가!"

이에 반란을 결정했다가 얼마 후에 패망하였다. 부씨는 후에 주周 세종世宗의 왕후가 되었다.

5. 주발과 구준 絳侯萊公

한나라 때 주발周勃[16]은 여씨呂氏들을 주살하고 문제文帝를 옹립하여 유씨劉氏의 기반을 안정시켰다. 그가 승상이 되자, 조회가 끝나고 물러나는데 매우 득의양양한 모습이었다. 황제도 그에게 공손히 예를 다 갖추어 늘 눈으로 전송했다. 원앙爰盎[17]이 나아가 물었다.

"승상은 어떤 사람입니까?"

문제文帝가 대답했다.

"사직의 신하요."

원앙이 말했다.

"강후絳侯(주발)는 이른바 공신功臣이지, 사직의 신하는 아닙니다. 사직의 신하는 주군이 있으면 함께 있고, 주군이 망하면 함께 망합니다. 여후呂后 때 여씨 일족이 정치를 농단하여 멋대로 재상을 임명하고 제후를 책봉하였는데, 강후는 태위太尉의 자리에 있어서 본래 병권을 가지고 있었는데도 바로잡지 못했습니다. 여후가 세상을 떠나고 대신들이 서로 함께 여씨들을 주벌하자 태위가 병권을 주관

---

16 周勃(B.C.240(?)~B.C.169) : 진말한초 군사가·전략가·개국공신. 패군沛郡 풍읍豐邑(지금의 강소성 풍현豐縣) 사람. 한 고조 유방의 신임이 두텁고 군공이 높아서 강후絳侯에 책봉되었다.

17 爰盎(B.C.200(?)~B.C.150(?)) : 전한의 재상. 자 사絲. 강직한 성품에 재능이 뛰어나, 당시 둘도 없는 국가 인재로 불렸다. 문제 때 조정에 이름을 떨쳤고, 여러 차례 직간하여 황제의 비위를 건드려, 농서도위로 전출되었고, 후에 오吳에서 상相을 지냈다. 7국의 난 때 조조를 참수하여 민심을 달랠 것을 주청하여, 난이 평정된 후 높은 지위에 올랐다.

하였고 마침 공을 이룰 수 있었으니, 이른바 공신이지 사직의 신하는 아닙니다. 승상이 만약 주군 앞에서 교만한 기색이 있고 폐하는 겸손하다면 신하와 주군의 예를 잃은 것이니, 폐하를 위하여 그래서는 안 된다고 생각합니다."

그 후 조회를 하는데 문제가 위엄을 부리기 시작하자 승상은 두려워하였다. 후에 주발은 결국 정위廷尉에게 체포되는 화를 당하였고, 거의 죽음을 당할 뻔 하였다.

송 진종 때 구준寇準이 전연澶淵 회맹[18] 계책을 결정했는데, 진종은 그를 극히 후대했으나 왕흠약王欽若[19]은 그를 몹시 미워했다. 어느 날 조회를 했다가 구준이 먼저 물러나자 왕흠약이 나서서 말했다.

"폐하께서는 구준을 경외하시는데, 그에게 사직의 공이 있다고 여기십니까?"
"그렇소."
"신은 폐하께서 이런 말씀을 하실 줄 몰랐습니다! 전연 회맹을 수치로 여기지 않고, 도리어 구준에게 사직의 공이 있다고 하시는 건 무슨 이유에서입니까?"

진종이 깜짝 놀라 물었다.

"무슨 까닭이오?"

왕흠약이 대답했다.

"성하지맹城下之盟[20]은 춘추시대 소국이라도 수치로 여겼습니다. 그런데 지금 만

---

18 澶淵 회맹 : 송 진종 경덕景德 원년(1004), 요遼의 소태후蕭太后와 성종聖宗이 대군을 이끌고 남하하여 송의 경내로 들어왔다. 진종은 남쪽으로 천도하여 도피하려고 했는데, 재상 구준이 말려서, 할 수 없이 전주澶州로 행차하여 전쟁을 독려했다. 송은 요의 배후 지역을 굳게 지키고 전주성 밑에서 요의 장수 소달람蕭撻覽을 사살했다. 요는 앞뒤로 공격을 받을까 두려워 화친을 청했다. 그동안 화친을 주장했던 진종 또한 이에 응해, 1005년 1월 요와 화약和約을 맺었고, 송이 매년 요에 은 10만 냥·견 20만 필을 보내기로 했다. 전주를 송대에는 전연澶淵이라고도 불렀기에, 흔히 전연지맹澶淵之盟이라고 한다.

19 王欽若(962~1025) : 북송 초기 정치가. 자 정국定國, 시호 문목文穆. 임강군臨江軍 신유新喩(지금의 강서 신여新餘 동문왕가東門王家) 사람. 진종 때 재상으로, 당시 주화파에 속하여, 남쪽으로 천도할 것을 주장하여, 주전파 구준과 대립했다. 『책부원귀冊府元龜』 편찬을 주도한 것으로 유명하다.

20 城下之盟 : 적군이 성 밑에 당도하여 급하게 맺는 강화조약을 일컫는 말로, 주로 굴욕적

승의 귀하신 몸으로 이런 일을 하셨습니다. 이것은 성 밑에서 맹약을 맺는 것이니 이보다 수치스러운 것이 어디 있습니까!'

진종은 수심에 잠겨 대답을 하지 못했다. 이로부터 구준에 대한 신뢰가 점점 사그라들었다. 결국 구준은 재상에서 파직되었으며 해강海康으로 폄적되어 일생을 마쳤다.

아! 강후 주발과 내공 구준의 공이 해와 달처럼 훤히 걸렸거늘, 원앙과 왕흠약의 헐뜯는 말 한 마디가 현명한 두 군주의 마음을 돌려 두 사람은 죄를 입고 배척되었다. 참언은 그 끝이 없구나, 두려운 일이로다!

6. 명분 없이 신하를 죽이다 無名殺臣下

『좌전』에 이런 구절이 있다.

죄를 뒤집어 씌우려면 무슨 구실을 못찾겠는가!

사람을 사지에 몰아넣으려면 반드시 그가 죽어야 하는 이유를 찾았다. 그러나 어떤 때는 죄가 없어도 죽어야 했기 때문에 죽일 죄명을 만들어야 했다.

장탕張湯[21]이 한 무제를 위해 백록피폐白鹿皮幣[22]를 만들었다. 대사농大司農 안이顏異[23]가 이런 화폐는 실제 가치와 유통 가치가 서로 맞지 않는다고

조약을 일컫는다. 『좌전·환공桓公12년』에 나온다.

21 張湯(?~B.C.116) : 한 무제 시기 대신. 장고張固라고도 한다. 진황후陳皇后·회남淮南·형산衡山의 모반을 잘 처리하여 한 무제의 인정을 받았다. 태중대부太中大夫·정위廷尉·어사대부御史大夫로 승진되었다. 조우趙禹와 『월궁률越宮律』·『조율朝律』 등 법률 저작을 편집했다. 황제의 의도에 맞추어 『춘추』의 대의를 따른다며 엄격한 법 집행을 주장했다. 무제를 도와서 염철 전매와 화폐 정책을 추진하고, 부호를 제재하고 토호를 제거했다. 무제의 총애를 받아서 승상보다 높은 권세를 누렸다. 원정元鼎 2년(116), 어사중승 이문李文과 승상 주매신朱買臣의 모함으로 자살을 명받았다. 남은 가산이라고는 그동안 받은 봉록과 상금 뿐이었다. 가혹한 법 집행으로 인해 대표적 혹리酷吏로 불리지만, 청렴검소하기로도 이름을 날렸다.

22 白鹿皮幣 : 한 무제 때 화폐의 하나로, 백록폐白鹿幣라고도 한다. 흰 사슴의 가죽을 네모반듯하게 잘라서 이것 하나를 40만 전錢으로 하였다.

했다. 무제는 속으로 기분이 좋지 않았다. 원래 장탕은 안이와 사이가 좋지 않았다. 어느날 안이가 손님과 얘기하면서, 조령의 불편함에 대해 말하던 도중 안이는 응답하지 않고 입술을 약간 삐죽거렸다. 장탕은 안이가 구경의 신분임에도 조령에 불편한 부분이 있음을 보고 '말로는 하지 않고 뱃속으로만 비난했으니[不入言而腹非] 그 죄가 죽어 마땅하다고 무제에게 아뢰었다. 이때부터 복비腹非의 법이 있게 되었다.

조조는 처음에는 최염崔琰[24]을 등용했다가 후에 다른 사람이 참소하자 그에게 벌을 내리고 노예로 삼았다. 조조가 사람을 시켜 최염을 살펴보니 그의 말투가 곱지 않았다. 조조는 명령을 내렸다.

"최염은 벌을 받고 있는 처지임에도 손님을 대하는데 수염을 빳빳이 세우고 눈을 부릅뜨니 아직도 분노가 남아있는 것 같다.

그리고 자살 할 것을 명했다.

수 양제가 고경高頴[25]을 죽인 후 새로운 관계 법령을 논의했는데, 오랫동안 결정되지 않았다. 설도형薛道衡[26]이 대신들에게 말했다.

. . . .

23 顔異(?~B.C.117) : 한 무제 시기 대신. 제남濟南 정장亭長이었다가, 한 무제 때 대사농을 지냈다. 청렴결백하기로 이름이 났다. B.C 117년, 무제가 장탕과 백록피폐 발행을 논의했는데, 백록피폐 한 장의 가치가 40만 전에 달하고, 친왕과 귀족이 장안에 와서 황제를 배알할 때 모두 구매하게 하려고 했으니, 일종의 변종 착취였다. 무제가 안이의 의견을 구하자, 안이는 "지금 후황들이 조회할 때 창벽蒼璧을 예물로 바치니, 이는 수천 전입니다. 백록피로 하면 40만 전에 달하니, 본말이 전도된 것입니다"라며, 다른 견해를 내놓았다.

24 崔琰(?~216) : 위나라 조조의 모사. 자 계규季珪. 청하淸河 동무성東武城(지금의 산동성 무성武城 동북) 사람. 동한 말년 조조의 부하로, 외모가 빼어나고 성망이 대단하여, 조조가 매우 경외시했다. 건안 21년(216), 양훈楊訓에게 보낸 서신에서 "시절이여, 시절이여, 마땅히 변고가 있을 시절이라"라고 하여, 조조는 이 말에 불손한 뜻이 있다 하여 최염을 하옥시켰고, 얼마 후 사사賜死를 받았다.

25 高頴(541~607) : 수나라의 정치가·저명한 모신·명재상. 일명 민敏, 자 소현昭玄. 발해 수修 (지금의 하북성 경현景縣 동쪽) 사람. 부친 고빈高賓은 상주국 독고신獨孤信의 막료로, 관직이 자사에 이르렀다. 수 왕조 재상으로 20년 가까이 집정했다가, 태자 양용楊勇 폐위를 반대하여 독고황후에게 득죄하고, 문제에게 시기를 당하여 면직되고, 얼마 후 제나라 공公의 작위도 회수되었다. 수 양제 때 태상경으로 기용되었다. 대업大業 3년(607), 양제가 사치하는 것을 보고 매우 염려하여 이러쿵저러쿵했다가 고발되어, 하약필賀若弼과 동시에 살해되었다.

43

"만약 고경이 죽지 않았다면, 법령은 일찌감치 결정되어 시행되었을 것이다."

누군가 그 말을 양제에게 고자질했고, 양제는 화가 나서 법관에게 심문하도록 했다. 배온裴蘊[27]이 상소를 올렸다.

> 설도형은 폐하를 안중에 두지 않고 잘못된 일이 생기면 모두 나라탓만 하며 혼란을 야기하고 있습니다. 겉으로 확실한 죄명을 논하기는 힘들지만 그의 속마음은 대역죄에 해당하는 것입니다.

양제는 "그대가 설도형의 죄를 논한 것이 그의 본심과 딱 맞는 말이오."라고 하고, 결국 자진을 하도록 명하였다.

이 세 신하의 죽음은 참으로 억울하구나!

7. 평천관 平天冠

제복祭服에서 면冕은 천자로부터 하사下士 집사자執事者에 이르기까지 모두 착용한다. 다만 양梁[28]의 개수와 유旒[29]의 많고 적음으로 착용자의 등급을 구별할 뿐이다. 속칭 평천관平天冠이라고 하는데, 아마도 가장 존귀한 사람만이 착용할 수 있다는 말인 듯하다.

범순례范純禮[30]가 개봉부開封府를 다스릴 때 순택淳澤 촌민의 역모 사건을 국문하게 되었다. 그 까닭을 알아보니, 얼마 전에 연극 공연장에 가서 배우의

....

26 薛道衡(540~609) : 수나라 때 시인. 자 현경玄卿. 하동 분음汾陰(지금의 산서 만영萬榮) 사람. 북제·북주 시대 두루 출사했다. 수나라 건립 이후 내사시랑內史侍郎을 맡았고, 개부의동삼사開府儀同三司가 추가되었다. 양제 때 번주番州 자사로 외근했다.

27 裴蘊(?~618) : 수나라 시기 대신. 하동 문희聞喜 사람. 남조 진陳에서 관리를 지내다가, 수나라에게 멸망된 이후 수 문제 양견에게 등용되었다.

28 梁 : 면류관에서 횡으로 가로지르는 지지대.

29 旒 : 면류관에서 옥 등을 꿰어 매달아서 늘어뜨린 부분.

30 範純禮(1031~1106) : 북송의 대신. 자 이수彛叟 또는 이수夷叟. 오현吳縣(지금의 강소 소주) 사람. 범중엄의 셋째 아들로, 부친의 음서를 통해 비서성정자秘書省正字로부터 시작하여 여러 관직을 거쳤다.

용재수필

공연을 보고 귀가하는 길에 어떤 기술자가 통을 만드는 것을 보고, 그 통을 집어서 머리에 쓰면서 "내가 유선주劉先主(유비劉備)와 닮았는가?"라고 했다가 결국 기술자에게 붙잡혀 온 것이었다. 다음날 입궐하여 보고하자 휘종은 어떻게 처리하면 좋을지를 물었다. 범순례는 이렇게 답했다.

> "어리석은 촌부가 아무것도 몰라서 저지른 일인데 만약 반역으로 죄를 다스리면 폐하의 호생지덕好生之德에 누가 될까 염려되니, 그리해서는 아니 되옵니다. 곤장 몇 대 때리면 족할 듯합니다."

『후한서·여복지輿服志』에서 채옹蔡邕이 '면관冕冠'에 "비인鄙人들이 잘 몰라서 평천관이라고 한다"고 주석을 달았다. 그렇다면 그 명칭은 오랜 전부터 전해진 것이다.

8. 개자추와 한식 介推寒食

『좌전』의 기록에 따르면[31], 진晉 문공文公[32]이 19년의 망명생활 끝에 귀국한 후 그동안 자신을 따랐던 사람들에게 상을 주었는데, 개자추介子推는 봉록을 요구하지 않았고 봉록 또한 그에게 차례가 가지 않았다. 개지추는 결국 모친과 은거하다가 세상을 떠났다. 문공이 그를 찾았으나 찾지 못하여 면상綿上에 봉전을 마련해두고 "이로써 나의 과오를 드러낸다"라고 했다. 면상綿上은 서하西河 계휴현界休縣[33]에 있는 지명이다. 이야기 전말이 대략 이와 같다.

『사기』에서는 다음과 같이 말했다.

....

31 『좌전·희공僖公 24년』.
32 晉文公 : 이름은 중이重耳로, 진헌공晉獻公의 아들이다. 헌공 말년, 여희驪姬의 참언을 믿고 태자 신생申生을 죽이자, 헌공의 왕자들이 뿔뿔이 흩어졌고, 중이는 19년 동안 국외에서 유랑하다가 귀국하여 B.C. 636년 왕위에 올라서, 춘추오패의 하나가 되었다.
33 界休 : 원문에서는 '界休', 지금은 '介休개휴'라고 한다.

개자추의 시종이 궁문에 글을 썼는데 "뱀 한 마리가 홀로 원망한다"[34]는 말이 있었다. 문공이 그 글을 보고 사람을 보내 개자추를 불렀으나 이미 떠난 후였다. 진문공은 그가 면상 산 속으로 들어갔다는 말을 듣고, 그 산을 개자추에게 봉해 주고 '개산介山'이라 불렀다.

『좌전』에 나오는 내용과 약간 다르긴 하지만, 대체적인 내용은 역시 같다.

유향劉向의 『신서新序』에서부터 이렇게 말하기 시작했다.

개자추는 작위가 없는 것을 원망하고 궁을 떠나 개산介山으로 갔다. 문공이 그를 기다렸지만 나오려고 하지 않았다. 산에 불을 지르면 틀림없이 나올 것이라고 생각하여 불을 질렀는데 결국 나오지 않고 불에 타 죽었다.

이후의 각종 문헌에는 이런 기록들이 전한다. 『여남선현전汝南先賢傳』[35]에는 "태원太原의 풍속에 개자추가 불에 타 죽은 것을 기려 한 달 동안 찬 음식을 먹는다"고 했다.

『업중기鄴中記』[36]에 이런 내용이 있다.

병주並州[37] 풍속에서, 동지 이후 105일째되는 날에 개자추를 위해 불을 사용하지 않고 사흘 동안 찬 음식을 먹는다. 위魏 무제武帝는 태원太原·상당上黨[38]·서하西河[39]·안문雁門[40]은 모두 추운 곳이라 그 곳 사람들에게 찬 음식을 먹지 말라고 명했는데, 역시 동지 이후 105일째이다.

· ·

34 개자추 종자가 궁문에 다음과 같은 글을 내걸었다고 한다. "용이 승천하려 하여, 다섯 뱀이 보좌했네. 용은 이미 승천하고, 네 마리 뱀 각각 자리 잡았건만, 뱀 한 마리 홀로 원망하여, 끝내 종적 안 보이네." 다섯마리 뱀은 진문공과 함께했던 망명공신을, 한마리 뱀은 바로 논공행상에서 제외한 개자추를 가리킨다.
35 『汝南先賢傳』: 위魏나라 주비周斐가 편찬했다고 한다.
36 『鄴中記』: 진晉나라 육홰陸翽가 편찬했다고 한다. 업성鄴城의 사적을 전문적으로 기록했다고 하는데, 원서는 실전되었고, 그 내용이 다른 문헌에 산발적으로 보인다.
37 並州: 동한부터 남북조까지 지금의 산서성 태원 서남쪽에 있었던 치소.
38 上黨: 지금의 산서성 양원襄垣 남쪽.
39 西河: 지금의 산서성 분양汾陽.
40 雁門: 지금의 산서성 대현代縣 서쪽.

『후한서·주거전周擧傳』에는 다음의 내용이 있다.

> 태원군의 오랜 풍속에 개자추가 타 죽었기 때문에 불을 금하는 풍속이 있다. 그가 세상을 떠난 달이 되면 불을 피우는 것을 신령이 좋아하지 않는다고 모두 여겨, 주민은 한겨울에 1월이 되면 찬 음식을 먹는다. 주거周擧가 병주자사가 되어 개자추의 묘에 이렇게 조문을 써 걸었다. "한겨울에 불을 피우지 않는 것은 백성을 해치는 것이요, 현자의 뜻이 아니다. 백성들에게 이르니 도로 따뜻한 음식을 먹도록 하라." 그리하여 대중의 의혹이 점차 해소되고 풍속이 바뀌게 되었다.

그렇다면 한식寒食은 한겨울이지, 지금처럼 2·3월 중 날짜가 아니었다.

9. 진사 탈락 민원 처리 進士訴黜落

진종 천희天禧 3년(1019), 경서京西[41] 전운사轉運使 호칙胡則이 다음과 같이 보고했다. 활주滑州[42] 진사 응시자 양세질楊世質 등이 활주에서 그들을 부당하게 탈락시켰다고 호소하여, 답안지 원본을 허주許州 통판通判 최립崔立에게 자세히 검토해달라고 하였는데 최립은 양세질 등의 시험 답안에 오류가 없다고 하였기에 관례에 따라서 해발解發[43]하라고 통보했다는 것이다. 진종은 전운사에게 조서를 내려서, 결정을 바라는 상소를 먼저 올리지 않고 직접 해발하도록 한 연유를 자세히 규명해서 올리고, 그들의 답안지를 조정으로 보내도록 했다. 양세질 등은 여전히 아직 해발되지 못하고 있었다. 답안지를 공원貢院[44]에게 감정을 하도록 하니, 말에 조리가 없고 수준이 낮아 추천할 만하지 못하다고 하여, 다시 불합격시키고 호칙과 최립의 죄를 탄핵했다.

당시는 인사제도 조례가 아직 확실히 정해지지 않아서, 불합격당하고 찾아와서 억울함을 호소하는 경우가 있었다. 성시省試에서도 그러한 경우가

---

41 京西 : 지금의 하남성 낙양.
42 滑州 : 지금의 하남성 활현.
43 解發 : 주와 군에서 공거貢擧에 합격한 선인選人을 예부禮部 회시에 참여하도록 보내는 것을 말한다.
44 貢院 : 과거시험 실시 장소. 과거시험 관리 기구.

있었다. 섭제葉齊[45]같은 사람도 그렇게 해서 급제했다. 그러나 이후에는 이런 경우가 없었다.

10. 『후한서』에 실린 반고 문장 後漢書載班固文

반고班固가 『한서漢書』 저술에 들인 공은 마치 「영英」과 「경莖」[46]·「함咸」·「소韶」[47] 등 악곡의 음률이 최고 빼어난 것과 같아서 후세에 역사를 쓰는 사람들은 그에 비할 바가 못되니, 가장 훌륭하다고 하겠다. 그러나 『후한서』에 실린 반고의 문장을 보면 너무나 달라서 마치 완전히 다른 사람이 쓴 것 같다.

「사이오전謝夷吾傳」을 보면, 제오륜第五倫[48]이 사도司徒가 되어 반고에게 사이오를 추천하는 상소문을 쓰게 했는데, 그 중 "재능은 4과四科를 겸비하였고, 행실은 아홉가지 덕목을 아우르고 있다"는 표현이 있다. 그 밖에도 직稷과 설契·구도咎陶·부열傳說·이윤伊尹·여상呂尙·주공周公·소공召公·관중管仲·안영晏嬰을 끌어들여 이들이 한 몸에 있다고 하고, 당唐·우虞·상商·주周시기의 성현도 모두 그를 능가하지 못한다고 했다. 그런데 사이오는 「방술전方術傳」에

----

45 葉齊 : 북송의 관료. 자 사가思可. 건안建安 사람. 송 태종 단공端拱 원년(988) 우여곡절 끝에 장원급제했다고 한다. 당시 과거 선발을 맡았던 지공거는 예부시랑 송백宋白으로, 그가 정숙程宿을 비롯한 28명을 선발하자, 진정한 인재를 누락시켰다며 천하에 논란이 떠들썩했다. 이에 태종은 낙방한 자들을 대상으로 다시 시험을 실시하도록 하기를 두 차례나 더한 이후 비로소 섭제가 급제했다고 한다.

46 英·莖 : 고대의 아악雅樂을 가리키는 말이다.
  ○『한서·예악지』: 옛날 황제黃帝가 「함지咸池」를 만들고 전욱顓頊은 「육경六莖」을 만들었고, 제곡帝嚳은 「오영五英」을, 요堯는 「대장大章」을, 순舜은 「초招」를, 우禹는 「하夏」를, 탕湯은 「호濩」를 만들었다.

47 咸·韶 : 요악堯樂인 「대함大咸」과 순악舜樂인 「대소大韶」로, 고악古樂을 가리킨다.

48 第五倫 : 후한의 청백리. 자 백어伯魚. 경조 장릉長陵(지금의 섬서성 함양 동북쪽) 사람. 선대는 전국시대 전씨田氏로, 나중에 서한 때 원릉園陵으로 이사했는데, 다섯번째로 이사했다고 하여 '제오第五'를 성으로 삼았다. 동한 초기, 경홍윤 염흥閻興이 불러 주부主簿로 삼았고, 나중에 주전연鑄錢掾을 맡고, 장안시를 다스려서, 백성이 기뻐하며 잘 따랐다. 관직에 있으면서도 직접 풀을 베고, 말을 키웠다. 봉록을 받으면 한 달 치 식량만 남기고 나머지는 모두 가난한 사람들에게 보내도록 했다.

나오는 사람으로, 그가 배운 것이라고는 풍각風角[49]과 점후占候에 지나지 않는다. 반고의 말은 너무 지나치다.

11. 조충국과 마원 趙充國馬援

전한前漢 때 선령강先零羌이 국경을 침범하자, 조충국趙充國[50]이 이를 평정하고 처음으로 금성金城[51]에 속국을 설치하여 항복한 강羌족을 그 곳에 살게 함으로써, 서쪽 변방이 드디어 안정되었다. 성제成帝가 양웅揚雄에게 명하여 부를 지어 조충국의 공로를 찬양하도록 하였는데, 그의 공로를 주周나라 때의 방숙方叔과 소호召虎[52]에 비유하기까지 했다.

후한 광무제 때 서강西羌이 변경 안으로 들어와 살자, 내흡來歙[53]이 상소를 올려 농서隴西[54]가 침탈당했으니 마원馬援이 아니면 평정할 수 없다고 하였다. 그리하여 마원을 태수로 임명하여 추격하여 토벌하도록 했다. 서강은 찾아와 화친을 청했고 이에 농우隴右[55]가 조용해졌다. 그런데 명제明帝 영평永平[56] 이후 영제靈帝에 이르기까지 10대 동안 강羌의 환난이 조금도 줄어든 적이 없다. 그러므로 범엽范曄은 다음과 같이 말했다.

전한과 후한이 융戎을 제어하는 방식은 그 기본을 잃은 것이다. 선령강이 변경을

<hr>

49 風角 : 오음五音으로 사방의 바람을 점쳐 길흉을 판단했다는 고대 점복 방법.
50 趙充國(B.C.137~B.C.52) : 자는 옹손翁孫, 원래 농서 상규上邽(지금의 감숙성 천수) 사람으로, 후에 황중湟中(지금의 청해성 서녕 일대)으로 이주했다. 서한 때 유명한 장수로, 무제 때 이광리를 따라 흉노를 치러 가서, 700 병사를 이끌고 흉노의 포위를 뚫었다고 한다.
51 金城 : 지금의 감숙성 난주 서북 일대.
52 方叔·召虎 : 주나라 선왕宣王 때 현신으로, 주나라 중흥에 공을 세웠다고 한다.
53 來歙(?~35) : 자는 군숙君叔, 남양南陽 신야新野(지금의 하남성 신야) 사람으로, 동한 때 유명한 장수이다.
54 隴西 : 지금의 감숙성 임조臨洮.
55 隴右 : 섬서와 감숙의 경계를 이루는 농산隴山(육반산六盤山) 서쪽 지역. 황토고원 서부에 해당되는 곳으로, 청장靑藏·내몽內蒙·황토 삼대 고원이 만나는 곳이다.
56 永平 : 후한 명제 시기 연호. 58-75.

침입하자, 조충국은 그들을 내지로 이주시켰다. 당전當煎이 도적질을 하자, 마원은 그들을 삼보三輔[57]로 옮기게 했다. 잠시 안정된 형세를 탐하며, 그들의 복종하는 마음만을 믿고, 날마다 임시로 어떻게 해볼 것만 계획하면서 세상을 경영하는 원대한 구상을 잊고 있었으니, 어찌 미세한 조짐을 보고 본질을 간파하는 자들이라 할 수 있겠는가!

마원이 당전을 삼보로 옮기게 한 것은 역사서에 그 기록이 보이지 않는다. 「서강전西羌傳」에 다음과 같은 기록만 보인다.

> 마원이 선령을 격파하여 항복시키고 천수天水·농서隴西·부풍扶風 세 군으로 옮겨 살게 하였으니, 마원의 전기에 모두 기록되어 있다.

그러나 마원의 본전에는 이 기록이 없다. 단지 단기명段紀明[58]이 장환張奐[59]과 동강東羌을 토벌하는 것에 대해 논쟁한 상소에서 조충국과 마원이 서강을 평정하면서 저지른 잘못이 지금까지 큰 해가 되고 있다고 언급한 부분이 있을 뿐이다. 조충국과 마원은 한나라의 명신인데 단기명이 이와 같이 폄하하고 범엽도 이를 근거로 하여 기록하였다. 실제로 그러했을까?

12. 한나라 때 희귀 성 漢人希姓

『한서』와 『후한서』에 실려 있는 사람의 성씨 중 후세에 보이지 않는 것이 매우 많으니, 여기에 찬찬히 기록하여 씨족 관련 책을 낼 때 도움이

---

57 三輔 : 본래는 서한 때 경기 지역을 다스리던 세 관리를 일컫던 말로, 나중에는 그들의 관할 지역까지 일컫게 되었다. 경제 2년(B.C.155), 내사內史를 좌·우 내사로 나누어, 주작중위主爵中尉(후에 주작도위主爵都尉로 개칭)와 함께 장안 성 안을 다스리게 하였으니, 관할 지역이 모두 경기 지역이었다. 그래서 이들을 '삼보'라고 했다. 또한 무제 태초 원년(B.C.104), 좌·우 내사와 주작도위를 경조윤京兆尹·좌풍익左馮翊·우부풍右扶風으로 개칭하고, 관할 구역이 지금의 섬서 중부 지역에 해당되어, 후에 습관적으로 이 지역을 '삼보'라고 했다.

58 段紀明 : 후한의 장군. 무위武威 고장姑臧 사람. 어릴 때부터 기마와 궁술을 익히고, 협객을 숭상하고, 재물을 경시하고 베풀길 좋아했다. 장성한 이후에는 학문에도 열심이었다. 헌릉원승憲陵園丞을 지냈고, 나중에 요동속국도위遼東屬國都尉로 승진했다.

59 張奐(104~181) : 동한의 대장군. 자 연명然明. 돈황 연천淵泉(지금의 감숙성 안서安西 동쪽) 사람.

되었으면 한다.

복성複姓으로는 공상불해公上不害와 합부호해合傅胡害 · 실중동室中同 · 소섭도미昭涉掉尾 · 선부우군單父右軍 · 양성연陽城延 · 식부궁息夫躬 · 유수발근遊水發根 · 오구수왕吾丘壽王 · 낙하굉落下閎 · 양구하梁丘賀 · 오록충종五鹿充宗 · 공호만의公戶滿意 · 당계혜堂谿惠 · 신장창申章昌 · 고성사告星賜 · 궐문경기闕門慶忌 · 안국소계安國少季 · 마적건馬適建 · 도위조都尉朝 · 무장융毋將隆 · 홍양장중紅陽長仲 · 오씨영烏氏嬴 · 주양유周陽由 · 승도공勝屠公 · 무염씨毋鹽氏 · 구후씨歐侯氏 · 사손희士孫喜 · 색로회索盧恢 · 도문소屠門少 · 과전의瓜田儀 · 공사희工師喜 · 교마소백駮馬少伯 · 공승흡公乘歙 · 규양홍鮭陽鴻 · 궁리유弓里游 · 공사목公沙穆 · 호모반胡母班 · 주생풍周生豐 · 우통기友通期 · 공서공公緖恭 · 공족진계公族進階 · 수구잠水丘岑 · 숙선웅叔先雄 등의 성이 있다.

단성單姓으로는 증하繒賀와 충달蟲達 · 영상靈常 · 분혁賁赫 · 기석其石 · 여경旅卿 · 비팽조秘彭祖 · 혁주革朱 · 규락樛樂 · 냉풍冷豐 · 명도冥都 · 복중옹濮中翁 · 괴철蒯徹 · 직불의直不疑 · 굉유閎孺 · 사락성使樂成 · 배육梧育 · 제씨制氏 · 의돈猗頓 · 의종義縱 · 준불의雋不疑 · 소광疏廣 · 운창云敞 · 매승枚乘 · 종군終軍 · 노공유虜公孺 · 이자공食子公 · 간비馯臂 · 붕종俸宗 · 형호衡胡 · 승굉乘宏 · 간경簡卿 · 쾌흠快欽 · 소충所忠 · 가창假倉 · 휴맹眭孟 · 제혼譻惲 · 도혼塗惲 · 사성射姓 · 후창后倉 · 성위姓偉 · 여씨如氏 · 저씨苴氏 · 백정百政 · 면공免公 · 발복髮福 · 질씨質氏 · 탁현濁賢 · 계발稽發 · 만장萬章 · 간씨瞯氏 · 타우佗羽 · 수군빈繡君賓 · 조중숙漕中叔 · 허단栩丹 · 백창帛敞 · 지초평遲招平 · 여신汝臣 · 구기駒幾 · 칭충稱忠 · 녹보逯普 · 대숭臺崇 · 목무沐茂 · 언씨匽氏 · 노병勞丙 · 항서抗徐 · 궐선闕宣 · 저준沮儁 · 비정卑整 · 편흔編訢 · 단송亶誦 · 심목尋穆 · 야룡夜龍 · 궁림弓林 · 행순行巡 · 대풍殳調 · 각굉角閎 · 방단芳丹 · 견담堅鐔 · 석광錫光 · 요위儵偉 · 중이重異 · 역자도力子都 · 유사維汜 · 시색詩索 · 요연繇延 · 이장공夷長公 · 방광防廣 · 담현鐔顯 · 이량移良 · 후옥緱玉 · 번향蕃嚮 · 거목渠穆 · 임효존臨孝存 · 지습脂習 · 착융笮融 · 자충茨充 · 처흥處興 · 흥거興渠 · 구원具爰 · 양보諒輔 · 등시騰是 · 경중료卿仲遼 · 알환謁煥 · 교신矯愼 · 황화晃華 · 와단窪丹 · 예형禰衡 등이 있다.

13. '絳灌강관'은 누구인가 絳灌

『한서漢書·진평전陳平傳』에서 "강관絳灌 등이 진평을 참소하였다絳灌等讒平]"
는 대목의 안사고顏師古 주는 이러하다.

> 구설舊說에 따르면 강絳은 강후絳侯 주발周勃이고, 관灌은 관영灌嬰이라고 했다.
> 『초한춘추楚漢春秋』[60]에서는 고조의 신하 중 강관絳灌이 따로 있다고 했지만, 의심
> 되고 불명확한 글이라서 근거로 삼을 수 없다.

「가의전賈誼傳」 중 "강관동양후지속진해지絳灌東陽侯之屬盡害之"의 구절에 대해
서도 역시 주발과 관영이라고 주를 달았다. 『사기·진평세가陳平世家』에서도
"강후와 관영 등이 모두 진평을 헐뜯었다"고 한 것으로 보아, 두 사람이라는
것이 명백하므로 안사고는 의심이 된다는 말을 할 필요가 없었다.

『초한춘추』는 육가陸賈가 지은 것으로, 모두 당시의 일을 기록하였으나
역사서와 합치되지 않는 내용이 많았다. 안사고도 이에 대해 여러 차례
논증하였다. 『사기』와 『한서』의 「외척전·두황후전竇皇后傳」에서 실제로 강후
와 관장군이라고 썼으니, 이것이 가장 명백한 증거이다. 하후영夏侯嬰은 등현滕
縣 현령을 지냈으므로 등공滕公이라고 하였고 『사기』에서 관영과 병기할
때 등滕·관灌이라고 하였다. 「가의전」에서 강관絳灌이라 한 것도 같은 경우이
다. 『초한춘추』는 지금은 더 이상 보이지 않는다.

『문선文選』중 유흠劉歆의 「이박사서移博士書」에 대해 이선李善은 다음과 같이
주를 달았다.

> 『초한춘추』에서 말했다. 한漢이 천하를 평정하고 나서 군신群臣이 적군을 격파하
> 고 장수를 사로잡은 것을 논하는데, 죽기 살기로 싸워서 조금도 사기가 떨어지지
> 않았던 사람은 강관絳灌과 번쾌樊噲이다. 공적과 명성을 이루어 조아爪牙의 신하
> 가 되어, 대대로 이어지면서 모든 일에 사악함이 없었던 사람은 강후와 주발이다.

••••••••••••••••••••
60 『楚漢春秋』: 서한 육가陸賈가 총9권으로 편찬한 책이다. 유방과 항우가 병사를 일으킨
   때로부터 시작해서 한 문제 초기까지를 다룬 잡사이다. 사마천이 『사기』에서 이 책의 내용
   을 채록했다고 하는데, 당대 이후 사라졌다.

그렇다면 강관은 한 사람으로, 강후와 관영이 아니다. 안사고가 말한 의심되고 불명확한 글은 이것일 뿐이다.

장이張耳가 한漢으로 귀순하여 조왕趙王이 되었으나 아들 장오張敖는 후侯로 강등되었고, 장오의 아들 장언張偃은 노왕魯王이었으나 문제文帝는 남궁후南宮侯로 책봉했다. 그런데 『초한춘추』에서는 "남궁후 장이"라고 했다.

한신韓信이 모반했다고 회음후의 식객이 고발했는데, 『사기·표』에서는 식객의 이름을 '난설欒說'이라고 하고, 『한서·표』에서는 '악설樂說'이라고 했으며, 『초한춘추』에서는 '사공謝公'이라고 했다. 이런 예를 통해 『초한춘추』의 오류가 일반적이었다는 것을 알 수 있다.

14. 절창 題詠絶唱

전신중錢伸仲 대부大夫가 거주하던 석산錫山 칠당촌漆塘村에 정자 네 개를 지었다. 그의 선인先人 때 이미 자리를 봐서 지으려 했었으나 뜻을 이루지 못했으므로, 한 정자는 '수초遂初'라고 이름을 지었다. 위에 선친의 묘소가 있으므로, 한 정자는 '망운望雲'이라고 이름을 지었다. 복숭아나무 수천 그루를 심었기에, 한 정자는 '방미芳美'라고 이름을 지었다. 땅을 파니 샘이 솟았는데, 혜산惠山의 샘과 물맛이 같아서, 한 정자는 '통혜通惠'라고 이름을 지었다.

당시 명사에게 시를 부탁하여 갈로경葛魯卿과 왕언장汪彥章·손중익孫仲益 등이 정묘한 시를 써냈으나, 전신중의 외숙 채천임蔡天任이 지은 절구 네 수가 특히 주의를 끌었다.

「수초정」에는 다음과 같이 썼다.

숲과 샘 곁에 지은 집,   結廬傍林泉,
어쩌면 초심과 어울린다.   偶與初心期.
아름다운 이 곳 때로 스스로 찾아오건만, 佳處時自領,
물고기와 새는 모르리.   未應魚鳥知.

「망운정」에는 다음과 같이 썼다.

흰 구름 언제 찾아와,	白雲來何時,
뭉게뭉게 산초에게 모자를 씌웠나.	英英冠山椒.
서풍아 그렇게 불어와,	西風莫吹去,
내 마음 흔들리게 하지 말라.	使我心搖搖.

「방미정」에는 다음과 같이 썼다.

고결한 분 땅을 아낌없이,	高人不惜地,
화초 씨 뿌려져 끝없는 봄 경치.	自種無邊春.
흐르는 물 따라 가지 말길,	莫隨流水去,
세간의 티끌에 오염되리니.	恐汙世閒塵.

「통혜정」에는 다음과 같이 썼다.

물은 천지 사이를 흐르며,	水行天地間,
만 갈래 물결이 같은 곳을 지향한다.	萬派同一指.
어찌 하여 돌까지 뚫으며 오려 하나?	胡爲穿石來?
소부와 허유처럼 귀를 씻게 하려는 것이지.	要洗巢由耳.

용재수필

네 절구가 나오자 나머지 사람들은 모두 자신들의 시가 이보다 못하다고 했다.

오열吳說[61]의 유사체遊絲體에 대해 노래한 시가 백 여 수에 달한다. 왕언장王彦章은 서법을 소재로 쓴 수십 구의 5언 시가 있는데, 아주 뛰어나다. 그렇지만 유자휘劉子翬[62]가 지은 고풍 한 편이 아마도 가장 뛰어난 것 같다.

• •

61 吳說 : 북송의 서예가. 자 부붕傅朋, 호 연당練塘. 전당錢塘(지금의 절강성 항주)의 자계紫溪에 살아서, 오자계라고 불렀다. 송 고종 소흥 14년(1144) 상서랑에 임명되었다. 해서·행서·초서 및 방서榜書가 모두 뛰어났다. 소해小楷는 송대 제일이라고 평가되었다고 한다. 일필휘지하여 끊임없이 이어지는 독창적인 유사체遊絲體로 유명하다.

62 劉子翬(1101~1147) : 북송의 유학자. 자 언충彥沖, 자호 병옹病翁. 숭안崇安(지금의 복건성 무이산) 사람이다. 부친 유겹劉韐은 정강의 난 때 금나라에 사신으로 갔다가 항복을 거절하고 목을 맸다. 부친 음공으로 승무랑承務郞에 임명되고, 진정眞定(지금의 하북성 정정正定) 막부로 초빙되었다. 송 왕실이 남쪽으로 옮긴 이후 관직을 사퇴하고 무이산으로 돌아가 강학과

2 3월 흠결 없이 맑고 둥근 모습으로,
때때로 유사체 글씨가 공간을 채운다.
이 기이한 글씨 누가 쓴 것인가,
종이에 붙어 봄바람 불어도 떨어지지 않는구나.
어지러이 얽히고 설키어 글씨가 아닌 듯,
어쩌면 필법이 이토록 수척할까.
신의 발자국인 듯 끊이지 않아,
노안이라 보아도 안보이는 것인지 염려될 뿐.
필시 머나먼 후손 중 비백飛白이 출현하리니,
옛사람 오묘한 점을 그대가 타고났구려.
한 오라기라도 가벼이 띄우지 말지니,
천 균 돌도 매달 수 있을 만큼 모아진 힘.
형제가 그리워 잊지 못하는 정 담아,
한 축으로 말아 멀리 유연당에 부치노라.
사공이 수염을 남긴 듯 늠름하게 살아 있고,
위후가 검은 두발을 떨어뜨린 듯 빛을 내며 흔들린다.
자꾸만 장안이 그리워 밤에 마차 달려,
취한 탄식 소리 남산 밖에 떨어진다.
난리에 헤어져 40년 이별에 고생하면서,
필적도 사람도 모두 늙었구나.
정치를 확실히 이루어 그 빛이 하진을 비추고,
외가의 풍류는 지금 절륜이라.
문장은 본래 절로 베틀로 짜듯 구상이 있어,
즐겁게 하는 일 어찌 심신 힘들리오!

圓淸無瑕二三月,
時見遊絲轉空闊.
誰人寫此一段奇,
著紙春風吹不脫.
紛紜糾結疑非書,
安得龍蛇如許臞.
神蹤政喜縈不斷,
老眼只愁看若無.
定知苗裔出飛白,
古人妙處君潛得.
勿輕漠漠一縷浮,
力遒可拌千鈞石.
眷予弟兄情不忘,
軸之遠寄悠然堂.
謝公遺髥凜若活,
衛后落鬐搖人光.
翻思長安夜飛蓋,
醉哦聲落南山外.
亂離契闊四十秋,
筆意與人俱老大.
政成著腳明河津,
外家風流今絶倫.
文章固自有機杼,
戲事豈足勞心神?

이 시는 더더욱 거침없이 통쾌하게 내달리는 맛이 있고 또한 마지막
몇 구절에는 풍자가 담겨 있어, 오열의 기벽奇癖과 꼭 들어 맞는다. 내가
젊었을 때 두 분의 작품을 보고 특히 경애하였으니, 지금까지 50년이 지났건만
아직도 기억할 수 있다. 오랜 시간이 흐르면 전해지지 않을 것을 염려하여
여기에 기록해둔다.

15. 수재라는 명칭 秀才之名

수재秀才란 명칭은 남조의 송宋나라와 북조의 북위北魏 이후 인재 선발 과목에서 가장 높은 등급이었다. 그런데 지금 사람들은 이 명칭을 하찮은 뜻으로 보고 자기를 수재라고 부르면 다른 사람이 자신을 가볍게 본다고 여긴다. 그래서 『북사北史·두정현전杜正玄傳』에 실린 다음 내용을 들춰보았다.

> 수나라 문제 개황開皇 15년(595)에 수재를 뽑는데, 책문 시험에서 최고 점수로 뽑혀서, 조사曹司가 책문을 좌복야左僕射 양소楊素[63]에게 주면서 평을 부탁했다. 양소는 화를 내며 말했다.
> "주공과 공자께서 다시 살아오신다 해도 수재가 될 수 없을텐데, 자사는 어찌 경솔하게 이 사람을 뽑았단 말이오!"
> 그리고는 책문을 바닥에 던져놓고 거들떠 보지도 않았다. 당시 해내에서 수재 선발에 응시한 자가 두정현 한 사람 뿐이었기에, 조사는 거듭 양소에게 평을 의뢰했다. 양소는 시험에서 두정현을 물리치는 것에 뜻이 있었기에, 사마상여司馬相如의 「상림부上林賦」·왕포王褒의 「성주득현신송聖主得賢臣頌」·반고의 「연연산명燕然山銘」·장재張載의 「검각명劍閣銘」과 「백앵무부白鸚鵡賦」를 본뜬 글을 써보라고 하면서 말했다.
> "나는 당신의 숙박을 마련해주지 못하니, 미시未時까지 완성해야 하오."
> 두정현은 시간에 맞추어 완성했다. 양소는 여러 번 읽어보더니 깜짝 놀라며 말했다.
> "참으로 좋은 수재로군요!"
> 조사에게 명하여 그를 선발 보고하도록 했다.

대체로 수재를 이처럼 막중히 여겼다. 또한 두정현의 아우 두정장杜正藏이 다음 해 수재로 뽑혔다. 그때 소위蘇威[64]가 선발을 감독했는데, 가의賈誼의 「과진론過秦論」과 『상서尚書·탕서湯誓』·「장인잠匠人箴」·「연리수부連理樹賦」·「궤

---

63 楊素(544~606) : 수나라 때 권신·시인·군사 통수. 자 처도處道. 홍농弘農 화음華陰 사람. 북조 사족 출신으로, 북주 때 거기장군을 맡아서 북제 정벌에 참여했다. 양견(문제)과 연맹을 맺었다. 양견이 황제가 되어, 양소를 어사대부에 임명했고, 후에 행군원수로 수군을 이끌고 동진하여 진陳을 공략하게 했다. 진을 멸망시킨 이후 월국공越國公 작위를 주고 내사령內史令에 임명했다.

64 蘇威(542~623) : 수나라의 대신. 자 무외無畏. 경조京兆 무공武功 사람. 소작蘇綽의 아들로, 수나라 문제·양제 때의 중신이다.

부_賦」·「궁명_{弓銘}」을 모방하여 글을 짓게 하였다. 역시 제 시간에 완성했고 문장에 아무런 결함이 없었다. 그렇다면 이는 어려운 것이라고 할 수 있다. 『당서·두정륜전_{杜正倫傳}』에 이런 내용이 있다.

> 수나라 때 수재를 중시하여 선발했는데, 천하에 열 명이 되지 않았다. 두정륜 한 가문에서 수재 셋이 나왔고, 모두 높은 성적으로 뽑혔다.

바로 이것이다.

16. 위수의 역사 편찬 魏收作史

위수_{魏收}[65]가 위 왕조의 역사 『위서_{魏書}』를 편찬하면서, 편찬에 참여한 사람을 수록할 때는 찬미하는 말로 꾸미고 평소 원한이 있는 사람은 칭찬할 만한 점이 있어도 기록하지 않은 경우가 많았다. 그는 매번 이렇게 말했다.

> "어떤 놈이 감히 나 위수와 맞설 수 있는가. 내가 추켜 주면 하늘로 올라가게 할 수도 있고, 내가 깔아뭉개면 땅으로 들어가게 할 수도 있다."

이리하여 온갖 구설수로 시끌시끌했고, 사람들은 모두 더러운 역사서라는 뜻에서 '예시_{穢史}'라고 일컬었다. 여러 집안 자손들이 계속해서 불만을 제기하였다. 그들은 자기 집안 세계_{世系}와 직위가 누락되었다고 하기도 하고, 기록이 아예 없다고도 하고, 근거 없이 폄하했다고도 했다. 심지어는 역사서를 비방했다는 죄를 얻고 유배되고 죽음을 당하기까지 하였다. 그 책이 지금도 전해지는데, 남북조시대 8종의 역사서 중 가장 쓸모없고 황당하다. 자서_{自序}

용재삼필 권2

---

65 魏收(507~572) : 북위와 북제의 역사가. 자 백기_{伯起}. 아명 불조_{佛助}. 북제 거록_{鉅鹿} 아래 곡양_{曲陽}(지금의 하북성 진현_{晉縣}) 사람이다. 젊어서부터 글을 잘 써서, 북위에서 태학박사를 지냈고, 후에 북제에서 중서령 겸 저작랑에 임명되었다. 온자승_{溫子昇}·형소_{邢邵}와 함께 이름을 날려서, 삼재_{三才}라고 했다. 자부심이 강한 성격에 속이 좁았다. 글재주가 뛰어나 역사 저술을 맡았는데, 개인적 호오에 따라서 포폄을 한 것이 많았다. 『위서_{魏書}』를 편찬했으며, 그밖에 『위특진집_{魏特進集}』 등이 있다.

에 이러한 내용이 있다.

> 한나라 초기에 위무지魏無知가 고량후高良侯에 책봉되었고, 그의 아들이 균均이고, 균의 아들이 회恢이고, 회의 아들이 언彦이고, 언의 아들이 흠歆이고, 흠의 아들이 열悅이고, 열의 아들이 자건子建이고, 자건의 아들이 수收이다.

위무지가 위수에게 7대조가 된다는 말인데, 둘 사이가 700여 년이나 떨어져 있다. 자신의 가문에 대해서도 이처럼 황당한데 다른 사람의 가문계보와 행적은 어떻게 기술했는지 알 만하다.

용재수필

1. 漢宣帝不用儒

漢宣帝不好儒, 至云俗儒不達時宜, 好是古非今, 使人眩於名實, 不知所守, 何足委任。匡衡爲平原文學, 學者多上書薦衡經明, 當世少雙, 不宜在遠方。事下蕭望之、梁丘賀。望之奏衡經學精習, 說有師道, 可觀覽。宣帝不甚用儒, 遣衡歸故官。司馬溫公謂俗儒誠不可與爲治, 獨不可求眞儒而用之乎? 且是古非今之說, 秦始皇、李斯所禁也, 何爲而效之邪? 旣不用儒生而專委中書宦官, 弘恭、石顯因以擅政事, 卒爲後世之禍, 人主心術, 可不戒哉!

2. 國家府庫

眞宗嗣位之初, 有司所上天下每歲賦入大數, 是時, 至道三年也, 凡收穀二千一百七十萬碩, 錢四百六十五萬貫, 絹、紬一百九十萬疋, 絲、綿六百五十八萬兩, 茶四十九萬斤, 黃蠟三十萬斤。自後多寡不常, 然大略具此。方國家全盛, 民力充足, 故於征輸未能爲害。今之事力, 與昔者不可同日而語, 所謂緡錢之入, 殆過十倍。民日削月朘, 未知救弊之術, 爲可慮耳。黃蠟一項, 今不聞有此數。

3. 劉項成敗

漢高帝、項羽起兵之始, 相與北面共事懷王。及入關破秦, 子嬰出降, 諸將或言誅秦王。高帝曰:「始懷王遣我, 固以能寬容, 且人已服降, 殺之不祥。」乃以屬吏。至羽則不然, 旣殺子嬰, 屠咸陽, 使人致命於懷王。王使如初約, 先入關者王其地。羽迺曰:「懷王者, 吾家武信君所立耳, 非有功伐, 何以得顓主約? 今定天下, 皆將相諸君與籍力也, 懷王亡功, 固當分其地而王之。」於是陽尊王爲義帝, 卒至殺之。觀此二事, 高帝旣成功, 猶敬佩王之戒, 羽背主約, 其末至於如此, 成敗之端, 不待智者而後知也。高帝微時, 嘗繇咸陽, 縱觀秦皇帝, 喟然太息曰:「大丈夫當如此矣」至羽觀始皇, 則曰:「彼可取而代也。」雖史家所載, 容有文飾, 然其大旨固可見云。

4. 占術致禍

吉凶禍福之事, 蓋未嘗不先見其祥。然固有知之信之, 而翻取殺身亡族之害者。漢昭

帝時，昌邑石自立，上林僵柳復起，蟲食葉曰「公孫病己立」。眭孟上書，言當有從匹夫爲天子者，勸帝索賢人而禪位，孟坐祆言誅，而其應乃在孝宣，正名病己。哀帝時，夏賀良以爲漢曆中衰，當更受命，遂有陳聖劉太平皇帝之事，賀良坐不道誅。及王莽篡竊，自謂陳後，而光武實應之。宋文帝時，孔熙先以天文圖讖，知帝必以非道晏駕，由骨肉相殘，江州當出天子，遂謀大逆，欲奉江州刺史彭城王義康。熙先既誅，義康亦被害，而帝竟有子禍，孝武帝乃以江州起兵而卽尊位。薄姬在魏王豹宮，許負相之當生天子，豹聞言心喜，因背漢，致夷滅，而其應乃在漢文帝。唐李錡據潤州反，有相者言，丹陽鄭氏女當生天子，錡聞之，納爲侍人。錡敗，沒入掖庭，得幸憲宗而生宣宗。五代李守貞爲河中節度使，有術者善聽人聲，聞其子婦符氏聲，驚曰：「此天下之母也。」守貞曰：「吾婦猶爲天下母，吾取天下，復何疑哉？」於是決反，已而覆亡，而符氏乃爲周世宗后。

5. 絳侯萊公

漢周勃誅諸呂，立文帝以安劉氏。及爲丞相，朝罷趨出，意得甚。上禮之恭，常目送之。爰盎進曰：「丞相何如人也？」上曰：「社稷臣。」盎曰：「絳侯所謂功臣，非社稷臣。社稷臣，主在與在，主亡與亡。方呂后時，諸呂用事，擅相王，絳侯爲太尉，本兵柄，弗能正。呂后崩，大臣相與共誅諸呂，太尉主兵，適會其成功，所謂功臣，非社稷臣。丞相如有驕主色，陛下謙遜，臣主失禮，竊爲陛下弗取也。」後朝，上益莊，丞相益畏。久之，勃遂有逮繫廷尉之禍，幾於不免。寇萊公決澶淵之策，眞宗待之極厚，王欽若深害之。一日會朝，準先退，欽若進曰：「陛下敬畏寇準，爲其有社稷功邪？」上曰：「然。」欽若曰：「臣不意陛下出此言。澶淵之役，不以爲恥，而謂準有社稷功，何也？」上愕然曰：「何故？」對曰：「城下之盟，雖春秋時小國猶恥之。今以萬乘之貴，而爲此舉，是盟於城下也，其何恥如之！」上愀然不能答。由是顧準稍衰，旋卽罷相，終海康之貶。鳴呼，絳侯、萊公之功，揭若日月，而盎與欽若以從容一言，移兩明主意，訖致二人於罪斥，讒言罔極，吁可畏哉！

6. 無名殺臣下

傳曰：「欲加之罪，其無辭乎？」古者置人於死地，必求其所以死。然固有無罪殺之，而必爲之名者。張湯爲漢武造白鹿皮幣，大農顔異以爲本末不相稱，天子不悅。湯又與異有隙。異與客語初令下有不便者，異不應，微反唇。湯奏當異九卿，見令不便，不入言而腹非，論死。自是後有腹非之法。曹操始用崔琰，後爲人所譖，罰爲徒隸，使人視之，詞色不撓。操令曰：「琰雖見刑，而對賓客虬須直視，若有所瞋。」遂賜琰死。隋煬帝殺高潁之後，議新令，久不決。薛道衡謂朝士曰：「向使高潁不死，令決當久行。」有人奏之，帝怒，付執灋者推之。裴蘊奏：「道衡有無君之心，推惡於國，妄造禍端。論其罪名，似如

隱昧, 原其情意, 深爲悖逆。」帝曰:「公論其逆, 妙體本心。」遂令自盡。 冤哉, 此三臣之
死也。

7. 平天冠

祭服之冕, 自天子至于下士執事者皆服之, 特以梁數及旒之多少爲別。 俗呼爲平天冠,
蓋指言至尊乃得用。 范純禮知開封府, 中旨鞫淳澤村民謀逆事。 審其故, 乃嘗入戲場觀
優, 歸塗見匠者作桶, 取而戴於首, 曰:「與劉先主如何?」遂爲匠擒。 明日入對, 徽宗問
「何以處。」對曰:「愚人村野無所知, 若以叛逆蔽罪, 恐辜好生之德, 以不應爲, 杖之足
矣。」案後漢輿服志蔡邕注「冕冠」曰:「鄙人不識, 謂之平天冠。」然則其名之傳久矣。

8. 介推寒食

左傳晉文公反國, 賞從亡者, 介之推不言祿, 祿亦弗及, 推遂與母偕隱而死。 晉侯求之
不獲, 以綿上爲之田, 曰:「以志吾過。」綿上者, 西河界休縣地也。 其事始末只如此。 史
記則曰:「子推從者書宮門, 有『一蛇獨怨』之語。 文公見其書, 使人召之, 則亡。 聞其入
綿上山中, 於是環山封之, 名曰介山。」雖與左傳稍異, 而大略亦同。 至劉向新序始云:「子
推怨於無爵賞, 去而之介山之上, 文公待之, 不肯出。 以謂焚其山宜出, 遂不出而死。」
是後雜傳記, 如汝南先賢傳則云:「太原舊俗, 以介子推焚骸, 一月寒食。」鄴中記云:「并
州俗, 冬至後一百五日, 爲子推斷火冷食三日。 魏武帝以太原、 上黨、 西河、 雁門皆沍
沍寒之地, 令人不得寒食, 亦爲冬至後百有五日也。」案後漢周擧傳云:「太原一郡, 舊俗
以介子推焚骸, 有龍忌之禁。 至其亡月, 咸言神靈不樂擧火, 由是士民每冬中輒一月寒
食, 莫敢烟爨。 擧爲并州刺史, 乃作吊書置子推廟, 言盛冬去火, 殘損民命, 非賢者之意,
宣示愚民, 使還溫食。 於是衆惑稍解, 風俗頗革。」然則所謂寒食, 乃是冬中, 非今節令二
三月間也。

9. 進士訴黜落

天禧三年, 京西轉運使胡則言滑州進士楊世質等訴本州黜落, 卽取元試卷, 付許州通
判崔立看詳, 立以爲世質等所試不至紕繆, 已牒滑州依例解發。 詔轉運司具析不先奏裁
直令解發緣由以聞, 其試卷仰本州繳進。 世質等仍未得解發。 及取到試卷, 詔貢院定奪,
乃言詞理低次, 不合充薦, 復黜之, 而劾胡則、 崔立之罪。 蓋是時貢擧條制猶未堅定, 故
有被黜而來訴其枉者。 至於省試亦然, 如葉齊之類, 由此登第。 後來無此風矣。

10. 後漢書載班固文

班固著漢書, 制作之工, 如英、 莖、 咸、 韶, 音節超詣, 後之爲史者, 莫能及其髣髴, 可

謂盡善矣。然至後漢中所載固之文章，斷然如出兩手。觀謝夷吾傳云，第五倫爲司徒，使固作奏薦之，其辭至有「才兼四科，行包九德」之語。其他比喩，引稷、契、咎陶、傳說、伊、呂、周、召、管、晏，以爲一人之身，而唐、虞、商、周聖賢之盛者，皆無以過。而夷吾乃在方術傳中，所學者風角占候而已，固之言一何太過歟！

11. 趙充國馬援

前漢先零羌犯塞，趙充國平之，初置金城屬國，以處降羌，西邊遂定。成帝命揚雄頌其圖畫，至比周之方、虎。後漢光武時，西羌入居塞內，來歙奏言，隴西侵殘，非馬援莫能定。乃拜援太守，追討之。羌來和親，於是隴右清靜。而自永平以後，訖于靈帝，十世之間，羌患未嘗少息。故范曄著論，以爲：「二漢御戎之方，爲失其本。先零侵境，趙充國遷之內地。當煎作過，馬文淵徙之三輔。貪其暫安之勢，信其馴服之情，計日用之權宜，忘經世之遠略，豈夫識微者之爲乎！」援徙當煎於三輔，不見其事。西羌傳云，「援破降先零，徙置天水、隴西、扶風三郡，事已具援傳。」然援本傳蓋無其語，唯段紀明與張奐爭討東羌奏疏，正謂趙、馬之失，至今爲梗。充國、文淵，爲漢名臣，段貶之如此，故曄據而用之，豈其然乎？

12. 漢人希姓

兩漢書所載人姓氏，有後世不著見者甚多，漫紀于此，以助氏族書之脫遺。複姓如公上不害、合傳胡害、室中同、昭涉掉尾、單父右軍、陽城延、息夫躬、游水發根、吾丘壽王、落下閎、梁丘賀、五鹿充宗、公戶滿意、堂谿惠、申章昌、浩星賜、闕門慶忌、安國少季、馬適建、都尉朝、毋將隆、紅陽長仲、烏氏嬴、周陽由、勝屠公、毋鹽氏、歐侯氏、士孫喜、索盧恢、屠門少、瓜田儀、工師喜、駮馬少伯、公乘歙、鮭陽鴻、弓里游、公沙穆、胡母班、周生豐、友通期、公緒恭、公族進階、水丘岑、叔先雄。單姓如繒賀、蟲達、靈常、賈赫、其石、旅卿、祕彭祖、革朱、樛樂、泠豐、冥都、渡中翁、酈徹、直不疑、閎孺、使樂成、栯育、制氏、猗頓、義縱、雋不疑、疏廣、云敞、枚乘、終軍、鹵公孺、食子公、馯臂、倗宗、衡胡、乘宏、簡卿、炔欽、所忠、假倉、眭孟、豐惲、塗惲、射姓、后倉、姓偉、如氏、苴氏、百政、免公、髮福、質氏、濁賢、稽發、萬章、瞷氏、佗羽、繡君賓、漕中叔、栩丹、帛敞、暹昭平、汝臣、駒幾、稱忠、逯普、臺崇、沐茂、匡氏、勞丙、抗徐、闕宣、沮儁、卑整、編訴、亶誦、尋穆、夜龍、弓林、行巡、祝諷、角閎、芳丹、堅鐔、錫光、佁偉、重異、力子都、維汜、詩索、猋延、夷長公、防廣、鐔顯、移良、緱玉、蕃嚮、渠穆、臨孝存、脂習、笮融、茨充、處興、興渠、具瑗、諒輔、騰是、卿仲遼、謁煥、矯慎、晃華、洼丹、禰衡。

13. 絳灌

漢書陳平傳,「絳、灌等讒平。」顏師古注云:「舊說云, 絳, 絳侯周勃也, 灌, 灌嬰也。而楚漢春秋, 高祖之臣, 別有絳灌, 疑昧之文, 不可據也。」賈誼傳,「絳、灌、東陽侯之屬盡害之。」注亦以爲勃、嬰。案史記陳平世家曰:「絳侯、灌嬰等咸讒平」, 則其爲兩人明甚。師古不必爲疑辭也。楚漢春秋陸賈所作, 皆書當時事, 而所言多與史不合, 師古蓋屢辨之矣。史、漢外戚竇皇后傳實書絳侯、灌將軍, 此最的證也。夏侯嬰爲滕令, 故稱滕公, 而史并灌嬰書爲滕、灌, 賈誼所稱亦然, 甚與絳、灌相類。楚漢春秋一書, 今不復見, 李善注文選劉歆移博士書云:「楚漢春秋曰, 漢已定天下, 論羣臣破敵禽將, 活死不衰, 絳灌、樊噲是也。功成名立, 臣爲爪牙, 世世相屬, 百出無邪, 絳侯周勃也。然則絳灌自一人, 非絳侯與灌嬰。」師古所謂疑昧之文者此耳。張耳歸漢, 卽立爲趙王, 子敖廢爲侯, 敖子偃嘗爲魯王, 文帝封爲南宮侯, 而楚漢春秋有「南宮侯張耳」。淮陰舍人告韓信反, 史記表云欒說, 漢表云樂說, 而楚漢以爲謝公, 其誤可見。

14. 題詠絕唱

錢伸仲大夫於錫山所居漆塘村作四亭, 自其先人已有卜築之意, 而不克就, 故名曰「遂初」;先壟在其上, 名曰「望雲」;種桃數百千株, 名曰「芳美」;鑿地涌泉, 或以爲與惠山泉同味, 名曰「通惠」。求詩於一時名流, 自葛魯卿、汪彥章、孫仲益旣各極其妙, 而母舅蔡載天任四絕獨擅場。遂初亭曰:「結廬傍林泉, 偶與初心期。佳處時自領, 未應魚鳥知。」望雲亭曰:「白雲來何時, 英英冠山椒。西風莫吹去, 使我心搖搖。」芳美亭曰:「高人不惜地, 自種無邊春。莫隨流水去, 恐汙世間塵。」通惠亭曰:「水行天地間, 萬派同一指。胡爲穿石來?要洗巢由耳。」四篇旣出, 諸公皆自以爲弗及也。吳傳朋游絲書。賦詩者以百數, 汪彥章五言數十句, 多用翰墨故事, 固已超拔, 而劉子翬彥沖古風一篇, 蓋爲絕唱。其辭云:「圓淸無瑕二三月, 時見游絲轉空闊。誰人寫此一段奇, 著紙春風吹不脫。紛紜糾結疑非書, 安得龍蛇如許朧。神蹤政喜縈不斷, 老眼只愁看若無。定知苗裔出飛白, 古人妙處君潛得。勿輕漠漠一縷浮, 力遒可挂千鈞石。眷予弟兄情不忘, 軸之遠寄悠然堂。謝公遺髣凜若活, 衛后落鬢搖人光。翻思長安夜飛蓋, 醉哦聲落南山外。亂離契闊四十秋, 筆意與人俱老大。政成着脚明河津, 外家風流今絕倫。文章固自有機杼, 戲事豈足勞心神。」此章尤爲馳騁痛快, 且卒章含譏諷, 正中傳朋之癖。予少時見二公所作, 殊敬愛之, 至今五十年, 尙能記憶, 懼其益久而不傳, 故紀於此。

15. 秀才之名

秀才之名, 自宋、魏以後, 實爲貢擧科目之最, 而今人恬於習玩, 每聞以此稱之, 輒指爲輕己。因閱北史杜正玄傳載一事云:「隋開皇十五年, 擧秀才, 試策高第, 曹司以策過

左僕射楊素, 素怒曰:『周、孔更生, 尚不得爲秀才, 刺史何忽妄擧此人！』乃以策抵地不視。時海內唯正玄一人應秀才, 曹司重以啓素, 素志在試退正玄, 乃使擬相如上林賦、王褒聖主得賢臣頌、班固燕然山銘、張載劍閣銘、白鸚鵡賦, 曰:『我不能爲君住宿, 可至未時令就。』正玄及時並了。素讀數徧, 大驚曰:『誠好秀才！』命曹司錄奏。」蓋其重如此。又, 正玄弟正藏, 次年擧秀才, 時蘇威監選, 試擬賈誼過秦論、尚書湯誓、匠人箴、連理樹賦、几賦、弓銘, 亦應時並就, 文無點竄。然則可謂難矣。唐書杜正倫傳云:「隋世重擧秀才, 天下不十人, 而正倫一門三秀才, 皆高第。」乃此也。

16. 魏收作史

魏收作元魏一朝史, 修史諸人, 多被書錄, 飾以美言, 夙有怨者, 多沒其善。每言:「何物小子, 敢共魏收作色, 擧之則使上天, 按之當使入地。」故衆口喧然, 稱爲「穢史」。諸家子孫, 前後投訴, 云遺其家世職位, 或云不見記錄, 或云妄有非毀, 至於坐謗史而獲罪編配, 因以致死者。其書今存, 視南北八史中, 最爲冗謬。其自序云:「漢初, 魏無知封高良侯, 子均, 均子恢, 恢子彥, 彥子歆, 歆子悅, 悅子子建, 子建子收。」無知於收, 爲七代祖, 而世之相去七百餘年。其妄如是, 則其述他人世系與夫事業, 可知矣！

1. 토규와 연맥 兎葵燕麥

유우석劉禹錫은 「재유현도관시서再遊玄都觀詩序」에서 이렇게 말했다.

> 토규兎葵와 연맥燕麥[1]만 봄바람에 흔들리고 있을 따름이다.

지금 사람들이 이를 많이 인용한다.

『북사北史·형소전邢邵傳』에 실린 형소의 글을 내가 읽어보았는데 이런 구절
이 있다.

> 국자國子는 비록 명칭상 학관學官이지만 사실상 가르치는 것은 없으니, '토사연맥
> 兎絲燕麥[2]' · '남기북두南箕北斗[3]'와 무엇이 다른가!

그러므로 이 말의 유래가 오래 된 것이다.

『이아爾雅』에서는 "菻희는 토규兎葵이다. 蘥약은 작맥雀麥이다[菻, 兎葵. 蘥,
雀麥]"라고 했고, 곽박郭璞은 주에서 "葵규와 아주 닮았는데 잎이 작고, 藜여처럼
생겼다. 작맥雀麥은 연맥燕麥으로 털이 있다"고 설명했다.

1 兎葵, 燕麥 : 토규는 아욱[葵]와 비슷한 풀이고 연맥은 폐허에서 잘 자라며 제비의 먹이가
  된다고 해서 붙여진 이름이다. '兎葵燕麥'은 폐허에 잡초가 무성하다는 의미로 사용된다.
2 兎絲燕麥 : 토사와 연맥은 원래 식물 이름인데, 토사兎絲는 이름에 사絲가 들어 있지만 옷감을
  짤 수 없고, 연맥燕麥은 이름에 맥麥이 들어 있지만 먹을 수 있는 것이 아니어서, 유명무실한
  것을 비유하는 말로 쓰인다.
3 南箕北斗 : 남기南箕와 북두北斗는 별 이름으로, 이름에는 각각 기箕와 두斗가 들어 있지만
  실제 물건은 아니어서, 앞의 토사연맥兎絲燕麥과 마찬가지로 유명무실한 것을 비유하는 말로
  쓰인다.

『광지廣志』에서는 "토규菟葵를 불에 구우면 먹을 수 있다"고 했고, 옛날 노래에는 "밭에 자란 토사, 어떻게 실로 엮을까? 길가의 저 연맥, 어떻게 수확할 수 있을까田中菟絲, 何嘗可絡? 道邊燕麥, 何嘗可獲?"라고도 했다. 모두 『태평어람太平御覽』에 나온다.

「상림부上林賦」 중 "침석포려葴析苞荔"에 대해, 장읍張揖은 주에서 "'析사'[4]는 연맥燕麥처럼 생겼고, 발음은 '斯사'이다"라고 했다. 섭정규葉庭珪는 『해록쇄사海錄碎事』에서 "토규菟葵는 싹이 용예龍芮처럼 생겼고, 꽃은 희고 줄기는 자색紫色이다. 연맥燕麥은 풀이 보리처럼 생겼고, 작맥雀麥이라고도 한다"고 했다. 어떤 책을 근거로 한 것인지는 알 수 없다.

2. 북적 포로의 고통 北狄俘虜之苦

원위元魏[5]가 강릉江陵을 격파하고, 포로로 붙잡은 사민士民을 모두 노예로 삼고 신분의 귀천을 따지지 않았다. 아마 북방 이족夷族의 풍속이 모두 그런 모양이다.

정강靖康[6] 사변 이후 금金의 포로 신세로 전락한 사람은 제자왕손帝子王孫이든 환문사족宦門仕族 출신이든 모두 노비가 되어서 노역을 해야만 했다. 1인당 매월 피 다섯 말을 지급하여 스스로 빻아서 미곡으로 만들라고 하면 한 말 여덟 되가 나왔는데, 이것으로 식량을 삼았다. 해마다 마麻 다섯 단을 지급하여 옷감을 짜 옷을 해 입으라고 했다. 이밖에는 돈 한 푼, 비단 한 조각의 수입도 없었다. 그렇기 때문에 옷감을 짤 줄 모르는 남자는 한

---

4 析 : 원래는 '석'으로 발음하지만, 풀이름일 경우 '사'로 발음한다.

5 元魏 : 원래는 일반적으로 북위北魏를 말한다. 북위 효문제가 황족의 본성 탁발拓拔을 원元으로 고쳤기 때문이다. 여기서는 서위西魏를 말한다. 서위 황제가 여전히 원씨元氏였기 때문이다. 서위 폐제廢帝 원흠元欽 3년(554), 우근于謹 등을 파견하여 군대를 거느리고 남조의 양梁을 공격하게 하여, 양의 도성 강릉江陵(지금의 호북성 강릉)을 격파하고 백관과 평민 등 10여만 명을 포로로 잡아서 장안으로 갔다.

6 靖康(1126~1127.4) : 북송 흠종 연호. 금의 침공으로 북송이 멸망함으로써, 북송의 마지막 연호가 되었다.

해가 다 가도록 벌거숭이로 지냈다. 금나라 사람들 중 간혹 그러한 사람들을
애처로이 여기는 사람들이 있어, 땔감을 주기도 했다. 비록 잠시 불을 쬐면서
온기를 얻을 수는 있었지만, 얼마 후 밖에 나가 땔감을 가지고 돌아와
다시 불가에 앉으면 피부와 살갗이 부스스 떨어져 며칠 안 가 죽곤 했다.
그나마 조금이라도 괜찮은 경우는 손재주가 있는 사람이었는데, 이를테면
의사나 자수 기술자 등이었다. 그들도 보통 때는 땅바닥에 모여 앉아 다
떨어진 자리나 거적을 밑에 깔고 있다가, 금나라 사람들이 손님 접대로
연회를 열기위해 음악을 할 줄 아는 사람을 데려다 재주를 선보이곤 했다.
그리고 술자리가 끝나 손님이 다 흩어지면 또 각각 처음 자리로 돌아가
예전처럼 둘러앉아 자수를 놓았다. 금나라 사람들은 그들을 하찮게 여겨
죽던 살던 상관하지 않았다.

　　선공[7]께서 영주英州[8]에 계실 때 섭수攝守[9] 채준蔡寯에게 이 말을 하였고,
채준은 『갑술일기甲戌日記』[10]에 이를 기록하였고, 나중에 그의 아들 대기大器가
채록하여 보여주었다. 이것은 『송막기문松漠記聞』[11]에서 누락된 것이다.

3. 태수와 자사가 멋대로 추증한 사례　太守刺史贈吏民官

　　한나라 설선薛宣[12]이 좌풍익左馮翊으로 있을 때, 지양池陽[13] 현령이 옥연獄掾

7　先公 : 홍매의 부친 홍호洪皓(1088~1155). 자 광필光弼. 요주饒州 낙평樂平(지금의 강서성
　　낙평) 사람으로, 일설에는 요주 파양鄱陽 사람이라고도 한다. 남송 때 저명한 충신이다.
　　휘종 정화政和 5년(1115) 진사 급제 이후 여러 관직을 거쳤고, 건염建炎 3년(1129) 금나라
　　태원에 사신으로 가서 오랫동안 억류되었다가 돌아왔다. 금나라에서 출사하도록 여러 차례
　　강권당했지만 모두 거절했다. 아들이 셋으로, 홍적洪適·홍준洪遵·홍매이다.
8　英州 : 지금의 광동 영덕英德. 홍호는 금나라에 사신으로 갔다가 돌아온 뒤, 진회의 모함을
　　받아서 영주로 유배되었다.
9　攝守 : 임시 태수.
10　甲戌 : 소흥 24년(1154). 『갑술일기』는 실전되었다.
11　『松漠記聞』 : 홍호가 저술한 것이다. 홍호는 금나라에 사신으로 가 15년 동안 머물면서
　　보고 들은 것을 기록하여 책으로 엮었다. 그는 금나라에 있을 때 냉산冷山에서 장기간 거주했
　　는데, 여기는 당나라 때 송막도독부가 있었던 곳이므로 책명을 『송막기문』이라고 했다.

용재삼필 권3

왕립王立을 청백리로 추천하였다. 그러나 왕립이 임명되기 전 그의 아내가 죄수 집안에게서 금품을 받자 부끄럽고 두려워 자살하였다. 설선은 지양에 이렇게 문서를 보냈다.

> 관청에서 조연曹掾 임용을 결정한 것을 왕립의 관에 써서, 그의 영혼이라도 칭찬 해주어라.

안사고는 "이 직함으로 추증한 것이다"라고 주를 달았다.

북위의 병주並州 자사는 부민部民 오실달吳悉達[14] 형제의 행실이 향리에서 유명해지자 그의 부친을 발해勃海 태수로 추증한다는 판을 세웠다.

이 두 가지는 모두 태수와 자사가 마음대로 관리와 백성에게 관직을 추증했는데도 잘못이라고 여기지 않은 사례로, 후세에는 감히 이러지 못 했다.

4. 시를 바친 이원량 李元亮詩啓

건창建昌[15] 사인士人 이원량李元亮은 산방山房 이상李常[16] 상서尙書 일족의 자제 로, 재능과 높은 기재로 언동이나 안색이 의기양양했다. 휘종 숭녕崇寧[17] 연간 태학에서 공부할 때였다. 채의蔡薿[18]가 학록學錄[19]이었는데, 이원량은

. . . .

12 薛宣 : 자는 공군贛君, 동해 담郯(지금의 산동성 담성) 사람. 서한 말년 승상으로, 경무공주敬武 公主의 남편이며, 고양후高陽侯에 책봉되었다. 인재를 잘 알아보아 임용한 것으로 유명하다.

13 止陽 : 지금의 섬서성 경양涇陽과 삼원三原 일부 지역.

14 吳悉達 : 북위 때 효자. 북위 하동 문희聞喜 사람. 형제가 셋으로, 어렸을 때 부모가 살해당하 자, 사시사철 부르며 그리워하여 이웃 도 슬퍼하였다. 장성하여 원수를 갚고 영안永安으로 피신했다. 형제가 함께 40여 년을 화목하게 생활했다.

15 建昌 : 지금의 강서성 영수永修.

16 李常(1027~1090) : 자는 공택公擇, 남강南康 건창 사람. 여산廬山 백석승사白石僧舍에서 공부하 였으며, 급제 이후 자기가 베낀 책 9천 권을 남겨, 승사를 이씨산방李氏山房이라고 했다.

17 崇寧 : 북송 휘종徽宗 때의 연호(1120~1106).

18 蔡薿(1067~1124) : 하남 개봉 사람, 자는 문요文饒.

19 學錄 : 국자감 소속 학관.

그를 미워하여 상관을 대하는 예로 대하지 않았다. 채의의 추천으로 많은 인재들이 발탁되었는데, 이원량은 발탁되지 못해 실의에 빠져서 귀향했다.

휘종 대관大觀 2년(1108) 겨울, 이원량은 다시 태학으로 공부를 하러 갔는데 도중에 화주和州를 지나게 되었다. 당시 채의는 초고속으로 승진하여 겨우 2년 만에 급사중給事中에 이르렀고, 외지로 보직 근무를 나가게 되어 때마침 화주에 와 있었다. 이원량은 찾아가 인사를 하지 않으려고 했다. 채의는 부임하고 나서 곧바로 진리津吏와 문졸門卒에게 엄중 지시하기를, 왕래하는 사대부는 관직의 높고 낮음을 가리지 말고 반드시 즉시 보고할 것이며 포의 신분이라도 마찬가지라고 했었다. 채의는 이원량이 왔다는 것을 보고받고는 수레를 준비하라고 명하여 그가 묵는 곳으로 먼저 찾아갔다. 이원량은 놀라서 허둥지둥 나와 기쁘게 맞이하며 감사의 인사를 했다.

> "제가 여기에 온 것은 오직 선생님을 찾아뵙고자 하는 일념 때문입니다. 접견 때 전해드릴 글을 준비하던 중으로, 내일 아침 일찍 찾아뵐까 했었습니다만, 뜻하지 않게 급사 선생께서 먼저 몸을 낮추시어 저 같은 놈을 이렇게 찾아주시니 이전에 준비한 접견의 글은 더 이상 쓸 수 없게 되어, 따로 한 부 다시 작성해야겠습니다. 그런 다음에 찾아뵙겠습니다."

채의는 돌아갔고, 이원량은 계啓를 한 통 써서 아침에 찾아갔다. 그 내용에서 다음과 같이 자기 자신을 책망하는 말을 썼다.

> 숙소를 정하고 어른을 찾아뵙는 것은 예로부터 없었던 일이요, 어른께서 자신을 낮추고 먼저 필부를 찾아오는 것은 지금까지 없었습니다.

채의는 이 구절을 읽고 나서 감격하여, 이원량에게 며칠 동안 더 머물도록 권하고 연회를 열었으며, 50만 전을 대주었다. 또 여러 고관에게 이원량을 칭찬하는 글을 보내기도 하였다. 이원량은 대관 3년(1109) 공사과貢士科에 급제했다. 이원량은 시에도 뛰어났다.

> 사람이 한가로워지니 낮이 긴 것을 알겠고,　人閑知晝永,
> 꽃이 떨어지니 봄이 깊음을 알겠다.　花落見春深.

69

아침 비는 쉬지 않고 저녁 비로 돌아오고,　　　朝雨未休還暮雨,
설달 추위 막 지나갔건만 봄에 또한 이렇게 춥구나.　臘寒才過又春寒.

모두 명구이다.

5. 공신의 성씨를 바꾼 북위 元魏改功臣姓氏

북위北魏 효문제孝文帝[20]는 대대代에서 낙洛으로 천도하고, 호胡의 풍속을 대대
적으로 개혁하고자 하여 스스로 탁발拓跋을 원씨元氏로 바꾸고, 대代에서 온
여러 공신과 세족도 중복되는 성이 있으면 모두 바꾸게 하였다. 그래서
발발씨拔拔氏는 장손씨長孫氏가 되고, 달해씨達奚氏는 해씨奚氏가 되고, 을전씨乙旃
氏는 숙손씨叔孫氏가 되고, 구목릉씨丘穆陵氏는 목씨穆氏가 되고, 보륙고씨步六孤氏
는 육씨陸氏가 되고, 하뢰씨賀賴氏는 하씨賀氏가 되고, 독고씨獨孤氏는 유씨劉氏가
되고, 하루씨賀樓氏는 누씨樓氏가 되고, 물뉴우씨勿忸于氏는 우씨于氏가 되고,
위지씨尉遲氏는 위씨尉氏가 되었다. 오랑캐의 풍속을 중원의 풍속으로 바꾸려
는 마음이 이와 같았다.

그런데 그의 손자 공제恭帝 때는 거꾸로 중원 사람들의 성을 소수민족의
성으로 바꾸게 하였다. 이를테면 이필李弼은 도하씨徒河氏가 되고, 조숙趙肅과
조귀趙貴는 을불씨乙弗氏가 되고, 유량劉亮은 후막진씨侯莫陳氏가 되고, 양충楊忠은
보륙여씨普六茹氏가 되고, 왕웅王雄은 가빈씨可頻氏가 되고, 이호李虎와 염경閻慶은
대야씨大野氏가 되고, 신위辛威는 보모씨普毛氏가 되고, 전굉田宏은 흘간씨紇干氏가
되고, 경호耿豪는 화계씨和稽氏가 되고, 왕용王勇은 고한씨庫汗氏가 되고, 양소楊紹
는 질리씨叱利氏가 되고, 후식侯植은 후복후씨侯伏侯氏가 되고, 두치竇熾는 흘두릉
씨紇豆陵氏가 되고, 이목李穆은 흡발씨擒拔氏가 되고, 육통陸通은 보륙고씨步六孤氏

....

20 孝文帝 : 북위의 제 7대 황제(재위 471~499). 친정 기간은 겨우 10년이었지만 북위 중흥의
영주로 일컬어진다. 494년 수도를 평성平城(산서성 대동大同)에서 낙양洛陽으로 옮기고, 호어
胡語와 호복胡服을 금하고, 황족의 성씨인 탁발을 원씨元氏로 고치는 등 대대적으로 한화정책
을 실시하였다.

가 되고, 양찬楊纂은 막호로씨莫胡盧氏가 되고, 구준寇儁은 약구인씨若口引氏가 되고, 단영段永은 이면씨爾綿氏가 되고, 한포韓褒는 후려릉씨侯呂陵氏가 되고, 배문거裴文擧는 하란씨賀蘭氏가 되고, 왕궤王軌는 오구씨烏九氏가 되고, 진흔陳忻은 위지씨尉遲氏가 되고, 번심樊深은 만뉴우씨萬紐于氏가 되었다. 이는 공제가 조부인 효문제의 유훈을 따르지 않은 것이다.

당시는 우문태宇文泰[21]가 국정을 장악했던 때로 이 모든 게 그의 손에서 나온 것이다. 결국 국성國姓도 탁발씨拓跋氏로 복귀했고 단성으로 바꾸었던 99개 성씨가 모두 예전 것으로 복구되었다. 우문태는 당시 풍속과 법률에 폐단이 많다고 여겨, 소작蘇綽에게『주서周書』를 모방하여「대고大誥」를 짓도록 하였다. 또한 관명을 모두 바꿔서 주나라 육경六卿의 제도를 회복하려 하였다. 이런 그의 조치들은 무엇을 위한 것인가? 알 수가 없다.

6. 도연명 시에 화답한 소식의 시 東坡和陶詩

『도연명집陶淵明集』의「귀원전거歸園田居」여섯 수 중 마지막 수「종묘재동고種苗在東皐」는 강엄江淹[22]의「잡체雜體」30수 중 하나로,[23] "도징군陶徵君(도연명)의「전거田居」를 배워 쓴 것이다"라고 강엄이 분명히 밝혔다.

도연명의 3장은 이러하다.

남산 아래 콩을 심어,　　　　　　　　種豆南山下,
초목 무성하니 콩싹 드문드문.　　　　草盛豆苗稀.
새벽에 일어나 거친 들판 매고,　　　　晨興理荒穢,

21　宇文泰(508~556) : 서위의 초대황제. 북위가 내란으로 동위와 서위로 분리되었을 때, 우문태가 장안長安을 도읍으로 하여 서위西魏를 건국하였다. 그는 소작蘇綽(498~546) 등 한인漢人 유학자를 중용하여 계장법計帳法과 호적법戶籍法 등을 제정했으며,『주례周禮』에 기초하여 관제를 정비하였다.

22　江淹(444~505) : 남조의 저명한 문학가. 자 문통文通. 송·제·양 세 왕조에서 벼슬을 하였다.

23　현재 점교본『도연명집』을 보면「귀전원거」는 다섯 수가 수록되었고, 여기서 제기된 시는『강문통집江文通集』권4「잡제雜題」30수 중 제22수로 실려 있다.

호미 메고 달과 함께 돌아온다.   帶月荷鋤歸.

강엄은 이렇게 읊었다.

　　　호미 메고 일을 하여 피곤하기 짝 없건만,   雖有荷鋤倦,
　　　그런대로 탁주로 자기를 달래본다   濁酒聊自適.

　　바로 그 뜻을 이어서 쓴 것이다. 그런데 지금『도연명집』에 강엄의 시가
잘못 수록되었는데 소식은 이에 화답시를 지었다.[24]
　　또「동방유일사東方有一士」시 16구가「의고擬古」9수 중에도 중복 포함되어
있는데 소식은 두 부분에 모두 화답을 했다. 모두 뜻이 가는대로 완성하여
더 이상 자세히 살펴보지 않았기 때문일 것이다. 도연명은 첫 장에서 다음과
같이 썼다.

용재수필

　　　창 밑 난초 무럭무럭,   榮榮窗下蘭,
　　　당 앞 버들 치렁치렁.   密密堂前柳.
　　　예전에 그대와 작별할 때,   初與君別時,
　　　그리 오래 걸릴 줄 몰랐지.   不謂行當久.
　　　문을 나서 만 리 객이 되어,   出門萬里客,
　　　중도에 훌륭한 벗을 만났다네.   中道逢嘉友,
　　　말 나누기 전에 마음 먼저 취하니,   未言心先醉,
　　　술잔 나누기도 전이건만.   不在接杯酒.
　　　난초 마르고 버들 또한 쇠했고,   蘭枯柳亦衰,
　　　결국 이 말 어기고 말았네.   遂令此言負.

　　이에 소식은 다음과 같이 화답했다.

　　　우리 집 문 두드리는 길손,   有客扣我門,
　　　뜰 앞 버들에 말을 묶도다.   繫馬庭前柳.
　　　텅 빈 뜨락 지저귀는 참새,   庭空鳥雀噪,
　　　닫힌 문 앞에서 한참을 서 있는 길손.   門閉客立久.
　　　주인은 책 베고 누워,   主人枕書臥,

．．．．．．．．．．．．．．．．．．．．．．．．．．．．．．

　　24 『蘇軾詩集』권39「和陶歸園田居六首」.

평생의 벗을 꿈에서 만나는 중.	夢我平生友,
갑자기 떵떵떵 문 두드리는 소리에,	忽聞剝啄聲,
화들짝 놀라 흩어지는 술기운.	驚散一杯酒.
바지도 거꾸로 꿰 입고 일어나 길손에게 사과하며,	倒裳起謝客,
꿈에서 깨어나 둘이 서로 겸연쩍네.	夢覺兩愧負.

금석金石 악기 합주를 하는데 마치 한 사람 손으로 연주하듯 두 시가 잘 어울렸으니, 어찌 소철이 '함께 나란히 달리는 수레바퀴 자국 같다遂與比轍]'²⁵고 한 정도에 그칠 뿐이겠는가!

7. 공규와 정목 孔戣鄭穆

당나라 목종穆宗 때 공규孔戣²⁶가 상서좌승尚書左丞으로 있었는데, 시퇴를 청하는 글을 올리자 천자는 예부상서로 사직하도록 하였다. 이부시랑 한유韓愈가 글을 올려 말했다.

공규는 사람 됨됨이가 절의를 지키고 청고淸苦하며 논리가 바르고 공평합니다. 나이 겨우 70으로, 근력과 이목이 노쇠하다는 것을 아직 느낄 수 없습니다. 집안을 잊고 국가를 염려하며, 용의주도합니다. 공규같은 사람은 조정에서 불과 서너 명 뿐입니다. 폐하께서는 그의 요구를 들어주시어 현명한 조력자가 조정에 남지 않게 하시면 안 됩니다.

목종은 공규의 사퇴 신청을 허가하지 않았다. 다음 해 정월, 공규가 세상을

25 소식은 자신이 지은 화도시를 따로 하나의 문집으로 낼 생각을 가지고 있었기에 소철에게 책의 서문을 부탁하였고, 소철은 「추화도연명시인追和陶淵明詩引」을 지었다. 이 문장에서 소철은 "이 시들은 이백과 두보에 비교하여 남음이 있고, 결국 도연명과 견줄만하다. 수레바퀴자국(소철 자신을 이름)은 비록 달리면서 쫓지만 항상 그 뒤에서 나온다.[其詩比李太白杜子美有餘, 遂與淵明比, 轍雖馳驟從之而常出其後.]" 홍매는 '比轍'이라고 하였으나, 문장을 잘못 끊은 것 같다.

26 孔戣(753~825) : 당나라의 대신. 자 군엄君嚴. 공잠부孔岑父의 아들이며, 공소부孔巢父의 손자로, 공자 38대손이라고 한다. 진사 급제 이후 헌종 때부터 목종 때까지 국자좨주·이부시랑·우산기상시·상서좌승·영남절도사 등을 역임했다. 과감하게 직간하고 시폐를 지적했다고 한다. 병부상서에 추증되었고, 시호는 '정貞'이다.

떠났다.

송대에 들어와 정목鄭穆이 철종 원우元祐[27] 때 보문각대제겸국자좨주寶文閣待制兼國子祭酒에서 사직을 신청했다. 제거동소궁提擧洞霄宮 급사중給事中 범조우范祖禹가 말했다.

"정목의 나이가 비록 70이 넘었습니다만, 정력은 아직 왕성합니다. 옛날에 대부大夫는 70이 되면 사직을 했다고 합니다만, 그대로 보내지 못할 경우에는 궤장几杖을 하사하여 계속 일하게 했다고 합니다. 좨주는 모두의 사표라고 할 수 있는 위치에 있으며, 이제 한창 노련한 시기입니다. 그의 사직을 가벼이 허락하지 마시옵소서."

정목의 사퇴는 역시 받아들여지지 않았다. 정목은 다음 해에 세상을 떠났다.

두 가지 일이 너무 비슷하다.

8. 진계상 陳季常

진조陳慥의 자는 계상季常, 진공필陳公弼의 아들이다. 황주黃州의 기정岐亭에서 살면서 자칭 '용구선생龍丘先生' 또 방산자方山子라고도 했다. 빈객을 좋아하고 가기歌妓를 데리고 사는 것을 좋아했다. 그러나 그의 처 유씨柳氏는 극도로 사납고 질투가 심했다. 그래서 소식은 다음과 같은 시를 지었다.

용구거사 참으로 가련하기도 해라,	龍丘居士亦可憐,
공空을 담론하며 밤에 잠을 못 이룬다.	談空說有夜不眠.
갑자기 하동의 사자후師子吼 들려와,	忽聞河東師子吼,
짚고 있던 지팡이 손에서 떨어져 망연자실이라.	拄杖落手心茫然.[28]

하동河東 사자師子는 유씨를 지칭한 것이다. 소식은 또 취중에 진계상에게 편지를 써서 "일절걸수영군一絕乞秀英君"이라고 말한 적이 있는데, 아마도 수영

秀英^은 그의 첩의 애칭이었던 듯하다.

황정견^{黃庭堅}은 철종 원우^{元祐} 때 진조에게 편지를 써서 다음과 같이 말했다.

> 유부인이 시시때때로 약을 필요로 하셨던 듯한데, 지금은 편안해지셨나 모르겠습니다. 공께서 만년에 청정의 즐거움을 점차 찾고 싶으시다면, 여자를 새로 들이는 일이 없어야 할 것입니다. 그리하면 유부인께서 무슨 걱정에 병이 드시겠습니까!

또 다른 편지에서 말했다.

> 노년의 정취와 재미를 알려면 마땅히 이와 같이 해야 합니다. 괴로우면 산천을 유람해보는 것도 괜찮을 듯하니, 그러면 약석^{藥石}에 의지하는 것을 좀 줄이고 기거와 음식을 조절해 보십시요. 하동부인께서도 늙은 공을 애처롭게 여길 것입니다. 세상사에 어두운 분을 그냥 내버려 두시겠습니까?

유씨 부인의 질투는 대외적으로 흰히 소문이 나있었다. 그렇기 때문에 소식과 황정견이 모두 이 일을 언급한 것이다.

9. 시호에 사용하는 글자 文用諡字

왕이 세상을 떠나면 존귀한 이름으로 시호를 삼았는데, 한두 글자로 줄이려고 했었다. 그래서 이름을 바꾼다는 뜻에서 역명^{易名}이라고 했다. 그렇다면 시諡의 뜻은 '이름을 바르게 풀이^{正訓名}'한 것이다.

사마상여^{司馬相如}는 「유촉문^{諭蜀文}」에서 "죽고 나서 이름이 없으면 지우^{至愚}라고 시諡를 했다"고 하였고, 안사고는 주에서 "끝내 어리석음으로 죽으니 후세에 그렇게 전해져 언급되므로 시諡라고 했다"고 했다. 유종원은 「초해고문^{招海賈文}」에서 "그대 돌아오지 않으니, '우^愚'라고 시諡를 한다"고 했다. 사마상여와 유종원이이 사용한 의미는 같다. 왕자연^{王子淵}은 「소부^{簫賦}」에서 "다행히 퉁소^{洞簫}라고 시호를 받게 되니 성주의 크나큰 은혜를 입었네"라고 했고, 이선^{李善}은 "시諡는 호號다. 퉁소라고 시諡를 하여 항상 쓰임이 있음을

75

말하는 것이다"라고 했다. 기물 명칭으로 시諡를 하였다니, 기이하다고 할
수 있다.

10. 「고당부」와 「신녀부」 高唐神女賦

송옥宋玉의 「고당高唐」과 「신녀神女」 두 부賦는 매우 선명한 뜻을 기탁한
우언이다. 내가 그 글자와 단어를 하나하나 따라 뜻을 음미해보니 이른바
"정감에서 나오지만 예의에서 그친다發乎情, 止乎禮義"[29]는 것으로 진정 풍화
風化의 근본을 얻었다고 할 수 있다.

「고당부」에서 다음과 같이 노래했다.

> 초楚 양왕襄王이 고당高唐 위에 구름의 기운이 있는 것을 보고 송옥에게 물었다.
> "이게 무슨 기운이오?"
> 송옥이 대답했다.
> "이른바 아침 구름입니다. 예전에 선왕께서 고당에서 노니신 적이 있습니다. 꿈
> 에서 한 여인을 만났는데, 그녀가 "저는 무산巫山의 여자이온데 함께 잠자리에
> 들기를 원하옵니다"라고 하여 왕께서는 그 여인을 품으셨다고 합니다."

「신녀부」에서는 다음과 같이 말했다.

> 양왕이 이미 송옥더러 고당과 관련된 부를 지으라고 하였는데, 그날 밤 왕이 잠
> 자리에 들어 꿈에서 신녀神女와 만났고, 다시 송옥더러 부를 지으라고 했다.

만약 이 말대로라면 이는 왕의 부자가 모두 이 여인과 잠자리를 즐겼으니,
거의 근친상간의 추한 행위에 가깝다. 그러나 부를 보면 첫머리에서는
신녀의 아름다움을 극도로 말했지만, 중간에서는 다음과 같이 말했다.

담박하고 청정하고 선량하고 현숙하며,	澹淸靜其愔嬺兮,

....

29 發乎情, 止乎禮義 :『시경·모시서毛詩序』에 나오는 구절로 유가 중심적 사회에서 최고의
미학적 토대가 되었다.

그 성격은 차분하고 자상하며 서두르지 않는구나.	性沉詳而不煩.
가까이 있는 듯 하다가 멀리 있는 듯 하다가,	意似近而若遠兮,
이리 오는 듯 하더니 다시 돌아서네.	若將來而復旋.
나의 휘장 걷어 맞아 들이려네,	褰余幬而請御兮,
이 마음 다하여 연모하고 연모하리.	願盡心之惓惓.
곧고 바른 깨끗함을 품고,	懷貞亮之潔清兮,
결국 나와 함께 할 수 없다 하네.	卒與我乎相難.
웃음을 거두고 화를 내며 자기를 억제하나니,	䫲薄怒以自持兮,
가까이 다가갈 수 없네.	曾不可乎犯干.
환락의 정 누리지 못하고,	歡情未接,
이별하고 떠나가네.	將辭而去.
멈칫멈칫 몸을 돌려,	遷延引身,
가까이 다가갈 수 없어.	不可親附.
잠시라도 머물러 주기를 원하건만,	願假須臾,
신녀는 급하다 하네.	神女稱遽.
어두컴컴해지나 싶더니,	闇然而冥,
문득 온데간데 없네.	忽不知處.

그렇다면 신녀는 다만 회왕懷王과 정사를 나누었을 뿐, 비록 양왕의 꿈에서 보이긴 하지만 문란함에 이르지는 않았던 것이다. 송옥의 의도는 바르다고 할 수 있다.

지금 사람들은 시사詩詞에서 양왕의 말을 구실로 삼아 그 사실을 따지려 하고 옳지 않다고 비난한다. 부 원문에서 글자 '䫲'의 발음은 '疋필'과 '零영'의 반절로, 웃음을 거두고 화난 기색을 드러낸다는 뜻이다. 유종원의 「적룡설謫龍說」에 "기이한 여인이 웃음을 거두고 화를 내다奇女䫲爾怒"라는 말이 있으니, 바로 이 용법을 쓴 것이다.

11. 그 가르침이 명쾌하고 분명했다 其言明且清

『예기禮記·치의緇衣』편에 이러한 내용이 있다.

시詩에서 '옛날 우리 선군先君이 있어서, 그 가르침이 명쾌하고 분명했지. 이로써 국가가 평안해지고, 도읍이 이루어지고, 서민이 살게 되었네. 누가 나라를 이끌수 있나? 자신을 바르게 하지 않고, 결국 백성만 힘들게 하네[昔吾有先正, 其言明且淸. 國家以寧, 都邑以成, 庶民以生. 誰能秉國成? 不自爲正, 卒勞百姓]'라고 했다.

정현은 주에서 어떤 시라고 말을 하지 않았다.

지금 전해지는 『모시毛詩 · 절남산節南山』장에서는 뒷부분 세 구만 있으며약간 다르다.[30] 『경전석문經典釋文』에서는 "첫 구부터 '서민이생庶民以生'까지다섯 구는 모두 지금 시에 나오지 않는다. 혹시 모두 일시逸詩일 것이다'라고했다.

내가 『문선』을 찾아보니 장화張華가 하소何劭에게 화답한 시에 "주임유유규周任有遺規, 기언명차청其言明且淸"이라는 구절이 있다. 그렇다면 주임周任이 지은것이다. 이선李善은 "자사子思가 시에서 '석오유선정昔吾有先正, 기언명차청其言明且淸'이라고 했다'고 주를 달았다. 세상에 전해지는 자사의 시가 없는데 이선은무엇을 근거로 삼았는지 모르겠다. 아마 당시에는 혹 이 책이 있었을지도모르겠다. 이선이 멋대로 했을 리는 없으니 특히 주임의 '유규遺規'가 무슨의미인지 또한 알 수 없다.

12. 시종에서 인사이동 侍從轉官

신종 원풍元豐 3년(1080) 관제官制를 바꾸기 전에는 직사관職事官에 따라봉록을 지급했다.[31] 간의대부諫議大夫에서 급사중給事中으로 옮기고, 세 시랑侍

용재수필

郎[32]·좌우승左右丞을 거치고[33], 그런 다음 여섯 상서尚書로 옮겨서 각각 한 관직을 맡았다. 상서에서 복야僕射로 옮길 때 재상에 임용되었던 자가 아니면 옮기는 것을 허용하지 않았으니, 지금의 특진特進이 그것이다. 그러므로 시종侍從[34]은 이부상서에 이르면 끝까지 온 것으로, 간의대부에서 여기까지 모두 열 한 번 옮기는 것이다. 경卿 서열에 오래 있는 다른 일반 관료는 광록경光祿卿에서 비서감秘書監으로 옮기고, 이어서 태자빈객太子賓客을 거치면 결국 공부시랑工部侍郎이 된다. 대체로 대제待制 이상 직위를 거치지 않으면 상서성·중서성 두 성에 들어가 급사중·간의대부를 맡는 것을 허용하지 않았다. 원풍 때 간의대부를 태중대부太中大夫로, 급사중·중서사인을 통의대부通議大夫로, 여섯 시랑을 똑같이 정의대부正議大夫로, 좌우승左右丞을 광록대부로 바꾸었다. 병부·호부·형부·예부·공부 상서는 똑같이 은청銀靑 광록대부가 되었고, 이부 상서는 금자金紫 광록대부가 되었다. 단지 여섯 번만 옮겼으니, 옛 법에서 다섯 번 절차를 감소한 것이다. 철종 원우元祐 때, 너무 간단하다면서 정의正議·광록光祿·은청銀靑을 더하고 좌左와 우右로 나누었다. 그러나 그래도 아홉 번 옮겼던 셈이다. 휘종 대관大觀 2년(1108) 통봉대부通奉大夫를 설치하여 우정의대부右正議大夫와 바꾸고, 정봉대부正奉大夫를 설치하여 우광록대부右光祿大夫와 바꾸고, 선봉대부宣奉大夫를 설치하여 좌공록대부左光祿大夫와 바꾸고, 우은청右銀靑을 광록대부로 하고, 은청까지 이르면 좌左를 빼게 하여, 지금도 모두 그대로 시행하고 있다.

옛 제도와 비교하면, 지금의 통봉대부는 공부·예부시랑에, 정의대부는 형부·호부시랑에, 정봉대부는 병부·이부시랑에, 선봉대부는 좌우승左右丞에, 세 광록대부는 여섯 상서에 해당된다. 시종관이 서열대로 승진하여 금자金紫에 이르기까지 제한을 두는 법이 없었으니, 고종 건염建炎[35] 이전에는

혜주를 다스린 것은 직사관이고, 원외랑·조봉랑은 기록관이다.

32 侍郎 : 좌조左曹 예부禮部·호부戶部·이부吏部, 우조右曹 공부工部·형부刑部·병부兵部.

33 이부시랑에서 좌승으로, 병부시랑에서 우승으로 이동한다.

34 侍從 : 송대에 한림학사翰林學士·급사중給事中·여섯 상서尚書·시랑侍郎을 시종이라고 했다.

그런 사례가 많이 있엇다. 고종 소흥紹興[36] 이후 이 자리까지 오른 사람은 매우 적어, 양양조梁揚祖와 갈승중葛勝仲 두 사람만이 퇴임하면서 이 직위를 받았다.

근래 담당자가 전고를 찾아 살피지 못해, 내가 선봉대부로 마감磨勘에 해당되어 또 은택을 입었고, 안사로顔師魯가 천관天官이 되어 한 단계를 초과하여 관위를 주면서 그 연유를 분명하게 말하지 않았다. 이를테면 정숙달程叔達은 선봉대부 봉록을 받으며 관위를 옮기지 않았는데, 대제각待制閣 명단에서는 두 등급 승진이 되어 있다. 정대창程大昌 역시 그렇다. 용도직학사龍圖直學士에서 곧장 본 학사로 승진했는데, 더욱 잘못된 것이다. 내가 중서사인에 임명되던 날 계급은 이미 태중대부였고, 집영수찬集英修撰으로 외지 근무할 때 이부에서는 더 이상 업무 연한을 고려하지 않아 총 18년을 근무하고 나서 비로소 대제待制로 통의대부가 되었으니, 특히 우스운 일이다. 아마 대성臺省에는 제도에 대해 숙지하고 있는 오래된 관리가 더 이상 없는 것 같다.

13. 조식의 「칠계」 曹子建七啓

들판에 사냥불 놓아 온통 훨훨 뒤덮으니,	原頭火燒淨兀兀,
꿩은 매가 무서워 나타났다 사라졌다.	野雉畏鷹出復沒.
장군은 사람들에게 자기 솜씨 뽐내려고,	將軍欲以巧伏人,
말 타고 빙빙 돌며 당긴 활 선불리 쏘지 못하네.	盤馬彎弓惜不發.
지세 점점 좁아지고 보는 사람 많아지고,	地形漸窄觀者多,
꿩이 놀라 나섰는데 당겼던 활 날아가네.	雉驚弓滿勁箭加.
사람에게 달려들다 백여 자 위로 솟구쳐,	衝人決起百餘尺,
붉은 깃털 하얀 살촉 비스듬히 따라 떨어지네.	紅翎白鏃隨傾斜.
장군은 고개 들어 웃고 부하는 축하하고,	將軍仰笑軍吏賀,
오색 깃털 어여쁜 꿩이 말 앞에 떨어지네.	五色離披馬前墮.

· ·

35 建炎 : 남송 고종高宗 때의 연호(1127~1130).
36 紹興 : 남송 고종高宗 때의 연호(1131~1162).

이는 한유의 「치대전雉帶箭」 시로, 소식蘇軾이 큰 글자로 서예를 쓴 적이 있으며 절묘하다고 극찬하였다.

나는 조식曹植이 「칠계七啓」에서 우렵羽獵의 아름다움을 논한 "사람과 그물이 오밀조밀, 지세가 좁아져 조여든다人稠網密, 地逼勢脅"라는 구절을 보고, 한유의 시가 여기서 비롯되었음을 알게 되었다. 「칠계」에서는 또 "명성은 내 몸을 더럽히고, 지위가 내 몸에 누가 된다名穢我身, 位累我躬"라고 했으니, 불교의 『팔대인각경八大人覺經』 중 "마음은 악의 근원이요, 형체는 죄악의 덤불이다心是惡源, 形爲罪藪"라는 말처럼 모두 자신을 수양하고 마음을 바로 잡는 요체가 되는 말이다.

14. 인화를 부른 간악한 귀신 奸鬼爲人禍

진晉 경공景公이 병에 걸려 의사를 보내달라고 진秦나라에 부탁했다. 진백秦伯이 의사 완緩에게 가라고 했다. 완이 아직 도착하지 않았을 때 경공이 꿈을 꾸었는데 병이 두 아기가 되어 등장했다.

> "지금 오는 저 의사는 명의이다. 우리를 해칠까봐 두렵다. 어디로 도망쳐야 할까?"
> "횡격막의 윗부분肓과 심장의 아래부분膏에 있으면, 우리를 어떻게 하겠어!"

의사가 도착해 말했다.

> "이 병은 고칠 수 없습니다."

수隋 문제文帝는 아들 진秦 효왕孝王 양준楊俊이 병들자 화급히 말을 달려 명의 허지장許智藏[37]을 데려오게 했다. 양준이 꿈을 꾸었는데 죽은 왕비 최씨崔

---

37 許智藏 : 수나라 때 의사. 조부 허도유許道幼는 모친이 병에 걸리자 의서를 두루 공부하면서 점차 명의가 되었고, 양나라 때 벼슬하여 원외산기상시를 지냈다. 부친 허경許景 역시 의술에 정통하여, 무릉왕武陵王 왕부王府 자의참군諮議參軍을 지냈다. 허지장 역시 의술로 이름이 나서, 진陳나라 때 산기시랑을 지냈다. 진나라가 망하고, 수 문제가 원외산시시랑으로 등용했다.

^氏가 나타나 흐느끼며 말했다.

"본래 당신을 맞이하려고 온 건데 허지장이 올 거라는 소문이 들려요. 그 사람이 오면 필시 나를 해칠텐데, 어쩌면 좋아요!"

다음날 밤 또 꿈에서 나타나 말했다.

"내가 대책을 알아냈어요. 심장 안으로 들어가 피해야겠어요."

허지장이 도착하여 양준의 맥을 짚어보고 말했다.

"병이 이미 심장으로 들어가, 고칠 수 없습니다."

두 못된 귀신이 사람을 해치는 것이 매우 흡사하다. 근래 허숙미^{許叔微} 집의 한 부인이 꿈에서 하인 둘을 만났다. 앞서 가던 자가 "도착했나?"라고 묻자 뒤따르던 자가 "도착했다"라고 대답하고 손에 있던 물건으로 부인을 쳤는데, 깜짝 놀라 깨어났다. 깨어나 보니 심장이 참을 수 없을 만큼 아팠다. 허숙미가 신정단^{神精丹}을 먹이자 통증이 그치고 나았다. 이 사례 역시 위 두 가지와 비슷하다.

15. 순검을 대하는 감사 태도 監司待巡檢

지금 감사^{監司}가 군읍^{郡邑}을 순시하면 순검^{巡檢}과 순위^{巡尉}는 반드시 해당 군읍의 경계 지점 첫머리에서 맞이해야 한다. 관복을 입고 단정히 서 있으면 사자^{使者}가 수레 안에서 속리를 보내 감사 인사를 하게 하고, 쌍방이 인사를 하고 물러난다. 빈객의 예로 맞이하지 않는다. 어떤 오만방자한 사람의 경우 다리나 도로가 정비되지 않았다고 꾸짖으며 수레 앞으로 내몰아 병졸 대오와 나란히 걷게 하는 지경에 이르기까지 한다.

....

수 양제가 즉위한 뒤 사직하고 귀향했다.

장제현張齊賢[38]의 『낙양진신구문기洛陽縉紳舊聞記』에 이러한 일이 수록되어
있다.

> 내가 강서전운사江西轉運使가 되어 건주虔州[39]로 가는데 순검전직巡檢殿直 강회기
> 康懷琪가 배를 타고 30리 밖까지 와 맞이하였다. 후에 나를 대유현大庾縣까지 전송
> 하려고 하여, 결국 함께 갔다. 현 역참에 도착하여 역참 정청 동서에 각각 방이
> 하나씩 있었는데, 나는 왼쪽에 묵고 강회기는 오른쪽에 묵었다. 저녁때가 되어
> 같이 식사하고, 같이 산보하고, 해가 저물 무렵 돌아왔다. 밤에 강회기가 갑자기
> 병이 났다는 말을 듣고 내가 서둘러 강회기 숙소로 달려갔는데, 강회기는 이미
> 배를 준비하여 건주로 돌아가려는 중이었다. 잠시 후 몇 명이 부축하여 배로 내
> 려갔고 나는 지팡이를 짚고 따라갔다.

위 기록을 보면, 사자가 순검과 같은 역참에서 묵고, 같은 자리에서 식사하
고, 배에 탈 때까지 전송하였음을 알 수 있다. 지금은 이런 일이 없다.

16. 12국가의 경계 十二分野

12국가의 경계는 각각 위로 하늘의 28수宿에 속한다고 했는데, 그 별자리
이름의 뜻은 그렇지 않은 경우가 많으니, 이전 학자 중 이에 대해 논의한
자들이 많다. 그 중 가장 심하게 이해할 수 없는 것은 진晉 『천문지天文志』의
내용이다.

> 위危부터 규奎까지 추자娵訾라고 한다. 진시辰時에 해亥 위치에 있으며, 위衛나라
> 의 분야이다. 병주並州에 속한다.

위衛나라는 본래 하내河內 상허商虛에 책봉을 받았고, 나중에 초구楚丘로
옮겼다. 하내는 기주冀州 관할 지역으로, 한대漢代에는 사예司隸에 속했고,

---

38 張齊賢(942~1014) : 송대 저명한 정치가. 자 사량師亮. 조주曹州 원구冤句(지금의 산동성
하택菏澤 남쪽) 사람으로, 낙양으로 이주했다. 진사 출신으로, 통판通判·추밀원부사樞密院副史
·병부상서·이부상서·분사서경낙양태상경分司西京洛陽太常卿 등을 지냈으며, 거란과 싸워서
전과를 올리기도 했다. 사도司徒에 추증되었으며, 시호는 문정文定이다.
39 虔州 : 지금의 강서성 공주贛州.

다른 읍은 모두 동군東郡에 있어서 연주兗州에 속하여, 병주와는 아무 상관이 없었다. 그런데 병주 아래에 열거된 안정安定·천수天水·농서隴西·주천酒泉·장액張掖 등의 군은 양주凉州 관할이다.

또한 "필畢부터 동정東井까지 실침實沈이라고 한다. 진시辰時에 신申 위치에 있으며, 위魏나라의 분야이다. 익주益州에 속한다"고 했다.

위魏는 진晉 땅을 나누어 하내河內·하동河東 수십 현을 차지했고, 익주와는 또한 아무 상관이 없었다. 그런데 옹주雍州는 진秦나라 지역인데, 그 아래에 운중雲中·정양定襄·안문雁門·대代·태원太原·상당上黨 등을 열거하였으니, 이는 또한 병주와 유주幽州에 속한 지역이다.

그릇되고 혼란함이 이와 같은데도 천문학자인 이순풍李淳風[40] 손에서 나왔다고 하니, 하늘에 가려서 땅을 알지 못한 것 아니겠는가!

17. 공손오루 公孫五樓

동진 16국 때 남연南燕 모용초慕容超가 왕위를 계승한 후 국정을 모두 공손오루公孫五樓에게 일임하였다. 그러나 당시 연나라 국력은 날로 쇠미해졌다. 동진 유유劉裕가 남연을 정벌하려 하자 어떤 사람이 말했다.

> "연나라 군대가 만약 대현산大峴山의 험난한 지역을 근거로 성벽을 굳게 지키면서 들판의 작물을 거두고 가옥을 철거하여 우리가 탈취할 양식이나 거주지를 남겨두지 않는 상태에서 우리 대군이 깊이 들어간다면, 장차 돌아올 수 없을 것입니다."

유유가 말했다.

> "선비족은 탐욕스럽고 먼 훗날을 도모할 줄 모르기 때문에 우리가 지구전을 못할 것이라 생각할 것이다. 진격하면 임구臨朐[41]를 근거지로 삼고 퇴각하면 광고廣

....
40 李淳風(602~670): 당대 천문학자·수학자. 기주岐州 옹雍(지금의 섬서성 보계 기산) 사람이다. 그의 『추배도推背圖』는 예언이 정확하기로 유명했으며, 세계에서 처음으로 바람의 등급을 정한 사람이다.

84

固[42]를 수비하는 것만 할 수 있을 뿐, 험준한 지형을 지키며 들판의 양식을 처분하는 것은 필시 하지 못할 것이다."

모용초는 동진의 군대가 쳐들어온다는 소식을 듣고 신하들을 소집하여 회의를 열었다. 공손오루가 말했다.

"오吳의 병사는 날래고 과감하여 그들에게는 속전속결이 유리하니, 창칼을 맞대고 싸워서는 안 됩니다. 대현大峴을 근거지로 하여, 그들이 더 이상 들어오지 못하게 해야 합니다. 각 지역 수재守宰에게 명을 내려, 험준한 지형에 의지하여 굳게 지킬 것이며, 쌓아놓은 물자를 태우고 경작지의 곡초를 베어버려서, 적이 활용할 물자와 식량이 없게 해야 합니다. 그럼 저 적군은 식량이 없게 될 것이니 가만히 앉아서 저들을 제압할 수 있습니다. 만약 저들을 대현으로 들어오게 하여 성을 나가 맞아 싸운다면 이것은 최하 계책입니다."

모용초는 듣지 않았다. 유유는 대현을 지나가도록 연燕의 병사가 나오지 않자 희색이 만연했고 결국 일거에 연燕을 멸망시켰다.

공손오루의 계책은 바로 유유가 두려워했던 것이었다. 모용초는 평생 공손오루를 신임하였으나 이 계책만은 듣지 않았으니 아마도 하늘의 뜻이리라. 공손오루는 지혜로운 사람이라고 할 수 있으니, 이좌거李左車[43]와 비견되기 충분하다. 후세에 간사하고 방종하여 나라를 주무르면서 큰 일을 그르친 경우가 많으니, 공손오루처럼 지혜를 지닌 사람이 없었다.

18. 인물 추천할 때 자호와 나이를 언급 薦士稱字著年

한漢·위魏 이래 여러 공公이 표를 올려 인물을 추천할 때, 반드시 맨 먼저

용재상필 권3

....
41 臨朐 : 지금의 산동성 익도益都 남쪽.
42 廣固 : 지금의 산동성 익도.
43 李左車 : 진·한 시대 모사. 서한 백인柏人 사람. 조趙나라 명장 이목李牧의 손자. 진나라 말기 6국이 일어났을 때, 이좌거는 조왕 헐歇을 보좌하여 조나라를 위해 혁혁한 공을 세워서, 광무군廣武君에 책봉되었다. 조나라가 망한 이후 한신이 그에게 계책을 청하자, 그는 기발한 계책을 내서, 한신이 연·제 땅을 접수하게 했다.

출신 군郡의 명칭을 밝히고, 다음으로 나이를 말하고, 다음으로 자字를 언급했다. 예를 들면 한나라 때 공융孔融은 예형禰衡을 추천하는 표에서 "처사 평원平原 출신 예형禰衡은 나이 스물넷으로, 자는 정평正平"이라고 했고, 제齊나라 때 임방任昉은 소양주蕭揚州에게 인물을 추천하는 표에서 "비서승秘書丞 낭야琅邪 출신 왕간王暕은 나이 스물하나로, 자는 사회思晦"라고 했고, "전임 후관령侯官令 동해東海 출신 왕승유王僧孺는 나이 서른다섯으로, 자는 승유僧孺"라고 한 것이 그 예이다. 당대唐代 이후 이런 격식이 없어졌다.

19. 정반대의 형제 兄弟邪正

왕안석王安石[44]이 소인을 끌어들여 신법을 만들려고 하자, 동생 왕안국王安國[45]은 극력 반대했다.

한강韓絳[46]이 왕안석에게 붙어 삼사三司 조례를 제정하고 재상이 되자, 동생 한유韓維[47]는 극력 언쟁하여 반대했다.

증포曾布[48]가 원부元符·정국靖國 연간 충신들을 음해하자, 동생 증조曾肇[49]는 글을 써서 극력 말렸다. 형제가 하나는 사악하고 하나는 정의로운 것이 이처럼 다르다.

· ·

44 王安石(1021~1086) : 북송의 저명한 정치가·사상가·학자·문인·개혁가. 자 개보介甫, 호 반산半山, 시호 문文. 형국공荊國公에 책봉되었으며, 당송팔대가 중 하나이다.

45 王安國(1028~1074) : 왕안석의 동생. 자 평보平甫. 신종 희녕熙寧 초년(1068), 한강韓絳이 추천하여 시험을 봐서 진사 급제했고, 무창군절도추관武昌軍節度推官·서경국자교수西京國子教授에 임명되었다.

46 韓絳(1012~1088) : 북송의 대신. 자 자화子華. 북송 개봉開封 옹구雍丘(지금의 하남 기현杞縣) 사람. 한억韓億의 셋째 아들로, 한종韓綜의 동생, 한유韓維·한진韓縝의 형이다.

47 韓維(1017~1098) : 북송의 대신. 자 지국持國, 한강韓絳의 동생이다.

48 曾布(1036~1107) : 북송의 재상. 자 자선子宣, 강서 남풍南豐 사람. 북송 대신 증이점曾易占의 아들이요, 증공의 이복동생으로, 우상右相을 지냈다. 왕안석의 조수로 신법을 추진했으며, 휘종 때 승상을 지냈다.

49 曾肇(1047~1107) : 북송의 대신. 자 자개子開, 호 곡부선생曲阜先生. 증이점의 아들, 증공의 이복동생이다. 이부·호부·형부·예부 시랑을 지냈다. 어릴 때부터 총명하고 공부를 좋아했으며, 형 증공을 사승했다.

1. 兔葵燕麥

劉禹錫再游玄都觀詩序云：「唯兔葵燕麥, 動搖春風耳。」今人多引用之。予讀北史邢邵傳載邵一書云：「國子雖有學官之名, 而無教授之實, 何異兔絲燕麥, 南箕北斗哉！」然則此語由來久矣。爾雅曰：「蓄, 兔葵。蘥, 雀麥。」郭璞注曰：「頗似葵而葉小, 狀如藜; 雀麥卽燕麥, 有毛。」廣志曰：「菟葵, 燴之可食。」古歌曰：「田中菟葵, 何嘗可絡。道邊燕麥, 何嘗可穫。」皆見於太平御覽。上林賦：「蔵析苞荔,」張揖注曰：「析, 似燕麥, 音斯。」葉庭珪海錄碎事云：「兔葵, 苗如龍芮, 花白莖紫。燕麥草似麥, 亦曰雀麥。」但未詳出於何書。

2. 北狄俘虜之苦

元魏破江陵, 盡以所俘士民爲奴, 無問貴賤, 蓋北方夷俗皆然也。自靖康之後, 陷於金虜者, 帝子王孫, 宦門仕族之家, 盡沒爲奴婢, 使供作務。每人一月支稗子五斗, 令自舂爲米, 得一斗八升, 用爲餱糧。歲支麻五把, 令緝爲裘, 此外更無一錢一帛之入, 男子不能緝者, 則終歲裸體, 虜或哀之, 則使執爨, 雖時負火得煖氣, 然纔出外取柴歸再坐火邊, 皮肉卽脫落, 不日輒死。惟喜有手藝, 如醫人、繡工之類, 尋常只團坐地上, 以敗席或蘆藉襯之。遇客至開筵, 引能樂者使奏技, 酒闌客散, 各復其初, 依舊環坐刺繡, 任其生死, 視如草芥。先公在英州, 爲攝守蔡寓言之, 蔡書於甲戌日記, 後其子大器錄以相示, 此松漠記聞所遺也。

3. 太守刺史贈吏民官

漢薛宣爲左馮翊, 池陽令擧廉吏獄掾王立, 未及召, 立妻受囚家錢, 憨恐自殺。宣移書池陽曰：「其以府決曹掾書立之柩, 以顯其魂。」顏師古注云：「以此職追贈也。」後魏并州刺史以部民吳悉達兄弟行著鄉里, 板贈其父渤海太守。此二者皆以太守、刺史而擅贈吏民官職, 不以爲過, 後世不敢然也。

4. 李元亮詩啟

建昌縣士人李元亮, 山房公擇尙書族子也, 抱材尙氣, 不以辭色假人。崇寧中, 在太學,

蔡嶷爲學錄，元亮惡其人，不以所事前廊之禮事之。蔡擢第魁多士，元亮失意歸鄉。大觀二年冬，復詣學，道過和州。蔡解褐卽超用，才二年，至給事中，出補外，正臨此邦。元亮不肯入謁。蔡自到官，卽戒津吏門卒，凡士大夫往來，無問官高卑，必飛報，雖布衣亦然。既知其來，便命駕先造所館。元亮驚喜出迎，謝曰：「所以來，顓爲門下之故。方脩贄見之禮，須明旦扣典客，不意給事先生卑躬下賤如此，前贄不可復用，當別撰一通，然後敬謁。」蔡退，元亮旋營一啓，旦而往焉，其警策曰：「定館而見長者，古所不然；輕身以先匹夫，今無此事。」蔡摘讀嗟激，留宴連夕，餉以五十萬錢，且致書延譽於諸公間，遂登三年貢士科。元亮亦工詩，如「人閑知晝永，花落見春深」，「朝雨未休還暮雨，臘寒才過又春寒」，皆佳句也。

5. 元魏改功臣姓氏

魏孝文自代遷洛，欲大革胡俗，既自改拓跋爲元氏，而諸功臣舊族自代來者，以姓或重複，皆改之。於是拔拔氏爲長孫氏，達奚氏爲奚氏，乙旃氏爲叔孫氏，丘穆陵氏爲穆氏，步六孤氏爲陸氏，賀賴氏爲賀氏，獨孤氏爲劉氏，賀樓氏爲樓氏，勿忸于氏爲于氏，尉遲氏爲尉氏，其用夏變夷之意如此。然至于其孫恭帝，翻以中原故家，易賜蕃姓，如李弼爲徒河氏，趙肅、趙貴爲乙弗氏，劉亮爲侯莫陳氏，楊忠爲普六茹氏，王雄爲可頻氏，李虎、閻慶爲大野氏，辛威爲普毛氏，田宏爲紇干氏，耿豪爲和稽氏，王勇爲庫汗氏，楊紹爲叱利氏，侯植爲侯伏侯氏，竇熾爲紇豆陵氏，李穆爲擒拔氏，陸通爲步六孤氏，楊纂爲莫胡盧氏，寇儁爲若口引氏，段永爲爾綿氏，韓褒爲侯呂陵氏，裴文舉爲賀蘭氏，王軌爲烏九氏，陳忻爲尉遲氏，樊深爲萬紐于氏，一何其不循乃祖彝憲也。是時蓋宇文泰顓國，此事皆出其手，遂復國姓爲拓跋，而九十九姓改爲單者皆復其舊。泰方以時俗文敝，命蘇綽倣周書作大誥，又悉改官名，復周六卿之制，顧乃如是，殆不可曉也。

6. 東坡和陶詩

陶淵明集歸田園居六詩，其末「種苗在東皋」一篇，乃江文通雜體三十篇之一，明言斆陶徵君田居。蓋陶之三章云：「種豆南山下，草盛豆苗稀。晨興理荒穢，帶月荷鋤歸。」故文通云：「雖有荷鋤倦，濁酒聊自適。」正擬其意也。今陶集誤編入，東坡據而和之。又「東方有一士」詩十六句，復重載於擬古九篇中，坡公遂亦兩和之，皆隨意卽成，不復細考耳。陶之首章云：「榮榮窗下蘭，密密堂前柳。初與君別時，不謂行當久。出門萬里客，中道逢嘉友。未言心先醉，不在接杯酒。蘭枯柳亦衰，遂令此言負。」坡和云：「有客扣我門，繫馬庭前柳。庭空鳥雀噪，門閉客立久。主人枕書臥，夢我平生友。忽聞剝啄聲，驚散一杯酒。倒裳起謝客，夢覺兩愧負。」二者金石合奏，如出一手，何止子由所謂遂與「比轍」者哉！

7. 孔戣鄭穆

唐孔戣在穆宗時爲尙書左丞, 上書去官, 天子以爲禮部尙書致仕, 吏部侍郎韓愈奏疏曰:「戣爲人守節淸苦, 議論正平, 年纔七十, 筋力耳目, 未覺衰老, 憂國忘家, 用意至到。 如戣輩, 在朝不過三數人, 陛下不宜苟順其求, 不留自助也。」不報。 明年正月, 戣薨。 國朝鄭穆在元祐中以寶文閣待制兼國子祭酒請老, 提擧洞霄宮, 給事中范祖禹言:「穆雖年出七十, 精力尙强, 古者大夫七十而致仕, 有不得謝, 則賜之几杖, 祭酒居師資之地, 正宜處老成, 願毋輕聽其去。」亦不報。 然穆亦至明年卒。 二事絶相類。

8. 陳季常

陳慥字季常, 公弼之子, 居於黃州之岐亭, 自稱「龍丘先生」, 又曰「方山子」。 好賓客, 喜畜聲妓, 然其妻柳氏, 絶凶妬, 故東坡有詩云:「龍丘居士亦可憐, 談空說有夜不眠。 忽聞河東師子吼, 拄杖落手心茫然。」河東師子, 指柳氏也。 坡又嘗醉中與季常書云:「一絶乞秀英君。」想是其妾小字。 黃魯直元祐中有與季常簡曰:「審柳夫人時須醫藥, 今已安平否? 公暮年來想漸求淸淨之樂, 姬滕無新進矣, 柳夫人比何所念以致疾邪?」又一帖云:「承諭老境情味, 法當如此, 所苦旣不妨遊觀山川, 自可損藥石, 調護起居飮食而已。 河東夫人亦能哀憐老大, 一任放不解事邪?」則柳氏之妬名固彰著於外, 是以二公皆言之云。

9. 文用謚字

先王謚以尊名, 節以壹惠, 故謂爲易名。 然則謚之爲義, 正訓名也。 司馬長卿諭蜀文曰:「身死無名, 謚爲至愚。」顏注云:「終以愚死, 後葉傳稱, 故謂之謚。」柳子厚招海賈文曰:「君不返兮謚爲愚。」二人所用, 其意則同。 唯王子淵簫賦曰:「幸得謚爲洞簫兮, 蒙聖主之渥恩。」李善謂:「謚者號也, 言得謚爲簫而常施用之。」以器物名爲謚, 其語可謂奇矣。

10. 高唐神女賦

宋玉高唐、 神女二賦, 其爲寓言託興甚明。 予嘗卽其詞而味其旨, 蓋所謂發乎情, 止乎禮義, 眞得詩人風化之本。 前賦云:「楚襄王望高唐之上有雲氣, 問玉曰:『此何氣也?』對曰:『所謂朝雲者也。 昔者先王嘗遊高唐, 夢見一婦人, 曰, 妾巫山之女也, 願薦枕席。 王因幸之。』」後賦云:「襄王旣使玉賦高唐之事, 其夜王寢, 夢與神女遇, 復命玉賦之。」若如所言, 則是王父子皆與此女荒淫, 殆近於聚麀之醜矣。 然其賦雖篇首極道神女之美麗, 至其中則云:「澹淸靜其愔嫕兮, 性沈詳而不煩。 意似近而若遠兮, 若將來而復旋。 褰余幬而請御兮, 願盡心之倦倦。 懷貞亮之潔淸兮, 卒與我乎相難。 頩薄怒以自

持兮, 曾不可乎犯干。歡情未接, 將辭而去。遷延引身, 不可親附。願假須臾, 神女稱遽。闇然而冥, 忽不知處。」然則神女但與懷王交御, 雖見夢於襄, 而未嘗及亂也。玉之意可謂正矣。今人詩詞顧以襄王藉口, 考其實則非是。䫉, 音疋零反, 劍容怒色也。柳子厚謫龍說有「奇女䫉爾怒」之語, 正用此也。

11. 其言明且清

禮記緇衣篇 :「詩云, 昔吾有先正, 其言明且淸。國家以寧, 都邑以成, 庶民以生。誰能秉國成? 不自爲正, 卒勞百姓。」鄭氏注不言何詩。今毛詩節南山章但有下三句而微不同。經典釋文云 :「從第一句至『庶民以生』五句, 今詩皆無此語, 或皆逸詩也。」予案文選張華答何劭詩曰 :「周任有遺規, 其言明且淸。」然則周任所作也。而李善注曰 :「子思子詩云, 昔吾有先正, 其言明且淸。」世之所存子思子亦無之, 不知善何所據? 意當時或有此書, 善必不妄也, 特不及周任遺規之義, 又不可曉。

12. 侍從轉官

元豐未改官制以前, 用職事官寄祿。自諫議大夫轉給事中, [學士轉中書舍人。] 歷三侍郎、[學士轉左曹禮、戶、吏部, 餘人轉右曹工、刑、兵部。] 左右丞, [吏侍轉左, 兵侍轉右。] 然後轉六尙書, 各爲一官。尙書轉僕射, 非曾任宰相者不許轉, 今之特進是也。故侍從止於吏書, 由諫議至此凡十一轉。其庶僚久於卿列者, 則自光祿卿轉祕書監, 繼歷太子賓客, 遂得工部侍郎。蓋以不帶待制以上職, 不許入兩省給、諫耳。元豐改諫議爲太中大夫, 給、舍爲通議, 六侍郎同爲正議, 左右丞爲光祿。兵、戶、刑、禮、工書同爲銀靑, 吏書金紫。但六轉, 視舊法損其五。元祐中以爲太簡, 增正議、光祿、銀靑爲左右, 然亦財九資。大觀二年, 置通奉以易右正議, 正奉以易右光祿, 宣奉以易左光祿, 以右銀靑爲光祿, 而至銀靑者去其左字, 今皆仍之。比倣舊制, 今之通奉, 乃工、禮侍郎, 正議乃刑、戶, 正奉乃兵、吏, 宣奉乃左右丞, 三光祿乃六尙書也。凡侍從序遷至金紫無止法, 建炎以前多有之。紹興以來, 階官到此絶少, 唯梁揚祖、葛勝仲致仕得之。近歲有司不能探賾典故, 予以宣奉當磨勘, 又該覃霈, 顔師魯在天官, 徑給回授一據, 而不明言其所由。比程叔達由宣奉納祿不遷官, 而於待制閣名陞二等。程大昌亦然, 以龍圖直學士徑升本學士, 尤非也。予任中書舍人日, 已階太中, 及以集英修撰出外, 吏部不復爲理年勞, 凡十八年, 始以待制得通議, 殊可笑。蓋臺省之中, 無復有老吏矣。

13. 曹子建七啟

「原頭火燒淨兀兀, 野雉畏鷹出復沒。將軍欲以巧伏人, 盤馬彎弓惜不發。地形漸窄觀者多, 雉驚弓滿勁箭加。衝人決起百餘尺, 紅翎白鏃隨傾斜。將軍仰笑軍吏賀, 五色離

披馬前墮。」此韓昌黎雉帶箭詩, 東坡嘗大字書之, 以爲絶妙。予讀曹子建七啓論羽獵之美云:「人稠網密, 地逼勢脅。」乃知韓公用意所來處。七啓又云:「名穢我身, 位累我躬。」與佛氏八大人覺經所書「心是惡源, 形爲罪藪」, 皆修己正心之要語也。

14. 奸鬼爲人禍

晉景公疾病, 求醫於秦, 秦伯使醫緩爲之。未至, 公夢疾爲二孺子, 曰:「彼良醫也, 懼傷我, 焉逃之?」其一曰:「居肓之上, 膏之下, 若我何?」醫至, 曰:「疾不可爲也。」隋文帝以子秦孝王俊有疾, 馳召名醫許智藏, 俊夢亡妃崔氏泣曰:「本來相迎, 如聞許智藏將至, 其人當必相苦, 奈何?」明夜復夢, 曰:「吾得計矣, 當入靈府中以避之。」及智藏至, 診俊脈, 曰:「疾已入心, 不可救也。」二姦鬼之害人, 如出一輒。近世許叔微家一婦人, 夢二蒼頭, 前者云:「到也未?」後者應云:「到也。」以手中物擊一下, 遂魘。覺後心痛不可忍, 叔微以神精丹餌之, 痛止而愈。此事亦與上二者相似。

15. 監司待巡檢

今監司巡歷郡邑, 巡檢、尉必迎於本界首, 公裳危立, 使者從車內遣謁吏謝之, 卽揖而退, 未嘗以客禮延之也。至有倨橫之人, 責橋道不整, 驅之車前, 使徒步與卒伍齒者。予記張文定公所著搢紳舊聞中一事云:「余爲江西轉運使, 往虔州, 巡檢殿直[今保義成忠郎]。康懷琪, 乘舟於三十里相接, 又欲送至大庾縣, 遂與偕行。及至縣驛, 驛正廳東西各有一房, 予居其左, 康處於右。日晚, 命之同食, 起行數百步, 逼暮而退。夜聞康暴得疾, 余急趨至康所, 康已具舟將歸虔, 須臾數人扶翼而下, 余策杖隨之。」觀此, 則是使者與巡檢同驛而處, 同席而食, 至於步行送之登舟, 今代未之見也。

16. 十二分野

十二國分野, 上屬二十八宿, 其爲義多不然, 前輩固有論之者矣。其甚不可曉者, 莫如晉天文志謂:「自危至奎爲娵訾, 於辰在亥, 衛之分野也, 屬幷州。」且衛本受封於河內商虛, 後徙楚丘。河內乃冀州所部, 漢屬司隸, 其他邑皆在東郡, 屬兗州, 於幷州了不相干, 而幷州之下所列郡名, 乃安定、天水、隴西、酒泉、張掖諸郡, 自係涼州耳。又謂:「自畢至東井爲實沈, 於辰在申, 魏之分野也, 屬益州。」且魏分晉地, 得河內、河東數十縣, 於益州亦不相干, 而雍州爲秦, 其下乃列雲中、定襄、鴈門、代、太原、上黨諸郡, 蓋又自屬幷州及幽州耳。謬亂如此, 而出於李淳風之手, 豈非蔽於天而不知地乎!

17. 公孫五樓

南燕慕容超嗣位之後, 悉以國事付公孫五樓, 燕業爲衰。晉劉裕伐之, 或曰:「燕人若

塞大峴之險, 堅壁清野, 大軍深入, 將不能自歸。」裕曰:「鮮卑貪婪, 不知遠計, 謂我不能持久, 不過進據臨朐, 退守廣固, 必不能守險清野。」超聞有晉師, 引羣臣會議, 五樓曰:「吳兵輕果, 利在速戰, 不可爭鋒, 宜據大峴, 使不得入, 各命守宰, 依險自固, 焚蕩資儲, 芟除禾苗, 使敵無所資。彼僑軍無食, 可以坐制。若縱使入峴, 出城逆戰, 此下策也。」超不聽, 裕過大峴, 燕兵不出, 喜形於色, 遂一擧滅燕。觀五樓之計, 正裕之所憚也。超平生信用五樓, 獨於此不然, 蓋天意也。五樓亦可謂智士, 足與李左車比肩。後世姦妄擅國, 以誤大事者多矣, 無所謂五樓之智也。

18. 薦士稱字著年

漢魏以來諸公上表薦士, 必首及本郡名, 次著其年, 又稱其字。如漢孔融薦禰衡表云「處士平原禰衡, 年二十四, 字正平」, 齊任昉爲蕭揚州作薦士表云「祕書丞琅邪王暕, 年二十一, 字思晦」,「前候官令東海王僧孺, 年三十五, 字僧孺」是也。唐以來乃無此式。

19. 兄弟邪正

王安石引用小人, 造作新法, 而弟安國力非之。韓絳附會安石制置三司條例以得宰相, 而弟維力爭之, 曾布當元符、靖國之間, 陰禍善類, 而弟肇移書力勸之。兄弟邪正之不同如此。

용재수필

1. 백기, 한신, 영포 三豎子

전국시대 진秦나라가 조趙나라를 포위하자, 조나라에서는 평원군平原君을 초나라로 보내 구원병을 요청하도록 했다. 초나라 왕이 결정을 내리지 못하자 평원군의 식객 모수毛遂가 말했다.

> "진나라 백기白起는 어린놈에 불과합니다. 그런데 군대를 일으켜 초나라를 공격하여 언鄢과 영郢을 빼앗고 능묘를 불태워 초왕의 선조를 욕보였으니 이는 백세의 원한입니다."

그러나 당시 백기는 이미 수차례 큰 공을 세웠고, 특히 조나라와의 장평長平 전투에서는 대승을 거둔 장수였다.

한신韓信이 반란을 일으켰다고 누군가 알렸다. 한 고조는 어찌 해야 할지 장수들에게 물었다. 모두 "속히 군대를 출동시켜 그 어린놈을 파묻어버려야 합니다!"라고 했다. 고조는 말이 없었다. 오직 진평陳平만이 한나라 군대는 한신의 정예병만 못하며 장수들의 용병술 또한 한신보다 못하다고 했다.

영포英布가 반란을 일으켰다는 보고서가 올라오자 황제는 장수들을 불러 계책을 물었다. 역시 "군대를 출동시켜 공격해서 그 어린애를 묻어버려야 합니다!"라고 했다.

백기와 한신·영포의 사람 됨됨이와 재능을 숨길 수 있는 게 아닌데, 이 세 사람을 어린애라고 한다면 천하에는 더 이상 장사壯士가 없을 것이다.

모수의 말은 그저 초나라 왕을 격노시켜 합종의 이해를 알게 하려고 한 것이었을 뿐이니, 백기를 겁쟁이라고 하지 않을 수 없었던 것이다. 고조의 장수들은 주발周勃과 번쾌樊噲의 무리들에 불과했다. 한신이 소하에게 끌려 장안으로 돌아와 처량하게 지내던 시절, 그는 일개 필부일 따름이었다. 그런데도 번쾌는 그가 자기보다 뛰어남을 좋아하여 종종걸음으로 굽신거리면서 전송하고 영접하며 스스로를 신臣이라고 칭할 정도였다. 하물며 한신이 초나라 만승의 땅을 전부 차지하고 있을 때의 힘이야 말해서 무엇하겠는가! 영포는 이렇게 말한 적이 있다.

> "장수들 중 오직 회음후 한신과 팽월彭越만 두려웠을 뿐이다. 지금 모두 이미 죽었으니, 나머지는 두려워할 것이 없다."

그러므로 백기와 한신, 영포를 어린놈에 불과하다고 말한 자들은 용기는 있지만 무모한 행동을 한 것이며, 이는 장의張儀가 소진蘇秦을 이랬다저랬다 바뀌는 사람이라고 비난했던 것과 마찬가지이다. 고조가 아무 말이 없었던 것은 그들의 말이 틀렸다는 것을 알고 있었기 때문이다. 진평은 여러 장수들과는 달랐다. 한신이 위魏나라 장군 백직柏直을 어린놈이라고 했던 것은 실로 사실이다. 백직은 용렬하고 알려진 것도 없었으며, 한왕漢王 또한 그의 입에서 아직 젖비린내가 난다고 했으니, 정말 그러하다.

완적阮籍은 광무산廣武山에 올라 이렇게 탄식했다.

> "지금은 영웅이 없으니, 어린애가 명성을 이루게 하는구나."

아마도 옛날 사람 같은 영웅이 당시 없는 것을 개탄한 것인 듯하다. 속된 학자들은 이것을 깨닫지 못하고 완적이 한 고조를 비난한 것이라고 여긴다. 이백 역시 이런 말을 하였는데, 이는 잘못된 것이다.

2. 추밀사 樞密稱呼

추밀사樞密使라는 명칭은 당대唐代에 시작되었다. 본래 환관이 맡게 했는데, 궁내 여러 담당관 중 귀한 사람이라는 뜻일 뿐이었다. 오대五代 때 사대부가 그 자리를 맡기 시작했고, 마침내 재상과 같은 등급이 되었다. 이후 송대에 이르러 부사^{副使}와 지원사^{知院事}·동지원사^{同知院事}·첨서^{簽書}·동첨서^{同簽書}로 구별하게 되었고, 비록 품계는 높고 낮은 차이가 있지만 모두 추밀^{樞密}이라고 부른다.

인종 명도^{明道}[1] 연간에 왕기공^{王沂公}이 예전 재상에서 부름 받아 검교태사^{檢校太師}·추밀사가 되었고, 이적^{李迪}[2]이 집현상^{集賢相}이 되어 국문^{國門}에서 문서로 영접받았는데 '추밀태사상공^{樞密太師相公}'이라고 불렀으니, 우리 집에 이 첩지가 보관되어 있다.

고종 소흥 5년(1135) 어가가 평강^{平江}으로 행차를 하면서 수주^{秀州}를 지나갔는데 집정자로 수행한 사람이 네 명이었다. 앞에 있는 자를 '재상'이라고 불렀으니 조충간^{趙忠簡}이요, 그 다음을 '추밀'이라고 불렀으니 장위공^{張魏公}으로 당시 지원사^{知院事}였으며, 그 다음을 '참정^{參政}'이라고 불렀으니 심필선^{沈必先}이요, 맨 뒤를 또한 '추밀'이라고 불렀으니 첨서^{簽書} 권조미^{權朝美}였다.

내가 검상^{檢詳}[3]이 되었을 때 섭심언^{葉審言}과 황계도^{黃繼道}가 장관과 부장관이었는데, 역시 똑같은 호칭이었다. 20-30년 이래 결국 지원^{知院}·동지^{同知} 등의 명칭이 빈객의 왕래를 담당하는 전알^{典謁}과 길거리 평민들의 입에서 처음 나오더니, 시간이 흐르자 조사^{朝士}들도 그렇게 불렀다. 명칭이 고아^{古雅}하지 못한 것이 이것보다 심한 것이 없다.

3. 3종관의 직무 從官事體

송대에 시종^{侍從}[4]을 우대했다. 그러므로 직무와 명칭이 일반 보통 관료와

1 明道 : 북송 인종^{仁宗} 때의 연호(1032~1033).
2 李迪(971~1047) : 자 복고^{復古}, 시호 문정^{文定}. 하북 찬황^{贊皇} 사람으로, 나중에 복주^{濮州}(산동 견성^{鄄城})로 옮겼다.
3 檢詳 : 조정의 주요 문서를 관장한 관직 명칭이다.
4 侍從 : 송대에는 대학사^{大學士}부터 대제^{待制}까지를 시종이라고 했다.

다른 게 많았다. 그러나 처리가 합당한 것과 제멋대로인 것이 있다. 예를 들어, 지주知州를 임명하면서 여러 관련 부서에 고지하려고 발행하는 문서에서 직함을 쓰지 않고, 안무감사서관安撫監司序官과 공문 왕래하면서 나이를 쓰지 않고, 영접할 때 붉은 옷을 착용하라거나 통판通判이 도청都廳에 들어가라는 등 잡다한 내용이 정식 공문에 수록되어 있기도 하다. 국사國史에 분명히 실려 있는 것은 참고하면 된다.

진종 대중상부大中祥符 5년(1012) 6월, 조서가 발표되었다.

> 상서尙書 좌우승과 시랑, 상서성·중서성 두 성의 급사중과 간의대부는 주州·부府를 맡을 수 있다. 그런데 본부本部 낭중·원외랑 및 두 성의 6품 이하 관리로서 본로本路 전운사와 부사에 충원된 사람은 이전의 관례를 따라 신고해야 한다. 비록 통괄하는 직위에 해당되어서 매사의 권리를 위임하지만, 관직에 차등이 있으니 품계와 급수를 밝히는 것이 마땅하다. 이제부터 지제고知制誥·관찰사觀察使 이상 지주부知州府 처소에서 보고하는 전운사장轉運司狀에는 열람 서명을 모두 중지하고, 통판 이하로는 서명을 갖추어 보고해야 한다.

장영張詠[5]이 예부상서에서 승주昇州 지주知州로 가게 되어, 상소를 올렸다.

> 신의 관직은 육조六曹 소속이고 사부祠部는 예부 사국司局으로, 관례에 따라서 공문으로 고지하는 것은 적절하지 않은 듯합니다. 이제부터 상서 좌우승과 시랑 신분으로 지주가 되는 자는 상서성에 보고하는 것 이외에 본행 조국曹局에는 열람 서명을 중지하게 되기를 희망합니다.

그렇게 하도록 승낙했다.

소흥 연간에 범동范同이 전 집정執政 신분에서 태평주太平州 지주가 되어, 품계는 태중대부太中大夫요 직무는 없었는데, 관계부처 신고 문서에는 직함을 적었다. 제점형옥 장순張絢이 봉인하여 돌려보냈으나, 범동은 끝까지 고치지 않았다. 다음 해 태중대부로 되어 다시 지부로 임명되자, 비로소 직함을

5 張詠(946~1015) : 북송의 대신. 자 복지復之, 호 괴애乖崖. 복주濮州 견성鄄城 사람. 세계 최초로 공식 지폐 교자交子를 발명했다. 송 태종 태평흥국 5년(980) 진사 급제하여, 대리평사·추밀직학사·급사중·어사중승 및 여러 지방 지주를 지냈다. 시호는 충정忠定이다.

용재수필

쓰지 않았다.

유돈劉燉이 강서江西 운판運判이 되어, 소속 군의 지주·통판에게 첩문을 돌려서 "직함을 연서하여 보고하라"고 했다. 나는 그 때 태중대부로 공주贛州 지주였는데, 공문 형식에 안 맞는다고 생각하여, 공찰公劄을 써서 통판과 함께 서명하여 보냈다.

유방한劉邦翰이 권시랑權侍郎을 맡은 적 있는데, 조의대부朝議大夫·집영수찬集英修撰으로 요주饒州 지주가 되었다. 조엽趙燁이 승의랑承議郎·제점형옥提點刑獄으로 유방한의 상사 노릇을 하려고 했고, 유방한은 인정하려고 하지 않았다. 조엽 또한 사람들이 자기를 비난할까 염려하여, 조배국기일朝拜國忌日에 유방한 뒤에서 분향을 하였다.

왕십붕王十朋이 시어사侍御史에서 권이부시랑權吏部侍郎으로 옮기게 되었다가 임명도 받기 전에 집영전수찬을 제수 받아 요주饒州 지주가 되었는데, 마치 서관庶官처럼 처신했다.

임대중林大中 역시 시어사에서 이부시랑으로 바뀌어, 근무를 한 적도 없는데 보문각寶文閣 직학사直學士를 제수 받아 공주贛州 지주가 되어, 전체 직함에는 여전히 권지겸권농사權知兼勸農事가 달려 있어 자색 관복을 임시로 입으며, 시종관 대우를 모두 받았다. 황환黃渙이 통판이 되어 도청都廳에 들어가면서 불평을 하였다. 정여해鄭汝諧가 권시랑權侍郎을 제수 받았다가 임명장이 동성東省(중서성)에서 회수되어 직무를 수행하지 못하고, 비서각수찬秘書閣修撰으로 지주池州 지주가 되어, 공장公狀이 제점형옥 담당 부서에 이르렀는데, 직함이 적히지 않아서 등일鄧馹이 첩문을 보내서 물었다.

당전唐璪은 사농소경司農少卿에서, 왕좌王佐는 중서검정中書檢正에서, 모두 잠시 임시호부시랑을 겸하다가, 호주湖州·요주饒州 두 주의 지주로 나가게 되어, 모두 주의朱衣를 입히고 길 양쪽에 도열하여 인도했다. 이 몇 사람은 모두 전장제도를 참고하고 연구하지 않은 것이 실수였을 뿐 일부러 존대하려고 한 것은 아니다.

진거인陳居仁이 태중대부·집영전수찬에서 악주鄂州 지주로 가면서, 주의朱

^衣 하나만을 사용했다. 대체로 법에서 학사^{學士}는 길 양쪽에서 도열하여 인도를 하므로, 사람들은 적절하다고 여겼다. 내가 얼마 전에 공주^{贛州}· 건주^{建州} 지주로 있었는데, 관직이 진거인과 동등한데 잘못하여 두 주의^{朱衣}를 사용하여, 스스로 특히 매우 부끄러웠다.

또한 감사^{監司}가 전 집정관(재상)을 만날 때, 비록 자기 관할 구역에서일지라도 객과 함께 말에서 내려 상견례를 행한다. 형님께서 이전 재상 겸 관문전학사^{觀文殿學士}로 월주^{越州} 지주로 갔는데, 제점형옥 송조^{宋藻}가 극문^{戟門}을 넘어서 전당^{殿堂}에까지 소리를 지르며, 절동^{浙東} 감사가 어찌 소흥부^{紹興府} 문을 넘을 수 없느냐고 했다. 그 후로 청^廳에 가서 일을 논의하는데 비로소 애를 써서 객 위치에 가게 했다. 형님은 그들을 되돌려 보내도록 극구 명했다

4. 9조 국사 九朝國史

송대의 국사^{國史}로 세 책이 있다. 즉 태조^{太祖}· 태종^{太宗}· 진종^{眞宗} 시대를 쓴 것을 『삼조^{三朝}』라고 하고, 인종^{仁宗}· 영종^{英宗} 시대를 쓴 것을 『양조^{兩朝}』라고 하고, 신종^{神宗}· 철종^{哲宗}· 휘종^{徽宗}· 흠종^{欽宗} 시대를 쓴 것을 『사조^{四朝}』라고 한다. 비록 각자 사적을 기록했지만, 「천문^{天文}」·「지리^{地理}」·「오행^{五行}」 등과 같은 '지^志'는 중복되어 번잡하다. 원풍 때 『삼조』는 이미 완성되었고, 『양조』가 완성되려고 하는데, 신종^{神宗}이 특별히 증공^{曾鞏}에게 부탁하여 합하도록 했다. 증공이 상주^{上奏}하였다.

> 다섯 조대 옛 역사는 모두 몇 대에 걸친 공경^{公卿}과 도덕과 문장이 뛰어난 자들, 조정에서 학문으로 추앙받는 사람들이 모두 함께 비준 결재하여 이미 대전^{大典}으로 완성 간행된 것입니다. 어찌 더 이상 빼고 더할 것을 논의할 수 있겠습니까!

조정은 증공의 건의를 수용하지 않았고 증공은 새로 편찬할 계획이었다. 그러나 마침 그 때 증공이 부친상으로 귀가하여 통합 편찬은 이루어지지

않았다. 그 후 신종과 철종 때 각자 사서史書를 하나씩 썼는데, 시비와 포폄이 모두 실제와 다른 까닭에 채택되지 못하고 소흥 초 폐기되었다.

효종 순희淳熙 12년(1185) 을사년, 내가 역사서 편찬 직무를 맡게 되었다. 다음 해 병오년 겨울 책을 완성하여 올리면서 마침내 아홉 조대의 역사를 하나로 합할 것을 건의했고, 황제께서도 즉시 허락하셨다. 그때 다음과 같이 상주上奏했다.

> 신이 간절하게 청하는 이유는, 200년에 걸친 전장典章과 문물의 성대함이 세 책에 분산되어 있고 창졸간에 편찬되어 서로 맥락이 이어지지 않기 때문입니다. 여러 대에 걸친 신료들의 명성을 이어서, 마땅히 이전 사서를 이어 자식이 부모를 이어가는 것과 같이 하여, 분류하고 취합하여 하나로 엮어야 합니다. 기록된 사적은 이미 선대 바른 명신의 손을 거친 것으로, 시비와 포폄이 모두 근거가 있는 것이니, 함부로 보태거나 빼는 것을 용납하면 안 됩니다. 삼가 부탁드리오니, 이 주문奏文을 사원史院에 내려보내, 이후 사관들이 편찬의 의의를 알아서 완성된 책 내용에서 함부로 고치거나 삭제하는 일이 없도록 해주시기 바랍니다.

황제께서 말씀하셨다.

> "만약 온당하지 않은 부분이 있다면, 고치거나 삭제해도 해가 없을 것이다."

나는 황제의 뜻을 받들어 사원史院을 개설하고, 역시 30여 권으로 원고를 완성하였다. 그러나 나는 고종의 찬궁攢宮[6] 업무를 마치고 돌아왔다가 바로 조정을 떠나게 되었고[7], 우무尤袤가 『고종황제실록高宗皇帝實錄』을 이유로 잠시 사원史院을 폐지하기를 청하여 마침내 중단되었다. 대중상부 연간에 왕단王旦 역시 두 조대의 사서를 편찬한 적이 있는데, 지금은 전해지지 않는다.

---

6 攢宮 : 황제와 황후의 시신을 하장하기 전에 잠시 관을 보관하는 곳. 송 조정은 남도한 후 황제와 황후의 무덤을 찬궁攢宮이라고 했으니, 이곳에 잠시 두는 것이고 중원을 회복하면 하남으로 이장하겠다는 뜻을 담은 것이다.

7 순희 14년(1187)년 10월 을해일, 태상황이었던 고종 황제가 세상을 떠나고 홍매는 고종의 장례를 관장하는 산릉사山陵使인 교도돈체사橋道頓遞使가 되어 업무를 수행하였다. 이듬해 3월 고종은 회계會稽의 영사릉永思陵에 안장되었다. 이 해에 홍매는 진강鎭江 태수로 임명되었다.

5. 은패 사자 銀牌使者

금나라에서 국외로 사신을 파견할 때마다 신분이 높으면 금패金牌를 패용하게 하고 그 다음은 은패銀牌를 패용하게 하여, 속칭 금패낭군·은패낭군이라고 했다. 북방 사람들은 거란 때에도 이렇게 했다고 하는데 패에는 전서체 6, 7자가 새겨져 있어 혹자는 아골타阿骨打[8]의 서명이라고도 한다. 그런데 이것은 본래 중국의 제도였음을 너무 모르는 듯하다.

오대 이후는 모든 업무가 막 자리를 잡기 시작할 때라 거마를 타고 외지에 사신으로 나갈 때는 추밀원 첩지만 발급했다. 북송 태평흥국 3년(978), 이비웅李飛雄이 문서를 위조하여 역참의 말을 타고 사신이라 사칭하여 난을 일으키려 했다가 체포당하여 주살되었다. 이에 조서를 내려 이제부터 역참 거마를 타야 하는 사신에게는 모두 은패를 지급하라 하였고 이를 두고 사서에서는 "비로소 옛 제도를 회복했다"고 했으니, 이 제도는 오랑캐에게서 시작된 것이 아니다. 단공端拱 2년(989) 다시 조서를 내렸다.

이제까지 거마를 이용해야 하는 사신에게는 전서 은패를 지급했는데, 지금부터 폐지하고 다시 추밀원 첩지만 지급한다.

6. '省錢생전' 100문 省錢百陌

동전을 화폐로 쓸 때는 본래 모두 100문文 정량에 맞았다. 양梁 무제武帝 때 철전鐵錢으로 대체하자, 상인들이 슬그머니 속이기 시작하면서 정량 규정을 깨서, 남령南嶺 동쪽 지역은 80문을 100문으로 하여, '동전東錢'이라고 불렀다. 강江·영郢에서 서쪽 지역은 70문을 100문으로 하여, '서전西錢'이라고 불렀다. 경사京師에서는 90문을 100문으로 하여, '장전長錢'이라고 불렀다.

---

8 阿骨打 : 1115년 금金을 건국하여 황제가 되었으며, 1120년 북송北宋과 동맹을 맺어 요遼를 협공하여 1122년 중경中京과 연경燕京을 점령해 요를 실질적으로 멸망시켰다.(재위 1115~ 1123)

양 무제 대동^{大同} 원년(535), 100문 정량에 맞는 것으로 통용하도록 하라고 조서를 내렸다. 그러나 사람들이 조서를 따르지 않아 정량의 화폐는 더욱 적어졌고 말년에 이르러서는 결국 35문을 100문으로 치게 되었다.

당나라가 번영하였을 때는 정량 화폐만 사용했다. 그러나 애제 천우^{天祐9} 연간 전란으로 경제가 어려워지자 처음으로 85문을 100문으로 치도록 하였다. 후당^{後唐} 명종 천성^{天成10} 연간에 또 다시 5문을 감량했다.

오대 후한 고조 건우^{乾祐11} 연간에 왕장^{王章}이 삼사사^{三司使}로 있을 때 또 3문을 감했다. 송대는 오대 후한의 제도를 이어받아서 관으로 보내는 것은 역시 80문 혹은 85문을 사용했지만 여러 주에서는 사사롭게 통용하여, 지방에 따라서 48문까지 떨어진 사례도 있었다.

태평흥국 2년(977) 비로소 조서를 내려서 민간에서 화폐를 주조할 경우 77문을 100문으로 정하는 것으로 했다. 이때부터 이후로는 천하에서 이를 따라 통용하여 공적 사적 출납에서 모두 이대로 따랐다. 그래서 '생전^{省錢}'이라고 불렀다. 다만 몇 년 이래 '두자전^{頭子錢}'이라는 것이 있어, 매 꾸러미마다 56문으로, 수도와 군대 병사의 봉록으로 나가는 것 이외에 나머지 주현에서 관민^{官民}이 손에 넣게 되는 것은 매출할 때는 100문마다 71전 4푼이요 매입할 때는 100문마다 82전 4푼이라, 이른바 77문이라는 게 원래 없었다. 민간에서 통용되는 것의 다과^{多寡} 또한 더욱 고르지 않은 것이다.

7. 옛 관리 직함의 군더더기 舊官銜冗贅

송대의 관제^{官制}는 만당과 오대의 관습을 따랐다. 그래서 품계와 직함에 군더더기가 많은 것이 흠이고, 나도 이미 여러 차례 지적했다. 이를테면 인종 황우^{皇祐12} 연간 이단원^{李端願}이 '설두산^{雪竇山}' 세 글자를 크게 쓰고, 왼쪽에

9 天祐 : 당나라 소종^{昭宗}, 애제^{哀帝} 때의 연호(904~919).
10 天成 : 후당 명종^{明宗} 시기 연호(926~930).
11 乾祐 : 오대 후한 고조 시기 연호(948~950).

'진동군절도관찰유후鎭潼軍節度觀察留後 · 금자광록대부金紫光祿大夫 · 검교형부상서檢校刑部尚書 · 사지절화주제군사使持節華州諸軍事 · 화주자사겸어사대부華州刺史兼御史大夫 · 상주국上柱國'이라고 모두 41글자를 썼다.

원풍 이후 사절의 명칭을 바꿔서 문산계文散階 · 검교관檢校官 · 지절持節 · 헌함憲銜 · 훈관勳官을 없애고 단지 '진동군승선사鎭潼軍承宣使' 여섯 글자만 써서, 예전보다 35글자가 줄어들어 간명해졌다. 회계會稽 우묘禹廟에 당대 소종昭宗 천복天復 연간 월왕越王 전류錢鏐가 세운 비석이 있는데 전체 직함이 95글자로, 특히 번잡하다.

8. 관리의 문서 수정 吏胥侮洗文書

군현의 서리胥史가 장부와 서류를 문질러 고치곤 하는데, 향사鄕司[13]가 특히 심하게 했다. 주민이 조세를 납부하였으면 호구 문서 이름 밑에 붉게 동그라미를 쳤는데, 뭔가를 요구했다가 뜻대로 안되면 다시 그 표시를 지워버렸다. 읍관邑官[14]은 이를 알지 못하기 때문에 다시 조세 납부를 독촉하곤 했다. 주민이 납부한 증거로 적초赤鈔[15]를 지참하여 제시하면 더 징수한 세금을 되돌려 받을 수 있었으나 그 폐해는 이미 깊어졌다. 그러나 이건 단지 작디 작은 사례일 뿐이다.

대성臺省[16]에서도 그랬다. 내가 한림학사에 임명되던 날 고명誥命을 받은 후 초안에는 '가특수의전정봉대부충한림학사可特授依前正奉大夫充翰林學士'라고 적혀 있었다. 아마 처음 황지黃紙[17]에 적었던 전문일 것이다. 관고원官告院[18]에

....

12 皇祐 : 북송 인종仁宗 때의 연호(1049~1054).
13 鄕司 : 현급 이하 향촌 서리.
14 邑官 : 현관縣官.
15 赤鈔 : 붉은 글씨로 쓴 부세 납부 증명서.
16 臺省 : 중앙정부 중추기구.
17 黃紙 : 인재 선발·업적 고과 등을 해서 조정에 보고할 때 썼던 황색 종이, 또는 황마지에 쓴 조서.

서 이에 의거해 격식으로 삼는 것이 체제상 당연한 것이다. 그런데 고신告身에서 전체 직함을 또한 '고정봉대부충한림학사告正奉大夫充翰林學士'라고 하였기에 나는 이부상서 소조린蕭照鄰에게 이렇게 말했다.

> "이렇게 하면 학사가 직함 아래에 있는 것이어서 관례에 맞지 않으니 내가 지금 사표謝表를 쓰려고 하는데, 어떻게 생각하시오?"

소조린은 두려워 벌벌 떨었다. 곧장 이부 주사主事와 고원告院 서리書吏를 보내 원래 임명장을 빌려가서는 다음 날 가지고 왔다. 이미 모두 바르게 고쳐서 옮겨가는 직위가 직함의 위에 있고, '충充' 한 글자만 뺐는데, 해당 행에서 아주 약간 듬성해진 느낌만 들 뿐 그 외 인문印文은 농담濃淡에 차이가 없었다. 문서 수정 기술이 이처럼 감쪽같은 경지에 이르렀다.

9. 보고문서 착오 宣告錯誤

사대부가 보고 문서를 올릴 때 어쩌다 착오가 있으면, 만약 문관이라면 그래도 자기가 어떻게 해명을 할 수 있을 것이고, 서포書鋪 역시 감히 뭐라고 크게 따지고 요구하지는 못할 것이다. 유독 무관만이 가련한 처지가 되는데, 일반 병사 출신은 더욱 심했다.

내가 검상밀원제방檢詳密院諸房을 맡았던 시절, 경원涇原[19] 부도군두副都軍頭가 관직 교환을 요청했다. 가져온 보고 문서에 '부副' 한 글자가 더 들어가 있어서 방리房吏의 저지를 받았는데, 도두都頭는 해명을 못했다. 추밀사 둘이 이 일로 내게 도움을 부탁했다. 내가 보니 첨가된 글자는 본문의 글체와 일치하기에, 추밀사 둘에게 말했다.

> "만약 올리는 사람이 나쁜 짓을 하려고 했으면 멋대로 품계나 직급을 올려 쓰는

18 官告院 : 문무관리·장교 등의 인사·책봉·추증 등을 담당했던 부서.
19 涇原 : 지금의 감숙 평량平涼.

것이 마땅하지, 도두이면서 스스로 낮추어 '부剾'를 더할 리가 없소. 사선방寫宣房의 실수라는 것이 의심의 여지가 없소."

추밀사 둘은 그렇다 여기고 제대로 고쳤다.

무익랑武翼郎 이청李青이 승진을 하게 되어 상서좌승이 문서를 검토하였는데 처음에 '대이청大李青'이라고 쓰여 있었다. 관리는 승진하기도 전에 멋대로 사칭했다고 하였고 이청은 대답을 하지 못했다. 주무진周茂振이 임시 상서였는데 고명告命 10여 통을 열람해보니 그 중 한 고명만 앞에서 '대이청大李青'이라고 하고 본문에는 '대大'자가 없었으며 끝까지 '이청李青'이라고만 되어 있었다. 당일 즉시 시행하여 승진을 시키고 또한 근거 자료를 첨부하였다.

두 사람은 모두 방리房吏의 손에 곤경을 겪었다가 다행히 해결되었다. 억울한 사정이 해결되지 않은 자가 많았을 것임을 알 수 있다.

10. 군중에서 타인 명의 직함 계승 軍中抵名爲官

고종 소흥紹興[20] 연간 이래 군사 관련 업무가 번잡해져서, 군중軍中의 장교가 관직을 받은 경우 대원수가 그 고명告命을 모두 보관하고 임명된 관직은 말로만 전해주었다. 사고로 사망한 자가 있을 경우 역시 중서성에 보고하여 관직을 해제하도록 하지 않고 그냥 다른 사람에게 전달되었다. 이로 인해 보통 사람에서 갑자기 낭郎이나 대부大夫가 된 사람도 간혹 있었다.

양화왕楊和王이 전수殿帥[21]였을 때, 한 통령統領을 해임하여 원래 소속으로 귀환하게 하면서 추밀원에 이렇게 신고했다.

이 사람은 본명이 허초許超로, 교위校尉였습니다. 우연히 수무랑修武郎 이립李立이 자기 이름을 쓰라고 부탁하여 이로 인해 승진하게 되었는데, 계속해서 전공戰功이 쌓여서 이제는 무현대부武顯大夫가 되었습니다. 이미 군을 떠났으니 본명과

....

20 紹興 : 남송 고종高宗 때의 연호(1131~1162).
21 殿帥 : 송대 금군을 통솔하던 전전사장관도지휘사殿前司長官都指揮使 혹은 전전지휘사殿前指揮使를 전수殿帥라고 했다.

원래의 직위로 되돌리는 것이 합당합니다.

허초도 추밀원에 가서 호소하려고 했는데 뭐라고 말하지 못했다. 내가 당시 검상병방檢詳兵房으로, 그를 위해 말했다.

> "한때 이름을 사칭한 것은 주장主將의 명령 때문이었다. 수무랑은 그가 받아서는 안 될 것이다. 그러나 무익武翼[22] 이후는 그가 군공을 세워 획득한 것으로, 만약 그가 전쟁터에서 죽었다면 그 목숨의 댓가는 허초가 받는 것이 마땅하다. 이제 그가 받으면 안 되었을 아홉 관직을 모두 없애고 나머지를 그에게 돌려주는 것이 인정에도 맞고 이치에도 맞다."

두 추밀은 내 말이 아주 그럴 듯하다고 여기고 그대로 시행할 것을 주청했다.

11. 화와 복도 명이 있다 禍福有命

진회秦檜가 정권을 장악하고 뜻을 이루자 형벌을 더욱 남용하여 사대부를 꼼짝 못하게 했다. 단 한 마디라도 실수가 있거나 단 한 글자라도 논란거리가 있으면 반드시 대규모 옥사를 일으켜 영남이나 광동 등 먼 곳으로 쫓아냈다. 이리하여 무료한 악한 자들이 무고를 일삼아 승진을 하기도 했다. 조초연趙超然은 "군자의 은택은 다섯 세대면 끊어진다[君子之澤, 五世而斬]"는 구절 때문에 정주汀州[23]로 폄적되고, 오중보吳仲寶는 「하이자전夏二子傳」 때문에 용주容州[24]로 유폐되었으며[25], 장연도張淵道도 「장화공생일시張和公生日詩」 때문에 거의 유주柳州로 쫓겨날 뻔 했다가 다행히 모면할 수 있었던 것이 모두 이것이다.

---

22 武翼 : 원문에서는 '武翼'이라고 했는데, '武顯(大夫)'로 보아야 할 듯하다.
23 汀州 : 지금의 복건성 장정長汀.
24 容州 : 지금의 광서성 용현容縣.
25 「夏二子傳」 : '夏二子'란 모기와 파리를 일컫는 것으로 여름이 끝날 무렵이 되자 모기와 파리 무리가 모두 남김없이 사라져 천하의 백성들이 비로소 편히 먹고 마시면서 깨끗한 세상이 되었음을 즐거워하며 춤을 추었다는 내용이다.

나는 복주福州에서 교수로 있을 때, 하대규何大圭를 방문하였다. 그는 갑자기 내게 이렇게 물었다.

"당신은 하늘의 별에 대해 아시오?"
"아직 배우지 않았습니다."
"한여름 밤 남방에 늘어서는 별자리도 알아보지 못한단 말이오?"
"그건 그런대로 한 두 가지는 알고 있습니다."
"당신은 오늘 저녁 형혹熒惑[26]이 어디에 있는지 한 번 올려다보시오."

이때 형혹은 바로 남두南斗의 서쪽에서 보였다.

한 달 남짓 이후 다시 만났는데, 그때는 열흘 연속 흐린 날이 많았고 이른바 화요火曜는 이미 두괴斗魁의 동쪽에 도착해 있었다. 하대규가 말했다.

"이 별이 남두로 들어가면 무슨 사고가 있을 것이오."

용재수필

나는 그 말을 듣고, 참으로 모골이 송연했다. 다음 날 하대규가 찾아와 내게 말했다.

"내가 원래 천문을 잘 모릅니다. 어제 밤 섭자렴葉子廉이 찾아와 별자리에 관해 이야기를 나누었는데 그가 이맛살을 찌푸리며 말하더이다. '이것은 위성魏星이라고 하는 것으로, 알아볼 수 있는 사람이 없으며 형혹이 아니오.'"

내가 말했다.

"십이국성十二國星은 견우성과 직녀성 밑에만 있으며 움직이지 않는 경성經星인데, 어떻게 옮겨갈 수 있소?"

하대규가 말했다.

"하늘이 변화의 조짐을 보였으니 무엇인들 못하겠소! 섭자렴은 '후한 건안建安 25년(220)에도 이런 현상이 나타난 적이 있다'고 했었소."

아마 당시 진회가 위국공魏國公에 책봉되었기에 하대규는 조조曹操에 비유하

....

106   26 熒惑 : 화성.

여 말한 것인 듯하다. 나는 깜짝 놀라 감히 더 이상 응수하지 않았다.

그 후 사경사謝景思·섭회숙葉晦叔과 말을 나누던 중 이 얘기가 나왔다. 나는 물었다.

"만약 내가 소인에게 고자질당하여 어쩔 도리 없이 이 상황이 드러나게 되었다면, 어떻게 되었겠는가!"

사경사와 섭회숙은 말했다.

"운명이라고밖에 할 수 없지요! 그런 사람과 알고 지내는 것이 바로 불행이니, 가만히 관망하며 기다려보는 것이 낫습니다."

그 때가 기사년(1149)으로, 6년 후 진회가 죽었다. 나는 비로소 화를 면하게 되었다고 여기고 두려워하지 않게 되었다.

12. 진종의 북벌 眞宗北征

진종은 거란을 정벌하러 직접 전연澶淵[27]까지 당도하여 적을 물리치는 공을 이루었는데 이때는 경덕景德 원년(1004) 갑진甲辰년이요, 이 계책을 결정한 사람은 구준寇準[28]이다. 그러나 이보다 5년 전 함평咸平 2년(999) 기해년에 거란이 북쪽 변경을 노략질하여, 진종황제가 스스로 군대를 이끌고 방어하러 가서 전주澶州와 대명부大名府[29]에 이르렀는데, 범정소范廷召[30]가 막주莫州[31] 북쪽에서 적을 격파했다는 보고를 접하고 개봉으로 돌아왔다. 당시 장제현張齊賢[32]

• • • • • • • • • • • • • • • • • •

27 澶淵 : 지금의 하남성 복양濮陽.
28 寇準(961~1023) : 북송 때 명재상. 자 평중平仲. 화주華州 하규下邽(지금의 섬서성 위남渭南) 사람이다.
29 大名府 : 지금의 하북성 동남부 대명현大名縣. 하북·하남·산동 세 성의 교차지.
30 范廷召(937~1001) : 북송의 장수. 기주冀州 조강棗強 사람이다. 부친이 마을의 흉악한 청년에게 해를 입자, 범정소는 18세 나이로 부친의 원수를 죽이고 심장을 꺼내 부친의 묘에 제사지냈다고 한다. 도적 노릇을 하다가 후주 때 귀의하였고, 송 세종 때 호위 무사가 되었다.
31 漠州 : 지금의 하북성 보정保定 일대.

과 이항李沆[33]이 재상이었는데 누가 이 결정에 찬성했는지 모르겠고, 그 후로는 전해지지 않는다. 이를 통해 진종은 향락과 안일에 빠져 두려워하기만 했던 황제가 아니었음을 알 수 있다. 그러므로 구준이 쉽게 진언할 수 있었던 것이다.

13. 차례를 따르지 않은 재상 임용 宰相不次補

진종 경덕景德 원년(1004) 7월, 재상 이항李沆이 세상을 떠났다. 당시 다른 재상이 없었고 중서성에 참지정사 왕단王旦과 왕흠약王欽若이 있었는데, 다음 차례인 이들을 임용하지 않았다. 구준寇準이 삼사사三司使로 있어 진종이 그를 재상에 임명하고 싶었는데, 그가 평소 강직하여 혼자 감당해내지 못할까 염려하여 우선 한림시독학사翰林侍讀學士 필사안畢士安[34]을 참지정사에 임명하였다. 그리고 막 한 달이 되었을 때 필사안과 구준을 재상에 임명하였는데 필사안이 구준의 위에 있도록 했다. 왕단과 왕흠약은 각각 관직을 옮겼을 뿐이다. 구준은 태종 때 이미 두 번 재상에 있었으나 필사안은 시종에서 특급 승진으로 등용되었으니, 인재를 선발하고 대신을 임용하는 과정은 하나하나 단계를 따라서 올라가는 게 아닌 듯하다.

14. 문서 작성의 어려움 外制之難

중서사인이 초안을 작성하는 문서는 당대부터 송대에 이르기까지 모두 중서성에서 기초起草하여 담당 관리에게 넘기게 되는데, 고명告命이 완성되기

---

32 張齊賢(943~1014) : 북송의 재상. 자 사량師亮. 조주曹州 구용句容 사람이다.
33 李沆 : (947~1004) : 북송의 재상. 자 태초太初. 명주洺州 비향肥鄉(지금의 하북성 소속) 사람이다.
34 畢士安(938~1005) : 북송의 재상. 자 인수仁叟 또는 순거舜擧. 대주代州 운중雲中(지금의 산서성 대현代縣, 일설에는 대동大同) 사람이다.

까지 모두 당일을 넘긴 적이 없다. 그렇기 때문에 그 직무가 어렵다.

민첩하기로 정평이 난 사람으로는 위승경韋承慶으로, 그는 초안을 작성한 적이 없이 붓을 들자마자 문서를 완성했다. 육의陸扆는 처음에는 생각이 없는 듯하다가, 나는 듯이 붓을 휘두른다. 안요顔蕘는 문서 수십 통의 초고를 쓸 동안 담소하는 데 아무 지장이 없었고, 정전鄭畋은 붓을 댔다 하면 생각에 막힘이 없어 동료들이 붓을 멈추고 쳐다보았다. 유창劉敞은 관서에서 나와 집으로 돌아갈 때 말에 올라 일필휘지로 아홉 건의 문서를 작성해 냈다고 한다. 이들은 모두 역사 기록에 나온다.

느리고 둔하여 곤란을 겪었던 사람으로, 육여경陸餘慶은 늦게까지 한 마디도 진전이 없었고, 화몽和㠓은 문을 닫고 깊이 생각하고 여러 서적을 두루 살펴보아서 작창사인斫窗舍人[35]이나 '자미성紫微省[36]에서 장군방張君房의 행방을 잃어버린 것'[37]과 같은 상황이 있었다. 아마 반드시 빨리 완성하고자 했기 때문일 것이다.

후주後周 태조 광순廣順[38] 초, 중서사인 유도劉濤가 소부소감少府少監을 제수

35 斫窗舍人 : 『조야첨재朝野僉載』2권 내용에 따르면, 양도陽滔가 중서사인으로 있을 때 매우 시급한 문서를 하나 작성하라는 명을 받았으나, 양도는 견본을 봐야만 문서를 작성할 수 있었는데, 문서 관리 담당자가 외출하면서 열쇠를 가져가버려서, 너무 다급하여 기다릴 수 없었던 양도는 할 수 없이 창을 깨고 문서 보관실에 들어가 견본을 보고 나서야 문서를 완성할 수 있었다고 한다. 그래서 양도는 '작창사인'이라는 별명을 얻었다. 또한 『송사宋史·한비전韓丕傳』에서 한비가 비슷한 경우로 문서 보관실 자물쇠를 부순 이야기와 합하여 '작창 파쇄斫窗破鎖'라는 성어로도 쓰인다.

36 紫微省 : 중서성.

37 『시화총귀詩話總龜』40권에서 인용한 『상산야록湘山野錄』내용에 따르면, 북송 진종 대중상부(1008~1016) 연간, 일본국에서 사신을 보내 입공하여, 자기 나라 동쪽에서 상서로운 빛이 나타났기에 중원 천자에게 알리러 왔으며, 그 자리에 절을 지으려고 하니 신광神光이라고 사액해주기를 청했다. 처리하라고 중서성에 하달했는데, 그 때 담당자가 비록 과거시험에 합격은 했으나 글 솜씨가 뛰어나지 않아, 장군방張君房의 재능이 뛰어나다면서 담당자를 장군방으로 대체시켰다. 그때 장군방은 말단 관리였고, 술에 취해 누각에 올라갔다는데, 사람을 보내 경성을 온통 뒤져도 보이지 않고, 일본 사신은 눈이 빠지게 기다리며 사람을 보내 재촉하느라 자미성(중서성)에서 애를 먹었다. 그 후 전희백錢希白이 "세상에서 누가 제일 바쁠까, 자미성에서 사라진 장군방이라네[世上何人最號忙, 紫微失卻張君房]"라는 시를 지어, 웃음거리가 되었다.

38 廣順 : 후주後周 태조太祖 시기 연호(951~953).

받아 서경西京(하남 낙양) 분사分司로 가게 되었는데 아들 유욱劉頊더러 제사制詞를 대신 기초하게 한 것에 연좌되었다. 유욱은 당시 감찰어사로, 복주사호復州司戶도 맡고 있었다.

남송 이래로 전적과 문서가 산실되어 임명 문서를 내릴 때마다 우선 중서성 서찰을 주고 그 다음에 임명장을 발급하였기 때문에 시일이 많이 지체되었다. 단불段拂이 중서사인 관직에 있을 때 귀가하기만 하면 문을 걸어 잠그고 객을 사절하였으니 고명을 재촉하는 것이 두려워서였다고 한다.

선친께서 금金에 사신으로 갔다가 돌아오셔서 휘유각직학사徽猷閣直學士에 제수 받았는데, 당시 유재소劉才邵가 문서 작성을 담당하고 있었다. 매일 재촉을 했지만 선친께서 요주饒州로 부임하러 가시기까지 거의 한 달이 지나도록 고명을 받지 못했다. 그 외에는 친구에게 써달라고 부탁하기도 하고, 다른 사람의 손을 빌려 쓴 경우도 많았다. 그리하여 이 자리에 임명된 사람은 어려움을 느끼지 않으니 예전과는 전혀 달랐다.

15. 문신이 무직을 맡을 때 文臣換武使

개국 이후 이어진 관례로, 문신이 무관의 자리를 맡을 경우 직급을 올리지 않았다. 전약수錢若水는 추밀부사樞密副使에서 공부시랑工部侍郞이 되었고, 이어서 병주並州 지주知州를 제수 받았고, 등주鄧州 관찰사로 바뀌었다. 왕사종王嗣宗은 중승·시랑에서, 이사형李士衡은 삼사사三司使에서, 이유李維는 상서에서, 왕소王素는 단명좌승端明左丞에서 역시 모두 관찰사가 되었다.

인종 경력慶曆39 초, 섬서陝西 사수帥守가 하夏·강羌을 방어하자 그들의 봉록을 우대하려 하여, 한기韓琦와 범중엄范仲淹·왕연王沿·방적龐籍이 모두 추밀樞密·용도직학사龍圖直學士에서 염거廉車40가 되었다.

39 慶曆 : 북송 인종仁宗 때의 연호(1041~1048).

남송 이래로는 전혀 그렇지 않았다. 장징張澄은 단명학사端明學士에서, 양염楊傊은 부문학사敷文學士에서 갑자기 절도사가 되었다. 최근 조사기趙師夔와 오거吳琚가 대제待制에서 승선사承宣使가 되어, 몇 달 되지 않아 황은을 입어서 부절과 부월을 받았다. 사규師揆와 사수師垂는 비각수찬秘閣修撰에서 관찰사로 임명되어, 모두 평소의 법도를 넘어섰으니, 참으로 남다른 은총이다.

---

40 廉車 : 관찰사觀察使와 염방사廉訪使·안찰사按察使 등이 부임할 때 타는 수레를 말한다. 또한 이상의 관원을 지칭하는 말로도 쓰인다.

1. 三豎子

趙爲秦所圍, 使平原君求救於楚, 楚王未肯定從。毛遂曰:「白起小豎子耳, 興師以與楚戰, 舉鄢郢, 燒夷陵, 辱王之先人, 此百世之怨也。」是時, 起已數立大功, 且勝於長平矣。人告韓信反, 漢祖以問諸將, 皆曰:「亟發兵坑豎子耳!」帝默然, 唯陳平以爲兵不如楚精, 諸將用兵不能及信。英布反書聞, 上召諸將問計, 又曰:「發兵擊之, 坑豎子耳!」夫白起、信、布之爲人, 材能不可掩, 以此三人爲豎子, 是天下無復有壯士也。毛遂之言, 祇欲激怒楚王, 使之知合從之利害, 故不得不以起爲懦夫。至如高帝諸將, 不過周勃、樊噲之儔, 韓信因執而歸, 棲棲然處長安爲列侯, 蓋一匹夫也, 而噲喜其過己, 趨拜送迎, 言稱臣, 況於據有全楚萬乘之地, 事力強弱, 安可同日而語! 英布固嘗言:「諸將獨患淮陰、彭越, 今皆已死, 餘不足畏。」則豎子之對, 可謂勇而無謀, 殆與張儀詆蘇秦爲反覆之人相似。高帝默然, 顧深知其非也。至於陳平, 則不然矣。若乃韓信謂魏將柏直爲豎子, 則誠然。柏直庸庸無所知名, 漢王亦稱其口尚乳臭, 眞一豎子也。阮籍登廣武, 嘆曰:「時無英雄, 使豎子成名。」蓋嘆是時無英雄如昔人者。俗士不達, 以爲籍譏漢祖, 雖李太白亦有是言, 失之矣。

2. 樞密稱呼

樞密使之名起於唐, 本以宦者爲之, 蓋內諸司之貴者耳。五代始以士大夫居其職, 遂與宰相等。自此接于本朝, 又有副使、知院事、同知院事、簽書、同簽書之別, 雖品秩有高下, 然均稱爲樞密。明道中, 王沂公自故相召爲檢校太師、樞密使, 李文定公爲集賢相, 以書迎之於國門, 稱曰「樞密太師相公」, 予家藏此帖。紹興五年, 高宗車駕幸平江, 過秀州, 執政從行者四人。在前者傳呼「宰相」, 趙忠簡也, 次呼「樞密」, 張魏公也, 時爲知院事, 次呼「參政」, 沈必先也, 最後又呼「樞密」, 則簽書權朝美云。予爲檢詳時, 葉審言、黃繼道爲長貳, 亦同一稱。而二三十年以來, 遂有知院、同知之目, 初出於典謁、街卒之口, 久而朝士亦然, 名不雅古, 莫此爲甚。

3. 從官事體

國朝優待侍從, 故事體名分多與庶僚不同, 然有處之合宜及肆意者。如任知州申發諸

司公狀不繫銜, 與安撫監司序官往還用大狀不書年, 引接用朱衣, 通判入都廳之類, 皆雜著於令式。其明載國史者尙可考。大中祥符五年六月, 詔:「尙書丞郎、兩省給諫知州府, 而本部郎中、員外郎及兩省六品以下官充本路轉運使副者, 承前例須申報。雖職當統攝, 方委於事權, 而官有等差, 宜明於品級。自今知制誥、觀察使以上知州府處所申轉運司狀, 並止簽案檢, 令通判以下具銜供申。」張詠以禮部尙書知昇州, 上言:「臣官忝六曹, 祠部乃本行司局, 而例申公狀, 似未合宜。望自今尙書丞郎知州者, 除申省外, 其本行曹局, 止簽案檢。」從之。紹興中, 范同以前執政知太平州, 官係中大夫不帶職, 申諸司狀繫銜。提刑張絢封還之, 范竟不改。次年轉太中, 再任, 始去之。劉焞爲江西運判, 移牒屬郡知、通云:「請聯銜具報。」[邁]時以太中守贛, 以於式不可, 乃作公箚, 同通判簽書。劉邦翰曾任權侍郎, 以朝議大夫、集英修撰知饒州。趙燁以承議郎提點刑獄, 欲居其上, 劉不校, 趙又畏人議己, 於是遇朝拜國忌日, 先後行香。王十朋自侍御史徙權吏部侍郎, 不拜, 除集撰, 知饒州, 自處如庶官。林大中亦自侍御史改吏侍, 不曾供職, 除直寶文閣, 知贛州, 全銜猶帶權知兼勸農事借紫, 而盡用從官禮數。黃渙爲通判, 入都廳, 爲之不平。鄭汝諧除權侍郎, 爲東省所繳, 不得供職, 而以祕撰知池州, 公狀至提刑司, 不繫銜, 爲鄧馹牒問。唐瑑以司農少卿, 王佐以中書檢正, 皆暫兼權戶侍, 及出知湖、饒二州, 悉用朱衣雙引。此數君, 皆失於討問典章, 非故爲尊大也。陳居仁以大中、集撰知鄂州, 只用一朱衣, 蓋在法, 學士乃雙引, 人以爲得體。邁頃守贛、建, 官職與居仁等, 而誤用兩朱, 殊以自悔。又如監司見前執政, 雖本路, 並客位下馬。伯氏以故相帶觀文學士帥越, 提擧宋藻穿戟門詞殿, 云浙東監司如何不得穿紹興府門, 將至廳事, 始若勉就客位者。主人亟令掖以還。

4. 九朝國史

本朝國史凡三書, 太祖、太宗、眞宗曰三朝, 仁宗、英宗曰兩朝, 神宗、哲宗、徽宗、欽宗曰四朝。雖各自紀事, 至於諸志若天文、地理、五行之類, 不免煩複。元豐中, 三朝已就, 兩朝且成, 神宗專以付曾鞏使合之。鞏奏言:「五朝舊史, 皆累世公卿、道德文學、朝廷宗工所共準裁, 旣已勒成大典, 豈宜輒議損益。」詔不許, 始謀纂定, 會以憂去, 不克成。其後神、哲各自爲一史, 紹興初, 以其是非褒貶皆失實, 廢不用。淳熙乙巳, 邁承乏修史, 丙午之冬, 成書進御, 遂請合九朝爲一, 壽皇卽以見屬, 嘗奏云:「臣所爲區區有請者, 蓋以二百年間典章文物之盛, 分見三書, 倉卒討究, 不相貫屬。及累代臣僚, 名聲相繼, 當如前史以子係父之體, 類聚歸一。若夫制作之事, 則已經先正名臣之手, 是非褒貶, 皆有據依, 不容妄加筆削。乞以此奏下之史院, 俾後來史官知所以編纘之意, 無或輒將成書擅行刪改。」上曰:「如有未穩處, 改削無害。」[邁]旣奉詔開院, 亦修成三十餘卷矣, 而有永思攢宮之役, 才歸卽去國, 尤袤以高宗皇帝實錄爲辭, 請權罷史院, 於是遂已。

祥符中，王旦亦曾修撰兩朝史，今不傳。

5. 銀牌使者

金國每遣使出外，貴者佩金牌，次佩銀牌，俗呼爲金牌、銀牌郎君。北人以爲契丹時如此，牌上若篆字六七，或云阿骨打花押也。殊不知此本中國之制，五代以來，庶事草創，凡乘置奉使於外，但給樞密院牒。國朝太平興國三年，因李飛雄矯乘廐馬，詐稱使者，欲作亂，既捕誅之，乃詔自今乘驛者，皆給銀牌，國史云「始復舊制」，然則非起於虜也。端拱二年復詔：「先是馳驛使臣給篆書銀牌，自今宜罷之，復給樞密院牒。」

6. 省錢百陌

用錢爲幣，本皆足陌。梁武帝時，以鐵錢之故，商賈浸以奸詐自破。嶺以東，八十爲百，名曰「東錢」。江、郢以上，七十爲百，名曰「西錢」。京師以九十爲百，名曰「長錢」。大同元年，詔通用足陌，詔下而人不從，錢陌益少，至於末年，遂以三十五爲百。唐之盛際，純用足錢。天祐中，以兵亂窘乏，始令以八十五爲百。後唐天成，又減其五。漢乾祐中，王章爲三司使，復減三。皇朝因漢制，其輸官者，亦用八十，或八十五，然諸州私用，猶有隨俗至於四十八錢。太平興國二年，始詔民間緡錢，定以七十七爲百。自是以來，天下承用，公私出納皆然，故名「省錢」。但數十年來，有所謂「頭子錢」，每貫五十六，除中都及軍兵俸料外，自餘州縣官民所當得，其出者每百纔得七十一錢四分，其入者每百爲八十二錢四分，元無所謂七十七矣。民間所用，多寡又益不均云。

7. 舊官銜冗贅

國朝官制，沿晚唐、五代餘習，故階銜失之冗贅，予固已數書之。比得皇祐中李端愿所書「雪竇山」三大字，其左云：「鎮潼軍節度觀察留後、金紫光祿大夫、檢校刑部尚書、使持節華州諸軍事、華州刺史兼御史大夫、上柱國。」凡四十一字。自元豐以後，更使名，罷文散階、檢校官、持節、憲銜、勳官，只云「鎮潼軍承宣使」六字，比舊省去三十五，可謂簡要。會稽禹廟有唐天復年越王錢鏐所立碑，其全銜九十五字，尤爲冗也。

8. 吏胥侮洗文書

郡縣胥史，揩易簿案，鄉司尤甚。民已輸租稅，朱批於戶下矣，有所求不遂，復洗去之，邑官不能察，而又督理。比其持赤鈔爲證，則追逮橫費，爲害已深。此特小小者耳，臺省亦然，予除翰林日，所被告命後擬云「可特授依前正奉大夫充翰林學士」，蓋初書黃時全文，故官告院據以爲式，其制當爾。而告身全銜亦云「告正奉大夫充翰林學士」，予以語吏部蕭照鄰尚書曰：「如此則學士繫銜在官下，於故事有戾，今欲書謝表，當如何？」蕭

114

悚然。旋遣部主事與告院書吏至, 乞借元告以去, 明日持來, 則已改正, 移職居官上, 但減一「充」字, 於行內微覺疏, 其外印文, 濃淡了無異, 其妙至此。

9. 宣告錯誤

士大夫告命, 間有錯誤, 如文官, 則猶能自言, 書鋪亦不敢大有邀索。獨右列爲可憐, 而軍伍中出身者尤甚。予檢詳密院諸房日, 有涇原副都軍頭乞換授, 而所持宣內添注「副」字, 爲房吏所沮, 都頭者不能自明。兩樞密以事見付, 予視所添字與正文一體, 以白兩樞曰:「使訴者爲姦, 當妄增品級, 不應肯以都頭而自降爲副, 其爲寫宣房之失, 無可疑也。」樞以爲然, 乃爲改正。武翼郎李青當磨勘, 尚左驗其文書, 其始爲「大李青」, 吏以爲冒冒, 青無詞以答。周茂振權尚書, 閱其告命十餘通, 其一告前云「大李青」, 而告身誤去「大」字, 故後者相承, 只云「李青」, 即日放行遷秩, 且給公據付之。兩人者幾困於吏手, 幸而獲直。用是以知枉鬱不伸者多矣。

10. 軍中抵名爲官

紹興以來, 兵革務煩, 軍中將校除官者, 大帥盡藏其告命, 只語以所居官, 其有事故亡沒者, 亦不關申省部除籍, 或徑以付它人, 至或從自身便爲郎、大夫者。楊和王爲殿帥, 罷一統領使歸部, 而申樞密院云:「此人元姓名曰許超, 只是校尉, 偶有修武郎李立告, 使之鼎名, 因詐冒轉, 續以戰功積累, 今爲武顯大夫, 旣已離軍, 自合依本姓名及元職位。」超詣院訴, 而不能爲之詞。予檢詳兵房, 爲言曰:「一時冒與, 自是主將之命。修武以前, 固非此人當得。若武翼之後, 皆用軍功, 使其戰死於陣, 則性命須要超承當。今但當剗除不應得九官, 而理還其餘資, 庶合人情, 於理爲順。」兩樞密甚然予說, 即奏行之。

11. 禍福有命

秦氏顓國得志, 益厲刑辟, 以箝制士大夫, 一言語之過差, 一文詞之可議, 必起大獄, 竄之嶺海, 於是惡子之無俚者恃告訐以進。趙超然以「君子之澤, 五世而斬」責汀州, 吳仲寶以夏二子傳流容州, 張淵道以張和公生日詩幾責柳而幸脫, 皆是也。予敎授福州日, 因訪何大圭, 忽問:「君識天星乎?」答曰:「未之學。」曰:「豈不能認南方中夏所見列宿乎?」曰:「此却粗識一二。」大圭曰:「君今夕試仰觀熒惑何在?」是時正見於南斗之西。後月餘, 再相見, 時連旬多陰, 所謂火曜, 已至斗魁之東矣。大圭曰:「使此星入南斗, 自有故事。」予聞其語, 固已竦然, 明日來相訪, 曰:「吾曹元不洞曉天文, 昨晚葉子廉見顧, 言及於此, 蹙頞云:『是名魏星, 無人能識, 非熒惑也。』」予曰:「十二國星, 只在牛、女之下, 經星不動, 安得轉移?」圭曰:「乾象欲示變, 何所不可? 子廉云, 『後漢建安二十五年亦曾出。』」蓋秦正封魏國公, 圭意比之曹操。予大駭, 不復敢酬應。它日, 與

謝景思、葉晦叔言之，且曰：「使邁爲小人告訐之擧，有所不能，萬一此段彰露，爲之奈何！」謝、葉曰：「可以言命矣。與是人相識，便是不幸，不如靜以待之。」時歲在己巳，又六年，秦亡，予知免禍，乃始不恐。

12. 真宗北征

眞宗親征契丹，幸澶淵，以成却敵之功。是時景德元年甲辰，決此計者，寇萊公也。然前五歲，當咸平二年己亥，契丹寇北邊，上自將禦之，至澶州、大名府，聞范廷召破虜於莫州北，乃還京。時張文定公、李文靖公爲相，不知何人贊此決，而後來不傳。用是以知眞宗非宴安酖毒而有所畏者，故寇公易以進言。

13. 宰相不次補

景德元年七月，宰相李沆薨。時無它相，中書有參知政事王旦、王欽若，不次補。寇準爲三司使，眞宗欲相之，患其素剛，難獨任，乃先以翰林侍讀學士畢士安爲參政，纔一月，並命士安、準爲相，而士安居上。旦、欽若各遷官而已。準在太宗朝已兩爲執政，今士安乃由侍從超用，惟辟作福，圖任大臣，蓋不應循循歷階而升也。

14. 外制之難

中書舍人所承受詞頭，自唐至本朝，皆只就省中起草付吏，逮於告命之成，皆未嘗越日，故其職爲難。其以敏捷稱者，如韋承慶下筆輒成，未嘗起草；陸扆初無思慮，揮翰如飛；顏蕘草制數十，無妨談笑；鄭畋動無滯思，同僚閣筆；劉敞臨出局，倚馬一揮九制，皆見書於史策。其遲鈍窘擾者，如陸餘慶至晚不能裁一言，和㠓閉戶精思，徧討群籍，與夫「斵窗舍人」、「紫微失却張君房」之類，蓋以必欲速成故也。周廣順初，中書舍人劉濤責授少府少監，分司西京，坐遣男頊代草制詞也。頊時爲監察御史，亦責復州司戶。自南渡以來，典故散失，每除書之下，先以省箚授之，而續給告，以是遷延稽滯。段拂居官時，纔還家卽掩關謝客，畏其促詞命也。先公使虜歸，除徽猷閣直學士，時劉才邵當制，日於漏舍囑之，至先公出知饒州，幾將一月，猶未受告。其它倩謗朋舊，俾之假手者多矣。故膺此選者，不覺其難，殊與昔異。

15. 文臣換武使

祖宗之世，文臣換授武使，皆不越級。錢若水自樞密副使罷守工部侍郎，後除帥幷州，乃換鄧州觀察使。王嗣宗以中丞、侍郎，李士衡以三司使，李維以尚書，王素以端明左丞，亦皆觀察。慶曆初，以陝西四帥方禦夏、羌，欲優其俸賜，故韓琦、范仲淹、王沿、龐籍皆以樞密、龍圖直學士換爲廉車。自南渡以來，始大不然。張澄以端明學士，楊倓

以敷文學士，便爲節度。近者趙師夔、吳琚以待制而換承宣使，不數月間遇恩，卽建節鉞。師揆、師垂以祕閣修撰換觀察使，皆度越彝憲，誠異恩也。

••• 용재삼필 권5(17칙)

1. 고수를 모신 순 舜事瞽叟

『맹자孟子』라는 책은 위로 『논어論語』와 짝한다. 다만 순舜에 대한 기록에 오류가 많다. 그래서 송대 이래 사마광司馬光과 이구李覯[1] 및 여남공呂南公[2]이 모두 오류를 의심하는 견해를 제기했다.[3]

그 중 가장 중요한 것으로, 만장萬章이 말했던 순舜이 창고를 수리하고 우물을 파고 순의 이복동생인 상象이 순의 거처에 들어가 물었다는 것을 맹자는 사실로 인정했다.[4] 맹자는 앞에서 이미 요堯가 아홉 아들더러 순을 섬기도록 하고, 두 딸을 순에게 시집보내고, 백관과 우양牛羊과 창고를 갖추어 전답에서 순을 섬기게 했다고 스스로 말했다. 그렇다면 우물을 파고 창고의 지붕을 수리하는 천한 일을 어찌 어떤 다른 사람더러 하라고 시키지 못했을까! 요堯가 천자로 있었을 때, 일개 백성일 뿐인 상象이 수단과 방법을 가리지 않고 형을 죽이고 형수를 차지하려는 마음을 품었다는 건데, 그렇다면

용재삼필 권5

---

1 李覯(1009~1059) : 북송의 철학자·사상가·교육자·개혁가. 자 태백泰伯, 호 우강선생盱江先生. 강학으로 생계를 꾸리자 수많은 학생이 몰렸다고 한다. 한·당 시기 학자의 구설에 얽매이지 않고 자기 의견을 과감하게 밝혔다. 일시에 유학의 으뜸이 되었다.

2 呂南公 : 북송의 유학자. 자 차유次儒. 자호 관원선생灌園先生. 건창建昌 남성南城(지금은 강서성 소속) 사람.

3 사마광司馬光은 「의맹疑孟」을, 이구李覯는 「비맹非孟」을 지었다.

4 『맹자·만장장구상萬章章句上』에 수록된 내용이다. 순의 부모는 늘 순을 죽이려 했다. 순에게 창고를 수리하게 하고는 사다리를 치운 다음 고수가 창고에 불을 지르기도 했고, 순에게 우물을 파도록 하고 나오지 못하도록 우물을 덮어버렸다. 순의 이복동생인 상은 순이 우물 속에서 죽었으리라 생각하고, 부모에게 이 모든 것이 자기 공이라 자랑까지 하였다. 그리고 순의 처소에 들어갔는데 순은 거문고를 타고 있었다. 상은 '울적하여 군을 생각하였습니다'라고 변명하였고, 순은 '이 신하들을 네가 나를 대신하여 다스리라'고 하였다.

이는 조정에 더 이상 기강과 법제가 없다는 말이다!

육예六藝는 공자에 의하여 정리되었는데, 사방의 부족 수령들이 순을 추천하면서 원래 다음과 같이 말했다.

> "고瞽의 아들입니다. 부친은 완고하고, 모친은 말이 많고, 상象은 오만한데, 순은 화합을 이루어 효도를 다했고 두터이 덕망을 쌓아 간악해지지 않았습니다."[5]

그렇다면 요가 순을 시험 등용할 때 완고한 자와 오만한 자는 이미 바로잡혔다는 것이다. 순이 제위에 오른 뒤 우禹에게 명하여 유묘有苗를 정벌하라고 하자 익益이 말했다.

> "제帝께서 예전에 역산歷山에 계실 때, 밭에 가서 날마다 하늘에 외치고 흐느끼면서 부모가 죄를 짓고 악행을 저지른 것을 구원해달라고 했고, 나중에 고수를 만나서 조심스럽고 두려워하는 모습을 보이자 고수 역시 그의 말을 따랐습니다."[6]

이미 그의 말을 따랐다고 했는데, 어찌 다시 죽이려는 마음을 품었겠는가! 사마광이 구남九男과 백관百官의 말을 인용하며 답한 것[7]들도 익益이 우禹를 찬미한 말보다 못하다. 그러므로 상세하게 기술하여 아들과 조카들에게 보여주려 한다.

사마천의 『사기』와 유향의 『열녀전』은 『맹자』의 내용을 그대로 답습하고 자세히 살피지 않은 것이다. 고수가 사람을 죽였는지 도응桃應[8]이 물어본 것과 같은 경우, 비록 유사한 의문을 설정하여 답변을 부탁한 것이지만

- -

5 『상서·요전』.
6 『상서·대우모』.
7 사마광은 「사염史剡」이라는 글에서, 요가 자신의 아홉 아들과 두 딸을 순에게 보내어 순을 섬기게 하고 백관과 소와 양을 갖추어 순을 봉양하게 했는데도, 고수가 수차례 순을 살해하려 했던 일은 이치상 맞지 않다는 의심을 제기하며, 맹자가 이를 믿었다는 것은 지나친 것이고, 후세 사람들이 이를계승하여 사실이라 여긴 것 또한 지나침이 심하다고 했다.
8 『맹자·진심상』.
   ○ 도응이 맹자에게 순이 천자가 되고 고요가 법관이 되었는데, 고수가 사람을 죽이면 어떻게 하였을지를 묻자 맹자는 고요는 법을 집행할 것이고, 순은 법의 집행을 막을 수 없겠지만, 순은 고요가 법을 집행하기 전에 아버지를 업고 멀리 도망갈 것이라 대답했다.

용재수필

120

역시 근거 없는 말이라고 할 수 있다. 맹자가 대답을 거부한 것은 그럴 수 있지만, 재삼 고수를 위해 해명한 것은 후학들의 의혹을 불러일으킨다.

2. 공자의 정명 孔子正名

자로子路가 물었다.

> "위衛나라 군주가 선생님을 맞이하여 정치를 맡기신다면, 선생님께서는 가장 먼저 무엇을 하시겠습니까?"

공자는 대답했다.

> "기필코 정명正名을 하리라!"

자로가 다시 물었다.

> "선생님께서는 실정과 너무 먼 듯합니다. 어찌 그것이 바르게 될 수 있겠습니까?"

공자는 그가 너무 무례하다고 조목조목 책망했다.

당시 공자는 위나라에 있었는데, 이 때는 첩輒이 군주였을 때로 공자는 이곳에서 가장 오랫동안 머물렀다. 이는 그가 부친에게 항거하여 왕위를 찬탈했기 때문에 이를 바로잡으려고 한 것으로 그 뜻이 아주 분명하다.

그러나 공자가 진晉에 가려고 했을 때, 진의 조간자趙簡子가 두명독竇鳴犢을 죽였다는 소식을 듣고는 황하까지 갔다가 도로 돌아오면서, 그가 아무 죄도 없는데 사士를 죽였다고 했다.

증자는 마을의 명칭이 '승모勝母'라고 하자 들어가지 않았고, 묵자는 읍邑 명칭이 '조가朝歌'라고 하자 수레를 돌렸다. 읍과 마을의 명칭이 좋지 않은데도 두 현인은 떠났거늘, 일세의 성인으로 인정되는 사람이 어찌 부모를 업신여기는 나라에 머물려고 하겠으며 불효한 군주를 모시려고 했겠는가! 이는 생각해보면 알 수 있는 것이다. 공자가 지나는 곳은 교화되어, 시키지 않아도 행해지고 말하지 않아도 신임을 얻었다. 위왕 첩이 공자를 등용하여 집정하게 한다면 첩은 변화되지 않을 우둔한 사람이 아니다. 만약 공자를 등용한다면 공자는 분명 천리天理로 위왕을 인도하여 올바른 길로 돌아가게 했을 것이니, 위왕이 왼쪽 자리를 비우고 마차를 몰고 가 부친을 맞아들이게 하는 것도 어렵지 않았으리라! 그렇다면 명의名義에 보탬이 되는 것이 어찌 크지 않으리오! 이 때문에 차마 즉시 떠나지 못하고 기다린 것이다. 자신을 등용하지 않게 되어서 이에 탄식하며 노나라로 돌아온 것이다. 그렇다면 위왕 첩의 무지하고 완고하고 패덕하고 난잡함이 천지 사이에서 달아날 곳이 없을 지경이었던 것이다. 자로는 성인의 말을 자세히 음미해보지 못하고 아집과 미혹을 깨닫지 못하여, 결국 그 때 난리에 죽기에 이른 것이다. 애석하다!

3. '潛火잠화'에서 글자 오류 潛火字誤

지금 사람들이 '잠화潛火'란 글자를 쓴다. 예를 들면 '잠화군병潛火軍兵', '잠화기구潛火器具' 등과 같은 경우로, 그 뜻이 '막다'라고 한다. 그러나 전적을 살펴보면 마땅히 '熸잠'으로 써야 한다.

『좌전·양공襄公 26년』, "초나라 군사가 대패하여 왕은 부상당하고 군대는 궤멸했다楚師大敗, 王夷師熸]고 했다. 「소공昭公 23년」, "자하子瑕가 세상을 떠나자 초나라 군대는 의기를 상실했다子瑕卒, 楚師熸]고 했다. 두예杜預는 여기에 모두 주를 달면서 "오·초 사이에서는 불이 꺼지는 것을 '熸잠'이라고 한다"고 했다.

『석문釋文』을 보면, 발음은 '子자'와 '潛잠'의 반절이요, 불이 꺼진다는 뜻이라고 했다. 『예부운략禮部韻略』에서는 '將장'과 '廉렴'의 반절이요, 모두 '殲섬'의 발음처럼 하면 된다고 했다. 그렇기 때문에 '熸火잠화'라고 해야 한다는 것을 알게 되었다.

4. 영흥군의 천서 永興天書

진종 대중상부大中祥符[9] 연간에 있었던 천서天書 사건은 아첨을 일삼는 신하에게서 시작된 것으로, 전혀 언급할 가치가 없다. 그런데 구준寇準이 영흥군永興軍에서 일하고 있을 때 주능朱能의 사기를 믿고 역시 이 거사에 참여한 적이 있다. 부름을 받아 궁에 들어가 다시 재상의 자리에 오를 수는 있었지만, 그것이 뇌주雷州로 폄적되는 화를 불러오고 명망과 덕행이 쇠하여졌으니, 참으로 애석한 일이다!

진종 천희天禧[10] 연간 실록을 보면 다음과 같다.

> 주회정周懷政은 간악한 주능의 무리와 함께 영명靈命[11]을 위조하여 황제의 은총을 받을 것을 도모하며, 또 날마다 약물을 바쳤다. 재상 왕흠약王欽若은 그들의 망령된 언행을 여러 차례 언급하고 또 은밀하게 간언하기도 하였다. 주회정은 죄를 얻을까 두려워 무고하여 헐뜯으며, '도사 초문이譙文易를 체포하십시오. 금서禁書를 쌓아두고, 신통술을 부리는데, 왕흠약이 평소 그와 아는 사이입니다'라고 했다. 그래서 왕흠약은 재상에서 파직되었다.

주능과 관련된 일은 왕흠약이 구준이 입궁하는 것을 저지하려고 했던 것이며, 왕흠약이 간언을 한 것은 전혀 그렇지 않다고 볼 수 있다. 만약 구준과 대적하는 것이 아니었다면 왕흠약은 진작에 두 팔 걷어 부치고 주능 무리와 한 패가 되었을 것이다. 『천희실록』은 아마도 왕흠약이 재상으로 발탁되던 날 진상된 것으로 보인다. 그래서 찬미가 넘쳐난 것이니 어떻게 후인의 공의公議를 막을 수 있을까!

5. 왕부와 혜소 王裒嵇紹

곤鯀의 죄를 물어 순舜은 곤을 죽이고, 곤의 아들 우禹를 등용했다. 곤의

---

9 大中祥符 : 북송 진종시기 연호(1008~1016).
10 天禧 : 북송 진종 때의 연호(1017~1021).
11 靈命 : 천명天命. 하늘 또는 신령의 뜻을 지칭한다.

죄는 죽어 마땅하여 순이 천하의 공의公議를 따라 주벌하였으니, 그러므로 우는 감히 원망하지 않고 결국 치수의 공으로 부친의 죄악을 덮었다.

위魏나라 왕부王裒[12]·혜소稽紹[13]는 부친이 비명횡사했다. 왕부의 부친 왕의王儀[14]는 사마소司馬昭(진 문제) 밑에서 안동사마安東司馬를 지내다가 말을 잘못하여 해를 당하였기에, 왕부는 종신토록 서쪽을 향하여 앉지 않았다. 혜소의 부친 혜강稽康은 위魏나라 신하였다. 종회鍾會가 사마소에게 혜강을 참소하였는데, 사마소는 때마침 위나라 찬탈을 도모하고 있었기에, 내심 혜강을 꺼려하여 주살하기에 이르렀다. 혜소는 진晉 무제 때 벼슬하여 혜제를 위하여 절의를 다하다 죽기에 이르렀다. 혜소가 부친을 섬긴 것은 왕부보다 한참 떨어진다! 사마광은 『자치통감』에서 혜소가 탕음蕩陰에서 왕을 위해 충성을 다한 것을 절취하여 실었지만, 말할 거리가 못된다.

6. 「장영전」 張詠傳

충정공忠定公 장영張詠[15]은 일대 위인이요 촉蜀에서의 치적은 더더욱 탁월하다. 그러나 『실록』에 실린 내용은 전혀 그것에 미치지 못하니, 그저 이렇게만 기록되어 있다.

· ·

12 王裒(?~311) : 서진의 학자. 자 위원偉元, 성양城陽 영릉營陵(지금의 산동 창락昌樂) 사람. 부친 왕의王儀가 사마소에게 피살되어, 서진의 신하가 되지 않고, 아무리 불러도 나가지 않았다.

13 稽紹 : (253~304) : 진晉의 대신. 자 연조延祖. 초국譙國 질현銍縣(지금의 안휘 숙주宿州) 사람. 그의 부친이 죽림칠현 중 하나인 혜강稽康이다. 8왕의 난 때 헌신적으로 진 혜제惠帝를 보위하다 죽어, 진나라에서 충신으로 숭앙했다.

14 王儀 : 왕부王裒의 부친으로, 기개와 절의가 높았다. 문제(사마소) 때 사마司馬 직책에 있었는데, 동관東關 전투에서 문제가 "최근 전세가 불리한데, 이 책임을 누가 져야 하나?"라고 묻자, 왕의가 "이는 마땅히 원수의 잘못이옵니다"라고 대답하여, 문제가 대노하여 "사마께서는 설마 제게 죄를 뒤집어씌우시려는 겁니까!"라고 하고, 결국 그를 끌고 나가 참수하게 했다.

15 張詠(946~1015) : 북송 초의 문신. 자 복지復之, 자호自號 괴애乖崖. 복주濮州 견성鄄城(지금의 산동성) 사람이다. 태평흥국太平興國 연간에 진사가 되어, 추밀직학사에 여러 차례 발탁되었으며, 진종眞宗 때에 예부상서가 되었다. 시문이 모두 뛰어나다는 평가를 받았다.

익주益州 지주로 나갔다가 병부낭중이 더해지고, 경사로 들어와 호부상서가 되었다. 나중에 마지절馬知節이 익주에서 연주延州로 옮기게 되었는데 대신할 후임자를 구하기가 어려웠다. 조정에서는 장영이 이전에 촉에 있었고 도적을 물리친 후 백성을 편안히 하는 데 노고가 있으며, 행정이 현명하고 엄숙하여 먼 지역 백성이 편안해졌다고 보았기 때문에, 특별히 다시 임명한 것이다.

『송사』 본전의 내용도 대략 같은데, 초안사招安使 상관정上官正[16]에게 출병을 재촉한 일 한 가지를 추가로 기술했을 뿐이다. 『실록』과 『송사』 본전은 모두 그가 진주陳州 지주知州로 있을 때 사업을 경영한 것을 비난하였다. 아울러 주위周渭·양정梁鼎 등 다섯 사람과 함께 전傳을 편집했는데, 특히 잘못된 것이다.

한기韓琦[17]는 장영의 신도비에서 이렇게 언급했다.

공은 남다른 호걸의 재능으로 시대를 만나 스스로 분발하여 귀신같은 지략을 펼치고 공훈과 업적이 혁혁하여 당세를 진동시켰으니, 참으로 한 시대의 위인이다.

도주道州에서 판각한 서첩에 장영이 담목潭牧에게 보낸 서신이 한 장 실려 있는데, 왕안석이 뒤에 발문을 썼다.

충정공이 세상을 떠난 지 오래건만 사대부가 지금까지 칭송한다. 공처럼 강의剛毅하고 정직하여 세상에 공로를 남긴 사람이 적어서가 아니겠는가!

문언박文彦博이 말했다.

"내가 촉에 부임하여, 충정공의 상像을 보고 그가 베푼 사랑이 백성들에게 여전히 남아 있음을 알고 매우 흠모하며 탄복했다."

황고黃誥는 말했다.

"공의 유풍과 공적이 이와 같은데 재상에 오르지 못했다. 그러나 충정공과 같은

16 上官正(936~1007) : 자 상청常淸. 개봉開封 사람이다.
17 韓琦(1008~1075) : 자 치규稚圭. 호는 공수贛叟, 상주相州 안양安陽 사람이다.

125

재능이 있다면 재상의 지위가 없다 한들 공에게 무슨 손해이겠는가! 재상의 지위가 있고 충정공과 같은 재능이 없으면 재상이 무슨 소용이 있겠는가! 공은 비록 연로하여 세상을 떠났지만, 재능과 재상의 자리를 어찌 바꾸려 하겠는가!"

네 사람의 말을 보면, 역사가가 감추어진 미덕을 발굴하지 못하면 역사가의 소명을 저버리는 것이다.

7. 비색 자색 조복 빌려 입기 緋紫假服

당 선종宣宗은 복식을 매우 중요시했다. 우총牛叢이 사훈원외랑司勳員外郎에서 목주자사睦州刺史로 발령이 나자 황제가 자색紫色 복장을 하사했다. 우총은 감사를 표하고 앞으로 나아가 "신이 입고 있는 비색緋色 조복은 자사가 빌려준 것입니다"라고 말했다. 황제는 서둘러 말했다.

　"그럼 비색 옷을 하사하지."

그렇다면 당대의 제도에서는 빌려서 입는 옷을 왕 앞에서 입을 수 있었다는 말인데, 송대의 제도는 대궐에서는 빌린 옷을 입는 것을 허용하지 않았다.
효종 건도乾道 2년(1166), 나는 기거사인起居舍人으로 시립하고 있다가 조회하러 들어온 절서로제점형옥浙西路提點刑獄 요헌姚憲[18]을 대면했는데, 금어金魚가 수 놓아진 자포紫袍 복장이었다. 물러나는데 어느 합문 관리가 뒤따라가 뭐라고 소곤거렸다. 이틀 뒤 요헌이 평강平江으로 돌아간다고 작별 인사를 하러 왔는데, 비포緋袍를 입고 있었다. 나는 의문이 들어서 지합知閤 증적曾覿[19]에게 물었다.

　"듣자 하니, 임안지부臨安知府와 본로本路 감사監司는 모두 빌린 조복 입는 것을 허용한다는데, 요헌이 지난번에는 자색을 입고 오늘은 비색을 입은 것은 어찌

18　姚憲(1119~1178) : 자 영칙令則, 회계 승현嵊縣(지금의 절강성 승주) 사람이다.
19　曾覿(1109~1180) : 자 순보純甫, 변경汴京(지금의 하남성 개봉) 사람이다.

된 것이오?"

증적이 말했다.

> "주현州縣을 감찰하는 장관 중 수도에 사무실이 설치된 경우만 자색 조복을 입는
> 것을 허용하니, 조운대신漕運大臣[20]이 그 예입니다. 외지 군郡을 감찰하는 장관에
> 게는 허용하지 않습니다. 지난번 요헌이 실수로 자색 옷을 입었는데, 알현을 담
> 당한 관리가 미리 알려주지 않은 것이기에 그 관리는 이미 처벌했고 또한 공문에
> 적어서 알게 하였습니다. 그렇기에 오늘은 본래 색인 비색을 입고 입궐할 수 있
> 었습니다."

요헌은 자세히 살피지 않아서 실수한 듯하다. 그러나 관리의 공과를
살피는 법령이 외부로 발표되지 않아 스스로 알기에 역시 어려움이 있다.
문혜공文惠公[21]은 휘주徽州 지주知州가 되던 날 자색 조복을 빌려 입었는데,
강동제거상평江東提擧常平으로 임명될 때에는 임명장만 전달받고 조복은 받지
못했다. 일찍이 빌렸던 사람은 예전처럼 빌려준다고 나는 들었다. 낭관
설량붕薛良朋[22]과 말을 하면서, 빌리는 규정을 고치라고 근거를 제공해주었다.
후에 강서江西에서 전운판관轉運判官 장견張堅[23]이 비색緋色 옷을 입고 있는 것을
보았는데, 장견은 천주泉州 지주를 지낸 적이 있으므로 자포紫袍를 입어야
했다. 내가 이전 설을 거론하니 장견은 기뻐하면서 업적 보고를 했는데,
얼마 후 허용하지 않는다는 조치가 부부部符에서 내려와, 그 까닭을 따지니
다음과 같이 말했다.

> "지주가 자색 옷을 빌리는 것은 본로로 나가는 경우에 한하고, 운판·제거라도
> 모두 처음처럼 하며, 다른 로路로 갈 때에는 안 된다."

결국 법을 알 수가 없으니, 어떻게 말해야 하겠는가! 만약 일찍이 지주

---

20 漕運大臣 : 조운 관련 업무를 맡은 신하이다.
21 文惠公 : 홍매의 장형 홍적洪適을 말한다.
22 薛良朋(1116~1185) : 자 귀익貴益 또는 계익季益. 서안瑞安 백문白門(지금의 구해甌海) 사람이다.
23 張堅 : 자 적도適道. 제기諸暨 사람이다.

· 지부知府여서 자복을 빌릴 수 있다면, 이후 지군知軍 · 지주여도 역시 복장을 빌릴 수 있어야 하며, 본로와 타로를 구분하면 안 된다. 최근 오일吳鎰[24]이 침주郴州 지주에서 제거호남다염提擧湖南茶鹽으로 임명되어 결국 자색 복장을 빌렸으니, 바로 이전의 사례를 따른 것이다.

8. 추밀 명칭 변경 樞密名稱更易

송나라 조정에서 추밀樞密이라는 명칭을 정하면서, 장관이 추밀사樞密使이면 부장관은 추밀부사樞密副使라고 하고, 장관이 지원知院이면 부장관은 동지원同知院이라고 했다. 이를테면 시우석柴禹錫이 지원知院이고 상민중向敏中이 동지원同知院이었는데, 조빈曹彬이 추밀사樞密使가 되자 상민중은 추밀부사樞密副使로 바뀌었다. 왕계영王繼英이 지원知院이고 왕단王旦이 동지원同知院이고 이어서 풍증馮拯 · 진요수陳堯叟 역시 동지同知에 임명되었는데, 왕계영이 추밀사樞密使가 되자 풍증 · 진요수도 첨서원사簽書院事로 바뀌고 추밀부사樞密副使와 같은 혜택을 받았다. 왕흠약王欽若 · 진요수가 지원知院이고 마지절馬知節이 첨서원사簽書院事였는데, 왕흠약 · 진요수가 추밀사樞密使가 되자 마지절도 추밀부사로 바뀌었고, 그 후 마지절이 지원知院이 되자 임중정任中正 · 주기周起가 동지원同知院이 되었다.

신종 희녕熙寧 초, 문언박文彥博 · 여공필呂公弼은 이미 추밀사가 되었는데 진승지陳升之는 정원 초과로 인해 잠시 정체되었고, 왕안석은 진승지의 정체로 인해 다시 추밀부에 들어갔다가 결국 지원知院으로 임명되었다. 지원과 추밀사를 동시에 설치하는 것은 예전의 사례가 없었다. 왕안석의 의도는 문언박이 추밀원에 들어가는 것을 저지하려는 것이었다. 소흥 연간 이래 한세충韓世忠 · 장준張俊만 추밀사가 되고 악비岳飛는 추밀부사가 되었다. 이후 추밀사 임명이 참으로 많아졌지만 부장관직은 동지同知만 남고 임명된 사례 또한 없었다.

24 吳鎰 : 자 중권仲權. 임천臨川 사람이다.

또 추밀사를 재상과 같은 반열로 보았는데, 효종 건도乾道 연간에는 관직이 난잡해져서 추밀부사가 도리어 동지원의 밑이 되게 하였으니, 그런 경우는 들어 본 적이 없다.

9. 품계 부풀려 부르기 過稱官品

사대부가 과분하게 직함을 부르며 서로 높여주는 것이 나날이 더욱 심해진다. 내가 예전에 문관 학사·무관 대부의 속담 내용을 기록한 적이 있는데, 지금은 또 그렇지 않다. 『천성직제天聖職制』에 따르면, 내외문무관은 사람들이 관위와 품계를 과분하게 부르는 것을 허용하지 않으며, 절도사·관찰사는 비록 검교관檢校官으로 아직 태부太傅에 이르지 않았을지라도 태부라고 부르는 것을 허용하고, 방어사防禦使에서 횡행사橫行使에 이르기까지 태보太保라고 부르는 것을 허용하고, 사사司使는 사도司徒라고 부르는 것을 허용하고, 막부 직함으로 관위가 같으면 본관本官이라고 부르고, 녹사참군錄事參軍은 도조都曹로 부르고, 현령은 장관長官이라고 부르고, 판사判司·부부簿·위尉는 평사評事로 부른다고 한다. 태부·태보·사도司徒는 모두 본래 한 때 같은 등급의 검교檢校가 거느리던 관직이라고 한다.

이후 법령에는 이런 류의 글이 더 이상 없었다. 이로써 과분하게 직함을 부르며 서로 높여주는 기풍이 더욱 치열해져 조정하고 정리하여 싹 바꾸는 것을 허용하지 않았다.

10. 인종의 후사 세우기 仁宗立嗣

소식蘇軾이 「범촉공묘지范蜀公墓志」에서 말했다.

인종仁宗께서 즉위하신 지 35년 동안 후계자가 없었는데, 가우嘉祐[25] 초 병에 걸리

25 嘉祐 : 송 인종仁宗 때의 연호(1056~1063).

셔서 조정 안팎에서 근심과 걱정이 이만저만 아니었다. 공이 홀로 상소하여, 종실에서 현명한 인물을 선택하여 남다른 예물로 대우하여 후계자로 세워 천하의 민심이 안정되게 해달라고 말했다.

범진范鎭은 모두 열아홉 차례나 상소문을 올렸다고 하는데, 원우元祐[26] 초에 이르러 한유韓維가 진언하여 후계자 세우는 논의를 처음 시작하게 되었고, 그 후 대신들이 계속 이어 상소하여 논의할 수 있었다.

「사마온공행장司馬溫公行狀」에서 다음과 같이 말했다.

> 지화至和 3년(1056), 인종의 건강이 안 좋아지기 시작했는데, 후계자가 아직 정해지지 않아 천하가 근심에 쌓였지만 감히 말을 꺼내지 못했다. 오직 간관 범진范鎭이 처음으로 논의를 일으켰고, 그 때 병주통판并州通判이던 사마광이 이 소식을 듣고 범진을 이어 상소를 올렸다.

지화至和 3년(1056) 9월에 가우嘉祐 원년으로 연호를 바꾸었는데, 정유년이었다.

그런데 이에 앞서 황우皇祐 5년(1053) 갑오년에 건주建州 사람 태상박사 장술張述이라는 사람이 후계자가 세워지지 않았다는 이유로 상소하여 말했다.

> 폐하의 춘추가 마흔 넷이온데 종묘사직을 이을 사람이 아직 정해지지 않았습니다. 의심을 하면서 결정하지 않는 것은 효孝가 아닙니다. 신하들이 피하기만 하고 말을 꺼내지 않는 것은 충忠이 아닙니다. 바라옵건대, 종친 중 재능 있고 현명한 자를 선택하여 남달리 대우를 해주고 직무를 맡겨보셔서 안팎으로 하여금 황상皇上의 마음이 누구에게 있는지 알게 하옵소서.

장술은 지화 2년(1055) 병신년에 또 상소문을 올렸다. 그는 모두 일곱 차례 상소하였는데 마지막에 올린 상소문의 내용은 가장 격렬했다. 장술이 후계자에 대해 논의하며 상소문을 올린 것은 범진·사마광보다 이전인데, 당시 나중에도 그가 올린 상소문에 대해 아는 사람이 없으니, 애석한 일이다!

26 원우元祐(1086~1094)는 철종 연호여서, 오류가 있는 듯하다.

11. 낭관 인원수 郎官員數

광종光宗 소희紹熙 4년(1193) 겨울 경성에서 객이 찾아와 자기가 초록한 『반조록班朝錄』 한 편을 가져와서 보여주었는데, 조정 인사의 관직 성명이었다. 읽어보다가 상서랑 조목에 이르렀는데, 정원正員이 겨우 네 명이고 기타 임시 임용된 사람도 역시 예닐곱 명뿐이었다. 이로 인해 고종 소흥 29년(1159) 내가 이부·예부에 있을 때 생각이 났다. 같은 사무실에 있었던 낭관이 20명이었고 모두 정관正官이었다. 지금 이미 낭관은 감사監司·군수郡守를 거친 사람으로 한정하고 있어, 관직館職 및 사감寺監·승丞에 임용된 사람은 이 자리에 임명될 수 없다. 외지에서 초빙 등용된 사람은 자질과 급수가 이미 높아, 몇달 지나지 않아 반드시 경卿·소경少卿으로 옮겨갔다. 이로 인해 낭관에 있는 사람이 더욱 적어졌다.

휘종 정화政和[27] 말년에는 낭관 인원이 지나치게 넘쳐서, 55명에 달했다. 시어사 장박張樸[28]이 대전에 오르자 휘종이 그에게 낭관에 대하여 논해보라 하여 물러나 상소를 올렸는데, 16명을 탄핵하는 내용으로, 대략 다음 내용이다.

> 재능과 인품이 매우 낮고 행실이 비열하고 지저분한 자로는 왕사심汪師心같은 자가 있고, 성품과 자질이 용렬하고 우유부단하고 아첨을 일삼아 잘 보이기만 하려는 자로는 황원黃顯과 왕희단汪希旦같은 자가 있습니다. 천박하고 허황되고 조급하고 경망하여 서리들로부터 업신여김당하는 자로는 이장李莊같은 자가 있고, 경박 나태하고 말이 많아 시끄럽고 태만하여 직무를 돌보지 않는 자로는 이양李揚같은 자가 있습니다. 쓸모도 재능도 없으면서 걸핏하면 화를 내는 자로는 성제成禔같은 자가 있고, 재능이 하잘것 없어 애초부터 취할 점이 없는 자로는 장고張高같은 자가 있습니다. 의지와 기개가 쇠락하여 일을 맡기기 어려운 자로는 상괴常瓌같은 자가 있고, 큰소리만 뻥뻥 치는데 합당한 건 하나 없고 황당하고 괴이하여 실상과 거리가 먼 자로는 양자회梁子誨같은 자가 있습니다. 자질과 명망이 너무 가벼워서 인재라고 논하기에 충분하지 않은 자로는 섭춘葉椿과 당작구

27 政和 : 북송 휘종徽宗 때의 연호(1111~1117).
28 張樸 : 자 견소見素. 요주饒州 덕흥德興 사람이다.

131

唐作求唐作求·오직부吳直夫·장근章芹·이여권李與權·왕량흠王良欽·강휴보强休甫같은 자가 있습니다. 모두 파직시킬 것을 청합니다.

황제는 이 상소를 받아들였다.

한때의 평가가 꼭 모두 타당한 것은 아니지만, 이 16명은 이후에도 입신출세하지 못했다. 지금 낭관의 인원수를 보면 이렇지 않았다. 진회는 재상의 자리에 오래 있으면서 사대부가 조정에 있는 것을 원하지 않았으며, 말년에는 더욱 심했다. 24사司에서 오직 형부刑部에만 손민수孫敏修 한 사람이 있고 나머지는 모두 겸직이며, 이부吏部 7사司는 모두 주관고원主管告院 장운張云에게 관리를 맡기기에 이르렀고, 병부兵部·공부工部 8사司는 시주부寺主簿 한 사람이 관리하도록 하였다. 또한 괴이한 일이다!

12. 백거이를 사모한 소식 東坡慕樂天

소식은 문책으로 폄적되어 황주黃州[29]에서 기거하면서[30] 자칭 동파거사東坡居士라고 하기 시작했다. 그 뜻을 자세히 살펴보면, 오로지 백거이를 사모하여 그런 듯하다. 백거이의 「동파종화東坡種花」 시 두 수가 있다.

돈 갖고 가서 꽃나무 사다,	持錢買花樹,
성 '동파'(동쪽 언덕)에 심다.	城東坡上栽.
봄 저물어가는 '동파'(동쪽 언덕),	東坡春向暮,
수목은 지금 어떠할까?	樹木今何如?

또 「보동파시步東坡詩」가 있다.

아침에도 '동파'(동쪽 언덕) 올라가 거닐고,	朝上東坡步,
저녁에도 '동파'(동쪽 언덕) 올라가 거닌다.	夕上東坡步.

. . . .

29 黃州 : 지금의 호북성 황강黃岡.
30 소식은 신종 원풍(1078~1085) 연간에 황주 단련부사團練副使로 폄적되었다.

'동파'(동쪽 언덕) 무엇이 좋은가?　　　　　　　東坡何所愛?
새로 심은 나무라네.　　　　　　　　　　　愛此新成樹.

「별동파화수시有別東坡花樹詩」도 있다.

남 몰래 자꾸만 고개 돌리게 하는 곳 어디일까?　何處殷勤重回首?
'동파'(동쪽 언덕) 새로 심어 자란　　　　　　東坡桃李種新成.
　복숭아와 오얏 있는 곳이라네.

　　모두 충주자사 때 지은 것이다. 소식이 황주에 있을 때가 바로 백거이
가 충주에 있을 때와 너무 흡사하다. 소식 시를 한 번 살펴보자.

「증사진이도사贈寫眞李道士」[31] :
　다른 때 집현원 사람 꼽으라면,　　　　　　他時要指集賢人,
　향산 노거사만 알 뿐일세　　　　　　　　知是香山老居士.

「증선상정걸贈善相程傑」 :
　나는 백낙천과 같으니 자네 기억하길,　　　我似樂天君記取,
　허연 머리에도 낙양의 봄을 두루 감상했다네.　華顚賞遍洛陽春.

「송정의숙送程懿叔」[32] :
　나는 백낙천과 매우 닮았는데,　　　　　　我甚似樂天,
　다만 번소樊素와 소만小蠻[33]이 없구나.　　但無素與蠻.

「입시이영入侍邇英」[34] :
　마침 향산의 노거사처럼,　　　　　　　　定似香山老居士,
　세상 인연 결국 얕고 도의 뿌리는 깊어라.　世緣終淺道根深.

「입시이영入侍邇英·발문跋文」 :
　백낙천은 강주江州 사마에서 충주자사로 임명되고, 얼마 후 주객낭중지제고主客郎

31 원제는 「贈李道士」이다.
32 원제는 「次京師韻送表弟程懿叔赴夔州運判」이다.
33 백거이의 여인 번소樊素는 노래를 잘 불렀다고 하고, 소만小蠻은 춤에 능했다고 한다.
34 원제는 「軾以去歲春夏, 侍立邇英, 而秋冬之交, 子由相繼入侍, 次韻絶句四首, 各述所懷」
　　이다.

中知制誥가 되었다가, 드디어 중서사인中書舍人에 임명되었다. 내가 비록 감히 백낙천에 비교되지는 못하겠지만, 그러나 황주에 폄적되어 머물고, 문등文登[35] 지현으로 기용되고, 의조儀曹[36] 관원으로 호출되고, 드디어 시종의 자리가 더해졌다. 벼슬하고 물러나고 청년시절 노년시절 경력이 대략 비슷하니, 만년 한적했던 즐거움을 다시 누릴 수 있기 바란다.

「거항주去杭州」[37] :

세상에 나서고 물러섬이 백낙천과 아주 비슷하니,　　　　出處依稀似樂天,
쇠잔하고 노후함도 이전의 현인과 같으리라　　　　　　敢將衰朽較前賢.
　　감히 견줘본다.

「거항주去杭州 · 서序」 :

내 스스로 느끼기에 평생 벼슬하고 물러나고 청년시절 노년시절 경력이 대략 백낙천과 비슷하다.

그렇다면 소식이 백거이를 우러러 사모한다고 말한 것이 한 두 번이 아니니, 동파東坡란 명칭이 우연히 백거이 시의 내용과 맞아떨어진 게 아니다.

13. 「박계행」 縛雞行

두보는 「박계행縛雞行」에서 다음과 같이 읊었다.

마당쇠가 시장에 내다 팔려고 닭을 묶고 있어,　　　　小奴縛雞向市賣,
닭은 포박을 당하니 다급하여 꽥꽥댄다.　　　　　　　雞被縛急相喧爭.
닭이 집안 벌레와 개미를　　　　　　　　　　　　　家中厭雞食蟲蟻,
　　다 먹어버리는 것이 밉다 하나,
닭을 팔면 닭 또한 삶아지리란 것은 모르는가.　　　　不知雞賣還遭烹.

. . . .

35 文登 : 등주登州, 지금의 산동성 봉래蓬萊로, 경내에 문등산文登山이 있다. 철종이 즉위했을 때 소식을 등주 지부로 임명했다.
36 儀曹 : 예부.
37 원제는 「予去杭十六年而復來, 留二年而去. 平生自覺出處老少, 粗似樂天, 雖才名相遠, 而安分寡求, 亦庶幾焉. 三月六日, 來別南北山諸道人, 而下天竺惠淨師以丑石贈行, 作三絕句」이다.

용재수필

벌레든 닭이든 사람에게 뭐가 좋고 안좋을까?　　蟲雞於人何厚薄?
나는 마당쇠더러 묶은 걸 풀어주라 꾸짖었다.　　吾叱奴兒解其縛.
닭이든 벌레든 무엇이 득이고 실인가 몰라,　　雞蟲得失無了時,
차가운 강물 바라보며 산각山閣에 기댄다.　　注目寒江倚山閣.

이 시는 참으로 좋은 논의 거리이고, 그 구성의 절묘함은 다른 사람이 따라올 수 있는 경지가 아니다. 내 친구 이덕원李德遠이 「동서선행東西船行」을 지었는데, 순전히 그 뜻을 차용한 것이었다. 내게 보여준 시는 다음과 같다.

동선東船은 바람 만나 돛 높게 올리고,　　東船得風帆席高,
가벼운 기러기 깃털처럼　　千里瞬息輕鴻毛.
　천리 길을 순식간에 달려왔다.
서선西船은 웃음거리 되어　　西船見笑苦遲鈍,
　느리고 둔한 걸 괴로워하며,
백 길 높은 돛대 부러져서 땀 흘리는구나.　　汗流撐折百張篙.
내일 바람 뒤집혀 파랑 남달리 커지면,　　明日風翻波浪異,
서선이 동선을 이처럼 비웃으리라.　　西笑東船卻如此.
동선 서선 그침없이 서로 비웃을 때,　　東西相笑無已時,
나는 그저 내 처세를 천리에 맡기리.　　我但行藏任天理.

이덕원은 이 시를 내게 보여주며 세 번이나 낭송을 하더니 스스로 매우 기뻐했다. 나는 다음과 같이 말해주었다.

　　"뜻은 절묘하고 세련되어 탈태법奪胎法[38]을 거의 터득했다고 할 수 있는데, 다만 '처세를 천리에 맡긴다行藏任理'는 구절과 '차가운 강물 바라본다注目寒江'는 구절을 같이 놓고 볼 수 있을까 염려되는구려."

이덕원은 내 말이 핵심을 정확히 파악했다고 여기고 바꾸려고 고심을 했지만, 끝내 만족스러운 상태까지 도달하지 못했다.

· · · · · · · · · · · · · · · · · · ·
38 奪胎法 : 이전 사람 작품을 본받았으되 흔적이 보이지 않게 하는 창작 방법을 말한다.　　135

14. 옷에 묻은 기름 얼룩 油汙衣詩

내가 열 살 무렵 구주衢州[39] 백사도白沙渡 나루를 지나는데, 강가 주점 허물어진 담벼락에 절구 두 수가 적혀 있었다. 「견낙수犬落水」와 「유오의油汙衣」였다. 「견낙수」는 너무 격이 떨어져서 거론할 필요가 없었지만 「유오의」는 특별히 운치가 있었다.

맑은 기름 한 점 흰 옷에 얼룩져,	一點淸油汙白衣,
얼룩덜룩 의심하게 한다.	斑斑駁駁使人疑.
설령 천 줄기 강물로 모두 씻어낸들,	縱饒洗遍千江水,
당초 물들지 않았을 때와 어찌 같으리오.	爭似當初不汙時.

그 때 이 시가 너무 좋았었는데, 60여 년이 지난 지금도 여전히 잊혀지지 않고 생생하여 여기 이렇게 기록해둔다.

15. 종실 왕을 주살한 북방 오랑캐 北虜誅宗王

고종 소흥 10년(1140) 경신년, 오랑캐 금나라의 군주 단亶은 종실의 왕 72명을 주살하고 한방韓昉[40]이 쓴 조서를 발표했다. 그 내용은 대략 다음과 같다.

주周나라 때는 관숙管叔을 주살한 일이 있고, 한나라 때는 연왕燕王 유택劉澤과 유단劉旦의 사형을 집행하였다. 사면하지 않고 사형을 집행했으나 예로부터 비난을 하지 않았다. 이는 골육 사이에 벌이나 전갈의 독을 품는 일이 없어야 하기 때문이다. 황백皇伯 태사太師 송국왕宋國王 종반宗磐은 선제(태종)의 장자로서, 군

....

39 衢州 : 지금의 절강성 구현衢縣.
40 韓昉(1082~1149) : 금나라의 대신. 자 공미公美. 요나라 천경天慶 2년(1112) 진사제일進士第一이 되고, 건문각대제乾文閣待制를 지낸 다음 금나라에 투항했다. 예부상서禮部尙書를 지내고, 한림학사겸태상경翰林學士兼太常卿으로 옮겼다. 의례儀禮 문제에 참여하였는데 제도를 유지하거나 혁신할 때 그의 의견이 결정적 역할을 했다. 야율소문邪律紹文 등과 함께 국사國史를 편찬했다. 참지정사參知政事가 되고, 운국공鄆國公에 봉해진 뒤 치사致仕했다.

136

주를 업신여기는 역모의 마음을 항상 품고 있었고, 황숙皇叔 태부太傅 연국왕兗國王 종준宗俊과 우왕虞王 종영宗英·등왕滕王 종위宗偉 등은 끊임없이 조급한 욕망을 드러내, 역모가 멋대로 일어나는 것을 조장했다. 거듭거듭 사면을 해주고자 하여 공공의 논의를 벌였지만 정의가 이를 어찌 용납할 수 있겠는가! 무기 하나 동원하지 않고 흉악한 무리를 모두 제거했다. 이미 그들은 모두 각각 죄를 인정하여 징벌을 받았고 아울러 호적에서도 삭제되었다.

광종 소희紹熙 4년(1193) 계축 연간, 지금의 금나라 군주가 그의 숙부 정왕鄭王을 주살하고 조서를 발표했다.

> 짐은 일찍부터 적손嫡孫으로, 선대의 유업을 이어받았다. 황숙皇叔 정무군절도사定武軍節度使 정왕鄭王 윤도允蹈는 부친 항렬에 속하고, 중요한 번진을 맡아 다스렸는데, 흉악한 무리를 은밀하게 끌어들여 함께 모반 계획을 꾸몄다. 스스로 원비元妃의 장자라며 다른 빈 소생인 제후왕들과 다르다며, 나라의 재난을 통해 요행을 바라며 국가의 대권을 넘봤다. 그의 누이 택국澤國 장락공주長樂公主는 같은 모친 소생이라는 정에 이끌리고, 부마도위 당괄포랄唐括蒲剌은 인척이라는 사적 감정에 길들여져, 미리 그 모의를 듣고 함께 가담해 악행을 저질렀다. 연저燕邸의 살륙을 면하게 하고자 잠시 곽린郭都의 감옥에 가둬두었는데, 모두의 의견을 참조하여 크게 경계警戒로 보여주노라. 윤도允蹈 및 그의 아내 변옥卞玉과 아들 안춘按春·아신阿辛 그리고 공주는 모두 자진할 것을 명하며, 관원들은 예법에 따라 시신을 거두어 장례를 치를 것을 명한다. 그리고 모든 것이 수습될 동안 조회를 중지하노라.

종족과 친척 보기를 마치 길을 지나가는 사람과 다를 바 없이 보았다는 점에서 두 가지 사건이 매우 유사하다. 이 해 겨울 예정보倪正父가 사신 임무를 수행하기 위해 갔다가 중산中山에서 묵었다. 그곳은 바로 주살을 시행했던 장소로, 그 사태가 있었던 때와 한 달 기간 차이여서 아직도 피비린내가 코끝을 스치고 유해가 우물에 가득하여 밤새도록 편안히 잘 수가 없었다고 한다.

16. 주와 군의 서원 州郡書院

태종 태평흥국 5년(980), 강주江州 백록동주白鹿洞主 명기明起를 포신현襃信縣

주부主簿로 삼았다. 백록동은 여산廬山 남쪽에 있으며, 학생 수백 명이 모인 적이 있다. 이욱李煜이 남당 황제였을 때 좋은 밭 수십 경頃을 할애하여 그 조세 수입을 백록동 운영 자금으로 지급했다. 태학에서 경서에 통달한 자를 선발하여 백록동 관리를 하면서 날마다 학생에게 강송講誦하게 했다. 명기는 그 밭의 수입을 관官에 편입시킬 것을 건의했고, 그에게는 작위를 주었다. 이로부터 백록동은 점차 폐허가 되었다.

대중상부大中祥符 2년(1009), 응천부應天府 사람 조성曹誠이 초구楚丘[41] 척동문戚同文[42] 구거舊居에 교사校舍 150칸을 짓고 책 수천 권을 모으고 널리 학생들을 데려와서 강습이 매우 성행했다. 부府에서 그 일을 아뢰자 응천부서원應天府書院이라고 사액하는 조서를 내리고 봉례랑奉禮郎 척순빈戚舜賓에게 그 일을 주관하라고 명하고, 아울러 응천부 막직관幕職官 제거提擧에게 명하여 조성을 응천부 조교助敎로 삼게 했다.

송대 건립 이래 천하 주州·부府에 학교가 생긴 것이 이로부터 시작되었다. 그 후 담주潭州에 또 악록서원岳麓書院이 생겼다. 경력慶曆 연간에 이르러 조서를 내려서 각 노路의 주·군에 모두 학교를 세워 교수직을 설치하게 하고, 이른바 서원도 이와 하나로 합하게 했다. 지금 악록서원과 백록서원을 다시 운영하여 각자 인재를 양성하는데, 이에 대한 지원과 예우가 주·군의 학교보다 훨씬 나았다. 최근 파주巴州에도 창설하였으니 이는 한 지방에 두개의 학교를 세운 것이다. 태학太學·벽옹辟雍을 함께 설치하는 것도 안되는데 이는 도의에 맞지 않는 것이다.

17. 하와 한은 동성 何韓同姓

한유는 「송하견서送何堅序」에서 "하何와 한韓은 같은 성姓으로, 가까운 사이

---

41 楚丘 : 지금의 산동성 조현曹縣 동북쪽.
42 戚同文(904~976, 또는 938~1011) : 북송 초기 교육가. 자 문약文約 또는 문균文均. 응천서원應天書院의 창시자이다.

다"라고 했다. 나는 그 설이 어디서 나온 건지 의혹을 품었었는데, 나중에 『사기·주본기周本紀』를 읽어보니 응소應劭가 "『씨성주氏姓注』에서 하성何姓은 한韓의 후손이라고 했다"고 주석을 달았다. 등명세鄧名世의 『성씨서변증姓氏書辯證』에는 이렇게 되어 있다.

> 하씨何氏는 희성姬姓으로부터 나왔고 한원韓原을 식읍으로 하여 한씨가 되었다. 한왕韓王 건建이 진에게 멸망당하고 자손이 진陳·초楚·강江·회淮 사이에 흩어져 살았고, 그 지역에서는 한韓을 하何로 발음하여 소리의 변화를 따라서 하씨가 되었다. 그러나 어디서 나왔는지 상세히 알 수는 없다.

한왕韓王 중 나라를 잃은 사람은 이름이 안安으로, 여기서 말한 건建은 제왕齊王의 이름이다. 등명세가 잘못 기록한 것이다. 내가 후에 손면孫愐의 『당운唐韻』을 보니, "한이 멸망하고 자손이 강·회 사이에 흩어져 살았는데, 한韓을 하何로 발음하여 글자가 음을 따라 변하여 결국 하씨가 되었다"고 하였으니, 등명세가 이것을 인용한 것임을 알게 되었다.

1. 舜事瞽瞍

孟子之書, 上配論語, 唯記舜事多誤, 故自國朝以來, 司馬公、李泰伯及呂南公皆有疑非之說。 其最大者, 證萬章塗廩、浚井、象入舜宮之問以爲然也。 孟子旣自云堯使九男事之, 二女女焉, 百官牛羊倉廩備, 以事舜於畎畝之中。 則井、廩賤役, 豈不能使一夫任其事? 堯爲天子, 象一民耳, 處心積慮殺兄而據其妻, 是爲公朝無復有紀綱法制矣。 六藝折中於夫子, 四岳之薦舜, 固曰:「瞽子。 父頑, 母嚚, 象傲, 克諧以孝, 烝烝乂, 不格姦。」 然則堯試舜之時, 頑傲者旣已格乂矣。 舜履位之後, 命禹征有苗, 益曰:「帝初于歷山, 往于於田, 日號泣于旻天, 于父母, 負罪引慝, 祇載見瞽瞍, 夔夔齋慄, 瞽亦允若。」 旣言允若, 豈得復有殺之之意乎? 司馬公亦引九男、百官之語, 烝烝之對, 而不及益贊禹之辭, 故詳敍之以示子姪輩。 若司馬遷史記、劉向列女傳所載, 蓋相承而不察耳。 至於桃應有瞽瞍殺人之問, 雖曰設疑似而請, 然亦可謂無稽之言。 孟子拒而不答可也, 顧再三爲之辭, 宜其起後學之惑。

2. 孔子正名

子路曰:「衛君待子而爲政, 子將奚先?」 子曰:「必也正名乎。」 子路曰:「子之迂也, 奚其正?」 夫子責數之以爲「野」。 蓋是時, 夫子在衛, 當輒爲君之際, 留連最久, 以其拒父而竊位, 故欲正之, 此意明白。 然子欲適晉, 聞其殺鳴犢, 臨河而還, 謂其無罪而殺士也。 里名勝母, 曾子不入, 邑稱朝歌, 墨子回車。 邑里之名不善, 兩賢去之, 安有命世聖人, 而肯居無父之國, 事不孝之君哉! 是可知已。 夫子所過者化, 不令而行, 不言而信, 輒待以爲政, 當非下愚而不移者。 苟其用我, 必將導之以天理, 而趣反其眞, 所謂命駕虛左而迎其父不難也。 則其有補於名義, 豈不大哉。 爲是故不忍亟去以須之。 旣不吾用, 於是慨然反魯。 則輒之冥頑悖亂, 無所逃於天地之間矣。 子路曾不能詳味聖言, 執迷不悟, 竟於身死其難。 惜哉。

3. 潛火字誤

今人所用潛火字, 如潛火軍兵, 潛火器具, 其義爲防。 然以書傳考之, 乃當爲熸。 左傳襄二十六年, 楚師大敗, 王夷師熸。 昭二十三年, 子瑕卒, 楚師熸。 杜預皆注曰:「吳、楚

之間謂火滅爲熠。」 釋文音子潛反, 火滅也。 禮部韻將廉反, 皆讀如殲音。 則知當曰熠
火。

4. 永興天書

大中祥符天書之事, 起於佞臣, 固無足言。 而寇萊公在永興軍, 信朱能之詐, 亦爲此擧,
以得召入, 再登相位, 馴致雷州之禍, 鳳德之衰, 實爲可惜。 而天禧實錄所載云:「周懷政
與妖人朱能輩僞造靈命, 冀圖恩寵, 且日進藥餌。 宰相王欽若屢言其妄, 復密陳規諫。 懷
政懼得罪, 因共誣譖, 言:『捕獲道士諶文易, 蓄禁書, 有神術, 欽若素識之。』故罷相也。」
朱能之事, 欽若欲以沮寇公之入則有之, 謂其陳規諫, 當大不然。 儻非出於寇, 則欽若已
攘臂其間矣。 實錄蓋欽若提擧日所進, 是以溢美, 豈能弭後人公議哉。

5. 王裒嵇紹

舜之罪也殛鯀, 其擧也興禹。 鯀之罪足以死, 舜徇天下之公議以誅之, 故禹不敢怨, 而
終治水之功, 以蓋父之惡。 魏王裒、 嵇紹, 其父死於非命。 裒之父儀, 猶以爲司馬昭安東
司馬之故, 因語言受害, 裒爲之終身不西向而坐。 紹之父康以魏臣鍾會譖之於昭, 昭方謀
篡魏, 陰忌之, 以故而及誅。 紹乃仕於晉武之世, 至爲惠帝盡節而死。 紹之事親, 視王裒
遠矣。 溫公通鑑猶取其蕩陰之忠, 蓋不足道也。

6. 張詠傳

張忠定公詠爲一代偉人, 而治蜀之績尤爲超卓, 然實錄所載, 了不及之, 但云「出知益
州, 就加兵部郎中, 入爲戶部, 使後馬知節自益徙延, 難其代。 朝廷以詠前在蜀, 寇攘之
後, 安集有勞, 爲政明肅, 遠民便之, 故特命再任」而已。 國史本傳略同, 而增書促招安使
上官正出兵一事。 皆詆其知陳州營產業, 且與周渭、 梁鼎輩五人同傳, 殊失之也。 韓魏
公作公神道碑云:「公以魁奇豪傑之才, 逢時自奮, 智略神出, 勳業赫赫, 震暴當世, 誠一
世偉人。」 道州所刻帖, 有公與潭牧書一紙, 王荊公跋其後云:「忠定公歿久矣, 而士大夫
至今稱之, 豈不以剛毅正直有勞於世若公者少歟!」 文潞公云:「予嘗守蜀, 觀忠定之像,
遺愛在民, 欽服已甚。」 黃詁云:「公風烈如此, 而不至於宰相, 然有忠定之才, 而無宰相
之位, 於公何損! 有宰相之位, 而無忠定之才, 於宰相何益! 公雖老死, 安肯以此易彼
哉。」 觀四人之言, 史氏發潛德之幽光, 爲有負矣。

7. 緋紫假服

唐宣宗重惜服章, 牛叢自司勳員外郎爲睦州刺史, 上賜之紫, 叢旣謝, 前言曰:「臣所
服緋, 刺史所借也。」 上遽曰:「且賜緋。」 然則唐制借服色得於君前服之, 國朝之制, 到

闕則不許。乾道二年，予以起居舍人侍立，見浙西提刑姚憲入對，紫袍金魚。既退，一閤門吏踵其後囁嚅。後兩日，憲辭歸平江，乃緋袍。予疑焉，以問知閤曾覿曰：「聞臨安守與本路監司皆許服所借，而憲昨紫今緋，何也？」覿曰：「監司惟置局在輦下則許服，漕臣是也，若外郡則否。前日姚誤紫，而謁吏不告，已申其罰，且備牒使知之，故今日只本色以入。」姚蓋失於審也，然考格令既不頒於外，亦自難曉。文惠公知徽州日，借紫，及除江東提舉常平，告身不借。予聞嘗借者當如舊，與郎官薛良朋言之，於是給公據改借。後於江西見轉運判官張堅衣緋，張嘗知泉州，紫袍矣，予舉前說，張欣然即以申考功，已而部符下，不許，扣其故，曰：「唯知州借紫而就除本路，雖運判、提舉皆得如初，若他路則不可。」竟不知法如何詖說也。若曾因知州府借紫，而後知軍，則其服亦借，不以本路他路也。近吳鎰以知郴州除提舉湖南茶鹽，遂仍借紫，正用前比云。

8. 樞密名稱更易

國朝樞密之名，其長爲使，則其貳爲副使；其長爲知院，則其貳爲同知院。如柴禹錫知院，向敏中同知，及曹彬爲使，則敏中改副使。王繼英知院，王旦同知，繼馮拯、陳堯叟亦同知，及繼英爲使，拯、堯叟乃改簽書院事，而恩例同副使。王欽若、陳堯叟知院，馬知節簽書，及王、陳爲使，知節遷副使，其後知節知院，則任中正、周起同知。惟熙寧初，文彥博、呂公弼已爲使，而陳升之過闕，留，王安石以升之曾再入樞府，遂除知院。知院與使並置，非故事也，安石之意以沮彥博耳。紹興以來，唯韓世忠、張俊爲使，岳飛爲副使。此後除使固多，而其貳只爲同知，亦非故事也。又使班視宰相，而乾道職制雜壓，令副使反在同知院之下，尤爲未然。

9. 過稱官品

士大夫僭妄相尊，日以益甚。予向昔所記文官學士、武官大夫之諺，今又不然。天聖職制，內外文武官不得容人過稱官品，諸節度、觀察，雖檢校官未至太傅者，許稱太傅，防禦使至橫行使，許稱太保；諸司使許稱司徒；幕職官等稱本官；錄事參軍稱都曹；縣令稱長官；判司、簿、尉許稱評事。其太傅、太保，司徒皆一時本等檢校所帶之官也。自後法令不復有此一項，以是其風愈熾，不容整革矣。

10. 仁宗立嗣

東坡作范蜀公墓誌，云：「仁宗即位三十五年，未有繼嗣，嘉祐初得疾，中外危恐。公獨上疏乞擇宗室賢者，異其禮物，以系天下心。」凡章十九上。至元祐初，韓維上言，謂其首開建儲之議，其後大臣乃繼有論奏。司馬溫公行狀云：「至和三年仁宗始不豫，國嗣未立，天下寒心而不敢言，惟諫官范鎮首發其議，光時爲并州通判，聞而繼之。」案至和三年

九月, 改爲嘉祐元年, 歲在丁酉。而前此皇祐五年甲午, 有建州人太常博士張述者, 以繼嗣未立, 上疏曰:「陛下春秋四十四, 宗廟社稷之繼, 未有託焉。以嫌疑而不決, 非孝也。羣臣以諱避而不言, 非忠也。願擇宗親才而賢者, 異其禮秩, 試以職務, 俾內外知聖心有所屬。」至和二年丙申, 復言之。前後凡七疏, 最後語尤激切。蓋述所論, 乃在兩公之前, 而當時及後來莫有知之者, 爲可惜也。

11. 郎官員數

紹熙四年冬, 客從中都來, 持所抄班朝錄一編相示, 蓋朝士官職姓名也。讀至尙書郎, 才有正員四人, 其它權攝者亦只六七人耳。因記紹興二十九年, 予爲吏禮部時, 同舍郎二十人, 皆正官。今旣限以曾歷監司、郡守, 故任館職及寺監、丞者不可進步, 其自外召用者, 資級已高, 曾不數月, 必序遷卿、少, 以是居之者益少。政和末, 郎員冗溢, 至於五十有五。侍御史張楑上殿, 徽宗諭使論列, 退而奏疏, 劾十有六人, 大略云:「才品甚下, 趨操卑汚, 有如汪師心者; 性資茸闒, 柔佞取容, 有如黃願、汪希旦者; 淺浮躁妄, 爲胥輩所輕, 有如李莊者; 輕佻喧囂, 漫不省職, 有如李揚者; 矚冗不才, 褊忿輕發, 有如成禔者; 人才碌碌, 初無可取, 有如張高者; 志氣衰落, 難與任事, 有如常瓌者; 大言無當, 誕詭不情, 有如梁子誨者; 資望太輕, 士論不厭, 有如葉椿、唐作求、吳直夫、章芹、李與權、王良欽、强休甫者。乞行罷斥。」從之。考一時標榜, 未必盡當, 然十六人者後皆不顯, 視今日員數, 多寡不侔如是。秦檜居相位久, 不欲士大夫在朝, 末年尤甚。二十四司獨刑部有孫敏脩一員, 餘皆兼攝, 吏部七司至全付主管告院張云, 兵、工八司, 倂於一寺主簿, 又可怪也。

12. 東坡慕樂天

蘇公責居黃州, 始自稱東坡居士。詳考其意, 蓋專慕白樂天而然。白公有東坡種花二詩云:「持錢買花樹, 城東坡上栽。」又云:「東坡春向暮, 樹木今何如。」又有步東坡詩云:「朝上東坡步, 夕上東坡步。東坡何所愛? 愛此新成樹。」又有別東坡花樹詩云:「何處殷勤重回首, 東坡桃李種新成。」皆爲忠州刺史時所作也。蘇公在黃, 正與白公忠州相似, 因憶蘇詩, 如贈寫眞李道士云:「他時要指集賢人, 知是香山老居士。」贈善相程傑云:「我似樂天君記取, 華顚賞遍洛陽春。」送程懿叔云:「我甚似樂天, 但無素與蠻。」入侍邇英云:「定似香山老居士, 世緣終淺道根深。」而跋曰:「樂天自江州司馬除忠州刺史, 旋以主客郎中知制誥, 遂拜中書舍人。某雖不敢自比, 然謫居黃州, 起知文登, 召爲儀曹, 遂忝侍從。出處老少, 大略相似, 庶幾復享晚節閑適之樂。」去杭州云:「出處依稀似樂天, 敢將衰朽較前賢。」序曰:「平生自覺出處老少粗似樂天。」則公之所以景仰者, 不止一再言之, 非東坡之名偶爾暗合也。

13. 縛鷄行

老杜縛鷄行一篇云：「小奴縛鷄向市賣，鷄被縛急相喧爭。家中厭鷄食蟲蟻，不知鷄賣還遭烹。蟲鷄於人何厚薄，吾叱奴兒解其縛。鷄蟲得失無了時，注目寒江倚山閣。」此詩自是一段好議論，至結句之妙，非他人所能跂及也。予友李德遠嘗賦東西船行，全擬其意，擧以相示云：「東船得風帆席高，千里瞬息輕鴻毛。西船見笑苦遲鈍，汗流撑折百張篙。明日風翻波浪異，西笑東船却如此。東西相笑無已時，我但行藏任天理。」是時，德遠誦至三過，頗自喜，予曰：「語意絕工，幾於得奪胎法，只恐『行藏任理』與『注目寒江』之句，似不可同日語。」德遠以爲知言，銳欲易之，終不能滿意也。

14. 油污衣詩

予甫十歲時，過衢州白沙渡，見岸上酒店敗壁間，有題詩兩絕，其名曰犬落水、油污衣。犬詩太俗不足傳，獨後一篇殊有理致。其詞云：「一點清油污白衣，斑斑駁駁使人疑。縱饒洗遍千江水，爭似當初不污時。」是時甚愛其語，今六十餘年，尚歷歷不忘，漫志于此。

15. 北虜誅宗王

紹興庚申，虜主亶誅宗室七十二王，韓昉作詔，略云：「周行管叔之誅，漢致燕王之辟，茲惟無赦，古不爲非。不圖骨肉之間，有蠆懷蜂蠆之毒。皇伯太師宋國王宗磐謂爲先帝之元子，常蓄無君之禍心；皇叔太傅兗國王宗儁、虞王宗英、滕王宗偉等，逞躁欲以無厭，助逆謀之妄作。欲申三宥，公議豈容；不煩一兵，羣凶悉殄。已各伏辜，并除屬籍訖。」紹熙癸丑，今虜主誅其叔鄭王，詔曰：「朕早以嫡孫，欽承先緒。皇叔定武軍節度使鄭王允蹈，屬處諸父，任當重藩，潛引凶徒，共爲反計，自以元妃之長子，異於他母之諸王，冀幸國災，窺伺神器。其妹澤國公主長樂牟同產之愛，駙馬都尉唐括蒲刺覘狃連姻之私，預聞其謀，相濟以惡。欲寬燕邸之戮，姑致郭鄰之囚。詢諸羣言，用示大戒。允蹈及其妻卞玉與男案春、阿辛幷公主皆賜自盡，令有司依禮收葬，仍爲輟朝。」二事甚相類，蓋其視宗族至親與塗之人無異也。是年冬，倪正父奉使，館于中山，正其誅戮處，相去一月，猶血腥觸人，枯骸塞井，爲之終夕不安寢云。

16. 州郡書院

太平興國五年，以江州白鹿洞主明起爲襃信主簿。洞在廬山之陽，常聚生徒數百人。李煜有國時，割善田數十頃，取其租廩給之。選太學之通經者，俾領洞事，日爲諸生講誦。於是建議以其田入官，故爵命之。白鹿洞由是漸廢。大中祥符二年，應天府民曹誠卽楚丘戚同文舊居造舍百五十間，聚書數千卷，博延生徒，講習甚盛。府奏其事，詔賜

額曰應天府書院, 命奉禮郞戚舜賓主之, 仍令本府幕職官提擧, 以誠爲府助敎。宋興, 天下州府有學自此始。其後潭州又有嶽麓書院, 及慶曆中, 詔諸路州郡皆立學, 設官敎授, 則所謂書院者當合而爲一。今嶽麓、白鹿復營之, 各自養士, 其所廩給禮貌乃過於郡庠。近者, 巴州亦創置, 是爲一邦而兩學矣。大學、辟雍並置, 尙且不可, 是於義爲不然也。

17. 何韓同姓

韓文公送何堅序云：「何與韓同姓爲近。」嘗疑其說無所從出, 後讀史記周本紀, 應劭曰：「氏姓注云, 以何姓爲韓後。」鄧名世姓氏書辯證云：「何氏出自姬姓, 食采韓原, 爲韓氏。韓王建爲秦所滅, 子孫散居陳、楚、江、淮間, 以韓爲何, 隨聲變爲何氏, 然不能詳所出也。」韓王之失國者名安, 此云建, 乃齊王之名, 鄧筆誤耳。予後讀孫愐唐韻云：「韓滅, 子孫分散, 江、淮間音以韓爲何, 字隨音變, 遂爲何氏。」乃知名世用此。

··· 용재삼필 권6(15칙)

1. 고사리로 기근을 이기다 蕨其養人

예로부터 흉년에 기근이 들어 백성이 먹을 것이 없으면 왕왕 닥치는 대로 먹어서 목숨을 부지하곤 했다.

예를 들면, 오나라 사람들은 동해 바닷가에서 포라蒲蠃[1]를 채집하여 먹었다고 범려范蠡가 말했고[2], 소무蘇武는 들쥐가 가져간 풀과 열매를 캐기도 하고 눈과 전모旃毛[3]를 씹어 함께 삼키기도 했고, 왕망王莽은 나무를 삶아 젓국처럼 만드는 것을 백성에게 가르쳤고, 남방 사람들은 기아가 닥치면 무리지어 야생 연못에 들어가 부자凫茈[4]를 캤고, 등우鄧禹의 군사는 해초를 먹었다. 건안建安 연간에 함양咸陽 사람들은 멧대추와 명아주잎·콩잎을 뽑아 식량으로 썼고, 진晉의 치감郗鑒이 추산鄒山에 있을 때 연주兗州 백성들은 들쥐·칩연蟄燕[5]을 잡았다. 유주幽州 사람들은 오디를 식량으로 썼고, 북위北魏 도무제道武帝 역시 이것을 군대에 공급했다. 민岷·촉蜀 사람들은 토란을 먹었다. 기근이 들었을 때 먹었던 것들이 이상과 같았다.

우리 주州 외읍外邑은 낙평樂平·덕흥德興 경내에 역거산嶧岠山이 있고, 부량浮梁·낙평樂平·파양鄱陽 경내에 이라만곡산李羅萬斛山이 있어, 모두 백여 리 이어져

---

1 蒲蠃 : 조개의 일종이다.
2 『국어·오어吳語』.
3 旃毛 : 모직물로 된 옷감의 털이다.
4 凫茈 : 발제荸薺이다. '凫茨부자'라고도 한다. 『후한서·유현전劉玄傳』에서 "왕망 말기, 남방에 기근이 들어서, 사람들이 떼를 지어 늪 속에 들어가 부자凫茈를 캐 먹었다"고 했다.
5 蟄燕 : 겨울에 동굴에 숨어 있는 새끼 제비를 지칭한다.

147

용재삼필 권6

있는데, 산에서 고사리[蕨其]가 나온다.

효종 건도乾道 7년(1171) 신묘년·광종 소희紹熙 4년(1193) 계축년 가뭄으로 촌민들이 먹을 것이 없어 앞 다투어 가서 그 뿌리를 캤다. 모두 새벽 동트기 전 호미 들고 캐러 가서 너댓 자 깊이까지 파면, 건장한 사람은 하루에 60근 정도 캘 수 있었다. 가지고 돌아와 찧어 가루를 낸 다음 물을 타서 걸러 가느다란 것을 삶아 먹었으니, 마치 거여粔籹[6] 모양이었다. 뿌리 두 근이면 남자 한 명 하루치 식량으로 충당할 수 있었다. 겨울에 날씨가 맑고 따뜻하면 들판 도처에 고사리를 캐러 나온 사람으로 가득해서, 간혹 몇 십 리 에 수천 명까지 모여들기도 했다. 9월부터 2월 말까지 고사리가 말려 오그라들면 뿌리에 힘이 없어져, 그때가 되어야 고사리 캐는 것을 멈췄다. 고사리가 대체로 반년쯤 사람들을 기아에서 구해주고 있으니, 하늘이 내려준 것 중 인간 세상에 가장 이로운 것일 것이다. 옛날 사람들은 이것을 이용할 줄 몰라 전기에도 기록하지 않았는데, 어찌 다른 지역에서는 이것이 자라지 않아서였겠는가!

2. 은거한 현사 賢士隱居者

사인士人 중 자기수양을 하고 독실하게 수학하여 독선기신獨善其身하였으나 남에게 알려지는 걸 추구하지 않아 그를 아는 사람 역시 없는 경우가 있다. 나는 그런 사람들이 알려지지 않는 것이 매번 안타까웠다. 최근 상우上虞[7]의 이맹전李孟傳[8]이 네 가지 사례를 기록하여 보여주기에, 여기에 기록해둔다.

6 粔籹 : 꿀로 쌀가루를 반죽하여 길고 가늘게 빚어, 다발로 묶어서 고리 모양으로 비튼 다음 기름에 지져서 익힌 식품. 한구寒具·고환膏環이라고도 한다.

7 上虞 : 지금의 절강성 상우.

8 李孟傳(1136~1219 또는 1140-1223) : 북송의 대신. 자 문수文授, 이부상서 이광李光의 아들로, 이광의 음덕으로 태부승太府丞까지 지냈으며, 문집으로 『반계시문고磐溪詩文稿』가 있다.

용재수필

첫째, 자계慈溪[9] 사람 장회蔣璜[10]이다. 선화宣和[11] 연간에 왕안석의 학문을 하찮게 보아서 과거 시험에 신경 쓰지 않고 문을 닫고 경서를 연구했고, 사람들과 허투로 접촉하지 않았다. 고항高閌[12]이 명주明州 성 안에서 살면서 대체로 1년에 너 댓 차례 그의 집을 방문했다. 장회는 그가 왔다는 말을 들으면 필시 신발을 거꾸로 신은 줄도 모를 정도로 서둘러 반갑게 나와 맞이하여, 작은 방에 마주 앉아 마음껏 토론을 하여, 낮부터 밤까지 먹고 자는 것을 거의 잊을 정도였다. 가보겠다고 말하면 몇 리 밖까지 전송을 하여, 서로 매우 즐거웠다. 누군가가 고항에게 물었다.

> "장선생은 다른 사람과 거의 왕래를 하지 않고 오직 공에게만 잘해주고, 공 역시 그에게 정답게 대하니, 그 까닭을 듣고 싶습니다."

고항이 말했다.

> "제가 해가 다 가도록 책을 봐서, 의심이 가는데 해결되지 않은 것과 자료나 근거가 누락되어 알 수 없는 것이 매년 수십 가지 쌓여 가는데, 일단 찾아가서 문의하면 해결되지 않는 것이 없습니다."

그런데 장회의 그러한 장점은 다른 사람이 반드시 알 수 있는 것이 아니었다. 세상에서 말하는 지기知己란 바로 이것이 아니겠는가!

둘째, 왕무강王茂剛이다. 그는 명주明州 임촌林村 바위 계곡 깊은 곳에서 살고 있다. 그에게는 아우가 있는데 공부하는 것을 별로 좋아하지 않아서 아우에게 생계를 책임지게 하여 입에 풀칠을 하였다. 그리고 자기는 열심히 책을 보며 족적이 허투로 나오게 한 적이 없었는데 『주역』에 특별히 조예가 깊었다. 심환沈煥[13]이 명주 통판通判으로 있을 때 방문한 적이 있는데, 그의

---

9 慈溪 : 지금의 절강성 영파寧波.
10 蔣璜 : 자 계장季莊.
11 宣和 : 북송 휘종 시기 연호(1119~1125).
12 高閌 : 자 억숭抑崇.

식견이 『주역』에 대한 전주傳注를 남긴 사람들을 훨씬 뛰어넘었다고 말했다. 기상氣象이 엄중하고 그가 얻은 것을 살펴보면 그치지 않고 앞으로 나아간 듯하다.

셋째, 고주부顧主簿이다. 어디 사람인 지 모르며 고종이 남도南渡한 뒤 자계慈溪에서 기거했다. 청렴과 절개를 지키면서 가난한 생활 속에서도 편안한 마음으로 도를 추구하였는데, 다른 사람이 알아주는 것을 바라지 않았다. 일상생활에서 자잘한 것에 구애받지 않았다. 아침에 일어나 채소 파는 사람이 문 앞을 지나가면 채소 값이 얼마냐고 물어봐서 부르는 대로 값을 주었다. 다른 음식이나 옷감을 살 때도 역시 그렇게 했다. 그러한 것이 오래 되자 사람들은 모두 그를 믿고 따라 차마 값을 속이지 않았다. 하루 쓸 물자가 충분하면 서책에 마음을 두었고, 사람들과 왕래하고 교유하는 것에 신경 쓰지 않았다. 마을에서 자기 분수를 모르고 제멋대로 고집을 부리는 사람이 있으면, "네가 무슨 고주부냐!"라며 비난했다.

넷째, 주일장周日章이다. 신주信州 영풍永豐 사람이다. 품행이 절개 있고 깨끗하여 읍 사람들에게 존경을 받았다. 문을 열어 제자를 가르쳐 가까스로 자급자족하였으며, 옳은 것이 아니면 터럭 하나라도 취하지 않았다. 집이 극심하게 가난하여 종일토록 먹지 못한 적이 자주 있었으며, 간혹 이웃에서 약소하나마 먹을 것을 가져다주기도 했다. 끼니를 제대로 잇지 못해도 차라리 처자식과 굶주림을 참을지언정 끝내 남에게 도움을 바라지 않았다. 엄동설한에도 종잇장 같은 옷을 입었고, 객이 방문하면 역시 기쁘게 맞아들였다. 그의 용모를 보거나 그의 논변을 들어보면 엄숙하게 공경의 마음이 일어나지 않는 경우가 없었다. 현위縣尉 사생謝生이 옷을 보내며 "선생께서는

13 沈煥(1139~1191) : 남송 때 철학가. 자 숙회叔晦, 세칭 정천선생定川先生. 남송 정해定海(지금의 절강성 진해鎭海) 사람으로, 나중에 은현鄞縣(지금의 절강성 영파寧波)으로 이주했다.

요청하신 적이 없지만, 제가 스스로 성의를 보여드리고 싶을 뿐이니, 받으셔
도 체면을 상하는 것은 아닐 것입니다"라고 하니, 주일장은 웃으면서 "옷
한 벌이나 곡식 만 종鍾이나 같은 것입니다. 만약 명목 없이 받는다면 이는
예의를 분별하지 못하는 것입니다"라고 하고 끝내 사양했다. 왕성석汪聖錫
역시 그의 현명함을 알고 옛날 이른바 독행獨行하는 사람에 가깝다고 보았다.

이 네 군자는 정말로 역사책에 등재할 만하다.

3. 장적과 진사도의 시 張籍陳無己詩

장적張籍[14]이 타지에서 막부에 있을 때 운주鄆州[15] 장수 이사고李師古[16] 또한
서신과 예물을 준비하여 그를 초빙했다. 장적은 받아들이지 않고 거절하면서
「절부음節婦吟」 한 수를 지어 보냈다.

그대는 제게 남편이 있다는 걸 알면서도,　　　　　君知妾有夫,
제게 밝은 구슬 한 쌍 선물하셨지요.　　　　　　贈妾雙明珠.
그대의 애틋한 마음에 감격하여,　　　　　　　　感君纏綿意,
붉은 비단 저고리에 달고 다녔어요.　　　　　　系在紅羅襦.
저희 집은 정원 이어진 높은 층집이구요,　　　　妾家高樓連苑起,
남편은 명광전에서 창 들고 근무하는 무사랍니다.　良人執戟明光裏.
그대 마음 씀씀이 해와 달처럼 크다는 걸 알지만,　知君用心如日月,
남편과 생사를 함께 하기로 맹세했답니다.　　　　事夫誓擬同生死.
그대에게 구슬 한 쌍 돌려드리자니 눈물이 나네요,　還君明珠雙淚垂,
어찌 하여 제가 시집가기 전 만나지 못한 걸까요!　何不相逢未嫁時?

진사도陳師道[17]가 영주潁州[18] 교수敎授가 되었을 때 소식이 지부知府였다. 진사

14　張籍(767?~830?) : 당나라 때 시인. 자 문창文昌. 원적은 오군吳郡(지금의 강소성 소주)로,
　　나중에 화주和州 오강烏江(지금의 안휘성 화현和縣)으로 이주했다.

15　鄆州 : 지금의 산동성 운성鄆城 또는 동평東平.

16　李師古(?~806) : 치청淄靑 절도사 이납李納의 아들. 정원 8년(792) 이납이 병으로 사망하자,
　　그 뒤를 이었다.

도는 「첩박명妾薄命」을 지었다. 증공을 위하여 지은 것이라고 했다. 첫 수가 다음과 같다.

주인 집 누각이 열두 개,	主家十二樓,
한 몸 3천금 값어치 나갔지요.	一身當三千.
예로부터 저의 운명 박복하여,	古來妾薄命,
주인 모셨지만 끝까지 다하지 못했어요.	事主不盡年.
일어나 춤추며 주인 위해 헌수하고,	起舞爲主壽,
남양 거리에서 보내드립니다.	相送南陽阡.
어찌 차마 주인이 해주신 옷 입고,	忍著主衣裳,
남을 위해 봄날 교태 부릴 수 있나요?	爲人作春妍?
통곡의 소리가 하늘을 찌르고,	有聲當徹天,
슬픔의 눈물이 샘에 넘치네요.	有淚當徹泉.
죽은 사람 아무것도 모르시겠지만,	死者恐無知,
첩의 신세 오래오래 가련하기만 하네요.	妾身長自憐.

완전히 장적의 시를 그대로 응용한 것을 알 수 있다. 혹자는 진사도가 소식을 경시했다고 하는데, 그렇지 않다. 이보다 전에 진사도가 팽성彭城[19]에서 벼슬 할 때, 소식이 한림원에서 나와 항주 지부로 가게 되었다. 진사도는 권역을 넘어서 송도宋都까지 가서 소식을 만났고, 이에 연루되어 면직을 당하여 귀향하기까지 했다. 그래서 다음과 같은 시를 썼다.

한 세대 몇 인물 만나지 못하니,	一代不數人,
백년에 몇이나 만날 수 있을까?	百年能幾見?
예전엔 말 머리 재갈이었고,	昔爲馬首銜,
지금은 금문의 자물쇠일세.	今爲禁門鍵.
비 와서 서늘한 5월,	一雨五月涼,
한밤 장강에는 물이 가득.	中宵大江滿.
바람 타고 떠나간 돛 시력 짧아 안 보이고,	風帆目力短,

. . . .

17 陳師道(1053~1102) : 북송 때 관리, 시인, 자는 이상履常 또는 무기無己, 호는 후산거사後山居士, 팽성彭城(지금의 강소성 소주) 사람이다.

18 潁州 : 지금의 안휘성 부양阜陽 일대.

19 彭城 : 지금의 강소성 소주.

텅 빈 강가에서 만년이 저물어간다.　　　　　　江空歲年晚.[20]

존경심이 지극함을 알 수 있다. 「첩박명」은 자신의 상황을 비유한 것으로, 소식이 세상을 떠남으로 버려진 자신의 처량한 신세를 노래한 것이니, 진실되고 도타운 마음이 너무도 지극하다.

4. 두보 시의 오자 杜詩誤字

이적지李適之[21]가 당대에 좌상左相[22]이 되었는데, 이림보李林甫에게 떠밀려 자리를 떠나면서 시를 지었다.

현인에게 자리 양보하여 재상에서 파직되어,　　避賢初罷相,
성인의 치세를 즐거워하며 술잔 머금는다.　　樂聖且銜杯.
묻나니 문 앞 찾아온 손님,　　　　　　　　為問門前客,
오늘 아침에는 몇이나 있었소?　　　　　　今朝幾個來?[23]

그래서 두보는 「음중팔선가飲中八仙歌」에서 다음과 같이 말했다.

좌상은 날마다 만 냥을 쓰면서,　　　　　　左相日興費萬錢,
큰 고래가 모든 강물 빨아들이듯 마시며,　　飲如長鯨吸百川,
술잔 물고 성인의 치세를 즐기며　　　　　銜杯樂聖稱避賢.
　현인에게 양보했다 하네.

바로 이적지를 칭송한 것이다. 그런데 지금 통용되는 판본에서는 '避賢피현'이 '世賢세현'으로 되어있다. 그러면 뜻이 전혀 통하지 않을 뿐만 아니라,

• •
20 「송소공지항주送蘇公知杭州」 제2수.
21 李適之 : 당 현종 때 재상. 당 종실 항산왕恒山王 이승건李承乾의 손자로, 천보 초기 좌상左相이 되었는데, 우상右相 이림보와 사이가 나빠 모함을 당해서 면직되어 의춘宜春 태수로 폄적되었다가, 결국 약을 먹고 자살했다.
22 左相 : 천보 초기 문하성 장관 시중侍中을 좌상이라고 바꾸고 중서성 장관 중서령中書令을 우상右相이라고 바꿨다.
23 「罷相作」.

153

게다가 '世세'자는 태종의 휘諱인데 어찌 감히 쓸 수 있겠는가!

두보의 「진주우청秦州雨晴」을 보자.

<blockquote>
가을 하늘 아득한데 구름은 옅고,   天永秋雲薄,

바람이 만 리 밖에서 불어온다.   從西萬里風.
</blockquote>

가을 하늘이 광활하고 바람은 만 리 밖에서 불어오니 의경이 광대하다고 할 수 있다. 그런데 문집에서는 '天永천영'을 '天水천수'라고 했다. '천수'는 진주秦州의 군명郡名인데, 시에 이 단어가 들어가면 뜻이 아주 얕아진다.

두보의 「화이표장조춘작和李表丈早春作」에 다음과 같은 구절이 있다.

<blockquote>
병든 몸 일으켜 맑은 새벽 앉아 있는데,   力疾坐淸曉,

보내온 시로 이른 봄이 슬퍼진다.   來詩悲早春.
</blockquote>

이표장李表丈이 보내온 「조춘早春」시에 화답했다는 제목에 맞게 '보내 온 시[來詩]'라고 되어있다. 그런데 문집에서는 '來時래시'라고 하였으니, 시에 화답했다는 본래 의미가 완전히 소실되었다.

5. 소식의 시에 사용된 '老노'자 東坡詩用老字

소식蘇軾은 시를 지을 때 사람의 이름을 쓰면서, 대부분 '老노'자를 넣어 구절을 만들었다. 예를 들면 다음과 같다.

「수주용담壽州龍潭」[24] :

물고기 바라보며 즐기며 아울러 장주를 적었네.   觀魚並記老莊周.

「병불부회病不赴會」[25] :

부질없이 쌀 새로 빻는 맹광孟光[26]과 마주했네.   空對親舂老孟光.

....

24 「壽州李定少卿出餞城東龍潭上」.

25 「明日重九, 亦以病不赴述古會, 再用前韻」.

26 孟光 : 후한의 은사隱士 양홍梁鴻의 아내. 자 덕요德耀. 몸은 비대하고 피부는 검으며 힘이

「간조看潮」[27] :
마치 강위를 떠가는 아동阿童[28]의 부대와 같았네.　　　猶似浮江老阿童.

「증황산인贈黃山人」:
선禪을 말하며 길게 웃는 승려.　　　說禪長笑老浮屠.

「원장로납군元長老衲裙」[29] :
미친 척하는 노스님에게 빌려 주노라.　　　乞與佯狂老萬回.

「동헌東軒」[30] :
사임을 하고 나니 소랑蕭郎[31]이 있다는 것 알겠네.　　　挂冠知有老蕭郎.

「시립이영侍立邇英」[32] :
향산香山처럼 움직이지 않는 거사.　　　定似香山老居士.

「증이도사贈李道士」:
향산의 늙은 거사라는 것을 알겠네.　　　知是香山老居士.

「산산정蒜山亭」[33] :
뛰어나고 보고 늘은 것이 많은 풍연馮衍[34].　　　奇逸多聞老敬通.

「문공동당汶公東堂」[35] :
저수량褚遂良[36]의 글 한 첩을 괜스레 남겨놓았네.　　　一帖空存老遂良,

....

센 추녀였으나, 덕행이 뛰어나 갖가지 일화를 남겼다. '거안제미擧案齊眉'는 바로 맹광에서
유래된 것이다.
27 「八月十五日看潮」.
28 阿童 : 서진西晉의 명장 왕준王濬의 아명이다.
29 「以玉帶施元長老, 元以衲裙相報, 次韻二首」 제2수.
30 「泗州南山監倉蕭淵東軒二首」 제1수.
31 蕭郎 : 남조南朝 양梁나라 무제武帝 소연蕭衍. 그의 준수한 인물 때문에 '소랑'은 '여인들에게
　　그리움을 주는 잘 생긴 남자'를 비유하는 말로 쓰인다.
32 「軾以去歲春夏, 侍立邇英, 而秋冬之交, 子由相繼入侍, 次韻絕句四首, 各述所懷」 제4수.
33 「次韻林子中蒜山亭見寄」.
34 馮衍 : 후한 때 학자. 자 경통敬通. 어릴 때 부터 재주가 훌륭하여 이십대에 모든 책을
　　통달 하였지만, 벼슬살이를 하지 않고 집에서 문을 닫고 들어앉아 있었다고 한다.
35 「元祐六年六月, 自杭州召還, 汶公館我於東堂, 閱舊詩卷, 次諸公韻三首」 제2수.

「차운소수次韻韶守」[37] :

검은 머리 희끗희끗 하얗게 새어버린 저수량.　　　　　　　華髮蕭蕭老逐良.

「유나부游羅浮」[38] :

또 소철蘇轍에게 꼭 간단히 알려 주어야 하리.　　　　　還須略報老同叔[39]

「증변재贈辯才」[40] :

그 곳에 법사께서 계셨네.　　　　　　　　　　　　　　中有老法師.

「기자유寄子由」[41] :

청산의 종사관.　　　　　　　　　　　　　　　　　　青山老從事.[42]

「증안의贈眼醫」[43] :

주지는 말을 잊었네.　　　　　　　　　　　　　　　　忘言老尊宿.[44]

「묘고대妙高臺」[45] :

묘고대妙高臺[46]의 비구니.　　　　　　　　　　　　　　臺中老比丘.

· ·

36 褚遂良(596~658) : 당나라 서예가. 우세남虞世南·구양순歐陽詢과 아울러 초당初唐 3대가로
　　불린다. 왕희지王羲之의 필적 수집사업에서는 태종의 측근으로 그 감정을 맡아 보면서 그
　　진위眞僞를 판별하는 데 착오가 없었다고 한다. 그의 글씨는 처음에 우세남의 서풍書風을
　　배웠으나, 뒤에 왕희지의 서풍을 터득하여 마침내 대성하였다. 아름답고 화려한 가운데에도
　　용필用筆에 힘찬 기세와 변화를 간직하였다.
37 「次韻韶守狄大夫見贈二首」 제1수.
38 「游羅浮山一首示兒子過」.
39 同叔 : 소식이 자신의 동생인 소철蘇轍의 자가 동숙이라고 주를 달았다.
40 「贈上竺辯才師」.
41 「罷徐州, 往南京, 馬上走筆寄子由五首」 제4수.
42 青山老從事 : 『소식시집』에는 '青衫老從事청삼노종사'로 되어 있다.
43 「贈眼醫王生彦若」.
44 尊宿 : 학문과 덕행이 뛰어나 남의 사표師表가 될 만한 중, 또는 절의 주지를 이르는 말이다.
45 「金山妙高臺」.
46 妙高臺 : 송나라 때의 승려 묘고妙高가 깨달음을 얻기 위해 정진했다는 곳으로, 절강
　　영파부寧波府 은현鄞縣 동쪽에 위치한다. 묘고가 깨달음을 얻은 뒤 묘고대에 앉아 단좌端坐
　　하면서 경문을 외웠는데, 소리가 깊고 멀어 수천 리 밖에까지 이르렀다. 송태후宋太后가
　　심궁深宮에서 범음梵音을 들은 후 꿈에서 스님의 모습을 보고는 화사畵師에게 그 형상을
　　그리게 해서 그림을 들고 찾게 했다. 결국 묘고대 위에서 찾아내고는 칙명으로 절을
　　짓게 하니 그것이 지금 절강浙江 봉화奉化의 설두사雪竇寺다.

「사혜주謝惠酒」:
청주의 종사.   青州老從事.[47]

「사향어謝餉魚」[48]:
그 누가 동방삭과 같던가?   誰似老方朔

「증오자야선贈吳子野扇」[49]:
월사를 얻었네.   得之老月師.

「차운이단숙次韻李端叔」[50]:
이 사람이 바로 우전牛戩[51]이라네.   此是老牛戩.

　이 시구들에서 '老노'자는 모두 허사虛辭이기에, 늙었다는 의미가 아니다.
무릇 칠언七言의 경우에는 다섯 번째에, 오언五言의 경우에는 세 번째에 '老노'자
가 쓰였다.
　'老노'자의 위치가 잘못 된 것들도 있는데, 예를 들면 다음과 같다.

다시금 도망가는 조조曹操에 대해 말했네.   再說走老瞞.[52]

고인은 나의 방거사였네.   故人余老龐.[53]

오월왕 때 궁녀들의 치장은   老濞宮妝傳父祖.[54]
　조상대대로 전해져 오던 것이라네.

올챙이배를 가진 종자가 소씨를 보고 웃었네.   便腹從人笑老韶.[55]

47 青州從事 : 청주의 종사, 즉 서장관書狀官 벼슬을 지칭한다. '좋은 술'의 은어隱語로 사용된다.
48 「明日復以大魚爲饋, 重二十斤, 且求詩, 故復戲之」.
49 「吳子野將出家贈以扇山枕屛」.
50 「次韻李端叔謝送牛戩駕鵞竹石圖」.
51 牛戩 : 송나라 도사. 자 수희受禧. 재물을 가벼이 여기고, 신의를 중시했으며, 술을 좋아했다.
　그림 그리는 것을 좋아했는데, 특히 털이 빠진 새나 겨울 꿩, 들오리 등을 잘 그렸다. 매번
　술에 취해 종이를 찾아 그림을 그렸는데, 술에 깨면 그림을 찢었다.
52 「甘露寺」.
　○ 조조曹操의 아명이 아만阿瞞이었다.
53 「送楊孟容」.
54 「于潛女」.

오가吳可[56]는 대나무를 사실처럼 묘사하네.	老可能爲竹寫眞.[57]
현장법사가 언제 돌아올지 알 수 없네.	不知老奘幾時歸[58]

모두 어세에 따라 위치가 달라진 것이다.

백거이도 시에서 "매번 원진에게 신복信服하며 격률을 배웠었네.[每被老元偸格律]"[59]라고 하였는데, 이 역시 소식이 시에서 사용한 '노老'자의 출처가 된다.

6. 두시의 구상 杜詩命意

두보 시의 구상과 전고의 사용은 그 묘미가 심원해서, 한 번 읽어서는 이해하기 어렵다. 그렇기에 두보 시에 흥미를 가질 수 있도록 몇 편의 시를 소개하겠다. 우선 「능화能畫」를 감상해보자.

그림 잘 그리기는 모연수毛延壽[60]요,	能畫毛延壽,
투호 잘하기에는 곽사인郭舍人[61]이라.	投壺郭舍人.
매번 하늘같은 황제를 웃게 하니,	每蒙天一笑,
다시금 만물이 봄을 맞이하네.	復似物皆春.
정치와 교화가 물처럼 평화롭고,	政化平如水,

· ·

55 「次韻劉貢父春日賜幡勝」.
56 吳可 : 송나라 시인, 시론가. 자 사도思道, 호 장해거사藏海居士.
57 「題過所畫枯木竹石三首」.
58 「戲和合浦僧」.
59 「編集拙詩成一十五卷, 因題卷末, 戲贈元九、李二十」.
60 毛延壽 : 전한 때 화가. 사실적으로 그리는 것에 뛰어났다고 한다. 원제元帝는 후궁에 있는 여관女官을 화공에게 그리게 하여 그것을 보고 미녀를 뽑았다. 그래서 당시 여관이 화공에게 뇌물을 주는 것이 상례였는데, 왕소군王昭君은 모연수에게 뇌물을 보내지 않아 추녀로 그려져, 흉노에게 시집을 가게 되었다. 원제는 그때서야 왕소군의 미모에 놀라 모연수를 참형했다고 한다.
61 郭舍人 : 한나라 무제武帝 때 광대. 특히 투호를 잘 하여 무제의 총애를 받았는데, 가시나무로 살을 만드는 다른 사람들과는 달리 대나무 살을 사용하여 투호를 했다고 한다. 또 살을 격동시켜 튀어나오게 하는 놀이방법을 창안하여 그것을 '효驍'라 하였다고 한다.

용재수필

황제의 은혜로　　　　　　　　　　　　　　　　皇恩斷若神.
　모든 일을 신처럼 정확히 판단한다 해도,
때때로 놀이 막아야하니,　　　　　　　　　　　時時用抵戱,
역시 난리가 일어나지 않게 하기 위해서라네.　亦未雜風塵.

　　세 번째 연의 의미는 앞의 의미와 연관이 없어 독자들이 혹 의아해할
것이다. 두보는 기예와 희학을 하는 예인들이 황제의 총애를 받거나 특별대우
를 받아서는 안 된다고 생각했다. 그러나 정치와 교화가 강물처럼 평화롭게
잘 이루어지고 황제의 은혜가 두루두루 잘 베풀어져, 아무런 문제없이
나라가 잘 다스려진다면, 예인들을 등용한다고 해도 어떤 해로움도 없을
것이라고 생각했다.
　　또 「동병銅缾」이라는 시를 보자.

난리 후 깊은 우물 피폐해졌는데,　　　　　　　　亂後碧井廢,
좋은 시절에는 아름다운 궁전 깊은 곳에 있었지.　時淸瑤殿深.
동 두레박 아직 물을 담은 채,　　　　　　　　　　銅缾未失水,
깊은 우물 속에서 슬픈 소리를 내고 있네.　　　　百丈有哀音.
아름다운 이의 뜻 가만히 생각해보니,　　　　　　側想美人意,
응당 차가운 우물 벽돌 아래로 가라앉음이 슬플 터.　應悲寒甃沈.
교룡은 반으로 나뉘어 떨어졌으니,　　　　　　　　蛟龍半缺落,
마치 황금을 쪼갠 것과 같으리.　　　　　　　　　　猶得折黃金.

　　이 시는 두보가 궁중 우물에서 물을 길을 때 사용한 동銅 두레박을 보고
지은 것이다. 첫 구절에서 폐허가 된 우물을 말하고 아래 구절에서 이를
반복적으로 서술하는 것은 시의 구성상 아주 어려운 창작법이기에, 서술이
복잡한 구성을 가지고 있다. 다른 사람들이 평생을 바쳐 모방한다고 해도
이런 시구를 써낼 수는 없을 것이다.
　　이번에는 「투계鬪鷄」를 감상해보자.

투계에 뛰어나니 처음으로 비단을 하사하셨고,　鬪鷄初賜錦,
춤추는 말들을 궁전 앞 무대에 오르게 했네.　　舞馬旣登床.
휘장 아래에서 궁녀들이 나오고,　　　　　　　　簾下宮人出,

159

누각 앞엔 궁정의 버드나무 길게 자라있었지.	樓前御柳長.
황제께서 승하하시자,	仙游終一閟,
여악은 오래도록 울려 퍼지지 않았네.	女樂久無香.
적막한 여산 길,	寂寞驪山道,
맑은 가을 하늘 아래 초목은 누렇게 되었구나.	清秋草木黃.

이전에 선친께서 북방에 계실 적 당나라 사람이 그린 '여산궁전도^{驪山宮殿圖}' 한 축^軸을 얻으셨다. 여산 꼭대기에 화청궁^{華清宮}이 있고, 전각 밖에 드리워진 휘장 틈으로 무수히 많은 궁녀들이 무언가를 엿보고 있고, 당시의 유명한 악관들과 연극들이 종류도 다양하게 전각아래 나열되어 있는 그림이었다. 두보의 이 세 편의 시는 모두 실제 목격한 듯한 느낌을 준다.

7. 복을 택함은 무거운 것이 좋다 擇福莫若重

『국어^{國語}·진어^{晉語}』에는 다음과 같은 범사섭^{范士燮62}의 말이 나온다.

> 복을 택할 때는 무거운 것이 좋고, 화를 택할 때는 가벼운 것이 좋다.

군자가 추구해야할 인생은 하늘의 뜻에 순응하고 자기의 처지에 만족하며 사는 낙천지명^{樂天知命}의 삶이다. 이를 통해 자신의 몸을 보전하고 재앙을 피하는 것인데, 어찌 재앙이 닥쳤을 때 그 경중을 선택하여 처리할 수 있겠는가? 위소^{韋昭}는 『국어』의 이 문장에 다음과 같은 주를 달았다.

> 동시에 두 가지의 복이 주어졌을 때 그 중에서 더 무거운 것을 선택하고, 동시에 두 가지 재앙이 닥쳤을 때 그 중에서 더 가벼운 것을 선택하는 것이다.

예상치 못한 불행과 재앙이 함께 닥칠 때 이를 피할 수 없다면, 그 불행과 재앙의 경중을 가늠하여 그 중 가벼운 것을 선택하라는 의미이다.

....

62 范士燮 : 진^晉나라의 대부. 유향^{劉向}의 『칠략^{七略}』에는 자하의 제자로 묵자와 같은 시대의 사람으로 기록되어 있다. 저서로는 『문자^{文子}』가 있는데 『한서^{漢書}·예문지^{藝文志}』에서는 도 가류로 분류하고 있다.

장자莊子는 「양생주養生主」에서 다음과 같이 말했다.

> 선을 실천함에 있어서 명성을 얻을 정도로 하지 말고, 악행을 범하더라도 형벌을
> 받을 정도로 하지 말아야 한다.

선행은 군자가 당연히 해야 하는 일이며, 악행을 저지르면서 어찌 형벌을
받지 않을 수 있도록 계획할 수 있다는 말인가? 이 구절은 다르게 해석할
수 있다. 이른바 악이라고 하는 것은 선의 상대적인 말로 덕德을 베풀지
못하고 정도를 벗어났다는 의미이지, 소인배들이 형법을 어겨서 수많은
재앙을 불러들이는 것과는 다르다. 그렇기 때문에 이어서 다음과 같이
말한 것이다.

> 자신의 몸을 보호할 수 있을 것이고, 인생을 온전히 할 수 있으며, 천수를 누릴
> 수 있다.

그 의미가 아주 뚜렷해지는데, 이는 자연에 순응하여 일체의 부조리한
규율에 억매이지 않고자 했던 장자의 처세 방법이다.

8. 전인들의 말을 인용하면서 생기는 실수 用人文字之失

문인들이 글을 쓰면서 다른 사람이 이미 사용한 언어를 사용할 때는
그 언어의 의미를 깊이 탐구해야 한다. 만약에 상세하게 고찰하지 않는다면,
분명 많은 사람들의 의론을 야기시킬 것이다. 고종 소흥紹興 7년(1137)에
조정趙鼎은 명을 받들어 『철종실록哲宗實錄』을 편찬하였다. 책이 완성된 후
그가 특진特進[63]에 임명되었을 때 다음과 같은 사령장이 내려왔다.

---

63 特進 : 관명官名으로 전한 말에 설치되었다. 제후 중에서 특수한 지위를 가진 이에게 제수되
는 것으로, 서열로는 삼공三公의 아래다. 후한부터 남북조시대 까지는 단지 가관加官에 불과
하며 실질적 직책이 아니었다. 수나라 당나라 이후에는 직위만 있고 직무가 없는 관직이었다
가, 청나라에서는 폐지되었다.

선인태후宣仁太后[64]가 대신들을 모함한 일의 진상이 분명히 밝혀지지 않았기에, 철종이 치국에 쏟은 근심과 부지런함이 세상에 드러나지 않았다.[惟宣仁之誣謗未明, 致哲廟之憂勤不顯.]

이 구절은 범순인范純仁[65]이 남긴 유표遺表[66]의 두 구절을 인용한 것인데, 단지 두 번째 구절의 두 글자만 바꿨었는데, 그 의미는 상당히 많이 달라졌다. 범순인 유표에 언급된 이 부분의 의미는 다음과 같다.

보살피어 도와준 근심과 부지런함이 드러나지 않았다.[致保佑之憂勤不顯.]

보살피어 도와주었다는 것은 전적으로 철종의 모후인 선인태후에 대한 것으로, 사실과 완전히 부합한다. 그러나 '保佑보우'가 '哲廟철묘'로 바뀐 채 인용되어 본래의 의미가 완전히 사라졌다.

소흥 9년(1139) 내가 복주교수福州教授로 재직하면서, 지부知府[67]를 위해 「사력일표謝歷日表」를 지었는데, 그 중 공덕을 노래한 한 연聯을 소개하겠다.

조상에게 제사를 올리니 태평하여 안락하고, 세월과 일시가 여러 증거를 통해 명확히 드러나네.[神祇祖考, 既安樂於太平, 歲月日時, 又明章於庶證.]

건도乾道[68] 연간에 다른 군郡에서 상주한 「사력일표」에서 내가 쓴 구절을 인용하였는데, 읽는 이들이 문장의 대우對偶가 정확하고 적절하다고 했지만, 내가 웃으며 다음과 같이 말했다.

이 문장의 대우가 정확하고 적절하지만 이 문장을 편하게 인용할 수는 없습니다. 왜냐하면 조금만 잘못 인용하면 해로움이 아주 커지기 때문입니다. 조광요趙光堯

용재수필

---

64 宣仁太后 : 송 영종英宗의 비妃, 철종哲宗의 모후母后. 성은 고씨高氏. 철종이 어려서 수렴청정하면서 왕안석王安石을 물리치고 사마광司馬光 등 많은 유학자들을 등용하였는데, 이 시기를 '원우元祐의 치治'라 하며, 여자 중의 요순堯舜이라고 칭송을 받았다.

65 范純仁(1027~1101) : 북송의 재상. 자 요부堯夫, 시호 충선忠宣. 범중엄范仲淹의 둘째아들이며, '포의재상布衣宰相'으로 불렸다.

66 遺表 : 신하가 임종 시에 임금에게 올리는 상주문上奏文을 지칭한다.

67 知府 : 관직명으로 송나라부터 청나라 까지 지방행정단위인 부府의 최고장관이다.

162   68 乾道 : 남송 효종 시기 연호(1165~1173).

가 여전히 덕수궁德壽宮에 살고 있는데, 어떻게 죽은 자를 칭하는 '고考'로 칭할 수 있겠습니까?

좌중의 손님들은 모두 말문이 막힌 채 긴장한 표정이 역력했다. 다른 사람의 문장을 인용할 때는 확실히 최초의 의미를 자세히 고찰해야만 한다.

9. 이길보의 「망천도」 발문 李衛公輞川圖跋

'망천도輞川圖'[69] 족자의 마지막 부분에 이길보李吉甫[70]가 제사題詞를 남겼다.

남전현藍田縣의 녹원사鹿苑寺 주지승 자량子良이 나에게 주면서 말했다.
"녹원鹿苑은 바로 망천輞川에 있는 상서우승尚書右丞 왕유王維[71]의 저택입니다. 우승右丞께서는 독실한 불교신자로 아내가 죽은 뒤 재혼하지 않고 혼자 30여년을 지냈습니다. 어머님이 돌아가시자 그 집을 줄여 사원을 지었습니다. 지금 우승의 무덤이 녹원사 서남쪽에 있는데, 이 그림은 우승께서 직접 그리신 것입니다." 나는 이 그림을 감상한 후 이것이 아주 진귀한 것이라고 생각해서 집에 보관해두었다.

....

69 輞川圖 : 산수화의 한 화제畵題. 당대唐代의 문인화가 왕유王維가 망천에 은거하며 자신의 별장과 주변 경치를 그린 그림이다. 망천은 장안 교외의 남전현藍田縣에 있는 곡천谷川이다. 왕유는 이곳에 망천장輞川莊이라는 별장을 짓고 문인들과 함께 풍류생활을 즐겼다. 뛰어난 절경을 배경으로 문인들의 교유를 주제로 한 이 그림은 없어진 지 오래되었지만, 후대까지 산수화의 화제로 널리 유행하게 되었다. 많은 모사품이 제작되기도 했는데, 오대五代의 곽충서郭忠恕의 모사본과 북송의 이공린李公麟의 모사본이 지금까지 전해진다.

70 李吉甫(758~814) : 당나라 헌종憲宗때의 재상, 지리학자, 정치가, 사상가. 자 홍헌弘憲. 조군趙郡(지금의 하북성 찬황현贊皇縣) 출신이며, 우이당쟁牛李黨爭에서 이당李黨의 영수인 이덕유李德裕의 부친이다. 어릴 때부터 공부를 좋아했고, 글을 잘 써서 태상박사太常博士가 되었다. 재상 이필李泌과 두참竇參이 역사에 정통한 그의 재주를 아꼈다. 헌종憲宗이 즉위하자 한림학사가 되었다가, 중서사인中書舍人으로 옮겼다. 평장사와 집현전대학사, 감수국사監修國史를 지낸 뒤 조국공趙國公에 봉해졌다. 이후 10여 년 동안 곤란에 처해 외직을 전전하면서 각 지역의 고충과 방진防鎭의 문제점 등을 황제에게 진언하여, 속군屬郡의 자사刺史들이 독자적으로 정책을 처리하며 다스릴 수 있도록 제도를 개선했다. 재상이 되자 안이하게 처리되던 번진 문제를 명쾌하게 해결하여 1년 만에 36개 진鎭을 바꿔버렸다.

71 王維(701~761) : 성당 시기 시인. 자 마힐摩詰. 분주汾州(지금의 산서성山西省 분양汾陽) 출신이다. 그의 시는 불교의 영향을 많이 받아 그를 '시불詩佛'이라 칭하기도 한다. 전원생활과 자연의 정취를 노래한 시로 성당시기 산수시파山水詩派를 대표한다.

이길보는 또 그 옆에 한 줄을 더 써넣었다.

> 원화元和 4년(809) 8월 13일에 홍헌弘憲이 제題하다.

홍헌은 이길보의 자字이다. 그 제사 바로 뒤에 이덕유李德裕[72]가 또 발문跋文을
썼다.

> 한가롭게 서궤書櫃의 책들을 살펴보던 중 선친께서 수장하셨던 왕유가 그린 '망
> 천도'를 얻었으니, 실로 집안 대대로 물려줄 보물이다. 선친께서 관료로 36개의
> 진鎭을 두루두루 거치셨기에, 소장하신 서화에 방진方鎭[73]의 도장이 사용되었다.
> 태화太和 2년(828) 무신戊申년 정월 4일, 절강서도관찰등사浙江西道觀察等使, 검교
> 예부상서 겸 윤주자사檢校禮部尙書兼潤州刺史 이덕유가 삼가 제題하다.

또 한 줄 덧붙였다.

> 개성開成 2년(837) 가을 7월 15일에 문요文饒가 기록하다.

전후로 회남절도사인淮南節度使印과 절강서도관찰처치등사지인浙江西道觀察處
置等使之印 · 검남서천절도사인劍南西川節度使印 · 산남서도절도사인山南西道節度使印 ·
정활절도사인鄭滑節度使印등 5개의 도장이 찍혀있고, 찬황贊皇[74] 두 글자가 적혀
있다. 또 내합동인內合同印과 건업문방지인建業文房之印 · 집현원장서인集賢院藏書
印이 찍혀있는데, 이 도장 세 개는 남당南唐의 이변李昪이 사용한 것으로,
뒤에 다음과 같은 기록이 있다.

> 승원升元 2년(938) 11월 3일.

----

72 李德裕(787~849) : 당나라 무종武宗때의 재상. 자 문요文饒. 경학經學과 예법을 존중하고
  귀족적 보수파로서 번진藩鎭을 억압하고, 위구르 등 이민족을 격퇴하는 데 힘써 중앙집권의
  강화를 꾀하였다. 이종민李宗閔 · 우승유牛僧孺 등의 반대파를 탄압하였고, 폐불廢佛을 단행하
  였다. 선종宣宗 즉위와 함께 실각하여 해남도海南島로 추방되었다.
73 方鎭 : 군권을 장악하고 한 지역을 다스리는 군사장관. 진晉나라의 지절도독持節都督, 당나라
  때의 관찰사觀察使 · 절도사節度使 · 경략經略 등의 직책이다.
74 贊皇 : 이길보와 이덕유는 조군趙郡(지금의 하북성 찬황현贊皇縣)출신으로, 이덕유를 이찬황李
  贊皇이라고 칭했다.

164

비록 지금 전해지는 것은 모사본이지만 정말이지 아주 오묘하다. 하지만 이덕유가 기록한 내용은 상당히 의심스럽다. 『신당서新唐書・이길보李吉甫傳』에는 다음과 같은 기록이 있다.

> 덕종德宗이래로 번진藩鎭 세력이 제멋대로 권세를 휘둘러, 진鎭을 다스리는 장군들 중 어떤 이는 죽을 때까지 임지를 벗어나지 못했다. 이길보가 재상이 된지 일 년 정도되어 36개 진의 장군들이 새로이 임지를 발령 받았다.

이길보가 절도사의 관직에 임명된 것은 회남절도사 하나이다. 이덕유가 자신의 아버지가 36개 진의 관리직을 두루두루 역임했다고 한 것은 진실로 믿기 어렵다. 이길보가 사용했다고 하는 도장 즉 절서浙西・서천西川・산서山西・정활鄭滑은 모두 이덕유가 부임했던 지역이다. 그리고 이덕유가 자신의 부친인 이길보의 자취를 기록하면서, 몇 째 아들인지 기록하지 않고 단지 이李라는 성姓만 썼고, 또 부친의 자字를 표기할 수 없는데 표기한 것 등을 보면, 이덕유의 기록이 아니라 호사가들이 제멋대로 쓴 것으로 생각된다.

백거이의 시에서 언급된 청원사淸源寺는 즉 망천을 말한 것이다. 홍경선洪慶善이 지은 『단양홍씨가보丹陽洪氏家譜』의 서문에는 다음과 같은 기록이 있다.

> 단양丹陽의 홍洪씨는 본래 성이 홍弘인데, 당나라 때 피휘避諱로 인해 홍洪으로 고쳤다. 홍헌弘憲이라는 이가 원화元和 4년(809)에 '망천도'에 발문을 썼다.

홍헌은 이길보의 자이기에, 이 서문은 잘못 된 것이다.

10. 백거이의 「야문가자」 白公夜聞歌者

백거이의 유명한 장편 서사시 「비파행琵琶行」은 심양강潯陽江[75]을 오고가는 한 상인의 아내를 위해 지은 작품이다. 당시 상인은 부량浮梁[76]으로 차를

....
75 潯陽江 : 장강 중에서 강서성江西省 구강시九江市 북쪽을 흐르는 강.

팔러 떠났고, 상인의 아내는 홀로 배를 지키며 손님들을 위해 비파를 연주하였다. 백거이는 작은 배를 타고 가서 상인의 배에 올라 상인의 아내와 함께 술잔을 기울이며 이야기를 나누었는데, 이는 남녀유별男女有別이라는 금기를 완전히 깨뜨린 것이다. 백거이는 그녀가 자신이 잘 알고 있었던 장안의 기녀였기 때문에, 전혀 개의치 않았는지도 모른다. 백거이의 시집 중에는 「야문가자夜聞歌者」라는 시가 있다. 이 시는 백거이가 장안에서 심양潯陽[77]으로 폄적되어 가는 도중 악주鄂州[78]에서 유숙하며 지은 것으로, 「비파행」보다 앞서 지어진 것이다.

밤이 되어 앵무주에 배를 대니,	夜泊鸚鵡洲,
가을 강 달빛 유난히도 밝고 맑네.	秋江月澄澈.
이웃한 배에 노래하는 이 있어,	鄰船有歌者,
뽑아낸 노랫가락에 시름 끊어낼 수 없네.	發調堪愁絕.
노래 끝나자 계속해서 흐느껴 우는데,	歌罷繼以泣,
울음소리 끊이지 않고 다시금 오열 하네.	泣聲通復咽.
소리 따라 그 사람 찾아보았더니,	尋聲見其人,
눈처럼 흰 얼굴의 아녀자였네.	有婦顏如雪.
홀로 돛대에 기댄,	獨倚帆檣立,
열일곱 여덟의 아리따운 이였네.	娉婷十七八.
눈물은 달빛에 비쳐 진주처럼 아롱거리며,	夜淚似眞珠,
쌍쌍이 명월처럼 떨어졌네.	雙雙墮明月.
뉘집 아낙인데,	借問誰家婦,
어찌 이처럼 처절하게 노래하며 흐느끼는지 물었네.	歌泣何淒切.
한 마디 물었지만 옷깃으로 한번 눈물 훔치며,	一問一霑襟,
고개 숙이고 끝내 아무런 말도 하지 않았네.	低眉終不說.

진홍陳鴻[79]은 『장한전長恨傳』의 「서序」에서 다음과 같이 말했다.

76 浮梁 : 지금의 강서성 부량현浮梁縣.
77 潯陽 : 지금의 강서성 구강시九江市.
78 鄂州 : 지금의 호북성 무창武昌.
79 陳鴻 : 당나라 문인, 전기소설傳奇小說 작가. 자 대량大亮. 그의 전기소설 『장한가전』은 당 현종玄宗과 양귀비에 관한 이야기를 소재로 지은 백거이의 시 「장한가長恨歌」를 기초로 창작되었다. 양귀비의 입궐에서부터, 그녀가 죽은 후 현종의 명을 받은 방사方士가 그녀의 영혼을

낙천樂天(백거이)은 시에 능숙하고 정이 많은 사람이기 때문에, 우연한 만남에 대해서도 반드시 자신의 감정을 기탁하여 시를 지어 읊었는데, 여색을 탐해서 그런 것이 결코 아니었다.

악주에서의 우연한 만남에서도 아녀자 홀로 남편 없이 노래 부르며 흐느껴 울고 있었다. 이를 보고 백거이가 말을 걸었지만, 당나라 사람들은 그가 남녀유별의 금기를 깨고 의심받을 행동을 했다고 여기지 않았다. 송나라 시인들이 백거이의 이 시를 거의 언급하지 않아, 오래도록 잊혀 질까 걱정되어, 여기에 소개하였다.

11. 사비의 절개 謝朏志節

순욱荀彧은 위무제魏武帝 조조를 보좌하였고, 유목지劉穆之는 송고조宋高祖 유유劉裕를 보좌하였으며, 고덕정高德政은 북제北齊의 문선제文宣帝 고양高洋을 보좌하였고, 고경高熲은 수문제隋文帝 양견楊堅을 보좌하였으며, 유문정劉文靜[80]은 당고조唐高祖 이연李淵을 보좌하였다. 그들은 그렇게 자신이 섬기는 왕을 보좌하여 끝내 한漢·진晉·북위北魏·북주北周 및 수隋의 천하를 찬탈하였기에 그 공이 결코 작지 않았지만, 말로가 아주 비참했다.

순욱은 조조에게 복황후伏皇后[81]의 모반사건을 알리지 않고 또 조조가

만날 때까지는 「장한가」의 내용 그대로를 답습했다.

80 劉文靜 : 당나라 건국 공신. 자 조인肇仁. 수隋나라 말에 진양령晉陽令이 되었는데 이때 진양궁 감晉陽宮監이었던 배적裴寂을 알게 되었다. 배적, 이세민과 함께 당시 태원 유수였던 당 고조 이연을 설득하여 수나라를 타도할 군사를 일으키도록 하였다. 유문정은 자신이 공로에 대한 자부심으로 공공연히 배적과 자신의 처지를 비교하여 권력 내부의 긴장을 형성하였다. 배적이 이 일로 고조에게 후환을 남기지 말자는 취지의 진언進言을 했는데, 고조가 이를 받아들여 죽임을 당하니 그의 나이 52세였다.

81 伏皇后(?~214) : 후한 헌제의 황후. 이름은 복수伏壽. 낭야사람으로, 시중 복완伏完의 딸이다. 귀인貴人으로 입궁해 195년 황후로 책봉되었다. 214년 조조가 위왕이 되려 하자 복황후는 그녀의 아버지 복완에게 비밀 편지를 보내 조조를 제거하려 하였다. 그러나 도중에 조조에게 발각되어 조조는 어사대부 치려郗慮에게 황후의 옥새를 거두게 하고 폐위시켰다. 그 뒤 황후는 끌려가 교수형에 처해져 죽었거나 또는 매질을 당해서 사망했다고 한다. 왕자를

용재삼필 권6

167

한나라를 찬탈하는 것을 막으려 했던 죄로, 조조의 핍박에 의해 결국 독주를 마시고 죽음을 맞이했다. 유목지는 단양丹陽[82]을 지키고 있다가, 동진의 옛 영토를 수복하기 위해 북벌을 나간 유유가 동진 정권 찬탈의 명령을 내리자 자책과 공포감을 이기지 못하고 급사하였다. 고덕정은 사람됨이 좋지 못하고 자신을 과시하고 뽐내는 것을 좋아했는데, 북제의 문선제 고양에게 간언을 하고서 죽임을 당할까 두려워 병이 들었다 거짓말을 하였다. 그러나 고덕정의 거짓말은 양음楊愔의 참소로 인해 드러났고, 고양은 자신을 바보취급 했다며 직접 칼로 찔러 고덕정을 죽여 버렸다. 고경은 재상이 되어 첩을 두었다가 독고황후獨孤皇后의 참언에 의해 피살되었다. 유문정은 배적裴寂[83]에게 불만을 가졌는데 이를 안 첩의 남동생이 배적에게 알렸고, 결국 배적의 참소를 당해 피살되었다. 이상에서 본 개국 공신들은 모두 재앙을 당해 제 명을 다하지 못했다.

유송劉宋 말기에 소도성蕭道成[84]이 정권을 찬탈하여 대업을 이루기 위해 참모로 사비謝朏을 끌어들이고자, 주위 사람들을 물리치고 사비와 독대를 하였다. 하지만 사비는 소도성의 말에 일절 대답하지 않고 침묵만 지켰다. 그래도 소도성은 사비의 마음을 돌려 자신을 돕도록 하기 위해 그를 좌장사左長史에 임명하였다. 또 일찌감치 사마소의 황위 계승을 돕지 못한 것을

....

둘 낳았지만 둘 다 조조에게 참혹하게 죽음을 당했고, 그녀가 죽은 후에 조조의 딸이 헌목황후로 황후의 자리에 올랐다.

82 丹陽 : 지금의 강소성 진강시鎭江市.

83 裴寂 : 당나라 건국 공신. 자 현진玄眞. 수나라 말기에 진양궁감晉陽宮 부감副監을 지내면서 관에서 보관하던 재물을 사용하여 당 고조 이연李淵이 군대를 동원할 때 도왔다. 이연은 황제가 된 뒤 자신이 거병할 때 궁녀 오백 명과 쌀 9만석, 비단 5만 필, 갑옷 4만 벌을 바친 배적을 상서우복야尙書右僕射로 봉하고 의복을 하사하는 등 기록할 수 없을 정도의 많은 하사품을 내렸다. 또한 배적의 딸을 며느리로 삼고, 종종 그와 함께 수랏상을 하사해 함께 식사를 했다고 한다.

84 蕭道成(427~482) : 남조 제나라 창건 군주. 고조高祖. 자 소백紹伯. 미천한 한문寒門 출신이었지만, 송나라 말 내란에서 공을 세워 중령군 장군이 되자 중앙군을 완전히 장악하여 순제順帝를 폐위시키고 479년 제나라를 세웠다. 우완지의 건의에 따라 호적 정리를 실행하였으나 반발이 심했다. 재위 4년 만에 병사하였다.

168

후회한 석포石苞[85]의 예를 들어 사비를 압박했지만, 그는 끝내 관직을 사절하였다. 훗날 소도성이 유송의 순제順帝에게서 제위를 선양 받았을 때, 사비는 시중侍中의 직책을 담당하고 있었다. 소도성이 황위를 찬탈한 후에도, 사비는 죽음을 무릅쓰고 항거하며 시중의 인수印綬[86]를 차고 다니며, 잘 때면 배게 아래에 보관하였다. 한번은 길을 가는데 소도성의 아들 소적蕭賾이 사비를 알아보고 그를 죽이려고 하였는데, 소도성은 이 일로 인해 분명 여론의 비난을 받게 될 것을 알고 말하였다.

> "그를 죽이면 그의 명성만을 드높여주고 우리의 위신을 훼손 될 것이니, 그를 살려주고 용서해야 우리의 위신이 설 것이다."

그리고 사비를 파면한 후, 고향으로 추방하였다. 해릉왕海陵王 소소문蕭昭文[87]은 그를 다시 시중으로 임명하였다. 그리고 얼마 뒤 선성왕宣城王 소란蕭鸞이 황권을 찬탈하려고 조정의 신하들을 끌어들이자, 사비는 황권 찬탈에 함께 하지 않으려 오흥吳興[88]의 태수로 내려가기를 청하였다. 오흥으로 부임하기 전 사비는 이부상서吏部尙書로 재직하고 있는 아우 사약謝瀹과 함께 작별주를 마셨다. 술이 얼큰하게 취하자 사비가 말했다.

----

85 石苞(230~?) : 위魏의 장수이자 서진西晉의 개국공신. 관직은 감군甘軍으로 사마소司馬昭가 제갈탄諸葛誕과 오吳의 연합군을 진압하기 위해 좌군으로 삼았으며, 복병을 이끌고 가서 활약을 했다. 후에 사마염司馬炎은 진晉을 건국한 후, 석포의 공을 인정하여 표기장군에 임명하였다.

86 印綬 : 중국에서 쓰이던 관인官印의 끈. 관인이란 천자天子 이하 여러 관리의 관직이나 작위를 표시하는 인印이며, 수綬는 그 인의 고리에 맨 30cm 정도의 끈이다. 관직과 작위의 높고 낮음에 따라 관인의 형태·재질 등이 뚜렷하게 구별되었던 것처럼 끈에도 그 빛깔에 엄격한 구별이 있었다. 인수의 출현은 전국시대라고 추정되는데, 제도로서 갖추어진 시기는 진秦·한漢 시대이다. 그 후 남북조시대 이후는 관인의 제도가 바뀌고, 그에 따라 끈은 인印을 허리에 차기 위한 것이라기보다는 허리띠에 매는 장식용 매듭 끈이 되었다.

87 蕭昭文(480~494) : 남조 제齊의 제4대 황제(재위 494년). 제2대 황제 무제 소색의 손자이다. 자는 계상季尙. 남제 삼폐제三廢帝의 한 사람으로 시호와 묘호는 없다. 494년에 형인 소소업이 폐위되어 살해되자, 서창후西昌侯 소란蕭鸞에 의해서 제위에 올랐다. 그러나, 정치의 실권은 소란이 갖고 있어서, 소란의 허락 없이는 아무 것도 할 수 없었다. 그리고 즉위한 후에 불과 4개월 뒤에는, 소란에 의해 폐위되어 해릉왕으로 격하되었다가 살해당하였다.

88 吳興 : 지금의 절강성 오흥.

"맘껏 술 마시는 것에만 집중하고, 다른 사람의 일에 참견하지 말자!"

소란의 행위를 혐오하였지만, 혼자 힘으로 어찌할 수 없었기에 내심 갈등이 컸던 것이다. 사비의 절개 곧은 행위가 이처럼 늠름하였는데, 사마광이 그의 행위를 조소한 것은 이해할 수 없다. 나는 사비가 적극적으로 소란에게 반대하지 않은 것은 충분히 용서받을 수 있다고 생각한다.『용재속필』에서 사개士丐와 한궐韓厥의 사적을 서술할 때, 사비에 대해서는 자세하게 서술하지 않아 여기에서 다시 자세하게 논하였다.

12. 「비파정」琵琶亭詩

강주江州[89]의 비파정琵琶亭[90]은 장강 나루터에 자리 잡고 있는데, 송나라 때부터 오고 가는 많은 사람들이 비파정에 대한 시문을 남겼고, 그 중 뛰어난 것은 많은 사람들의 입을 통해 널리 알려졌다. 순희淳熙 6년(1179) 7월 15일에 촉蜀 지방의 명사 곽명복郭明復이 비파정에 와서, 「제비파정題琵琶亭」이라는 시 한 수를 지었다. 서문과 시의 내용은 다음과 같다.

> 백거이가 포분浦溢에 유배되었을 때 「비파행」을 지어 자신 내면의 생각을 풀어 놓았다. 인생의 우환이나 생사, 그리고 화복과 득실을 담담하게 직시하였으니 높은 경지의 깨달음에 도달했음을 알 수 있다. 가의賈誼는 장사長沙[91]에 유배되어 가서 울분으로 죽음에 이르렀고, 육상陸相은 남쪽 변방으로 유배되어 세상과 인연을 끊고 지내 음식조차 개구멍으로 받아먹었다. 이 두 사람은 세상과의 끈을 놓지 않았기 때문에, 백거이처럼 세상사를 초탈한 달관에 도달할 수가 없었다. 나는 구강九江을 지나가다가 배를 비파정 아래에 매어 두고, 비파정에 올라가 이 시를 지었다.

> 향산거사(백거이)의 머리엔 흰서리가 내렸는데,　　香山居士頭欲白,

---

89 江州 : 지금의 강서성 구강시九江市.
90 琵琶亭 : 강서성 구강九江에 위치한 정자. 1987년에 중건되었는데, 강에 인접하여 남향으로 축조되었고, 정원형식으로 되어 있다.
91 長沙 : 지금의 호남성 장사시.

가을바람은 분성의 나그네에게로 불어오네.　　秋風吹作湓城客.
세상일 바라보니 얼마나 허망한가,　　　　　眼看世事等虛空,
넓디 넓은 가슴에 담을 것 하나 없으니.　　　雲夢胸中無一物.[92]
홀로 술잔 들어 취하니 하늘이 내집이요,　　舉觴獨醉天爲家,
삼라만상 중 마음에 드는 것을 선택하니　　詩成萬象遭梳爬.
　　시가 되네.
세상 사람들이 죽일 놈이라 욕하는 것　　　不管時人皆欲殺,
　　신경 쓰지 않고,
깊은 밤 강가에서 비파소리에 취하였네.　　夜深江上聽琵琶.
가의는 어이하여 늙어버린 아내와 아이들과　賈胡老婦兒女語,
비 오듯 옷섶을 적시며 눈물 흘렸는가?　　淚濕靑衫如著雨.
이 사람이 어찌 광기서린 꿈꾸며,　　　　此公豈少狂夢,
세상의 부침을 그대처럼 즐길 수 있을까.　與世浮沉聊爾汝.
나는 그대보다 300년 후에 와,　　　　　我來後公三百年,
지금 심양에는 비파소리가 들리지 않고,　潯陽至今無管弦.[93]
장안은 여음조차 없어 적막하며,　　　　長安不見遺音寂,
예전처럼 여산만 하늘을 파랗게 색칠하고 있네.　依舊匡廬翠掃天.[94]

곽명복은 성도成都 출신으로, 융흥隆興 원년(1163)에 과거에 급제하였으나
벼슬길은 그다지 순탄하지 않았다. 「제비파정」의 시 내용 중 가의와 관련된
부분은 잘못된 것 같다. 가의는 귀양지인 장사에서 돌아온 후 양왕梁王의
태부太傅가 된지 1년 만에 33살의 젊은 나이로 죽었다. 내 고향 요주饒州의
여간현餘干縣 동쪽 간월정干越亭 아래에는 비파주琵琶洲라는 유명한 곳이 있는데,
당나라의 유장경劉長卿과 장호張祜 등이 모두 이곳을 지나며 시를 남겼다.

. . . .

92 雲夢 : 지금의 호북성 안륙현安陸縣 남쪽에 위치하였던 초楚나라의 이름난 큰 늪. 한漢나라의
　사마상여司馬相如가 「자허부子虛賦」에서 "운몽과 같은 것 여덟 아홉 개를 한꺼번에 집어삼키
　듯, 그 흉중이 일찍이 막힘이 없었다.[呑若雲夢者八九於其胸中, 曾不蔕芥]"라는 구절이 있는데,
　이로 인해 '운몽부족탄雲夢不足呑'과 '운몽탄흉장雲夢呑胸膓'은 마음이 지극히 광대해진다는 성
　어가 되었다.
93 백거이의 「비파행」에는 "심양땅은 벽지라 음악이 없고[潯陽地僻無音樂]"라는 구절이 있다.
94 匡廬 : 지금의 강서성 구강시 남쪽에 위치한 명산인 여산廬山의 이칭. 전설에 따르면 주나라
　때 광씨匡氏 7형제가 이곳에서 오두막을 짓고 은거했다고 해서, 광산匡山·광려匡廬라고 불렀
　다고 한다.

소흥紹興 연간에 왕응진汪應辰[95]이 「제여간현비파주題餘干縣琵琶洲」라는 절구 한 수를 썼다.

변새의 거친 세상살이 이루 다 기록할 수 있을까,   塞外風煙能記否,
영락하여 타향으로 떠돌아다니면 절로 알게 되리.   天涯淪落自心知.
눈에 비친 세상만물들은 들쑥날쑥 천태만상인데,   眼中風物參差是,
강주사마(백거이)의 시만 보이질 않네.   只欠江州司馬詩.

얼마나 절묘한 시인가!

13. 관료의 감소 減損入官人

당나라 개원開元 17년(729)에 국자좨주國子祭酒[96] 양창楊場이 상소문을 올렸다.

조정의 부서를 줄이라는 상소문으로 인해 명경과明經科와 진사과進士科에 급제하는 이가 매년 백 명이 넘지 않습니다. 소신이 관직에 오르기 위해 과거를 준비하는 선비들을 은밀하게 조사해보니, 매년 이천 명이 넘었습니다. 이중 명경과와 진사과에 급제하는 이는 10분의 1도 되지 않습니다. 이는 부지런히 학문에 힘쓰는 선비들이 과거를 거치지 않고 관직에 임명되어 문서 처리나 하는 하급벼슬아치들보다 승진이 더디고, 결국 그들보다 낮은 관직에 머물 수밖에 없다는 의미입니다. 만약에 과거를 통해 급제하는 이들의 숫자를 늘리는 것이 부당하다고 판단되신다면, 모든 관직의 관료들의 수를 줄여야지 명경과와 진사과만을 줄여서는 안 됩니다.

모두들 이 상소문의 주장이 타당하다고 여겼다.

순희 9년(1182)에 아버지의 직책에 의해 관직에 임명되는 관원들의 수를

. . . .

95 汪應辰(1118~1176) : 남송 때의 시인이며 산문가. 초명初名 양洋, 자 원발元渤. '심학心學'의 개념을 최초로 제기하여, 유학이 이학理學으로 발전되는 데 역사적 공헌을 하였고, 주희 또한 그의 도덕과 학문을 높게 평가하였다.

96 國子祭酒 : 국자학의 교장으로, 지금의 국립대학 총장에 해당한다. '좨주'란 옛날에 모여 연회를 거행할 때, 연장자가 먼저 술을 땅에 부어 신에게 제사를 지낸 것에서 유래한 것으로, 장관長官의 별칭이 되었다.

대폭 줄였다. 당시 이부사선吏部四選[97]에서 시행하던 과거는 3년을 기준으로 하였고, 진사급제 문관은 대략 3,4백 명이었으며, 아버지의 직책에 의해 관직에 임명된 문무관 역시 이와 같았다. 그러나 과거를 준비하는 선비들이 대략 2천 명이 넘었으니, 개원 때와 거의 같았다.

14. 한유와 소식의 비유수법 韓蘇文章譬喩

한유韓愈와 소식蘇軾은 문장을 쓸 때 비유가 필요하면 연속적으로 반복하여 사용하였는데, 심한 경우는 일고여덟 번 반복한 곳도 있다. 한유의 「송석홍처사서送石洪處士序」를 보자.

> 사람들의 고결함과 비열함을 논하고, 사후에 어떤 것이 성공하고 어떤 것이 실패할까를 논해보면, 마치 황하의 강물이 터져 내려 동쪽으로 흘러가는 듯 하고, 또 네 마리의 말이 끄는 가벼운 수레를 왕량王良과 조보造父 같은 유명한 수레몰이꾼이 몰면서 익숙한 길을 앞서거니 뒤서거니 달려가는 것과도 같고, 또 촛불을 밝혀놓고 수를 헤아리고 거북점을 치는 것과 같습니다.

위처후韋處厚[98]의 「성산시서盛山詩序」를 살펴보자.

> 유학자에게 있어 고난이란, 그것을 거부하고 받아들이지 않으면 하천에 제방을 쌓아 처마 끝 낙숫물을 막으려는 것과 같다. 그러나 고난을 받아들이고 이를 극복한다면, 강물이 큰 바다로 흘러가는 것과 같을 것이고, 여름날의 얼음과도 같을 것이다. 연습만 하고 문장 쓰는 것을 소홀히 한다면 마치 종鐘과 석경石磬을 연주해 귀뚜라미와 날벌레들의 울음소리를 깨뜨리는 것과 같다.

소식의 시 「백보홍百步洪」을 살펴보자.

용재삼필 권6

긴 물줄기 별안간 떨어져 물결이 치솟는데,　　　　　長洪斗落生跳波,
조각배 던져진 베틀 북처럼 남으로 내려간다.　　　　輕舟南下如投梭.
사공이 소리치자 물오리 기러기 날아오르고,　　　　水師絕叫鳧雁起.
한 줄로 어지러이 늘어선 바윗돌들은　　　　　　　亂石一線爭磋磨.
　　뾰족함을 다툰다.

토끼가 뛰자 송골매가 덮치듯,　　　　　　　　　有如兔走鷹隼落,
준마 천 길 내리막 내딛듯,　　　　　　　　　　　駿馬下注千丈坡.
끊어진 현이 기러기발을 떠나듯　　　　　　　　　斷弦離柱箭脫手,
　　화살이 손을 벗어나듯,
문틈으로 번개가 스치듯　　　　　　　　　　　　飛電過隙珠翻荷.
　　이슬방울 연잎 위를 구르듯.

이것들이 바로 반복적으로 비유의 수법을 사용하고 있는 시이다.

15. 직간으로 죽은 신하에게 관직을 추증한 당나라 소종
　　　唐昭宗贈諫臣官

당나라 희종僖宗이 촉蜀으로 피난을 가자, 정사는 모두 환관인 전령자田令孜에 의해 처리되었다. 좌습유左拾遺 맹소도孟昭圖와 우보궐右補闕 상준常浚이 이에 대해 상소문을 올리자, 맹소도는 폄적되었다. 전령자는 사람을 시켜 폄적되어 떠나가는 맹소도를 마이진蟆頤津[99]에서 물에 빠뜨려 죽게 했고, 상준도 죽였다. 『자치통감資治通鑑』에 이 일이 기록되어 있다.

내가 『소종실록昭宗實錄』을 살펴보니, 소종昭宗은 즉위하여 맹소도에게 기거랑起居郎[100] 직을 추증하였으며, 상준에게는 예부원외랑禮部員外郎 직을 추증하였다. 이 둘은 직간을 하다가 피살되었기 때문에 마땅히 포상을 받고 관직을 제수 받아야 한다. 소종이 즉위하였을 때는 나라의 존망이 위급한 상황이었기

. . . .

99 蟆頤津 : 지금의 사천성 미산현眉山縣 동쪽의 마이산蟆頤山 아래의 파리강玻璃江의 나루.
100 起居郎 : 관직명으로 수 양제 때 처음으로 설치되었다. 기거사인起居舍人이라고도 하며, 내사성內史省에 속해있다. 당나라 정관초에 문하성門下省에 기거랑을 두고, 황제의 일상행동과 국가대사를 기록하게 했다.

에 여유가 없었음에도 불구하고 즉위 초에 맹소도와 상준의 포상문제를 해결하였는데, 『자치통감』에서 이 부분에 대해서 기록하지 않았으니, 실로 애석할 따름이다.

1. 蕨萁養人

自古凶年饑歲, 民無以食。往往隨所值以爲命。如范蠡謂吳人就蒲嬴於東海之濱；蘇子卿掘野鼠所去屮實, 及齧雪與旃毛幷咽之；王莽敎民煮木爲酪；南方人饑餓, 羣入野澤掘鳧茈；鄧禹軍士食藻菜；建安中, 咸陽人拔取酸棗、蔾藿以給食；晉郗鑒在鄒山, 兗州百姓掘野鼠、蟄燕；幽州人以桑椹爲糧, 魏道武亦以供軍；岷、蜀食芋。如此而已。吾州外邑, (嶕)崌山在樂平、德興境, 李羅萬舢山在浮梁、樂平、鄱陽境, 皆綿亘百餘里, 山出蕨萁。乾道辛卯、紹熙癸丑歲旱, 村民無食, 爭往取其根。率以昧旦荷鉏往掘, 深至四五尺, 壯者日可得六十斤。持歸搗取粉, 水澄細者煮食之, 如粔籹狀, 每根二斤, 可充一夫一日之食。冬晴且暖, 田野間無不出者, 或不遠數十里, 多至數千人。自九月至二月終, 蕨抽拳則根無力, 於是始止。蓋救餓嬴者半年, 天之生物, 爲人世之利至矣。古人不知用之, 傳記亦不載, 豈他邦不産此乎？

2. 賢士隱居者

士子脩己篤學, 獨善其身, 不求知於人, 人亦莫能知者, 所至或有之, 予每惜其無傳。比得上虞李孟傳錄示四事, 故謹書之。

其一曰, 慈溪蔣季莊, 當宣和間, 鄙王氏之學, 不事科擧, 閉門窮經, 不妄與人接。高抑崇閑居明州城中, 率一歲四五訪其廬。季莊聞其至, 必倒屣出迎, 相對小室, 極意講論, 自晝竟夜, 殆忘寢食。告去則送之數里, 相得歡甚。或問抑崇曰：「蔣君不多與人周旋, 而獨厚於公, 公亦惓惓於彼, 願聞其故？」抑崇曰：「閱終歲讀書, 凡有疑而未判, 與所缺而未知者, 每積至數十, 輒一扣之, 無不迎刃而解。」而蔣之所長, 他人未必能知之。世之所謂知己, 其是乎？

其二曰, 王茂剛, 居明之林村, 在巖壑深處, 有弟不甚學問, 使顓治生以餬口, 而刻意讀書, 足跡未嘗妄出, 尤邃於周易。沈煥通判州事, 嘗訪之。其見趣絕出於傳注之外云。氣象嚴重, 窺其所得, 蓋進而已也。

其三曰, 顧主簿, 不知何許人, 南渡後寓于慈溪。廉介有常, 安於貧賤, 不蘄人之知。至於踐履間, 雖細事不苟也。平旦起, 俟賣菜者過門, 問菜把直幾何, 隨所言酬之。它飲食布帛亦然。久之人皆信服, 不忍欺。苟一日之用足, 則玩心墳典, 不事交游。里中有不

安其分、武斷彊忮者, 相與譏之, 曰:「汝豈顧主簿耶?」

其四曰, 周日章, 信州永豐人。操行介潔, 爲邑人所敬。開門授徒, 僅有以自給, 非其義一毫不取。家至貧, 常終日絶食, 鄰里或以薄少致餽。時時不繼, 寧與妻子忍餓, 卒不以求人。隆寒披紙裘, 客有就訪, 亦欣然延納, 望其容貌, 聽其論議, 莫不聳然。縣尉謝生遺以襲衣, 曰:「先生未嘗有求, 吾自欲致其勤勤耳, 受之無傷也。」日章笑答曰:「一衣與萬鍾等耳, 儻無名受之, 是不辨禮義也。」卒辭之。汪聖錫亦知其賢, 以爲近於古之所謂獨行者。

是四君子, 眞可書史策云。

3. 張籍陳無己詩

張籍在他鎭幕府, 鄆帥李師古又以書幣辟之, 籍卻而不納, 而作節婦吟一章寄之, 曰:「君知妾有夫, 贈妾雙明珠。感君纏綿意, 繫在紅羅襦。妾家高樓連苑起, 良人執戟明光裏。知君用心如日月, 事夫誓擬同生死。還君明珠雙淚垂, 何不相逢未嫁時。」陳無己爲潁州教授, 東坡領郡, 而陳賦妾薄命篇, 言爲曾南豐作, 其首章云:「主家十二樓, 一身當三千。古來妾薄命, 事主不盡年。起舞爲主壽, 相送南陽阡。忍著主衣裳, 爲人作春妍?有聲當徹天, 有淚當徹泉。死者恐無知, 妾身長自憐。」全用籍意。或謂無己輕坡公, 是不然。前此, 無己官於彭城, 坡公由翰林出守杭, 無己越境見之於宋都, 坐是免歸, 故其詩云:「一代不數人, 百年能幾見?昔爲馬首銜, 今爲禁門鍵。一雨五月涼, 中宵大江滿。風帆目力短, 江空歲年晚。」其尊敬之盡矣。薄命擬況, 蓋不忍師死而逐倍之, 忠厚之至也。

4. 杜詩誤字

李適之在明皇朝爲左相, 爲李林甫所擠去位, 作詩曰:「避賢初罷相, 樂聖且銜盃。爲問門前客, 今朝幾個來?」故杜子美飮中八仙歌云:「左相日興費萬錢, 飮如長鯨吸百川, 銜盃樂聖稱避賢。」正詠適之也。而今所行本誤以「避賢」爲「世賢」, 絶無意義, 兼「世」字是太宗諱, 豈敢用哉!秦州雨晴詩云:「天永秋雲薄, 從西萬里風。」謂秋天遼永, 風從萬里而來, 可謂廣大。而集中作「天水」, 此乃秦州郡名, 若用之入此篇, 其致思淺矣。和李表丈早春作云:「力疾坐清曉, 來詩悲早春。」正答其意。而集中作「來時」, 殊失所謂和篇本旨。

5. 東坡詩用老字

東坡賦詩, 用人姓名, 多以老字足成句。如壽州龍潭云「觀魚幷記老莊周」, 病不赴會云「空對親舂老孟光」, 看潮云「猶似浮江老阿童」, 贈黃山人云「說禪長笑老浮屠」, 元長

老納裙云「乞與佯狂老萬回」，東軒云「挂冠知有老蕭郎」，侍立邇英云「定似香山老居士」，贈李道士云「知是香山老居士」，蒜山亭云「奇逸多聞老敬通」，汝公東堂云「一帖空存老逐良」，次韻韶守云「華髮蕭蕭老逐良」，游羅浮云「還須略報老同叔」，贈辯才云「中有老法師」，寄子由云「青山老從事」，贈眼醫云「忘言老尊宿」，「妙高臺中老比丘」，謝惠酒云「青州老從事」，謝餉魚云「誰似老方朔」，贈吳子野扇云「得之老月師」，次韻李端叔云「此是老牛戩」，是皆以爲助語，非眞謂其老也，大抵七言則於第五字用之，五言則於第三字用之。若其他錯出，如「再說走老瞞」，「故人餘老龐」，「老潓宮粧傳父祖」，「便腹從人笑老韶」，「老可能爲竹寫眞」，「不知老奘幾時歸」之類，皆隨語勢而然。白樂天云「每被老元偸格律」，蓋亦有自來矣。

6. 杜詩命意

杜公詩命意用事，旨趣深遠，若隨口一讀，往往不能曉解，姑紀一二篇以示好事者。如：「能畫毛延壽，投壺郭舍人。每蒙天一笑，復似物皆春。政化平如水，皇恩斷若神。時時用抵戲，亦未雜風塵。」第三聯意味頗與前語不相聯貫，讀者或以爲疑。按，杜之旨本謂技藝倡優不應蒙人主顧眄賞接，然使政化如水，皇恩若神，爲治大要旣無可損，則時時用此輩，亦亡害也。又如：「亂後碧井廢，時淸瑤殿深。銅缾未失水，百丈有哀音。側想美人意，應悲寒甃沉。蛟龍半缺落，猶得折黃金。」此篇蓋見故宮井內汲者得銅缾而作，然首句便說廢井，則下文翻覆鋪敍爲難，而曲折宛轉如是，它人畢一生模寫不能到也。又一篇云：「鬪雞初賜錦，舞馬旣登床。簾下宮人出，樓前御柳長。仙游終一閟，女樂久無香。寂寞驪山道，淸秋草木黃。」先忠宣公在北方，得唐人畫驪山宮殿圖一軸，華淸宮居山巔，殿外垂簾，宮人無數，穴簾隙而窺，一時伶官戲劇，品類雜沓，皆列于下。杜一詩眞所謂親見之也。

7. 擇福莫若重

國語載范文子曰：「擇福莫若重，擇禍莫若輕。」且士君子樂天知命，全身遠害，避禍就福，安有迫于禍至擇而處之之理哉！韋昭注云：「有兩福擇取其重，有兩禍擇取其輕。」蓋以不幸而與禍會，勢不容但已，則權其輕重，順受其一焉。莊子養生主篇云：「爲善無近名，爲惡無近刑。」夫孳孳爲善，君子之所固然，何至於縱意爲惡，而特以不麗於刑爲得計哉！是又有說矣。其所謂惡者，蓋與善相對之辭，雖於德爲愆義，非若小人以身試禍自速百殃之比也。故下文云：「可以全生，可以保身，可以盡年。」其旨昭矣。

8. 用人文字之失

士人爲文，或採已用語言，當深究其旨意，苟失之不考，則必詒論議。紹興七年，趙忠

簡公重修哲錄, 書成, 轉特進, 制詞云：「惟宣仁之誣謗未明, 致哲廟之憂勤不顯。」此蓋用范忠宣遺表中語, 兩句但易兩字, 而甚不然, 范之辭云：「致保佑之憂勤不顯。」專指母后以言, 正得其實。今以保佑為哲廟, 則了非本意矣。紹興十九年, 予為福州教授, 為府作謝曆日表, 頌德一聯云：「神祇祖考, 既安樂於太平；歲月日時, 又明章於庶證。」至乾道中, 有外郡亦上表謝曆, 蒙其采取用之, 讀者以為駢儷精切, 予笑謂之曰：「此大有利害, 今光堯在德壽, 所謂『考』者何哉？」坐客皆縮頸, 信乎不可不審也。

9. 李衛公輞川圖跋

輞川圖一軸, 李趙公題其末云：「藍田縣鹿苑寺主僧子良贄於予, 且曰：『鹿苑卽王右丞輞川之第也。右丞篤志奉佛, 妻死不再娶, 潔居逾三十載。母夫人卒, 表宅為寺。今家墓在寺之西南隅, 其圖實右丞之親筆。』予閱玩珍重, 永為家藏。」弘憲題其前一行云：「元和四年八月十三日, 弘憲題。」弘憲者, 吉甫字也。其後, 衛公又跋云：「乘閒閱篋書中, 得先公相國所收王右丞畫輞川圖, 實家世之寶也。先公凡更三十六鎭, 故所藏書畫多用方鎭印記。大和二年戊申正月四日, 浙江西道觀察等使、檢校禮部尚書兼潤州刺史李德裕恭題。」又一行云：「開成二年秋七月望日, 文饒記。」前後五印, 曰淮南節度使印、浙江西道觀察處置等使之印、劍南西川節度使印、山南西道節度使印、鄭滑節度使印, 幷贊皇二字。又內合同印, 建業文房之印, 集賢院藏書印, 此三者南唐李氏所用, 故後一行曰：「昇元二年十一月三日。」雖今所傳為臨本, 然正自超妙。但衛公所志, 殊為可疑。唐書李吉甫傳云：「德宗以來, 姑息藩鎭, 有終身不易地者。吉甫為相歲餘, 凡易三十六鎭。」吉甫平生只為淮南節度耳, 今乃身更三十六鎭, 誠大不然。所用印記, 如浙西、西川、山西、鄭滑, 皆衛公所歷也。且書其父手澤, 不言第幾子, 而有李字, 又自標其字, 皆非是, 蓋好事者妄為之。白樂天詩所說淸涼寺, 卽輞川云。洪慶善作丹陽洪氏家譜序云：「丹陽之洪本姓弘, 避唐諱改。有弘憲者, 元和四年跋輞川圖。」亦大錯也。

10. 白公夜聞歌者

白樂天琵琶行, 蓋在潯陽江上為商人婦所作。而商乃買茶於浮梁, 婦對客奏曲, 樂天移船, 夜登其舟與飲, 了無所忌, 豈非以其長安故倡女不以為嫌邪？集中又有一篇題云夜聞歌者, 時自京城謫潯陽, 宿於鄂州, 又在琵琶之前。其詞曰：「夜泊鸚鵡洲, 秋江月澄澈。鄰船有歌者, 發調堪愁絕。歌罷繼以泣, 泣聲通復咽。尋聲見其人, 有婦顏如雪。獨倚帆檣立, 娉婷十七八。夜淚似眞珠, 雙雙墮明月。借問誰家婦？歌泣何凄切。一問一霑襟, 低眉終不說。」陳鴻長恨傳序云：「樂天深於詩多於情者也, 故所遇必寄之吟詠, 非有意於漁色。」然鄂州所見, 亦一女子獨處, 夫不在焉, 瓜田李下之疑, 唐人不誡也。今詩人罕談此章, 聊復表出。

11. 謝朓志節

荀彧佐魏武帝, 劉穆之佐宋高祖, 高德政佐齊文宣, 高熲佐隋文帝, 劉文靜佐唐高祖, 終之篡漢、晉、魏、周及取隋, 其功不細矣。 或以不言伏后事與勸止九錫, 飲酖而死。 穆之居守丹陽, 宋祖北伐, 而九錫之旨從北來, 愧懼而卒。 德政以精神凌逼, 爲楊愔所譖, 熲以爲相畜妾, 爲獨孤后所譖, 文靜以妾弟告變, 爲裴寂所譖, 皆不免於誅。 蕭道成謀篡宋, 欲引謝朓參贊大業, 屏人與之語, 朓無言。 道成必欲引參佐命, 以爲左長史, 從容間道石苞事諷之, 朓訖不順指。 及受宋禪, 方爲侍中, 不肯解璽綬, 引枕而臥, 步出府門, 道成之子贖欲殺之, 道成畏得罪於公議, 曰:「殺之適成其名, 正當容之度外耳。」 遂廢于家。 海陵王之世復爲侍中。 宣城王鸞謀繼大統, 多引朝廷名士, 朓心不願, 乃求出爲吳興太守。 其弟瀹爲吏部尚書, 朓致酒與之, 曰:「可力飲此, 無預人事。」 其心蓋惡鸞而末如之何也。 朓之志節行義, 凜凜如此, 司馬溫公猶以爲譏, 斯亦可恕也已。 續筆於士匄、韓厥下略及之, 故復詳論于此。

12. 琵琶亭詩

江州琵琶亭, 下臨江津, 國朝以來, 往來者多題詠, 其工者輒爲人所傳。 淳熙己亥歲, 蜀士郭ități復以中元日至亭, 賦古風一章, 其前云:「白樂天流落湓浦, 作琵琶行, 其放懷適意, 視憂患死生禍福得喪爲何物, 非深於道者能之乎? 賈傅謫長沙, 抑鬱致死, 陸相竄南賓, 屏絶人事, 至從狗竇中度食飲。 兩公猶有累乎世, 未能如樂天之逍遙自得也。 予過九江, 維舟琵琶亭下, 爲賦此章。」「香山居士頭欲白, 秋風吹作湓城客。 眼看世事等虛空, 雲夢胸中無一物。 擧觴獨醉天爲家, 詩成萬象遭梳爬。 不管時人皆欲殺, 夜深江上聽琵琶。 賈胡老婦兒女語, 淚濕青衫如著雨。 此公豈作少狂夢, 與世浮沈聊爾汝。 我來後公三百年, 潯陽至今無管絃。〔公詩有「潯陽地僻無音樂」之句。〕長安不見遺音寂, 依舊匡廬翠掃天。」郭君, 成都人, 隆興癸未登科, 仕不甚達。 但賈誼自長沙召還, 後爲梁王傅乃卒, 前所云少誤矣。 吾州餘干縣東干越亭有琵琶洲在下, 唐劉長卿、張祜輩皆留題。 紹興中, 王洋元勃一絶句云:「塞外風煙能記否, 天涯淪落自心知。 眼中風物參差是, 只欠江州司馬詩。」眞佳句也。

13. 減損入官人

唐開元十七年, 國子祭酒楊瑒上言:「省司奏限天下明經、進士及第每年不過百人。 竊見流外出身, 每歲二千餘人, 而明經、進士不能居其什一, 則是服勤道業之士, 不如胥吏之得仕也。 若以出身人太多, 則應諸色裁損, 不應獨抑明經、進士。」當時以其言爲然。 淳熙九年, 大減任子員數, 是時, 吏部四選開具以三年爲率, 文班進士大約三四百人, 任子文武亦如之。 而恩倖流外, 蓋過二千之數, 甚與開元類也。

14. 韓蘇文章譬喻

韓蘇兩公爲文章, 用譬喩處, 重複聯貫, 至有七八轉者。韓公送石洪序云：「論人高下, 事後當成敗, 若河決下流東注, 若馴馬駕輕車就熟路, 而王良、造父爲之先後也, 若燭照數計而龜卜也。」 盛山詩序云：「儒者之於患難, 其拒而不受於懷也, 若築河堤以障屋霤；其容而消之也, 若水之於海, 冰之於夏日；其翫而忘之以文辭也, 若奏金石以破蟋蟀之鳴、蟲飛之聲。」蘇公百步洪詩云「長洪斗落生跳波, 輕舟南下如投梭。水師絕叫鳧雁起, 亂石一線爭磋磨。有如免走鷹隼落, 駿馬下注千丈坡。斷弦離柱箭脫手, 飛電過隙珠翻荷」之類, 是也。

15. 唐昭宗贈諫臣官

唐僖宗幸蜀, 政事悉出內侍田令孜之手。左拾遺孟昭圖、右補闕常濬上疏論事, 昭圖坐貶, 令孜遣人沉之於蟇頤津, 賜濬死。資治通鑑記其事。予讀昭宗實錄, 卽位之初, 贈昭圖起居郎, 濬禮部員外郎, 以其直諫被戮, 故褒之。方時艱危, 救亡不暇, 而初政及此, 通鑑失書之, 亦可惜也。

1. 재상들의 전관 고사 執政辭轉官[1]

진종眞宗 천희天禧 원년(1017)에 천지의 신에게 제사를 지냈다. 제사가 끝난 후 황제는 백관들에게 은혜를 베풀어 재상이하 모든 관료들의 관직을 한 등급씩 올려주었다. 그때 참지정사參知政事[2]가 세 사람이었는데, 진팽년陳彭年은 형부시랑刑部侍郎에서 병부兵部로, 왕증王曾은 좌간의대부左諫議大夫에서 급사중給事中으로, 장지백張知白은 급사중에서 공부시랑工部侍郎으로 승진되었다. 그런데 유독 장지백만이 승진을 정중히 사절하는 상소를 여러 차례 올렸다. 황제가 유지諭旨[3]를 내렸지만 끝내 그의 뜻을 꺾을 수 없었다. 이 일을 전해들은 왕증 역시 승진을 명한 황제의 은명恩命[4]을 거두어 주실 것을 청하였다. 왕증의 상소에 진종이 답하였다.

> 장지백은 다른 뜻 없이, 단지 그대가 간의대부일 때는 급사중인 자신보다 직위가 위였는데, 이번 승진에서 자신이 그대보다 직급이 위가 되기 때문에 승진을 고사

---

1 執政 : 나라의 정무政務를 담당하는 관직官職이나 사람을 이르는 말. 송나라 때는 참지정사參知政事·문하시랑門下侍郎·중서시랑中書侍郎·상서좌우승尚書左右丞·추밀사樞密使·추밀부사樞密副使·지추밀원사知樞密院事·동지추밀원사同知樞密院事를 집정관執政官이라고 했다. 재상급의 직책을 말한다. 금나라와 원나라의 제도도 거의 같았다.

2 參知政事 : 관직명. '참정參政'이라고도 한다. 당송唐宋때의 최고 정무장관 중 하나로, 동평장사同平章事·추밀사樞密使·추밀부사樞密副使와 함께 '재집宰執'이라고 칭했고, 부재상副宰相에 해당한다.
  ○ 재집宰執 : 임금을 도와 모든 관원을 지휘하고 감독하는 이품 이상의 벼슬이나 그런 자리에 있는 사람을 통틀어 이르던 말이다.

3 諭旨 : 교지教旨. 황제가 신하나 백성에게 내린 명령 또는 지시를 지칭한다.

4 恩命 : 죄를 용서하거나 관직에 임명하는 임금의 명령.

하여 품계질서를 지키고자 한 것이네.

그리하여 장지백의 청은 받아들여졌다. 아울러 금자광록대부金紫光祿大夫로 승진되고 공신에게 하사되는 작위爵位와 봉읍封邑도 하사받았다.

원우元祐 3년(1089) 4월 재상이 일곱 명이었는데, 문언박文彦博은 이전의 태사太師 직을 유지하게 하였고, 나머지 재상들에게는 새로운 관직이 제수되었다. 우복야右僕射 여공저呂公著는 사공司空과 동평장군국사同平章軍國事에 제수되었으며, 중서시랑中書侍郎 여대방呂大防은 좌복야左僕射에 제수되었다. 또 동지추밀원同知樞密院 범순인范純仁은 우복야右僕射에 제수되었고, 상서좌승尙書左丞 유지劉摯는 중서시랑中書侍郎에 제수되었으며, 우승右丞 왕존王存은 좌승左丞에 제수되었다. 그런데 유독 지추밀원知樞密院 안도安燾만이 산직散職[5]인 정의대부正議大夫[6]에서 우광록대부右光祿大夫[7]로 바뀌었다. 안도는 상소를 올려 사직을 청하였지만, 철종은 학사원學士院에 안도의 사직을 윤허할 수 없다는 조서를 작성하라 명령했다. 학사學士 소식이 이 일에 대해 다음과 같은 의견을 내었다.

> 조정이 여섯 재상 중 다섯 명에게는 관직을 제수하고 한 사람에게는 단지 산직의 직위만 올려주었으니, 이것으로 어찌 승진에서 누락된 그의 마음을 위로할 수 있겠습니까? 받아들일 승진의 명예도 없이 단지 고식적인 정치적 행위이기에 사직을 청하는 것인데, 이를 윤허하지 않겠다는 조서를 어떤 말로 써야 할지 알 수 없었습니다. 삼가 바라옵건대 안도의 청을 윤허하여주시옵소서.

철종은 다음과 같은 비답批答[8]을 내렸다.

> 잠시 안도가 받아들일 수 있는 관직을 생각해 볼 것이니, 사직은 불허한다고 조서를 작성하도록 하오.

안도는 계속해서 사직을 원했고, 결국 받아들여졌다.

• •

5 散職 : 일정한 직무가 없는 벼슬이다.
6 正議大夫 : 문관의 관직 중 산직으로 정사품상正四品上에 해당한다.
7 右光祿大夫 : 문관의 관직 중 산직으로 종이품從二品에 해당한다.
8 批答 : 상소에 대하여 임금이 내리는 답으로 상주문의 말미에 가부의 답을 적었다.

고종 소흥紹興 31년(1161)에 우상右相인 진강백陳康伯은 좌상左相에 제수되었고, 참지정사 주탁朱倬은 우상에 제수되었다. 당시 섭의문葉義問은 지추밀원으로 원래 주탁보다 지위가 높았다. 그러나 당시 승진에서 제외되었기 때문에, 조정에서는 그를 마땅히 추밀사樞密使로 승진시켜야 한다고 논의했다. 학사인 하부何溥가 황제에게서 조서의 내용을 받으면서 이 일에 대해 진언進言을 하였지만, 고종高宗은 받아들이지 않았다.

광종 소희紹熙 5년(1194) 7월, 영종寧宗이 즉위하여 지추밀원 조여우趙汝愚[9]를 우상에 임명하고 참지정사 진규陳騤를 지추밀원사知樞密院事에 임명하였으며, 동지원사同知院事 여서례余瑞禮를 참지정사에 제수하였다. 그런데 좌승상左丞相 류정留正은 소보少保에서 소부少傅로 바뀌었을 뿐이었다. 이 또한 특진이라고는 할 수 있지만 황은은 아니었기에, 류정은 이를 고사하였고, 그에게 제수되었던 소부직은 거두어졌다.

2. 종실의 관직 임명 宗室補官

고종이 즉위한 후 즉위를 기념해 사은赦恩[10]을 내렸는데, 종친의 자제들은 친소원근親疏遠近을 막론하고 그 수가 얼마가 되었든, 두 차례 향시鄉試에 합격하고 성시省試에 대비해 관청에서 글을 읽고 쓰는 능력을 심사 받은 적이 있으면, 곧바로 전시殿試에 참여할 수 있도록 하였다. 그리하여 황족들 중 어느 정도 글을 쓸 줄 알아 주현州縣의 시험을 통과한 이는 곧바로 승신랑承信郎[11]에 임명되었다. 그 결과 관료가 된 사람이 천 명이 넘었다.

....

9 趙汝愚(1140~1196) : 송나라 종실宗室. 자 자직子直, 시호 충정忠定. 효종孝宗 건도乾道 2년 (1166) 진사에 급제하여 벼슬길에 올랐다. 광종光宗 소희紹熙 2년(1191), 이부상서吏部尚書가 되고, 2년 뒤 추밀원사樞密院事로 자리를 옮겼다. 다음 해 광종이 정신병을 앓아 집상執喪하지 못하자, 가왕嘉王을 받들어 황제에 즉위하게 했다. 그가 영종寧宗이다. 우승상右丞相이 되어 주희朱熹에게 경연經筵을 맡도록 하는 등 재야에 있던 사군자士君子들을 많이 발탁했지만, 간신 한탁주 무리들의 끊임없이 모함에 의해 유배되었다가 갑자기 죽었다.

10 赦恩 : 은사恩赦라고도 하며, 황제의 등극 혹은 다른 큰 일이 있을 때 대대적으로 사면해주는 은혜를 베푸는 것을 말한다.

순희淳熙 16년(1189) 2월 광종光宗의 즉위와 소희 5년(1194) 7월의 영종의 즉위 때 있었던 두 차례의 대대적 관료 선발도 이와 같아서, 관료로 선발된 황족들이 이루 헤아릴 수 없을 정도로 많았다.

내가 우연히 『당소종실록唐昭宗實錄』을 살펴보게 되었는데, 그 내용은 다음과 같다.

종실의 가장 큰 어른인 소경少卿 이극조李克助는 상소를 올렸다.

"작년 11월 사서敕書[12]에 의하면, 황족으로 삼복三服이상의 친속들 중 관직이 없는 이는 그와 그의 아들 한 명에게 관직을 제수하고, 오복五服이상의 친속들 중 관직에 한 번도 오른 적이 없는 사람은 그에게 관직을 제수한다고 명하셨습니다. 이를 담당하는 관원이 이전의 예를 계승할 것을 청하였습니다. 9대 황제의 자손들로 관직에 오른 이들은 그들 각각의 자제 한 명에게 관직을 제수하니, 모두 380명이 관직에 임명되었습니다. 그리고 종실의 방계도 똑같이 임명장을 받아 모두 1,027명이 관직에 임명되었습니다. 그리고 그들 중 관직에 부임하지 않았거나 임명장을 받지 못했거나 혹은 관료로서의 규정을 위배한 경우에는 종실 중 삼복・오복이 아닌 이들로 충원하였는데, 이들은 380명으로 모두 관직에 임명되었습니다."

사서敕書에 의거해 사안을 처리한 것이 이와 같았다.

당나라 소종昭宗이 문덕文德 원년(888)에 즉위하여 다음해 11월 남쪽 교외에서 황제즉위를 위해 천지에 제사를 올리고, 제례가 끝난 후 대대적인 관리임용을 발표했는데 그 사서敕書의 대략적인 내용은 다음과 같다.

황족으로 삼복이상의 친속들은 중서문하성中書門下省에 위탁하여 재능과 덕행을 헤아려 선발하여 관직을 바꾸어 주고, 관직이 없는 이들은 부친을 기준으로 각각 한 명의 자제에게 관직을 제수하고, 오복이상의 친속들 중 관직에 한 번도 오른 적이 없는 사람에게는 관직을 제수한다.

....

11 承信郎 : 송나라 관원의 품계. 휘종徽宗 정화연간政和年間(1111~1117)에 무관은 53품계로 정했는데, 52번째 품계가 승신랑으로, 옛 삼반차직三班借職이다.

   ○ 三班借職 : 송나라 무관 중 가장 낮은 직급으로 동東, 서西, 횡橫 3반으로 나누어져있다. 관리가 되면 먼저 삼반차직이 되었다가 삼반봉직三班奉職으로 옮겨지는데, 무관으로 최고 직책은 절도사節度使이다.

12 赦書 : 사면赦免・특사特赦 또는 대사大赦의 명을 반포하는 문서이다.

그렇기 때문에 삼복三服, 오복五服의 친소親疏관계가 즉 관직에 임명되고 임명되지 않는 것의 차이라는 것을 알 수 있다.

3. 봉선 등에 대해 간언을 올린 손석 孫宣公諫封禪等

송나라 진종眞宗 경덕景德[13]·대중상부大中祥符[14] 연간에 요遼나라와 우호관계를 맺고 천하가 평안해지자, 아첨을 일삼는 간악한 간신들이 천서天書[15]를 조작하였다. 왕흠약王欽若과 진팽년陳彭年 무리들이 그러한 간신배들의 우두머리였는데, 그들은 어진 정치에 하늘이 감응하여 상서로운 징조로 천서를 보냈다며 황제를 기만했다. 황제는 천서가 내렸으니 봉선의식을 거행하겠다는 조서를 내려, 동으로는 태산泰山에서 봉封 제사를 올렸고, 서로는 분음汾陰[16]에서 지신地神에게 제사를 올리고, 태청궁太清宮에서는 노자老子에게 제사를 올렸는데, 놀라울 정도로 성대하게 의례를 행하였다.

당시 조정에는 품행이 방정하고 정직한 선비들이 꽤 많이 있었지만, 간신들의 위세에 눌려 천서가 모두 조작이라는 직언을 올리는 사람이 아주 드물었다. 게다가 구준寇準같이 충직한 인물조차도 천서를 상서로운 징조라고 하며 봉선의식 거행을 주장하였다. 그러나 손석孫奭[17]은 홀로 상소를 올려 봉선의식을 철회할 것을 주장하며, 자신의 주장이 받아들여질 때까지 계속해서 상소를 올렸다. 『진종실록眞宗實錄』은 왕흠약이 주도하여 편찬한

---

13 景德 : 북송 진종시기 연호(1004~1007).

14 大中祥符 : 북송 진종시기 연호(1008~1016).

15 天書 : 하늘의 신선이 쓴 책 또는 편지. 전설에서 복희伏羲 때에 발견되었다는 『하도河圖』와 『낙서洛書』가 대표적인 천서라고 할 수 있다. 또한 천서는 신서神書라고도 한다.

16 汾陰 : 지금의 산서성 만영현萬榮縣.

17 孫奭(962~1033) : 북송 시기 경학가이자 교육가. 자 종고宗古. 구경九經으로 급제하였으며, 관직이 한림시강학사翰林侍講學士에 이르렀다. 진종이 천서天書를 맞이하고 분음汾陰에 제사하는 일에 대해 극력 간언을 올렸다. 거동이 바르고 신중하여 부화뇌동하지 않았다. 황제의 칙명으로 형병邢昺·두호杜鎬 등과 함께 여러 경전의 정의正義와 『장자』및 『이아爾雅』의 석문釋文을 교정하고, 『상서』와 『효경』·『논어』·『이아』 등을 고정考正했다. 또한 조기趙岐의 『맹자주孟子注』를 교정하고, 육덕명陸德明의 『경전석문經典釋文』의 부족한 부분을 보충했다.

187

것이기에, 손석의 상소문이 기록되지 않았다. 그래서 손석의 상소문과 그의 의로운 행동을 알지 못하는 이들이 많기에, 상소문의 내용을 간략하게나마 기록하고자 한다.

첫 번째 장章은 분음에서 지신地神에게 제사를 올리는 서사西祀에 대해 논하였다.

분음에서 지신에게 제사를 올리는 것은 경사經史 전적에는 기록되어 있지 않습니다. 옛 황제가 분음에서 제사를 지냈던 것은 모두 특별한 이유 때문이었습니다. 서한西漢은 옹주雍州의 장안長安에 도읍하였는데, 지리적으로 분음이 아주 가까웠습니다. 그리고 하동河東은 당나라의 제업帝業이 일어났던 곳이라 당나라는 후에 장안을 도읍지로 삼았습니다. 그래서 한 무제와 당 현종은 분음에서 지신에게 제사를 올렸습니다. 그러나 지금 송나라의 도읍은 분음과 아주 멀리 떨어져 있습니다. 폐하께서 분음에 제사를 지내러 가시려 한다면, 분명 겹겹의 험난한 관문을 지나셔야 하니, 지신에게 제사를 올리기 위해 분음으로 가는 것은 부당합니다. 옛날 현명한 군왕들은 모두 백성들을 잘 다스린 후에 천지신명에게 제사를 올렸습니다. 지금 백성들은 오랜 시간동안의 토목공사로 인해 쉬지도 못했고, 계속되는 가뭄으로 굶어죽은 이들이 많습니다. 상황이 이럴진대 다시 지신에게 제사를 올리는 것으로 백성들을 힘겹게 한다면, 신께서 어찌 그 제사를 편하게 받아들이겠습니까! 당 현종이 미색에 취해 소인배들을 가까이 하여, 간신들이 권력을 장악하여 조정의 기강이 무너져 결국 난리가 일어났습니다. 지금 봉선의식을 거행해야 한다고 주장하는 사람들은 당 현종 개원開元 연간의 성세를 들어 황상을 현혹하고 있습니다만, 신은 그러한 논리를 받아들일 수 없습니다.
지금 조정의 간신배들은 선제께서 봉선의식을 행하지 말라는 조서를 내렸기 때문에 발붙일 틈이 없었습니다. 그러나 지금 폐하께서 봉선의식을 거행하는 것에 찬동하신다면 어찌 선제의 유지를 계승했다 할 수 있겠습니까! 선제께서 북방의 변경지역을 평정하여 서쪽으로 서하西夏를 취하고자 하셨을 때, 그들 중 누구하나 계략과 책략을 내놓지 않았습니다. 그들은 가벼운 언사와 막중한 금은보화들을 가지고 거란契丹에게 화친을 구했으며, 심지어 우리 강토를 할양해주고 작위까지 하사해주면서 잠깐의 평화를 구한 것입니다. 임금이 욕을 당하면 신하는 임금을 위해 목숨을 바친다는 주욕신사主辱臣死가 이미 빈말이 되어버렸고, 동료와 부하들을 모함하고 황상을 기만하며 상서로운 징조를 날조하여 귀신을 빙자하고 있습니다. 게다가 동으로 태산에 올린 봉제사가 이제야 끝났는데, 곧바로 서쪽 분양에 가 지신에게 제사를 올려야 한다고 논하고 있습니다. 이 간신 무리배들은 종묘사직의 대업을 황상의 총애를 얻는 도구로만 생각하니, 신은 탄식과 통곡을 금할 길이 없습니다!

제2장은 하늘이 내렸다는 상서로운 징조에 대한 직언이다.

지금 아첨을 일삼은 이들이 산과 들판에 사슴이 조각된 기이한 일까지 모두 황상께 아뢰고 있습니다. 심지어 가을철 가뭄이 발생한 것과 겨울철 우레가 친 일까지도 모두 상서로운 일이라며 황상께 경하를 드리고 있습니다. 이처럼 황당한 일로 하늘을 속이고자 하나 하늘은 속지 않을 것이며, 백성을 우롱하고자 하나 백성은 우롱당하지 않을 것입니다. 만약 이러한 일들을 역사서에 기록하여 후세에 전한다 해도, 후세사람들은 절대로 믿지 않을 것입니다. 속으로 비방하며 몰래 비웃을 것입니다. 식견이 있는 이들은 모두 그런 태도를 취할 것입니다.

제3장은 진종이 행차하는 박주亳州[18]에 대해 간언하였다.

근래 황상께서는 대체로 당 현종이 재위했을 때 했던 것들을 그대로 따르고 계십니다. 그런데 당 현종은 결코 미덕美德을 갖춘 황제가 아니었습니다. 그의 과실이 초래한 재앙과 국가적 환란을 살펴보면 경계로 삼기 충분한데, 어찌하여 황상께서는 당 현종을 흠모하시는지요! 황상의 측근들이 이를 알고도 간언을 올리지 않았으니, 어찌 사악한 무리들이라 하지 않을 수 있겠습니까? 당 현종이 안록산의 난을 피해 촉으로 피난 가다가 마외파馬嵬坡에 이르렀을 때, 성난 군사들이 난의 원인 제공자인 양씨 일족을 처벌하라고 하자 양국충楊國忠을 죽이고 그들에게 말했습니다.
"짐이 이전에는 상황을 제대로 인식하지 못하고 사람을 잘못 선발하여 오늘과 같은 재앙을 초래했음을 지금은 제대로 깨닫고 있느니라."
잘못을 깨달았다고 하지만 재앙이 닥친 후라 당 현종의 깨달음은 너무 늦은 것이라 할 수 있습니다. 황상께서는 부디 일찍 깨달으셔서 아첨을 일삼는 간사한 무리들을 내치시어 난리를 초래한 행적을 따르지 마십시오. 그렇게 되면 사직社稷의 큰 복이 될 것이옵니다.

제4장은 주능朱能이 편찬한 천서에 대해 논하였다.

간사하고 무지한 소인배들이 망령되이 상서로운 징조를 들먹여, 황상께서 이를 믿고 그 존귀한 몸을 굽혀 천서라는 것을 우러러 받들어 비전秘殿에 봉안奉安하셨

용재삼필 권7

습니다. 백관들과 만백성들은 이러한 상황이 너무나도 통탄스럽습니다. 입과 마음은 모두 소인배들의 사악한 행동에 반대하지만, 감히 직언을 올리지 못하고 있습니다. 신은 죽음도 두렵지 않습니다. 황상께서 제 상소를 받아들이시는 것도 불충하다 책망하시는 것도, 모두 황상의 판단에 달려있습니다. 한나라 때 문성장 군文成將軍 이소옹李少翁과 오리장군五利將軍 난대欒大가 상서로운 징조를 망령되이 들먹였지만, 그 효험이 나타나지 않자 무제는 그들을 죽였습니다. 선왕 때 후막진리용侯莫陳利用이 방술로 상서로운 징조를 조작하였다가 발각되어 정주鄭 州에서 죽음을 맞이했습니다. 당 현종은 영험한 부적과 귀중한 책을 얻었는데, 이것이 모두 왕홍王鉷과 전동수田同秀에 의해 조작된 것이었습니다. 그러나 그들은 법에 따라 극형極刑에 처해지지 않고, 오히려 오늘은 대전에서 태상노군太上老君을 뵙고 내일은 깊은 산 속에서 태상노군을 뵐 것이라며 황당한 말들을 하고 다녔습니다. 별로 하는 일 없이 녹만 받아먹던 대신들은 그들의 말을 따라 태상노군을 영접하였고, 정직한 선비들 또한 화를 당할까 두려워 입을 다물었습니다. 안록산의 난이 일어나자 환관 이보국李輔國은 현종을 위협하여 천도할 것을 주장하였지만, 당나라의 국운은 이미 기울어진 후였고, 현종이 이전에 세운 공적과 공로들도 모두 부질없어졌습니다. 지금 주능이 천서를 날조하여 벌이고 있는 이일은 현종 때 왕홍과 전동수가 벌인 일과 조금도 다를 바 없습니다. 원컨대 황상께서 멀리는 한 무제의 크고 뛰어난 재능을 살피시고, 가까이로는 선제의 지혜롭고 용감한 결단을 본받으시고, 당 현종이 간신들을 중용하여 초래한 난리를 거울로 삼으시어, 재앙과 난리가 일어나지 않도록 국가 사직을 안정되게 발전시키시기를 바라옵니다.

손석의 간언은 간절하고 이치에 합당하고 구구절절 옳은 말이어서, 설사 위징魏徵[19]이나 육지陸贄[20]의 상소문이라 하더라도 이것과 더불어 논할 수가 없을 것이다.

19 魏徵(580~643) : 당唐나라 초기의 정치가. 자 현성玄成. 당 태종太宗에게 끊임없는 간언을 하여 '정관貞觀의 치治'를 이루는 데 큰 역할을 했다.
20 陸贄(754~805) : 당나라 관료·학자. 자 경여敬輿. 가흥嘉興(지금의 절강성浙江省) 출신으로, 재상의 자리까지 올랐지만, 모함으로 좌천되었다. 재주가 남달랐으며, 민정民情을 몸소 살폈고, 성품이 강직했다. 한림학사에 재임하였을 때 덕종德宗의 신임을 얻었으나, 황제에게 직언을 잘하여 점차 덕종의 불만을 사기도 했다.

용재수필

4. 해가 되는 사은 赦恩爲害

지난날의 과실이나 죄를 용서해주는 사은제도는 예부터 있던 것으로 역대 왕조에서 한 번도 폐해진 적이 없었다. 그러나 너무 빈번하게 사은을 행하면 오히려 간악한 풍조를 조장하게 되어, 응당 책임져야 하는 죄까지도 용서되는 상황이 초래되는데, 그러한 사은의 해악은 일일이 거론할 수 없을 정도로 많다.

후당後唐[21] 장종莊宗[22] 동광同光 2년(924)에 대대적인 사면이 있었는데, 사면령에는 이렇게 쓰여 있었다.

> 죄의 경중을 막론하고, 평상시의 사면령으로 용서될 수 없었던 것도 이번 대사면으로 모두 사면한다. …… 십악十惡[23]과 오역五逆[24], 농사일에 사용하는 소 도살, 사적인 화폐주조, 고의적 살인, 독약제조, 강발, 관리의 뇌물수수는 대사면에 포함되지 않는다.

....

21 後唐 : 오대五代 시기의 왕조 중 하나로서 923년에 장종 이존욱李存勖이 낙양洛陽을 도읍으로 하여 건립했다. 이 해에 후당은 후량後粱을 멸망시키고 중국 북방을 통일했는데, 전성기 때의 후당은 대략 지금의 하남河南과 산동山東, 산서山西, 하북河北과 섬서陝西의 대부분, 그리고 감숙甘肅과 안휘安徽·영하寧夏·호북湖北·강소江蘇의 일부분을 다스리고, 사천四川지역을 10년 동안 다스리기도 해서 오대의 왕조 중 가장 영토가 넓었다. 후당은 14년 동안 4명의 황제가 자리를 이으며 다스렸다. 마지막 황제인 이종가李從珂는 934년에 정변政變을 통해 황제가 되었으나, 937년에 거란과 결탁한 석경당石敬瑭의 군대에 의해 낙양이 함락되자 자살하고 말았다.

22 莊宗(885~926) : 오대五代 후당後唐의 시조. 본명은 이존욱으로, 산서성 태원太原 출신. 돌궐突厥 사타족沙陀族 출생으로 황소의 난을 진압했던 이극용李克用의 장자로서 연燕과 후량後粱을 멸망시키고, 제위에 올라 국호를 당唐이라 칭했다. 925년 전촉前蜀도 병합하여 하북의 땅을 평정하였다. 뛰어난 무장이었으나 측근들에게 정치를 맡기고 사치에 빠진 탓으로 반란이 일어나 부하에게 살해당하였다.

23 十惡 : 중국 고대의 법이 가장 무겁게 처벌하였던 10가지 죄. 그 기원과 연혁은 분명하지 않으나, 한漢나라 때 생긴 듯하다. 모반謀反·모대역謀大逆·모반謀叛·악역惡逆·부도不道·대불경大不敬·불효不孝·불목不睦·불의不義·내란內亂 등이 있다. 수나라의 수개황률隋開皇律에서 10악이 규정된 이후, 당·송·명·청 등이 모두 이를 답습해 규정하였다.

24 五逆 : 불교에서 말하는 다섯 가지 무거운 죄. 무간지옥에 떨어진다 해서 오무간업五無間業이라고도 한다. 어머니를 살해하는 것, 아버지를 살해하는 것, 아라한(성인·현인·큰 스승)을 죽이는 것, 악심을 품고 부처의 몸에서 피가 나게 하는 것, 승가의 화합을 깨뜨리는 것이 이에 속한다.

장종의 대사면령은 사면의 의미에 부합하는 명령이었다. 후당의 장종이 즉위했을 때는 혼란스러운 시대였기 때문에 나라를 다스리는 하나의 방법으로 이러한 대사면령이 선포될 수 있었지만, 지금 시대에 적용할 수 있는 사면 방법으로는 적합하지 않다.

5. 불교를 숭상한 대종 代宗崇尙釋氏

당나라 대종代宗[25]은 도교를 숭상하여 도처에 도관道觀을 짓는 등 불교와는 거리를 멀리하였다. 하지만 대종과는 달리 조정의 대신들은 불교를 많이 신봉했다. 재상이 된 원재元載와 왕진王縉·두홍점杜鴻漸, 이 세 사람도 모두 불교를 숭상한 불교 신자였다. 하루는 대종이 그들에게 물었다.

> "불교에서는 인과응보를 말하는데, 그대들은 진실로 이 세상에 인과응보가 있다고 생각하는가?"

원재 등이 대답하였다.

> "인과응보는 진실로 옳은 말입니다. 지금 나라의 운이 형통하여 태평성세를 누리고 백성들이 근심 없이 살 수 있는 것을 어떻게 이룰 수 있었겠습니까? 이것은 폐하와 선제께서 복덕福德을 받을 만한 선한 업을 쌓으셨기 때문이니, 비록 때때로 작은 재앙들이 발생하기는 하지만 큰 해가 되지는 않았습니다. 안록산安祿山과 사사명史思明이 병란을 일으켰지만 자신의 아들에게 살해당했습니다. 또 복고회은僕固懷恩[26]이 회흘回紇·토번吐蕃과 결탁하여 반란을 도모했지만, 복고회은은

---

25 代宗(726~779 / 재위 762~779) : 당나라 8대 황제 이예李豫. 현종玄宗의 손자이자 숙종肅宗의 큰아들로 안사安史의 난亂 때 공을 세웠다. 그의 치세에 위구르·토번 등의 침입이 잦았다. 이들을 막기 위하여 증원된 절도사 등의 세력이 커져 마치 제후諸侯와 같이 행세하였지만, 제압하지 못하였다. 한때 평화를 유지하였기도 하였으나, 당나라는 대종 때부터 점차 쇠망의 길로 접어들었다는 평가를 받는다.

26 僕固懷恩(?~765) : 영식寧式(지금의 영하寧夏 위구르 자치구)의 복골부족僕骨部族의 수령으로서, 755년 안사安史의 난이 일어나자 부족을 이끌고 삭방절도사朔方節度使 곽자의郭子儀를 도와 당나라를 위해 싸웠다. 위구르에 원군援軍을 청하는 사자使者가 되기도 하였고, 그의 부족 중에서 당나라를 위해 싸우다 죽은 자가 46명이나 되었다고 한다. 대종代宗의 신임을 얻어

장안으로 진격하던 중 돌연히 병사하였고, 회흘과 토번 역시 싸우지 않고 스스로 퇴각하였습니다. 이 모든 것이 사람의 힘으로 되는 것이 아니니, 어찌 불법에서 말하는 인과응보가 아니겠습니까?"

대종은 당나라 역사를 곁들여 설명한 북교의 인과응보설이 일리가 있다고 수긍하였고, 불교를 깊이 숭상하게 되었다. 이후 승려를 궁내로 초청하여 함께 식사를 하기도 하였다. 대종의 깊은 신앙심으로 인해 어이없는 일도 일어났다. 즉 변경에 오랑캐의 침략이 있다는 소식이 전해지면, 승려에게 『인왕경仁王經』을 강해하도록 하여 이것으로 전쟁을 치루지 않고 적을 물리치려하였다. 변경의 군사들이 죽을힘을 다해 오랑캐의 침입을 물리치면 그들의 공로를 치하하지는 않고, 도리어 승려들이 경을 읽어 오랑캐를 물리친 공로가 크다며 승려에게 후한 상을 내렸다. 서역에서 온 불공不空이라는 법명을 가진 승려는 경卿과 감監의 관직에까지 오르고, 국공國公의 작위를 받기도 하였다. 또 궁중을 마음대로 출입할 수 있는 특권까지 누렸으니, 그의 권세가 얼마나 대단했는지 알 수 있는데, 이러한 사실은 모두 당나라 역사서에 기록되어 있다.

우리 집에는 엄영嚴郢이 지은 「삼장화상비三藏和尙碑」가 있는데, 비문은 서계해徐季海가 쓴 것으로, 삼장이 바로 불공이다. 비문의 내용은 다음과 같다.

불공은 서역인으로 그의 출신에 대해서는 알려진 바가 없다. 현종·숙종·대종 3대에 걸쳐 국사國師를 역임했다. 대종은 즉위 초에 그를 특진特進[27]과 대홍려大鴻臚[28]에 임명하는 등 더욱 그를 존중하여 추대하였다. 그가 중병으로 드러눕자

중서령中書令·삭방절도사 등을 역임하였는데, 뒤에는 모반 혐의를 받았다. 결국 763년 티베트·토곡혼吐谷渾·위구르 등 수십만 명의 부족을 거느리고 당나라에 반기를 들었다. 그러나 전세는 불리하였고, 얼마 후 병으로 죽었다.

27 特進 : 관직명. 전한 말엽에 설치된 관직으로 제후들 중 특수한 지위의 사람들에게 제수하였으며, 품계는 삼공三公아래였다. 남북조시대에는 겸직이 되었다가, 수나라 당나라 때는 실제 업무가 없고 품계만 있는 관직이 되었다.

28 大鴻臚 : 관직명. 진나라와 한나라 때는 제후들과 소수민족 군왕 및 외국의 군왕 혹은 사신들과 관련된 모든 업무를 담당하였다. 제후들의 작위와 봉지의 하사와 삭탈, 제후 또는 소수민족과 외국의 군왕이 경사에 와서 황제를 알현할 때의 모든 예식을 주관하였다.

대종은 몸소 그의 침소를 찾아가 그를 개부의동삼사開府儀同三司와 숙국봉肅國公에 봉하였다. 그가 죽자 대종은 비통해하며, 사흘 동안 조회도 하지 않고, 그를 사공司空으로 추존하였다.

일개 승려였던 불공이 받은 총애가 이처럼 놀라웠다. 불공과 같은 시대에 대제大濟라는 승려가 있었는데, 그 또한 대종을 위해 공덕을 쌓아 벼슬이 전중감殿中監에 이르렀다. 대종은 또 죽은 그의 부친인 혜공惠恭에게 연주자사兗州刺史의 관직을 추증하고, 조정에서 장사를 도맡아 후하게 치러주라 명했으며, 친히 비문도 써주었다. 그 비문은 지금도 남아있다.

대종 시기는 병란이 계속되던 상황이라 태평한 시기가 아니었다. 변경에서 목숨을 걸고 나라를 위해 큰 공을 세웠던 백전노장들에게도 그들의 공에 합당한 관직을 하사했어야 했는데 터무니없이 낮은 관직을 하사하고, 승려에게 과도할 정도의 관직을 하사했으니, 잘못되어도 한참 잘못되었다.

6. 광무제와 부견 光武苻堅

후한 광무제光武帝 건무建武 30년(54), 군신들이 태산에서 봉선의식을 올리기를 청하자 광무제는 불같이 화를 내며 다음과 같은 조서를 내렸다.

> 짐이 즉위하여 전심전력을 다해 다스린 지 삼십년이 넘었지만 백성들의 원망은 여전한데, 봉선의식을 올린다면 내가 도대체 누구를 기만하는 것이겠느냐? 하늘을 기만하라는 것이냐? 만약에 경사에서 멀리 떨어진 군현에서 관리를 파견하여 짐의 장수를 축하하는 일 따위를 하면서 과장되게 찬미를 늘어놓는다면, 짐이 반드시 머리털을 몽땅 깎아버리는 곤형髡刑에 처한 후 변경지역의 둔전屯田[29]에서 농사나 짓도록 내쫓아 버릴 것이니라.

이에 군신들은 봉선을 더 이상 입에 담지 않게 되었는데, 광무제의 지혜롭고 용감한 결단이 이와 같았다. 그러나 2년 후 광무제는 『하도외장부河

---

29 屯田 : 군량을 현지해서 조달할 수 있도록 개간하고 경작한 변경의 황무지로, 군량운반의 수고를 덜고 국방을 충실히 수행하기 위해 설치했다.

圖會昌符』를 읽다가, "적유赤劉의 구대손[30]이 대종岱宗[31]에서 회명한다[赤劉之九,
會命岱宗]"라는 참문讖文[32]을 보았다. 광무제는 이 문구를 보고 크게 감동을
받고 지난날 봉선을 금하는 조서를 내렸던 것을 까맣게 잊고, 칙서를 내려
옛 황제들의 봉선의식에 대해 알아보도록 했다. 그리고 태산으로 가서
격식에 따라 봉선의식을 거행하였다. 이것이 바로 말이나 행동이 앞뒤가
서로 맞지 않고 모순이 되는 자가당착自家撞著이다.

전진前秦의 황제 부견苻堅[33]은 도참圖讖[34]의 학문을 금하였다. 상서랑尙書郞
왕패王佩가 이 규정을 어기고 참서讖書를 읽은 사실을 알고, 부견은 명령을
내려 그를 죽였다. 이일로 인해 참서를 읽는 풍조가 완전히 사라졌다. 부견은
만년에 모용충慕容沖의 포위와 공격으로 인해 장안에 구금되었다. 세력을
잃고 정서적으로 불안했던 그는 참서를 읽게 되었는데, 책에 "제출오장구장
득帝出五將久長得"이란 구절이 보게 되었다. 부견은 이 구절을 "왕이 궁을 나가

• • • • • • • • • • • • • • • •

30 赤劉 : 한나라 황제. 한나라의 황제는 유劉씨이고 화덕火德으로 왕위에 올랐기에 적색을
   숭상하여 적유라 한다. 한 고조의 9대손은 광무제이다.
31 岱宗 : 태산泰山. 산들의 으뜸이라는 뜻으로, 동악인 태산이 모든 산의 종주이고 오악五岳의
   으뜸이 된다.
32 讖文 : 미래의 일을 예상하여 적은 글.
33 苻堅(338~385) : 오호십육국 시대 전진前秦의 제3대 군주인 세조世祖. 저족氐族으로, 박학다
   재博學多才하여 경세經世의 뜻을 품었다. 처음에 동해왕東海王이 되어 부건苻建이 입관入關한
   뒤 용양장군龍驤將軍에 임명되었다. 동진 목제穆帝 승평升平 원년(357) 부생苻生을 죽이고 자립
   하여 황제의 칭호를 없애고 대진천왕大秦天王이라 부르면서 연호도 영흥永興이라 하였다.
   장안에서 왕위에 올라, 저족氐族계 호족의 횡포를 누르고 왕맹王猛 등과 같은 한인들을 중용했
   다. 태학太學을 정비, 학문을 장려했으며 농경을 활발히 일으켰다. 왕권을 강화하면서 수리
   시설을 보수하고, 유학을 장려하면서 군정軍政을 개선하며, 국세를 크게 떨쳤다. 전연前燕과
   전량前涼·대代나라 등을 공격해 멸망시키고 이웃 나라를 차례로 정복하여 북방 대부분을
   통일하는 한편 동진의 익주益州까지 장악했다. 강남江南까지 병합하고자, 19년(383) 90만
   대군을 거느리고 동진을 공략했지만 비수淝水 싸움에서 대패했고, 후진後秦의 요장姚萇에게
   잡혀 살해당했다. 부견의 사후 전진은 와해되었다.
34 圖讖 : 왕의 운명이나 인사人事의 미래를 예언한 기록. 도圖는 도서圖書·도화圖畵를 의미하는
   것으로서 사실과 실물에서 벗어나 어느 정도 추상적이고 함축적으로 미래의 일을 표시한
   것이며, 참讖은 은밀한 말이나 문자로써 미래의 일을 예언 또는 암시하는 것이다. 뒷날
   도와 참은 도참이라는 말로 연용되어 미래의 사상事象, 특히 인간생활의 길흉화복·성쇠득실
   盛衰得失에 대한 징조 또는 예언이라는 뜻이 되었다.

오장산五將山으로 도망을 가면 장구함을 얻을 수 있을 것이다"로 해석하고, 오장산으로 도망을 갔다. 그러나 부견은 오장산에 도착하자마자 강족羌族의 수령인 요장姚萇에게 사로잡혀 죽임을 당했다.

부견은 제위에 오르자마자 도참의 학문을 금지하였는데, 자신이 최후에 참서로 인해 국가의 패망과 죽음을 맞이할 줄은 생각지도 못했을 것이다. 참서에서 말하는 '구장득久長得'의 예언은 '오래지 않아 분명 요장에게 사로 잡힌다'는 뜻이 아니었던가? '姚요'와 '遙요'는 동음同音으로, 멀다·오래되다는 '久구'의 뜻이기에, 구장久長은 요장姚萇을 뜻하는 것이다.

광무제와 부견은 지위와 공적에 있어 함께 논할 수 없는 인물들이지만, 참서와 관련된 이 일들은 아주 공교롭게도 비슷한 결과를 가져왔기에 함께 논해보았다.

7. 북주의 무제와 선제 周武帝宣帝

북주北周의 무제武帝 우문옹宇文邕[35]은 북제北齊를 멸망시킨 후 중원일대를 모두 통일하였다. 이로써 북방의 영토를 장악한 우문옹은 강남의 진陳나라를 멸망시키고 통일할 준비에 박차를 가하였다. 날이 갈수록 국력이 강성해졌지 만 평소 근검절약이 몸에 밴 우문옹은 한결같았다. 거처와 음식·일상생활이 모두 소박했는데, 후궁으로도 단지 비妃 둘과 세부世婦 셋·어처御妻 셋만 두었고,[36] 보림保林과 양사良使등의 여관女官도 수십 명에 불과했다. 이런 근검 절약의 미덕은 역대 왕조에서 정말 보기 드문 것이었다.

....

35 宇文邕(543~578 / 재위 560~578) : 남북조 시대 북주의 제3대 황제. 문제文帝 우문태宇文泰 의 넷째 아들이다. 560년 형인 명제를 시해한 숙부 우문호宇文護에 의해 황제로 등극했다. 우문호를 제거한 뒤 572년 친정을 시작하여, 거대한 권력·재산·토지를 소유한 도교와 불교를 탄압해 재산을 몰수하고, 일반 승려와 도사를 환속시켰다. 576년에는 북제 토벌을 개시하여 이듬해 이를 멸망시키고 화북을 통일하고, 남방의 진군陳軍의 침입을 격퇴했으나, 578년 돌궐 친정親征 도중에 병사했다.

36 『주례周禮』에 따르면, 천자는 1명의 후后 외에 3부인夫人, 9빈嬪, 27세부世婦, 81어첩御妾 등 모두 121명의 처첩을 둘 수 있도록 규정하고 있다.

그가 죽은 후 그의 아들인 선제宣帝 우문윤宇文贇[37]이 즉위하자 상황은 완전히 달라졌다. 사치와 방탕을 일삼으며 주색에 빠져 전국 각 지에서 미녀를 뽑아 후궁으로 삼았는데, 심지어 의동삼사儀同三司[38] 이상 관리의 딸들도 황제의 허락이 있기까지는 맘대로 결혼을 할 수조차 없었다. 또 황후를 다섯이나 임명하는 등 지나칠 정도로 여색을 탐했다.

북주의 무제와 그의 아들인 선제의 차이가 이처럼 극명하며, 선제에 이르러 쇠하여진 국운은 다시 회복되지 못했다. 근검절약과 미색을 멀리하는 성품이 한 나라를 다스리는 군주에게 얼마나 중요한 덕목인지를 잘 보여준다.

8. 당나라의 관찰사 唐觀察使

당나라 때는 도道마다 안찰사按察使를 임명했고, 이 관직은 후에 채방처치사采訪處置使로 명칭을 바꾸었는데, 도에 설치된 군郡들을 다스렸다. 또 관찰사로 관직 명칭이 바뀌었고, 군대가 있는 변경지방의 도에는 절도사라는 관직이 설치되었다. 당나라 때는 전국을 40여개의 도로 나누었고, 그 중 비교적 규모가 큰 도는 십여 개의 주州를 관리하였고, 비교적 규모가 작은 도는 2~3 개의 주를 관리하였다. 본래 관찰사의 업무는 지방관과 그 지방의 풍속을 감찰하고, 지방관리가 관부의 중요한 일을 처리하는 데 협조하는 것인데, 군대와 세금·풍속까지 모두 관장하기에 도부都府라고도 불렸다.

용재삼필 권 7

....

37 宇文贇(559~580 / 재위 578~579) : 남북조 시대 북주의 제4대 황제. 황태자였지만, 주위로 부터 그 자질이 의문시되었고, 부친으로부터 지팡이로 구타를 당하는 등의 엄격한 교육을 받으며 성장했다. 부친이 요절했을 때에 맞은 자국을 어루만지면서 그 죽음이 너무 늦었다고 한탄했다고 사서에 기록되어 있다. 즉위 후 무제시대의 옛 신하를 숙청해, 대규모 궁전을 축조 하는 등 사치를 다해 무제가 무서워한 대로 어리석은 군주로서의 실정을 했다. 579년, 7세의 아들 우문연에 양위하고 스스로는 천원황제로 자칭하고 5명의 황후를 맞아들여 주색에 매달리다가, 다음 해에 사망했다. 정치를 황후의 부친인 양견楊堅(수문제隋文帝)에게 위임해 북주의 멸망을 초래했다.

38 儀同三司 : 관명. 사도司徒, 사마司馬, 사공司空의 삼사三司와 마찬가지로 관아를 설치하고 속관을 둘 수 있는 최고 품계의 관직. 수당이후에는 실제 업무는 없고 품계만 있는 산관散官이 되었다.

모든 지방관들보다 품계가 높았고, 생사까지도 결정할 수 있는 권력을 쥐고 있었기 때문에 관찰사의 권세는 아주 대단했다. 어떤 관찰사는 자신이 머물고 있는 주 만을 중시하여 다른 주의 이익과 백성들의 생계를 홀시하기도 하였다.

원결元結은 도주道州[39]의 자사刺史로 재임하고 있을 때 「용릉행春陵行」이라는 시를 지었었다. 그 서문을 보면 "관찰사가 책벌을 내세워 백성의 재물을 강제로 거둬들이라는 명령문서가 200통이 넘는다"[40]고 했으니 관할 구역이 얼마나 넓었는지 미루어 짐작할 수 있다. 또 「적퇴시관리賊退示官吏」라는 시 서문에서도 "백성들의 어려움을 무시하고 가렴주구를 일삼았다"[41]고 하였다.

양성陽城이 도주자사로 있었을 때, 관부에서는 세금을 일정하지 않게 거두어 들였는데 관찰사는 이를 무시하고 수시로 세금 징수를 요구했다. 그리고 직접 판관判官을 파견하여 세금을 거둬들이기까지 하였다. 양성은 관찰사의 만행을 저지할 수도 또 따를 수도 없어서, 스스로 세금징수를 하지 못한 죄를 칭하고 감옥에 들어갔다. 판관이 떠나자 관찰사는 다시 관리를 파견하여 도주의 세금 징수를 심의하고 감독하도록 하였다. 한유韓愈는 「송허영주送許郢州」의 서문에서 다음과 같이 말했다.

> 자사刺史에 임명되는 사람들은 항상 자신이 관할하는 지역의 백성들을 비호하여 실정을 부府에 보고하지 않고, 관찰사들은 세금 징수에만 급급하여 주州에서 징수되는 세금을 실제로 감당할 수 있는 능력이 있는지를 고려하지 않는다. 상황이 이렇다보니 지방의 재원이 고갈되어도 끊임없이 세금을 징수하게 되어, 백성들은 헐벗고 세금 추궁은 더욱 무겁고 거세졌다.

한고韓皐가 절서관찰사浙西觀察使로 있을 때, 세금 징수를 제때 빠르게 처리하

---

39 道州 : 지금의 호남성 도현道縣.
40 『용재삼필』원문에는 "諸使誅求符牒二百餘通"로 되어있는데, 『전당시』에는 "諸使征求符牒二百餘封"로 되어있다.
41 『용재삼필』원문에는 "忍苦衷斂"로 되어있는데, 『전당시』에는 "忍苦征斂"로 되어있다.

지 않는다는 이유로 안길현安吉縣의 현령 손해孫瀣에게 곤장 형을 내렸다. 결국 손해는 맞아 죽었는데, 이 사건을 통해 세금 징수 독촉이 얼마나 혹독했는지 알 수 있다. 당시의 상황이 대체로 이와 같았는데, 이 모든 것이 도道마다 파견된 한 명의 관찰사가 저지른 악행이었다.

지금의 주군州郡은 공안사控按使·제치사制置使·자사 등 통상 대여섯 명의 관리들이 다스리고 있고, 중앙정부는 이에 대해 간섭하지 않는다. 주군을 다스리는 관리들이 백성들에게 비난을 받는 것도 칭찬을 받는 것도 모두 그들이 하기에 달려있었기에, 당나라 관찰사와는 비교가 되지 않는다.

9. 넘쳐나는 관직 임명 冗濫除官

한나라 이래로 관리 수의 범람현상이 극에 달하여, 민간에는 이러한 현상을 반영하는 속담이 유행했었다. 경시제更始帝[42] 유현劉玄이 재위하고 있을 때는 "부뚜막 아래에서 불 피우는 이는 모두 중랑장中郎將이고, 양머리를 푹 삶는 주방장은 모두 관내후關內侯라네"라는 속담이 유행했고, 서진西晉의 조왕趙王 사마륜司馬倫[43]이 권력을 장악하고 있을 때는 "담비 꼬리 부족하여 개꼬리로 이어 달았다네"라는 속담이 있었다. 북주北周 때는 "길 위에 원외상시員外常侍만 북적거리네"라는 속담이 있었고, 당나라 측천무후則天武后[44] 때는

....

42 更始帝(?~25 / 재위 23~25) : 전한前漢과 후한後漢 사이의 시기에 녹림군綠林軍이 건립한 경시정권更始政權의 황제. 본명은 유현劉玄, 전한의 황족 출신으로 경제의 후손이며, 부친인 유자장劉子張은 광무제 유수劉秀의 족형族兄이다.

43 司馬倫(?~301) : 서진의 종실. 자 자이子彛. 진 고조高祖 사마의司馬懿의 9남. 팔왕의 난八王之亂을 일으킨 왕족 중 한 사람이다. 조카 사마염司馬炎이 위 원제元帝 조환曹奐에게 선양을 받아 265년 12월 진晉을 건국하자 조왕趙王에 봉해졌다. 진무제 사마염이 죽고 연소한 혜제惠帝가 즉위하자 무제의 황후 양씨楊氏 일족이 정권을 차지하자, 혜제의 황후 가씨賈氏 일족이 종실의 왕들을 부추겨 양씨 일족을 몰아낸 후 정권을 차지하였다. 301년 사마륜은 가씨 일당을 포살하고 혜제를 폐한 후 스스로 황위에 올랐으나, 제왕齊王 사마 경司馬冏과 성도왕成都王 사마영司馬穎의 공격을 받아 자살하고 혜제가 복위하였다.

44 則天武后(624~705) : 성은 무武, 이름諱은 조曌, 시호諡號는 측천순성황후則天順聖皇后이다. 중국에서 여성으로 유일하게 황제皇帝가 되었던 인물로, 이름인 '조曌'는 '비출 조照'의 뜻을

"보궐補闕은 하도 많아 몇 대의 수레 분이고, 습유拾遺도 너무 많아 말斗로 헤아릴 정도라네"라는 속담이 유행했다. 이러한 속담들을 통해 관직 남용이 얼마나 심했는지를 알 수 있다.

당나라 중엽이후에는 관리들의 수가 더 많아졌다. 장순張巡[45]이 옹구雍丘[46]에 있을 때 한 현의 병사가 천명 정도였는데, 대장군이 여섯 명이나 되었고 그들은 모두 개부특진開府特進류의 높은 품계였다. 그러나 대장군의 위임장은 겨우 한 차례 술값 정도의 가치밖에 되지 않았다. 덕종德宗이 봉천奉天[47]으로 피난을 갔을 때, 대장군 혼감渾瑊[48]의 노복 중에 황금黃芩이라는 어린 종이 온힘을 다해 전공戰功을 세웠다는 이유로 발해군왕勃海郡王에 봉해지는 웃지 못 할 일도 일어났다. 희종僖宗과 소종昭宗 때는 배를 정박시키는 일을 하는 곽씨는 "착선곽사군捉船郭使君"[49]이고, 마부 일을 하는 이씨는 "간마이복야看馬李僕射"[50]라고 할 정도로 관리 임명이 남용되었다. 주행봉周行逢[51]이 호湖와 상湘

나타내는 측천문자則天文字로서 해日와 달月이 하늘空에 떠있는 모양처럼 세상을 비춘다는 의미가 담겨 있다. 무후는 당 태종의 후궁으로 처음 궁에 입궁해, 고종의 후궁으로 재 입궁했다가, 왕황후와 소숙비蕭淑妃 등을 내쫓고 황후가 되었다. 황후가 된 무후는 고종을 대신해서 정무政務를 맡아보며 권력을 장악하였다. 고종이 붕어한 후 수렴청정을 통해 실질적으로 통치하다가 690년 예종을 폐위시키고 자신이 직접 황제가 되어 나라 이름을 '대주大周'라 하였다.

45 張巡(708年~757) : 당나라 장수. 당나라 등주鄧州 남양南陽 사람. 안록산安祿山이 반란을 일으키자 병사를 일으켜 옹구雍丘를 지켰다. 반란군을 토벌하기 위해 허원許遠과 함께 군대를 조직해 각지에서 반란군을 격파했다. 숙종肅宗 지덕至德 2년(757), 장순과 허원은 삼천명의 병력으로 안경서安慶緒의 부장인 윤자기尹子琦가 이끈 13만의 정예병과 대치하며 수양성睢陽城을 사수하였다. 그러나 구원병의 도움이나 식량 보충도 없는 상태에서 장순의 군대는 많은 적들을 이겨내지 못하고 결국 무너지고 말았다.

46 雍丘 : 지금의 하남성 기현杞縣.

47 奉天 : 지금의 섬서성 건현乾縣.

48 渾瑊(736~799) : 당나라 장수. 본명은 진進으로 철륵족鐵勒族의 혼부渾部출신이다.

49 使君 : 관명. 한나라 때 태수太守를 부군府君이라 칭하고, 자사刺史나 그에 준하는 지위에 있는 관리 또는 주州와 군郡의 장관을 사군이라 칭하였다.

50 僕射 : 관명. 수나라 때 설치되어 위진남북조와 당·송까지 상서성의 장관을 지칭하는 관명으로 사용되었다.

51 周行逢(916~962) : 5대 10국 시대의 군웅. 농가출신으로 낭주朗州 무릉武陵(지금의 호남성 상덕常德)사람이다. 오대십국五代十國시기 초왕楚王 마희악馬希萼의 부장으로 마희악이 사망한 후 남당南唐의 지배를 물리치고 호남에 새로운 정권을 확립하였다. 그러나 아들 주보권周保

일대를 점거했을 때 백성들의 인심을 사기위한 대대적인 관리 임명이 있었는데, 관리의 수가 넘쳐나 "온천지가 사공司空이고 곳곳에 태보太保가 넘쳐난다"는 풍자의 말까지 유행했었다. 이무정李茂貞[52]이 봉상鳳翔[53]에서 주둔하고 있을 때 관직 남발로 인해 관직과 품계의 질서가 무너져, 궁궐에서 열쇠를 관장하는 이까지도 사공과 태보라고 칭해졌다.

위장韋莊의 시집 『완화집浣花集』에 「증복자양금贈僕者楊金」이라는 시가 실려 있다.

반년동안 죽어라 일해도	半年勤苦葺荒居,
거친 황무지에 지붕 없고 살기에,	
옷 얇아 춥고 배 역시 주려있다네.	不獨單寒腹亦虛.
노력하면 농가의 손님이 될 수 있을까,	努力且爲田舍客,
어느 때쯤 그대를 위해	他年爲爾覓金魚.
벼슬자리 구할 수 있을는지?	

당시 권문세족의 노비일지라도 높은 관직을 하사받아 허리에 금대金帶[54]를 두르고 자주색 도포를 입고 다니는 것이 불가능한 일이 아니었음을 알 수 있다.

10. 태위라 칭해진 절도사 節度使稱太尉

당나라 절도사는 검교관檢校官을 겸하였는데, 처음에 절도사는 단지 좌우산

<hr>

權이 그 뒤를 잇지 못하였고 부하들의 반란으로 인해 혼란에 빠졌고, 결국 송宋나라에 병합되었다.

52 李茂貞(856~924) : 당나라 말기의 절도사. 자 정신正臣. 심주深州 박야博野 출신으로, 본성은 송宋씨며, 이름은 문통文通. 황소黃巢의 난을 진압한 공으로 신책군지휘사神策軍指揮使에 올랐고, 희종僖宗을 호위한 공으로 성명을 하사받았다. 봉상절도사鳳翔節度使가 되어 농서군왕隴西郡王에 봉해졌으며, 소종昭宗 때 병권兵權을 장악하고 봉상으로 피난 온 소종을 내세워 후량後梁의 태조 주온朱溫에 대항했으나 항복하였다. 후량이 건국되자 기왕岐王이라 자칭하며 할거하다가, 후당後唐을 향해 표를 올려 신하라 칭하여 진왕秦王에 봉해졌다.

53 鳳翔 : 지금의 섬서성 봉상현鳳翔縣.

54 金帶 : 정이품, 종이품의 관리가 조복朝服에 두르는 금으로 장식한 띠를 지칭한다.

기상시左右散騎常侍직만을 겸하였다. 당주唐州[55]와 등주鄧州[56]의 절도사였던 이소李愬[57]의 관직이 바로 절도사 겸 좌산기상시였다. 검교관의 직책은 후에 상서尚書 및 복야僕射·사공司空·사도司徒에게만 겸직으로 제수되어, 절도사 겸 검교관에 오른 이는 얼마 안 되었다. 희종과 소종이래로 강성해진 번진의 무관들이 자신의 능력을 발휘하여 절도사에 임명되어 품계가 아주 높아졌고, 다시 태보太保·태부太傅·태위太尉로 승진되어, 태사太師 바로 아래의 관직까지 올랐다. 그렇기 때문에 장수를 모두 태위라고 칭한 것이다.

원풍元豐[58] 연간에 관제官制[59]를 정하면서 예전의 관습을 그대로 따랐다. 숭녕崇寧[60] 연간에 삼공三公의 명칭을 소사少師·소부少傅·소보少保로 바꾸었는데, 태위는 무관 계급에서 가장 높은 관직이었다. 그로인해 군대를 관리하는 이는 모두 태위로 불렸다. 소흥紹興[61] 연간에 관문전학사觀文殿學士 섭몽득葉夢得과 단명전학사端明殿學士 장징張澄이 모두 절도사직을 제수 받았다. 섭몽득은 절도사로서 집권을 하게 되면서 만년에 군대까지 거느리게 되어 문인으로서 영광을 누렸고, 스스로 섭태위라고 칭했다. 장징은 출신이 미천할 때 등순무鄧洵武에게 발탁되어 관료가 되었기에 무관 직책을 부끄럽게 여겨, 이전처럼 상서尚書라고 칭하고 태위라는 칭호를 쓰지 않았다.

• •

55 唐州 : 지금의 하남성 당하唐河.

56 鄧州 : 지금의 하남성 등주.

57 李愬(773~820) : 당나라 중기의 절도사. 자 부직符直. 조주洮州 임담臨潭(지금의 감숙성) 출신이다. 전세를 판단하고 전략전술을 수립하는데 아주 뛰어났으며, 당주唐州·수주隨州·등주鄧州의 절도사로 오원제吳元濟의 반란을 평정하였다. 그 공을 인정받아 산남동도山南東道의 절도사에 제수되었고, 양국공涼國公에 봉해졌다. 이후에 반란을 일으킨 치청절도부대사淄青節度副大使 이사도李師道를 토벌하는 공을 세우기도 하였다.

58 元豐 : 북송 신종神宗 시기 연호(1078~1085).

59 官制 : 국가 행정 기관의 조직이나 명칭, 설치, 권한 등을 정한 규칙이다.

60 崇寧 : 북송 휘종徽宗 시기 연호(1120~1106).

61 紹興 : 남송 고종高宗 시기 연호(1131~1162).

용재수필

11. 함부로 형벌을 가하였던 오대시대 五代濫刑

오대五代시기에 군주들은 사람을 죽이는 것을 유희로 생각했고, 사람의 목숨을 파리 목숨처럼 취급하였다. 후당後唐[62]의 명종明宗은 당시의 다른 황제들과는 달리 인자한 성품을 지니고 있어, 다른 사람들의 생명을 함부로 해치지 않으려고 노력했다. 천성天成 3년(928)에, 당시의 수도였던 낙양의 순검군사巡檢軍使 훈공아渾公兒가 구두로 황제에게 상주하였다.

"성 밖의 백성 둘이 대나무 장대를 들고 전투 연습을 하고 있었습니다."

명종은 그들을 잡아들이라 명령을 내렸고, 이를 부마인 석경당石敬瑭[63]에게 맡아 처리하도록 했다. 석경당은 내막을 자세히 알아보지도 않고 그 둘을 처형해버렸다. 다음날 추밀사樞密使 안중회安重誨가 이 내막을 조사해서 올린 상주문을 통해, 명종은 그 둘이 전투연습을 한 어른들이 아니라 막대놀이를 하던 아이들이라는 사실을 알게 되었다.

명종은 자신이 잘못된 명을 내린 것을 알고 전국에 통문을 보내 자신이 형벌을 남용하여 실책했음을 알렸다. 또 십일 동안 섭취하는 음식의 양을 줄여 원혼에 사죄하였다. 내막을 자세히 조사하지 않은 석경당은 한 달분 봉록이 삭감되었고, 훈공아는 무고죄로 관직을 박탈당하고 곤장형에

---

62 後唐 : 오대 중의 한 왕조. 돌궐突厥 사타부沙陀部 출신의 이극용李克用이 당唐을 위해 황소黃巢의 난 진압에 공을 세워 895년 진왕晉王으로 봉해졌다. 그의 아들 이존욱李存勖이 923년 후량後梁의 뒤를 이어 후당을 세웠으니 장종이다. 장종이 실종하자 무장들이 반란을 일으키고 이극용의 양자인 이사원을 추대하였으니 명종이다.

63 石敬瑭(892~942) : 오대五代 후진後晉의 건국자(재위 936~942). 후당後唐의 명종明宗을 섬겨 전공을 세우고, 그 딸을 아내로 맞았다. 금군장관禁軍長官으로서 하동절도사河東節度使와 북경유수北京留守를 겸하여, 후당 최고의 세력가가 되었다. 그 후 명종의 후계자와 반목이 생기자 자립을 꾀하였으며, 거란契丹에 대하여 신하를 자청하고 세공歲貢을 바쳤다. 그리하여 연운燕雲 16개주州를 할양한다는 조건으로 원조를 받아 반란을 일으켰다. 즉위 뒤에는 굴종외교屈從外交를 취하면서 주로 국내 통일에 주력하였으며, 절도사를 억압하여 집권화를 도모하였다. 그러나 석경당이 죽은 뒤 후진後晉의 2대 황제가 된 조카 출제出帝 석중귀石重貴는 거란에 반기를 들어 전쟁을 일으켰고, 그 결과 947년 거란에 수도인 개봉開封이 점령당하며 멸망하였다.

처해진 후 등주^{登州}⁶⁴로 유배 보내졌다. 그리고 두 아이의 가족들에게 비단 50필과 조와 보리 각각 백석을 하사하고, 아이들의 장례를 관가에서 도맡아 후하게 치르도록 하였다. 그리고 각 도와 주의 관아에 공문을 띄워 다시는 이 같은 일이 일어나지 않도록, 사형을 언도할 때는 자세히 심리하고 판결하도록 했다.

이 일은 『구오대사^{舊五代史}』에 기록되어 있지만, 『신오대사^{新五代史}』에는 삭제되어 아주 유감스러울 따름이다.

12. 『태일경』의 어림셈 太一推算

신종^{神宗} 희녕^{熙寧} 6년(1073)에 사천중관정^{司天中官正} 주종^{周琮}⁶⁵이 이렇게 말하였다.

『태일경^{太一經}』⁶⁶을 근거로 계산해보니, 희녕 7년(1074)인 갑인^{甲寅}년 태일^{太一}⁶⁷에 양구^{陽九}⁶⁸와 백륙^{百六}⁶⁹의 수數가 있습니다. 갑인년에 다시 새로운 원元이 시작되기에, 『태일경』에서 말하는 양구의 재난과 백륙의 액은 모두 원의 마지막 해 또는 새로운 원의 첫 해에 발생합니다. 이것을 근거로 계산해보면 계축^{癸丑}과 갑인^{甲寅}이 재난의 액이 들어있는 해인데 만약에 오덕^{五福}⁷⁰을 얻어 원기가

....

64 登州 : 지금의 산동성 봉래현^{蓬萊縣}.
65 周琮 : 송대의 천문학자. 28개의 별자리와 공전하는 항성^{恒星}을 측정하는 일을 담당하여, 그 실험의 결과로 345개의 별의 입숙도^{入宿度}와 거극도^{去極度}를 측량하여 『영대비원^{靈臺秘苑}』에 수록하였다. 이는 전대의 천문학 연구를 뛰어넘는 것이었다.
66 『太一經』 : 태일초제^{太一醮祭} 때에 읽던 도가의 술서術書.
67 太一 : 중국철학에서, 천지만물의 출현 또는 성립의 근원. 우주의 본체. 태을^{太乙}.
68 陽九 : 재액^{災厄}의 운수. 음양가^{陰陽家}의 말로, 4617년을 1원元이라 하는데, 1원 중의 첫 106년 중에 구년의 가뭄이 들어 있다고 하는데 이를 '양구'라고 한다. 또 음구^{陰九}·음칠^{陰七}·양칠^{陽七}·음오^{陰五}·양오^{陽五}·음삼^{陰三}·양삼^{陽三} 등이 있는데, 양陽은 한재^{旱災}이고 음陰은 수재^{水災}이다. 입원^{入元}에서 양삼^{陽三}까지 4560년에 재액이 있는 해 57년을 더해 모두 4617년이 1원이 되는 것이다.
69 百六 : 액운. 4617년을 일원이라고 할 때 106년을 양구지액^{陽九之厄}이라고 한다.
70 五福 : 유교에서 말하는 다섯 가지의 복. 곧 수^壽, 부富, 강녕^{康寧}, 유호덕^{攸好德}, 고종명^{考終命}이다.

204

중도中都로 옮겨오면, 재액이 소멸하고 상서로움으로 바뀔 수 있습니다. 제가 은밀히 계산해보니, 오복의 원기가 송 태종 옹희雍熙 원년(984) 갑신甲申년에 동남방의 손궁巽宮으로 들어온 것을 알게 되었습니다. 그렇기 때문에 경성 동남방의 소촌蘇村에 동태일궁東太一宮을 세워야 합니다. 또 인종仁宗 천성天聖 7년(1029) 기사己巳년에 서남방 곤위坤位로 오복의 원기가 들어왔기 때문에 팔각진八角鎭에 서태일궁西太一宮을 세워야 합니다. 황상께서 이전의 사례들을 조사하시에 재앙을 피하고 화를 제거할 수 있도록 웅장한 궁궐을 세우시기 바라옵니다.

이리하여 신종은 곧 바로 집희관集禧觀 동쪽의 땅을 측량하게 하고 중태일궁中太一宮을 세웠다. 재앙을 피하기 위해 중태일궁을 세웠지만, 나라엔 여전히 재앙이 난무했다. 왕안석王安石이 재상으로 정권을 장악하여, 조상대대로 내려온 법도를 바꾸어 종묘사직에 화를 불러일으켰던 것이 대체로 이때부터였다. 설령 오복의 원기가 내려온다 해도 이 재난을 물리치지 못했을 것이다.

광종光宗 소희紹熙 4년(1193) 계축癸丑년, 5년(1194) 갑인甲寅년에 조정에 특히 일이 많았다. 즉 효종황제가 붕어하셨고 광종께서는 오랫동안 병으로 인해 칩거하시어, 정상적으로 조정의 일을 처리할 수 없었다. 이에 조정 안팎의 사람들은 모두 노심초사하며 큰 위기가 닥쳤음을 뼈저리게 느꼈다. 당시에는 별들의 운행과 이러한 오묘하고 심오한 원기를 헤아려 고찰하고 연구하는 성관星官[71]과 역옹曆翁[72]이 없었으니, 어찌 원元이 시작되어 끝맺은 후 새로운 원元이 시작되는 것 등을 알 수 있었겠는가?

13. 승상에 제수된 조여우 趙丞相除拜

광종 소희紹熙 5년(1194) 7월 16일 태중대부太中大夫[73]이며 지추밀원사知樞密院事인 조여우趙汝愚[74]를 특진特進과 우승상右丞相에 임명한다는 조서가 내려졌다.

- -
71 星官: 별을 보고 점을 치던 관원.
72 曆翁: 천체의 운행과 기후의 변화가 철을 따라서 돌아가는 차례를 잘 아는 사람.
73 太中大夫: 관명. 진秦나라 때 설립되어 궁중의 의론을 담당하였다. 당나라와 송나라에는 실제 업무가 없는 문산관文散官으로 제8계階 종사품상從四品上이었다. 송나라 원풍시기에는 좌우간의대부左右諫議大夫로 명칭이 바뀐 후 문관 제11계가 되었다.

송대에 종실을 재상에 임명한 경우가 없었고, 또 품계가 11급에서 1급으로 9급이나 상승한 경우는 전례에 없던 일이었다. 조여우는 상주문을 올려 재상 직을 극력 사양하였다. 6일 후, 광종은 조여우를 추밀사樞密使로 제수한다는 조서를 다시 내렸는데, 권한은 태위太尉·사도司徒·사공司空 삼관을 초월하는 것으로 재상에 준하는 것이었다. 또 2일 후에는 다시 조여우를 정의대부正議大夫와 추밀사樞密使에 제수한다는 조서가 내려왔다.

내가 이 일을 고증해보니, 휘종徽宗 선화宣和 2년(1120)에 왕보王黼가 통의대부通議大夫와 중서시랑中書侍郎에서 특진特進과 소재少宰에 제수되어 무릇 8관官이나 승진되었고, 왕보는 이를 받아들였다. 그러나 흠종欽宗[75] 정강靖康 원년(1126)에 오민吳敏이 중대부中大夫와 지추밀원知樞密院에서 은청광록대부銀靑光祿大夫와 소재少宰에 제수되어 왕보처럼 8관이 승진되었지만, 오민은 사절하고 받아들이지 않고, 통의대부에 취임하였다. 진회秦檜[76]가 재상으로 있을 때 중대부와 지추밀원으로 있던 그의 아들 진희秦熺가 관문전학사觀文殿學士에 제수되었는데, 황제의 특별한 은전으로 우복야右僕射와 같은 대우를 받는

74 趙汝愚(1140~1196) : 송나라 종실宗室. 자 자직子直, 시호 충정忠定. 광종光宗 소희紹熙 2년 (1191)에 이부상서吏部尙書가 되고, 2년 뒤 추밀원사樞密院事로 옮겼는데, 다음 해 광종이 정신병을 앓아 집상執喪하지 못하자, 가왕嘉王을 받들어 황제에 즉위하게 했다. 그가 영종寧宗이다. 우승상右丞相이 되어 주회朱熹에게 경연經筵을 맡도록 하는 등 재야에 있던 사군자士君子들을 많이 발탁했지만, 간신 한탁주의 무리들의 끊임없이 모함에 의해 유배되었다가 갑자기 죽었다.

75 欽宗(1100~1161/ 재위 1125~1127) : 북송의 제9대 황제 조환趙桓. 휘종徽宗의 맏아들. 1115년 황태자로 책봉되었고, 1125년 국도 개봉開封이 금金나라 군사의 공격을 받기 직전에 갑자기 아버지로부터 양위讓位를 받게 되었다. 일단은 화의和議를 맺고 금나라 군사를 돌아가게 하였으나, 주전主戰·주화主和로 분열된 조정 대신들의 혼란을 수습하지 못하여 사태를 악화시켜, 1126년 또다시 금나라 군사의 내공來攻을 초래하였다. 1127년 아버지 휘종 등과 함께 금군에 잡혀서 동북 지방의 오국성五國城(지금의 흑룡강성黑龍江省 의란현依蘭縣)에 압송되었다. 1142년 두 나라 사이에 화의가 성립되었으나, 귀국하지 못한 채 유배지에서 죽었다.

76 秦檜(1090~1155) : 남송의 정치가. 자 회지會之. 고종高宗의 신임을 받아 24년간 재상의 자리에 있었다. 충신 악비岳飛를 죽이고, 금나라에 항전하여 잃어버린 영토를 회복하자는 항전파를 탄압했으며, 금나라와 굴욕적인 강화를 체결했다. 민족적·영웅인 악비와 대비되어 간신으로 평가받는다.

관문전학사직이었다. 그리고 남몰래 통봉대부通奉大夫로 승진되었으며, 그 다음해에는 대학사大學士라는 직책이 더해져 7관을 뛰어넘는 특진이 되었지만, 진희는 자신의 승진을 당연시 받아들였다. 왕보와 오민·진희 이 세 사람이외에 7,8관씩 승진한 사람은 아직까지 없다.

재상에서 추밀사로 관직이 바뀐 경우는 하송夏竦이 유일하다. 당시 진집중陳執中이 소문관대학사昭文館大學士에, 하송이 집현전대학사集賢殿大學士에 제수되었는데, 어사御史가 다음과 같이 아뢰었다.

> 하송이 이전에 섬서陝西에 있을 때 진집중과 사이가 좋지 못해 의견이 맞지 않았습니다. 그렇기에 이 두 사람을 비슷한 업무를 담당하는 동일 지위에 제수하는 것은 옳지 않습니다.

그래서 조서의 내용이 바뀌어, 처음의 조서가 그대로 발표되지 않았다.

지금 조여우는 먼저 재상에 임명되었다는 조서를 받은 후에, 다시 추밀원에 임명되었다는 조서를 받았다. 그러나 추밀원에 임명되었다는 조서를 받은 것은 첫 번째 조서를 받은 지 이미 6일이 지난 후였고, 또 다시 조서가 온 것은 다시 2일이 지난 후였다. 그래서 처음 조서를 받았을 때 올렸던 상소의 사직의 뜻을 고집스럽게 내세우며 임명을 받아들이지 않은 것이다. 송나라의 역사에 근거해보면 인종 명도明道 2년(1033)에 재상 장사손張士遜과 추밀사 양숭훈楊崇勳이 같은 날 파직되어, 장사손은 좌복야左僕射와 하남부河南府 지부知府에, 양숭훈은 절도사와 평장사平章事 겸 허주許州의 지주知州에 임명되었다. 다음날 장사손은 입조하여 사직을 청하였다. 인종이 그 이유를 묻자, 장사손이 답했다.

> "양숭훈은 사상使相[77]이고 신은 복야이기에 제 관직이 아래입니다."

그 즉시 관직 임명에 대한 논의를 다시 하여 장사손을 사상에 임명하였다.

---

77 使相 : 관명. 당나라·송나라 때에 재상의 호칭이 추가된 절도사나 절도사의 호칭이 추가된 은퇴한 재상을 이르던 말이다.

당시 당직을 하고 있던 학사인 성도盛度가 조서를 작성하였는데, 장사손에게 전직前職으로 재상의 직함을 썼다. 이에 대해 많은 사람들이 장사손에게 전직으로 재상의 직함을 사용하는 것은 부당하고, 마땅히 복야와 하남부 지부가 그의 전직 직함이 되어야 한다고 하였다.

효종孝宗 건도乾道 2년(1166) 섭옹葉顒이 전참지정사로 다시 조정의 부름을 받아 지추밀원에 임명되었고, 위임장이 발급되지 않은 채 좌상에 제수되었다. 이 때 내가 당직을 하고 있었는데 새로 제수된 지추밀원이 그의 최후의 관직명이 되었다. 지금 조여우를 재상에 제수하는 조서가 선포된 지 8일이 지났기에, 그를 새로 제수된 특진과 우승상으로 칭하는 것이 맞다.

14. 당소종의 학자 신원 회복과 구휼 唐昭宗恤錄儒士

당소종唐昭宗 광화光化 3년(900) 12월 좌보궐左補闕 위장韋莊이 상소를 올렸다.

> 시문時文을 짓는 재주가 뛰어난 이들 중에는 때때로 현명함이 부족한 이들이 있는데, 그들은 살아서는 태평성대에 하급관직 하나 얻지 못해 죽은 후에도 오래도록 한을 품었습니다. 신이 알고 있는 바에 의하면, 이하李賀·황보송皇甫松·이군옥李群玉·육구몽陸龜蒙·조광원趙光遠·온정균溫庭筠·유덕인劉德仁·육규陸逵·부석傅錫·평증平曾·가도賈島·유치규劉稚圭·나업羅鄴·방간方干 등이 모두 입신출세하지 못했지만, 모두 재주와 지혜가 뛰어난 기재奇才였습니다. 그들이 지은 아름다운 글귀와 시구는 문인들의 입에 오르내렸지만, 그들이 품은 원한은 저세상 길의 먼지가 되었습니다. 엎드려 바라옵건대 그들에게 진사급제를 추사追賜[78]하시고, 보궐補闕과 습유拾遺 등의 관직을 내리십시오. 지금은 나은羅隱 한 사람만 생존해 있으니, 그에게는 특별히 그의 이름이 들어있는 과거급제 명단을 하사하시고, 삼서三署[79]의 관직에 임명하십시오.

소종은 칙명을 내려 위장을 포상하였고, 중서문하성中書門下省에 명하여 상소문의 내용을 자세히 살피어 정상을 참작하여 처리하라고 했다. 다음해인

---

78 追賜 : 죽은 사람에게 벼슬, 칭호, 물건 따위를 주던 일이다.

79 三署 : 한나라 때 궁중의 경비를 맡던 오관서五官署와 좌서左署·우서右署의 합칭이다.

천복天復 원년(901)에 위장이 상소한대로 이하 등의 문인들에게 관직을 하사하였고, 또 중서문하성에게 새로이 진사 급제 한 이들 중, 여러 차례 과거에 응시했다가 낙방을 거듭한 끝에 겨우 과거에 급제한 연령이 높은 이들에게 상례에 얽매이지 않고 관직을 제수하라고 명하였다. 이에 예부시랑禮部侍郎 두덕상杜德祥은 다음과 같은 상소문을 올렸다.

새로이 급제한 진사 진광문陳光問은 나이가 예순 아홉이며, 조송曹松은 쉰 넷, 왕희우王希羽는 일흔 셋, 유상劉象은 일흔, 가숭柯崇은 예순 넷, 정희안鄭希顔은 쉰 아홉입니다. 진광문과 조송·왕희우는 비서성정자秘書省正字로 임명하시는 것이 가하시며, 유상과 가숭·정희안은 태자교서太子校書에 임명하시는 것이 가하신 것으로 아뢰옵니다.

등과기登科記[80]에 의하면 이 해에 급제한 진사는 모두 26명이며, 진광문이 4등, 조송이 8등, 왕희우가 12등, 유상과 가숭·정희안은 모두 가장 낮은 등수였다. 당나라 소종 당시는 지극히 혼란스러웠던 시기인데, 구차한 삶을 이어가던 학자들에게 관심을 가졌다는 사실은 분명 역사서에 기록될 만한 가치가 있다. 『당척언唐摭言』에 다음과 같은 기록이 있다.

황상(소종)께서 내란을 평정하시고, 새로이 진사 급제한 이들의 일을 들으시고는 몹시 기뻐하시며 특별히 관직을 제수하시고, 임명장을 통해 "그대들이 진사급제 했을 때가 바로 짐이 내란을 평정한 해이기에, 응당 그대들에게 특별한 은혜를 내려야 한다고 생각하니, 각자 영광스럽게 명령을 받들도록 하라"고 명하셨다. 당시에 이 조치를 오노방五老榜이라고 하였다.

용재삼필 권7

80 登科記 : 당·송대의 고급관료 시험인 과거시험 합격자의 명부를 지칭한다.

1. 執政辭轉官

眞宗天禧元年, 合祭天地, 禮畢, 推恩百僚, 宰相以下遷官一等。時參知政事三人, 陳彭年自刑部侍郎遷兵部, 王曾自左諫議大夫遷給事中, 張知白自給事中遷工部侍郎。而知白獨懇辭數四, 上敦諭, 終不能奪。王曾聞之, 亦乞寢恩命。上曰:「知白無他意, 但以卿爲諫議大夫, 班在上, 己爲給事中, 在下, 所以固辭, 欲品秩有序爾。」於是從知白所請, 而優加名數, 進階金紫光祿大夫, 幷賜功臣爵邑。元祐三年四月, 宰執七人, 自文彦博仍前太師外, 右僕射呂公著除司空, 同平章軍國事, 中書侍郎呂大防除左僕射, 同知樞密院范純仁除右僕射, 尙書左丞劉摯除中書侍郎, 右丞王存除左丞, 唯知樞密院安燾不遷, 乃自正議大夫特轉右光祿。燾上章辭, 令學士院降詔不允。學士蘇軾以爲:「朝廷豈以執政六人五人進用, 故加遷秩以慰其心? 旣無授受之名, 僅似姑息之政, 欲奉命草詔, 不知所以爲詞, 伏望從其所請。」御寶批:「可, 且用一意度作不許詔書進入。」燾竟辭, 始免。紹興三十一年, 陳康伯自右相拜左相, 朱倬自參政拜右相, 時葉義問知樞密院, 元居倬上, 不得遷, 朝論謂宜進爲使, 學士何溥面受草制之旨, 曾以爲言, 高宗不許。紹熙五年七月, 主上登極, 拜知樞密院趙汝愚爲右相, 參政陳騤除知院, 同知院事余端禮除參政, 而左丞相留正以少保進少傅, 乃係特遷, 且非覃恩, 正固辭, 乃止。

2. 宗室補官

壽皇聖帝登極赦恩, 凡宗子不以服屬遠近, 人數多少, 其曾獲文解兩次者, 並直赴殿試, 略通文墨者, 所在州量試; 卽補承信郎。由是入仕者過千人以上。淳熙十六年二月、紹熙五年七月, 二赦皆然, 故皇族得官不可以數計。偶閱唐昭宗實錄載一事云:「宗正少卿李克助奏:『准去年十一月赦書, 皇三等以上親無官者, 每父下放一人出身; 皇五等以上親未有出身陪位者, 與出身。寺司起請承前舊例, 九廟子孫陪位者, 每父下放一人出身, 共放三百八十人。其諸房宗室等, 各赴陪位納到文狀, 共一千二十七人。除元不赴陪位及不納到狀, 及違寺司條疏, 不取宗室充係落下外, 係三百八十人, 合放出身。』勅准準赦書處分。」予案昭宗以文德元年卽位, 次年十一月南郊禮畢肆赦, 其文略云:「皇三等以上親, 委中書門下各擇有才行者量與改官, 無官者, 每父下放一人出身; 皇五等以上親未有出身陪位者, 與出身。」然則亦有三等五等親、陪位與不陪位之差別也。

3. 孫宣公諫封禪等

景德、祥符之間, 北戎結好, 宇內乂寧, 一時邪諛之臣, 唱爲瑞應祺祥, 以罔明主, 王欽若、陳彭年輩實主張之。天書既降, 於是東封、西祀、太清之行, 以次不講, 滿朝耆老方正之士, 鮮有肯啓昌言以遏其姦焰, 雖寇萊公亦爲之。而孫宣公奭獨上疏爭救, 于再于三, 眞錄出於欽若提綱, 故不能盡載, 以故後人罕稱之, 予略摘其大槩紀於此。

一章論西祀, 曰:「汾陰后土, 事不經見。漢都雍, 去汾陰至近; 河東者, 唐王業所起之地, 且又都雍, 故武帝、明皇行之。今陛下經重關, 越險阻, 遠離京師根本之固, 其爲不可甚矣。古者聖王先成民而後致力於神, 今土木之功, 累年未息, 水旱作沴, 饑饉居多, 乃欲勞民事神, 神其享之乎! 明皇嬖寵害政, 姦佞當塗, 以至身播國屯。今議者引開元故事以爲盛烈, 臣切不取。今之姦臣, 以先帝詔停封禪, 故贊陛下, 以爲繼承先志。且先帝欲北平幽朔, 西取繼遷, 則未嘗獻一謀、畫一策以佐陛下。而乃卑辭重幣, 求和於契丹, 蠹國糜爵, 姑息於保吉。謂主辱臣死爲空言, 以誣下罔上爲己任, 撰造祥瑞, 假託鬼神, 纔畢東封, 便議西幸。以祖宗艱難之業, 爲佞邪僥倖之資, 臣所以長嘆而痛哭也。」

二章論爭言符瑞, 曰:「今野雉山鹿, 並形奏簡, 秋旱冬雷, 率皆稱賀。將以欺上天, 則上天不可欺; 將以愚下民, 則下民不可愚; 將以惑後世, 則後世必不信。腹非竊笑, 有識盡然。」

三章論將幸亳州, 曰:「國家近日多效唐明皇所爲。且明皇非令德之君, 觀其禍敗, 足爲深戒, 而陛下反希慕之。近臣知而不諫, 得非姦佞乎! 明皇奔至馬嵬, 楊國忠既誅, 乃諭軍士曰:『朕識理不明, 寄任失所, 近亦覺寤。』然則已晚矣。陛下宜早覺寤, 斥遠邪佞, 不襲危亂之迹, 社稷之福也。」

四章論朱能天書, 曰:「姦憸小人, 妄言符瑞, 而陛下崇信之, 屈至尊以迎拜, 歸祕殿以奉安。百僚黎庶, 痛心疾首, 反唇腹非, 不敢直言。臣不避死亡之誅, 聽之罪之, 惟在聖斷。昔漢文成、五利, 妄言不讎, 漢武誅之。先帝時, 侯莫、陳利用方術姦發, 誅於鄭州。唐明皇得靈符寶券, 皆王鉷、田同秀等所爲, 不能顯戮, 今日見老君於閣上, 明日見老君於山中, 大臣尸祿以將迎, 端士畏威而緘默。及祿山兆亂, 輔國劫遷, 大命既傾, 前功并棄。今朱能所爲是已。願遠思漢武之雄材, 近法先帝之英斷, 中鑒明皇之召禍, 庶幾災害不生, 禍亂不作。」

奭之論諫, 雖魏鄭公、陸宣公不能過也。

4. 赦恩爲害

赦過有罪, 自古不廢, 然行之太頻, 則惠姦長惡, 引小人於大譴之域, 其爲害固不勝言矣。唐莊宗同光二年大赦, 前云:「罪無輕重, 常赦所不原者, 咸赦除之。」而又曰:「十

211

惡五逆、屠牛、鑄錢、故殺人、合造毒藥、持仗行劫、官典犯贓，不在此限。」此制正得其中。當亂離之朝，乃能如是，亦可取也，而今時或不然。

5. 代宗崇尚釋氏

唐代宗好祠祀，未甚重佛。元載、王縉、杜鴻漸漸爲相，三人皆好佛。上嘗問以「佛言報應，果爲有無」。載等奏：「國家運祚靈長，非宿植福業，何以致之？福業已定，雖時有小災，終不能爲害，所以安、史有子禍，僕固病死，回紇、吐蕃不戰而退，此皆非人力所及。」上由是深信之，常於禁中飯僧，有寇至則令僧講仁王經以禳之，寇去則厚加賞賜。胡僧不空，官至卿、監，爵爲國公，出入禁闥，勢移權貴，此唐史所載也。予家有嚴郢撰三藏和尚碑，徐季海書，乃不空也。云西域人，氏族不聞於中夏，玄、肅、代三朝皆爲國師。代宗初以特進、大鴻臚褒表之。及示疾，又就臥內加開府儀同三司、肅國公。既亡，廢朝三日，贈司空。其恩禮之寵如此。同時又有僧大濟，爲帝常修功德，至殿中監。贈其父惠恭兗州刺史，官爲營辦葬事，有勑葬碑，今存。時兵革未盡息，元勳宿將，賞功賦職，不過以此處之，顧施之一僧，繆濫甚矣。

6. 光武符堅

漢光武建武三十年，群臣請封禪泰山。詔曰：「卽位三十年，百姓怨氣滿腹，吾誰欺，欺天乎？若郡縣遠遣吏上壽，盛稱虛美，必髡，令屯田。」於是羣臣不敢復言，其英斷如此。然財二年間，乃因讀河圖會昌符，詔索河雒讖文言九世當封禪者，遂爲東封之舉，可謂自相矛盾矣。符堅禁圖讖之學，尙書郎王佩讀讖，堅殺之，學讖者遂絕。及季年，爲慕容氏所困，於長安自讀讖書，云：「帝出五將久長得。」乃出奔五將山，甫至而爲姚萇所執。始禁人爲讖學，終乃以此喪身亡國。「久長得」之兆，豈非言久當爲姚萇所得乎！又「姚」與「遙」同，亦久也。光武與堅非可同日語，特其事偶可議云。

7. 周武帝宣帝

周武帝平齊，中原盡入輿地，陳國不足平也，而雅志節儉，至是愈篤。後宮唯置妃二人，世婦三人，御妻三人，則其下保林、良使輩，度不過數十耳。一傳而至宣帝，奢淫酣縱，自比於天，廣搜美女，以實後宮，儀同以上女不許輒嫁，遂同時立五皇后。父子之賢否不同，一至於此。

8. 唐觀察使

唐世於諸道置按察使，後改爲采訪處置使，治於所部之大郡。既又改爲觀察，其有戎旅之地，卽置節度使。分天下爲四十餘道，大者十餘州，小者二三州，但令訪察善惡，舉其

大綱. 然兵甲、財賦、民俗之事, 無所不領, 謂之都府, 權勢不勝其重, 能生殺人, 或專私其所領州, 而虐視支郡. 元結爲道州刺史, 作春陵行, 以爲「諸使誅求符牒二百餘通」, 又作賊退示官吏一篇, 以爲「忍苦哀斂」. 陽城守道州, 賦稅不時, 觀察使數誚責, 又遣判官督賦, 城自囚於獄. 判官去, 復遣官來按擧. 韓愈送許郢州序云:「爲刺史者常私於其民, 不以實應乎府, 爲觀察使者常急於其賦, 不以情信乎州, 財已竭而斂不休, 人已窮而賦愈急.」 韓皋爲浙西觀察使, 封杖決安吉令孫澥至死. 一時所行, 大抵類此, 然每道不過一使臨之耳. 今之州郡控制按刺者, 率五六人, 而臺省不預, 毀譽善否, 隨其意好, 又非唐日一觀察使比也.

9. 冗濫除官

自漢以來, 官曹冗濫之極者, 如更始「竈下養, 中郎將, 爛羊頭, 關內侯」, 晉趙王倫「貂不足, 狗尾續」, 北史周世「員外常侍, 道上比肩」, 唐武后「補闕連車, 拾遺平斗」之諺, 皆顯顯著見者. 中葉以後, 尤爲泛濫, 張巡在雍丘, 才領一縣千兵, 而大將六人, 官皆開府特進, 然則大將軍告身博一醉, 誠有之矣. 德宗避難於奉天, 渾瑊之童奴曰黃芩, 力戰, 卽封渤海郡王. 至於僖、昭之世, 遂有「捉船郭使君」、「看馬李僕射」. 周行逢據湖湘, 境內有「漫天司空、遍地太保」之譏. 李茂貞在鳳翔, 內外持管籥者亦呼爲司空、太保. 韋莊浣花集有贈僕者楊金詩云:「半年勤苦葺荒居, 不獨單寒腹亦虛. 努力且爲田舍客, 他年爲爾覓金魚.」 是時, 人奴腰金曳紫者, 蓋不難致也.

10. 節度使稱太尉

唐節度使帶檢校官, 其初只左右散騎常侍, 如李愬在唐、鄧時所稱者也. 後乃轉尙書及僕射、司空、司徒, 能至此者蓋少. 僖、昭以降, 藩鎭盛彊, 武夫得志, 纔建節鉞, 其資級已高, 於是復升太保、太傅、太尉, 其上惟有太師, 故將帥悉稱太尉. 元豐定官制, 尙如舊貫. 崇寧中, 改三公爲少師、少傅、少保, 而以太尉爲武階之冠, 以是凡管軍者, 猶悉稱之. 紹興間, 葉夢得自觀文殿學士, 張澄自端明殿學士, 皆拜節度. 葉嘗任執政, 以暮年擁旄, 爲儒者之榮, 自稱葉太尉. 張微時用鄧洵武給使恩出身, 羞爲武職, 但稱尙書如故, 其相反如此.

11. 五代濫刑

五代之際, 時君以殺爲嬉, 視人命如草芥. 唐明宗頗有仁心, 獨能斟酌悛救. 天成三年, 京師巡檢軍使渾公兒口奏, 有百姓二人, 以竹竿習戰鬪之事. 帝卽傳宣令付石敬瑭處置, 敬瑭殺之. 次日樞密使安重誨敷奏, 方知悉是幼童爲戲. 下詔自咎, 以爲失刑, 減常膳十日, 以謝幽冤; 罰敬瑭一月俸; 渾公兒削官、杖脊、配流登州; 小兒骨肉, 賜絹五

十四, 粟麥各百碩, 便令如法埋葬。仍戒諸道州府, 凡有極刑, 並須仔細裁遣。此事見舊五代史, 新書去之。

12. 太一推算

熙寧六年, 司天中官正周琮言:「據太一經推算, 熙寧七年甲寅歲, 太一陽九、百六之數, 至是年復元之初, 故經言太歲有陽九之災, 太一有百六之厄, 皆在元之終或復元之初。陽九、百六當癸丑、甲寅之歲, 爲災厄之會, 而得五福太一移入中都, 可以消災爲祥。竊詳五福太一自雍熙甲申歲入東南巽宮, 故修東太一宮於蘇村;天聖己巳歲入西南坤位, 故修西太一宮于八角鎮。望稽詳故事, 崇建宮宇。」詔度地於集禧觀之東, 於是爲中太一宮。時王安石擅國, 盡變亂祖宗法度, 爲宗社之禍, 蓋自此始, 雖太一照臨, 亦不能救也。紹熙四年癸丑, 五年甲寅, 朝廷之間殊爲多事, 壽皇聖帝厭代, 泰安以久疾退處, 人情業業, 皆有憂葵恤緯之慮。時無星官曆翁考步推蹟, 庸詎知非入元、復元之際乎?

13. 趙丞相除拜

紹熙五年七月十六日宣麻制, 以太中大夫、知樞密院事趙汝愚爲特進、右丞相, 議者或謂國朝無宗室宰相, 且轉官九級非故事。趙上章力辭, 不肯入都堂泹職。越六日, 詔改除樞密使, 依宰臣超三官。又二日, 制除正議大夫、樞密使。[邁]攷按故實, 宣和二年, 王黼自通議大夫、中書侍郎拜特進、少宰, 凡遷八官, 黼受之。靖康元年, 吳敏自中大夫、知樞密院, 拜銀青光祿大夫、少宰, 亦遷八官, 敏辭之, 但以通議就職。秦檜當國, 以其子熺爲中大夫、知樞密院, 已而除觀文殿學士, 恩數如右僕射, 遂暗轉通奉大夫, 踰年加大學士, 徑超七秩爲特進, 熺處之不疑。捨此三人外, 蓋未之有。若自宰相改樞密使, 唯夏竦一人。是時以陳執中爲昭文相, 竦爲集賢相, 御史言:「竦向在陝西, 與執中議論不協, 不可同寅政地。」於是貼麻改命, 而初制不出。今汝愚先報相麻, 後報樞制, 乃是經日已久, 因固辭以然。又按國史, 明道二年, 宰臣張士遜、樞密使楊崇勳同日罷, 士遜以左僕射判河南府, 崇勳以節度使、平章事判許州, 明日入謝, 崇勳班居上。仁宗問之, 士遜奏曰:「崇勳係使相, 臣官只僕射, 當在下。」即再鎖院, 以士遜爲使相。是時, 學士盛度當制, 猶用士遜拜相銜, 論者非之, 謂應用僕射、河南爲前銜也。乾道二年, 葉顒以前參知政事召還, 爲知樞密院, 未受告而拜左相。[邁]當制, 以新除知樞密院結銜。今汝愚拜相宣麻, 已閱八日, 故稱新除特進、右丞相。二者皆是也。

14. 唐昭宗恤錄儒士

唐昭宗光化三年十二月, 左補闕韋莊奏:「詞人才子, 時有遺賢, 不霑一命於聖明, 沒作千年之恨骨。據臣所知, 則有李賀、皇甫松、李羣玉、陸龜蒙、趙光遠、溫庭筠、劉

德仁、陸邁、傅錫、平曾、賈島、劉稚珪、羅鄴、方干, 俱無顯過, 皆有奇才。麗句清詞, 遍在詞人之口, 銜冤抱恨, 竟爲冥路之塵。伏望追賜進士及第, 各贈補闕、拾遺。見存唯羅隱一人, 亦乞特賜科名, 錄升三署。」勅獎莊, 而令中書門下詳酌處分。次年天復元年赦文, 又令中書門下選擇新及第進士中有久在名場, 才沾科級, 年齒已高者, 不拘常例, 各授一官。於是禮部侍郎杜德祥奏：揀到新及第進士陳光問, 年六十九, 曹松年五十四, 王希羽年七十三, 劉象年七十, 柯崇年六十四, 鄭希顏年五十九。詔光問、松、希羽可祕書省正字；象、崇、希顏可太子校書。案登科記, 是年進士二十六人, 光問第四, 松第八, 希羽第十二, 崇、象、希顏居末級。昭宗當斯時, 離亂極矣, 尙能眷眷於寒儒, 其可書也。摭言云：「上新平內難, 聞放新進士, 喜甚, 特授官, 制詞曰：『念爾登科之際, 當予反正之年。宜降異恩, 各膺寵命。』時謂此擧爲五老牓。」

1. 휘종의 소문 徽宗薦嚴疏文

휘종徽宗은 소흥紹興 5년(1135) 을묘乙卯해에 승하하셨다. 그때 선친이신 충선공忠宣公[1]은 황제의 명을 받들어 금나라 사신으로 갔다가 억류되었기 때문에 돌아오지 못하고, 냉산冷山에 머물고 계셨다. 선친공께서는 주군의 마지막 모습을 보지 못하는 불충을 가슴 아파하시며, 사신使臣 심진沈珍을 연산燕山에 파견하여 개태사開泰寺에 주군을 위해 불경을 읽을 수 있는 도장을 만들었다. 또 친히 공덕소功德疏도 지었다.

> 황상께서 연로하시자 속세의 번잡함이 싫어 떠나시려는데 안심하고 선계에 오르실 수 없으니, 천하 사람들은 모든 소리를 멈추고 마치 자신의 아버지가 죽은 것 마냥 애통해하였습니다. 더구나 옛 궁궐이 이미 무너지고 훼손되어 잡초만 무성하니 더욱 참담해집니다. 설사 이곳을 떠나 환경이 좋은 다른 곳으로 옮겨간다고 해도, 진晉 혜공惠公이 진秦나라의 풍성한 음식을 먹어도 아무 맛을 느끼지 못했던 것처럼 슬픔이 조금도 줄어들지 않을 것입니다. 새로 세운 사당에는 대신들이 늘어서있고, 강남땅에는 혼을 부르기 위해 부르는 초혼곡이 끊이지 않고 울려 퍼집니다. 비록 하동河東에 거주할 곳이 있기는 하지만, 황하 일대의 너른 영토를 빼앗기고 강남만이 남은 상황은 애통하기 그지없고, 버려진 백성들은 조정에 대한 실망으로 상심해마지 않습니다. 적국에 오랫동안 구금되어 있던 저희

---

1 忠宣公 : 홍호洪皓(1088~1155). 송나라 정치가로 홍매의 아버지. 자 광필光弼. 남송 요주饒州 파양鄱陽 출신. 휘종 정화政和 5년(1115) 진사가 되었고, 선화宣和 연간에 수주사록秀州司祿이 되어 창고를 열어 알맞은 가격에 방출하고 절동浙東의 쌀을 사들여 사람들을 구제해 '홍불자洪佛子'로 불렸다. 고종高宗 건염建炎 3년(1129) 휘유각대제徽猷閣待制 및 가예부상서假禮部尙書의 신분으로 금나라에 사신으로 갔는데, 회유와 협박에 굴복하지 않고 여러 차례에 걸쳐 적의 상황을 보고하여 15년 간 억류되었다가 돌아왔다. 금나라와의 화친을 반대하여 진회秦檜의 미움을 사서 좌천되어, 지방을 떠돌다가 병으로 세상을 떠났다. 시호는 충선忠宣이다.

들은 애통함에 피를 토하며, 오직 조국 산하와 사직이 오래도록 번성하여 자손만 대에까지 전해지기를 바라오며, 하늘에 계신 황상의 영혼이 하夏·은殷·주周 삼 대의 영령들을 이어 천추에 길이 빛나기를 바라옵니다.

금나라에 체류하고 있던 북송의 유민들과 금나라 사람들이 이 공덕소를 읽고 모두 감동하여 눈물을 흘리며, 다투어 이를 베껴 노래했다고 한다. 후에 휘종의 운구가 남쪽으로 돌아왔을 때, 충선공 또한 이미 연燕땅으로 돌아간 후였기에, 나라를 위해 죽음을 맹세하고 주군의 은혜를 잊지 않았던 옛 신하들을 거느리고, 성을 나와 북에서 돌아오는 운구를 맞이했다. 휘종의 운구를 맞이하는 모든 이들이 북받치는 슬픔에 겨워 가슴을 치고 발을 동동 구르며 대성통곡을 하였다. 다행히도 금나라 또한 충의로운 사람을 숭상하는 풍속이 있었기 때문에, 그들의 그러한 행동을 범죄라고 여기지 않았다.

2. 충선공 홍호의 사표 忠宣公謝表

고종高宗 건염建炎 3년(1129)에 선친이신 충선공께서 어명을 받들어 금나라에 사신으로 가셨다. 회하淮河 일대에 도둑들이 들끓었기 때문에 회남淮南과 경동로京東路의 무유사撫諭使[2]도 겸직하였는데, 이성李成[3]에게 병사를 이끌고 남경南京[4]까지 호위하라고 명을 내렸다. 충선공은 먼저 인편을 통해 이성에게

. . . .

2 撫諭使 : 남송의 관명. 민간의 병을 살펴 황제에게 보고하는 일을 담당했고, 아울러 병인들에 대한 위문의 업무도 겸했다. 만약에 '사使'로 명칭을 삼지 않았다면, 즉 무유관撫諭官이라고 칭했을 것이다. 상설직은 아니었다.
3 李成 : 자 백우伯友. 송나라 웅주雄州(지금의 하북성 웅현雄縣) 사람. 궁수弓手출신으로 용맹함으로 세상에 널리 알려졌다. 금나라 병사들이 하북지역을 점령했을 때 임천臨川에서 사람들을 모아 남쪽으로 내려와 강회江淮지역에서 활동했다. 두 차례 남송 정부의 관직을 제수받았으나, 만족하지 못하고 자신만의 독자적인 세력구축을 하다가 송나라 군대에 의해 제압당한 후 금나라가 세운 괴뢰정권인 제齊에 투항하였다. 이후 금나라의 장군이 되어 낙양을 함락시키기도 하였다.
4 南京 : 지금의 하남성 상구商丘.

편지를 부쳤는데, 때마침 이성은 경견賦堅과 함께 초주楚州5를 포위 공격하고 있었기에 다음과 같은 답신을 보내왔다.

변하汴河는 이미 말라버렸고, 홍虹6땅에는 홍건군紅巾軍이 버티고 있기에, 오천의 군대를 이끌고 그곳을 결코 지나갈 수 없습니다. 군대도 양식이 이미 바닥나 버렸기에, 남경까지 호위하라는 명령을 감당할 수 없습니다.

충선공께서는 은밀히 유세객을 보내어 경견을 설득하여 이성을 압박하여 군대를 보내도록 하였다. 당시 충선공께서 사주泗州로 가고 있는데 앞서 가던 정탐꾼이 "맞은편에서 기병들이 옵니다"라고 하였다. 부사副使 공숙龔璹은 두려워했고, 호송 병사들도 앞으로 나아가려하지 않아, 결국은 다시 돌아올 수밖에 없었다. 돌아오자마자 바로 고종高宗께 상소문을 올렸다.

이성은 군량보급이 지연되자 군대를 이끌고 건강建康으로 오려고 하였습니다. 근새靳賽와 설경薛慶의 무리들이 횡행하고 있는 지금, 만일 그들과 이성이 함께 연합이라도 하면 어찌 처리할 수 있겠습니까? 지금은 치욕스러움을 인내하고 후일을 도모할 때이오니, 능란한 변사辯士을 뽑아 그들에게 보내어 황상의 뜻을 전하도록 하고, 그들을 우대하여 위로하십시오.

고종께서 상소문을 읽고 곧바로 사신을 파견하여 이성을 위로하였고, 쌀 오만곡斛을 하사하였다.

당시에는 상소문을 황상께 직접 올리는 것을 금하였다. 그래서 충선공께서는 황상께서 상소문을 직접 보실 수 있도록, 수하에게 반드시 중서성中書省에 도착한 후에 상소문을 올리라고 당부하였다. 이로 인해 충선공께서는 재상의 뜻을 거스르게 되었고, 황제께 상소문을 직접 올리는 바람에 다른 상소문 열람을 지체시켰다는 죄목으로 직책이 두 등급 강등되어 저양로瀦陽路의 관직에 임명되었다. 소흥 13년(1143)에 사신의 임무를 마치고 돌아와서는 다시 원래의 관직으로 복위되었지만, 그때 충선공께서는 이미 요주饒州의

. . . .

5 楚州 : 지금의 강소성 회안淮安.
6 虹 : 지금의 안휘성 사현泗縣.

지주로 부임했기 때문에 나에게 감사의 표表를 지어 올리라 명하셨다. 나는 그 표에 이렇게 서술했다.

상소문을 올린 일을 조정에서 받아들여 처리되었지만, 소신은 황제께 직접 상소문 올려 다른 상소문 열람하시는 일을 지체시킨 죄를 범하게 되었습니다. 그럼에도 불구하고 오랜 시간 금나라에 사신으로 가 여러 차례 황상의 은혜를 입었고, 높은 관직에 제수되어 이전의 봉록을 다시 얻게 되었습니다.

생각해보건대 소신은 갑작스레 금나라 조정에 사신으로 가라는 명령을 받아, 감히 이를 사양할 수조차 없었습니다. 당시는 이성 등의 무리들이 연합하여 회복淮北과 회남淮南지역을 막고 군량을 요구하였기에, 소신은 그런 이들이 끊임없이 날뛰어 순식간에 난을 일으키지는 않을까 심히 걱정되었습니다. 그리하여 소신은 조정에서 그들이 난리를 일으키지 않도록 미리 그들을 위로하기를 바라는 마음에 상소문을 올렸습니다. 황상께서는 조충국趙充國[7]이 무도武都 저족氐族[8]들의 반란을 평정하기 위해 올렸던 건의처럼 여기시고 상소를 기꺼이 받아들이셨습니다. 그러나 조정의 대신들은 소신의 상소를 한나라 진탕陳湯[9]이 제멋대로 한나라 조정의 성지를 거짓으로 만든 것[10]과 같이 여겼기에, 관직 등급마저 강등되

용재수필

----

7 趙充國(B.C.137~B.C.52) : 전한의 명장. 자 옹손翁孫. 말 타기와 활쏘기를 잘 했으며, 지략을 갖춘 데다 변방의 정세에 대해서도 해박했다. 무제武帝 때 육군양가자六郡良家子로 우림羽林에 임명되고, 가사마假司馬로 이광리李廣利를 따라 흉노匈奴를 공격해 그 공으로 중랑中郎에 오르고 거기장군장사車騎將軍長史가 되었다. 소제昭帝 때 대장군호군도위大將軍護軍都尉로 병사를 이끌고 무도武都 저족氐族들의 반란을 평정했고, 다시 흉노를 공격해 후장군後將軍에 발탁되었다.

8 氐族 : 주로 3～6세기 사이에 중국북부에서 활약한 고대민족의 하나. 일찍이 오호십육국 시기에 전진前秦과 후량後涼 등의 독립 정권을 건립하였고, 다시 위진남북조 시기에는 구지국仇池國·무도국武都國·무흥국武興國·양평국陽平國 등의 반독립 정권을 건립하기도 하였다. 저족은 일찍이 상주商周 시기에 지금의 감숙甘肅·섬서陝西·사천四川 등의 인접 지대에 분포하고 있었으며, 대부분 무도武都(지금의 감숙성 성현成縣 서북)에 집중되어 있었다. 주로 정착생활을 하면서 농업에 종사하고 목축업과 수공업을 겸하였다. 흙담으로 된 판자집에 살았으며 생활풍속은 한족과 비슷하였다. 한 무제 원정元鼎 6년(111) 저족 지역에 군현을 설치된 후부터 직접 한왕조의 통치를 받았다.

9 陳湯 : 전한의 명장. 자는 자공子公, 산양하구山陽瑕丘 사람이다. 『상서』와 『좌전』에 정통했을 뿐만 아니라 글을 잘 썼기에 서역 부교위로 임명되었다. 진탕은 거짓 명령서로 군대를 동원하여 감연수甘延壽와 함께 질지선우郅支單于의 군대를 쳐부수고 강거에서 질지선우를 참수하였다. 그 공으로 관내후關內侯에 봉해졌다가, 강거에서 노획한 전리품을 마음대로 차지한 것이 알려져 면직 당하였다. 또 보고올린 것이 사실과 다르다하여 사형까지 언도 받았지만, 선우를 죽여 오랑캐의 위세를 꺾은 공으로 인해 일반 병사로 백의종군하였다가 파직되어 평민이 되었다. 후에 돈황에 유배되어 관외關外에서 죽었다.

었습니다. 하지만 세월이 흐르니 강등된 지위와 봉록이 모두 원상 복귀되었습니다. 이는 잘못과 공덕이 잊혀 지기 때문에 가능한 것일 겁니다.

소신은 예부터 은유적인 문장을 쓰는 것을 즐겨했기에 이 글을 통해 제 죄를 은폐하려는 그런 뜻은 없으며, 사면을 받아들이고 개과천선할 것입니다.

표를 다 쓴 후 그 내용에 대해 아버님과 형제들이 함께 논의하였다. 당시는 진회秦檜[11]가 권력을 장악하고 있었기에 이 표의 내용이 화를 일으킬 수도 있다고 판단하고, 따로 잘못을 인정하고 자책하는 표를 지었다.

사신으로 파견되어 금나라로 가지 않고 머무른 것은 작위와 봉록이 삭탈되어 마땅한 죄입니다. 황제폐하의 은혜로 말미암아 처벌이 거두어졌으니 하해와 같은 은혜에 눈물이 앞을 가리고, 소신을 긍휼히 여기시는 황제폐하의 은혜에 감지덕지할 뿐입니다. 일찍이 능력이 부족했던 소신이 사신으로 임명되었던 때는 바로 도적떼들에 의해 약탈이 횡행하여 무고하게 죽임을 당하거나 해를 당하는 일들이 비일비재했습니다. 그러나 소신이 조정의 명을 받은 사신이 되어 어찌 금나라로 수레를 몰고 가는 것을 주저하였겠습니까? 서언왕徐偃王[12]이 나라를 잃고 쫓겨나서 사람들의 질책을 받았던 것과 초나라의 신주申舟[13]가 제나라로 가기

10 감연수와 진탕의 서역도호부는 방어업무를 맡은 호위군대였는데, 진탕은 질지선우가 서부에서 계속 세력확장을 하는 것을 목도하며 호랑이를 길러 후환을 남기는 것보다 선제공격을 해서 제압하는 것이 낫다고 생각했다. 그리하여 서역도호 감연수에게 질지선우를 공격할 것을 건의했지만, 대외작전을 결정할 권력이 없다는 것을 아는 감연수는 조정에 주청을 올릴 것을 주장한다. 하지만 그렇게 되면 승기를 잡을 수 있는 기회를 놓칠 것을 두려워한 진탕은 병에 걸린 감연수를 대신하여 직무를 수행하면서, 서역도호부의 명의로 거짓 한나라 조정의 성지를 만들어서 둔전군을 소집하고 서역제국에 징집령을 내렸다. 질지선우를 토벌한다는 소집명령에 15개 서역국가가 모두 병사를 보내어 지원했다.

11 秦檜(1090~1155) : 남송의 정치가. 자 회지會之로, 고종高宗의 신임을 받아 24년간 재상의 자리에 있었다. 충신 악비岳飛를 죽이고, 금나라에 항전하여 잃어버린 영토를 회복하자는 항전파를 탄압했으며, 금나라와 굴욕적인 강화를 체결했다. 민족적 영웅인 악비와 대비되어 간신으로 평가받는다.

12 徐偃王 : 중원에 진출하여 고대 중국에서 나라를 세운 이로, 동이족의 마지막 전성기를 이끈 인물. B.C. 30세기경 양자강 북방 강소성江蘇省 방면에서 대서제국大徐帝國을 세워, 국력을 길러 주周나라를 공격, 주나라로부터 세공을 받았다. 주나라 목왕穆王 때에는 주나라를 쳐서 항복받고 국토의 일부를 빼앗는 등 주위 50여 개국으로부터 조공을 받았다 한다. 『후한서·동이전』과 『박물지博物志』에 그와 관련된 기록이 있다.

13 申舟(?~B.C.595) : 춘추 시대 초나라 사람. 이름은 무외無畏고, 대부大夫를 지냈다. 장왕莊王의 명령으로 제齊나라에 사신을 가면서 송나라를 지나가게 되었다. 제후국의 사신이 다른 나라를 통과하게 될 경우 먼저 길을 통과한다는 뜻을 밝히는 것이 예의였으나, 송나라를

위해 송나라를 지나간 것을 생각해보면, 모두 처음부터 필사의 결심을 하지 않았습니다.

소신이 공으로 죄과를 면제받아 관직이 강등되는 미약한 징벌만을 받았사옵니다. 비록 사신으로 만 리 길을 다녀왔지만 나라에 조금의 이익도 가져오지 못했으니 어찌 감히 나라의 관용을 꿈꾸었겠습니까? 그런데 소신의 지난날 과오를 묻어버리고 인仁과 덕德을 베푸시어, 조정에서 소신의 원래 관직을 복원시켜준다고 하니 감읍할 따름입니다. 양陽은 덕德이고, 음陰은 형刑이라는 것에는 조금의 사심도 없으며, 공로를 세운 이가 상을 받고 죄를 지은 이가 벌을 받는 것은 지극히 당연한 것입니다. 허나 죽음보다는 삶을 좋아하는 인간의 본성이 소신의 평상시의 걱정을 씻어내 버렸습니다.

사신의 명을 받는 이들 중 이제껏 승진하지 않은 이가 하나도 없었다. 선친께서는 조산랑朝散郎[14]에 임명된 후, 15년간 황제폐하의 승은을 입지 못하다가 돌아온 후 강등된 관직을 회복할 수 있었던 것은, 관리로서의 공과를 평가한 제도 때문이었다. 그러나 오관五官과 형부刑部에서 모두 이를 인용을 하지 않은 것은 진회의 뜻이었고, 후에 조산랑이라는 직책은 없어졌다.

3. 뛰어난 사륙변려문 명 대구 四六名對

사륙변려문四六駢儷文은 문장가의 입장에서 말하자면 실재 간단하고 쉽다. 위로는 조정의 명령과 조책詔冊[15]부터 아래로는 지방의 벼슬아치들의 편지와 축문祝文[16]에 이르기까지 사륙변려문을 사용하지 않은 문체가 거의 없기

· ·

얕잡아 봤던 초장왕은 길을 빌린 것에 대한 인사를 하지 말 것을 신주에게 당부했다. 신주는 과거 싸움에서 송나라의 미움을 샀던 적이 있었던 터라 만약 이번 사건으로 또 한번 책잡히게 되면 목숨을 잃을까 몹시 두려워했다. 그러자 초장왕은 신주를 죽이면 송나라를 공격할 것이라고 말하였다. 신주는 아들을 초장왕에게 맡긴 후 길을 떠났다. 그가 송나라에 이르자 과연 송나라 사람이 길을 막았다. 송나라의 대신들은 초나라의 이런 무례한 행위에 격분하여 신주를 죽여 버리자, 초나라는 송나라를 공격하고 도성을 포위했다.

14 朝散郎 : 실무와는 관계가 없고 각 관인의 품계만을 나타낸 문산관명文散官名. 수문제隋文帝 때 설치되었으며, 당나라 때는 문관 품계중 제20계階로 종칠품상從七品上이었고, 송나라 때도 이와 같았다.

15 詔冊 : 임금의 명령을 사람들에게 알리려고 적은 문서이다.

16 祝文 : 제례나 상례 때 신에게 축원을 드리는 글을 지칭한다.

때문이다. 사륙변려문으로 문사文辭를 엮어서 사건을 늘어놓아 설명하면 정확하게 글의 요점을 잡을 수가 있어 대구가 정교하게 되니, 글을 읽고 나면 감정이 격양되고 반복하여 읊조려도 싫증이 나지 않는다. 이러한 것이 바로 사륙변려문의 묘처라고 할 수 있다. 지금 잠시 이전 문인들과 당대當代 문인들이 쓴 변려문 중 뛰어난 명 대구들을 선별해 뜻을 함께하는 이들과 더불어 감상해보고자 한다.

왕원지王元之[17]는 「의이정평돌궐노포擬李靖平突厥露布」[18]에서 돌궐의 수령 힐리頡利가 투항한 후 다시 도주를 기도한 일을 언급했다.

> 함정에 빠진 굶주린 호랑이, 잠시 꼬리를 흔들며 살려 달라 하고.
> 가죽 토시위의 배고픈 매, 끝까지 배반의 뜻 저버리지 않네.
> [阱中餓虎, 暫爲掉尾之求. 韝上飢鷹, 終有背人之意.]

그는 또 「기주사상표蘄州謝上表」에서 다음과 같이 노래했다.

> 선실宣室[19]의 귀신이 묻네, 감히 살아 돌아가는 것을 바라는가?
> 무릉에 남겨진 봉선서는, 죽은 이후를 기약할 뿐.
> [宣室鬼神之問, 敢望生還. 茂陵封禪之書,[20] 已期身後.]

범중엄范仲淹[21]은 일찍 아버지를 여의고 주朱씨 집안으로 개가한 어머니를

용재삼필 권8

---

17 王元之(954~1001) : 북송 태종太宗 때 문인. 이름 우이禹偁. 제주濟州 거야鉅野 사람. 9세에 시가를 지어 문재文才가 인정되어 태종의 총애를 받았다. 독보적 문장이라 극찬을 받았는데, 호북湖北의 황주에 귀양 가서 수호守護가 되었을 때, 황주의 명물인 큰 대나무로 만든 기와로 지붕을 인 누각을 만들고, 「황주죽루기黃州竹樓記」를 지었는데 "이 누각에서는 여름 비, 겨울 눈, 거문고 탈 때, 시 읊기, 바둑 둘 때, 투호놀이 할 때가 가장 좋다"고 했다.

18 露布 : 주로 군사상의 전승戰勝을 속히 보고하기 위해 사용한 포고문으로, 노판露板이라고도 한다. 봉함하지 않고 노출된 채로 선포하였다.

19 宣室 : 마앙궁未央宮의 정전이며, 임금이 제사 지내기 위해 재계齋戒하는 곳. 한문제漢文帝가 장사長沙에 귀양 갔던 가의賈誼를 불러들여 선실에서 만났었다.

20 茂陵封禪 : 사마상여司馬相如가 만년에는 섬서성陝西省 무릉茂陵에 칩거하였는데, 그가 죽은 후 한 무제가 사신을 보내 그의 저술을 모두 가져오게 하였는데, 오직 황제에게 봉선封禪하기를 권하는 글 한 편만이 남아있었다고 한다.

21 范仲淹(989~1052) : 북송 때 정치가·문인. 자 희문希文. 부재상격인 참지정사參知政事에까지 올랐다.

따라가 성을 바꾸었는데, 후에 다시 자신의 뿌리를 찾아 원래의 성을 되찾은
후 다음과 같은 계㈑를 지었다.

> 범저范雎[22]는 진나라로 도망치고자 뜻 세워,
> 국경으로 가 장록張祿이라 이름 바꾸었네.
> 범려范蠡[23]는 월왕 구천을 패자로 만들어 이름 떨친 것 아니라,
> 배 타고 도주공陶朱公[24]되어 이름 남긴 것이라네.
> [志在逃秦, 入境遂稱於張祿. 名非霸越, 乘舟偶效於陶朱.]

범저와 범려는 모두 성을 바꾼 전고가 있는데, 이 두 사람이 모두 범중엄
집안사람이고, 그 또한 재가하는 어머니를 따라 성을 바꾼 적이 있었으니,
아주 절묘한 대구라고 할 수 있다.

등윤보鄧潤甫는 「행귀비제行貴妃制」에 다음과 같이 기록하였다.

> 「관저」는 숙녀를 얻고자 함인데, 간신들에게 사사로이 청탁하는 마음 없으며,
> 「계명」은 현숙한 왕비를 그리워함인데, 경계하여 서로 돕는 도리가 있다.
> [關雎之得淑女, 無險詖私謁之心. 雞鳴之思賢妃,有警戒相成之道.]

소성紹聖[25]연간에 어떤 이가 「백관청어정전표百官請御正殿表」를 지었는데,
이렇게 읊었다.

....

22 范雎(?~B.C.255) : 전국시대 진秦나라 정치가. 변설에 능했으며, 원교근공遠交近攻 정책을
   제안해 큰 성공을 거뒀는데, 이것이 나중에 진나라가 육국六國을 통일하게 되는 기초가
   되었다.
23 范蠡 : 중국 춘추시대 말기의 정치가. 자 소백少伯, 초楚나라 출신. 월왕 구천을 섬겼으며
   오나라를 멸망시킨 공신이다. 범려는 어려울 때가 아닌 맹주로서 구천을 더 이상 섬길
   수 없는 군주라고 생각하여, 가족과 함께 월나라를 떠나면서 그의 친구에게 토사구팽兔死狗烹
   이라는 글귀를 남겼다고 전한다. 월나라를 떠난 범려와 그의 가족에 대한 행적에는 여러가지
   설이 많지만 모두 불확실하다. 제齊나라로 갔다는 설은 범려가 이름을 치이자피鴟夷子皮라
   고치고, 두 아들과 함께 해변海邊을 일구어 농사를 짓고 살았으며 거부가 되었다고 전한다.
24 陶朱公 : 월왕 구천을 패자로 성공시킨 초나라 태생의 정략가이자 책사 겸 대장군인 범려范蠡
   의 노년시기 호칭. 구천이 패자가 된 후, 제나라에 은거하여 중국에서는 도주공陶朱公을
   상업의 성인인 상성商聖으로 추앙하였다.
25 紹聖 : 북송 철종哲宗의 연호(1094~1098).

위대하도다! 상제께서 아래로 내려오셔서 사방을 살피셨네.
위대하도다! 하늘의 원기가 세상을 다스리려 만물이 생성되기 시작하였네.
[皇矣上帝, 必臨下而觀四方. 大哉乾元, 當統天而始萬物.]

소식蘇軾은 「곤성절소坤成節疏」에서 다음과 같이 말했다.

지극하도다, 대지의 덕이여! 그 덕이 서적에 형용된 것을 초월하였네.
세상을 기르니 그 복이 고금에 으뜸이라.
[至哉坤元, 德旣超於載籍. 養以天下, 福宜冠於古今.]

그는 또 「위국애표慰國哀表」에서는 다음과 같이 뛰어난 사육변려문을 썼다.

위대하도다, 공자의 인仁이여! 글썽이며 눈물 흘리네.
지극하도다, 현종의 효성이여! 평생이 꿈만 같았네.
[大哉孔子之仁, 泫然流涕. 至矣顯宗之孝, 夢若平生.]

위의 두 편의 글 외에 「사사대마표謝賜帶馬表」의 문장도 아주 뛰어나다.

초췌하고 병약해진 몸이라 띠를 늘어뜨린 것도 아닌데 띠가 남아 늘어지네.
나서지 않고 물러서는 마음이라 일부러 처지려는 것도 아닌데
말이 달리려 하지 않네.
[枯羸之質, 匪伊垂之而帶有餘. 斂退之心, 非敢後也而馬不進.]

왕이도王履道의 「대연악어大燕樂語」에도 뛰어난 대구가 있다.

500리 채복采服[26]과 500리 위복衛服[27]까지,
밖으로는 절재지역까지 포함하였네.
8000세를 봄으로 삼고, 8000세를 가을로 삼으니,
끝없는 장수를 축원하였네.
[五百里采, 五百里衛, 外包有截之區. 八千歲春, 八千歲秋, 上祝無疆之壽.]

· ·

26 采服 : 요순堯舜 시대의 제도로 왕기王畿를 중심으로하여 주위를 매복每服 5백 리씩 순차적으
　　로 나눈 다섯 구역중 하나. 주대周代에는 후복侯服 · 전복甸服 · 남복男服 · 채복采服 · 위복衛服을
　　오복이라 칭하여, 왕성에서 2,500리 떨어진 4번째 구간을 지칭한다.
27 衛服 : 오복의 마지막 구역으로 왕성에서 3,000리 떨어진 지역을 가리킨다.

그는 또「제소재여심제^{除少宰余深制}」라는 문장에서도 뛰어난 대구를 활용하였다.

> 무릇 사방이 그를 따르니 이보다 훌륭한 사람이 없으며,
> 여러 군왕들이 협심하니 함께 치세의 도에 도달할 것이라네.
> [蓋四方其訓, 以無競維人. 必三后協心, 而同底于道.]

당시 조정에는 채경^{蔡京28}을 포함한 3인의 재상이 있었기 때문에 '삼후^{三后}'라고 한 것이다. 그는 또「집정이변공전관사^{執政以邊功轉官詞}」에서도 다음과 같은 훌륭한 사륙변려문을 구사했다.

> 하늘에서 내게 이러한 것을 부여하신 것은 아마도 이러한 때를 대비하신 것이며,
> 지정한 것을 거느리니 감히 따르지 않을 수가 없네.
> [惟皇天付予, 庶其在此. 率寧人有指, 敢弗于從.]

● 적공손^{翟公巽}의「외국왕가은제^{外國王加恩制}」에는 다음과 같은 구절이 나온다.
용
재
수
필

> 명당^{明堂29}에서 조상의 제사를 지내 제후들에게 효를 가르치고,
> 사해에 크게 베푸는 것으로 감히 작은 나라들을 내치지 않는다네.

....

28 蔡京(1047~1126) : 북송 말기의 재상이며 서예가. 16년간 재상자리에 있으면서 숙적 요^遼를 멸망시켰으나, 휘종에게 사치를 권하고 재정을 궁핍에 몰아넣었다. 금나라 군대가 침입하여 흠종이 즉위한 후, 국난을 초래한 6적^賊의 우두머리로 몰려 실각되었다. 문인으로서 뛰어나 북송 문화의 흥륭에 크게 기여하였다.

29 明堂 : 선조와 상제^{上帝}를 제사하고, 제후의 조회를 받으며, 국가의 큰 의식을 행하는 곳. 시대에 따라서 호칭을 달리하여 하^夏나라에서는 세실^{世室}, 은^殷나라에서는 중옥^{重屋}, 주^周나라에서는 명당이라고 하였다. 위는 둥글고 밑은 네모난 모양의 건축으로서, 『주례^{周禮}・고공기^{考工記}』에서는 5실제^{五室制}를 말하고, 『대대례기^{大戴禮記}』에서는 9실제를 말하였다. 한 무제는 B.C. 113년에 공옥대^{公玉帶}가 바친 도면에 따라서 태산 북동쪽에 있는 주나라의 명당터라는 곳에 명당을 세웠다. 그리고 4년에 장안성 남쪽에 다시 명당을 세웠으며, 신^新의 왕망^{王莽}이 이를 계승하였다. 후한^{後漢} 광무제^{光武帝}는 중원^{中元} 원년 낙양^{洛陽}의 북교^{北郊}에 명당을 세웠는데, 위^魏나라에서도 계속하여 이것을 사용하였다. 남조에서는 양무제^{梁武帝}가 송^宋의 태극전^{太極殿}을 이건하여 명당으로 썼으며, 북조에서는 후위^{後魏}의 고조^{高祖}가 491년에 평성^{平城}에 명당을 세웠다. 당나라에서는 측천무후^{則天武后}가 689년에 명당을 세웠으나, 얼마 되지 않아 불타버렸다. 송나라 때에는 명당의 의식을 대경전^{大慶殿}에서 행하였다. 1117년 휘종^{徽宗}이 새로 명당을 세웠으나, 북송^{北宋}의 멸망으로 인하여 겨우 10년 동안 존재하였다. 그 후 명당의 재건은 없었다.

[宗祀明堂, 所以教諸侯之孝. 大賚四海, 不敢遺小國之臣.]

그가 월주越州[30]의 지주知州로 있을 때, 조정의 명령 없이 상평창常平倉의 쌀을 이재민들에게 나누어 주었다. 그의 조치로 이재민들의 다급한 상황은 진정이 될 수 있었지만, 조정의 명령 없이 독단적으로 일을 처리한 것이 빌미가 되어 관직이 강등되었다. 그는 이때 황제께 올린 사표謝表[31]도 사륙문으로 대구가 뛰어나다.

감히 진나라 사람을 본받았다면 월나라 사람의 수척함을 좌시하고,
유씨劉氏가 태평해졌다면 조씨晁氏가 위험해질 것을 미리 알았을 것입니다.
[敢效秦人, 坐視越人之瘠.[32] 既安劉氏, 理知晁氏之危.[33]]

손중익孫仲益은 사과詞科[34] 과거시험에서 「대고려국왕사사연악표代高麗國王謝

．．．．．．．．．．．．．．．．．．．．．．．．．

30 越州 : 지금의 절강성 소흥紹興.
31 謝表 : 표表는 신하가 자기의 심중을 나타내어 임금에게 올리는 문장형식의 하나로, 왕에게 올리는 글과 외교문서로 분류할 수 있다. 사표는 관직의 제수 승진 또는 물품의 하사에 대하여 감사의 뜻을 표하는 글이다.
32 秦越肥瘠 : 서로 관계가 소원하기 때문에 잘되고 못 되는 데에 대해서 관심을 전혀 갖지 않는다.
33 전한의 조조晁錯는 어사대부가 되어 조정의 중추인 승상·태위와 함께 이른바 삼공三公의 반열에 올라섰을 때, 지방 제후들의 권력을 축소시키기 위해 제후의 영지를 삭감할 것을 주장했다. 경제는 조조의 '삭번책削藩策'을 받아들였다. 이 소식을 전해들은 조조의 아버지는 영천에서 와서 "황상께서 막 즉위하셨고 너는 어사대부가 되어 조정을 위해 일해야 하거늘, 제후들의 이익을 침범하고 그들의 직권을 삭탈하여 종친들끼리 골육상잔을 벌이게 만들었으니, 이제 저들은 모두 너를 원망하고 욕할 것이다. 대체 무슨 생각으로 그렇게 했느냐'라고 물었다. 이에 조조는 "그렇게 하지 않으면 안 됩니다. 만약 그렇게 하지 않으면 천자의 지엄한 권위는 드러나지 못하고 나라도 안정되지 못할 것이기 때문입니다'라고 대답했다. 아버지는 깊게 한숨을 쉬면서 "유씨 집안(한 왕조)이 편안해지니 우리 조씨 집안이 위태로워지는구나!'라고 말한 다음 독약을 마시고 자살했다. 조조의 아버지는 죽기에 앞서 "내가 두 눈을 뜬 채 네가 화를 당하는 꼴을 차마 볼 수 없구나!'라고 말했다. 아버지의 예상대로 삭번으로 인해 오초칠국吳楚七國의 난이 일어났고, 조조의 정적 원앙袁盎 등은 제후들을 회유하기 위해 조조를 탄핵했다. 결국 조조는 조례복을 입고 입궁하여 장안 동시東市에서 참수되었다. 경제는 제후들의 난을 평정한 뒤 제후들이 더 이상 국가를 다스리지 못하게 했다. 이로써 제후들은 정치적 권력을 잃고 세력이 크게 약화되고, 상대적으로 중앙정권이 크게 강화되었다. 조조의 '삭번 모략'은 역사발전의 방향에 정확하게 들어맞았다.
34 詞科 : 사부詞賦로 인재를 뽑는 과거.

를 지었는데 이 역시 대구가 뛰어난 사륙문이었다.

> 옥백玉帛³⁵을 바치는 여러 나라들로 간무干舞³⁶가 칠십 해 동안 공연되었고,
> 소소簫韶³⁷가 아홉 차례 연주되니 삼 개월 동안 고기 맛을 잊었다네.
> [玉帛萬國, 干舞已格於七旬. 簫韶九成, 肉味遽忘於三月.]

또 다음과 같은 구절도 있다.

> 한 없이 넓고 넓어 이름 붙일 수 없는 것으로
> 궁궐 담장의 아름다움을 보는 것 만한 것이 없고,
> 흔연히 기뻐하는 즐거운 기색으로는
> 생황과 퉁소 음악 들으며 모두 즐기는 것 만한 것이 없네.
> [蕩蕩乎無能名, 雖莫見宮牆之美. 欣欣然有喜色, 咸豫聞管籥之音.]

후에 손중익이 중서사인中書舍人으로 화주和州의 지주에 제수되어 부임할 때 화주근처에서 다다르러 그의 부임을 반대하는 현임관원들에게 편지를 보냈는데, 다음과 같다.

> 비록 편지는 소매 안에 감추었지만 대인은 이를 의심하지 않고,
> 군왕의 명령이 문 안에 있건만 장군은 이를 받을 수가 없네.
> [雖文書衛袖, 大人不以爲疑. 然君命在門, 將軍爲之不受.]

여러 사람들이 이 편지를 보고 그를 존경하며, 화주의 지주로 부임하는 것을 반겼다. 오래지 않아, 화주 주변의 군郡들이 때 맞춰 전미錢米를 바치지 않는 일이 발생하자 조정에서는 그 이유를 규명하기 위해, 손중익에게 이 일을 조사할 것을 명령했다. 그는 이웃 군의 난처한 상황을 잘 알고 있었기 때문에 엄중하게 추궁하지 않고 이 일을 잘 수습했다. 이 사태가

---

35 玉帛 : 옛날 제후들이 천자를 알현할 때나 회맹會盟할 때에 예물로 쓰던 옥과 비단. 전하여 나라와 나라 사이의 예물의 뜻으로 쓴다.
36 干舞 : 중국에서 종묘와 산천에 제사지낼 때 무무武舞와 문무文舞를 함께 행하는데, 방패干와 도끼戚를 들고 추는 무무를 간무라고 하고, 피리[籥]와 꿩깃[翟羽]을 들고 추는 문무는 약무籥舞라고 했다.

37 簫韶 : 중국 순舜 임금의 음악.

끝난 후 이웃 군의 군수들이 다투어 달려와 사죄하였는데, 손중익은 다음과 같이 답하였다.

> 술을 거르는 띠 풀을 제공하지 않으니 초나라의 군사에게 이유를 물어보고,
> 수레와 수레 덧방나무는 서로 의존하니 절로 우虞나라의 계책이 세워졌네.
> [包茅不入,[38] 敢加問楚之師. 輔車相依,[39] 自作全虞之計.]

왕언장汪彦章은 「정강책강왕문靖康冊康王文」에서 다음과 같은 글을 남겼다.

> 한나라 왕실이 재앙을 당한 후 광무제光武帝 때 다시 일어났고,
> 제나라 헌공의 아들이 아홉인데 중이重耳만이 살아남았네.
> [漢家之厄十世, 宜光武之中興. 獻公之子九人, 惟重耳之尙在.]

그가 중서사인中書舍人의 신분으로 담주潭州[40]에서 향시鄕試를 주관할 때, 진사進士인 하열何烈의 시험 답안지에서 '신하'를 칭하면서 성인인 공자까지 언급하는 잘못을 범하는 일이 발생했다. 이에 대해 조사가 진행되었는데, 왕언장이 이에 대해 자세히 알고 있지 않았기에 그에 대한 처분은 관직 삭탈로 마무리되었다. 그는 사표謝表에 다음과 같이 서술하였다.

> 자로子路가 자신의 문인들을 공자의 가신으로 삼았던 것은
> 진실로 도리에 어긋난 것이며,[41]

· ·

38 包茅不入 : 『춘추좌전春秋左傳·희공僖公 4년』에 나오는 구절로, 주나라 왕실이 쇠미해지자 초나라가 이를 업신여겨서 의당 바쳐야 할 공물을 바치지 않음을 제나라 관중이 성토한 말이다. 초나라가 포모包茅를 공물로 바치지 않아, 주왕이 제사를 지낼 수 없고 제삿술을 만들 수 없기에, 제 환공이 그 죄를 징벌하기 위해 초나라를 정벌한다고 했다.

39 輔車相依 : 수레와 덧방나무는 서로 의지하여 지탱한다.
   ○ 진晉나라 헌공獻公이 괵虢나라를 치려했는데, 괵을 치려면 우虞나라를 통과해야 했으므로 근신인 순식苟息의 계책에 따라 우공에게 선물을 보내어 길을 빌려 달라고 부탁했다. 우공은 이를 책사인 궁지기宮之奇와 상의했는데, 궁지기는 순망치한脣亡齒寒과 보거상의輔車相依를 예로 들며, 우와 괵이 그러한 관계로 괵나라가 망하면 우나라 또한 위태롭다며 길 빌려주는 것을 반대하였다. 그러나 진나라에서 보내준다는 선물에 대한 욕심에 눈먼 우공은 진나라의 제의를 받아드렸고, 진나라는 괵을 공격해 병탄하고, 돌아오는 길에 그 여세를 몰아 우나라까지 공격해서 멸망시켜버렸다.

40 潭州 : 지금의 호남성 장사長沙.

서막徐邈[42]이 술에 취해 조조曹操를 중간 성인이라 말한 것은
또 무슨 마음이었을까?

[謂子路使門人爲臣, 雖誠悖理. 而徐邈云酒中有聖, 初亦何心?]

또 다음과 같은 대구가 아주 뛰어나다.

'마馬'자를 쓸 때 꼬리까지 합쳐 점 5개를 찍어야 하는데 4개만 찍었다고
죽을 죄를 지었노라고 했던 석건石建처럼, 항상 자신의 허물을 근심한다.
새를 그물로 잡을 때 삼면만을 막고 잡으며, 항상 생명의 소중함을 느낀다.

[書馬者與尾而五,[43] 常負譴憂. 網禽而去面之三, 永衛生賜.]

송제유宋齊愈가 금나라 오랑캐들에게 문죄問罪를 당하여 글을 써서 올리는데
'장방창張邦昌'[44]의 이름을 써 어사대에 보냈다. 왕언장은 이에 대해 질책하는

. . . .

41 『논어·자한子罕』: 자로는 공자의 병이 중해지자, 공자의 격을 높여 상례를 준비하려 자기
문하의 어린 제자들에게 공자의 신하처럼 행하게 하여, 공자를 대부의 지위로 대우하여
상을 지내려하였다. 그러나 공자는 병이 가벼워지자 자신은 대부의 자리에 오른 적도 없는
자격 없는 사람인데 거짓으로 그러한 자격이 있는 것처럼 꾸몄다고 자로의 행동을 비판하
였다. 그리고 언제 어떻게 '비명횡사'할지 모를 어지러운 시기에 일반인의 자격으로 죽음을
맞이한다 해도, 많은 제자들로 인해 거짓 신하 놀음 속에서 죽는 것보다 훨씬 기쁘고 고마
운 죽음의 모습일 것이라고 말했다.

42 徐邈(172~249): 삼국시대 위나라 사람. 자 경산景山. 조조曹操가 하삭河朔을 평정할 때
불려 입조하였다가, 위나라 건국 때 상서랑尙書郞이 되었다. 이때는 금주령이 내렸는데, 그가
사사로이 술을 마셔 대취하자 누군가 조조에 대해 물었다. 그는 "중간쯤 가는 성인中聖人'이
라고 대답했다. 이 일을 조조가 알고는 크게 화를 냈다. 도료장군渡遼將軍 선우보鮮于輔가
"취객은 청주를 두고 성인이라 하고 탁주는 현인이라 하니, 서막이 우연히 취해 한 소립니
다."고 두둔해서 처벌을 면할 수 있었다. 부임하는 곳마다 칭송을 들어 관내후關內侯라는
관작을 받기도 하였다.

43 『한서·만석위직주장전萬石衛直周張傳』: 만석군 석분石奮의 장남인 석건石建이 낭중령을 지낼
때, 글을 써 황제께 아뢰고 난 뒤, 그 글을 다시 읽고는 깜짝 놀라서 "'마馬'자를 쓸 때
꼬리까지 합쳐 점을 5개 찍어야 하는데 4개만 찍어 하나가 부족하니, 죽을 죄를 지었다"고
말하였다. 그의 신중함이 다른 모든 일에 그러하였다. 또한 석건이 왕께 아뢸 때, 할 말이
있으면 사람을 통해 극진하게 말을 아뢰었으며, 왕이 직접 접견을 하면 마치 말을 하지
못하는 양 말을 하지 않았다. 그러나 직언을 해야 할 때는 진정을 다해, 마치 꺼리는 것이
없는 양 서슴없이 아뢰었다.

44 張邦昌(1081~1127): 북송 말기의 정치가. 자는 자능子能. 대사성大司成이 되었으나, 훈도訓導
에 문제가 생겨 제거숭복궁提擧崇福宮으로 쫓겨났다. 흠종이 즉위하자 소재少宰와 문하시랑門
下侍郞 등을 지내다 강왕康王과 함께 금나라에 인질로 끌려갔고, 영토를 떼어주어 화의할
것을 주장했다. 정강靖康 원년(1126) 금나라 군대가 변경汴京을 함락시켰을 때 체포되고 다음

글을 써서 다음과 같이 말했다.

의義는 삶보다 중요한 것이기에
필부라 할지라도 그의 뜻을 빼앗을 수는 없으며,
선비가 자신이 지키고자하는 것을 잃으면
한 마디 말이라 할지라도 나라를 잃은 것과 같다.
[義重於生, 雖匹夫不可奪志. 士失其守, 或一言幾於喪邦.]

또 다음과 같이 말했다.

휴맹眭孟의 오행설五行說을 어떻게 말로 할 수 있을 것인가?
원굉袁宏의 구석九錫[45]의 문장을 어찌 참아 낼 수 있을 것인가?
[眭孟五行之說, 豈所宜言? 袁宏九錫之文, 玆焉安忍?]

장방창을 질책하는 글은 다음과 같았다.

비록 하늘이 그 충정을 빼앗아갔다 할지라도
처벌 받는 어리석음이 이에 이르렀으니,
군자란 그릇에 따라 쓰임이 다르다지만
인재가 부족하다하여 대신 쓰일 수 있을까?
[雖天奪其衷, 坐愚至此. 然君異於器, 代匱可乎?]

왕언장은 자신의 고향인 휘주徽州의 지주로 부임하게 되었을 때 감사의 글을 올려 다음과 같이 말하였는데 대구가 뛰어나다.

성곽을 다시 오게 되니 천 년 만에 고향 찾아오는 학이 된 듯 하고,

· ·

해 금나라 사람들에 의해 황제로 책립되어 대초大楚라는 이름을 썼다. 남송의 고종高宗이 즉위하자 제호帝號를 버렸지만, 궁정을 문란케 했다는 이유로 사사賜死되었다.

45 九錫 : 천자가 공이 큰 제후에게 주는 예물로서 거마車馬(검은 소 두 필과 누런 말 여덟 필이 끄는 큰 수레와 작은 수레), 의복衣服(곤룡포·면류관·붉은 색 신), 악현樂懸(왕의 음악), 주호朱戶(붉은 색 칠을 한 집), 납폐納陛(궁중에서 신발을 신고 전상殿上에 오르내릴 수 있게 하는 특전), 호분虎賁(300명의 호위병), 부월斧鉞(왕의 의장 행사용 도끼/사람을 마음대로 죽일 수 있는 특전), 궁시弓矢(붉은 활 한 벌과 붉은 화살 백개, 검은 활 열 벌과 화살 3천개/ 역적을 칠 수 있는 권한), 거창규찬秬鬯圭瓚(종묘제례 때 사용하는 검은 수수로 빚은 울창주와 옥으로 만든 제기) 등 아홉 가지를 지칭한다.

231

사귀었던 벗의 반이 여기에 있으니 늘 함께 몰려다니는 물고기들과 같았네.
[城郭重來, 疑千載去家之鶴. 交游半在, 或一時同隊之魚.]

하륜何掄은 비서소감秘書少監에 제수된 지 얼마 되지 않아, 참소를 당해 공주邛州[46]의 지주로 쫓겨났게 되었는데, 다음과 같은 글을 올렸다.

구름 밖의 삼산 바람 따라 배 타고 가지만 가까워지질 않고,
바닷가의 팔월 뗏목 타고 북두성 찾아가다 부질없이 돌아오네.
[雲外三山, 風引舟而莫近. 海濱八月, 槎犯斗以空還.]

양정楊政이 태위太尉에 제수되었을 때, 탕사퇴湯思退가 관직 임명장의 초안을 잡았는데 그 중 다음과 같은 대구는 아주 뛰어나다.

멀리 한나라의 도성을 돌아보니 양씨 집안의 4대 태위가 전해지고,
가까이 당나라 왕실을 살펴보니 관직표에 태위는 7명만 기록되었네.
[遠覽漢京, 傳楊氏者四世. 近稽唐室, 書系表者七人.]

여기에서 말한 양씨 집안은 양진楊震과 그의 아들 양병楊秉, 양병의 아들 양사楊賜, 양사의 아들 양표楊彪로 4대가 모두 후한의 태위를 지냈다. 이덕유李德裕[47]는 태위의 직을 사양하며 "당나라는 이 관직을 소중히 여겼기에 200년 동안 7사람의 태위만 있었다"고 했기에, 탕사퇴의 말이 아주 정확했음을 알 수 있다.

장자예蔣子禮가 우상右相에 배수되자, 왕형王詗이 축하 편지를 보냈다.

일찍 황각에 올라 명망 높고 현명한 공公의 한창 때를 보았네.
지금 관록의 선비 얻었으니 좌상의 빈자리를 어찌 근심할 것인가?

....

46 邛州 : 지금의 사천성 공래邛崍.
47 李德裕(787~849) : 당나라 무종武宗때의 재상. 자 문요文饒. 경학經學과 예법을 존중하고 귀족적 보수파로서 번진藩鎭을 억압하고, 위구르 등 이민족을 격퇴하는 데 힘써 중앙집권의 강화를 꾀하였다. 이종민李宗閔・우승유牛僧孺 등의 반대파를 탄압하였고, 폐불廢佛을 단행하였다. 선종宣宗 즉위와 함께 실각하여 해남도海南島로 추방되었다.

[早登黃閣, 獨見明公之妙年. 今得舊儒, 何憂左轄之虛位?]

이 대구는 두보^{杜甫}의 다음 시 구절을 인용한 것이다.

임금님 모시고 황각에 오르니,　　　　　　　　扈聖登黃閣,
명망 높고 현명한 공 홀로 한창 때라네.　　　　明公獨妙年.⁴⁸

좌상의 자리 자주 비더니,　　　　　　　　　　左轄頻虛位,
금년에 관록의 선비 얻었다네.　　　　　　　　今年得舊儒.⁴⁹

장자예의 뛰어난 전고 활용은 정말이지 칭찬할 만 하다.

4. 홍적과 홍준·홍매의 사륙문 吾家四六

효종^{孝宗} 건도^{乾道50} 초에 장준^{張浚51}이 우상^{右相}으로 강회^{江淮}의 군사들을 총괄하였다. 어떤 이가 양회^{兩淮}지역의 방어를 믿을 수 없다고 하자, 장준은 직접 그 지역을 시찰하였는데, 조정에서 조서를 보내어 조정으로 돌아오라고 명하였지만, 정해진 기간 안에 조정에 돌아가지 못했기 때문에 우상의 자리에서 파면되었다. 장형이신 문혜공^{文惠公52}이 이때 제서^{制書}의 초안을 작성하였는데, 다음과 같다.

· ·

48 「奉贈嚴八閣老」.
49 「贈韋左丞濟」.
50 乾道 : 남송 효종 시기 연호(1165~1173).
51 張浚(1094~1164) : 자 덕원^{德遠}, 세칭^{世稱} 자암선생^{紫巖先生}. 시호 충헌^{忠獻}. 당나라의 명재상 장구고^{張九皐}의 후손이다. 당시 일류 학자인 정이의 제자 천수^{天授}에게 배워 이락^{伊洛}의 학문을 남송에 전한 공이 있다. 송나라 회복에 뜻을 두고 여러 차례 금나라를 물리쳤다. 금나라의 침입을 막으려 애썼지만 진회가 화친을 주장함으로써 영주^{永州}로 좌천되었다.
52 文惠公 : 홍매의 장형 홍적^{洪適}(1117~1184). 남송의 금석학자이자 문인. 자 온백^{溫伯}·경온^{景溫}.어릴 때 이름은 조^造, 벼슬길에 오르면서 이름을 적^適으로 바꾸고, 자도 경백^{景伯}으로 하였다. 홍호^{洪皓}의 장남이다. 홍적은 아우 홍준·홍매와 함께 문학으로 이름을 떨쳤는데, 파양영기종삼수^{鄱陽英氣鐘三秀}라 불려졌다. 또한 그는 금석학 방면에 조예가 깊어, 구양수·조명성^{趙明誠}과 함께 송대 금석삼대가^{金石三大家}로 칭해졌다.

극문棘門[53]이 아이들 장난 같은데 성실하게 추방秋防[54]을 하네.
임금께서는 공(장준)에게 돌아오라 하였는데 새벽녘에서야 알렸네.
[棘門如兒戲耳, 庸謹秋防. 袞衣以公歸兮, 庶聞辰告.]

여기에서 아이들 장난兒戲이라는 것은 변경의 장수를 지칭하는 것이기에, 독자들은 장준을 비난하는 것으로 생각할 것이다. 이 제서의 마지막 구절은 다음과 같다.

『춘추』가 현자를 꾸짖은 것은
공훈을 세우기가 어려운 것을 탄식한 것이며,
천자께서 대신에게 예를 지극히 하는 것은
진실로 처음부터 끝까지 대신할 수 있는 것이 없다네.
[春秋責備賢者, 慨功業之惟艱. 天子加禮大臣, 固始終之不替.]

원망하며 애석해 하는 의미가 아주 분명하게 드러나 있다.
문혜공은 「왕대보치사사王大寶致仕詞」에서는 다음과 같이 말하였다.

힘써 일하는 것 안타까워 성왕께서는 어짊으로 대하셨고,
청빈하게 돌아오니 군자들은 영리榮利를 마다한 아름다움 극찬했네.
[閔勞以事, 聖王隆待下之仁. 歸潔其身, 君子盡遺榮之美.]

왕대보王大寶[55]가 생식기에 질병이 생겼기에 위의 글을 읽는 사람은 그에 대한 풍자로 생각하지만 사실은 그렇지 않다.

문혜공은 재상에서 물러난 후 다시 절동浙東 군사를 통솔하는 자리에 임명되었는데, 사표謝表에서 다음과 같이 말했다.

. . . .

53 棘門 : 궁문宮門. 궁문에 창을 세워놓는데, 창을 의미하는 극戟이 가시나무 극棘과 통하여 이름하였다.

54 秋防 : 새로이 무과에 합격한 자에게 관직을 제수하기 전에 의무적으로 부과하였던 일정기간의 국경지역 수비 방어를 가리킨다.

55 王大寶(1094~1170) : 북송의 대신. 자 원귀元龜. 연주지주連州知州를 지냈을 때, 장준張浚이 유배되어 오자 자기의 아들 왕식王拭을 보내 배우도록 했다. 효종孝宗 때 예부시랑禮部侍郞과 간의대부諫議大夫를 지냈는데, 탕사퇴湯思退가 주화主和를 내세워 나라를 그르친 죄를 탄핵해 병부시랑兵部侍郞으로 옮겼다.

용재수필

승상의 인印을 쓰는 자리에 올랐으나 일에서 물러나 은거하고 있습니다.
회계의 장章은 마음에 품겠사오니 어찌 등용에 욕심을 내겠사옵니까!
[上丞相之印, 方事退藏. 懷會稽之章, 遽叨進用.]

문혜공은 「사생일시사계謝生日詩詞啟」에서 또 다음과 같이 말했다.

오십이 되어 귀한 자리에 오르니
주매신朱買臣[56]이 월越을 다스리던 나이에 이르렀고,
팔천년을 가을로 삼으며
『장자』에 나오는 대춘大椿[57]의 명예를 욕보였네.
[五十當貴, 適買臣治越之年. 八千爲秋, 辱莊子大椿之譽.]

그 때가 바로 장형의 나이가 50세였다.
둘째 형님 문안공文安公[58]은 고종 소흥紹興 12년(1142) 사과詞科에서 「대추밀사사사옥대표代樞密使謝賜玉帶表」를 지었는데, 다음과 같다.

여기에 박옥璞玉이 있다고 한다면 반드시 다듬어야 하니
만들기의 공교함에 의해 황홀하고 놀랍게 되네.
띠를 늘어뜨린 것이 아니라 띠가 길어 늘어졌으니
진실로 후하게 내려주는 귀중한 선물이라 하겠네.
[有璞於此必使琢, 恍驚制作之工. 匪伊垂之則有餘, 允謂便蓄之賜.]

. . . .

56 朱買臣(?~B.C.109) : 전한 무제武帝 때의 정치가. 주매신은 출세하기 전에는 가난하여 굶기
를 밥 먹듯이 했지만 늘 방에 틀어 박혀 책만 읽었기에, 참다못한 아내가 이혼을 요구했다.
주매신은 웃으며 "50세만 되면 틀림없이 고관高官이 될 것이오"라며 아내를 달랬지만, 아내는
떠났다. 후에 회계會稽의 태수太守가 되어 부임하게 되자 이를 안 아내는 재결합을 원했다.
이때 주매신은 물 한 동이를 가져오게 하여 물을 쏟아 붓고 다시 담아오면 재결합을 하겠다
고 했지만, 쏟아진 물을 다시 담을 수는 없었다. 이 일에서 '엎질러진 물은 다시 담을 수
없다'는 뜻의 복수난수覆水難收라는 고사성어가 생겨났다.
57 大椿 : 『장자·소요유逍遙遊』에 나오는 중국 고대 전설속의 큰 나무 이름. 장수長壽를 상징하
며, 팔천 년이 봄이고 팔천 년이 가을이어서 삼만 이천 년이 사람의 일 년에 해당한다고
한다.
58 文安公 : 홍매의 작은 형 홍준洪遵(1120~1174). 남송 때의 관료이자 학자. 비서성정자秘書省
正字를 비롯하여 한림학사승지翰林學士承旨·동지추밀원사同知樞密院事·자정전학사資政殿學士 등
의 여러 관직을 지냈다. 특히 그는 일찍부터 옛날 돈 즉, 고천古泉 100여 점을 가지고 있을
만큼 고천 수집에 많은 관심을 가지고 있었고, 『천지泉志』는 바로 고천에 관한 저서이다.
형인 홍적洪適과 동생인 홍매洪邁와 함께 '삼홍三洪'으로 일컬어진다.

주시험관은 아주 기뻐하며 장원으로 선발했다.

나는 소흥 15년(1145)에「대사사어서주역상서표^{代謝賜御書周易尚書表}」에서 다음과 같이 서술했다.

> 팔괘의 설을 법이라 하며 받들어 두루두루 적용하고,
> 백편의 뜻을 듣지 못하였으나 거리낌 없이 분명히 아네.
> [八卦之說謂之素, 奉以周旋. 百篇之義莫得聞, 坦然明白.]

마지막 구절은 다음과 같았다.

> 놀라워라! 규벽의 광휘 하늘에서부터 내려온 듯,
> 거북이와 용의 신비로움은 예측할 수 없으니 땅에서 움직임에 경계가 없네.
> [但驚奎璧之輝, 從天而下. 莫測龜龍之秘, 行地無彊.]

나 또한 이 때의 사과에 선발되었다.

「대복주사력일표^{代福州謝曆日表}」에서는 다음과 같이 말했다.

> 하늘과 땅의 신 돌아가신 조상신 모두 태평하여 편안하고 즐거우며
> 해 월 일 시 또한 여러 가지 징험을 통해 분명하게 드러나네.
> [神祇祖考, 既安樂於太平. 歲月日時, 又明章於庶徵.]

이는 바로 『시경·부예^{鳧鷖}』의 서문 즉 "태평시대 군자는 성취한 것을 잘 보존하고 지키니, 하늘 신과 땅 신 그리고 돌아가신 조상신이 편안히 여기고 즐거워한 것이다[太平之君子, 能持盈守成, 神祇祖考安樂之也]"와 『상서^{尚書}·홍범^{洪範}·서징^{庶徵}』의 "해 월 일 시의 차례가 뒤바뀌지 않으면 모든 곡식이 잘 여물고, 다스림이 밝아지며, 뛰어난 백성들이 드러난다[歲月日時無易, 百穀用成, 乂用明, 俊民用章]"를 인용한 것인데, 위 아래 대구로 만들면서 한 글자도 덧붙이지 않았다.

「연성건룡절소^{淵聖乾龍節疏}」에는 다음과 같은 구절이 있다.

> 하늘의 이치에 응하여 행하면
> 일찌감치 대유^{大有}괘를 존숭하여 받들 수 있고,
> 해의 움직임을 살피면

우연히라도 명이明夷괘의 어려움을 이겨낼 수 있다.
[應天而行, 早得尊於大有. 象日之動, 偶蒙難於明夷.]

『주역周易』의 대유괘의 괘사에 "부드러움이 존귀한 자리를 얻고柔得尊位",
"하늘에 응하여 때에 맞춰 행하다應乎天而時行"라는 구절이 있다. 『좌전左傳』
을 보면 숙손표叔孫豹가 태어났을 때 그의 아버지가 『주역』을 이용해 점을
쳐 명이괘를 얻어 "해가 움직이는 모양을 나타내므로 군자는 외국으로
망명한다象日之動, 故曰君子于行"는 풀이를 들었다는 대목이 있다. 명이괘의
단사彖辭[59]에서는 "안으로는 밝게 하고 밖으로는 유순하게 하여 큰 어려움을
극복해낸다內文明而外柔順, 以蒙大難"라고 하였다. 역시 이러한 전고를 인용하
여 「연성건룡절소」의 구절을 썼다.

효종 건도乾道 3년(1167)에 「남교사문南郊赦文」을 썼다.

하늘과 땅이시여
이미 정해진 천명을 노래한 시를 잘 살피옵시고,
송태조와 송태종이시여
「사문思文」의 하늘과 짝하고자 하는 마음을 드러내주소서.
[皇天后土, 監于成命之詩. 藝祖太宗, 昭我思文之配.]

독자들은 이 구절이 매우 웅장하고 아름답다고 여길 것이다. 마지막
구절은 다음과 같다.

천지의 자리 잡음은 성인이 능히 할 수 있는 것이지만
이미 혼란스러운 상황이 벌어졌고,
비바람이 일어나는 것을 보고 군자는 잘못을 뉘우치고
넓고 큰 은혜를 베푼다.
[天地設位而聖人成能, 既撲縕紛之況. 雷雨作解而君子赦過, 式流汪濊之恩.]

이 문장은 과거시험을 보기 3일 전에 지은 것인데, 동지冬至에 천둥 번개가
치며 눈이 내리는 기상이변이 있었기에 거의 예언처럼 되었다.

용재삼필 권8

···························

59 彖辭 : 『주역』의 한 괘卦의 뜻을 총론하여 길흉을 판단한 글로 문왕文王이 지었다 한다.   237

참지정사參知政事였던 섭자앙葉子昻은 간의대부諫議大夫 임안택林安宅의 참소에 의해 파직 당하고, 임안택은 부추밀副樞密이 되었다. 오래지 않아 임안택의 참소가 모두 사실이 아님이 밝혀져, 임안택은 균주筠州[60]로 폄적되었고, 섭자앙은 좌승상에 제수되었다. 내가 제서의 초안을 작성하였는데, 다음과 같다.

> 이미 혐의는 벗어 던졌으니
> 급히 재상으로 소환하였네.
> 황제께서는 그를 머물게 하고자 하시나
> 그가 떠날지 머무를지 누가 알 것인가?
> 섭자앙이 조정으로 돌아오지 않으니,
> 외로움 우러러보는 백성들의 마음 위로해야 하리.
> [既從有北之投, 亟下居東之召. 有欲爲王留者, 孰明去就之忠. 無以我公歸兮, 大慰瞻儀之望.]

'공귀公歸'라는 구절은 백성들이 섭자앙을 지칭하여 말한 것이기에 '첨의瞻儀'라는 말을 사용하였다. 그런데 어사御史 단시單時가 내가 작성한 초안의 어휘사용이 부적절하다고 지적하며, 군주가 신하를 칭하여 '아공我公'이라고 한다고 말했다. 나는 이 단어의 의미를 자세하게 파악하지 못했던 것 같다. 섭자앙은 겨울 천둥이 치는 이상 기후 때에 재상의 자리에서 파직 당하였기에, 나는 제서를 작성하면서 다음과 같이 말했다.

> 음양의 조화로우면 만물이 이루어지기에
> 도道가 잘못되었다 탄식할 수 없는데,
> 천재지변으로 인하여 삼공三公이 탄핵받았으니
> 실로 하늘에 응하여 부끄러울 따름이네.
> [調陰陽而遂萬物, 所嗟論道之非. 因災異而劾三公, 實負應天之愧.]

무릇 이 구절에는 풍간諷諫의 의미가 담겼다고 할 수 있을 것이다. 「사복왕가은제嗣濮王加恩制」에서는 다음과 같이 말했다.

> 천신께서 밝게 사방을 비추며 다스리니

그 뜻이 이미 아래에 다다랐고,

제왕의 자손들이 백대에 이르도록 지지를 받으니

지역을 다스리게 되었다네.

[天神明而照知四方, 旣下臨於精意. 王孫子而本支百世, 玆載錫於蕃釐.]

봄 가을에 지내는 제사는 주나라 종실 맹약의 으뜸이며,

노련한 형벌 관장으로 한나라 좨주祭酒가 되었네.

[春秋享祀, 獨冠周家之宗盟. 老成典刑, 蔚爲劉氏之祭酒.]

또 다른 글에서도 다채로운 사륙문이 보인다.

「사간제士衎制」:

음식 올려 지내는 제사로 선조를 섬기면 온 나라 즐거워하고,

공경스럽게 주고받는 노랫소리로 교사를 행하면 모든 신들이 각기 직위를 받았네.

[克羞饋祀, 事其先而萬國歡心. 肅倡和聲, 行於郊而百神受職.]

「사재신사면제거골정서성전관조賜宰臣辭免提擧聖政書成轉官詔」:

천자의 아버지로 지극히 존경받으니 전해지는 은덕 영원히 그리워하고,

성인의 덕 어찌 더해졌나 물었지만 순의 효도를 초월할 수 없었네.

[爲天子父尊之至, 永惟傳序之恩. 問聖人德何以加, 莫越重華之孝.]

「사섭자정사소명조賜葉資政辭召命詔」:

햇살을 바라보는 것을 소消라고 하지만

어찌 해와 달을 손상시킬 수 있으며,

때를 만나면 과감하게 내달리게 되니

응당 때가 되면 기회를 만나게 된다네.

[見晛曰消, 顧何傷於日月. 得時則駕, 宜亟會於風雲.]

「사사대관문이신촉수개월사면조賜史大觀文以新蜀帥改越辭免詔」:

왕길王吉⁶¹은 효자로 익부益部에서 행한 것을 괴롭게 생각하지 않았고

---

61 王吉(?~B.C.48) : 전한의 대신, 학자. 자 자양子陽. 오경五經에 정통했고, 효렴孝廉으로 낭관郎官이 되어 창읍왕중위昌邑王中尉를 지냈다. 창읍왕이 음란한 행동으로 위기에 빠졌을 때 그가 간언하여 죽음에서 구했다. 선제宣帝 때 익주자사益州刺史와 박사博士, 간대부諫大夫가 되었다. 글을 올려 시정의 득실을 논했지만 황제가 현실과는 어긋난다고 여겨 채택되지 않았다. 나중에 병으로 귀향했다. 춘추추씨학春秋鄒氏學과 양씨역학梁氏易學에 능했고, 『시경』과 『논어』를 가르쳤다. 그의 학문은 아들 왕준王駿이 계승했다.

장조莊助는 시중의 자리에 있으면서 잠시 회계의 임무를 받들었다네.
[王陽爲孝子, 敢煩益部之行. 莊助留侍中, 姑奉會稽之計.]

오린吳璘[62]은 흥원興元과 수새修塞 두 현에서 무너져버린 제방을 수리하고 밭을 만들었다. 황제께서 조서를 내려 이를 칭찬하셨다. 이에 대한 초안 작성은 내가 하였다.

비석을 세우는 데 세 마리의 소를 움직이니
이빙李氷이 만든 도강언都江堰[63]의 이로움이 다시 드러나고,
홍각피鴻卻陂의 수리시설 회복하였으니 누가 두 마리의 누런 고니를 말하며
누가 수고롭게 홍각의 동요를 부르리오.
[刻石立作三犀牛, 重見離堆之利. 復陂誰云兩黃鵠, 詎煩鴻卻之謠.]

이 구절은 두보의 「석서행石犀行」 "진나라의 촉태수 세 마리의 물소로 비석을 세웠네[秦時蜀太守, 刻石立作三犀牛]"와 적방진翟方進[64]이 무너진 홍각피에 대해 노래한 동요 "다시금 뒤집혀 제방이 복원되었네. 누가 두 마리 누런 고니 말할까?[反乎覆, 陂當復. 誰云者? 兩黃鵠]"를 인용한 것이다.

유공보劉共甫는 담주潭州의 절도사로 한림학사翰林學士에 제수되었는데, 내가 조서를 작성하였다.

가생賈生[65]을 장사에서 불러들이는 조서가 내려진 것을 보지 못하였던가,

용재수필

· ·

62 吳璘(1102~1167) : 남송 시대 초기의 명장.
63 都江堰 : 전국시대인 B.C.256년 진秦의 촉군태수蜀郡太守 이빙李氷 부자에 의해 설계되고 지역주민에 의해 건설된 수리관개시설인 일종의 다목적 댐. 사천분지를 관류하는 장장의 4대 지류 중 하나인 민강岷江에 제방을 쌓아 홍수와 가뭄을 대비하고 안정된 영농을 실시할 수 있도록 하여 성도평원成都平原을 옥토로 바꾼 고대의 대역사 중 하나이다. 수리시설을 통해 홍수피해를 막은 이빙 부자는 오늘날까지도 왕 이상으로 신앙의 대상이 되고 있다고 한다.
64 翟方進(?~B.C.7) : 전한의 재상. 자 자위子威. 10년 동안 재상에 있으면서 유교의 이념으로 관리의 업무를 처리해 통명通明하다는 평을 들었으며, 공명정대하고 강직한 인품으로 정평이 났다.
65 賈生(B.C.200~B.C.168): 전한의 뛰어난 정치가이자 문장가. 본명 가의賈誼. 하남성河南省 낙양洛陽 출생. 최연소 박사가 되어 진나라 때부터 내려온 율령·관제·예악 등의 제도를 개정하고 전한의 관제를 정비하기 위한 많은 의견을 상주했다. 당시 고관들의 시기로 장사왕

육지陸贄[66]를 소환하였으니 내상內相[67]의 직위를 제수 받았다네.

[不見賈生, 茲趣長沙之召. 既還陸贄, 宜膺內相之除.]

「비집정사경수철종보훈전관批執政辭經修哲宗寶訓轉官」에서 볼만한 사륙문은
다음과 같다.

법도가 쌓여지니 현명하고 성스러운 군주가 7번이나 나왔고,
경전이 만들어지고 기록되어지니 모략과 교훈의 글 백 편이 지어졌네.

[念疊矩重規, 當賢聖之君七作. 而立經陳紀, 在謨訓之文百篇.]

철종哲宗은 송나라 일곱 번째 군주이고, 『보훈寶訓』은 딱 100권이다.
「답장승상사면答蔣丞相辭免」의 다음 문장을 보자.

모든 일의 계통을 곰곰이 생각해보니
어려워 보이지 않아도 행동으로 옮기면 어렵고,
충성스러운 신하는 바른 것으로 다스리니
즉 바르지 않은 것은 하나도 없다.

[永惟萬事之統, 知非艱而行惟艱. 有不二心之臣, 帥以正則罔不正.]

예부禮部는 재상들에게 현인황후顯仁皇后 사후死後 1주기에 길복吉服을 입도록
하고, 나는 다음과 같이 상주하였다.

소상小祥[68]에 이르러 슬프게 탄식하며 응당 변화에 따라 예를 올리네.
상을 지내는 것은 일 년이면 충분하니 혹 정도를 넘어설까 두렵다네.

[練而慨然, 禮應順變. 期可已矣, 懼或過中.]

• •

長沙王의 태부太傅로 좌천되자 자신의 불우한 운명을 굴원屈原에 비유해 「복조부鵩鳥賦」와 「조
굴원부弔屈原賦」를 지었다.

66 陸贄(754~805) : 당나라 관료·학자. 자 경여敬輿. 가흥嘉興(지금의 절강성浙江省) 출신으로,
재상의 자리까지 올랐지만, 모함으로 좌천되었다. 재주가 남달랐으며, 민정民情을 몸소 살폈
고, 성품이 강직했다. 한림학사에 재임하였을 때 덕종德宗의 신임을 얻었으나 황제에게 직언
을 잘하여 점차 덕종의 불만을 사기도 했다.

67 內相 : 당나라 한림학사의 별칭. 육지陸贄는 젊어서 한림원에 들어가 황제의 총애를 받았는
데, 밖에서 재상들이 나라 일을 의논하면 육지는 안에서 그 가부可否를 진언하여, 사람들은
그를 내상이라고 불렀다.

68 小祥 : 죽은 지 1년 만에 지내는 제사. 연제練祭·기년제朞年祭·일주기라고도 한다.

한나라는 200년간 흥성했다가
다시 또 일어나 대업을 이루었고,
순임금은 50년간 효를 다하여 존경을 받아
홀로 앞 선 이들의 미덕을 밝게 하였네.
[漢中天二百而興, 益隆大業. 舜至孝五十而慕, 獨耀前徽.]

당시 고종高宗은 54세였다.
「신사친정조辛巳親征詔」에는 다음과 같은 내용이 있다.

오직 하늘과 조종祖宗만이 기반을 굳건히 하는 것을 도울 수 있고,
백성과 사직이 있기에 감히 안일한 쾌락에 빠지지 않을 수 있다네.
[惟天惟祖宗, 方共扶於基緒. 有民有社稷, 敢自佚於宴安.]

목성이 오나라의 들판에 위치하여
비수肥水의 싸움[69]에서 진晉나라가 공을 세울 수 있었지만,
진秦나라는 진晉나라의 군대보다 몇 배되는 군사들로
한원韓原의 전쟁[70]을 승리로 이끌 수 있었네.
[歲星臨於吳分, 定成肥水之勳. 鬭士倍於晉師, 可決韓原之勝.]

당시에 목성이 초땅에 있었기 때문에 그렇게 말하였다.
또 격서檄書[71]에서는 다음과 같이 논하였다.

유방을 위해 왼쪽 어깨를 드러내는
한왕조에 대한 충성심을 많이 들었네.
탕임금의 동쪽 정벌 기다린다면

69 肥水之戰 : 비수肥水는 비수淝水로 지금의 안휘성安徽省에 있는 회하淮河의 지류이다. 383년
5호16국 시대 전진前秦의 부견符堅이 100만군사로 8만의 동진東晉을 공격했다가 비수에서
동진東晉의 사석謝石에게 패배한 전투이다. 사석의 계략에 넘어가 부견은 아무 대책 없이
병력을 뒤로 물리는 어리석은 일을 저질렀고, 후퇴와 퇴각의 차이점을 알 수 없었던 100
만의 전진군은 대혼란 속에 후퇴하다가 도망갔고 삽시간에 무너져버렸다. 이 전쟁으로 인
해 결국 전진은 멸망하게 되었다.
70 韓原大戰 : 한원韓原은 지금의 산서성 하진현河津縣과 양천현萬泉縣 사이의 경계 지역이다.
진秦 목공穆公은 한원에서 진晉 혜공惠公의 군대보다 배가 많은 군사를 이끌고 전투를 벌여
승리하여 패자霸者가 되었다.
71 檄書 : 격문을 적은 글. 세상 사람들을 흥분을 자아내기 위해 또는 적군을 타이르거나
힐책詰責하기 위하여 발표하는 글이며 병사를 모집할 때도 사용된다.

반드시 상나라의 바람을 위로하고 떠받들어야 하네.
[爲劉氏左祖,72 飽聞思漢之忠. 俟湯后東征, 必懸戴商之望.]

왕후의 씨가 어찌 있을 것인가? 사람들 모두 왕후가 될 수 있다네.
부귀는 욕심낼 수 있는 것이지만 때는 다시 오지 않는다네.
[侯王寧有種乎? 人皆可致. 富貴是所欲也, 時不再來.]

이 외에도 다양한 사륙문이 있다.

「자신대연치어紫宸大宴致語」:
나라와 백성을 다스리는 책략을 우선 정해 놓지만
백관들의 보좌를 받은 후에 밝아지고,
왕의 자리가 단정해지니
오제五帝의 신성함은 그의 신하들이 좇아갈 수 없는 것이라네.
[廟謨先定, 百官修輔而厥后惟明. 黼坐端臨, 五帝神聖而其臣莫及.]

「수성정전관사修聖政轉官詞」:
다섯 마리의 말이 강을 건넌 후 밝은 빛이 중흥의 길을 열었고,
여섯 마리의 용이 하늘에 오른 이후 격식이 때때로 가르침이 되었네.
[念五馬浮江之後, 光啟中興, 迄六龍御天以來, 式時猷訓.]
......
하늘에 바치면 하늘은 이를 받아들이니 모든 것을 감싸는 은혜 영원하네.
조정에 묻지만 조정은 알지 못하니 모습의 미묘함을 어찌 예측할 수 있으리.
[薦於天而天是受, 永言覆燾之恩. 問諸朝而朝不知, 詎測形容之妙.]

「왕관문복관사汪觀文復官詞」:
뇌우가 몰아쳐 가뭄이 해소되니 죄를 용서하게 된 것처럼
법률조문이 있어도 응당 용서해야 하며,
일식과 월식 후에는 다시 해와 달이 본래의 모양으로 되돌아가니
빛이 무슨 손해가 있겠는가?

용재삼필 권8

· ·

72 左祖 : 웃옷의 왼쪽 어깨를 벗는다는 뜻으로, 남에게 편들어 동의함을 이르는 말이다. 한
고조高祖 유방劉邦이 죽은 후 여태후呂太后가 권력을 쥐고 여씨 일족이 정권을 잡으려 하자
태위太尉 주발周勃이 군사들을 모아 놓고 "여씨를 위하는 사람은 오른쪽 어깨를 벗고, 유씨를
위하는 사람은 왼쪽 어깨를 벗어라"라고 명하자, 장병들은 모두 왼쪽 어깨를 벗어 유씨의
편을 드는 의사를 나타냈다고 한다.

[作雷雨之解而宥罪, 在法當原. 如日月之食而及更, 於明何損?]

「보수진민제步帥陳敏制」：
한나라 주아부周亞夫[73]는 신중하게 세류細柳를 지키며
극문棘門과 패상霸上의 장군들 경시하였는데,
주둔한 군대 인솔할 줄 모르면서
장락궁과 미앙궁 황실수비대의 우두머리가 되는구나.
[亞夫持重, 小棘門, 霸上之將軍. 不識將屯, 冠長樂、未央之衛尉.]

「오정흥주제吳挺興州制」：
병사들의 마음을 얻을 수 있었기에
오기吳起[74]는 서하西河[75]지역의 수비를 공고히 했고,
오한吳漢[76]은 대체로 사람을 만족시키니
동한이 흥기할 수 있었네.
[能得士心, 吳起固西河之守. 差彊人意, 廣平開東漢之興.]

「기복지금주제起復知金州制」：
하늘도 불쌍히 여기지 않아 만리장성을 무너뜨렸지만,

• •

73 周亞夫(?~B.C.143)：전한의 장수. 고조를 도와 한나라를 건국하는 데에 공을 많이 세운 강후絳侯 주발周勃의 아들. 문제文帝 6년(B.C.158) 아버지 뒤를 이어 조후絛侯로 봉해져, 흉노匈奴 침공때 장군將軍이 되어 세류를 방어했다. 위로 차 온 황제의 일행조차 엄격하게 통제하여 엄격한 군대의 기강으로 칭송받았다. 오초吳楚 반란 때는 태위太尉로서 칠국七國의 난을 평정하고, 승상이 되었다. 나중에 율태자栗太子를 폐하는 일에 충간을 했다가 경제의 심기를 건드렸고, 관기官器를 훔쳐 팔았다고 고발당한 아들에 연루되자 식음을 전폐하고 굶어 죽었다.

74 吳起(B.C.440~B.C.381)：전국시대 초기 군사가·정치가·병법가. 위나라의 좌씨左氏(지금의 산동성山東省 조현曹縣 북쪽) 사람이다. 노魯나라와 위魏나라·초楚나라를 섬겼으며 병가와 법가·유가에 통달하였다. 초나라의 재상이 되어 도왕悼王을 보필하여 변법을 시행하며 부국강병을 촉진시켰다. 그는 장수가 되어서도 하급 병졸들과 의식을 똑같이 하며 행군할 때도 수레를 타지 않았으며, 자기가 먹을 양식은 늘 자신이 지고 다니는 등 병사들과 고락을 같이했다. 또 병졸들 가운데 종기를 앓는 사람이 생기자 고름을 입으로 빨아 낸 것은 유명한 일화다. 병법으로 손무와 이름을 나란히 하였고, 병법서 『오자吳子』는 중국고대 군사서적중 중요한 위치를 차지한다.

75 西河：지금의 섬서성 동북부.

76 吳漢(?~44)：동한 개국 명장. 자 자안子顔. 유현 정권의 안락현령으로 있다가 유수劉秀를 따랐다. 유수는 처음에 오한을 대수롭지 않은 인물로 여겼으나, 충성스러운 태도에 점차 오한을 신뢰하였고, 황제가 된 후에 그를 대사마大司馬에 임명하고 무양후舞陽侯에 봉했다.

용재수필

현명한 아들 있어 삼군 통솔하는 원수가 되었네.
[惟天不弔, 壞萬里之長城. 有子而賢, 作三軍之元帥.]

「소자파사蕭鷓巴詞」:
사회士會[77]가 진秦나라로 달아나자
진晉나라의 육경들은 진秦나라가 그를 벼슬아치로 등용할 것을 두려워했고,
김일제金日磾[78]가 한나라에서 벼슬살이를 하자
투후秺侯가 7대를 이어 내려왔다.
[隨會在秦, 晉國起六卿之懼. 日磾仕漢, 秺侯傳七葉之芳.]

「요중복관제姚仲復官制」:
이광李廣[79]은 생애가 순탄치 못했으니
제후에 봉해진 장상將相들을 응당 원망했으리,
맹명孟明[80]은 한쪽 눈에 백태가 끼자 병사들을 이끌고 출정했다.
[李廣數奇, 應恨封侯之相. 孟明一眚, 終酬拜賜之師.]

「추봉황제사자소왕사追封皇第四子邵王詞」:
한나라 무제는 삼왕의 책략에 의거해 아름다운 시를 남겼고,
주나라 문왕의 열 아들은 지워지지 않는 한을 남겼네.
[擧漢武三王之策, 方茂徽章. 念周文十子之宗, 獨留遺恨.]

. . . .

77 士會 : 춘추 시대 때 진晉나라의 대부. 자 계季. 수隨와 범范을 봉지로 받아 범계 또는 수계라고
도 한다. 문공文公 등 네 임금을 섬기면서 법제法制를 정비하는 등 큰 치적을 쌓았다.

78 金日磾(B.C.134~B.C.86) : 전한의 정치가. 자 옹숙翁叔. 본래 흉노의 번왕인 휴도왕休屠王의
장남으로 태어났으나, 14세에 부왕이 무제武帝와의 전투에서 패하면서 한나라에 포로로 끌려
왔다. 그 뒤 무제의 신임을 받아 한나라 관료로 일하면서 김씨金氏 성을 하사 받았고, 무제가
죽자 곽광霍光과 함께 유조遺詔를 받들어 소제昭帝를 보필했다. 말년에 투정후秺亭侯, 즉 투후秺
侯에 봉해졌다.

79 李廣(?~B.C.119) : 한나라의 대장군. 활을 잘 쏘았고, 병졸을 아끼고 잘 이끌어 모두 날래고
용맹해 전투하기를 좋아했다. 흉노가 두려워하여 몇 년 동안 감히 국경을 침범하지 못하고
비장군飛將軍이라 칭송했다. 일곱 군데 변방 군의 태수를 지냈고, 전후 40여 년 동안 군대를
이끌고 흉노와 대치하면서 70여 차례의 크고 작은 전투를 치렀다. 병사들의 마음을 깊이
얻었지만 끝내 제후에 봉해지지는 못했다. 원수元狩 4년(B.C.119) 대장군 위청衛靑을 따라
흉노를 공격했다가 길을 잃어 문책을 받자 자살했다.

80 孟明 : 천하의 명신 백리해百里奚의 아들. 본명 백리시百里視. 효산崤山 전투에서 대패했음에도
불구하고 살아 돌아온 것을 몹시 수치스러워하면서 진나라에 절치부심 복수할 날만을 고대
하며 군사 훈련에 몰두하다가, B.C.625년에 팽아彭衙에서 진晉나라를 패배시켜 설욕했다.

당시 이미 삼왕三王이 봉해졌었다.

「조충간익제趙忠簡謚制」:
강좌江左[81]의 관중管仲[82]을 본다면
진晉나라에 어떠한 걱정도 없다는 것을 알 것이며,
애주崖州[83]의 이덕유李德裕[84]를 소환할 수 있다면
우당이 다시 꿈에서나 그를 보는 것을 기다릴 필요가 있겠는가?
[見夷吾於江左, 共知晉室之何憂. 還德裕於崖州, 豈待令狐之復夢?]

「왕언증관사王彦贈官詞」:
황제의 조서 받으려 반복해서 갈고 닦아
경사스럽게도 장원으로 급제했지만,
신호문神虎門에 의관을 걸어놓고
결국 궁궐을 지키는 교위직을 잃었다네.
[申帶礪以丹書之誓, 方休甲第之功臣. 挂衣冠於神虎之門, 竟失戊營之校尉.]

「향기증관사向起贈官詞」:
금성군金城郡[85]까지 말달려 가며
조충국趙充國[86]의 충성을 그리워하고,
살아 옥문관玉門關[87]으로 들어가

. . . .

81 江左 : 강동江東 지방. 동진東晉의 수도가 있었던 지역.
82 管仲(?~B.C.645) : 춘추시대 초기의 정치가·사상가. 이름은 이오夷吾이며, 관자管子로 불린
   다. 제齊나라 환공桓公 때에 경卿의 벼슬에 올랐던 그는 환공의 개혁을 도와 토지등급에
   따라 세금을 걷고 농업을 발전시켰으며, 염전·제철업을 일으켜 제나라를 춘추시대 가장
   막강한 맹주盟主로 만들었다.
83 崖州 : 지금의 해남도海南島.
84 李德裕(787~849) : 아버지 이길보李吉甫와 함께 당나라를 대표하는 명재상. 자 문요文饒.
   우이당쟁에서 이당의 영수로 여러 차례 정치적 부침을 겪었는데, 문종文宗과 무종武宗 때
   두 차례 재상의 자리에 올랐고, 특히 무종과의 정치적 조화는 '만당晚唐의 절창絶唱'이라고
   칭송을 받았다. 그러나 우당을 지나치게 탄압하여 당쟁을 격화시켰고, 선종宣宗 즉위 후
   우승유 일파가 집권하자 애주崖州에 좌천되었다가 그곳에서 죽었다.
85 金城郡 : 지금의 감숙성甘肅省 난주蘭州.
86 趙充國(B.C.137~B.C.52) : 전한 무제 때의 명장. 농서현隴西縣 상규上邽 출신인데 나중에
   금성金城 영거令居로 옮겨 살았다. 자 옹손翁孫. 말 타기와 활쏘기를 잘 했으며, 지략을 갖춘
   데다 변방의 정세에 대해서도 해박했다. 여러 차례 황제에게 상소를 올려 둔전屯田의 중요성
   을 강조했으며, 싸워서 이기는 것보다는 싸우지 않고 이기는 것이 중요하다고 역설하였다.
87 玉門關 : 고대 중국의 서쪽 요지였던 감숙성 돈황현敦煌縣 부근에 있던 관문으로 한 무제

용재수필

끝내 반초班超[88]의 바람을 져버리지 않으리라.

[馳至金城郡, 方思充國之忠. 生入玉門關, 竟負班超之望.]

「이사안증관제李師顏贈官制」:

푸른 하늘 아래 촉도에 올라 오래도록 변방의 병권을 지켰는데,

흑수에 오직 양주梁州만이 있어 변방을 안정시키는 준걸 잃은 것 슬퍼하네.

[靑天上蜀道, 久嚴分閫之權. 黑水惟梁州, 愴失安邊之傑.]

「양수왕선증관사襄帥王宣贈官詞」:

황하는 허리띠마냥

한왕조 유씨의 맹약을 진술하지 않고,

한수는 연못이 되어

괜스레 양호羊祜[89]를 그리는 이들의 눈물을 담아내는구나.[90]

[黃河如帶, 莫申劉氏之盟. 漢水爲池, 空隳羊公之淚.]

왕약王瀹이 태상소경太常少卿으로 태묘太廟에서 삭제朔祭[91]를 지낼 때, 상준象

- -

원정元鼎연간에 수축되었다. 양관陽關과 함께 서역으로 통하는 중요한 관문이다. 서역 지방의 옥석玉石이 이곳을 경유하여 내지로 수입되었기 옥문관이란 명칭으로 불렸고, 옥문도위가 이곳을 다스린다. 옥문관을 나서면 실크로드의 북쪽 길에 이어져 거사車師, 구자龜玆, 소륵 등의 국가에 통하였다. 후한의 장군인 반초는 이곳에서 30년간을 주둔하여 객지에서의 어려운 생활을 대한 상소를 올려 "살아서 옥문관으로 돌아가고 싶다"는 간절함을 피력하기도 하였다.

88 班超(32~102): 후한의 정치가, 장군. 자 중승仲升. 표彪의 아들이요 고固의 아우. 명제明帝, 장제章帝 양대에 벼슬하여 정원후定遠侯로 봉해졌다. 젊은 시절 궁중의 도서관 사서寫書직에 있다가 "대장부 이역에 나가 공을 세워 봉후封侯가 될 것이지 어찌 붓이나 쥐고 있으랴"하고, 옥문관을 나가 서역을 평정하고 안서도호安西都護가 되었다.

89 羊祜(221~278): 진晉나라의 명장. 자 숙자叔子. 태산泰山 남성南城 사람. 자 숙자叔子. 채옹蔡邕의 외손자, 사마사司馬師의 처남. 문무를 겸비하고 생각이 아주 깊어, 위나라 말년 사마씨와 조씨 두 집안이 격렬한 권력투쟁을 벌이는 소용돌이 속에서도 차분하게 시기와 상황변화를 기다리면서 투쟁에 말려들지 않았다. 요직에 있으면서 안팎을 안정시키고 덕으로 적을 제압하여, 서진이 중국을 통일하는 데 가장 큰 공을 세운 인물로 꼽힌다.

90 양호가 오나라 지역을 덕으로 잘 다스렸기에, 백성들이 그를 존경하며 '양공羊公'이라 부르고 감히 이름을 부르는 자가 없다고 한다. 양호는 산수를 즐겨 매번 풍경이 바뀔 때 마다 현산峴山에 올라 술을 마시며 시를 읊조렸다고 한다. 그가 죽은 후 양양襄陽의 백성들은 양호가 쉬었던 곳에 사당과 비석을 지어주고 제사를 지냈는데, 그 비석을 바라보는 자들 가운데 눈물을 흘리지 않는 사람이 없었다. 그래서 두예杜預는 양호의 비석을 타루비墮淚碑 즉 눈물을 흘리게 하는 비석이라고 하였다.

91 朔祭: 황실에서 매달 음력 초하루 아침에 태묘나 사당의 신위神位에 간단히 지내는 제사를

247

尊[92]과 희준犧尊을 배열해 놓는 것을 잊어버려, 관직이 강등되었다. 「강관사降官詞」는 다음과 같다.

> 희준과 상준 배열해 놓지 못해
> 청동 예기禮器를 담당했던 직책을 잃었고,
> 희생양만 부질없이 놓여있으니
> 태묘에서의 삭제 올리는 예절에 어긋나버렸네.
> [犧象不設, 已廢司彝之供. 餼羊空存, 殊乖告朔之禮.]

그리고 또 아래와 같은 사륙문이 있다.

> 「동천신가봉사潼川神加封詞」:
> 신령스럽게 노니는 날아가는 용이여 천명을 존중하누나.
> 산의 왼쪽을 달리는 귀신은 결국 이 나라를 도울 것이네.
> [駕飛龍兮靈之旀, 具嚴渙命. 驪厲鬼兮山之左, 終相此邦.]

> 「청성산잠총씨봉후사青城山蠶叢氏封侯詞」:
> 생각해보니 청신후국의 봉작은 지금부터 시작되었네.
> 비록 백제白帝[93] 공손술公孫述[94]이 강성했다지만 나에게 무슨 소용이리오?
> [想青神侯國之封, 自今以始. 雖白帝公孫之盛, 於我何加?]

> 「양산룡모사陽山龍母詞」:
> 의연히 아들 낳고 구름을 타고 오르니 용이 되었네.
> 그대 신령스러움 지녀
> 때때로 비 내리고 날 개이게 해 만물을 이롭게 하는구나.
> [居然生子, 乘雲氣以爲龍. 惟爾有神, 時雨暘而利物.]

• •

말한다. 소뢰小牢(양과 돼지)와 여러 가지 제수를 갖추고 지낸다.

92 象尊 : 코끼리 모양의 주기酒器로 소 모양의 주기인 희준犧尊 등과 함께 종묘나 문묘의 제사 때 또는 기념할만한 의식을 행할 때 사용하였다.

93 白帝 : 후한 말 공손술은 사천성 기주부夔州府의 성을 거점으로 삼고 세력을 규합했는데, 성의 우물에서 용이 나오는 것을 보고 성을 백제성이라 하고 스스로를 백제라 칭했다.

94 公孫述(?~36) : 후한 때의 군웅. 자 자양子陽. 지금의 섬서성陝西省 흥평興平에 해당하는 부풍扶風 무릉茂陵 출신. 처음에는 왕망王莽을 섬겼으나, 전한前漢 말 경시제更始帝가 반란을 일으키자, 성도成都에서 군사를 일으켰다. 촉蜀·파巴를 평정하고, 25년 스스로 천자라 칭하고 국호를 성가成家라고 하였다. 36년 후한의 광무제光武帝에게 패하여, 일족과 함께 멸망하였다.

「위승상증부사魏丞相贈父詞」:

명망 높은 이 후대에는 반드시 큰 인물 나오니

이는 그 자신이 그런 것이 아니라네.

융족과 화친을 도모하는 것은 조화로운 음악과도 같으니

다행이네 그대가 있어서.

[大名之後必大, 非此其身. 和戎如樂之和, 幸哉有子.]

위의 구절은 위기魏杞[95]의 고사를 채용한 것이다. 위기가 금나라에 사신으로 가서 융흥화의隆興和議[96]를 체결하였으니, 뛰어난 역량을 발휘한 것이었다. 또 다양한 사륙문을 살펴보자.

「증모사贈母詞」:

맹약을 관리하는 관원의 큰 공은 위강魏絳[97]의 공과 다를 바가 없네.

외가의 장래 유망한 외손은 위서魏舒[98]와 같이 중히 여겨진다네.

· ·

95 魏杞(1121~1184) : 남송의 대신. 자 남부南夫 혹은 도필道弼. 융흥隆興 원년(1163)에 금나라에 사신으로 가서 욕되지 않게 사명을 완수하였다. 건도乾道 원년(1165)에 금나라에 사신으로 가서 금나라 군주가 국서國書에서 송나라 황제를 조카로 칭하자 크게 화를 내며 식음을 전폐하였다. 위기가 강개하여 직언을 하자 금나라 군주도 예로써 그를 대하였으며, 결국 '융흥화의'가 성사되었다.

96 隆興和議 : 소흥화의紹興和議 후에 남송과 금나라 사이에 맺어진 두 번째 굴욕적 조약. 효종은 즉위 후 장준張浚이 중용하여 북벌을 시작했지만, 장수들 간의 불화로 부리符離에서 대패했고, 융흥 2년(1164) 금나라와 융흥화의를 맺었다. 평화조약에 따라 금과 송은 숙부와 조카의 관계(1141년 소흥화의 때는 군신관계 맺음)가 되었고, 세공歲貢을 세폐歲幣로 부르게 되었으며, 금에 바치는 은과 비단도 소흥화의 때보다 각각 5만이 줄었다. 또 남송은 당주唐州(지금의 하남성 당하唐河)와 등주鄧州(지금의 하남성 등주 동쪽)·해주海州(지금의 강소성 연운항連雲港)·사주泗州(지금의 강소성 우태盱眙 북쪽) 외에, 다시 상주商州(지금의 섬서성 상현商縣)와 진주秦州(지금의 감숙성 천수天水) 두 주를 금나라에 할양하였다. 이 조약은 체결 다음 해인 건도乾道 원년(1165)에 정식으로 효력을 발휘하여, '건도지맹乾道之盟'이라고도 한다. 이 화의로 남송은 40여년 동안의 안정기를 맞이할 수 있었다.

97 魏絳 : 춘추 시대 진晉나라 대부大夫. 시호 장莊 또는 소昭. 위장자魏莊子로도 불린다. 위주魏犨의 아들이다. 진도공晉悼公이 제후들을 불러 모았을 때 도공의 동생 양간楊幹이 군진軍陣에서 반란을 일으켰는데 그 무리들을 소탕했다. 또 산융山戎과의 화친을 주장하면서 화친을 맺었을 때 얻을 다섯 가지 이익에 대해 설파하여, 동맹을 맺고 왕명으로 제융諸戎을 감독함으로써 진나라의 국세를 떨치게 하여 패업霸業을 이루도록 했다. 후에 진도공은 그의 노고를 치하하기 위해 정나라가 바친 기물들 중 절반을 하사하려고 했으나 고사하고 받지 않았다.

98 魏舒 : 진晉나라의 재상. 자 양원陽元. 어려서 아버지가 일찍 돌아가셔서, 외가인 영씨寧氏 집에서 자랐다. 외가가 새로 집을 짓게 되어 풍수가를 불렀는데 "이 집에서 귀하게 될

「봉처강씨사封妻姜氏詞」:
점술의 결과로 진나라의 재상이 된 위서로
집터의 길함이 시작되었다네.
아내를 맞이하는 것은 반드시 제나라의 강씨라야 하니
누가 그녀의 아름다움에 비길 수 있을까?
[筮仕於晉曰魏, 方開門戶之祥. 取妻必齊之姜, 孰盛閨閫之美.]

「우승상증부사虞丞相贈父詞」:
천 명의 사람을 살려 봉지를 받게 되었는데
그가 아니라 그 아들이 받았네.
미덕이 백대에 도달하려 반드시 제사를 지내니
보통사람과는 다르고 하늘과 같다네.
[活千人有封, 非其身者在其子. 德百世必祀, 畸於人者侔於天.]

「주인증부사周仁贈父詞」:
현명한 아들 있으니 높이 날아 오나라 땅에 모여들었고,
내게 고귀한 의복을 주었으니 함께 모여 한나라 경사에서 천자를 알현했네.
[有子能賢, 高擧而集吳地. 受予顯服, 會同而朝漢京.]

윗 구절은 동방삭東方朔이 지은 「비유선생전非有先生傳」의 "높이 날아 멀리 가 오나라 땅에 모이네高擧遠引, 來集吳地"와 반고班固가 지은 「양경부兩京賦」의 "봄날 천자를 알현하기 위해 한나라 경사로 모두 모여들었네春王三朝, 會同漢京"를 인용하였다.

「장유오정조獎諭吳挺詔」:
문 밖은 장군을 구속하니 동방에서 공을 이루었고,
배 안은 모두 적국이니 서하西河의 안위를 응당 고려하지 않았네.
[闌外制將軍, 方有成於東鄕. 舟中皆敵國, 應無慮於西河.]

「양승상예천사겸시독제梁丞相醴泉使兼侍讀制」:

....

사람이 난다"고 했다. 위서는 "외가를 위해 이 집 터가 좋다는 것을 증명해보이겠다"고 했고, 결국 재상의 지위에 올랐다.

진귀한 누대 한가로운 관각에서 홀로 고요皐陶와 이윤伊尹의 뛰어남을 지니고서,
큰 집 섬세한 양탄자에서 요순시절의 성세를 논하네.
[珍臺閒館, 獨冠皐、伊之倫魁. 廣廈細旃, 尙論唐、虞之盛際.]

또 다음과 같이 조서詔書에 회답하는 글에서도 훌륭한 대구를 사용했다.

한 마디 말이 나라를 홍성하게 할 수 있으니 생각해보면 신하됨이 쉽지 않고,
오래 동안 머물다 떠나리니 왕을 위해 떠나는 것을 힘써 만류했네.
[一言可以興邦, 念爲臣之不易. 三宿而後出晝, 勉爲王而留行.]

「왕승상진옥첩가은제王丞相進玉牒加恩制」:
역사서에 전해지는 삼황오제로 인해
장대하니 태조와 태종이 인간의 기준을 세웠고,
현명한 성군 예닐곱 분으로 인해
영원히 빛나는 도타운 법이 전해지게 되었네.
[載籍之傳五三, 壯太祖、太宗之立極. 賢聖之君六七, 耀永昭、永厚之詒謀.]

「비이한득우청어전批以旱得雨請御殿」:
칠월의 가뭄을 생각해보니 그 재앙이 이미 심각해져,
사흘 이전에 큰 비가 내렸지만 근심은 사라지지 않네.
[念七月之間則旱, 咎證已深. 雖三日已往爲霖, 憂端未寘.]

나머지는 이루 다 기록할 수 없다.
사촌 형님께서 천주泉州의 막료로 계실 때, 회동淮東의 사자使者가 마침 그와 동서지간이어서 개봉으로 그를 위한 추천장을 보내주었다. 사촌 형님께서 다음과 같은 감사의 글을 지었다.

옷깃과 소매처럼 서로 이어져 있는데
먼 친척으로 외롭고 비루한 처지가 부끄러웠네,
구름과 진흙마냥 큰 차이 마음에 걸렸으니
귀한 신분 그대가 애련히 여기는 마음 없어지길 바라네.
[襟袂相連, 夙愧末親之孤陋. 雲泥縣望, 分無通貴之哀憐.]

모두 두보의 시를 인용하였다. 아래 구절은 사람들이 모두 알고 있는 것이고, 윗 구절은 「증이십오장贈李十五丈」[99]을 인용한 것이다.

외롭고 비루하여 먼 친척마저 욕되게 했는데,	孤陋忝末親,
관직이 어깨를 나란히 할 수 있게 되었네.	等級敢比肩.
인생에서 뜻과 기개 서로 딱 맞았으니,	人生意氣合,
서로 옷깃과 소매처럼 함께 더불어 지내리.	相與襟袂連.

사촌 형님이 쓰신 감사의 글이 이 장의 제목과 딱 들어맞고, 「송위서기送韋書記」[100]의 시구를 정제하여 인용하였기에 여기에 기록하였다.

이 내용은 단지 자손들과 생질甥姪들이 보도록 전하는 것일 뿐, 다른 사람들에게 말하기에는 부족하다.

5. 『당현계상』唐賢啓狀

집에 소장하고 있는 옛 책 중에 『당현계상唐賢啓狀』이라는 책이 있는데, 이 책은 당나라 현인들의 편지 제목들을 대강대강 두루두루 꿰어놓은 것이다. 책에는 상주常州 독고급獨孤及, 신주信州 유태진劉太眞, 장원長源 육중승陸中丞, 형주衡州 여온呂溫이 지은 문장들이 각각 수십 편씩 수록되어 있다. 후세에 전송될 만한 가치는 없는 문장들이지만, 당시 사람들이 당대의 명사인 그들의 문장을 남길 만한 가치가 있다고 여겨서 지금까지 전해져 온 것으로 보인다. 물론 이 책에서 취할 만한 문장이 하나도 없는 것은 아니다. 독고급의 「여제오상공서與第五相公書」 중 다음과 같은 내용은 볼 만하다.

99 원제는 「贈李十五丈別」이다.
100 「送韋書記」: 두보의 「送韋書記赴安西」를 지칭한다. 내용은 다음과 같다.

그대 갑자기 귀하게 되어,	夫子欻通貴,
구름과 진흙처럼 차이가 현격해졌네.	雲泥相望懸.
늙은 이 몸 의지할 곳 하나 없으니,	白頭無藉在,
벼슬하시는 그대 나를 가련하게 여기네.	朱紱有哀憐.
서기인 그대 세 번의 승리를 위하여 가고,	書記赴三捷,
공거령인 나는 이년 째 그대로네.	公車留二年.
강과 바다에 배 띄워 떠나려니,	欲浮江海去,
이 이별에 마음만 아득해지네.	此別意茫然.

「송구랑중送丘郎中」 두 수의 시를 보내와 감상하였는데, 그 문사가 청아하고 의미가 깊어, 일반 사람들이 쓸 수 있는 것이 결코 아니었습니다. "어두운 하늘아래 기러기의 울음소리마저 들리지 않는데, 밤 깊어 어두운 포구에서 가는 이를 보내네[陰天聞斷雁, 夜浦送歸人]" 이 두 구절은 특히 의미가 깊은 것 외에도 글이 너무나 아름다워, 이전에 제게 보여주신 시들에 비해 문재文才가 한층 더 발전된 것을 알 수 있었습니다. 그래서 저 혼자 읊다가 오땅의 문인들과 함께 감상하고 있습니다.

어제 「송양시어육운送梁侍御六韻」을 보았는데 청신하면서도 아름답고 절묘하였습니다. 그 우아한 운치가 『시경』이나 『초사』보다는 못하지만, 백 번을 읊조려도 싫증나지 않습니다.

당나라 사람인 제오기第五琦는 원래 조정에서 전문적으로 재정을 관리하던 신하로 문장으로 유명해진 사람이 아닌데, 독고급이 그의 시를 극찬한 것을 보면 칭송할 만한 문재를 가지고 있던 것으로 보인다. 독고급이 언급한 제오기의 「송구랑중」 중 두 구는 확실히 뛰어난 구절이다. 이를 통해 당나라 사람들 중 시에 뛰어난 이들이 아주 많았고, 유명한 시인의 시가 아니라도 후세에 전해질 만 한 시들이 있었다는 것을 알 수 있다.

1. 徽宗薦嚴疏文

徽宗以紹興乙卯歲升遐, 時忠宣公奉使未反命, 滯留冷山, 遣使臣沈珍往燕山, 建道場於開泰寺, 作功德疏曰:「千歲厭世, 莫遂乘雲之僑, 四海遏音, 同深喪考之戚。況故宮爲禾黍, 改館徒饋於秦牢; 新廟游衣冠, 招魂漫歌於楚些。雖置河東之賦, 莫止江南之哀。遺民失望而痛心, 孤臣久縶惟歐血。伏願盛德之祀, 傳百世以彌昌; 在天之靈, 繼三后而不朽。」北人讀之亦墮淚, 爭相傳誦。其後梓宮南還, 公已徒燕, 率故臣之不忘國恩者, 出迎於城北, 搏膺大慟, 虜俗最重忠義, 不以爲罪也。

2. 忠宣公謝表

建炎三年, 先忠宣公銜命使北方, 以淮甸賊蠭起, 除兼淮南、京東等路撫諭使, 俾李成以兵護至南京。公遣書抵成, 成方與耿堅圍楚州, 答書曰:「汴涸, 虹有紅巾, 非五千騎不可往。軍食絕, 不克唯命。」公陰遣客說堅, 堅強成斂兵。公行未至泗, 諜云:「有迎騎甲而來。」副使龔璹憚之, 送兵亦不肯前, 遂返旆。卽上疏言:「李成以餽餉稽緩, 有引衆納命建康之語。今斬賽、薛慶方橫, 萬一三叛連衡, 何以待之? 方含垢養晦之時, 宜選辯士諭意, 優加撫納。」疏奏, 高宗卽遣使撫諭成, 給米五萬斛。初, 公戒所遣持奏吏, 須疏從中出, 乃詣政事堂白副封。時方禁直達, 忤宰輔議, 以託事滯留爲罪, 特貶兩秩, 而許出滁陽路。紹興十三年使回, 始復元官。時已出知饒州, 命予作謝表, 直敍其故, 曰:「論事見從, 猶獲稽留之戾; 出疆滋久, 屢沾曠蕩之恩。始拜明綸, 得仍舊秩。伏念臣頃縻乏使, 不敢辭難。值三盜之連衡, 阻兩淮而薦食, 深虞猖獗之患, 或起呼吸之間。輒露便宜, 冀加勤恤。雖璽書賜報, 樂聞充國之建言; 而吏議不容, 見謂陳湯之生事。虧除宦簿, 縣歷歲時。敢自意於來歸, 遂悉還於所奪。茲蓋忘人之過, 與天同功。念臣昔麗於微文, 蔽罪本無於它意, 故從數赦, 俾獲自新。」書印既畢, 父兄復共議, 秦檜方擅國, 見此表語言, 未必不怒, 乃別草一通引咎曰:「使指稽留, 宜速虧除之戾; 聖恩深厚, 卒從拔拭之科。仰服矜憐, 唯知感戴。伏念臣早縻乏使, 遂俾行成。值巨寇之臨衝, 欲搏人而肆毒。仗節宜圖於報稱, 引車何事於逡巡。徐偃出疆, 既失受辭之體; 申舟假道, 初無必死之心。雖蒙貶秩以小懲, 尙許立功而自贖。徒行萬里, 無補一毫。敢妄冀於隆寬, 乃悉還於舊貫。茲蓋忘人之過, 撫下以仁。陽爲德而陰爲刑, 未嘗私意; 賞有功而赦有罪, 皆本好生。坐

使孤臣, 盡湔宿負」云云。前後奉使, 無有不轉官者, 先公以朝散郎被命, 不沾恩凡十五年, 而歸僅復所貶, 而合磨勘五官, 刑部皆不引用, 奏志也。遂終於此階。

3. 四六名對

四六駢儷, 於文章家爲至淺, 然上自朝廷命令、詔冊, 下而搢紳之間牋書、祝疏, 無所不用。則屬辭比事, 固宜警策精切, 使人讀之激卬, 諷味不厭, 乃爲得體。姑撫前輩及近時綴緝工緻者十數聯, 以詒同志。

王元之擬李靖平突厥露布, 其敍頡利求降且復謀竄曰:「穽中餓虎, 暫爲掉尾之求; 韝上饑鷹, 終有背人之意。」蘄州謝上表曰:「宣室鬼神之問, 敢望生還; 茂陵封禪之書, 已期身後。」

范文正公微時, 嘗冒姓朱, 及後歸本宗, 作啓曰:「志在逃秦, 入境遂稱於張祿; 名非霸越, 乘舟偶效於陶朱。」用范雎、范蠡, 皆當家故事。

鄧潤甫行貴妃制曰:「關雎之得淑女, 無險詖私謁之心; 鷄鳴之思賢妃, 有警戒相成之道。」

紹聖中, 百僚請御正殿表曰:「皇矣上帝, 必臨下而觀四方; 大哉乾元, 當統天而始萬物。」

東坡坤成節疏曰:「至哉坤元, 德旣超於載籍; 養以天下, 福宜冠於古今。」懇國哀表曰:「大哉孔子之仁, 泫然流涕; 至矣顯宗之孝, 夢若平生。」謝賜帶馬表曰:「枯羸之質, 匪伊垂之而帶有餘; 歛退之心, 非敢後也而馬不進。」

王履道大燕樂語曰:「五百里采, 五百里衛, 外包有截之區; 八千歲春, 八千歲秋, 上祝無疆之壽。」除少宰余深制曰:「蓋四方其訓, 以無競維人; 必三后協心, 而同底於道。」時幷蔡京爲三相也。執政以邊功轉官詞曰:「惟皇天付予, 庶其在此; 率寧人有指, 敢弗于從。」

翟公巽行外國王加恩制曰:「宗祀明堂, 所以敎諸侯之孝; 大賚四海, 不敢遺小國之臣。」知越州日, 以擅發常平倉米救荒降官, 謝表曰:「敢効秦人, 坐視越人之瘠; 旣安劉氏, 理知晁氏之危。」

孫仲益試詞科日, 代高麗國王謝賜燕樂表曰:「玉帛萬國, 千舞已格於七旬; 簫韶九

255

成, 肉味遽忘於三月。」又曰:「蕩蕩乎無能名, 雖莫見宮牆之美; 欣欣然有喜色, 咸豫聞管籥之音。」自中書舍人知和州, 旣壓境, 見任者拒不納, 以啓答郡僚曰:「雖文書銜袖, 大人不以爲疑; 然君命在門, 將軍爲之不受。」鄰郡不發上供錢米, 受旨推究, 爲平亭其事, 鄰守馳啓來謝, 答之曰:「包茅不入, 敢加問楚之師; 輔車相依, 自作全虞之計。」

汪彥章作靖康冊康王文曰:「漢家之厄十世, 宜光武之中興; 獻公之子九人, 惟重耳之尙在。」爲中書舍人試潭州, 進士何烈卷子內稱臣及聖, 問不擧覺, 坐罷職, 謝表曰:「謂子路使門人爲臣, 雖誠詐理; 而徐邈云酒中有聖, 初亦何心。」又曰:「書馬者與尾而五, 常負譴憂; 網禽而去面之三, 永銜生賜。」宋齊愈坐於金虜立諸臣狀中, 輒書「張邦昌」字, 送御史臺, 責詞曰:「義重於生, 雖匹夫不可奪志; 士失其守, 或一言幾於喪邦。」又曰:「眭孟五行之說, 豈所宜言; 袁宏九錫之文, 茲焉安忍。」責張邦昌詞曰:「雖天奪其衷, 坐愚至此; 然君異於器, 代匱可乎。」知徽州, 其鄉郡也, 謝啓曰:「城郭重來, 疑千載去家之鶴; 交游半在, 或一時同隊之魚。」

何掄除祕書少監, 未幾以口語出守邛, 謝啓曰:「雲外三山, 風引舟而莫近; 海濱八月, 槎犯斗以空還。」

楊政除太尉, 湯岐公草制曰:「遠覽漢京, 傳楊氏者四世; 近稽唐室, 書系表者七人。」謂楊震子秉、秉子賜、賜子彪, 四世爲太尉。李德裕辭太尉云:「國朝重惜此官, 二百年間才七人。」其用事精確如此。

蔣子禮拜右相, 王詞賀啓曰:「早登黃閣, 獨見明公之妙年; 今得舊儒, 何憂左轄之虛位。」皆用杜詩語「扈聖登黃閣, 明公獨妙年」,「左轄頻虛位, 今年得舊儒」, 亦可稱。

4. 吾家四六

乾道初年, 張魏公以右相都督江淮, 議者謂兩淮保障不可恃, 公親往視之。會詔歸朝, 未至而免相, 文惠公當制, 其詞曰:「棘門如兒戲耳, 庸謹秋防; 袞衣以公歸兮, 庶聞辰告。」所謂兒戲者, 指邊將也, 而讀者乃以爲詆魏公。其尾句曰:「春秋責備賢者, 慨功業之惟艱; 天子加禮大臣, 固始終之不替。」所以悵惜之意至矣。王大寶致仕詞曰:「閔勞以事, 聖王隆待下之仁; 歸絜其身, 君子盡遺榮之美。」大寶有遺泄之疾, 或又謂有所譏, 而實不然。罷相後, 起帥浙東, 謝表曰:「上丞相之印, 方事退藏; 懷會稽之章, 遽叨進用。」謝生日詩詞啓曰:「五十當貴, 適買臣治越之年; 八千爲秋, 辱莊子大椿之譽。」時正五十歲也。

紹興壬戌詞科, 代樞密使謝賜玉帶表, 文安公曰:「有璞於此必使琢, 怳驚制作之工; 匪伊垂之則有餘, 允謂便蕃之賜。」主司喜焉, 擢爲第一。

乙丑年，代謝賜御書周易尚書表，予曰：「八卦之說謂之索，奉以周旋；百篇之義莫得聞，坦然明白。」尾句曰：「但驚奎壁之輝，從天而下；莫測龜龍之祕，行地無疆。」亦忝此選。代福州謝曆日表曰：「神祇祖考，既安樂於太平；歲月日時，又明章於庶徵。」正用詩臮鳧序「太平之君子，能持盈守成，神祇祖考安樂之也」，洪範庶徵「歲月日時無易，百穀用成，乂用明，俊民用章」，皆上下聯文，未嘗輒增一字。淵聖乾龍節疏曰：「應天而行，早得尊於大有，象日之動，偶蒙難於明夷。」易大有卦「柔得尊位」、「應乎天而時行」，左傳叔孫豹筮遇明夷，「象日之動，故曰君子于行」，象辭云「內文明而外柔順，以蒙大難」，亦純用本文。乾道丁亥南郊赦文曰：「皇天后土，監于成命之詩；藝祖、太宗，昭我思文之配。」讀者以為壯。後語曰：「天地設位而聖人成能，既撲縕紛之況；雷雨作解而君子赦過，式流汪濊之恩。」此文先三日鎖院所作，冬至日適有雷雪之異，殆成讖云。葉子昂參知政事，為諫議大夫林安宅所擊罷去，林逢副樞密，已而置獄治其言，皆無實，林責居筠，葉召拜左揆。予草制曰：「既從有北之投，亟下居東之召。有欲為王留者，孰明去就之忠。無以我公歸兮，大慰瞻儀之望。」本意用「公歸」之句，指邦人而言也，故云「瞻儀」。而御史單時疑之，謂人君而稱臣為我公，彼蓋不詳味詞理耳。子昂坐冬雷罷相，予又當制，曰：「調陰陽而遂萬物，所嗟論道之非；因災異而劾三公，實負應天之愧。」蓋因有諷諫也。嗣濮王加恩制曰：「天神明而照知四方，既下臨於精意；王孫子而本支百世，茲載錫於蕃釐。」又曰：「春秋享祀，獨冠周家之宗盟；老成典刑，蔚為劉氏之祭酒。」士衍制曰：「克羞饋祀，事其先而萬國歡心；肅倡和聲，行於郊而百神受職。」賜宰臣辭免提舉政書成轉官詔曰：「為天子父尊之至，永惟傳序之恩；問聖人德何以加，莫越重華之孝。」賜葉資政辭召命詔曰：「見晛曰消，顧何傷於日月；得時則駕，宜亟會於風雲。」賜史大觀文以新蜀帥改越辭免詔曰：「王陽為孝子，敢煩益部之行；莊助留侍中，姑奉會稽之計。」吳璘在興元、修塞兩縣決壞渠為田，獎諭詔曰：「刻石立作三犀牛，重見離堆之利；復陂誰云兩黃鵠，詎煩鴻卻之謠。」用老杜石犀行云「秦時蜀太守刻石立作三犀牛」，及翟方進壞鴻卻陂童謠云「反乎覆，陂當復，誰云者？兩黃鵠」等語也。劉共甫自潭帥除翰林學士，答詔曰：「不見賈生，茲趣長沙之召；既還陸贄，宜膺內相之除。」批執政辭經脩哲宗寶訓轉官曰：「念疊矩重規，當賢聖之君七作；而立經陳紀，在謨訓之文百篇。」哲廟正為第七主，而寶訓百卷也。答蔣丞相辭免曰：「永惟萬事之統，知非艱而行惟艱；有不二心之臣，帥以正則罔不正。」禮部為宰臣以顯仁皇后小祥請吉服，奏曰：「練而慨然，禮應順變，期可已矣，懼或過中。」又曰：「漢中天二百而興，益隆大業；舜至孝五十而慕，獨耀前徽。」時高宗聖壽五十四也。辛巳親征詔曰：「惟天惟祖宗，方共扶於基緒；有民有社稷，敢自佚於宴安。」又曰：「歲星臨於吳分，定成肥水之勳；鬪士倍於晉師，可決韓原之勝。」是時，歲星在楚，故云。檄書曰：「為劉氏左袒，飽聞思漢之忠；俟湯后東征，必慰戴商之望。」又曰：「侯王寧有種乎？人皆可致；富貴是所欲也，時不再

來。」紫宸大宴致語曰：「廟謨先定，百官修輔而厥后惟明；黼坐端臨，五帝神聖而其臣莫及。」俯聖政轉官詞曰：「念五馬渡江之後，光啓中興；迄六龍御天以來，式時猷訓。」又曰：「薦於天而天是受，永言覆燾之恩；問諸朝而朝不知，詎測形容之妙。」汪觀文復官詞曰：「作雷雨之解而有罪，在法當原；如日月之食而及更，於明何損。」步帥陳敏制曰：「亞夫持重，小棘門、霸上之將軍；不識將屯，冠長樂、未央之衛尉。」吳挺興州制曰：「能得士心，吳起固西河之守；差彊人意，廣平開東漢之興。」起復知金州制曰：「惟天不弔，壞萬里之長城；有子而賢，作三軍之元帥。」蕭鷓巴詞曰：「隨會在秦，晉國起六卿之懼；日磾仕漢，秺侯傳七葉之芳。」姚仲復官制曰：「李廣數奇，應恨封侯之相；孟明一眚，終酬拜賜之師。」追封皇第四子邵王詞曰：「擧漢武三王之策，方茂徽章；念周文十子之宗，獨留遺恨。」時已封建三王也。趙忠簡謚制曰：「見夷吾於江左，共知晉室之何憂；還德裕於崖州，豈待令狐之復夢。」王彥詢官詞曰：「申帶礪以丹書之誓，方休甲第之功臣；挂衣冠於神虎之門，竟失成營之校尉。」向起贈官詞曰：「馳至金城郡，方思充國之忠；生入玉門關，竟負班超之望。」李師顏贈官制曰：「靑天上蜀道，久嚴分閫之權；黑水惟梁州，愴失安邊之傑。」襄帥王宣贈官詞曰：「黃河如帶，莫申劉氏之盟；漢水爲池，空隳羊公之淚。」王瀹以太常少卿朔祭太廟，忘設象尊、犧尊，降官詞曰：「犧象不設，已廢司彝之供；羶羊空存，殊乖告朔之禮。」潼川神加封詞曰：「駕飛龍兮靈之旂，具嚴渙命；驅厲鬼兮山之左，終相此邦。」靑城山灊叢氏封侯詞曰：「想靑神侯國之封，自今以始；雖白帝公孫之盛，於我何加。」陽山龍母詞曰：「居然生子，乘雲氣以爲龍；惟爾有神，時雨暘而利物。」魏丞相贈父詞曰：「大名之後必大，非此其身；和戎如樂之和，幸哉有子。」魏蓋以使虜定和議，旋致大用。贈母詞曰：「藏盟府之國功，不殊魏絳；成外家之宅相，重見陽元。」封妻姜氏詞曰：「笠仕于晉曰魏，方開門戶之祥；取妻必齊之姜，孰盛閨闈之美。」虞丞相贈父詞曰：「活千人有封，非其身者在其子；德百世必祀，畸於人者侔於天。」又周仁贈父詞曰：「有子能賢，高擧而集吳地；受予顯服，會同而朝漢京。」用東方朔非有先生傳「高擧遠引，來集吳地」，及兩京賦「春王三朝，會同漢京」也。獎諭吳挺詔曰：「閫外制將軍，方有成於東鄉；舟中皆敵國，應無慮於西河。」梁丞相醴泉使兼侍讀制曰：「珍臺閒館，獨冠皐、伊之倫魁；廣廈細旃，尙論唐、虞之盛際。」又答詔曰：「一言可以興邦，念爲臣之不易；三宿而後出畫，勉爲王而留行。」王丞相進玉牒加恩制曰：「載籍之傳五三，壯太祖、太宗之立極；賢聖之君六七，耀永昭、永厚之詒謀。」批以旱得雨請御殿曰：「念七月之間則旱，咎徵已深；雖三日已往爲霖，憂端未賲。」

餘不勝書。唯記從兄在泉幕，淮東使者，其友婿也，發京狀薦之，爲作謝啓曰：「襟袂相連，夙愧未親之孤陋；雲泥縣望，分無通貴之哀憐。」皆用杜詩。其下句人人知之，上

句乃贈李十五丈云：「孤陋忝末親，等級敢比肩。人生意氣合，相與襟袂連。」此事適著題，而與前送韋書記詩句偶可整齊用之，故并紀於此。但以傳示子孫甥侄而已，不足爲外人道也。

5. 唐賢啟狀

故書中有唐賢啟狀一冊，皆汎汎緘題。其間標爲獨孤常州及、劉信州太眞、陸中丞長源、呂衡州溫者各數十篇，亦無可傳誦。時人以其名士，故流行至今。獨孤有與第五相公書云：「垂示送丘郎中兩詩，詞淸興深，常情所不及。『陰天聞斷鴈，夜浦送歸人。』醲麗閑遠之外，文句窈窕悽惻，比頃來所示者，才又加等。但吟誦歎詠，大談於吳中文人耳。」又云：「昨見送梁侍御六韻，淸麗姸雅，妙絕今時，掩映風騷，吟諷不足。」案第五琦乃聚歛之臣，不以文稱，而獨孤獎重之如此。觀表出十字，誠爲佳句，乃知唐人工詩者多，不必專門名家而後可稱也。

1. 추밀원의 두 장관 樞密兩長官

조여우趙汝愚[1]가 재상에 처음 임명되었을 때, 참지정사參知政事였던 진규陳騤는 승진되어 지추밀원知樞密院을 제수 받았다. 그러나 조여우가 재상직 임명에 사의를 표하고 재상의 인을 받지 않자 추밀사樞密使가 다시 제수되었는데, 진규는 이미 지추밀원으로 부임한지 여러 날이 지난 상태였다. 조정에서는 이렇게 되면 추밀원에 관직명은 다르지만 두 명의 장관이 있게 된다며, 역사 이래 이러한 선례가 없다고 했다.

희녕熙寧 원년(1068) 때를 조사해보니, 관문전觀文殿 학사學士 였던 진승지陳升之가 대명부大名府[2]로 발령이 났지만, 결원이 없어 부임하지 못하고 지추밀원으로 남았다. 옛 사례들을 보면 추밀사와 지추밀원사는 동시에 설치된 적이 없었다. 그렇기에 당시 문언박文彦博과 여공필呂公弼이 추밀사의 직책에 있었고, 신종神宗 때 진승지가 세 차례나 보정輔政에 오른 것을 보면, 진승지가 담당한 지추밀원은 이전의 직책들과는 조금 달랐을 것으로 생각된다. 또 왕안석王安石이 문언박을 억압하기 위해 특별히 진승지를 지추밀원에 임명한

---

1 趙汝愚(1140~1196) : 송나라 종실宗室. 자 자직子直, 시호 충정忠定. 효종孝宗 건도乾道 2년(1166) 진사에 급제하여 벼슬길에 올랐다. 광종光宗 소희紹熙 2년(1191) 불려 이부상서吏部尚書가 되고, 2년 뒤 추밀원사樞密院事로 옮겼다. 다음 해 광종이 정신병을 앓아 집상執喪하지 못하자, 가왕嘉王을 받들어 황제에 즉위하게 했다. 그가 영종寧宗이다. 우승상右丞相이 되어 주희朱熹에게 경연經筵을 맡도록 하는 등 재야에 있던 사군자士君子들을 많이 발탁했지만, 간신 한탁주 무리들의 끊임없는 모함으로 유배되었다가 갑자기 죽었다.

2 大名府 : 북송 시기 제2의 수도. '북경대명부北京大名府', '하삭중진河朔重鎭', '북문쇄시北門鎖匙'로 불렸으며, 하북의 가장 큰 도시로 하북동로河北東路의 수부首府이며, 요나라와의 변경에 위치한 주요도시이다. 지금의 하북성 대명현大名縣이다.

것을 생각하면 더욱 그렇다. 진승지의 사례가 그 예가 될 것이다.

2. 빚 탕감 赦放債負

순희淳熙 16년(1189) 2월 효종孝宗이 퇴위하고 광종光宗이 즉위하였다. 즉위를 기념하여 황제는 특사령을 내렸다.

> 민간에서 진 빚은 기간의 길고 짧음 액수의 많고 적음을 막론하고, 모두 탕감한다.

이 특사령은 빚에 시달리고 있는 백성들의 부담을 덜어준 것처럼 보이지만, 돈을 빌려준 지 열흘밖에 안된 사람은 단 한 푼의 이자는 물론이고 원금까지 잃게 되었기에 불합리한 점이 많았다. 간의대부 하담何澹이 이 특사령의 불합리함에 대해 간언하자, 바로 보완하여 이자만 탕감하고 원금은 갚도록 명하였다. 그러자 소인배들이 처음에는 이자와 원금을 모두 탕감해주더니, 이제 와서 원금을 다시 갚으라고 한다며 이래저래 불만이 많았다.

광종은 소희紹熙 5년(1194) 7월에 또 한 차례 빚 탕감의 사면령을 내렸다. 이번에는 빌린 지 3년 넘은 돈에 한해서만 이자와 원금을 탕감해준다는 조건이 붙었다. 하지만 돈을 빌린 지 3년이 안된 사람들에게는 상대적으로 가혹한 사면령이었다.

후진後晉의 고조高祖는 천복天福 6년(941) 8월에 사면령을 내렸다.

> 사채로 돈을 빌려주어 이미 원금에 해당하는 돈을 이자로 받은 경우에는 그 채무 관계가 모두 소멸된다.

이 특사령은 채권자도 손해를 보지 않고 채무자도 이익을 볼 수 있었기에 아주 합리적인 사면령이었다. 또 탕감된 것은 빚뿐만이 아니었다.

> 천복 5년(940) 연말 이전에 내지 못한 세금 또한 모두 탕감한다.

지금 탕감해주는 세금은 일반적으로 2년을 기한으로 하는데 백성들이 대부분 이미 납부한 상태라 혜택을 받지 못한다. 또 민간의 사채를 쓴 사람의 경우에도 빌린 지 1년이 넘어야만 탕감대상이 된다. 이러한 사면령들을 천복 6년에 선포된 후진^{後晉} 고조^{高祖}의 사면령과 비교해보면, 안하는 것만 못한 사면령이라 할 수 있다.

3. 풍도와 왕부 馮道王溥

풍도^{馮道[3]}는 여러 조대의 재상을 지냈다. 그는 오대^{五代} 후한^{後漢} 은제^{隱帝}의 재상으로 있을 때 스스로를 장락로^{長樂老}라고 하며 「장락로자서^{長樂老自敍}」를 썼다.

> 나는 연^燕에서 하동^{河東}으로 도망간 후, 후당^{後唐[4]}의 장종^{莊宗}과 명종^{明宗}·민제^{潛帝}·청태제^{靑泰帝}, 후진^{後晉[5]}의 고조^{高祖}와 소제^{少帝}, 거란^{契丹}의 왕, 후한^{後漢}의 고조^{高祖}를 섬겼고, 또 지금의 황제를 섬기고 있다. 당나라·후진·후한 삼대에 관직이 태사^{太師}와 태부^{太傅}에 올랐고, 품계는 장사랑^{將士郞}에서 개부의동삼사^{開府儀同三司}에 까지 이르렀다. 무관으로서의 직책은 유주순관^{幽州巡官}에서 무승군절도사^{武勝軍節度使}까지 올랐으며, 직함은 대리평사^{大理評事}에서 겸중서령^{兼中書令}까지 올랐고, 정관^{正官}으로는 중서사인^{中書舍人}에서 융태부^{戎太傅}와 한태사^{漢太師}에 까

3 馮道(882~954) : 당나라 말기부터 오대십국시대 다섯 왕조를 거치면서 재상을 지닌 정치가. 자 가도^{可道}. 하북성^{河北省} 헌현^{獻縣}출생. 923년 후당^{後唐}의 장종^{莊宗}이 즉위하자 한림학사에 임명되었으며, 927년 명종^{明宗} 때에는 박학다식과 원만한 인격을 인정받아 재상으로 발탁되었다. 이후 5왕조(후당·후진·요·후한·후주) 11명의 천자를 섬기며 30년 동안 고관을 지냈고, 재상을 지낸 것만도 20년이 넘었다. 왕조가 바뀔 때마다 현실정치를 펼쳐 새왕조를 옹호하였는데 이로 인해 지조없는 정치가라고 비난받기도 하였다. 하지만 풍도는 자신의 자서전 「장락로자서^{長樂老自敍}」에서 자신은 황제를 섬긴 것이 아니라 나라를 섬겼다고 말했다.
4 後唐 : 오대시기 왕조 중 하나로서 923년에 장종^{莊宗} 이존욱^{李存勖}(885~926)이 낙양^{洛陽}을 도읍으로 하여 건립했다. 후당은 14년 동안 4명의 황제가 자리를 이으며 다스렸다. 마지막 황제인 이종가^{李從珂}는 934년에 정변^{政變}을 통해 황제가 되었으나, 937년에 거란과 결탁한 석경당^{石敬瑭}의 군대에 의해 낙양이 함락되자 자살하고 말았다.
5 後晉(936~947) : 오대의 세 번째 왕조로서 석경당^{石敬瑭}이 936년 연운십육주를 거란에 넘기는 대신 군사 지원을 받아 후당^{後唐}을 멸망시키고 건국하였다. 고조^{高祖} 시대에는 거란과의 신례^{臣禮}를 지켰으나, 942년 석경당이 죽고 조카인 석중귀^{石重貴}가 2대 황제인 출제^{出帝}로 즉위한 뒤 후진와 요^遼의 관계는 악화되었다. 944년 후진과 요^遼는 전쟁을 시작하였고, 947년에는 요^遼의 태종^{太宗}(재위 926~947)이 직접 군대를 이끌고 남하하여 하북^{河北}을 점령하였다. 후진의 중신인 두중위가 요^遼에 항복하여 요양에서 후진의 주력은 격파되었다. 요^遼의 군대는 수도인 개봉^{開封}을 점령하여 후진을 멸망시켰다.

지 이르렀고, 작위는 개국남작開國男爵에서 제국공齊國公에 까지 이르렀다. 내가 이처럼 여러 황제의 신임을 받을 수 있었던 것은 한 평생 지켜온 인생원칙이 있었기 때문이다. 나는 한평생 부모를 공경하며 효성을 다했고, 나라에 충성하기 위해 온 힘을 다해 일 해왔다. 나는 한평생 사리에 어긋나는 말을 하지 않았고, 의롭지 못한 재물을 받은 일도 없다. 나는 한평생 하늘과 땅을 속인 일이 없으며, 사람을 속인 일도 없다. 나에게 한 가지 부족한 점이 있다면 그것은 황제를 도와 통일대업을 이루어 천하를 안정시키지 못한 것이다. 진실로 내가 거쳐 온 관직들을 생각하면 부끄럽기만 하니, 어찌 천지가 내게 베풀어 준 것에 보답할 수 있을까? 지금 나는 늙었지만 스스로 즐겁게 살려고 노력하고 있으니, 어찌하면 즐겁게 지낼 수 있을까?

풍도의 이 문장은 범질范質의 『오대통록五代通錄』에 실려 있다. 구양수歐陽脩[6]와 사마광은 일찍이 그를 염치없는 인간이라고 비난하였다.

왕부王溥는 후주後周 태조太祖 때 재상이 된 후 세종世宗과 공제恭帝를 거쳐 송나라 건덕乾德 2년(964)에 파직되기 전까지 재상의 자리에 있었다. 그도 나중에 「자문시自問詩」를 지어 자신의 경력을 서술하였는데 그 서문을 보면 다음과 같다.

나는 25세에 진사갑과進士甲科에 급제하여 후주 태조를 따라 하중河中[7]일대를 정벌하였는데, 그 때 큰 공을 세워 재상의 자리에 올랐다. 내가 조정에 들어갔을 때 동년배들은 여전히 갈옷조차 벗지 못하고 있었다. 내가 재상으로 있던 때는 11년간으로 그 사이 조대가 네 번이나 바뀌었다. 작년 봄 황은이 망극하여 나에게 태자태보太子太保 직을 하사 하셨다. 나 자신의 천박하고 비루함을 생각해 보면 이는 내 인생 가운데 가장 큰 영광이다. 과거에 급제하여 재상이 되기까지 15년 정도밖에 걸리지 않았으므로 선비들 중 나보다 더 큰 행운을 만난 이는 없을 것이다. 지금 나는 43세로 조정에 나가 적당히 정사를 돌보는 일 외에는, 평소에 집에서 불경을 읽으며 태평성태를 노래할 따름이다. 그래서 자문시 15장

6 歐陽脩(1007~1072) : 북송 저명 정치가 겸 문학가. 자 영숙永叔, 호 취옹醉翁, 육일거사六一居士. 길안吉安 영풍永豊(지금의 강서성江西省)인. 송나라 초기의 미문조美文調 시문인 서곤체西崑體를 개혁하고, 당나라의 한유韓愈를 모범으로 하는 시문을 지었다. 당송팔대가唐宋八大家의 한 사람이었으며, 후배들에게 많은 영향을 주었고, 『신당서新唐書』와 『신오대사新五代史』를 편찬하였다.

7 河中 : 지금의 산서성 영제永濟.

章을 지어 나의 경력을 기록하였다.

이 서문은 『삼조사三朝史』 본전本傳에 기록되어 있는데 「자문시」는 전해지지 않는다. 풍도와 왕부의 처신 방법이 옳은지 한 번 생각해 볼 만 하다.

4. 관상가 주현표 周玄豹相

후당의 장종 때, 주현표周玄豹는 관상으로 그 사람의 일생을 맞추었는데, 거의 정확했다. 명종明宗[8]이 내아지휘사內衙指揮使로 있을 때의 일이다. 안중회安重誨는 주현표의 관상술이 유명하다는 말을 듣고 그를 시험해보기 위해 다른 사람에게 관복을 입혀 내아지휘사 자리에 앉게 한 후, 주현표를 불러 관상을 보게 했다. 주현표가 말했다.

> "내아지휘사는 높은 관직인데, 이 사람은 이 자리를 감당할 만한 사람이 아닙니다."

그리고는 아래 앉아있던 명종을 가리키며 말했다.

> "이 분이야 말로 바로 이 자리를 감당할 만한 분이시지요."

그리고 명종에게 더할 나위 없이 존귀한 자리에 오를 것이라고 말했다. 후에 명종이 즉위한 후 주현표를 용한 관상가로 인정하여, 궁궐로 불러들여 곁에 두려고 했으나 재상 조풍趙鳳[9]이 이를 극구 만류했다. 이 일을 통해

용재삼필 권9

----

8 明宗(867~933/ 재위 926~933) : 오대 후당의 왕. 본명 이사원李嗣源. 본래 대북응주代北應州의 호인胡人이어서 성씨도 없었고 이름만 막길렬邈佶烈이었는데, 진왕晉王 이극용李克用의 양자가 되어 이름도 받고, 극용과 그의 장자 존욱存勖(장종莊宗)을 섬기어 923년 후량後梁 토멸에 성공하였다. 장종莊宗을 이어 황제가 되었다. 즉위한 뒤 궁인宮人과 영관伶官을 줄이고 내장고內藏庫를 없애 백성들이 편안하게 쉴 수 있었다. 그러나 여러 차례 무고하게 신하들을 주살誅殺하기도 했다. 병에 걸리자 진왕秦王 이종영李從榮이 난을 일으켰는데, 분함을 이기지 못하고 죽었다.
9 趙鳳 : 오대 때 유주幽州 사람. 젊어서부터 유학儒學으로 명성을 얻었다. 후당 장종 때 한림학사翰林學士와 예부시랑禮部侍郎을 역임했다. 직언을 잘 했고, 성격이 강직했다. 당시 황후와

265

주현표의 관상술이 당시에 얼마나 이름났었는지 알 수 있다.

그러나 주현표의 관상술도 때로는 맞지 않을 때가 있었다. 풍도^{馮道}가 유주^{幽州}에서 태원^{太原10}으로 돌아왔을 때, 감군사^{監軍使11} 장승업^{張承業}이 풍도를 자신의 감군원^{監軍院}의 순관^{巡官}으로 임명하고 총애하였다. 풍도의 상을 본 주현표가 장승업에게 말했다.

"풍도는 앞으로 큰일을 할 상이 아닙니다. 그를 너무 중용하시지 마십시오."

그런데 서기^{書記} 노질^{盧質}이 이에 반박하여 다음과 같이 말하였다.

"제가 두황상^{杜黃裳12}의 화상^{畵像}을 보았는데, 풍도의 모습이 두황상과 정말이지 똑같습니다. 풍도는 분명 앞으로 꼭 큰일을 할 사람이니, 주현표의 말을 너무 믿지 마십시오."

장승업은 노질의 의견을 받아들여 풍도를 패부종사관^{霸府從事官}으로 추천했다. 풍도는 그 후 날로 직위가 올라가 재상까지 되었는데, 오대의 수많은 문무대신들 중에서 그보다 높은 지위에 오른 사람이 하나도 없을 정도로

소인배들이 정권을 잡았는데, 그의 말은 조금도 받아들여지지 않았다. 임환^{任圜}과 친했는데, 명종^{明宗} 때 임환이 안중회^{安重誨}에게 살해당하면서 모반을 했다는 누명을 썼다. 안중회가 정권을 잡으려고 하자 홀로 통곡하면서 안중회에게 "임환은 천하의 의로운 선비로 어찌 모반을 꾀했겠는가! 그런데도 그대가 그를 죽였으니 무엇으로 천하에 변명하겠는가!"라고 꾸짖었다. 안중회가 부끄러워 대답조차 못했다. 말제^{末帝} 때 태자태보^{太子太保}에 임명되었다.

10 太原 : 지금의 산서성 태원시^{太原市}.

11 監軍使 : 감군^{監軍}의 업무를 담당하는 관직. 수나라 말기 당나라 초기에 대장이 병사를 거느리고 출정하면 조정은 어사를 보내어 감찰했는데, 이를 감군^{監軍}이라 했다. 현종 연간에 환관이 감군사 를 맡았고, 안사의 난 이후 환관의 감군사는 제도화되었다. 조정은 지방군에 감군원을 설치, 산하에 부사·판관·소사 등을 두었고, 일부 군대도 장악했다. 감군은 군대와 방진^{方鎭}의 상벌을 감시했으며, 조정에 위법을 보고하고, 병란을 방지하며, 군대를 안정시켰다. 이는 중앙이 번진 절도사를 통제 감시하는 것이나 후에 환관 독재를 초래했다. 주온^{朱溫}이 환관을 도살한 후에야 환관 감군을 폐했다. 오대에 후당 장종이 환관 감군을 다시 부활시켰고, 명종이 천성^{天成}(926~930) 연간에 다시 폐지했다.

12 杜黃裳 : 당나라 만년^{萬年} 사람. 자 준소^{遵素}. 시호 선헌^{宣獻}. 벼슬은 문하시랑^{門下侍郎}, 동중서문하평장사^{同中書門下平章事}에 이르렀으며 순종^{順宗} 때 태상경^{太常卿}을 거쳐 빈국공^{邠國公}에 봉해졌다. 어질고 강직한 신하로서 군주를 충직하게 보좌한 인물로 비유된다.

높은 지위와 부귀영화를 누렸다.

풍도의 운명은 주현표가 예견한 것과는 정반대였다. 관상을 통해 그 사람의 운명을 잘 알아 맞추었다는 주현표를 정말 용하다고 할 수 있을까?

풍도는 후진後晉 천복天福[13] 연간에 재상의 지위에 올랐고, 황제는 그의 생일에 진귀한 물건들과 비단, 돈 등을 하사하였다. 그러나 풍도는 일찍이 부모를 여의고 자신의 생일조차 알지 못했기에 정중히 사절하고 받지 않았다. 풍도는 평생 점을 보지 않았다고 하며, 초상화 같은 것도 그리지 않았다고 한다.

5. 고무담과 창랑 鈷鉧滄浪

유종원柳宗元의 「고무담서소구기鈷鉧潭西小丘記」에 다음과 같은 기록이 있다.

> 언덕은 작아 한 무畝[14]도 채 안되어 통 채로 소유함 직하였다. 주인에게 물었더니 그가 말했다. "이것은 당나라 때에 버려진 땅인데 팔려고 해도 사는 사람이 없습니다." 값을 물었다. "사백 문文밖에 안 됩니다." 나는 불쌍히 여겨 그 언덕을 샀다. 이 언덕의 아름다운 경치를 만약 장안 근처의 풍수灃水[15]나 호鎬[16] 혹은 호鄠[17]나 두杜[18]에 옮겨 놓는다면, 유람하기 좋아하는 인사들이 다투어 사려고 해 날마다 값을 올려놓아 살 수 없었을 것이다. 그런데 지금 이 영주 땅에 버려져 농부나 어부까지도 지나치며 별 볼일 없이 여기어, 사백 문에 내놓았어도 몇 해간 팔리지 않았던 것이다.

소순흠蘇舜欽의 「창랑정기滄浪亭記」에도 아름다운 풍경에 대한 소개가 있다.

용재삼필 권9

13 天福 : 후진 고조高祖 시기 연호(936~943).

14 畝 : 주공周公이 처음으로 제정한 지적地積 단위. 육척사방六尺四方이 1보步고, 100보가 1무畝이다. 진秦 이후에는 240보가 1무였다.

15 灃水 : 강 이름. 섬서성 영섬현寧陝縣 진령秦嶺에서 발원하여 위수渭水로 흘러 들어가는데, 장안(지금의 서안시)를 통과하여 흐른다.

16 鎬 : 지명. 서주西周 무왕武王이 처음 도읍했던 곳으로, 지금의 서안시 서남쪽.

17 鄠 : 지명. 지금의 섬서성 호현戶縣 북쪽.

18 杜 : 지명. 지금의 섬서성 장안현 동남쪽. 灃, 鎬, 鄠, 鄠는 모두 장안 부근의 명문 호족들이 살던 곳이다.

내가 오중吳中[19]을 유람할 때, 소주부蘇州府의 학궁學宮[20]을 지나가며 동쪽을 바라보니 초목은 울창하고 높은 언덕과 넓은 물이 성에서 보던 것과는 달랐다. 물가에는 온갖 꽃들과 대나무가 서로 어울려 돋보이는 작은 오솔길이 있어 동쪽으로 수백 보 걸어가니, 삼면이 모두 물에 둘러 싸여 있는 황무지가 있었다. 주변에는 민가가 보이지 않았고, 사방이 모두 숲에 둘러싸여 가려져 있었다. 나는 그곳이 좋아 배회하다가 마침내 4만전으로 그곳을 사들였다.

고무담과 창랑滄浪 이 두 곳은 아주 빼어난 절경인데, 당시의 사람들은 왜 이를 버려두었을까? 또 팔려고 내놓아도 어째서 팔리지도 않았을까? 그러다가 어떻게 유명한 사람들의 눈에 띄어 사들여졌을까? 창랑정滄浪亭은 지금 한세충韓世忠[21] 일가의 소유로 그 가치가 수만 전이지만, 고무담은 지금 매립되어 알아볼 수 없는 상태이다. 선비가 세상을 살아가며 기회를 만나고 만나지 못하는 것도 이와 같은 것이다!

6. 작위 책봉의 오류 司封失典故

송나라가 남도한 이후 상서성尚書省의 관리들은 대부분 새로운 인물들로 채워졌다. 이들은 업무를 새로 익혀 상서성 일지 등의 기록을 하기는 했지만,

---

19 吳中 : 지금의 강소성江蘇省으로 춘추시대 오나라 땅을 지칭한다.

20 學宮 : 교육을 맡아보던 관아나 고을에 있는 문묘文廟와 거기 딸린 학교를 지칭한다. 소주부의 학궁은 지금의 소주시 남쪽에 그 유적지가 있다. 창랑정은 바로 그 동쪽에 위치한다.

21 韓世忠(1089~1151) : 북송의 장수. 자 양신良臣, 만호晚號 청량거사淸涼居士. 집안이 가난하고 마땅한 생업이 없어 18살 때 종군해, 휘종徽宗 때는 왕연王淵을 따라 방랍方臘을 진압하였고, 흠종欽宗 때는 천 명의 병졸로 이복李復의 수만 군사를 격파했다. 고종高宗 때는 묘부苗傅와 유정언劉正彥이 반란을 진압하였고, 진강鎭江을 지키며 8천 명으로 10만 명의 금나라 군대가 도강하는 것을 저지하기도 했다. 금나라를 대파하여 큰 무공을 세워 초주楚州를 관리하였고, 초주를 다스리는 동안 금나라 사람들이 감히 침범하지 못했다. 1141년 악비岳飛·장준張俊과 함께 입조하여 추밀사樞密使가 되면서 병권을 박탈당했고, 화의和議에 반대하면서 진회秦檜에 의해 모함을 받아 파직된 후, 두문불출하면서 때로 나귀를 타고 술병을 찬 채 서호西湖를 돌아다녔다. 악비가 억울하게 죽자 진회에게 모반의 증거가 있냐고 따졌다. 진회는 얼버무리며 "어쩌면 있을 것이다莫須有"고 답했다. 한세충은 그 세 글자를 가지고 어찌 천하 사람들을 설득하겠느냐고 다그쳤고, 이는 억울한 옥사를 일으킨다는 삼자옥三字獄의 전고가 되었다. 효종孝宗 때 기왕蘄王에 추봉되었고, 시호는 충무忠武다.

그러한 전장제도에 대해 익숙하지 못하였다. 게다가 사봉사^{司封司}[22]가 한직이었기에 더욱이 근면성실하지 않았다.

구법에 따르자면 대경^{大卿}[23]이나 감^監 이상 관원들의 경우 그 부친을 태위^{太尉}로 추증할 수 있고, 대경과 감 아래의 관원들의 경우에는 그 부친의 관직을 이부 상서까지 추증할 수 있었다. 지금의 사봉법^{司封法}에 의하면, 대경과 감 아래의 관원들의 경우 그 아버지가 금자광록대부^{金紫光祿大夫}의 관직까지 추증 받을 수 있는데, 금자광록대부는 과거의 이부상서에 상당한다. 그리고 중산대부^{中散大夫}이상의 관리들은 부친이 소사^{少師}직까지 추증 될 수 있다.

휘종 정화^{政和}[24] 이전에는 태위^{太尉}가 태부^{太傅}보다 품계가 높았고, 태위 위로는 태사^{太師}만 있었기에, 섭태위^{攝太尉}라고 하면 모두 섭태부^{攝太傅}였다. 즉 증관^{贈官}[25]의 법도 역시 이와 같았는데, 소사직까지만 추증되는 것은 불합리하다. 생전에 관리로서 조정에서 정무를 담당하였고 그가 죽은 후 아들이 또 조정에서 관리가 되면, 여러 차례 추증이 되어 최고의 품계인 대국공^{大國公}에 봉해진다. 구양수는 생전에 참지정사^{參知政事}와 태자소사^{太子少師}를 역임했었고, 후에 여러 아들들이 관직에 오르면서 태사^{太師}와 연국공^{兗國公}에 추증되었다. 그러나 구양수의 아들 구양비^{歐陽棐}는 관직이 조산대부^{朝散大夫}에 불과했다. 이것은 소식^{蘇軾}의 제문과 관아에서 편찬한 신도비^{神道碑}를 통해 알 수 있다.

근래 왕장민^{汪莊敏}이 추밀사^{樞密使}에 임명되었는데, 아들이 관직에 있어서 태사^{太師}직에 추증되었고, 국공^{國公}에도 봉해졌다. 이는 사봉사의 관리들이 아들 중 하나라도 시종^{侍從}직에 있으면 국공에 봉해질 수 있다고 생각해서 왕공을 국공에 봉한 것인데, 이 추증은 결국 행해지지 못했다. 추증의 근거가

---

22 司封司 : 이부^{吏部}에 속한 관아인 4사^司중 하나. 이부는 이부·사봉·사훈^{司勳}·고공^{考功}의 4사를 두고 관원의 선발과 관직 수여, 작위 책봉, 공훈 포상과 성적평가를 분담하여 관장하였다.
23 大卿 : 하급관청의 장관 또는 대부경으로 정·종 3품의 고위 관직.
24 政和 : 북송 휘종 시기 연호(1111~1117).
25 贈官 : 생전에 공훈이 있던 사람에게 사후에 벼슬을 추증하는 것, 또는 그 벼슬을 지칭한다.

어떤 법인지 알지 못했기 때문이다. 그런데 주한장^{朱漢章}은 아무런 제약 없이 관직에 있는 아들 덕에 대국공^{大國公}으로 추증되었다.

예전에 소경^{少卿}이나 감^監의 관리가 황제의 은혜를 입으면 식읍 삼백호의 개국남^{開國男}에 봉해졌고, 후에 계속해서 추가로 봉해져 매번 백호씩 식읍이 증가했는데 그것을 제한하는 법이 없었다. 지금은 한 차례 봉해지면 다시 추가로 봉하지 않도록 법으로 규정하고 있다. 예전에는 학사^{學士}와 대제^{待制}는 식읍을 천 오백호 이상 하사받았고, 매번 황제의 은혜로 입을 때마다 실봉^實 ^{封26}을 더 받았다. 즉 허읍^{虛邑27} 오백호면 실봉은 이백호이고, 허읍 삼백에 이백호면 실봉은 백호정도이다. 지금은 그렇지 않고, 이전에 조정의 대신으로 집권했다하더라도 허읍 삼백호 만을 하사 받기 때문에 시종관이라 하더라도 실봉은 백호에 불과하다. 추증하는 제도에 일관성이 없고 정확한 법령조차 없으니 우스울 따름이다.

7. 노인들에게 은전을 베풀다 老人該恩官封

조보지^{晁補之28}의 「적선당기^{積善堂記}」에는 다음과 같은 구절이 있다.

> 휘종 대관^{大觀} 원년(1107)에 대사면령이 내려져, 백성들 중 백세 이상의 남자들에게는 관직이 하사되었고, 여자들에게는 봉호^{封號29}를 하사하였다. 만약에 아들이 조정의 관직에 있는 경우 그 부모의 나이가 구십 세면 백세 이상의 백성들과 똑같이 관직과 봉호를 하사하였다.
> 장주^{漳州}의 군사판관^{軍事判官} 조중강^{晁仲康}은 이미 세상을 떠났지만, 그의 모친 황

---

26 實封 : 봉읍 안의 백성에게 실제로 조세를 거둘 수 있었던 식봉食封.
27 虛邑 : 명의상의 봉읍으로, 여기에서는 조세를 거둘 수 없다.
28 晁補之(1053~1110) : 북송의 사인詞人. 자 무구無咎, 자호 귀래자歸來子, 호 제북濟北. 17살 때 아버지를 따라 항주 일대를 유람하면서 그곳의 경치를 묘사한 「전당칠술錢塘七述」을 지었다. 소식이 그 글을 보고 자신이 조보지 보다 못하다고 탄식한 것으로 유명해졌다. 소식의 제자가 되었으며 진관秦觀·황정견黃庭堅·장뇌張耒 등과 함께 '소문 4학사蘇門四學士'로 일컬어졌다. 서화와 시문·산문에 두루 뛰어났다.

29 封號 : 왕이 봉하여 내려 준 호號.

씨가 91세였기에, 황씨의 넷째 아들 조중순晁仲詢이 개봉으로 가서 조정에 모친의 봉호를 청했다. 조중강이 이미 죽었지만 사령문敕令文에서 아들의 생사여부에 대해서 규정지은 바가 없고, 승상 또한 봉호를 하사해야 한다고 여겼기에, 조정에서는 이 청을 받아들였다. 이 청을 황제께 상주하였고, 황제는 조중강의 모친 황씨에게 수광현태군壽光縣太君이라는 봉호를 하사하였다.

효종 건도乾道[30] 연간 이래 조정은 노인들에게 더욱 후하게 은전恩典을 베풀어, 아들이 관직에 있는 부모는 칠·팔십 세가 되면 관직과 봉호를 하사받았다. 그러나 아들이 이미 세상을 떠난 후라면 그 가족들이 이러한 은전을 받을 수 있는 방법이 없으니, 안타까울 따름이다.

8. 한림학사와 어사중승 學士中丞

순희淳熙 14년(1187) 9월에, 나는 잡학사雜學士로 한림학사翰林學士에 제수되었고, 장세수蔣世修는 간의대부諫議大夫로 어사중승御史中丞에 제수되었다. 당시 시성여施聖與가 조정에서 동료에게 이렇게 말했다고 한다.

"한림학사와 어사중승 이 두 관직은 원래부터 있던 관직이 아닌데, 지금은 다른 사람 위에서 기세 등등하니 우리들이 각별히 주의해야 할 것입니다."

시성여가 한 말의 요지는 나와 장세수가 분명 중용될 것이라는 것인데, 실제로는 그렇지 않았다. 소흥紹興[31] 연간에 이 두 관직에 제수된 사람들을 살펴보아야겠지만, 자세하게 서술할만한 시간이 없으니 고종 이후부터 소희紹熙 5년(1194)까지만 살펴보도록 하겠다.

두 관직에 제수된 이들을 일일이 거론해보면, 학사에 임명된 사람은 모두 아홉 사람이다. 내 둘째 형님인 문안공文安公 홍준洪遵과 사호史皓, 큰 형님인 문혜공文惠公 홍적洪適, 유충숙劉忠肅, 왕일엄王日嚴, 왕십붕王十朋, 주필대周

---

30 乾道 : 남송 효종 시기 연호(1165~1173).
31 紹興 : 남송 고종高宗 시기 연호(1131~1162).

必大와 나, 그리고 후에 이헌지李獻之이다. 두 분 형님과 사호·유충숙·왕십붕·주필대는 모두 정무를 담당하는 대신으로 발탁되었고, 왕일엄은 연로하여 단명전端明殿 학사에 임명되었으며, 나만이 지방관인 군수郡守로 발령을 받았고, 이헌지는 계속해서 무관의 자리에 임명되었다.

어사중승에 임명된 사람은 여섯 사람으로, 신기리辛企李·요영칙姚令則·황덕윤黃德潤·장세수蔣世修·사창국謝昌國·하자연何自然이다. 신기리와 요영칙·황덕윤은 모두 정무를 담당하는 대신으로 발탁되었고, 장세수 만이 지방관인 군수로 발령 났으며, 사창국은 권상서權尚書[32]에 임명되었고, 하자연은 모친상을 당하여 고향으로 돌아가 복상하였다.

9. 한 고조 부모의 성명 漢高祖父母姓名

한 고조高祖 부모의 성명에 대한 역사서의 기록은 아버지는 태공太公, 어머니는 온媼이라고만 되어있을 뿐이다. 황보밀皇甫謐과 왕부王符는 글을 편찬하면서, 한 고조 아버지인 태공의 이름은 집가執嘉 또는 유燸이며, 어머니는 성이 왕王씨라고 하였다. 당나라 홍문관弘文館 학사인 사마정司馬貞은『사기색은史記索隱』에서 이렇게 서술했다.

어머니는 온溫씨이다. 반고班固[33]가 사수정장泗水亭長[34]의 오래된 비석 비문을 구

32 權尙書 : 상서 직이 공석이 되어 잠시 상서직무를 대신하는 직책. 권權은 벼슬을 내리는 규정 중 하나로, 장관의 자리가 비었을 때 그 직무를 대리하여 집행하는 직책을 의미하는데, 시용試用의 뜻을 포함한다.

33 班固(32~92) : 후한의 역사가. 자 맹견孟堅. 부풍扶風 안릉安陵 사람으로, 박학능문博學能文하여 아버지의 유지를 이어 고향에서『사기후전史記後傳』과『한서』의 편집에 종사했지만, 영평永平 5년(62)경 사사롭게 국사國史를 개작한다는 중상모략으로 투옥되었다. 아우인 서역도호西域都護 반초班超가 상소문을 올려 적극 변호해 명제明帝의 용서를 받아 석방되었다. 20여 년 걸려서『한서』를 완성했다. 황제의 명령을 받아 여러 학자들이 백호관白虎觀에서 오경五經의 이동異同을 토론한 것을 바탕으로『백호통의白虎通義』를 편집했다.

34 泗水亭長 : 사수일대 10리를 관리하는 하급관리. 사수정은 패현沛縣(지금의 강소성 패현)의 정亭이며, 진나라에서는 10리에 한개 정을 세웠다. 정 주위 10리 이내를 관리하는 관리를 정장亭長이라 한다. 정장은 자기 관할 범위 내의 백성들의 송사를 처리하고 도적을 잡고

하였는데, 비문의 글자가 명백히 '온溫'이었기에, "어머니는 온씨이다"라고 했다. 이에 대해 가응복賈膺復·서언백徐彥伯·위태고魏奉古 등과 함께 여러번 토론하였는데 옛사람들이 들어본 적이 없는 것이라 다른 견해로 기록하였다.

사마정의 기록에 의하면 반고가 비문을 통해 한 고조 어머니의 성이 온溫씨라는 것을 고증했다고 하는데, 그렇다면 어째서 이를 『한서漢書』에 기록하지 않았을까? 후세의 호사가들인 황보밀皇甫謐과 같은 자들이 덧붙인 말 같다. 내가 영남嶺南에 있을 때 강주康州의 용온묘龍媼廟를 본 적이 있는데, 그 묘비문에서도 한 고조 어머니의 성이 온溫씨라고 하였다. 사마정 혼자 온媼과 온溫을 혼동한 것이 아니었던 것이다.

당나라 소설 『찬이기纂異記』[35]에 의하면 삼사三史의 왕생王生이 취한 채 고조高祖의 묘에 들어갔는데, 고조가 그에게 이렇게 말했다고 한다.

"짐의 외가는 「사주정장비泗州亭長碑」에 분명히 기재된 것처럼 온溫씨이다."

이것은 정말이지 근거 없는 황당무계한 말이다.

10. 병풍에 쓴 『군신사적』의 서문 君臣事跡屛風

당나라 헌종憲宗 원화元和 2년(807)에 황제의 명령으로 『군신사적君臣事跡』을 편찬했다. 헌종이 재위하고 있었던 시기는 변경에 전쟁이 일어나지도 않고 백성들이 편안했던 태평성세였다. 헌종은 전적과 역사서 열람과 편찬에 관심을 가졌는데, 전 왕조의 역사서에 기록되어 있는 흥망성쇠를 여러

중대한 일이 발생하면 현에 보고하는 사무를 맡아보았다. 그러나 실제로 정장들은 진나라의 잔혹한 통치 하에 그저 함양咸陽이나 여산廬山에 보낼 인부들을 뽑고 그들을 압송해가는 일밖에 하지 못했다.

35 『纂異記』: 당나라 이매李玫가 편찬한 전기소설집. 책은 이미 유실되었고, 『태평광기太平廣記』에 그 내용이 실려 있다. 『찬이기』는 당시 사회생활과 각계각층의 심리를 잘 반영하고 있다. 특히 정치풍자가 강렬한데 당말 피일휴皮日休의 풍자 소품문보다 이른 시대에 나왔기에, 중국의 첫 번째 풍자 소설집으로 칭해진다.

차례 반복해서 읽으며, 그에 대해 여러 신하들과 토론을 했다. 그리고『상서尙書』와『춘추후전春秋後傳』·『사기』·『한서』·『삼국지』·『안자춘추晏子春秋』·『오월춘추吳越春秋』·『신서新序』·『설원說苑』등의 서적에서 귀감으로 삼을 만한 군신들의 사적들을 모아 14편으로 엮었다. 헌종은 이 책의 서문을 직접 짓고 병풍에 써서 어좌의 오른쪽에 진열해 놓았다. 또 재상이 정무를 보는 중당中堂의 병풍 6쪽에 이 서문을 기록하게 하여, 재상과 대신들에게 역사서를 통해 배운 흥망성쇠의 원인들을 잊지 말도록 했다. 이번李藩 등은 표表를 올려 책의 편찬을 축하했다. 백거이白居易는 당시 황제의 조서 초안을 담당한 한림학사였는데 이이간李夷簡과 엄수嚴綬 등이 올린 하표賀表[36]에 답하는 조서를 작성하였다. 그 내용은 대략 다음과 같다.

> 이러한 사적들을 기록하여 거울로 삼고자 하였으며, 또 백관들이 본 받을 수 있도록 이를 병풍으로 만들게 하였다. 여러 서적에서 역사속의 흥망성쇠를 읽다보면 마음속에서 감탄이 생기기는 하지만, 깨끗한 흰 비단 위에 그 내용을 적어 놓고 자주 보면서 직접 실천한다면 훨씬 좋을 것이다. 단순히 옛 사람들의 모습만을 흠모하고 우러러보는 것에 그치지 말고, 모두들 직접 실천하고 경험하기를 바란다.

또 이러한 내용도 있다.

> 눈앞에 선연하니 마치 그 사람을 직접 보는 것 같다. 그 일의 옳고 그름을 헤아려 좌우명으로 삼을 만하고, 성심껏 그 내용을 받아들여 발전시킨다면 또한 신하의 충심을 계몽시키기에 족하다.

백거이가 헌종을 대신하여 작성한 이 초안은 확실히 헌종의 뜻을 아주 잘 반영하고 있다. 또 이 글을 통해 당나라 황제들이 어떤 일 한 가지를 하면 안팎으로 많은 이들의 축하를 받았으며 그것에 답하는 조서가 이처럼 정성스러웠다는 것을 알 수 있다. 그러나 축하의 표를 올리고 이에 답하는 조서를 작성하는 과정은 지나칠 정도로 번잡하였다. 헌종이 편찬한『군신사

36 賀表 : 나라나 조정에 경사가 있을 때에 신하가 임금에게 바치는 축하의 글.

적』에는 「변사정辨邪正」과 「거사태去奢泰」 두 편이 포함되었는데, 이 두 편의 문장은 헌종이 직접 지은 것이다. 그러나 헌종은 만년에 간신 황보박皇甫鎛을 신임하여 충신인 배도裴度를 배척하였고 주색에 빠져 결국 환관들에게 의해 죽음을 당했다. 병풍에 역사의 흥망성쇠 원인에 대해 썼던 그 마음은 도대체 어디로 가버린 것인가?

11. 승려와 도사의 자격시험 僧道科目

후당 말제末帝 청태淸泰 2년(934) 2월에 공덕사功德使[37]가 다음과 같은 상소문을 올렸다.

> 매년 석가탄신일이 되면 각 주부州府에서는 승려와 도사를 추천하는 상소문을 올립니다. 승려들은 강론과講論科와 표백과表白科·문장응제과文章應制科·지념과持念科·선과禪科·성찬과聲贊科를 개설하자고 하고, 도사들은 경법과經法科와 강론과講論科·문장응제과文章應制科·표백과表白科·성찬과聲贊科·분수과焚修科를 개설하자고 합니다. 이러한 과거시험을 통해 승려와 도사의 능력을 시험해야 한다는 것입니다.

말제는 이 의견을 받아들였다. 이는 『구오대사기舊五代史記』에 기록되어 있는데, 승려와 도사의 능력을 시험하는 과거가 실제로 시행되었는지 또 언제까지 시행되다가 폐지되었는지에 대한 기록은 없어, 정확한 사실은 알 수 없다. 왜냐하면 그 당시는 아직 사부祠部[38]에서 만든 증명서인 도첩度牒[39]이 외부로 유통되지 않았기 때문이다.

후주後周[40]의 세종世宗은 사원들을 폐하거나 병합하는 등 폐불령廢佛令[41]을

---

37 功德使 : 관명으로 고대에 승려·비구니·도사·여도사를 관리하던 관직이다. 처음 설치되던 시대는 불분명하지만, 당나라부터 원나라까지 각 조대마다 이 관직이 설치되었다.
38 祠部 : 관서의 명칭으로, 제사와 관련된 일을 주관한다. 수나라 때 예부禮部로 명칭이 바뀌면서 이때부터 사부는 예부의 소속기관이 되었고, 명나라와 청나라 때는 사제사祠祭司라고 칭하였다. 일반적으로 예부사관을 관습적으로 사부라고 한다.
39 度牒 : 관청에서 발행하여 중의 신분을 공인해 주던 증명서.

내렸는데, 조서를 내려 다음과 같이 약속하였다.

15세 이상의 남자 중에 경문 백 쪽을 암송할 수 있거나 오백 쪽을 읽을 수 있는 이와 13세 이상의 여자 중에 경문 칠십 쪽을 암송할 수 있거나 삼백 쪽을 읽을 수 있는 이로, 해당 지역 관부의 상황 진술을 거쳐 출가를 하고자 하는 경우에는 녹사참군錄事參軍[42]과 본판관本判官에 위탁하여 경문을 시험하도록 한다. 양경兩京과 대명大名·경조부京兆府·청주靑州는 각각 계단戒壇[43]을 설치하고, 양경에서 계율을 받아 승려가 될 때에는 사부祠部에서 파견된 관리가 위임받아 출가하는 이를 시험하도록 하라. 그리고 나머지 세 곳에서 계율을 받아 승려가 될 때에는 판관이 위임받아 출가하는 이를 시험하도록 하고, 수계가 행해지는 것을 짐에게 아뢰도록 하라. 칙서가 하달되는 대로 사부에서는 증빙서를 발급하여 머리를 깎고 계율을 받을 수 있도록 하라.

일반인들이 계율을 받아 승려가 되고 도사가 되는 방법을 서술한 조문이 이처럼 상세하니, 요즘처럼 관아에 돈을 내면 승려나 도사가 되는 것이 아니었다는 것을 알 수 있다. 염경念經과 독경讀經의 차이는 암송과 책을 보고 읽는 것의 차이이다.

....

40 後周(951~960) : 오대五代 최후의 왕조. 주周라고도 한다. 제2대 세종世宗(시영柴榮)은 오대 제일의 명군으로 일컬어지며, 근위군의 개혁을 비롯하여 권력 집중책을 취하고 통일사업을 추진하였으나 도중에 죽었다.

41 廢佛令 : 중국불교사에서는 네 번의 큰 폐불사건이 있었는데 이를 삼무일종三武一宗의 법난法難 또는 삼무일종의 폐불廢佛이라고 부른다. 삼무三武는 북위北魏의 태무제太武帝, 북주北周의 무제武帝, 당唐의 무종武宗을 가리키고, 일종一宗은 후주의 세종을 가리킨다. 삼무의 폐불령은 불교와 대립한 도교의 개입이 관여한 불교 탄압이었지만, 후주 세종의 불교 탄압은 경제와 국가를 통제하는 수단이었다. 즉 세금과 병역 기피를 목적으로 한 출가나, 재산이 사찰로 유입을 방지하기 위한 것이었다. 불교 탄압으로 증가한 세수와 몰수한 재산은 군대 재편성의 비용에 충당하였고, 또 구리의 수입이 금지되어 동전주조가 어려웠기에 동제 불상을 몰수하여 동전으로 주조했다.

42 錄事參軍 : 관명으로 녹사참군사錄事參軍事라고도 한다. 왕王과 공公·대장군大將軍에 속한 관리로 모든 관리들의 문서에 대한 기록을 관장하며, 감찰하였다. 당나라 때 지방 감찰 제도는 순찰사巡察使의 감독과 녹사참군의 감독 두 가지로 나뉘어져 있었다.

43 戒壇 : 계율을 수수授受하는 식장. 당대에 남산 율종의 대성자 도선道宣이 장안 교외의 정업사淨業寺에서 계단戒壇을 설립하였는데, 그때에 『관중창립계단도경關中創立戒壇圖經』을 저술해서 계단의 형식을 밝혔다. 그 형상은 삼중의 단으로 되어 있는데, 하단은 방 29.8척이며 높이 9척, 중단은 방 23척으로 높이 4.5척, 상단은 방 7척으로 높이 2촌, 상단에는 불사리를 넣는 보탑을 안치한다.

12. 도주민의 밭 소작 射佃逃田

한나라의 법령과 제도는 대부분 진나라의 법령과 제도를 그대로 답습하면서도 한나라의 실정에 맞춰 가감하여 한나라의 명성에 해가 되지 않도록 하였다. 당나라의 법령과 제도 또한 대부분 수나라의 법령과 제도를 그대로 따랐다. 한나라처럼 당나라의 실정에 맞춰 수나라의 법령과 제도를 수정하여 합리적이고 귀감이 될 만한 부분만 받아들여 당나라의 태평성대에 어떠한 해도 끼치지 않았다.

송나라는 오대의 혼란기 후에 건국되어, 초기의 상황은 진나라와 수나라 말엽의 혼란한 상황과 같았다. 송나라는 오대의 법령과 제도를 자세히 연구하였는데, 모두 진나라와 수나라 이후의 법령과 제도를 이어 받은 것에 불과하였지만, 취하여 시행할 만한 것들이 있었다. 후주 세종은 현덕顯德 2년(955)에 다음과 같은 조서를 내렸다.

> 도망간 주민의 집과 밭은 다른 사람이 이어 받아 소작을 하도록 하여 세금을 납부하도록 한다. 만약에 3년 내에 원래 주인이 돌아오면, 밭이 황폐해졌든 풍요로운 수확을 거둘 수 있게 되었든 밭의 상태를 따지지 않고, 밭의 반을 본래의 주인에게 돌려준다. 오년 내에 주인이 돌아오는 경우에는 밭의 삼분의 일을 돌려준다. 만약에 오년을 넘기고 돌아오는 경우에는 원 주인의 조상 무덤을 제외하고는 돌려줄 필요가 없다. 북부 변경 인근의 각주에 살고 있는 소수민족 주민이 도망갔다가 돌아온 경우, 오년 내에 돌아왔다면 삼분의 이를 원 주인에게 돌려주고, 십년 내에 돌아왔다면 반을 돌려주고, 십오 년 내에 돌아왔다면 삼분의 일을 돌려준다. 이상의 경우가 아니라면 돌려줄 필요가 없다.

이 조서의 요지는 아주 명확하여 분명히 알 수 있다. 그러나 지금의 교활한 관리들은 책상과 전각에 가득 차 있는 문서들을 자기 마음대로 해석하여 부정을 저지르고 뇌물을 받으며, 자신의 이득을 챙기는 수단으로만 생각한다. 관리들의 부패가 이런 상황이라, 집과 밭을 버리고 떠난 지 몇 십 년이 지난 후에 자신이 도망간 주민의 자손이라는 터무니없는 말을 늘어놓는 사람이 나타나, 관리들을 돈으로 매수하여 지금 경작하고 있는 사람의 토지를 빼앗는 일이 벌어지고 있으니, 탄식만 나올 뿐이다.

13. 극형에 처하기를 좋아한 후주의 세종 周世宗好殺

역사서의 기록에 의하면 후주 세종은 아주 엄혹하게 법을 적용했다고 한다. 고관대작이든 말단 관리든 간에 행실이 조금이라도 신중하지 못하면 종종 극형에 처했는데, 이 일에 대해서는 이미 『용재속필』에서 언급했다. 설거정薛居正의 『구오대사舊五代史』에는 이 내용이 아주 자세하게 기록되어 있는데, 구양수가 편찬한 『신오대사新五代史』에는 이 내용이 대부분 삭제되어 있기에, 지금 여기에서 간략하게나마 기록을 하겠다.

번애능樊愛能과 하휘何徽가 북한北漢과의 전쟁에서 기병을 이끌고 도망치는 바람에 전세가 불리해졌기에, 그들을 군법에 의해 참수한 것은 당연한 처사라 다른 말이 필요 없다. 그러나 다른 사례, 즉 송주宋州의 순검공봉관巡檢供奉官 죽봉린竹奉璘이 도적을 잡지 못한 것, 좌우림대장군左羽林大將軍 맹한경孟漢卿이 세금을 걷으면서 사사로이 세금의 액수를 조금 더 징수한 것, 형부원외랑刑部員外郎 진악陳渥이 토지를 정확히 측량하지 못한 것, 제주濟州의 마군도지휘사馬軍都指揮使 강엄康儼이 교량과 도로를 완벽하게 수리하지 못한 것, 내공봉관內供奉官 손연희孫延希가 영복전永福殿 수리를 감독할 때 제대로 감독하지 못해 일꾼 하나가 궁중의 기와를 사용하여 밥을 먹는 불충을 저지른 것, 밀주密州의 방어부사防御副使 후희진侯希進이 여름철 모의 상황을 검사하라는 사자의 명을 받들지 않은 것, 좌장고사左藏庫使 부령광符令光이 군인들의 저고리와 두루마기를 잘 만들지 못한 것, 초주楚州의 방어사防御使 장순張順이 의도하지 않게 세금을 잃어버린 것 등은 모두 극형에 처해져 참수를 당했다. 그들이 죄를 저지르기는 했지만 사형에 처해질만한 죄는 아니었다.

14. '孟맹'자의 의미 孟字義訓

한 글자에 다양한 의미가 있는 경우는 많다. 예를 들면 '孟맹'자는 맏이와 최초의 의미를 가지고 있는데, 맹후孟侯는 후작국侯爵國 가운데 가장 으뜸가는 제후라는 뜻이고, 맹손孟孫은 장손의 뜻이며, 원비元妃 맹자孟子는 정비正妃로 큰 딸이라는 뜻이며, 맹춘孟春은 초봄, 맹하孟夏는 초여름을 뜻한다. '孟'자에는 맏이와 최초의 의미 외에도 다른 의미가 있다. 『국어國語』에 다음과 같은 구절이 있다.

> 우시優施가 이극里克의 처에게 말했다.
> "부인께서 제게 가르침을 청하였소이다." [主孟啗我]

이 구절에 위소韋昭는 다음과 같이 주注를 달았다.

> "대부大夫의 처를 주主라고 칭하는데, 이는 그의 남편인 대부에게 복종한다는 의미이다."

그리고 '孟'은 이극 처의 자字라고 하였는데 이는 잘못된 의견이다. 또 "孟은 盍합이라고도 한다"고 했다.

『사기·여후본기呂后本紀』의 주석에서 이 구절을 인용하였는데, 사마정은 『사기색은』에서 이렇게 말했다.

> '孟'은 且차이다. 잠시 내 물건을 탐한다고 말한 것이다.

이 주장은 근거가 없다.

반고班固는 「유통부幽通賦」에서 다음과 같이 말했다.

> 어찌하여 노력하여 나아감으로써 사람들을 따라잡으려 하지 않는가? [盍孟晉以迨羣.]

이선李善은 이 구절에서 '孟'을 힘쓰다, 노력하다는 뜻의 '勉면'으로 해석하였다.

전촉前蜀44의 후주後主 왕연王衍45은 그의 신하인 서연경徐延瓊의 집 담에 '맹언孟言'이라고 썼는데, 촉어蜀語로 '孟맹'은 약하다[弱]는 의미로 서연경을 놀린 것이다. 후에 맹지상孟知祥46이 촉나라의 정권을 장악하여 서연경의 저택을 관저로 사용하게 되었다. 맹지상은 담에 써 진 '맹언孟言'이라는 글자가 자신에 대한 예언이라고 생각했는데, 그 의미는 황당하고 터무니없는 말이었다.

소식은 구양수에게 보낸 시에서 다음과 같이 노래했다.

주인의 처가 내게   主孟當啗我,
옥비늘 가진 금빛 잉어를 먹이셨네.   玉鱗金鯉魚.

여기에서는 우시優施의 말을 그대로 인용한 것이다. 노나라에서는 보도寶刀를 '맹로孟勞'라고 하는데 어떤 의미로 그렇게 칭하였는지 알 수가 없다.

....

44 前蜀(907~925) : 오대십국 시대 10국 중 하나. 성도成都를 중심으로 한 사천성을 지배하던 나라로 절도사였던 왕건王建이 건국하였다. 촉은 천연의 요해에 위치했기에 주변으로부터의 침공위험이 적었고, 소금과 철동 자원과 물자가 풍부하여 예로부터 천부天府라고 불리었다. 그래서 중원의 전란을 피해 많은 문인, 승려, 백성들이 평화로운 촉으로 몰려들어왔다. 왕건도 풍부한 경제력을 바탕으로 문화를 보호하여 목판인쇄를 통해 유교, 불교의 경전 출판과 이 땅에서 나는 견직물 같은 특산품 생산사업을 육성하였다.

45 王衍(899?~926) : 전촉의 마지막 군주. 자 화원化源. 왕건이 죽자 왕건의 아들과 양자 사이에서 계승권 다툼이 일어나 최종적으로 왕건의 막내아들 왕연이 뒤를 계승했다. 왕연은 촉의 경제력을 배경으로 사치에 몰두하고, 정치는 환관에게 일임하여 백성들을 쥐어짰다. 이로 인해 민심은 급속도로 떨어져 나가기 시작했고, 925년 후당군의 침공에 저항하는 자들이 없어, 간단하게 멸망당했다. 왕연은 장안으로 호송 도중 살해되었다.

46 孟知祥(874~934) : 오대십국 시대의 후촉後蜀의 초대 황제. 묘호 고조高祖. 자 보윤保胤. 후촉이 건국되기 이전 촉지역은 전촉이 지배하고 있었으나, 내부의 부패가 심해 925년 후당의 장종莊宗에 의해 멸망당했다. 그리고 나서 이 땅의 통치를 위임받은 이가 후촉의 시조인 맹지상이었다. 그 후 후당에서는 장종이 살해당하고 명종明宗이 옹립되었다. 명종은 촉에 있던 맹지상에 대해 경계심을 품고 그를 억제하려는 움직임을 보였다. 이에 반발한 맹지상은 930년 거병하여 후당군을 촉에서 몰아내고, 932년까지 촉의 전역을 장악했다. 이쯤 되자 명종도 맹지상을 완전히 지배하에 두는 것이 어렵다는 것을 알고 회유책으로 전환하여 933년 맹지상을 촉왕에 봉하였다. 다음 해 명종이 죽자 맹지상도 완전히 자립하여 황제의 자리에 오르나 같은 해 사망했다.

15. 상거원의 시 向巨原詩

고인이 된 벗 상거원向巨原은 어려서부터 시를 잘 지었다. 우리는 양굉부梁宏夫의 집에서 처음 만났는데, 그때는 서로 잘 알지 못했다. 그날 두 사람의 친구와 함께 온 오부붕吳傅朋과 함께 지산芝山을 노닐었는데, 오로정五老亭에 올라 "가언출유駕言出遊" 네 글자를 각각 운韻으로 하여 시를 지었다. 거원이 '駕가'자로 운을 삼아 시를 지었는데, 다음과 같다.

이 산이 얼마나 높고 높은지	茲山何巍巍,
기세는 숭산 화산과 같으니,	氣欲等嵩華.
두 세 친구들을 따라	從公二三子,
햇빛 좋은 날 한가로움을 만끽했네.	勝日飽閑暇.
수레를 거절하고 올라가는데,	躋攀謝車輿,
스스로 하고자 해도 쉽지가 않네.	自辦兩不借.
덩굴 부여잡고 아득한 층계를 찾아,	捫蘿覓幽隥,
산 정상으로 가다가 외로운 정자를 만나,	行椒得孤榭,
석양이 지는 것을 전송하고	側送夕陽移,
높이 날던 새 내려와 깃드는 것을 바라보았네.	俯視高鳥下.
산에 올라 지난 날을 적어보니,	登臨記曩昔,
세월이 대신 인사하며 놀라는데,	歲月警代謝.
오히려 열 두해를 헤아리며,	卻數一周星,[47]
다시금 천리를 달리라 명하네.	復命千里駕.
몸은 물에 뜬 장승을 따라 떠돌아다니고,	身從泛梗流,[48]
일은 뜬 구름처럼 덧없네.	事與浮雲化.
오고 가는 것을 하나로 함께 존중하니,	朅來共一尊,
하늘의 용서를 받은 것 같네.	似爲天所赦.
내일 떠나면 또 길을 물을 것이니,	明發還問塗,
만나고 헤어짐이 족히 슬프도다.	合離足悲吒.

시가 완성되자 지켜본 이들이 모두 감탄을 하였다.

----

47 周星 : 별이 하늘을 한 바퀴 돈다는 뜻으로, 열두 해 동안을 이르는 말. 일기一紀와 같은 뜻이다.

48 泛梗 : 물에 뜬 나무 장승으로 정처 없이 떠도는 인생을 비유한 말이다.

오부붕은 거미줄을 읊은 시 수백 권이 있는데 상거원 만이 그 시에 대해 찬탄하지 않았다. 그의 오부붕에 대한 평가가 생각난다.

선생의 저명한 기개는	先生著名節,
오랜 세월을 거슬러 계찰을 좇을 만하네.	百世追延陵.
내 선생의 현명함을 높이 평가하지만,	我評先生賢,
글은 칭찬할 수 없다오.	不以能書稱.
공은 높은 절벽을 갈 만하고,	功成磨蒼崖,
덕은 떠오르는 해를 노래할 만하니,	盛德頌日昇.
구름을 뛰어넘는 방문 쓰지 말고,	勿書陵雲榜,
흰머리로 높은 계단을 오르세.	華顚踏高層.

문장의 구조와 형식이 뛰어나고, 풍자를 통한 권고에 뜻이 있어 앞서 기록한 유자휘劉子翬[49]의 고풍과 유사하다. 후에 상거원은 자신이 평생 지은 시 수천 편을 모아 『규재잡고葵齋雜槁』라고 제목을 달고, 나에게 서문을 부탁하였다. 때마침 나는 장공章貢[50]에 있었기에 서문을 써서 그에게 부쳤는데, 그는 이미 와병 중이었기에 누운 채로 간신히 내가 보낸 서문을 한 번 읽어보았다고 한다.

상거원이 처음 한구韓駒[51]를 만났을 때 그의 시 한 수를 얻었다고 한다.

늙은이가 진실로 땅에 제사를 지내노니,	老子眞祠地,
그대가 와서 종이 찾아 적어보오.	君來覓紙題.
문장은 육기처럼 뛰어나고,	文如士衡俊,
나이는 예형과 같았네.	年與正平齊.

49 劉子翬(1101~1147) : 북송의 이학가. 자 언충彦沖, 호 병옹病翁 또는 병산屛山, 시호 문정文靖. 유겹劉韐의 아들이다. 음보로 승무랑承務郞이 되고, 흥화군통관興化軍通判을 지냈다. 아버지가 정강의 난리로 돌아가시자 이를 애통해하다 병이나, 결국 사직하고 무이산武夷山으로 돌아가 강학에 전념하면서 호헌胡憲, 유면지劉勉之 등과 교유했다. 주희朱熹가 그의 문하에서 배웠다.

50 章貢 : 강서성江西省에 있는 장수章水와 공수貢水로, 이 물줄기가 합쳐서 공강贛江을 이루는데, 공강과 그 일대를 지칭한다.

51 韓駒(?~1135) : 북송의 시인. 자 자창子蒼, 호 능양선생陵陽先生. 지은 글들이 간단하면서도 장중해 사람들의 인정을 받았다. 일찍이 소철蘇轍에게 배웠고, 시는 저광희儲光羲의 시풍詩風과 닮았다. 저서에 『능양집陵陽集』 4권이 있다.

듣건데 종릉군,　　　　　　　　　　　　聞說鍾陵郡,
장수의 서쪽에서 관리로 있다고 하네.　　官居章水西.
황정견의 시율이 내재되어 있으니,　　　涪翁詩律在,
아름다운 구절 때때로 취할 수 있다네.　佳處可時攜.

한구의 시집에 이 시가 수록되어 있지 않고, 그의 문집의 서문에 이 시가 언급되어 있다.

16. 섭암의 시 葉晦叔詩

고인이 된 친구 섭암^{葉黯}은 자가 회숙^{晦叔}이며, 일찍이 칙명^{勅命}으로 산정관^{刪定官}을 지냈었다. 소흥^{紹興} 19년(1150)에 섭암은 복건수부^{福建帥府}의 속관^{屬官}으로 있었다. 나는 춘계 태학입학 보궐시험에 대해 복건수부의 장관께 알리러 갔다가, 섭암과 함께 시험을 보게 되어, 공원^{貢院52}에 이십 일간 갇혀서 시험을 치렀다. 그때 나는 다음과 같은 장구^{長句}를 지었다.

깊고 깊은 고대광실은 물처럼 맑아,　　　　沈沈廣廈淸如水,
거리의 소리 사람들의 소리 들리지 않는다네.　市聲人聲不到耳.
한 번에 열흘을 쉬니　　　　　　　　　　　一閑十日豈天賜,
　　어찌 하늘이 내린 것이 아니랴,
몇 번이고 흰 도포가 부끄럽기만 하네.　　　慙愧紛紛白袍子.
다시금 금관자 옥관자 붙인 이와 만나,　　　相逢更得金玉人,
오래도록 그 선비 외에는　　　　　　　　　久矣眼中無此士.
　　눈에 들어오는 것이 없었다오.
침상에서 연이어지는 이야기에 잠 못 이루었으니,　連床夜語不成寐,
종종 닭 울음소리에 문득 놀라 일어났다네.　　往往雞聲忽驚起.

52 貢院 : 과거시험을 실시하기 위해 각 성^省 및 수도에 설치한 시험장. 고사장 사무를 위한 관리들의 집무실과 응시자들이 답안을 작성하는 수 천 개의 작은 독방으로 구성되어 있다. 장방형의 긴 건물에 약 2미터 정도의 폭으로 촘촘하게 칸을 질러 한 칸에 한 명씩 수용하였으며 이런 건물이 수십 채가 있어 마치 벌집 같은 모습을 띠고 있었다. 외각은 높은 담장으로 둘러 쳐서 외부와의 연락을 차단하였다. 당나라에는 예부^{禮部} 남원^{南院}이 공원의 역할을 하였으며, 이후 각 왕조는 공원을 독립된 시설로 설치하여 운영하였다.

용재삼필 권9

이는 즐거움과는 다르니 뭐라 이름 하기 어려워,　　是中差樂眞難名,
옛날 그냥 지나쳤다면　　昔者相過安得此.
　　어찌 이런 기회를 얻을 수 있었을까?
그러나 시절을 안타까워해도　　但憐時節不相謀,
　　서로 어찌할 수 없으니,
곧 청명과 한식이 되어 헤어지게 되겠지.　　正墮清明寒食裏.
배꽃 이미 지고 해당화도 작별을 고하니,　　梨花已空海棠謝,
바깥 풍경 또 얼마나 남았는지 알 수 없네.　　外間物色知餘幾.
단지 비바람이 이를 꺾어 버릴까 두렵기만 하니,　　只恐雨風摧折之,
이 봄을 저버리고자 하는 내 잘못이런가.　　負此一春吾過矣.
사경사謝景思가 깊은 산속에서 한가로이 휴식 취하며,　　謝公尋山飽閒暇,
응당 엉터리 서생이 쓴 쓸모없는 글 비웃으리라.　　應笑腐儒黏故紙.
비단 주머니에는 좋은 구절들 이미 많겠지만,　　錦囊得句應已多,
만에 하나 나를 생각해준다면 자주 마음 보내주오.　　萬一相思頻寄似.

당시 사경사謝景思가 참의관參議官으로 있었기 때문에 마지막 한 장章을 간략하게 마무리한 것이다. 섭암이 이 시에 대해 다음과 같이 창화唱和하였다.

문장의 많은 글은 한 잔의 물과도 같으니,　　文章萬言抵杯水,
세상의 헛된 명성은 하잘 것 없구려.　　世上虛名徒爾耳.
내 늘 일생을 어리석게 살았노라 자조하였거늘,　　我常自笑一生癡,
어찌 어리석음으로 여러 사람들을　　那更將癡笑群子.
　　비웃을 수 있을까?
고대광실 깊고 깊어 백년이 넘었으니,　　大屋沈沈餘百年,
지금까지 이를 돌아 본 선비들이 몇이나 되는지?　　到今所閱知幾士.
그 곳에서 그를 만난 것은 실로 우연이니,　　看渠得失自偶然,
그 안에서의 슬픔과 기쁨은　　其間悲喜從何起.
　　어디에서 생겨난 것인지!
그대 내 말 들으면 역시 크게 웃겠지만,　　君聞我言亦大笑,
많은 것들을 말하는 것은　　爲說萬事總如此.[53]
　　결국 이와 같기 때문이라오.
급히 관청일 마쳐야 하니,　　急須了却公家事,
문 밖에서 봄이 어떠한지 알지도 못하네.　　門外不知春有幾.[54]

　53 두 구가 유실되어 빠졌다.

비 날리며 창문 두드리는 소리 듣네.　　　　　　飛雨時聞打窗紙.
나중에 만일 다시 만나게 된다면,　　　　　　　　他年萬一復相從,
오늘처럼 침착하지는 못하리라.　　　　　　　　未必從容今日似.

　그 의미가 아주 참신한데 전부 다 기억하고 있지 못한 것이 애석할 따름이다.
　섭암은 다음과 같이 논한 적이 있다.

　오십육언五十六言 시는 대체로 첫째 구부터 운韻을 맞추는데, 만약에 측구側句에서 운을 맞추게 되면 아주 강건해진다. 예를 들면 두보의 "그윽하게 머무는 곳 궁벽 져 오고 가는 사람 적고, 늙고 병든 몸 부축해주나 인사하기 어렵지요幽棲地僻經過少, 老病人扶再拜難"[55]가 그렇다. 그러나 여기서는 그대로 대구를 만들었는데 만약 산구散句에서 운을 맞추게 되면 더 아름다워 질 수도 있다. 예를 들면 "형주荊州에서 취해 지내던 최사마崔司馬가 몹시 그립네, 좌천된 관리로 술동이 언제나 열어 두었지苦憶荊州醉司馬, 謫官樽俎定常開"[56]가 그렇다.

　내가 복주福州에서 재임기간을 모두 채우고 개봉으로 돌아올 때, 섭암은 작별시 두 수를 지어 내게 주었는데 바로 그가 논한 체재로 지은 시였다.

한 집안의 형제라도 누가 이와 같을 수 있을까?　　一門伯仲知誰似?
천하의 문장 중 바로 그대를 제일로 꼽네.　　　　四海文章正數君.
어찌하여 오랜 사귐을 나누어　　　　　　　　何事與予如舊識,
세상에 두 사람의 이름이 알려졌을까!　　　　　由來於世兩相聞.
한가로운 관직생활로 즐거웠는데
　　시간은 금새 가버리고　　　　　　　　　閑官各喜光陰剩,
아름다운 풍경 이리저리 나뉘진 명승지
　　너무도 많아라.　　　　　　　　　　　勝地空多物色分.
홀연 갑작스레 이곳을 떠나가게 되었으니　　　忽復翻然從此去,
변화에 빨리 적응하여 높은 관직에 오르시게나.　便應變化上靑雲.

여기에서 서로 따르며 놀라울 정도로　　　　此地相從驚歲晚,

. . . .

54　세 구가 유실되어 빠졌다.
55　두보, 「賓至」.
56　「所思」.

285

오랜 시간 보냈는데

그대 돌아갈 때에서야 명승지 유람이라니.　　　　登臨況是客歸時.

가슴 가득한 그리움은 누구를 향한 것일까?　　　却將襟抱向誰可?

아주 어렵지만 그대만은 알고 있으리라.　　　　正爾艱難惟子知.

중년이 되어 감정은 깊어졌는데　　　　　　　情到中年工作惡,

　　일은 엉망이 되었으니,

세상에서 이별하게 되면 슬퍼지리라.　　　　　別於生世易爲悲.

매화꽃 아래 술에 취한 맑은 강가　　　　　　梅花盡醉江淸上,

암담한 서풍 불어오며 차가운 빗방울만 내리누나.　黯澹西風凍雨垂.

정말이지 뛰어난 작품이다. 그러나 안타깝게도 그는 나와 이별한 지 2년도 되지 않아 세상을 떠났기에, 매번 이 시를 읊조릴 때마다 처연해진다. 『용재기』를 판각하게 되어 이를 기록하였다.

1. 樞密兩長官

趙汝愚初拜相, 陳騤自參知政事除知樞密院。趙辭不受相印, 乃改樞密使, 而陳已供職累日。朝論謂兩樞長, 又名稱不同, 爲無典故。案, 熙寧元年觀文殿學士、新知大名府陳升之過闕, 留知樞密院。故事, 樞密使與知院事不並置。時文彥博、呂公弼既爲使, 神宗以升之三輔政, 欲稍異其禮, 且王安石意在抑彥博, 故特命之。然則自有故事也。

2. 赦放債負

淳熙十六年二月登極赦:「凡民間所欠債負, 不以久近多少, 一切除放。」遂有方出錢旬日, 未得一息, 而并本盡失之者, 人不以爲便。何澹爲諫大夫, 嘗論其事, 遂令只償本錢, 小人無義, 幾至喧噪。紹熙五年七月覃赦, 乃只爲爲蠲三年以前者。案晉高祖天福六年八月赦云:「私下債負取利及一倍者, 並放。」此最爲得。又云:「天福五年終已前, 殘稅並放。」而今時所放官物, 常是以前二年爲斷, 則民已輸納, 無及於惠矣。唯民間房賃欠負, 則從一年以前皆免。比之區區五代, 翻有所不若也。

3. 馮道王溥

馮道爲宰相歷數朝, 當漢隱帝時, 著長樂老自敍, 云:「余先自燕亡歸河東, 事莊宗、明宗、愍帝、清泰帝、晉高祖、少帝、契丹主、漢高祖、今上, 三世贈至師傅, 階自將仕郎至開府儀同三司, 職自幽州巡官至武勝軍節度使, 官自試大理評事至兼中書令, 正官自中書舍人至戎太傅、漢太師, 爵自開國男至齊國公。孝於家, 忠於國, 口無不道之言, 門無不義之貨。下不欺於地, 中不欺於人, 上不欺於天。其不足者, 不能爲大君致一統, 定八方, 誠有愧於歷官, 何以答乾坤之施。老而自樂, 何樂如之。」道此文載於范質五代通錄, 歐陽公、司馬溫公嘗詆誚之, 以爲無廉恥矣。王溥自周太祖之末爲相, 至國朝乾德二年罷。嘗作自問詩, 述其踐歷, 其序云:「予年二十有五, 擧進士甲科, 從周祖征河中, 改太常丞。登朝時同年生尙未釋褐, 不日作相。在廊廟凡十有一年, 歷事四朝, 去春恩制改太子太保。每思菲陋, 當此榮遇, 十五年間, 遂躋極品, 儒者之幸, 殆無以過。今行年四十三歲, 自朝請之暇, 但宴居讀佛書, 歌詠承平, 因作自問詩十五章, 以志本末。」此序見三朝史本傳, 而詩不傳, 頗與長樂敍相類, 亦可議也。

4. 周玄豹相

唐莊宗時, 術士周玄豹以相法言人事, 多中。時明宗爲內衙指揮使, 安重誨使他人易服而坐, 召玄豹相之。玄豹曰:「內衙, 貴將也, 此不足當之。」乃指明宗於下坐, 曰:「此是也。」因爲明宗言其後貴不可言。明宗卽位, 思玄豹以爲神。將召至京師, 宰相趙鳳諫, 乃止。觀此事, 則玄豹之方術可知。然馮道初自燕歸太原, 監軍使張承業辟爲本院巡官, 甚重之。玄豹謂承業曰:「馮生無前程, 不可過用。」書記盧質曰:「我曾見杜黃裳寫眞圖, 道之狀貌酷類焉, 將來必副大用, 玄豹之言, 不足信也。」承業於是薦道爲霸府從事, 其後位極人臣, 考終牖下, 五代諸臣皆莫能及, 則玄豹未得擅唐、許之譽也。道在晉天福中爲上相, 詔賜生辰器幣。道以幼屬亂離, 早喪父母, 不記生日, 懇辭不受。然則道終身不可問命, 獨有形狀可相, 而善工亦失之如此。

5. 鈷鉧滄浪

柳子厚鈷鉧潭西小丘記云:「丘之小不能一畝。問其主。曰:『唐氏之棄地, 貨而不售。』問其價, 曰:『止四百。』予憐而售之。以茲丘之勝, 致之灃水鄠、杜, 則貴游之士爭買者, 日增千金而愈不可得。今棄是州也, 農夫漁父過而陋之, 賈四百, 連歲不能售。」蘇子美滄浪亭記云:「予遊吳中, 過郡學東, 顧草樹鬱然, 崇阜廣水, 不類乎城中。並水得微徑於雜花脩竹之間, 東趨數百步, 有棄地, 三向皆水, 旁無民居, 左右皆林木相虧蔽。予愛而裴回, 遂以錢四萬得之。」予謂二境之勝絕如此, 至於人棄不售, 安知其後卒爲名人賞踐。如滄浪亭者, 今爲韓蘄王家所有, 價直數百萬矣, 但鈷鉧復埋沒不可識。士之處世, 遇與不遇, 其亦如是哉!

6. 司封失典故

南渡之後, 臺省胥吏舊人多不存, 後生習學, 加以省記, 不復諳悉典章。而司封以閑曹之故, 尤爲不謹。舊法, 大卿、監以上贈父至太尉止, 餘官至吏部尚書止。今司封法, 餘官至金紫光祿大夫, 蓋昔之吏書也, 而中散以上贈父至少師止。案, 政和以前, 太尉在太傅上, 其上唯有太師, 故凡稱攝太尉者, 皆爲攝太傅, 則贈者亦應如此, 不應但許至少師也。生爲執政, 其身後但有子升朝, 則累贈可至極品大國公。歐陽公位參知政事、太子少師, 後以諸子恩至太師、袞國公, 而其子棐亦不過朝大夫耳, 見於蘇公祭文及黃門所撰神道碑。比年汪莊敏公任樞密使, 以子贈太師, 當封國公, 而司封以爲須一子爲侍從乃可, 竟不肯施行, 不知其說載於何法也。朱漢章却以子贈至大國公。舊少卿、監遇恩, 封開國男, 食邑三百戶, 自後再該加封, 則每次增百戶, 無止法。今一封卽止。舊學士待制, 食邑千五百戶以上, 每遇恩則加實封, 若虛邑五百者, 其實封加二百, 虛邑三百、二百者, 實封加一百。今復不然, 雖前執政亦只加虛邑三百耳, 故侍從官多至實封百戶卽止, 尤

可笑也。

7. 老人該恩官封

晁無咎作積善堂記云：「大觀元年大赦天下，民百歲男子官，婦人封；仕而父母年九十，官封如民百歲。於是故漳州軍事判官晁仲康之母黃氏年九十一矣，其第四子仲詢走京師狀其事，省中爲漳州請，漳州雖沒，赦令初不異往者，丞相以爲可而上之，封壽光縣太君。」今自乾道以來，慶典屢下，仕者之父母年七十、八十卽得官封，而子已沒者，其家未嘗陳理，爲可惜也。

8. 學士中丞

淳熙十四年九月，予以雜學士除翰林學士，蔣世脩以諫議大夫除御史中丞，時施聖與在政府，語凡列云：「此二官不常置，今咄咄逼人，吾輩當自點檢。」蓋謂其必大用也，已而皆不然。因考紹興中所除者，不暇縷述，姑從壽皇聖帝以後，至于紹熙五年，枚數之，爲學士者九人，仲兄文安公、史魏公、伯兄文惠公、劉忠肅、王日嚴、王魯公、周益公及予，其後李獻之也。二兄、史、劉、王、周皆擢執政，日嚴以耆老拜端明致仕，唯予出補郡，獻之遂踵武。爲中丞者六人：辛企李、姚令則、黃德潤、蔣世脩、謝昌國、何自然也。辛、姚、黃皆執政，唯蔣補郡，昌國徙權尚書，卽去國，自然以本生母憂持服云。

9. 漢高祖父母姓名

漢高祖父曰太公，母曰媼，見於史者如是而已。皇甫謐、王符始撰爲奇語，云太公名執嘉，又名燸，媼姓王氏。唐弘文館學士司馬貞作史記索隱云：「母溫氏。是時，打得班固泗水亭長古石碑文，其字分明作『溫』，云『母溫氏』。與賈膺復、徐彥伯、魏奉古等執對反覆，深歎古人未聞，聊記異見。」予切謂固果有此明證，何不載之於漢紀，疑亦後世好事者如皇甫之徒所增加耳。又嘗在嶺外，見康州龍媼廟碑，亦云姓溫氏，則指媼爲溫者不一也。唐小說纂異記載三史王生醉入高祖廟，見高祖云：「朕之中外，泗州亭長碑昭然具載外族溫氏。」蓋不根誕妄之說。

10. 君臣事迹屏風

唐憲宗元和二年，製君臣事迹。上以天下無事，留意典墳，每覽前代興亡得失之事，皆三復其言。遂采尚書、春秋後傳、史記、漢書、三國志、晏子春秋、吳越春秋、新序、說苑等書君臣行事可爲龜鑑者，集成十四篇，自製其序，寫於屏風，列之御座之右，書屏風六扇於中，宣示宰臣。李藩等皆進表稱賀，白居易翰林製詔有批李夷簡及百寮嚴綬等賀表，其略云：「取而作鑑，書以爲屏。與其散在圖書，心存而景慕，不若列之繪素，目

觀睹而躬行, 庶將爲後事之師, 不獨觀古人之象。」又云:「森然在目, 如見其人。論列是非, 旣庶幾爲坐隅之戒; 發揮獻納, 亦足以開臣下之心。」居易代言, 可謂詳盡。又以見唐世人主作一事而中外至於表賀, 又答詔勤渠如此, 亦幾於叢脞矣。憲宗此書, 有辨邪正、去奢泰兩篇, 而末年用皇甫鏄而去裴度, 荒於遊宴, 死於宦侍之手, 屛風本意, 果安在哉!

11. 僧道科目

唐末帝淸泰二年二月, 功德使奏:「每年誕節, 諸州府奏薦僧道, 其僧尼欲立講論科、講經科、表白科、文章應制科、持念科、禪科、聲贊科, 道士經法科、講論科、文章應制科、表白科、聲贊科、焚修科, 以試其能否。」從之。此事見舊五代史記, 不知曾行與否, 至何時而罷也。蓋是時猶未鬻賣祠部度牒耳。周世宗廢幷寺院, 有詔約束云:「男年十五以上, 念得經文一百紙, 或讀得五百紙, 女年十三以上, 念得經文七十紙, 或讀得三百紙者, 經本府陳狀, 乞剃頭, 委錄事參軍、本判官試驗。兩京、大名、京兆府、靑州各起置戒壇, 候受戒時, 兩京委祠部差官引試, 其三處祇委判官, 逐處聞奏。候勅下委祠部給付憑由, 方得剃頭受戒。」其防禁之詳如此, 非若今時只納錢于官, 便可出家也。念經、讀經之異, 疑爲背誦與對本云。

12. 射佃逃田

漢之法制, 大抵因秦, 而隨宜損益, 不害其爲炎漢。唐之法制, 大抵因隋而小加振飾, 不害其爲盛唐。國家當五季衰亂之後, 其究不下秦、隋, 然一時設施, 固亦有可采取。案周世宗顯德二年, 詔:「應逃戶莊田, 並許人請射承佃, 供納稅租。如三周年內本戶來歸者, 其桑田不計荒熟, 並交還一半。五周年內歸業者, 三分交還一分。如五周年外, 除本戶墳塋外, 不在交付之限。其近北諸州陷蕃人戶來歸業者, 五周年內三分交還二分, 十周年內還一半, 十五周年內三分還一。此外者, 不在交還之限。」其旨明白, 人人可曉, 非若今之令式文書, 盈於几閣, 爲猾吏舞文之具, 故有捨去物業三五十年, 妄人詐稱逃戶子孫, 以錢買吏而奪見佃者, 爲可歎也。

13. 周世宗好殺

史稱周世宗用法太嚴, 群臣職事, 小有不擧, 往往置之極刑, 予旣書於續筆矣。薛居正舊史記載其事甚備, 而歐陽公多芟去, 今略記於此。樊愛能、何徽以用兵先潰, 軍法當誅, 無可言者。其他如宋州巡檢供奉官竹奉璘以捕盜不獲, 左羽林大將軍孟漢卿以監納取耗, 刑部員外郎陳渥以檢田失實, 濟州馬軍都指揮使康儼以橋道不謹, 內供奉官孫延希以督脩永福殿而役夫有就瓦中噉飯者, 密州防禦副使侯希進以不奉使者命檢視夏苗, 左

藏庫使符令光以造軍士複襦不辦, 楚州防禦使張順以隱落稅錢, 皆抵極刑, 而其罪有不至死者。

14. 孟字義訓

一字數義, 固有之矣。若孟字, 只是最長、最先之稱, 如所謂孟侯、孟孫、元妃孟子、孟春、孟夏之類是也。國語: 「優施謂里克妻曰: 主孟啗我。」注云: 「大夫之妻稱主, 從夫稱也。」而謂孟爲里克妻字則非矣。又云: 「孟一作盍。」史記呂后本紀注中引此句, 而司馬貞索隱乃云: 「孟者, 且也, 言且啗我物。」其說無所據。班固幽通賦: 「盍孟晉以迨羣。」李善乃注孟爲勉。蜀王衍書其臣徐延瓊宅壁爲孟言, 蜀語謂孟爲弱, 故以戲之。其後孟知祥得蜀, 館于徐第, 以爲己讖, 此義又爲無稽也。東坡與歐陽叔弼詩云: 「主孟當啗我, 玉鱗金鯉魚。」正用優施語。魯之寶刀曰孟勞, 不詳其義。

15. 向巨原詩

亡友向巨原, 自少時能作詩, 予初識之於梁宏大坐上, 未深知之也。是日, 偕二友從吳傅朋遊芝山, 登五老亭, 以「駕言出遊」分韻賦詩。巨原得駕字, 其語云: 「茲山何巍巍, 氣欲等嵩、華。從公二三子, 勝日飽閑暇。躋攀謝車輿, 自辦兩不借。捫蘿覓幽隙, 行椒得孤樹。側送夕陽移, 俯視高鳥下。登臨記曩昔, 歲月驚代謝。却數一周星, 復命千里駕。身從泛梗流, 事與浮雲化。揭來共一尊, 似爲天所赦。明發還問塗, 合離足悲吒。」詩成, 觀者皆服。傅朋遊絲詩卷數百篇, 巨原獨不深歎美之, 頗記其數句曰: 「先生著名節, 百世追延陵。我評先生賢, 不以能書稱。功成磨蒼崖, 盛德頌日昇。勿書陵雲榜, 華顚踏高層。」句格超峻, 其旨皆有規諷, 與前所紀劉彦沖古風相類也。後哀其平生所作數千篇, 目爲葵齋雜藁, 倩予爲序。時予在章貢, 及序成持寄之, 則已臥病, 僅能於枕上一讀而已。巨原初見韓子蒼, 得一詩, 曰: 「老子真祠地, 君來覓紙題。文如士衡俊, 年與正平齊。聞說鍾陵郡, 官居章水西。涪翁詩律在, 佳處可時攜。」而韓集佚不收, 但見序中耳。

16. 葉晦叔詩

亡友葉黯晦叔, 嘗除勅令所刪定官。紹興十九年, 爲福建帥屬, 予嘗因春補諸生, 白于府主, 邀與同考校, 鎖宿貢院兩旬。予作長句云: 「沈沈廣廈清如水, 市聲人聲不到耳。一閑十日豈天賜, 慙愧紛紛白袍子。相逢更得金玉人, 久矣眼中無此士。連床夜語不成寐, 往往雞聲忽驚起。是中差樂眞難名, 昔者相過安得此。但憐時節不相謀, 正墮清明寒食裏。梨花已空海棠樹, 外間物色知餘幾。只恐雨風摧折之, 負此一春吾過矣。謝公尋山飽閑暇, 應笑腐儒黏故紙。錦囊得句應已多, 萬一相思頻寄似。」時謝景思爲參議官,

291

故卒章簡之。晦叔和篇云：「文章萬言抵杯水，世上虛名徒爾耳。我常自笑一生癡，那更將癡笑羣子。大屋沈沈餘百年，到今所閱知幾士。看渠得失自偶然，其間悲喜從何起。君聞我言亦大笑，爲說萬事總如此。〔缺兩句。〕急須了却公家事，門外不知春有幾。〔缺三句。〕飛雨時聞打窗紙。他年萬一復相從，未必從容今日似。」其語意超新，惜不能盡憶。又嘗云：「五十六言，大抵多引韻起，若以側句入，尤峻健。如老杜『幽棲地僻經過少，老病人扶再拜難』是也。然此猶是作對，若以散句起又佳。如『苦憶荊州醉司馬，謫官樽俎定常開』是也。」故予自福倅滿歸，晦叔以二詩送別，正用此體。一章云：「一門伯仲知誰似？四海文章正數君。何事與予如舊識，由來於世兩相聞。閑官各喜光陰滕，勝地空多物色分。忽復翩然從此去，便應變化上青雲。」二章云：「此地相從驚歲晚，登臨況是客歸時。却將襟抱向誰可，正爾艱難惟子知。情到中年工作惡，別於生世易爲悲。梅花盡醉清江上，黯澹西風凍雨垂。」可謂奇作。然相別不兩年即下世，每誦味其語，輒爲悽然。因刻所作容齋記，嘗識于末。

1. 사학 과목 詞學科目

신종 희녕熙寧[1] 연간에 과거시험 과목 중 시부詩賦 과목이 폐지되었다가, 철종 원우元祐[2] 연간에 다시 복원되었는데, 소성紹聖[3] 연간에 다시 폐지되었다. 그래서 학자들은 시부 종류의 응용문체를 더 이상 배우지 않게 되었다. 소성 2년(1095)에 비로소 굉사과宏詞科[4]가 다시 개설되어, 조詔·고誥·제制·칙敕 등 시험보지 않는 문체를 제외하고, 장표章表·노포露布·격서檄書·송頌·잠箴·명銘·서序·기記·계유誡諭 등 아홉 종류의 문체 중에서 네 개의 제목을 뽑아 두 차례 시험을 보았다. 진사進士만이 이 시험에 참가할 수 있었으며, 당대의 시사時事가 시제가 되었고, 매 시험 당 급제한 사람은 다섯 명을 초과할 수 없었다.

휘종 대관大觀 4년(1110) 사학겸무과詞學兼茂科로 명칭이 바뀌어 개설되었으며, 시험 문체에 제고制誥가 더해졌고, 두 편은 역대 역사고사를 제목으로 삼도록 하였다. 그리고 매 해 한 차례 시험을 거행했으며 급제는 세 명을 초과할 수 없었다.

고종 소흥紹興 3년(1133)년 공부시랑工部侍郎 이탁李擢이 또 사학겸무과詞學兼茂

---

1 熙寧 : 북송 신종神宗 시기 연호(1068∼1077).
2 元祐 : 북송 철종哲宗 시기 연호(1086∼1093).
3 紹聖 : 북송 철종 시기 연호(1094∼1098).
4 宏詞科 : 당나라 현종 개원開元 19년(730)에 처음 개설된 것으로, 학문을 깊이 알고 시문에 능한 관리를 뽑아 국정의 중요직에 등용하기 위해 현직 관료들을 대상으로 시행하던 시험이다. 시험 내용은 시詩·부賦·의론義論 각 한 편씩 쓰는 것이기에, 굉사과를 '삼편三篇'이라고도 했다.

科의 옳고 그름을 따져 보고 따로 한 과목을 개설할 것을 요구하여, 결국 시험 문체가 제制·고誥·조詔·표表·노포露布·격檄·잠箴·명銘·기記·찬贊·송頌 과 서序 등의 열 두 문체로 증가하였다. 또한 여섯 편의 문장으로 세 차례 시험이 시행되는데, 매번 고제古制 하나와 금제今題 하나가 제시되었다. 그리고 경대부의 자제 중에 부모 형제의 덕분으로 관료가 된 이들도 시험에 응시할 수 있도록 하였다. 이 시험을 박학굉사과博學宏詞科라 하였는데 급제한 사람은 다섯 사람을 초과할 수 없었다. 부모 형제 덕분으로 관료가 된 이가 박학굉사 과에 급제하면 진사시進士試 급제 등급을 하사했다. 시험 명칭은 당나라 때의 것을 그대로 사용했지만, 시험 보는 문체는 당나라와 차이가 많았다.

소흥 5년(1135)부터 광종 소희紹熙 4년(1193)까지 스무 차례 방榜이 붙었는 데, 어떤 때는 세 사람의 합격자가 있었고, 어떤 때는 두 사람 또는 한 사람의 합격자가 나와, 모두 합치면 33명의 합격자가 있었다. 소희 원년(1190) 에는 시험이 시행되었지만 합격자가 없어 방이 붙지 않았다. 33명의 합격자 중에 부모 형제 덕분에 관료가 되었다가 박학굉사과에 합격한 사람도 있다. 그중 탕기공湯岐公은 직위가 재상에까지 올랐고, 왕일엄王日嚴은 한림승지翰林承 旨, 이헌지李獻之는 학사學士, 진자상陳子象은 병부시랑兵部侍郎, 탕조미湯朝美는 우사右史, 진현陳峴은 이 시험을 통해 추천되어 중용되었다. 그리고 내 형제들 도 33명의 합격자에 속해, 큰 형님인 홍직洪適은 재상을 역임했고, 둘째 형님 홍준洪遵은 조정의 요직에 임명되었고, 나는 한림학사에 제수되었다. 이 외에도 박학굉사과에 급제하여 발탁되어 중용된 사람들이 꽤 많다. 주필대周必大는 재상에 올랐고, 주무진周茂振은 조정의 요직에 임명되었으며, 심덕화沈德和·막자제莫子齊·예정부倪正父·막중겸莫仲謙·조대본趙大本·부경인傅 景仁 등은 시종侍從에 임명되었으며, 섭백익葉伯益·계원형季元衡은 좌우사左右史 에 제수되었다. 그리고 그 나머지 급제자들은 대부분 높은 지위에 오르지 않고 그냥 평범하게 지냈는데, 진종소陳宗召가 그러했다. 그렇기 때문에 세 형제가 모두 고위관직에 임명된 우리 집안은 과도한 황은을 입었다고 할 수 있다.

2. 후당 때 시행된 한밤중의 진사시 唐夜試進士

당나라의 진사는 과거시험장에 들어갈 때 초를 들고 들어갔기에 혹자는 시험이 새벽녘에 시작되어 다음날까지 밤새워 진행되었다고 여긴다. 유허백劉虛白은 "이십년 전 오늘 밤은, 똑 같은 등촉과 똑 같은 바람이 불었네二十年前此夜中, 一般燈燭一般風"라는 시구를 증빙자료로 삼아 세 개의 초가 다 탈 때까지가 시험시간이었다고 주장하기도 했다.

『구오대사舊五代史·선거지選擧志』에는 다음과 같은 기록이 있다.

> 후당後唐 장흥長興 2년(932)에 예부禮部의 공원貢院은 다음과 같은 상소문을 올려 물었다.
> "본 원에서 재상의 첩지를 받들어 야간에 진사시험을 시행하고자 하는데, 어떤 구체적인 규정이 있는지요?"
> 황제께서 칙서를 내려 답하셨다.
> "가을에 행해지는 과거시험은 일반 규정대로 준비하는데, 야간 시험은 이전의 제도에는 없던 것이다. 하여 왕도王道는 명확한 상규에 입각하여 제정하고, 공사公事는 반드시 백주대낮에 공개적으로 진행되어야 하니, 시험에 참가하는 사람들은 모두 명령에 복종하여 문밖에서 줄을 서서 질서 있게 시험장으로 들어가도록 하라. 그리고 시간이 되어 문이 닫히면 시험이 끝나는 것으로 하되, 만약에 먼저 시험이 끝난 사람이 있으면, 시험이 끝난 시간을 기록하고 먼저 시험장을 나올 수 있도록 하라. 수험생들의 대책對策 역시 낮 시험과 똑같이 하도록 하고, 각 과목에 응시하는 대책 역시 이러한 예에 따라 시행하도록 하라."

즉 밤에 진사시를 거행하는 것은 예전에는 없던 것이었다. 후당 말제末帝 청태淸泰 2년(934) 공원은 또 진사시에 잡문雜文을 추가할 것과 규정된 대문을 거쳐 상서성으로 들어가 하루 밤을 보낸 후 시험에 임할 것을 주청하였다. 후진後晉[5]의 출제出帝 개운開運 원년(944)에 이르러서는, 예부상서지공거禮部尙書知貢擧 두정고竇貞固의 상주로 진사시 시험 시간을 모두 초 세 자루의 시간으로 제한 했고, 아울러 응시자들 중 책을 몰래 감추고 시험장으로 들어간 이는

5 後晉(936~947) : 오대의 세 번째 왕조로서 석경당石敬瑭이 936년 연운십육주를 거란에 넘기는 대신 군사 지원을 받아 후당을 멸망시키고 건국하였다.

시험에 응시할 수 없도록 하였다. 이후에 언제 제도가 다시 바뀌었는지는 알 수 없지만, 두정고의 상주 이전에는 과거시험장으로 서적 반입이 가능했다는 것은 분명하다. 백거이의 문집에 기록된 상주문의 내용도 이를 반증해 준다.

> 진사시에서 서적을 참고할 수 있도록 윤허하였고, 아울러 밤을 새워 새벽까지 시험을 보게 하였다.

하지만 이 상주문에서는 시험이 시작되는 시간이 아침인지 아니면 저녁인지는 밝히지 않았다.

3. 세금으로 바치는 명주와 비단의 길이 納紬絹尺度

후주後周 현덕顯德 3년(956)에 황제는 조서를 내려, 옛 방식에 의거해 직조한 올이 굵은 명주와 올이 가는 명주·얇은 비단·비단·주름비단 등 폭이 2척尺이상 인 것은 다음 해부터 반드시 2척 5분分의 폭으로 직조해야 한다고 규정하였다. 또 각 도道와 주州·부府 관아에 세금으로 바치는 명주의 무게와 직조상태에 대해 새로운 규정을 하달하였다. 즉 명주는 매 필당 중량이 반드시 12량兩이 되어야 하고, 올이 굵은 명주의 경우 무게는 규정하지 않지만 반드시 직조상태가 균일하고 촘촘해야 한다고 하였다. 하지만 길이는 옛날과 똑같이 43척으로 하였다.

지금 비단으로 세금을 납부하는 방식은 비단의 길이와 폭 무게 등이 모두 후주 현덕연간의 제도에서 비롯된 것이다.

4. 주온의 부세 경감 정책 朱梁輕賦

당나라 말엽 주온朱溫[6]은 소종昭宗을 시해하고 그의 13살짜리 아들을 황위에 올린 후, 3년 뒤 애제哀帝의 황위를 빼앗아 후량後梁을 건국하는 무도한 대역죄를 범하였다. 이에 대해 구양수歐陽脩[7]는 『오대사五代史』에서 엄중하게 질책하였다. 그러나 후량이 건국된 후 백성들을 위한 조치로 부세 경감을 시행한 것은 칭찬받아 마땅하다. 그런데 이 조치는 『구오대사』에만 기록되어 있고, 『신오대사』에는 기록이 누락되어 있다.

『구오대사』의 기록을 살펴보자.

> 후량의 태조 주온이 나라를 건국했을 때는 황소의 난이 막 끝난 이후였다. 주온은 이문夷門[8]을 근거로 해서, 밖으로는 외적의 침입에 대한 방어를 강화하였고, 안으로는 황무지를 개간하여 농사를 장려하였으며, 동시에 백성들의 요역과 세금을 줄였다. 병사들은 전쟁의 온갖 고초를 다 겪으면서도 국방을 튼튼히 하였고, 백성들은 기꺼이 그들의 든든한 후원자가 되어주었다. 이렇듯 병사와 백성들이 한마음으로 단결하였기에, 24년이라는 짧은 기간 안에 아주 빨리 패업을 달성할 수 있었다.
> 후량의 말제末帝와 후당後唐[9] 장종莊宗[10]의 군대가 황하에서 대치하였는데, 황하 이남의 후량 백성들은 군대에 식량을 보급하느라 고생스럽고 힘겨웠지만 도망가는 사람은 하나도 없었다. 백성들이 그렇게 할 수 있었던 것은, 무릇 후량의 합리적인 제도로 인해 세금에 대한 부담이 줄어들었고, 고향 땅을 차마 떠날 수 없었

---

6 朱溫(852~912 / 재위 907~912) : 오대십국시대 후량後梁의 초대 황제. 당나라 말기 '황소의 난'에 가담하였으나 형세의 불리함을 간파하고 관군에 항복, 정부로부터 '전충全忠'이라는 이름을 하사받고 반란의 잔당을 평정하여 그 공으로 각지의 절도사를 겸하는 등 화북 제일의 실력자가 되었다. 이후 당 왕조를 멸망시키고 양梁나라를 세운 후, 황晃으로 다시 개명하였다.

7 歐陽脩(1007~1072) : 북송 저명 정치가 겸 문학가. 자 영숙永叔, 호 취옹醉翁, 육일거사六一居士. 길안吉安 영풍永豊(지금의 강서성江西省)인. 송나라 초기의 미문조美文調 시문인 서곤체西崑體를 개혁하고, 당나라의 한유를 모범으로 하는 시문을 지었다. 당송팔대가唐宋八大家의 한 사람이었으며, 후배들에게 많은 영향을 주었고, 『신당서新唐書』와 『신오대사新五代史』를 편찬하였다.

8 夷門 : 전국시대 위魏나라의 도성인 대량大梁의 동문東門 이름이었는데, 후대에는 대량大梁(지금의 하남성 개봉시開封市)의 대칭代稱으로 사용하였다.

9 後唐 : 오대五代 시기의 왕조 중 하나. 923년에 장종莊宗 이존욱李存勖(885~926)이 낙양洛陽을 도읍으로 하여 건립했다.

10 莊宗 : 오대 후당의 시조. 본명은 이존욱(885~926)으로, 산서성 태원太原 출신. 돌궐突厥 사타족沙陀族 출생으로 황소의 난을 진압했던 이극용李克用의 장자로서 연燕과 후량後梁을 멸망시키고, 제위에 올라 국호를 당唐이라 칭했다. 925년 전촉前蜀도 병합하여 하북의 땅을 평정하였다. 뛰어난 무장이었으나 측근들에게 정치를 맡기고 사치에 빠진 탓으로 반란이 일어나 부하에게 살해당하였다.

기 때문이었다.

장종이 후량을 멸망시켜 당 황실을 회복시키고자했을 때 많은 백성들의 지지를 받았다. 그러나 그가 조용사租庸使[11]로 임명한 공겸孔謙은 혹독한 법 집행으로 백성들을 착취하였고 거둬들인 재물들을 황제에게 바쳤다. 백성들은 궁핍해지고 군대 식량은 여전히 부족했는데 설상가상으로 전쟁이 또 일어났고 기근까지 들자, 건국된 지 3·4년도 못되어 후당은 멸망의 위기에 처하게 되었다. 이러한 상황은 다름 아닌, 가혹한 부세와 노역으로 인한 수많은 백성들의 실망이 원인이 되어 야기된 것이었다.

당시의 역사를 살펴보니, 『구오대사』의 이 논점은 아주 믿을 만하고 설득력이 있다. 이 역사가 주는 교훈은 분명 천하를 다스리는 이들이 귀감으로 삼을 만하다. 그런데 『자치통감』에는 이 기록이 없어 아쉬울 따름이다.

5. 감괘와 이괘 坎離陰陽

팔괘 중 감괘坎卦는 정북正北에 위치하는데 정북은 바로 유음幽陰 숙살肅殺[12]에 해당하는 장소이며, 『역경』에서 그 상징은 물[水]과 달[月]이다. 동중서董仲舒는 "음陰은 항상 엄동에 머무르는데, 공허하여 쓸모없는 곳에 쌓인다"라고 하였으나, 이것은 양陽이라고 할 수 있다.

이괘離卦는 정남正南에 위치하는데 바로 바로 문명文明이 찬란히 빛나는 곳으로, 『역경』에서 그 상징은 해[日]와 불[火]이다. 동중서는 "양은 항상 성하盛夏에 머무르는데, 생장양육을 담당한다"라고 하였으나, 이것은 음陰이라고 할 수 있다.

. . . .

11 租庸使 : 국가의 세금 징수를 담당하는 관직. 당 현종 개원11년(723), 우문융宇文融이 조용지세사租庸地稅使에 제수되면서 조용사라는 관직이 있게 되었다. 이후 양국충楊國忠 등이 임명되어 전적으로 세금징수를 담당했다. 덕종德宗 이후 조용조租庸調 제도는 양세법兩稅法으로 바뀌었고, 조용사는 폐지되었다. 희종僖宗 때에 황소의 난을 진압하면서 또 한 차례 조용사를 임명하여 군용미를 거둬들였다. 오대 이후 후량과 후당 때는 중추재정장관中樞財政長官이라고 했다가, 후당 명종明宗 때에 관직을 폐하였다.
12 肅殺 : 경신신유庚辛申酉의 서방금西方金의 방위로, 추기秋氣가 강하다. 이 때에는 만물이 성숙하고 곡식을 거두어들이게 된다.

어찌 십이지지十二地支의 오午에서 음에 생성된다고 여기는가? 사마정司馬貞은 다음과 같이 말하였다.

> 하늘은 양이고 남쪽은 양의 위치이기에 목木 역시 양이다. 그렇기 때문에 목은 바로 남정南正이다. 화火는 지정地正이며 또 북정北正이라고도 불린다. 화의 숫자는 2인데, 2는 땅의 수이고, 땅은 음이라 북방을 주관하기 때문에, 화정火正은 또 북정北正이라고 하는 것이다.

이 구절의 의미를 깊이 생각해보았지만 그 의미가 명확하지 않다. 성인들은 이러한 말을 한 적이 없고, 옛부터 지금까지 저명한 유학자들도 모두 이것에 대해 어떠한 논의도 한 적이 없다.

6. 전임 재상의 상서직 임명 前執政爲尙書

송나라 개국 초에는 재상을 역임했다가, 후에 다른 관직에 임명된 사람들이 아주 많았다. 신종神宗 원풍元豐[13] 연간 관직 제도를 개선한 이후에 전임재상은 상서尙書의 직에만 임명될 수 있었다.

증효관曾孝寬은 첨서추밀簽書樞密에서 물러난 이후, 다시 이부상서吏部尙書에 임명되었다. 한충언韓忠彦은 지추밀원知樞密院에서 지방관으로 갔다가, 다시 중앙에 소환되어 이부상서에 임명되었다. 이청신李淸臣과 포종맹蒲宗孟·왕존王存은 모두 좌승左丞을 지냈는데, 이청신과 왕존은 다시 이부상서에 임명되었고, 포종맹은 병부상서에 임명되었다.

철종哲宗 원우元祐 6년(1091) 이청신이 이부상서에 임명되었을 때, 급사중給事中 범조우范祖禹가 이청신의 임명을 처리하지 않고 봉한 채 그대로 다시 돌려보냈다. 이에 조정은 이청신의 임명을 어떻게 처리할지 결정하지 못한 상태에서, 이어 또 포종맹을 병부우승兵部右丞에 임명하려고 하였다. 소철은 이 두 사람의 임명문제를 잠시 보류하는 것이 좋겠다고 했다. 좌복야左僕射 여대방呂大防은

용재삼필 권 10

황제에게 다음과 같은 상소를 올렸다.

> 각 부가 오랜 기간 동안 상서직이 빈자리로 있었으나, 현재 그 자리에 오를 만한
> 사람들은 모두 자격이 안 되어 임용할 만하지 않습니다. 하지만 상서직을 계속해
> 서 공석으로 둘 수도 없으니, 전임 재상들을 그 자리에 임명하는 것이 가장 좋을
> 듯 합니다.

소철蘇轍이 말했다.

> "상서직이 공석으로 있었던 것은 이미 오래되었지만, 그로 인해 정무를 진행해
> 나가는데 영향 받은 것은 아무것도 없습니다."

그리하여 전임 재상들의 상서직 임명은 없던 일이 되었다. 호종유胡宗愈는
우승右丞을 역임하고, 다시 예부상서禮部尚書와 이부상서에 제수되었지만, 휘
종徽宗 숭녕崇寧14 이후 전임 재상들의 상서직 임명은 다시는 없었다.

7. 하백이 아내를 맞이하다 河伯娶婦

『사기史記』에 저소손褚少孫15이 보충한 문장 중에는 기괴한 이야기가 하나
있다. 위魏 문후文侯16 때 서문표西門豹17가 업鄴의 현령으로 임명되었을 때의

15 褚少孫 : 전한 원제元帝와 성제成帝 시기 박사博士. 일찍이 사마천司馬遷이 죽고 난 뒤『사기』의
누락된 부분을 수집·보충하는 작업을 담당했다고 한다. 「효무본기孝武本紀」와 「삼왕세가三王
世家」, 「외척세가外戚世家」, 「귀책열전龜策列傳」, 「일자열전日者列傳」 및 「골계열전滑稽列傳」을
보찬하거나 부록으로 달았다.
16 魏文侯 : 전국시대 위魏나라의 2대 군주. 본명 사斯. 한호韓虎·조맹盂(조무휼趙無恤)과 함께
진晉 공실을 삼분해 위魏나라를 세운 개조開祖 위구魏駒(위환자魏桓子)의 아들. B.C.403년에
한건韓虔·조적趙籍과 함께 주周 위열왕威烈王에게 정식 제후 지위를 승인받은 후 안읍安邑에
도읍해 국가 체제를 정비했다. 법가法家인 이극李克을 등용하여 내정 개혁을 실시하고 법전法
典을 정비하며 평적법平糴法을 실시하는 한편, 서문표西門豹를 등용해 업鄴 땅의 폐습을 없애고
장수漳水 12거혈를 개척해 그 일대의 농업 생산력을 제고시켰다. 또 오기吳起를 등용해 하서河
西의 방비를 강화하는 등 문무文武 양면에서 큰 치적을 올려 위나라를 같은 삼진 국가인
한韓과 조趙보다도 빠르게 발전시켰다. 위문후의 치적으로 위나라는 전국 시대 전반기의
패권 국가로 부상하게 되었다.

일이라고 한다. 그는 헐벗고 굶주린 백성들이 야윌 대로 야윈 자식들을 업고 끌면서 걸식을 위해 외지로 떠나는 것을 보고, 백성들에게 그 이유를 물었다. 나이 많은 이가 대답하였다.

"우리들은 하백河伯[18]이 아내를 맞이하는 것 때문에 가난하게 되었습니다."

서문표가 그 까닭을 물어보니 다음과 같이 대답하였다.

"업현의 삼로三老[19]들과 관아의 아전들은 매해 백성들에게서 세금을 걷어 가는데, 수백만 냥에 달합니다. 그 중 2,30만 냥은 하백이 아내를 맞이하는 것을 위해 사용하고, 나머지는 무당들과 나누어 가져갑니다. 무당들은 어느 집의 딸의 용모가 뛰어나면 강제로 그 딸을 하백에게 시집을 보냅니다. 강 위에 재궁齋宮을 짓고 아가씨들을 아름답게 단장시키고 나무침대에 눕혀 강물에 띄웁니다. 강물을 떠내려가던 침상은 곧 물에 가라앉고 아가씨들은 물귀신이 되지요. 그래서 용모가 뛰어난 딸을 지닌 이들은 대부분 딸을 데리고 멀리 도망을 가기 때문에 성안은 텅텅 비어 사람이 없게 되었습니다."

서문표가 말했다.

"하백이 아내를 맞이할 때 나도 가서 축하해주어야겠군요."

하백이 아내를 맞이하는 날이 되었다. 한 아가씨가 제물로 바쳐지자

....

○ 평적법平糴法 : 나라에서 해마다 추수 직후에 곡식을 시가보다 약간 비싸게 사들여 비축해 두었다가 춘궁기나 흉년에 곡가가 오르면 시가보다 싸게 방출하는 제도. 곡가 조절 및 빈민 구휼 정책.

17 西門豹 : 전국시대의 위魏나라 정치가. 업성의 현령으로 부임하여 백성을 동원하여 12개의 수로를 파 논으로 강물을 끌어들이는 관개사업을 하여, 농업생산 증대에 이바지하였다. 또 그 고장 사람들이 무신巫神을 믿어, 해마다 미녀를 골라 하백河伯을 위하여 강물에 던지는 풍습이 있었다. 그는 이러한 악습을 없애기 위해 이를 주창한 무당을 강물에 던져 그릇된 풍습을 없앴다.

18 河伯 : 황하黃河의 신. 『포박자抱朴子』에 따르면, 하백은 이름이 풍이馮夷 또는 빙이氷夷였는데, 때때로 처녀를 요구했다고 한다. 이는 '하백취부河伯娶婦(하백이 아내를 맞다)'라는 말로 전설화되어 같은 이름의 가극이 되기도 했다.

19 三老 : 진秦·한漢시대 백성의 교화를 담당한 향관鄕官. 녹봉은 없었으며, 인망 있는 지방토호 중에서 임명하여 이들이 지닌 토착세력을 이용하여 백성들을 다스리고자 만든 직책이다.

서문표는 아가씨의 외모가 뛰어나지 않으니 무당과 제자들, 그리고 삼로들도 함께 강물에 뛰어들어 하백께 사죄하게 하였다. 그리고 말을 끝내자마자 큰 무당과 제자 셋, 그리고 삼로를 모두 강에 밀어 넣었다. 서문표의 이런 행동으로 인해 하백에게 아가씨를 시집보내는 악습이 없어졌다. 이 후로 다시는 하백이 아내를 취하였다는 말이 나오지 않았다.

내가 이 사건을 조사해보았는데, 이 이야기는 모두 잡기나 야사에 기록되어 있기에 사실이 아닌 것으로 의심된다. 그런데 「육국표六國表」에 진나라 영공靈公 8년에 "처음으로 군주君主를 하백의 아내로 삼게 했다初以君主妻河"는 기록이 있다. '처음'이라고 한 것은 바로 이 해부터 시작되었다는 것인데, 언제 이러한 풍속이 없어졌는지에 대해서는 기록이 없다. 주석가들조차 아무런 설명도 하지 않았다. 사마정은 『사기색은史記索隱』에서 다음과 같이 주석을 달았다.

> 이 해에 처음으로 다른 사람의 딸을 군주로 삼았다는 것을 말한 것으로, 군주는 즉 공주公主다. 하백의 아내로 삼게 했다는 것은 즉 하백에게 시집보낸 것을 이른 것이다. 그렇기 때문에 위나라에 하백에게 아내를 바치는 풍속이 있었던 것을 알 수 있다.

8. 육경의 문자 사용법 六經用字

육경六經의 도는 하나로 귀결되지만, 뜻은 똑같지 않고, 문자의 사용법도 같지 않다. 예를 들면 佑우와 祐우, 右우 세 글자는 본디 한 글자인데, 『상서』에서는 佑우를 사용했고, 『역경』에서는 祐우, 『시경』에서는 右우를 사용했다. 惟유와 維유, 唯유도 동일한 글자인데, 『상서』에서는 惟유를 사용했고, 『시경』에서는 維유, 『역경』과 『좌전』에서는 唯유를 사용했다. 또 『역경』의 旡무자와 『주례周禮』의 灋법, 眡저, 亮고, 鱻선, 齍자, 辠죄, 歑어, 橐률, 魁유, 獺민, 簭서 등의 글자는 다른 경전에선 모두 형태가 다른 글자로 대체되었다. 지금 사람들은 旡咎무구와 旡妄무망을 쓸 때 대부분 '無무'자를 쓰는데, 이는 잘못된 표기이다. 효종孝宗께서 막 즉위하셨을 때 잠저潛邸[20]를 우성관佑聖觀이라고 하고, 옥책관玉冊官[21]에게 이를 전각篆刻한 팻말을 만들어 붙이라 명하였다. 옥책관은 이에 대해 다음과 같은 상소를 올렸다.

"전서에 '佑우'자는 사람인변 없이 단지 '右우'자 하나만 단독으로 쓰입니다."

도사道士들이 관명觀名에 사람인변 없는 '右우'자를 쓸 경우 불안하고 불길한 현상이 일어날 수 있다고 강력히 주장하여, 효종은 이번 전패篆牌에는 사람인변이 들어간 '佑우'자를 쓰도록 특별 칙령을 내렸다.

9. 악주 흥당사의 종 鄂州興唐寺鐘

악주성鄂州城[22] 북쪽의 봉황산鳳凰山 북쪽에 흥당사興唐寺라는 불교사찰이 하나 있다. 그 절의 작은 누각에 종이 있는데, 종 표면에 다음과 같은 글이 새겨져 있다.

대당大唐 천우天祐 2년(905) 5월 15일 새로 주조하였다.

또 두 사람의 관등성명이 새겨져있는데, 한 사람은 금자광록대金紫光祿大 검교상서좌복야檢校尙書左僕射 겸 어사대御史大 진지신陳知新이고, 나머지 한 사람은 은청광록대銀靑光祿大 검교상서우복야檢校尙書右僕射 겸 어사대御史大 양종楊琮이다. '大대'자 아래에 모두 '夫부'자가 있는데 모두 제거되어 알아볼 수가 없다.

『구오대사舊五代史』와 『신오대사新五代史』·『구국지九國志』에는 이 종과 관련

---

20 潛邸 : 왕세자王世子와 같이 정상법통正常法統이 아닌 다른 방법이나 사정으로 임금으로 추대된 사람이 왕위에 오르기 전에 살던 집, 또는 그 살던 기간.
21 玉冊官 : 황제의 존호를 올릴 때 송덕문頌德文을 짓는 직책.
   ○ 玉冊 : 제왕帝王이나 후비后妃의 존호를 올릴 때에 송덕문頌德文을 옥에 새긴 간책簡冊.
22 鄂州城 : 지금의 호북성湖北省 무창武昌.

된 어떠한 기록도 실려 있지 않다. 다만 유도원劉道原의 『십국기년十國紀年』이라는 책에만 이 종과 관련된 아주 기초적인 설명이 기재되어있는데, 당나라 소종昭宗[23] 때 회남절도사淮南節度使를 지냈던 양행밀楊行密[24]의 아버지 이름이 怤부로, '怤부'와 '夫부'는 동음이라는 내용이다.

당시 양행밀은 회남淮南 일대를 점령하였는데, 후에 악주를 공격하여 두홍杜洪[25]을 무찌르고 악주까지 점령하였다. 그리고 자신의 아버지 이름인 '怤'자를 피휘避諱[26]하기 위해 흥당사 종에 새겨진 '夫'자를 제거하도록 명령했다고 한다. 양행밀의 아들인 양위楊渭는 오나라를 건국한 후에 문산관文散官 중의 '대부大夫'라는 관직 명칭을 일률적으로 '대경大卿'으로 바꾸었고, '어사대부御史大夫'도 일률적으로 '어사대헌御史大憲'으로 바꾸었다. 이러한 당시의 상황이 바로 흥당사 종에 새겨진 글 속에 '夫'자가 사라진 이유를 설명해준다.

남오南吳 무의武義 2년(920)에 만들어진 파양鄱陽 부주사浮洲寺의 동종銅鍾과 순의順義 3년(923)에 만들어진 안국사安國寺의 종은 모두 자사刺史 여사呂師가 만든 것인데, 종 표면에 새겨진 관직명 또한 피휘를 하였다.

23 昭宗(867~904) : 당나라 제19대 황제. 당나라의 실권을 장악하고 있던 환관 양복공楊復恭에 의해 889년에 황제로 옹립되었다.

24 楊行密(852~905) : 오대五代 남오南吳의 태조. 자 화원花源, 본명 행민行湣. 여주廬州 합비合肥 사람이다. 젊어서 가난했지만 완력이 대단했다. 처음에는 도둑이었다가 주병州兵에 응모해 대장隊長으로 옮겼다. 수戍자리를 나갔다가 반란을 일으켰다. 여주를 거점으로 웅거하자 당나라에서 여주자사로 임명했다. 회남절도사淮南節度使를 자칭하던 손유孫儒를 격파하고 당 소종唐昭宗으로부터 회남절도사에 임명되어 양주揚州를 근거지로 삼아, 회수淮水 남쪽에서 강동江東에 걸친 약 30주의 땅을 확보하고 천복天復 2년(902) 오왕吳王에 봉해졌다.

25 杜洪(?~907) : 당말오대唐末五代 시기의 절도사. 호북湖北 무창武昌 출신으로, 886년에 악주鄂州를 점령하여 무창군절도사武昌軍節度使가 되었으며, 양행밀에게 패하여 포로로 사로잡혔다가 살해되었다.

26 避諱 : 휘諱는 원래 왕이나 제후의 이름을 일컫는 말로 황제나 자신의 조상의 이름에 쓰인 글자를 사용하지 않는 관습으로, 경우에 따라서는 글자뿐 아니라 음이 비슷한 글자를 모두 피하기도 하였다. 이러한 관습은 한국, 일본 등 주변의 한자문화권에 전파되어 오랫동안 행해졌다. 이런 관습은 사람의 이름을 직접 부르는 것이 예의에 어긋난다고 여겼던 한자문화권의 인식 때문으로 자나 호와 같이 별명을 붙여 부르던 풍습에서 유래된 것이다. 피휘에는 황제나 왕의 이름을 피하는 국휘國諱와 집안 조상의 이름을 피하는 가휘家諱 및 성인의 이름을 피하는 성인휘聖人諱가 있으며 국휘의 경우 황제는 7대, 왕은 5대 위의 이름까지 피해 사용하였다.

광록대경光祿大卿 검교태보檢校太保 겸 어사대경御史大卿

그런데 여기에서 '어사대헌'이라 하지 않고 '어사대경'이라고 한 이유는 알 수 없다. 왕득신王得臣은 『주사麈史』에서 이 일에 대해 다음과 같이 자세히 분석하였다.

> 양행밀이 유존劉存을 파견하여 악주를 공격하도록 하였는데, 진지신과 양종은 모두 이 공격에 참가하지 않았다. 그러한 이유 때문에 역사서에 모두 이 일이 기록되지 않은 것이다.

나 또한 이 일에 대해 다양한 역사서를 통해 고증해보았다. 양부楊溥[27] 때, 유존은 악악관찰사鄂岳觀察使로 도초토사都招討使를 겸임하였고, 진지신은 악주자사岳州刺史로 단련사團練使를 겸임하였다. 두 사람이 함께 군대를 이끌고 초楚를 공격하다가, 진지신은 사로잡혀 죽임을 당했다. 진지신은 유존의 유능한 부하였는데, 어찌 유존의 악주 공격에 참가하지 않을 수가 있겠는가? 왕득신의 분석은 확실히 오류가 있기에 믿을 수 없다.

10. 예형이 조조를 무시하다 禰衡輕曹操

공융孔融[28]은 다음과 같은 이유를 들어 조조에게 예형禰衡[29]을 추천하였다.

- -

27 楊溥 : 오대시기 오나라의 4대 황제 예제睿帝(920~937). 오나라의 초대왕 양행밀의 4남으로, 남당의 초대황제 이변李昪에게 선양했다.

28 孔融(153~208) : 후한 말기의 학자. 자 문거文擧. 공자의 20대 손으로, 어려서부터 재능이 뛰어났고, 문필에도 능하여 건안칠자建安七子의 한 사람으로 불렸다. 헌제獻帝 때 북해北海의 재상이 되어 학교를 세웠으며, 동탁董卓의 횡포에 격분하여 산둥에서 황건적黃巾賊 평정에 힘썼으나 큰 성과를 얻지는 못하였다. 당시 세력을 확장하고 있던 조조曹操를 낱낱이 비판 조소하다가 일족과 함께 처형되었다. 시문 『공북해집孔北海集』(10권)은 조비曹丕가 극찬을 하였으며, 『문선文選』에 「천예형표薦禰衡表」 등이 수록되어 있다.

29 禰衡(173~198) : 자 정평正平. 후한 말기 평원平原 반현般縣 출신으로, 젊었을 때부터 말주변이 있었고, 성격이 강직하면서 오만했다. 조조를 욕하자 조조가 화가 치밀어 그를 죽이려 하였으나 어진 이를 해쳤다는 이름을 받을까 두려워서 그를 유표劉表에게로 보내버렸다. 유표가 처음에는 그를 소중히 여겼으나 얼마 안 가서 그가 오만하므로 용납하지 못하고

예형은 인품이 뛰어나고 재주가 남달리 뛰어나며 포부가 원대합니다. 악한 일을 보면 마치 원수를 대하듯 싫어하며, 옛날 직언을 잘하기로 유명했던 임좌任座와 사어史魚30도 그와 비기지 못합니다. 예형과 같은 비범한 재능을 지닌 인재는 많지 않습니다.

공융이 조조에게 예형을 여러 차례 추천하자, 조조는 그를 한 번 직접 만나보고 싶었다. 그러나 예형이 원래부터 조조를 좋게 보지 않았기에, 조조가 불러도 가지 않았고, 심지어 듣기 거북한 모욕적인 말까지 몇 차례 했다. 조조가 이 일을 전해 듣고 노발대발하여 그를 당장 잡아들이려고 하였지만, 정직한 인재로 소문난 예형을 잘못 건드렸다가는 인재를 아낀다는 자신의 명예에 먹칠을 할 수 있다는 생각에 예형의 오만함을 바로잡을 수 있는 계책을 세웠다. 그래서 조조는 북을 잘 치는 예형을 북 치는 말단 관리직에 임명했다. 관리들은 자신의 신분과 지위에 맞는 관복을 입고 조회에 참석해야 하므로 예형이 말단 관리직의 관복을 입고 많은 사람들 앞에 나서게 되면 그의 체면이 깎일 것이라고 생각했다. 그러나 예형은 평상복을 입고 조회에 참석했고, 이를 질책하는 고위직의 호통을 들었다. 예형은 조조에게 항의의 표시로 그 자리에서 평상복을 홀홀 벗어던지며 알몸을 드러낸 후 관복으로 갈아입었다.

공융은 사태가 심각해지자 안절부절 하며 예형이 해를 당할까 두려워하였다. 공융은 조조를 찾아가 예형이 광증이 있어 때로 발작을 일으키는데 지금은 정신이 돌아와 자신의 실수를 후회하며 용서를 구하고자 한다고

그를 또 강화 태수 황조에게로 보내버렸다. 황조는 급한 성질을 가지고 있었으므로 끝내는 그가 불손한 말을 한다고 죽여 버렸는데, 그의 나이 겨우 26세였다. 작품에 「앵무부」가 있다.

30 史魚 : 춘추시대 위衛나라의 충직한 신하. 이름은 추鰌. 위나라 영공靈公이 거백옥遽伯玉은 현명한데도 등용하지 않았고 미자하彌子瑕는 불초한데도 임용하므로, 거백옥을 등용하고 미자하를 내칠 것을 여러 차례 간하였으나 받아들여지지 않았다. 그가 임종할 때 자신이 임금을 바르게 보좌하지 못하여 거백옥을 중용하지 못했고 미자하를 내치지 못했으니, 장사를 지내지 말고 시신을 북당北堂에 두라고 유언을 남겼다. 영공이 조문 가서 그 사실을 듣고 놀라며 그의 간언을 받아들여 시행했다고 하여 시간屍諫으로 유명해졌다.

했다. 조조는 이 말을 듣고 화를 누그러뜨리고 또 한 명의 인재를 얻게 되었다고 기뻐했다. 그리고 문을 지키는 위병에게 손님이 찾아오면 극빈 대우를 하라고 명했다. 그러나 용서를 구하러 찾아온다는 예형은 조조의 군영軍營 문 앞에서 고래고래 욕설을 퍼부었다. 이를 전해들은 조조는 크게 화를 내며, 자신을 욕 보인 예형을 죽일 수도 없고, 그렇다고 해서 그냥 놔둘 수도 없어 유표劉表에게 보냈다.

유표에게 간 예형은 유표마저 깔보며 조조에게 했던 것보다 더 심하게 그를 조롱했고, 조조가 자신에게 예형을 보낸 까닭을 눈치 챈 유표는 예형을 다시 황조黃祖에게로 보냈다. 성격이 난폭했던 황조는 불손하게 행동하는 예형을 죽여 버렸다.

예형을 조조에게 추천한 사람은 공융이다. 소식은 공융이 조조를 음험하게 남을 해치는 난세의 영웅이므로 공융과 조조는 결코 함께 공존할 수 없는 사이이며, 공융이 조조를 죽이지 않는다면 조조가 공융을 해쳤을 것이라고 하였다. 그리고 예형은 평생 공융과 양수楊脩 두 사람하고만 교류하였는데, 항상 다음과 같은 말을 하였다고 한다.

"내 큰 아들은 공융이고, 작은 아들은 양수다."

공융과 양수가 모두 조조에게 죽임을 당했기에, 예형이 조조의 수하에 있었다면 그 또한 공융과 양수처럼 조조에 의해 죽임을 당했을 것이다.

『후한서』에서 예형은 의지가 고결하고 유능한 사람이라고 했다. 그러므로 자신이 조조를 무시한 것 때문에 위험에 빠질 줄을 알지 못한 것이다. 어떤 것에도 구속 받지 않고 말하고 싶은 대로 말을 한 사람이었기에 나라를 찬탈하려는 마음을 지닌 조조를 비난 한 것은 당연한 것이었다. 유표劉表 또한 자신의 대권에 대한 욕심을 비난하는 예형을 용납하지 못했기에, 황조黃祖에게 예형을 보내 죽음에 이르게 한 것이다.

예형이 지은 「앵무부鸚鵡賦」[31]를 보면, 자신을 앵무새에 비유하여 뜻을 여러 차례 토로하였다.

307

높고 험준한 곳을 즐겁게 날아다니며,　　嬉遊高峻,
깊고 깊은 곳에만 깃들었었네.　　棲峙幽深.
날아다니며 함부로 무리 짓지 않았고,　　飛不妄集,
날다가 내려앉을 때는　　翔必擇林.
　　반드시 좋은 숲을 골랐다네.
　　……

비록 깃털이 똑같은 무리들이라 해도,　　雖周旋於羽毛,
각기 다른 지혜와 다른 성격이 있고,　　固殊智而異心.
앵무새는 봉황과 아름다움 견줄만하니,　　配鸞皇而等美,
어찌 보통 새들과 견줄 수 있겠는가?　　焉比翼於衆禽?
　　……

과거의 현인들도 환란을 만나면,　　彼賢哲之逢患,
오히려 타향에서 남에게 의지하는 신세가　　猶棲遲以羈旅.
　　되는데
하물며 날짐승 같은 미천한 동물이,　　矧禽鳥之微物,
유순하게 복종하며 편안하게 지낼 수 있겠는가?　　能馴擾以安處.
　　……

나의 운명이 박복함을 탄식하니,　　嗟祿命之衰薄,
어찌하여 이토록 불우한 인생풍파를　　奚遭時以險巇.
　　겪어야 하는가?
어찌 앵무새가 사람의 말을 흉내 내었다고　　豈言語以階亂,
　　화를 초래하리오,
아니면 비밀을 누설하였다고　　將不密以致危.
　　위기를 초래하겠는가?
　　……

찢기고 상처 난 날개 돌아보니,　　顧六翮之殘毀,
애써 날아 보지만　　雖奮迅其焉如.
　　어찌 고향으로 돌아갈 수 있을는지?
돌아갈 마음 품지만 목적을 이루지 못하였으니,　　心懷歸而弗果,
부질없이 한 모퉁이에 숨어서 원망하고　　徒怨毒於一隅.
　　통곡할 수밖에.
　　……

....

31 鸚鵡賦 : 동한東漢 말기에 예형이 지은 부賦. 황조黃祖가 강하 태수江夏太守로 있을 때 그
아들 역射이 크게 빈객을 모아 잔치를 하는데, 이때 앵무새를 바치는 자가 있자 황역이
이를 기념하기 위하여 앵무부를 짓게 하자, 예형이 즉석에서 지어내 문장을 과시하였다.

진실로 맡은 바 소임에 최선을 다할 것이니,	苟竭心於所事,
감히 은혜를 배신하고 초심을 잊겠는가!	敢背惠以忘初.
......	
죽더라도 변치 않고 베푸신 은혜에 보답하고자 하며,	期守死以報德,
기꺼이 말솜씨 발휘해 미력을 다하고자 하네.	甘盡辭以效愚.

이 글을 반복해서 읽었는데, 읽으면 읽을수록 슬픔이 더 북받쳐 올랐다. 「망앵무주회예형望鸚鵡洲懷禰衡」은 이백이 예형에 대해 읊은 시이다.

위무제는 천하를 다스렸으나,	魏帝營八極,
예형은 그를 개미 보듯 대하였네.	蟻觀一禰衡.
황조라는 속 좁은 사람이	黃祖斗筲人,
예형을 죽여 악명만 남겼구나.	殺之受惡名.
오강의 도도한 흐름을 보며 앵무를 노래했는데,	吳江賦鸚鵡,
글을 쓰자 모든 영재들이 감탄했다오.	落筆超群英.
쟁쟁한 그 솜씨 금석을 울리는 소리요,	鏘鏘振金石,
구절구절 날아오를 듯 했는데,	句句欲飛鳴.
물수리가 외로운 봉황을 부리로 쪼았으니,	摯鶚啄孤鳳,
천년이 흘러도 내 마음 아프기만 하네.	千春傷我情.

이 시는 예형의 상황을 가장 잘 묘사했다고 할 수 있다.

11. 궐내의 중요 문서 禁中文書

송 인종 때 재상이었던 한기韓琦[32]는 후사를 정하는 것에 관해 인종과 비밀스럽게 상의하며, 다음과 같이 말했다.

"후사를 정하여 황태자로 세우는 것을 결정한 이상, 중간에 그만둘 수 없습니다. 그러니 폐하께서는 절대로 흔들리시면 아니 되옵니다. 일의 진행사항에 대해 명

----

32 韓琦(1008~1075) : 중국 북송의 정치가. 사천四川의 굶주린 백성 190만 명을 구제하고, 서하西夏의 침입을 격퇴하여 변경방비에도 역량을 과시함으로써, 30살에 이미 명성을 떨쳐 추밀부사가 되었다. 이후 재상에 올랐으나 왕안석과 정면 대립함으로써 관직에서 물러났다.

하실 것이 있으시면 청컨대 궐내에서도 칙서를 내려주옵소서."

인종은 칙서로 명하게 될 경우 후사를 정하는 일을 궐 사람들이 알게
될 것이라고 생각했다.

중서성中書省에서 비밀리에 처리하는 것이 오히려 비밀을 유지하는 데 도움이
될 것이니, 그리하라.

이렇게 해서 황제와 재상 두 사람이 극비리에 추진시킨 황태자 책봉은
성공할 수 있었다.

효종 순희淳熙 14년(1187) 10월 22일에 황상께서는 덕수궁德壽宮에서 선
황이신 고종高宗의 상을 치루고 환궁하셨는데, 25일에 논의할 일이 있다
고 하시며 이부상서吏部尙書 소수蕭燧와 한림학사翰林學士였던 나를 궐로 불
러들이셨다. 이를 전하러 온 사자가 내게 이러한 명을 전했다.

"한림학사께서는 논의 후에 궐내에 머무르라고 하셨습니다."

황상과 소대召對[33]가 끝난 후, 동화문東華門 내 행랑으로 갔는데 흰 휘장에
가려진 황상의 상탑牀榻[34]에 쪽지가 하나 끼어 있었다. 그리고 그 쪽지에는
당나라 정관貞觀[35] 연간에 태자가 국사를 감독했던 일이 기록되어 있었다.
소수가 퇴궐한 후, 황상께서는 나를 불러 황태자가 국정을 파악할 수 있도록
정사 결정에 참여시키고자 하니 제도에 따라 구체적인 실행 절차를 작성하라
명하셨다. 그리고 다음과 같이 당부하셨다.

"이를 작성하여 올림에 반드시 보안을 유지해야하오."

내가 답하여 아뢰었다.

· ·

33 召對 : 왕명으로 입궐하여 정사에 관한 의견을 상주하거나 또는 경연經筵의 참찬관參贊官
이하를 불러 임금이 경사經史를 강론하는 것이다.
34 牀榻 : 깔고 앉기도 하고 눕기도 하는 여러 가지 도구. 평상平牀, 침상寢牀 따위가 있다.
35 貞觀 : 당나라 태종太宗 때의 연호(627~649).

310

용재수필

"반드시 직접 써서 밀봉하여 통진사通進司를 통해 올리겠습니다."

황상께서 말씀하셨다.

"밀봉한다고 해도 누가 어디에서든 열어볼 수 있으니, 짐이 신임하는 내신內臣을 시켜 전하도록 하는 것이 가장 나을 듯하오."

내가 다시 아뢰었다.

"어약御藥을 하사받는 경우가 아니라면 신이 직접 내신과 연락할 방법이 없사옵 니다. 일반적으로 내신을 통해 공문서를 전달할 수 있는 방법이 현재에는 없사오 니, 소신이 황태자의 국정 참여와 관련된 실례들을 모두 수집하여 정리한 후에 다시금 폐하의 접견을 청하여 직접 올리겠사옵니다."

황상께서 흡족해하시며 말씀하셨다.

"좋소, 그러는 것이 가장 좋을 듯하오."

그리하여 7일 동안 세 차례 입궐하여 폐하를 알현하였다. 이를 통해 황실의 존망과 관련된 중대한 사안은 보안을 유지하기 위해 얼마나 신경을 쓰는가를 알 수 있다.

12. 『노자』老子之言

『노자老子』는 대개 무위無爲와 무명無名을 근본으로 하여, 절성기지絶聖棄智 즉 성스러움을 끊고 지혜를 버리는 것으로 귀결된다. 그래서 다음과 같이 말한 것이다.

장차 그것을 줄이려면 반드시 그것을 먼저 확장시켜야 하고, 장차 그것을 약하게 하려면 반드시 그것을 강하게 해야 하며, 장차 그것을 폐하려면 반드시 그것을 흥하게 해야 하고, 장차 그것을 빼앗으려면 반드시 그것을 주어야 한다.[36]

정교하게 마음을 쓰는 것으로 대상을 제어하는 방법을 말한 것이다. 311

그 의미가 미묘하고 심오하여 진실로 그 뜻을 헤아리기 어렵다.

13. 『공총자』孔叢子

전한 때 매승枚乘[37]이 오왕吳王 유비劉濞에게 다음과 같은 편지를 보냈다.

> 가느다란 실 한 올에 천 균鈞[38]이나 되는 무거운 것이 엮어져, 위로는 끝을 모를
> 높은 곳에 매달려 있고 아래로는 바닥이 보이지 않는 깊은 연못에 드리워져 있는
> 형국이니, 아무리 어리석은 사람이라도 상황이 아주 위태롭다는 것을 알 것입니
> 다. 말이 놀라고 있는데, 북을 두드려 더 겁을 주는 것과 같고, 실이 곧 끊어지려
> 하는데 더 무거운 것을 매다는 것과 같습니다. 높은 곳에 매달았던 것이 끊어지
> 면 다시 잇기가 어렵고, 끊어져 깊은 연못에 빠지면 다시 건져낼 수 없습니다.

『공총자孔叢子』[39] 「가언嘉言」에 다음과 같은 자공子貢의 말이 실려 있다.

> 가느다란 실 한 올에 천 균이나 되는 무거운 것이 엮어져, 위로는 끝을 모를 높은
> 곳에 매달려 있고 아래로는 바닥이 보이지 않는 깊은 곳에 드리워져 있는 상황입
> 니다. 주위 사람들은 모두 그 실이 끊어질까봐 걱정하는데, 당사자는 그 위험을
> 모르고 있으니, 바로 그대가 그렇습니다. 말이 이미 놀라있는데 북을 두드려 더
> 놀라게 하고, 실이 곧 끊어지려 하는데 더 무거운 것은 매단 것과 같으니, 말이

• •

36 『老子』36장.

37 枚乘(?~B.C.141) : 한대 초기의 저명한 시인이자 사부辭賦 작가. 자는 숙叔. 제후였던 오왕
유비劉濞 밑에서 낭중郎中 벼슬을 지냈다. 당시 경제景帝가 제후들의 영지를 삭감하여 중앙정권
을 공고히 하려하자, 오왕은 원한을 품고 초왕楚王·조왕趙王과 결탁하여 역모계획을 세웠다.
이에 매승이 상소를 올려 간하였으나, 받아들이지 않았다. 그러자 오왕을 떠나 양효왕梁孝王
을 찾아가 빈객賓客이 되었다. 훗날 경제가 그를 불러 홍농도위弘農都尉에 임명하였으나, 병을
핑계로 나가지 않았고, 무제가 즉위하여 수레와 사람을 보내 그를 불렀는데 너무 늙어
상경하는 도중 죽고 말았다.

38 鈞 : 무게의 단위로 30근을 지칭한다. 천균은 3만 근이다.

39 『孔叢子』: 공자의 9대손인 전한의 공부孔鮒가 편찬한 책. 공자 이하 자사子思·자고子高
·자순子順 등 일족의 언행을 모아 가언嘉言·논서論書·기의記義·형론刑論·기문記問·잡훈雜訓
·거위居衛·순수巡狩·공의公儀·항지抗志·소이아小爾雅·공손용公孫龍·유복儒服·대위왕對魏王·
진사의陣士義·논세論勢·집절執節·힐묵詰墨·독치獨治·문군례問軍禮·문답問答의 21편으로 엮
었다. 그 뒤 무제武帝 때 공장孔臧이 자신의 글을 『연총자連叢子』 상하편이라 하여 여기에
덧붙였다고 한다. 송나라 인종仁宗 가우嘉祐연간에 송함宋咸이 이 책에 주를 달았다고 한다.

놀라 달아나 수레가 뒤집혀져 세 마리의 말을 여섯 고삐로 통제할 수 없을 것이고, 높게 매단 실이 끊어져 매달렸던 무거운 것에 짓눌리게 될 것입니다. 높은 곳에 매달린 실이 끊어져 깊은 곳에 떨어지는 것은, 위태로움으로 인한 필연적 결과인 것입니다.

매승이 『공총자』「가언」을 그대로 인용한 것이다. 『한서』에 주석을 한 여러 학자들 대부분은 이를 인용하지 않았는데, 오로지 이선李善만이 『문선文選』에 이를 인용하였다. 『공총자』를 조사해보았더니, 『한서·예문지』에 수록되어 있지 않았다. 유향劉向과 유흠劉歆 부자父子는 『공총자』를 본 적이 없었던 것이다. 그런데 유가목록에 태상요후太常蓼侯의 『공장孔臧』 10편이 수록되어있다. 지금 전해지는 『공총자』의 뒷부분에 수록되어 있는 『연총자連叢子』 상하 두 권이 공장孔臧의 저서 10편이라고 하니, 태상요후의 『공장』 10편이 바로 『공총자』를 지칭한 것으로 생각된다.

『공총자』는 진섭陳涉의 박사博士를 지냈던 공부孔鮒가 엮은 것으로, 모두 6권으로 이루어져있고 21편이 수록되어있다. 당나라 이전에는 중시 받지 못했다가 인종仁宗 가우嘉祐 4년(1059)에 송함宋咸이 주석을 달면서 세상에 전해졌다고 한다. 그런데 지금 이 책을 읽어보면, 초나라와 한나라 때의 기백과 풍골이 부족한 것이 느껴지니, 어찌 제량齊梁이래의 호사가들에 의해 편찬된 것이 아니겠는가?

『공자가어孔子家語』[40]는 『한서·예문지』에 수록되어 있는데, 모두 27권이다. 안사고顔師古는 "지금의 『공자가어』가 아니다"라고 했다.

40 『孔子家語』: 공자의 언행 및 공자와 문인과의 논의를 수록한 책. 『한서·예문지』에는 "『공자가어』 27권"이라고 기록되어 있으나, 이미 실전失傳되어 저자의 이름도 기록되어 있지 않다. 현재 전하는 것은 위魏의 왕숙王肅이 공안국孔安國의 이름을 빌려 『좌전左傳』과 『국어國語』·『맹자孟子』·『순자荀子』·『대대례大戴禮』·『예기禮記』·『사기史記』·『설원說苑』·『안자晏子』·『열자列子』·『한비자韓非子』·『여씨춘추呂氏春秋』 등에서 공자에 관한 기록을 모아 수록한 위서僞書인데, 44편으로 되었다. 이 속에는 공자의 유문遺文과 일화가 섞여 있어 폐기되지 않고 오늘날까지 전한다.

14. 「소성」 小星詩

『시경』의 「대서大序」는 누가 지었는지 알 수 없는데, 그 내용에 대해 어떤 이는 옳다고 하고 어떤 이는 그르다고 하는 등, 이에 대해 수많은 논의가 있었다. 더욱이 「소성小星」에 대해서는 더 많은 논의가 필요한 실정이다.

「대서」에서는 「소성」을 "은혜가 아래에까지 미친 것[惠及下也]"이라고 하였다. 이어서 다음과 같이 설명하였다.

> 부인의 은혜는 천한 첩들이 임금을 모시는 것에까지 미친다.

모형毛亨[41]과 정현鄭玄[42]이 주석을 할 때 이를 근거로 하였는데, 정현의 해석은 더욱 심하다. 정현의 『모시정전毛詩鄭箋』에서는 "총총걸음으로 밤길을 가네, 이불과 침대의 휘장을 안고서[肅肅宵征, 抱衾與裯]" 두 구절에 다음과 같은 주석을 달았다.

> 여러 첩들은 총총히 다니는데, 어떤 이는 아침에 어떤 이는 저녁에, 임금의 처소에서 순서에 따라 임금을 섬겼다.

그리고 다시 상세하게 자해字解를 달았다.

> 주裯는 침대의 휘장이다. 여러 첩들은 밤에 별궁으로 가, 이불과 침대 휘장을 품에 안고서 임금 섬길 순서를 기다린 것을 말한 것이다.

....

41 毛亨 : 한나라 초기의 학자. 『시경』을 전한 4가家의 하나로 『시경』을 연구하여 『시고훈전詩詁訓傳』을 지어 모장에게 주었다. 이것이 『모시毛詩』이며, 나머지 3가에 전해진 것은 유실되었기 때문에 그대로 오늘날의 『시경』이 되었다.

42 鄭玄(122~200) : 후한의 대학자. 자는 강성康成. 고밀高密(오늘날의 산동성山東省 고밀시高密市)출신. 고문古文에 관심을 많이 갖고 있다가 33세에 마융馬融을 찾아가 7년 간 배운 뒤 독립하였으나, 44세에 당고黨錮에 연루되어 금고형에 처해졌다. 이로 인해 집에서 두문불출하며 제자들을 가르치면서 연구에 매진하여 많은 주석서들을 남겼다. 주요 저서로는 『모시정전毛詩鄭箋』·『정씨주역주鄭氏周易注』 등이 있으나, 현재는 후세사람들이 편집한 판본으로 전해지고 있다.

한 나라의 제후의 궁에 있는 첩들은 비록 신분이 비천하다고는 할 수 있지만, 여염집의 비천함과는 결코 비교할 수 없이 높은 신분인데, 그러한 여인들이 이불을 직접 품에 안고 갈 리가 있겠는가? 게다가 침상의 휘장은 한 사람이 들기에도 힘든 무게이기에, 정현의 해석은 사리에 맞지 않는다.

「소성」은 멀리 외교사절로 파견 가는 사신使臣을 노래한 것으로, 임금의 명을 감히 지체할 수 없어, 이른 새벽길을 떠나는 모습을 묘사한 것이다. 이 시의 내용은 「은기뢰殷其雷」의 의미와 같다.

15. 「도원행」 桃源行

도연명陶淵明[43]은 「도화원기桃花源記」에서 다음과 같이 묘사하였다.

> 도화원의 사람이 말했다.
> "우리 선조가 진秦나라 때의 난을 피해 아내와 마을 사람들을 이끌고 세상과 격리된 이 곳에 들어와, 다시 세상에 나가지 않았기에, 세상과는 멀어지게 되었습니다."
> 그리고 지금이 어느 때냐고 묻는 것을 보니, 그는 한漢나라가 있었다는 것은 물론 그 뒤로 위진魏晉이 있다는 것도 모르는 것이 분명했다.

이에 대해서 「도화원시桃花源詩」서 자세히 설명하였다.

진시황 영씨가 천기를 어지럽히자	嬴氏亂天紀,
현자들이 세상을 피해 모습을 감췄네.	賢者避其世.
하황공夏黃公과 기리계綺里季는 상산으로 가고	黃綺之商山,
도화원 사람들도 진秦 땅을 떠났네.	伊人亦云逝.
……	……
바라건대 가벼운 바람 밟고서	願言躡輕風,

---

43 陶淵明(365~427) : 남조 동진東晉·송대宋代의 시인. 자는 원량元亮, 본명을 잠潛 자를 연명淵明이라고도 한다. 오류五柳 선생이라고 불리며, 시호는 정절靖節이다. 기교를 부리지 않고, 평담平淡한 시풍이었기 때문에 당시의 사람들로부터는 경시를 받았지만, 당대 이후는 6조六朝 최고의 시인으로서 그 이름이 높아졌다. 그의 시풍은 당대唐代의 맹호연孟浩然, 왕유王維, 저광희 등 많은 시인들에게 영향을 줬다.

높이 날아올라 나의 이상을 찾으리.　　　　　　　高擧尋吾契.

　도연명이 세상의 난리를 피해 숨어 들어간 도화원에 대해 소개한 후,
많은 시인들이 「도원행桃源行」이라는 제목으로 시나 부賦를 지었는데, 대부분
선가仙家의 즐거움을 흠모한 것에 불과하였다. 오직 한유韓愈의 「도원도桃源圖」
만은 다른 시인들과 다르다.

> 신선이 있는지 없는지 어찌 알 수 있으랴?　　　神仙有無何渺茫,
> 도원에 대한 이야기는 진실로 황당하기만 하네.　桃源之說誠荒唐.
> ……　　　　　　　　　　　　　　　　　　　　　……
> 세상에서 어떻게 거짓인지 진실인지를 알리오?　世俗那知僞爲眞,
> 지금까지 전해지는 것은 무릉사람들 뿐이거늘.　至今傳者武陵人.

　그러나 그 역시 도연명이 「도화원기」를 지은 의미를 터득하지는 못했다.
『송서宋書』의 「도연명전」에는 다음과 같은 기록이 있다.

> 도잠은 증조부 도간陶侃이 진晉나라의 재상을 지냈기에, 송나라에 몸을 굽혀 벼슬
> 살이를 하는 것을 수치스럽게 생각했다. 그래서 관직에 나아가 현령이 되었지만
> 송 고조 유유劉裕의 대업이 날로 융성해지는 것을 보고, 더 이상 벼슬살이에 연연
> 하지 않고 퇴직하여 향촌에 은거하였다. 그가 지은 문장과 시는 대부분 은거시기
> 에 지어진 것이다. 동진東晉 안제安帝 의희義熙44 이전에는 진나라의 연호를 사용
> 하였는데, 송 고조 영초永初45 이후로는 연호를 사용하지 않고 갑자甲子로만 날짜
> 를 표기하였다.

　오신주五臣注『문선文選』에서도 이 단락을 그대로 인용하였다. 또 이어서
이렇게 말하였다.

> 그 의미는 즉 각기 다른 두 성姓의 임금을 섬기는 것을 수치스럽게 여겼기 때문에
> 연월을 표기하는 방법을 달리한 것이다.

　이러한 주장은 비판을 받기도 했지만, 내 개인적으로는 도연명이 「도화원

---

44 義熙 : 동진東晉의 연호(405~418).
45 永初 : 남조의 송宋 무제武帝 유유劉裕의 연호(420~422). 영초 3년(422) 5월 소제少帝 유의부劉
　　義符가 즉위하여 계속 사용하였다.

기」를 지은 의미가 진나라의 난리를 피해 숨어 든 무릉의 사람들을 통해 당시의 전란을 암시한 것이라 여겨진다. "위진魏晉이 있다는 것도 모르는 것이 분명했다"라는 것은 암암리에 남조 무제 유유를 지칭한 것으로, 진秦나라를 빌어 풍자한 것이다. 호굉胡宏[46]이 도연명에 대해 쓴 시가 한 수 있는데, 이 일에 대해 자세하게 설명하고 있어 음미할 만하다.

정절선생 도연명은 뛰어난 인물이니,
어찌 거짓을 기록하여 진실을 감추려하였겠는가.
선생의 큰 걸음이 말대末代로 인해 막혀버려,
고상한 뜻 진나라 백성들을 위했던 것 아니라네.
이 글을 지어 그윽한 뜻 드러내었으니,
이 세상에서 속세를 떠나고자 했다네.

靖節先生絶世人,
奈何記僞不考眞.
先生高步窘末代,
雅志不肯爲秦民.
故作斯文寫幽意,
要似賽海離風塵.

이 시의 의미가 도연명의 본의에 가장 접근한 것 같다.

16. 추증의 실책 司封贈典之失

앞서 작위 책봉의 오류에 대해 썼는데, 우연히 정말 우스운 일 하나가 떠올랐다.

고종高宗 소흥紹興 28년(1158)에 교사郊祀[47]를 행하며 공을 세운 관리들에게 사은赦恩을 내렸다. 자정전학사資政殿學士 누조樓炤는 자신의 부친이 이미 소사少師에 추증되었음에도 불구하고 또 다시 조부의 추증을 청하였다. 사봉司封은 자정전학사의 직책은 일대一代에 한해서만 추증이 가능한데, 부친이 이미

··

46 胡宏(1106~1161) : 남송의 유학자. 자 인중仁仲, 호 오봉五峰. 호안국胡安國의 아들로, 남송 호상학파湖湘學派의 개창자다. 아버지의 이학사상理學思想을 계승하여 도학 진흥을 평생의 임무로 여겼다. 형산衡山 아래에서 20여 년을 지내며 장식張栻등을 길러냈다. 이理를 우주의 본체로 본 정주학파와 심心을 우주의 본체로 본 육구연파陸九淵와는 달리, 성性을 우주의 본체로 보았다.

47 郊祀 : 황제가 국도의 교외에서 하늘 또는 땅을 받드는 제사를 지내는 것으로 교제郊際라고도 한다.

소사에 추증되었기에 조부의 추증은 불가능하다고 하며, 그의 모친인 범씨范氏와 구양씨歐陽氏를 진국부인秦國夫人과 위국부인魏國夫人에 추증하였다. 누조가 재상을 역임하였지만, 지금 현재의 관직을 기준으로 추증하기에 그의 관직이 대학사大學士가 되어야지 2대가 추증을 받을 수 있기 때문에 시종侍從직의 상규常規에 의거해 처리한 것이다.

자정전학사 시거施鉅의 부친 시중설施仲說은 이미 태자태보太子太保에 추증이 되었고, 이어 궁부宮傅의 직책도 더해졌지만, 누조처럼 조부는 추증을 받지 못하였다.

효종孝宗 건도乾道 6년(1170) 둘째 형님 홍준洪遵[48]은 단명전학사端明殿學士로 태평주太平州[49]의 지주에 임명되었다. 그 해 교사가 행해져 사은이 내려졌지만, 큰형님 홍적洪適[50]으로 인해 이미 조부는 태보太保에 추증된 상태였다. 전운사轉運司는 둘째 형이 지주로 있는 태평주로 서찰을 보내어, 이부의 문건을 근거로 하여 2대가 추증 받을 수 있는 관직의 명단을 올리라고 하였다. 둘째 형은 자세히 조사하여 보고하였고, 직책을 더 하여 추증할 때, 조부와 조모·부모님이 모두 최고의 품계를 추증 받을 수 있도록 하여, 조부는 다시금 태부太傅에 추증되었고, 이것은 그대로 문자로 기록되어 공표되었다. 이는 단명전학사가 받을 수 있는 사은이 아니었다. 성省에서 어떠한 근거로 추증을 행하였는지 알 수 없다.

....

48 洪遵(1120~1174) : 남송 때의 관료이자 학자. 비서성정자秘書省正字를 비롯하여 한림학사승지翰林學士承旨·동지추밀원사同知樞密院事·자정전학사資政殿學士 등의 여러 관직을 지냈다. 특히 그는 일찍부터 옛날 돈 즉, 고천古泉 100여 점을 가지고 있을 만큼 고천 수집에 많은 관심을 가지고 있었고, 『천지泉志』는 바로 고천에 관한 저서이다. 형인 홍적洪適과 동생인 홍매洪邁와 함께 '삼홍三洪'으로 일컬어진다.

49 太平州 : 지금의 안휘성 당도當塗.

50 洪適(1117~1184) : 남송의 금석학자이자 문인. 자 온백溫伯·경온景溫. 어릴 때 이름은 조造인데, 벼슬길에 오르면서 이름을 적適으로 바꾸고, 자도 경백景伯으로 하였다. 홍호洪皓의 장남이다. 홍적은 아우 홍준·홍매와 함께 문학으로 이름을 떨쳤는데, 파양영기종삼수鄱陽英氣鐘三秀라 불려졌다. 또한 그는 금석학 방면에서 조예가 깊어, 구양수·조명성趙明誠과 함께 송대 금석삼대가金石三大家로 칭했졌다.

17. '辰巳진사'의 '巳사' 辰巳之巳

『사기史記·율서律書』에 천간天干 십모十母와 지지地支 십이자十二子의 의미에
대한 글이 있는데, 지금 말하는 것과 대체로 같다. 단지 4월을 언급할 때,
십이지지 중의 사巳로 말했는데, 사巳는 양기陽氣가 이미 다한 것을 말한다.
이를 근거로 하면, 진사辰巳의 사巳는 바로 '矣의'의 음音으로 읽어야 한다.
기타 28숙宿을 인용할 때 柳류는 注주·畢필은 濁탁·昴묘는 留류라 하였는데,
이러한 주석은 모두 『모시』주注와 『좌씨전左氏傳』에 보이고, 이는 『시경』이
영실營室을 정성定星으로 보는 것과 같다.

1. 詞學科目

熙寧罷詩賦, 元祐復之, 至紹聖又罷, 於是學者不復習爲應用之文。紹聖二年, 始立宏詞科, 除詔、誥、制、勅不試外, 其章表、露布、檄書、頌、箴、銘、序、記、誡諭凡九種, 以四題作兩場引試, 唯進士得預, 而專用國朝及時事爲題, 每取不得過五人。大觀四年, 改立詞學兼茂科, 增試制誥, 內二篇以歷代史故事, 每歲一試, 所取不得過三人。紹興三年, 工部侍郎李擢又乞取兩科裁訂, 別立一科, 遂增爲十二體：曰制、曰誥、曰詔、曰表、曰露布、曰檄、曰箴、曰銘、曰記、曰贊、曰頌、曰序。凡三場, 試六篇, 每場一古一今, 而許卿大夫之任子亦就試, 爲博學宏詞科, 所取不得過五人。任子中選者, 賜進士第。雖用唐時科目, 而所試文則非也。自乙卯至于紹熙癸丑二十牓, 或三人, 或二人, 或一人, 幷之三十三人, 而紹熙庚戌闕不取。其以任子進者, 湯岐公至宰相, 王日嚴至翰林承旨, 李獻之學士, 陳子象兵部侍郎, 湯朝美右史, 陳峴方進用, 而予兄弟居其間, 文惠公至宰相, 文安公至執政, 予冒處翰苑。此外皆係已登科人, 然擢用者, 唯周益公至宰相, 周茂振執政, 沈德和、莫子齊、倪正父、莫仲謙、趙大本、傅景仁至侍從, 葉伯益、季元衡至左右史, 餘多碌碌。而見存未顯者, 陳宗召也。然則吾家所蒙, 亦云過矣。

2. 唐夜試進士

唐進士入擧場得用燭, 故或者以爲自平旦至通宵。劉虛白有「二十年前此夜中, 一般燈燭一般風」之句, 及三條燭盡之說。按, 舊五代史選擧志云：「長興二年, 禮部貢院奏當司奉堂帖夜試進士, 有何條格者。勅旨：『秋來赴擧, 備有常程。夜後爲文, 曾無舊制。王道以明規是設, 公事須白晝顯行, 其進士並令排門齊入就試, 至閉門時試畢, 內有先了者, 上曆畫時, 旋令先出, 其入策亦須晝試, 應諸科對策, 並依此例。』」則晝試進士, 非前例也。清泰二年, 貢院又請進士試雜文, 並點門入省, 經宿就試。至晉開運元年, 又因禮部尚書知貢擧竇貞固奏, 自前考試進士, 皆以三條燭爲限, 並諸色擧人有懷藏書冊不令就試。未知於何時復有更革。白樂天集中奏狀云：「進士許用書冊, 兼得通宵。」但不明言入試朝暮也。

3. 納紬絹尺度

周顯德三年。勅：舊制織造絁紬、絹布、綾羅、錦綺、紗縠等，幅闊二尺起，來年後並須及二尺五分。宜令諸道州府，來年所納官絹，每匹須及一十二兩，其絁紬只要夾密停勻，不定斤兩。其納官紬絹，依舊長四十二尺。乃知今之稅絹，尺度長短闊狹，斤兩輕重，頗本於此。

4. 朱梁輕賦

朱梁之惡，最爲歐陽公五代史記所斥詈。然輕賦一事，舊史取之，而新書不爲拈出。其語云：「梁祖之開國也，屬黃巢大亂之餘，以夷門一鎮，外嚴烽候，內辟汙萊，厲以耕桑，薄其租賦，士雖苦戰，民則樂輸，二紀之間，俄成霸業。及末帝與莊宗對壘于河上，河南之民，雖困於輦運，亦未至流亡。其義無他，蓋賦斂輕而丘園可戀故也。及莊宗平定梁室，任吏人孔謙爲租庸使，峻法以剝下，厚斂以奉上，民產雖竭，軍食尚虧，加之以兵革，因之以饑饉，不四三年，以致顚隕。其義無他，蓋賦役重而寰區失望故也。」予以事考之，此論誠然，有國有家者之龜鑑也。資治通鑑亦不載此一節。

5. 坎離陰陽

坎位正北，當幽陰肅殺之地，其象於易爲水爲月。董仲舒所謂「陰常居大冬，而積於空虛不用之處」，然而謂之陽。離位正南，當文明赫赫之地，於易爲日爲火。仲舒所謂「陽常居大夏，而以生育長養爲事」，然而謂之陰。豈非以陰生於午，陽生於子故邪？司馬貞云：「天是陽，而南是陽位，故木亦是陽，所以木正爲南正也。火是地正，亦稱北正者，火數二，二地數，地陰，主北方，故火正亦稱北正。」究其極摯，頗似難曉，聖人無所云，古先名儒以至于今，亦未有論之者。

6. 前執政爲尚書

祖宗朝，曾爲執政，其後入朝爲它官者甚多。自元豐改官制後，但爲尚書。曾孝寬自簽書樞密去位，復拜吏部尚書。韓忠彥自知樞密院出藩，以吏書召。李清臣、蒲宗孟、王存皆嘗爲左丞，而清臣、存復拜吏書，宗孟兵書。先是元祐六年，清臣除目下，爲給事中范祖禹封還，朝廷未決，繼又進擬宗孟兵部。右丞蘇轍言：「不如且止。」左僕射呂大防於簾前奏：「諸部久闕尚書，見在人皆資淺，未可用，又不可闕官，須至用前執政。」轍曰：「尚書闕官已數年，何嘗闕事。」遂已。胡宗愈嘗爲右丞，召拜禮書、吏書。自崇寧已來，乃不復然。

7. 河伯娶婦

史記褚先生所書魏文侯時西門豹爲鄴令, 問民所疾苦。長老曰:「吾爲河伯娶婦, 以故貧。」豹問其故, 對曰:「鄴三老、廷掾常歲賦歛百姓錢, 得數百萬, 用其二三十萬爲河伯娶婦, 與祝巫分其餘錢持歸。巫行視小家女好者, 卽聘取, 爲治齋宮河上, 粉飾女, 浮之河中而沒。其人家有好女者, 多持女遠逃亡, 以故城中益空無人。」豹曰:「至娶婦時, 吾亦往送。」遂投大巫嫗及三弟子幷三老於河, 乃罷去。從是以後, 不敢復言爲河伯娶婦。予案此事, 蓋出於一時雜傳記, 疑未必有實。而六國表秦靈公八年,「初以君主妻河。」言初者, 自此年而始, 不知止於何時, 注家無說。司馬貞史記索隱乃云, 初以君甥妻河, 謂初以此年取他女爲君主, 君主猶公主也。妻河, 謂嫁之河伯, 故魏俗猶爲河伯娶婦, 蓋其遺風。然則此事秦、魏皆有之矣。

8. 六經用字

六經之道同歸, 旨意未嘗不一, 而用字則有不同者。如佑、祐、右三字一也, 而在書爲佑, 在易爲祐, 在詩爲右。惟、維、唯一也, 而在書爲惟, 在詩爲維, 在易爲唯, 左傳亦然。又如易之无字, 周禮之瀿、眂、薧、蠱、薵、皋、獻、枭、斛、禰、箸等字, 他經皆不然。今人書无咎、无妄多作無, 失之矣。孝宗初登極, 以潛邸爲佑聖觀, 令玉冊官篆牌。奏云:「篆法佑字無立人, 只單作右字。」道士力爭, 以爲觀名去人, 恐不可安跡。有旨特增之。

9. 鄂州興唐寺鐘

鄂州城北鳳凰山之陰, 有佛利曰興唐寺。其小閣有鐘, 題誌云:「大唐天祐二年三月十五日新鑄。」勒官階姓名者兩人, 一曰金紫光祿大、檢校尙書左僕射兼御史大陳知新, 一曰銀青光祿大、檢校尙書右僕射兼御史大楊琮。大字之下, 皆當有夫字, 而悉削去, 觀者莫能曉。五代新舊史、九國志並無其說, 唯劉道原十國紀年載楊行密之父名怤, 怤與夫同音。是時, 行密據淮南, 方破杜洪於鄂而有其地, 故將佐爲諱之。行密之子渭, 建國之後, 改文散諸大夫爲大卿、御史大夫爲御史大憲, 更可證也。鄱陽浮洲寺有吳武義二年銅鐘, 安國寺有順義三年鐘, 皆刺史呂師造。題官稱曰:光祿大卿、檢校太保兼御史大卿。然則亦非大憲也。王得臣麈史嘗辨此事, 而云:「行密遣劉存破鄂州, 知新、琮不預。志傳皆略而不書。」予又案楊溥時, 劉存以鄂岳觀察使爲都招討使, 知新以岳州刺史爲團練使, 同將兵擊楚, 爲所執殺, 則知新乃存偏裨, 非不預也。

10. 禰衡輕曹操

孔融薦禰衡, 以爲「淑質貞亮, 英才卓礫, 志懷霜雪, 疾惡若讎, 任座、史魚, 殆無以過,

若衡等輩, 不可多得」。數稱述於曹操。操欲見之, 衡素相輕疾, 不肯往, 而數有恣言, 操懷忿, 因召之擊鼓, 裸身辱之。融爲見操, 說其狂疾, 求得自謝。操喜, 敕門者有客便通, 待之極宴, 衡乃坐於營門, 言語悖逆, 操怒, 送與劉表。衡爲融所薦, 東坡謂融視操特鬼蜮之雄, 其勢決不兩立, 非融誅操, 則操害融。而衡平生唯善融及楊脩, 常稱曰:「大兒孔文擧, 小兒楊德祖。」融、脩皆死於操手, 衡無由得全。漢史言其尙氣剛傲, 矯時慢物, 此蓋不知其鄙賤曹操, 故陷身危機, 所謂語言狂悖者, 必誦斥其有僭纂之志耳。劉表復不能容, 以與黃祖, 觀其所著鸚鵡賦, 專以自況, 一篇之中, 三致意焉。如云:「嬉游高峻, 栖峙幽深。飛不妄集, 翔必擇林。雖周旋於羽毛, 固殊智而異心。配鸞皇而等美, 焉比翼於衆禽。」又云:「彼賢哲之逢患, 猶棲遲以羈旅。矧禽鳥之微物, 能馴擾以安處。」又云:「嗟祿命之衰薄, 奚遭時以嶮巇。豈言語以階亂, 將不密以致危。」又云:「顧六翮之殘毀, 雖奮迅其焉如。心懷歸而弗果, 徒怨毒於一隅。」卒章云:「苟竭心於所事, 敢背惠以忘初。期守死以報德, 甘盡辭以效效愚。」予每三復其文而悲傷之。李太白詩云:「魏帝營八極, 蟻觀一禰衡。黃祖斗筲人, 殺之受惡名。吳江賦鸚鵡, 落筆超羣英。鏘鏘振金石, 句句欲飛鳴。摯鶚啄孤鳳, 千春傷我情。」此論最爲精當也。

11. 禁中文書

韓魏公爲相, 密與仁宗議定立嗣, 公曰:「事若行, 不可中止, 陛下斷自不疑。乞內中批出。」帝意不欲宮人知, 曰:「只中書行足矣。」淳熙十四年十月二十二日, 壽皇聖帝自德壽持喪還宮, 二十五日有旨召對, 與吏部尙書蕭燧同引。中使先諭旨曰:「敎內翰留身。」旣對, 乃旋於東華門內行廊下夾一素幄御榻後出一紙, 錄唐貞觀中太子承乾監國事以相示。蕭先退, 上與[邁]言, 欲令皇太子參決萬幾, 使條具合行事宜。仍戒云:「進入文字須是密。」[邁]奏言:「當親自書寫實封, 詣通進司。」上曰:「也只剪開, 不如分付近上一箇內臣。」又言:「臣無由可與內臣相聞知, 惟御藥是學士院承受文字, 尋常只是公家文書傳達, 今則不可, 欲俟檢索典故了日, 却再乞對面納。」上曰:「極好。」於是七日間三得從容。乃知禁廷機事, 深畏漏泄如此。[其詳見於所記見聞事實。]

12. 老子之言

老子之言, 大抵以無爲、無名爲本, 至於絶聖棄智。然所云:「將欲歙之, 必固張之, 將欲弱之, 必固强之, 將欲廢之, 必固興之, 將欲奪之, 必固與之。」乃似於用機械而有心者。微言淵奧, 固莫探其旨也。

13. 孔叢子

前漢枚乘與吳王濞書曰:「夫以一縷之任, 係千鈞之重。上縣無極之高, 下垂不測之

淵。雖甚愚之人, 猶知哀其將絶也。馬方駭, 鼓而驚之, 係方絶, 又重鎮之。係絶於天, 不可復結。墜入深淵, 難以復出。」孔叢子嘉言篇載子貢之言曰:「夫以一縷之任, 繫千鈞之重, 上縣之於無極之高, 下垂之於不測之深, 旁人皆哀其絶, 而造之者不知其危。馬方駭, 鼓而驚之, 係方絶, 重而鎮之。繫絶於高, 墜入於深, 其危必矣。」枚叔全用此語。漢書注諸家皆不引證, 唯李善注文選有之。予案孔叢子一書, 漢藝文志不載, 蓋劉向父子所未見。但於儒家有太常蓼侯孔臧十篇, 今此書之末, 有連叢子上下二卷, 云孔臧著書十篇, 疑卽是已。然所謂叢子者, 本陳涉博士孔鮒子魚所論集, 凡二十一篇, 爲六卷。唐以前不爲人所稱, 至嘉祐四年, 宋咸始爲注釋以進, 遂傳於世。今讀其文, 畧無楚、漢間氣骨, 豈非齊、梁以來好事者所作乎? 孔子家語著錄於漢志, 二十七卷, 顏師古云:「非今所有家語也。」

14. 小星詩

詩序不知何人所作, 或是或非, 前人論之多矣。唯小星一篇, 顯爲可議。大序云:「惠及下也。」而繼之曰:「夫人惠及賤妾, 進御於君。」故毛、鄭從而爲之辭, 而鄭箋爲甚。其釋「肅肅宵征, 抱衾與裯」兩句, 謂「諸妾肅肅然而行, 或早或夜, 在於君所, 以次序進御。」又云:「裯者, 牀帳也。謂諸妾夜行, 抱被與牀帳待進御。」且諸侯有一國, 其宮中嬪妾雖云至下, 固非閭閻賤微之比, 何至於抱衾而行! 況於牀帳, 勢非一己之力所能致者, 其說可謂陋矣。此詩本是詠使者遠適, 夙夜征行, 不敢慢君命之意, 與殷其靁雷之指同。

15. 桃源行

陶淵明作桃源記云源中人自言:「云先世避秦時亂, 率妻子邑人, 來此絶境, 不復出焉. 乃不知有漢, 無論魏、晉。」系之以詩曰:「嬴氏亂天紀, 賢者避其世。黃、綺之商山, 伊人亦云逝。願言躡輕風, 高舉尋吾契。」自是之後, 詩人多賦桃源行, 不過稱贊仙家之樂。唯韓公云:「神仙有無何渺茫, 桃源之說誠荒唐。世俗那知僞爲眞, 至今傳者武陵人。」亦不及淵明所以作記之意。按, 宋書本傳云:「潛自以曾祖晉世宰輔, 恥耻復屈身後代。自宋高祖王業漸隆, 不復肯仕。所著文章, 皆題其年月。義熙以前, 則書晉氏年號, 自永初以來, 唯云甲子而已。」故五臣注文選用其語。又繼之云:「意者恥事二姓, 故以異之。」此說雖經前輩所記, 然予切意桃源之事, 以避秦爲言, 至云「無論魏、晉」, 乃寓意於劉裕, 託之於秦, 借以爲喻耳。近時胡宏仁仲一詩, 屈折有奇味。大略云:「靖節先生絶世人, 奈何記僞不考眞。先生高步窘末代, 雅志不肯爲秦民。故作斯文寫幽意, 要似寶海離風塵。」其說得之矣。

16. 司封贈典之失

前所書司封失典故, 偶復憶一事, 尤爲可笑。紹興二十八年, 郊祀赦恩, 資政殿學士樓炤, 父已贈少師, 乞加贈, 司封以資政殿學士係只封贈一代, 父既至少師, 不合加贈, 獨改封其母范氏、歐陽氏爲秦國、魏國夫人。蓋樓公雖嘗爲執政, 而見居官職須大學士, 乃恩及二代, 故但用侍從常格。資政殿學士施鉅父仲說, 已贈太子太保, 加爲宮傅, 亦不及祖也。乾道六年, 仲兄以端明殿學士知太平州。是年郊赦, 伯兄已贈祖爲太保, 而轉運司移牒太平州, 云準吏部牒, 取會本路曾任執政官合封贈二代者。仲兄既具以報, 又再行下時, 祖母及父母已至極品, 於是以祖爲言, 遂復贈太傅, 命詞給告, 殊非端殿所當得。不知省部一時何所據也。

17. 辰巳之巳

律書釋十母十二子之義, 大略與今所言同, 唯至四月, 云其於十二子爲巳, 巳者, 言陽氣之巳盡也。據此, 則辰巳之巳, 乃爲矣音。其它引二十八宿, 謂柳爲注, 畢爲濁, 昴爲留, 亦見於毛詩注及左氏傳, 如詩謂營室爲定星也。

1. 묘지명에는 이름을 쓰지 않는다 碑志不書名

묘지명 종류의 문장은 원래 효자와 효손이 자신의 부친과 조부의 공덕을 칭송하고 세상에 알려 후세에 그 이름을 남기고자 하는 것이기에, 어떤 종류의 피휘도 하지 않고 직접 이름을 쓴다. 그러나 동한의 묘지명에 기록되어 있는 선대 사람들은 대부분 관직만 적혀있을 뿐이다. 다음이 그러한 예이다.

> 「순우장하승비淳於長夏承碑」
> 동래부군東萊府君의 손자, 태위연太尉掾의 세 아들 중 둘째 아들, 우중랑장右中郎將의 아우.

> 「이익비李翊碑」
> 장가牂柯 태수의 증손, 알자謁者의 손자, 종사군從事君의 맏아들.

당나라와 송나라 명인들의 문집에 기록되어 있는 묘지명에는 단지 군이라고 칭하며 휘諱와 자字만 만을 기록한 것들이 있는데, 서언序言류의 글도 똑같이 휘나 자만 기록되어 있다. 그러나 왕안석이 쓴 많은 묘지명과 서언은 거의가 문장으로 명성을 떨치기 위한 목적으로 쓴 것이기에 이와 부합하지 않는다.

소식은 「송로도조送路都曹」의 서언에서 다음과 같이 말하였다.

> 괴애공乖崖公(장영張詠)[1]이 촉에 있을 때였다. 연로하고 병들어 공무에 지장을 주는 녹사참군錄事參軍이 있어 공께서 그를 꾸짖었는데 결국 그 녹사참군은 퇴직을 청하였고, 작별시 한 수를 지었다고 한다.

327

가을빛처럼 온통 야박한 벼슬살이,　　　　　　　　　秋光都似宦情薄,
산빛도 돌아가고픈 마음보다는 짙지 않네.　　　　　山色不如歸意濃

이 시를 본 괴애공이 놀라 사과하였다.
"내가 지나쳤소이다. 동료 중 이렇게 뛰어난 시인이 있었다는 것을 내 몰랐구려."
그리고 퇴직을 만류하고 그 녹사참군을 천거했다고 한다. 이 이야기는 내가 어렸
을 적 아버님께서 말씀하신 것을 들은 것인데, 녹사참군이었던 그 분의 성함을
묻지 못했던 것이 후회가 된다. 내가 영주穎州의 지주로 있었을 때, 도조都曹 노군
路君이 조그만 병으로 벼슬을 사직하려하였다. 내가 이 시구를 읊조리며 사직을
만류했지만 그가 받아들이지 않아, 그를 전송하기 위해 전인前人의 뜻을 채택하
여 이 시를 지었다.

그 시는 대략 이러하다.

어른이 되어 부질없이 수많은 전쟁 치루었는데,　　　結髮空百戰,
사람들은 선봉에 선 사람들만을 본다네.　　　　　　市人看先封.
누가 흰머리 긁을 수 있을런가,　　　　　　　　　　誰能搔白首,
관문 지키며 봉화 불 바라보네.　　　　　　　　　　抱關望夕烽.

노군이 어질고 재능이 있었지만 회재불우懷才不遇했다는 것을 알 수 있다.
그러나 소식도 역시 그의 이름을 기록하지 않아, 그의 재능이 알려지지
못했으니, 어찌 안타까운 일이 아니겠는가!

2. 한나라 문제 漢文帝不用兵

『사기史記·율서律書』에 다음과 같은 기록이 있다.

한 고조는 군사 동원을 괴롭게 여겨 전쟁을 일으키지 않았다. 효문제가 즉위하자
장군 진무陳武 등이 의론을 올려 말하였다.
"남월과 조선은 진나라 전시기에 걸쳐 신하로 복속하였습니다. 후에는 군대에

---

1 張詠(946~1015) : 북송 초의 문신. 자 복지復之, 자호自號 괴애乖崖. 복주濮州 견성鄄城(지금의
　산동성) 사람이다. 태평흥국太平興國 연간에 진사가 되어, 추밀직학사에 여러 차례 발탁되었
　으며, 진종眞宗 때에 예부상서가 되었다. 시문이 모두 뛰어나다는 평가를 받았다.

의존하고 험난한 요새를 방패삼아 꿈틀꿈틀 기회를 엿보면서 관망하고 있습니다. 군민이 기꺼이 명령을 따를 때이니 반역의 무리를 토벌하고 변방의 강토를 통일하여야 합니다."

효문제가 대답하였다.

"짐은 즉위한 이래 그런 것은 생각해보지 않았소. 여씨 일족의 반란을 만나 공신과 종친들이 짐을 황제에 추대하여 외람되게도 황제의 자리에 앉게 되어, 항상 황제로서의 직분을 끝까지 다하지 못할까 근심이 되어 전전긍긍하였소. 병기는 위험한 무기요. 비록 군대를 동원하여 바라는 바를 이룰 수 있다 해도, 군대를 움직이면 물자를 소비하게 될 뿐 아니라 백성들을 먼 국경으로 보내야 할 것인데, 백성들에게 무슨 이익이 되겠소? 지금 흉노가 내륙으로 침범해오면 변방의 관리들은 그들을 저지할 능력이 없어 변방의 백성들이 무기를 지니고 산지가 오래되었소. 짐은 항상 이 점을 가슴 아프게 생각하였으며, 하루도 그것을 잊은 적이 없소. 지금 적대적인 상황을 제거할 수는 없으니, 변방의 요새를 견고히 하고 적의 형세를 살피는 시설을 설치하시오. 그리고 화친을 맺어 사신을 주고받으면 북쪽의 변방이 안정을 이룰 것이므로 성과가 많을 것이오. 다시는 전쟁에 대한 논의를 하지 마시오."

이 때문에 백성들은 안팎의 요역이 없어져서 농사를 지으며 휴식할 수 있게 되었고, 천하의 물자가 풍부해졌으며 곡식 열 말이 10여 전의 높은 가격을 받을 수 있게 되었다.

이처럼 어진 덕을 지닌 효문제孝文帝는 무력을 남용하며 전쟁을 일삼았던 무제武帝와는 천양지차가 있었음을 알 수 있다. 그러나 반고班固[2]의 『한서漢書』는 이 내용을 생략하여 기록하지 않았고, 『자치통감資治通鑑』 역시 기록하지 않아, 효문제의 이러한 사적이 널리 알려지지 않았으니, 진실로 안타깝다.

• •

2 班固(32~92) : 후한의 역사가. 자 맹견孟堅. 부풍扶風 안릉安陵 사람으로, 박학능문博學能文하여 아버지의 유지를 이어 고향에서 『사기후전史記後傳』과 『한서』의 편집에 종사했지만, 영평永平 5년(62)경 사사롭게 국사國史를 개작한다는 중상모략으로 투옥되었다. 아우인 서역도호西域都護 반초班超가 상소문을 올려 적극 변호해 명제明帝의 용서를 받아 석방되었다. 20여 년 걸려서 『한서』를 완성했다. 황제의 명령을 받아 여러 학자들이 백호관白虎觀에서 오경五經의 이동異同을 토론한 것을 바탕으로 『백호통의白虎通義』를 편집했다. 문학 작품에 「양도부兩都賦」와 「유통부幽通賦」, 「전인典引」 등이 있다. 후세 사람이 편집한 『반난대집班蘭臺集』이 전한다.

3. 제왕의 휘명 帝王諱名

제왕의 이름을 피휘[3]하는 것은 주나라 때부터 시작되었는데, 단지 종묘에서만 피휘 할 따름이었다.

후손을 번창하게 하였네.　　　　　　　　克昌厥後.[4]

제 각기 밭을 일구고 갈아라.　　　　　　駿發爾私.[5]

위의 두 구절은 모두 주나라 성왕成王[6] 때 지어진 시로, 성왕의 조부인 문왕文王의 이름이 창昌이고, 부친 무왕武王의 이름이 발發인데, 피휘하지 않고 창昌과 발發을 그대로 사용하였다. 그리고 성왕의 이름이 송誦[7]인데, "길보가 노래를 지어 부르다吉甫作誦"[8]라는 구절이 바로 그 시대에 지어졌다. 여왕厲王의 이름은 호胡인데, "어찌하여 독사 도마뱀처럼 되었는가胡爲虺蜴"[9]와 "어찌 이리도 사나운가胡然厲矣"[10]라는 구절이 여왕의 손자인 유왕幽王 때 지어졌다. 소국小國을 호胡라고 하는 것도 이때서부터 시작되었다.

양왕襄王[11]의 이름은 정鄭인데, 정나라는 나라의 이름을 바꾸지 않았다.

3　諱名 : 본명으로 부르기를 삼가야 하는 이름이라는 뜻이다. 본명을 명名, 또는 휘諱라 하고 합쳐서 휘명諱名이라 한다. 본명 부르기를 삼가는 풍습으로 인해 성인식인 관례冠禮를 치를 때, 성인이 되었다는 징표로 자字를 새로 지어주었고, 본명 대신 자로 불렀다.

4　『시경·주송周頌·무武』.

5　『시경·주송·희희噫嘻』.

6　成王 : 주나라의 제2대 왕. 이름 송誦. 무왕武王의 아들로 무왕이 죽었을 때 어렸기에 무왕의 아우 주공 단周公旦이 섭정을 하였다. 반란 진압과 동이로의 원정에서 귀환한 뒤, 기초를 다지고 주공 단과 소공 석의 보좌를 받아 치세에 힘썼으므로, 그로부터 강왕康王 시대에 걸쳐 주周의 전성기를 구현하였다.

7　『용재삼필』원문에는 '宣王名誦'으로 되어있는데, 주나라 11대 왕 선왕은 이름이 희정(姬靜 또는 姬靖)이고, 송誦이란 이름을 가진 주나라 왕은 성왕이다.

8　『시경·대아大雅·탕지십蕩之什·숭고崧高』.

9　『시경·소아·기보지십祈父之什·정월正月』.

10　『시경·소아·절남산지십節南山之什·정월正月』.

11　襄王(?~B.C. 619 /재위 B.C.651~B.C.619) : 주나라의 18대왕. 성 희姬, 이름 정鄭, 혜왕惠王의 아들. 동생인 태숙太叔 대帶와의 왕위다툼으로 재위 기간 줄곧 제환공과 진문공의 원조를 받으면서 그들의 패자 지위를 수동적으로 인정해주는 입장이었다. 그로 인해 양왕 시기를

게다가 양왕이 동생인 태숙太叔 대帶가 일으킨 난을 피해 정나라로 도망갔을 때, 진秦과 진晉의 제후에게 "내가 어리석어 정나라에 있게 되었다郞在鄭地"고 했으며, 진문공晉文公이 양왕을 알현할 때, 정나라의 제후가 양왕 옆에서 예식을 보좌하기도 하였다.

그러나 진시황제는 부친인 장양왕莊襄王의 이름이 초楚였기에, 초나라를 형荊이라고 했고, 자신의 이름인 정政을 피휘하기 위해 정월正月을 일월一月이라고 하였다. 진시황이 행한 이러한 것들은 모두 주나라의 예법이 아니다.

한나라는 고조 유방劉邦의 이름을 피휘하기 위해 방邦을 쓸 때는 같은 뜻을 가진 국國자를 대신 사용했다. 마찬가지로 혜제惠帝 유영劉盈의 이름을 피휘하기 위해 영盈 대신 만滿자를 사용했으며, 무제武帝 유철劉徹의 이름을 피휘하기 위해 철徹 대신 통通자를 사용했다. 그러나 황제의 이름만을 피휘했고, 관리와 백성들이 이를 범하면 형벌에 처했다.

당 태종의 이름은 세민世民인데, 당 태종은 대신들에게 "관의 명칭이나 인명 혹은 공문서와 사문서 모두 세世자와 민民자를 붙여 쓰지만 않는다면 꼭 기피할 필요는 없다"고 하여 즉위기간동안 피휘하지 않았다. 그래서 대주戴冑와 당검唐儉이 민부상서民部尙書를 역임할 수 있었고, 우세남虞世南과 이세적李世勣이 관직에 오를 수 있었다. 그후 고종高宗때에 민부民部[12]가 호부戶部로 바뀌었고, 이세적의 이름표기는 이적李勣으로 바뀌었다. 한유는 「휘변諱辨」에서 다음과 같이 말했다.

> 지금 관리들이 황상께 올리는 상서上書와 황상께서 내리시는 조서詔書에 허許자와 세勢·병秉·기機자를 피휘 한다는 말을 듣지 못하였는데, 환관들과 궁녀들이 유喻와 기機자를 감히 언급하지 못하며 이를 말하면 휘를 범하게 된다고 여긴다.

여기에 언급된 세勢·병秉·기機는 당나라 황실 선조의 이름이다.

• •

지나면서 주 천자는 패자인 제후들에게 종속되는 지위로 전락하게 되었다.

12 民部 : 관서官署의 명칭으로, 호부戶部를 말한다. 전한시기에 처음 설치되었고, 염전과 왕세자나 세자빈 및 왕의 친척 등의 산소·나랏동산 등과 관련된 업무를 관장하였다. 이후 재정과 세금을 관할하였으며, 당나라 초기 당 태종의 명휘를 피하기 위해 호부로 명칭이 바뀌었다.

송나라는 문장 숭상의 풍속이 크게 성하여, 예관禮官들이 토론할 때마다 피휘의 글자 수를 늘려, 피휘 글자만도 50개나 된다. 과거 시험 답안지에서 피휘 글자를 조금이라도 언급되면 그 답안지를 작성한 사람은 등용되지 못하고, 합격된 사람이라 할지라도 피휘를 범했다는 것이 밝혀지면 암암리에 합격이 취소되어 탈락되었다. 각 주군州郡의 시험에서 피휘는 더욱 엄격한데, 이러한 풍속은 개혁할 방법이 전혀 없다.

송나라 태조太祖 조광윤趙匡胤은 이름에 목木이 들어가 있거나 균勻이 들어간 글자들을 사용하는 것을 금했다. 태종太宗 조경趙炅[13]은 이耳자와 화火자가 들어가는 글자를 금하고, 음音이 경煛인 글자들도 금했다. 그래서 지금 이름을 지을 때는 이러한 금지어들을 염두에 두고 짓는다.

고종高宗은 포勹와 구口가 들어가는 글자들을 금하였다. 진종眞宗은 소小와 긍亙이 들어간 글자와 음이 호姤인 글자를 금했다. 그래서 한 획을 생략하여, 항恒자는 오른쪽 긍亙자 아래 획 하나를 생략한 채 사용하였다. 그러나 한 획을 생략한 글자도 감히 사용하지 못하여 항恒은 같은 뜻을 가진 상常자로 대체하여 사용하였다.

4. 가휘의 글자 家諱中字

사대부가 관직을 제수 받을 때, 관직명과 주부州府·조국曹局의 명칭이 가휘家諱[14]를 범하면 이를 피해주는 것이 일반적 법도이다. 이도李燾[15] 부친의 함자가

---

13 趙炅(939~997) : 송나라 2대 황제 태종太宗. 초명은 광의匡義인데, 나중에 광의光義로 고쳤다. 즉위한 뒤 이름을 경炅으로 바꾸었다.
14 家諱 : 사휘私諱라고도 하며 친족 내부에 제한되는 것으로서 집안 조상의 이름을 피하는 것이다. 자식은 아버지의 이름이 들어간 글자를 사용할 수 없는데, 따라서 아버지의 이름이 들어간 글자를 쓰는 관직도 맡을 수가 없었다.
15 李燾(1115~1184) : 남송의 사학자. 자 인보仁甫. 호 손암巽巖. 여러 지방관을 거쳐 국사國史와 실록의 편수관이 되었다. 실증주의 학자로서, 경제와 역사뿐 아니라 의술과 농업 분야에서까지 학식이 뛰어났다. 저서에 『속자치통감장편續資治通鑑長編』 등이 있는데, 40년 동안 노력을 기울여 광범위하게 자료를 모으고 고증하여 정밀하다 평가받는다.

중中인데, 이도는 자신의 부친이 중봉대부中奉大夫에 추증되자 조정에 나아가, 부친에게 추증된 관직 명칭이 같아 가휘를 범하니 원풍元豐[16] 이전의 관직 즉 광록경光祿卿으로 추증해줄 것을 청하였다. 재상은 이도의 청을 수락하고자 하였다. 중서성에 재직중이던 나는 이 일을 듣고서 여러 대신들에게 다음과 같은 의견을 내었다.

> 제도가 바뀌어 이제 자리를 잡았습니다. 그런데 이도의 청을 수락하면 후일 중대부中大夫를 추증하면 반드시 비서감秘書監이라 해야 하고, 태중대부太中大夫를 추증하면 반드시 간의대부諫議大夫라 해야 할 것이니, 이를 수락하여 선례를 남겨서는 결코 아니 될 것입니다.

그래서 이도의 청은 받아들여지지 않았다.

이원李願은 강동江東의 제형提刑에 임명되었다. 근래에 제형을 태중太中이라고 하는데, 이원 부친의 존함이 중中이어서, 그의 부하들은 그를 통의通議라 불렀다. 이원은 관직의 품계에 따라 자신을 조산朝散이라고 하였다. 황통로黃通老의 아들이 임안臨安의 통판通判에 제수되었는데, 부중府中에서 그를 통의通議라고 불렀다. 이는 가휘 한 것이 아니다.

5. 장원 記張元事

옛부터 북방 소수민족의 대신들이 중원으로 투항해오면 반드시 중용되었다. 유여由余가 진秦에 등용되어 목공穆公을 패자로 만들었고, 김일제金日磾[17]는

16 元豐 : 북송 신종神宗 시기 연호(1078~1085).
17 金日磾(B.C.134~B.C.86) : 흉노족 출신의 한나라 제후. 자 옹숙翁叔, 시호 경후敬侯. 흉노의 번왕인 휴도왕休屠王의 장남으로 태어났으며, 14세에 부왕이 무제武帝와의 전투에서 패하면서 한나라로 포로로 끌려왔다. 그 뒤 무제의 신임을 받아 한나라 관료로 일하면서 김씨金氏 성을 하사 받았는데, 역사에 등장하는 최초의 김씨로 중국 김씨의 시조이다. 김일제가 병이 들어 죽기 직전 소제는 곽광과 의논하여 김일제를 산동성 지역 투秺현을 봉지로 하는 제후, 즉 투후秺侯에 임명하였으며 자손들이 그 관작을 습직하였다. 김일제의 무덤은 한 무제 무릉의 배장묘 가운데 하나로서 곽거병의 묘 오른쪽에 있는데, 오늘날 감숙성 흥평현興平縣 남귀향 도상촌에 있다. 감숙성 무위시에 김일제의 동상이 세워져 있으며 마신馬神이라 전해

한나라에서 벼슬살이를 하며 무제의 신임을 받아 무제의 암살시도를 사전에 알아내어 처리하였다. 당나라 때에는 중원에 와서 중용된 북방 소수민족 출신들이 더욱 많았다. 집실사력執失思力와 아사나사이阿史那社爾·이임회李臨淮 · 고선지高仙芝·혼감渾瑊·이회광李懷光·협질광안俠跌光顔·주사극용朱邪克用 등은 모두 큰 공을 세웠다. 그러나 그들을 적절하게 임용해야지, 그렇지 않으면 곽약사郭藥師[18] 같은 사태가 발생할 수 있다.

반대로 중원의 뛰어난 인재들이 이민족의 나라로 가서 능력을 발휘하여 건국에 이바지 한 사람들도 많다. 진晉나라 육경六卿들은 적狄으로 도망간 가계賈季[19]로 인해 북방으로의 진출이 어려워져 곤경이 곧 닥칠 것이라고 생각했다. 환온桓溫[20]이 왕맹王猛[21]을 붙잡지 않았기에 왕맹이 부견苻堅[22]에게

• •

져 내려온다.

18 郭藥師 : 발해渤海의 철주鐵州 사람이다. 그는 요나라에서 벼슬을 하다 송宋의 휘종徽宗을 섬겼는데, 배반을 하고 금金나라에 투항하여 큰 공헌을 했다고 한다. 『금사金史』에서는 그를 공신功臣으로 극찬하고 있다.

19 賈季 : 춘추시대 진晉나라 대부. 원명 호사고狐射姑, 자 계季. 호언狐偃의 아들이며, 진문공晉文公의 사촌동생으로, 진문공 중이重耳를 따라 19년간 유랑생활을 하다가, 진문공이 즉위한 후 진양공晉襄公때 가국賈國에 봉해져 가계賈季로 불리게 되었다. 진양공이 죽은 후 후계자 문제로 조순趙盾과 대립하다가, 족인族人 속국거鞫居를 시켜 자신의 지위를 빼앗은 양처보陽處父를 습격해 살해한 것이 발각되어, 적狄으로 달아났다. 극결郤缺이 그를 두고 난을 일으키기 좋아하는 사람이라고 말했다.

20 桓溫(312~373) : 자 부자符子. 초국譙國 용항龍亢(지금의 안휘성 회원현懷遠縣) 사람이다. 동진東晉의 명장名將으로 여러 차례 전공을 세웠으며, 특히 촉蜀 땅에 자리 잡은 성한成漢 정권을 정벌하고 세 차례에 걸쳐 북벌을 감행하여 위세를 떨쳤다. 만년에는 13년 동안 조정을 좌지우지하면서 황제 자리를 찬탈하려 하기도 했으나 병으로 세상을 뜨면서 실패로 끝났다.

21 王猛(325~375) : 십육국 시대 전진前秦 북해극北海劇 사람. 자 경략景略. 어릴 때 가난했지만 박학했고, 병서兵書를 좋아했다. 화산華山에 은거했는데, 동진東晉의 환온桓溫이 입관入關하자 갈옷을 입고 찾아가 이蝨를 잡으면서 당시의 일을 논했는데, 방약무인傍若無人이었다. 나중에 부견苻堅이 왕위에 오르자 그 밑에서 관료가 되었는데 마치 유비가 제갈량을 만난 것 같았다고 한다. 관리들을 잘 통솔하고 호강豪強을 통제하면서 중앙 집권과 농업 생산에 주력하여 전진의 통치 기반을 다졌다. 건원建元 6년(370) 전연前燕을 멸했고, 업鄴에 머물면서 지켰다. 얼마 뒤 돌아와 승상丞相에 올랐다. 죽을 때 부견에게 진晉나라를 도모하지 말아야 한다면서 선비鮮卑와 강羌을 차츰 멸망시키라고 했지만 부견이 받아들이지 않아 비수淝水의 패전을 가져왔다.

22 苻堅(338~385) : 오호십육국 시대 전진前秦의 제3대 군주인 세조世祖. 저족氐族으로, 박학하

중용될 수 있었고, 후당[23]의 장종莊宗[24]이 한연휘韓延徽[25]를 중용하지 않았기에 요나라 태조 야율아보기耶律阿保機가 한연휘를 중용할 수 있었다. 가계와 왕맹·한연휘 등은 모두 북방으로 가 자신의 재능을 발휘하여 국가건설과 안정에 큰 공을 세운 중원의 인재들이다.

서하西夏에서 일어난 낭소曩霄[26]의 반란은 그 모든 지략이 중원의 선비인

············

재博學多才하여 경세經世의 뜻을 품었다. 처음에 동해왕東海王이 되어 부건苻建이 입관入關한 뒤 용양장군龍驤將軍에 임명되었다. 동진 목제穆帝 승평升平 원년(357) 부생苻生을 죽이고 자립하여 황제의 칭호를 없애고 대진천왕大秦天王이라 부르면서 연호도 영흥永興이라 하였다. 장안에서 왕위에 올라, 저족氐族계 호족의 횡포를 누르고 왕맹王猛 등과 같은 한인들을 중용했다. 태학太學을 정비, 학문을 장려했으며 농경農耕을 활발히 일으켰다. 왕권을 강화하면서 수리水利 시설을 보수하고, 유학을 장려하면서 군정軍政을 개선하며, 국세를 크게 떨쳤다. 전연前燕과 전량前涼·대代나라 등을 공격해 멸망시키고 이웃 나라를 차례로 정복하여 북방 대부분을 통일하는 한편 동진의 익주益州까지 장악했다. 강남江南까지 병합하고자, 19년(383) 90만 대군을 거느리고 동진을 공략했지만 비수淝水 싸움에서 대패했고, 후진後秦의 요장姚萇에게 잡혀 살해당했다. 부건의 사후 전진은 와해되었다.

23 後唐 : 오대五代시기의 왕조 중 하나로서 923년에 장종 이존욱李存勖(885~926)이 낙양洛陽을 도읍으로 하여 건립했다.

24 莊宗 : 오대 후당의 시조. 본명 이존욱(885~926). 산서성 태원太原 출신. 돌궐突厥 사타족沙陀族 출생으로 황소의 난을 진압했던 이극용李克用의 장자로서 연燕과 후량後梁을 멸망시키고, 제위에 올라 국호를 당唐이라 칭했다. 925년 전촉前蜀도 병합하여 하북의 땅을 평정하였다. 뛰어난 무장이었으나 측근들에게 정치를 맡기고 사치에 빠진 탓으로 반란이 일어나 부하에게 살해당하였다.

25 韓延徽(882~959) : 자 장명藏明. 요나라 남경南京 안차安次 사람. 처음에 유주절도사幽州節度使 유수광劉守光의 사신으로 거란契丹에 갔다가 요나라 태조가 된 야율아보기耶律阿保機의 모사謀士로 발탁되었다. 성곽城郭을 건축할 것과 포로로 잡은 한인漢人들이 편하게 생업에 종사하도록 하라고 건의했다. 얼마 뒤 중원으로 달아났다가 다시 스스로 거란에 투항했다. 야율아보기가 '영렬迎列(다시 왔다는 뜻)'이란 이름을 내리고 관직을 주어 정치를 돌보게 했다. 발해勃海를 멸망시키고 좌복야左僕射에 임명되었다. 태종 때 노국공魯國公에 봉해졌다. 세종世宗 때는 남부재상南府宰相으로 옮겼다. 좌명공신佐命功臣 가운데 가장 업적이 탁월했다. 각종 제도를 보완하여 백성들의 생산력을 높였고, 대외 정복사업에도 많은 공헌을 했다.

26 曩霄(1004~1048) : 이원호李元昊. 서하西夏의 초대 황제(재위 1032~1047). 북위 선비족 척발씨拓跋氏의 후예로, 이씨 성은 당나라 조정에서 하사한 것이다. 송나라 조정에서는 조趙씨 성을 하사하여 조원호라고 칭했다. 소자小字가 외리嵬理라, 즉위한 뒤 성을 외명嵬名이라 고치고, 이름은 낭소曩霄로 고쳤다. 어린 시절부터 훤칠하고 큰 체구에, 손에서 책을 놓지 않을 정도로 배우는 것을 좋아했으며, 특히 법률과 병서를 즐겨 배웠다. 한어와 토번어에 능통했고, 병법과 불학佛學에 밝았다. 송나라 명도明道 원년(1032) 황위를 잇고 올졸兀卒이라 불렀다. 독발령禿髮令을 선포하고, 위반하는 자는 사형에 처했다. 송나라와 세 번의 대전을 치러 연승하여, 매년 송나라로부터 세폐歲幣로 은銀과 견絹, 차茶를 받았다. 11년(1048) 아들

장원張元과 오호吳昊에게서 나온 것이었다. 그러나 그러한 전반적인 내용이 역사서에는 기록되어 있지 않았다. 최근 전주田晝[27]의 문집을 구해 보았는데, 이 일에 대한 기록이 있어 소개한다.

장원과 오호·요사종姚嗣宗은 모두 관중關中 출신으로, 뜻이 크고 기개가 넘쳤으며 다방면의 재능이 뛰어났고 서로 우의가 돈독했다. 그들은 일찍이 변방지역을 두루 돌아다니며 산천과 지역의 풍속을 살피면서 서역지방을 다스리고자하는 뜻을 품었다. 요사종은 송나라와 서하의 국경에 위치한 공동산崆峒山에 있는 사원 벽에 시를 지어 적었다.

남월[28]에 전쟁이 그치지 않았는데,	南粵干戈未息肩,
오원[29]에 군대의 징과 북소리가 　또 하늘에 울려 퍼지네.	五原金鼓又轟天.
공동산 늙은이 말없이 웃는데,	崆峒山叟笑無語,
솔 바람소리 실컷 들으며 　봄날 낮잠이나 자려는 듯.	飽聽松聲春晝眠.

범중엄范仲淹[30]이 변경을 순시하다가 이 시를 보고 매우 놀랐다고 한다. 요사종이 쓴 것으로 또 다음과 같은 구절이 있다.

하란[31]산을 걸어 끝까지 가면서,	踏破賀蘭石,

....

영령가寧令哥에게 살해당했다. 시호는 무열황제武烈皇帝다.

27　田晝 : 자 승군承君. 송나라 양적陽翟 사람. 교서랑校書郎에 임명된 뒤 서하지현西河知縣으로 있으면서 선정을 베풀었다. 휘종徽宗 건중정국建中靖國 초에 입조하여 대종정승大宗正丞이 되었다. 회양군淮陽軍 지현이 되기를 청해 나갔는데, 그 해 크게 역병이 돌자 날마다 의사와 함께 환자를 돌보다가 병에 걸려 죽고 말았다.

28　南粵 : 남월南越 또는 남비엣(Nam Việt)이라고 한다. 진나라 멸망 후, B.C. 203년에 남해군의 군사령관인 남해군위 조타趙佗의 세력 하에 남해군南海郡 인근의 계림군桂林郡과 상군象郡을 아울러 나라를 건국했다. B.C. 196년과 B.C. 179년에, 남월국은 한나라에 조공을 바치며 한의 외신이 되었지만, B.C. 112년 제5대 국왕인 조건덕趙建德과 한나라 간에 전투가 발발하여, 한 무제에 의해 B.C. 111년에 멸망당했다.

29　五原 : 황하 만곡부의 허타오河套 평원에 있다. 이곳은 한대漢代에 현재의 후허하오터呼和浩特 부근을 중심으로 내몽고 남부에 설치한 군郡으로, 진대秦代에는 구원군九原郡이라고 하였으나, 한나라 초에 흉노匈奴에게 점령되었던 것을 무제가 탈환하여 오원으로 명하였다.

30　范仲淹(989~1052) : 북송北宋 때 정치가·문인. 자 희문希文. 부재상격인 참지정사參知政事에까지 올랐다.

336

서해의 먼지를 깨끗이 씻어냈네.　　　　　　　掃淸西海塵.

장원은 「앵무시鸚鵡詩」를 지었는데, 마지막 연은 다음과 같다.

잡아서 금 새장에 가두어 두고,　　　　　　　好着金籠收拾取,
다른 집에 날아가지 못하게 하리.　　　　　　莫敎飛去別人家.

오호 역시 시가 있다. 그들은 당시 변방의 총사령관이었던 한기韓琦[32]와
범중엄을 만나보고자 했지만, 스스로 굽히고 들어가는 것을 수치스럽게
여겨 먼저 찾아가려 하지 않았다. 그래서 큰 바위를 깎아 평평하게 만들어
그 위에 시를 새기고, 힘이 센 장사에게 그 바위를 교통이 발달된 요로要路까지
끌고 가게 했다. 세 사람은 그 바위를 좇아가며 곡을 하며 한기와 범중엄의
마음을 움직이고자 하였다. 오래지 않아 결국 한기와 범중엄을 만날 수
있었지만, 그들이 세 사람을 중용하기를 주저하여, 장원과 오호는 서하로
도망갔다. 범중엄이 뒤늦게 서야 급하게 기병들에게 그들의 뒤를 좇으라
했지만 잡을 수 없었고, 요사종 만이 그의 추천을 받아 임용될 수 있었다.
　장원과 오호는 서하에 도착하였고, 서하 사람들은 그들을 주요 책략가로
중용하여 송나라 조정에 대항하였는데, 십여 년 동안 전쟁이 계속 끊이지
않아, 서쪽 변방의 병사들과 백성들이 매우 피폐해졌다. 서쪽 변방의 안정은
모두 그 두 사람에 달려있었다. 그때 두 사람의 가족들은 수주隨州[33]에 억류된
상태였다. 서하는 간첩을 파견하여 송나라 황제의 조서를 가짜로 만들어
그들을 석방하도록 하였는데, 어느 누구도 그 사실을 알지 못했다. 후에
서하의 군대가 국경 근처까지 와서 포성을 울리고 음악을 연주하며 그

. . . .

31 賀蘭 : 산 이름. 하란산은 영하회족자치구寧夏回族自治區와 내몽고자치구의 경계에 있다. '하
　란賀蘭'은 몽고말로 준마駿馬를 의미하며, 이곳 산세가 마치 준마가 땅을 박차고 나가는 모습
　과 흡사하다여, 하란이란 이름이 붙었다고 한다.
32 韓琦(1008~1075) : 중국 북송의 정치가. 사천四川의 굶주린 백성 190만 명을 구제하고,
　서하西夏의 침입을 격퇴하여 변경방비에도 역량을 과시함으로써, 30살에 이미 명성을 떨쳐
　추밀부사가 되었다. 이후 재상에 올랐으나 왕안석과 정면 대립함으로써 관직에서 물러났다.
33 隨州 : 지금의 호북성 수현隨縣.

두 가족들을 맞이했다는 소식이 들렸다. 이 일이 발생한 이후로, 변경의 총사령관들은 재능 있는 선비들을 예로 대하기 시작했다고 한다.

요사종의 「영회詠懷」라는 시를 보자.

두 눈의 흰자위를 크게 뜨니,　　　　　　大開雙白眼,
푸른 하늘만 보이네.　　　　　　　　　　只見一青天.

장원의 「설雪」이라는 시는 다음과 같다.

오정五丁[34]이 검을 뽑아 구름과 무지개 자르고,　五丁仗劍決雲霓,
은하수 가져다 왕의 땅에 가져다 두었네.　　　直取銀河下帝畿.
전쟁으로 죽은 삼십 만 옥룡,　　　　　　　戰死玉龍三十萬,
떨어진 비늘 바람에 날려 온 하늘에 가득하네.　敗鱗風卷滿天飛.

오호의 시는 전해져 내려오는 것이 없다. 여기에 소개한 시들을 쭉 살펴보면, 이 시를 쓴 사람들이 결코 평범한 사람들이 아니었다는 것을 충분히 알 수 있다.

전주田畫가 기록한 것은 위와 같았다. 장원과 오호가 서하에서 송나라 조정에 대항하여 거사를 일으켰을 때와, 한기와 범중엄이 변방의 총사령관으로 재임했을 시기가 서로 다르다. 그 때 한기와 범중엄은 관중에 있었는데, 전주가 사건의 발생 선후를 자세하게 조사하지 않았던 것이 아닐까? 요사종과 장원의 시는 대부분의 필담筆談류 서적에 기록되어있다. 장원과 오호의 이름인 원元과 호昊은 서하의 초대 황제인 이원호李元昊의 이름 두 자와 같은데, 이는 우연한 것이 아닐 것이다.

....

34 五丁 : 중국 신화전설 속의 다섯명의 장사壯士. 진혜왕秦惠王이 촉蜀을 탐내어 군대를 출병시키려 했으나 워낙 지형이 험준하여 행군로行軍路를 뚫을 수가 없자 계책을 세워 촉왕에게 금으로 만든 소 다섯 마리를 선물하려 하는데 길이 험악해 사신을 보낼 수 없다는 헛소문을 퍼뜨린다. 이 소문을 들은 촉왕은 오정을 시켜 길을 만들어 놓았는데, 그 길로 진나라 군대가 쳐들어 와 촉땅을 뺏기고 말았다.

6. 궁궐 토목공사 宮室土木

진시황제가 아방궁阿房宮을 지을 때, 촉蜀과 형荊 땅의 건축 자재들이 모두 관중으로 옮겨졌고, 노역에 종사하는 사람들은 칠십만 명이나 되었다. 수 양제煬帝가 궁궐을 지을 때 인근 산의 큰 나무들이 하나도 남지 않았을 뿐만 아니라, 먼 곳까지 운반하기 위해 이천명이 나무 하나를 끌기도 했다. 나무로 바퀴를 만들면 마찰하자마자 불이 나기 때문에, 쇠로 바퀴를 만들었지만, 1·2리만 가면 바퀴가 망가져버렸다. 그래서 수 백 명이 예비 바퀴를 짊어지고 있다가, 수시로 망가질 때마다 바꿔 꼈지만, 하루 종일 움직여도 운반거리가 2, 30리를 넘지 못했다. 나무 한 그루 옮기는 비용을 계산해보면, 기십 만 명의 인력이 동원된 것이다.

대중상부大中祥符[35] 연간에 아첨을 일삼는 간신들이 상서로운 징조를 조작하여 진종眞宗을 속여, 토목 공사를 크게 벌여 도궁道宮을 짓도록 하였다. 그래서 옥청소응궁玉淸昭應宮을 짓게 되었는데, 정위丁謂[36]가 수궁사修宮使에 임명되었고, 하루에 3·4만 명의 인력이 동원되었다. 이때 공사에 사용된 건축 자재들은 다음과 같다.

> 진주秦州·농주隴州·기주岐州·동주同州의 소나무
> 남주嵐州·석주石州·분주汾州·음주陰州의 측백나무
> 담주潭州·형주衡州·도주道州·영주永州·정주鼎州·길주吉州의 개오동나무와 노나무, 종가시나무
> 온주溫州·대주台州·구주衢州·길주吉州의 나무 등걸
> 영주永州·예주澧州·처주處州의 물푸레나무와 녹나무

....

35 大中祥符 : 북송 진종시기 연호(1008~1016).
36 丁謂(962~1033) : 북송의 대신. 자 위지謂之, 일찍이 진공晉公으로 봉해졌기 때문에 '정진공'이라 불려졌다. 지모가 뛰어났지만 아주 교활했고, 남의 속마음을 잘 읽었다. 시 짓기를 좋아했고, 도화圖畵나 박혁博奕, 음률에도 정통했다. 구준寇準이 승상이 되었을 때 정사에 참여하여 구준을 배격하고 그를 배신했다. 진종에게 영합해 궁관宮觀을 짓는 등 토목 공사를 크게 일으켜 옥청소응궁玉淸昭應宮을 세우는 한편, 신선을 맞이하고 귀신에게 제사지내자고 부추겨 함께 태산에서 봉선封禪을 행하기도 했다. 거짓으로 길상吉祥을 만들었다가 여러 차례 왕흠약王欽若에게 들통이 나기도 했다.

담주潭州·유주柳州·명주明州·월주越州의 삼나무

정주鄭州·치주淄州의 청석靑石

형주衡州의 벽석碧石

내주萊州의 백석白石

강주絳州의 반석斑石

오월吳越의 기석奇石

낙수洛水의 석란石卵

의성고宜聖庫의 은주銀朱[37]

계주桂州의 단사丹砂[38]

하남河南의 자토赭土[39]

구주衢州 주토朱土

재주梓州·신주信州의 석청石靑과 석록石綠

자주磁州·상주相州의 대대大黛

진주秦州·계주階州의 자황雌黃

광주廣州의 등황藤黃

맹주孟州·택주澤州의 괴화槐華

괵주虢州의 연단鉛丹

신주信州의 토황土黃

하남河南의 호분胡粉

위주衛州의 백악白堊

운주鄆州의 방분蚌粉

연주兗州·택주澤州의 묵墨

귀주歸州·흡주歙州의 칠漆

내무萊蕪와 흥국興國의 철鐵

    이러한 목재와 석재, 다양한 건축 재료들은 수궁사의 지시에 따라 소재지의 관리들이 병사와 백성들을 시켜 산 속에 들어가 벌채하고 채취한 것이다.

37 銀朱 : 수은과 유황으로 합성한 황화수은. 광석으로 채굴되기도 하며, 아주 옛날부터 이름과 용도가 다양하여 중국과 우리나라에서는 영사靈砂·기사氣砂·심홍心紅·이기사二氣砂·이기단二氣丹 등으로 불렸다. 위의 여러 이름들이 보여주듯이 은주는 옅은 붉은색에서부터 진한 빨간색까지 있기 때문에 동서양에서 아주 일찍부터 화장품으로 쓰였으며, 서기전 12세기 중국 은殷나라 때부터는 그림의 안료顔料로도 쓰였다.

38 丹砂 : 붉은 빛깔의 흙으로 안료로 사용되며, 이것을 사용하여 만든 안료를 토홍土紅이라 한다.

39 赭土 : 산화철을 많이 포함한 붉은색의 흙.

그리고 또 개봉開封에 건축 재료 관리 관청국을 설치하여 동銅을 놋쇠[鍮]로 만들고, 금박을 만들고, 쇠를 단련하여 사용할 수 있도록 제공하였다. 조성된 궁궐의 크기는 동서로 310보步, 남북으로 143보에 달하였다. 땅에 뒤덮인 검은 흙은 악취가 심하게 나서, 개봉 동북쪽에서 좋은 흙을 운반해서 검은 흙 위에 뒤덮었는데, 덮은 흙의 두께가 3척尺에서 1장丈 6척 등 고르지 않았다.

옥청소응궁은 대중상부 2년(1009) 4월에 공사를 시작해서, 7년(1014) 11월에 완공되었는데, 모두 2610구간區間으로 이루어졌다고 한다. 그러나 채 20년이 못 되어, 벼락으로 인해 하루 아침에 모두 불타버리고 전殿 하나만 남았다. 그 당시 온 천지 백성들을 요역에 동원하였지만, 진종眞宗은 정벌을 위해 군대징병을 남용하지도 않았고, 미색과 사냥에 탐닉하지도 않았으며, 엄준한 형벌로 백성들을 고달프게 하지도 않았기에, 백성들이 요역에 동원되면서 누구 하나 저항하는 이가 없었다. 진종의 이러한 옥청소응궁 건축공사는 진나라나 수나라의 대규모 토목공사와는 완전히 달랐던 것이다.

그러나 어질고 지혜로운 선비들은 오히려 이러한 태평성대에 이런 대규모의 궁궐 건축이 진행되었다는 것을 아주 애석하게 여긴다. 나라에서 편찬하는 역사서에 이 일을 기록하면서 과장되게 묘사하려 하는데, 감추는 것이 더 좋을 듯하다. 심괄沈括의 『몽계필담夢溪筆談』에서 다음과 같이 논했다.

> 온주溫州의 안탕산雁蕩山은 앞선 세대의 사람들이 모두 발견하지 못한 곳이다. 그렇기 때문에 사령운謝靈運이 태수로 있으면서 그곳을 유람하지 않은 것이다. 그런데 소응궁을 지을 목재를 채집하기 위해, 사람들에게 알려지지 않은 깊은 산속까지 들어가다 보니 그 곳이 비로소 외부로 알려지게 되었다.

궁궐 공사를 위해 요역에 징발된 백성들을 다그쳐 심심산중까지 들어가게 하였는데, 다른 방면 또한 비슷한 상황이었다.

7. 해 월 일 풍 뢰의 자웅 歲月日風雷雄雌

우희虞喜[40]가 천문天文에 대해 논한 것이 한나라의 『태초력太初曆』[41] 11월 갑자甲子일 한밤중 동지冬至에 기록되어 있다.

> 해를 지칭하는 세웅歲雄인 십간十干은 알봉閼逢 즉 갑甲에 있고 세자歲雌인 십이지十二支는 섭제격攝提格 즉 을乙에 있다. 월은 필畢인 갑甲과 자觜인 정월正月에 있고, 일은 자子에 있다.
> 갑甲이 해의 십간이며, 필畢이 월웅月雄[42]이고, 추陬가 월자月雌[43]이다.

이른바 십간을 세양歲陽이라고 하기 때문에 웅雄이라고 이름 한 것이며, 십이지를 세음歲陰이라고 하기 때문에, 자雌라고 이름 한 것이다. 그러나 필畢과 자觜는 월웅과 월자이기 때문에 무엇을 말하는지 명확하지는 않다. 지금 음양을 웅자雄雌 두 글자로 사용해 풀이하지 않는다. 하지만 『낭의전郎顗傳』이 지금은 유실되어 전해지지 않기는 하지만 『역자웅비력易雌雄秘曆』이라

· · · · · · · · · · · · · · · · · · · ·

40 虞喜(281~356) : 동진東晉의 천문학자. 자 중녕仲寧. 회계會稽 여요餘姚 사람으로, 천문역산학의 대가로 인정받고 있다. 330년에 동짓날의 별 관측을 통해서 세차를 관측했다. 성제成帝 함강咸康 중에 『안천론安天論』 등을 편찬했다. 하늘은 높고 끝이 없으며 항상 안정되어 움직임이 없는 데다 일월성신日月星辰도 각자 운행한다고 주장했다.

41 『太初曆』 : 무제 태초太初 원년(B.C.104)에 사마천 주도하에 역법을 개정하여 완성한 달력으로, 당시 천문 관측과 장기적인 천문 기록에 근거해 편찬하였다. 회귀년은 365.335/1539일로, 1삭망월을 29.43/81일로 규정하고 중기中氣가 없는 달을 '윤달'로 하고, 월식·일식 주기와 5대 행성 위치의 추산 방법을 계산해 냈다. 그해 11월 갑자삭단朔旦 동짓날에부터 태초력太初曆을 시행했다.

42 月雄 : 음력에서 열 개의 천간天干으로 달을 표시한 것으로, 월웅月陽이라고도 한다.
   ○ 『이아爾雅·석천釋天』 : 월이 갑甲에 있으면 필畢이라 하고, 을乙에 있으면 귤橘, 병丙에 있으면 수修, 정丁에 있으면 어圉, 무戊에 있으면 려厲, 기己에 있으면 칙則, 경庚에 있으면 질窒, 신辛에 있으면 새塞, 임壬에 있으면 종終, 계癸에 있으면 극極이라고 하는데, 이것이 월양이다.[月在甲曰畢, 在乙曰橘, 在丙曰修, 在丁曰圉, 在戊曰厲, 在己曰則, 在庚曰窒, 在辛曰塞, 在壬曰終, 在癸曰極: 月陽.]

43 月雌 : 음력에서 열두 개의 지간支干으로 달을 표시한 것으로, 월음月陰이라고도 한다.
   ○ 『이아爾雅·석천釋天』 : 정월은 추陬, 2월은 여如, 3월은 병寎, 4월은 여餘, 5월은 고皐, 6월은 차且, 7월은 상相, 8월은 장壯, 9월은 현玄, 10월은 양陽, 11월은 고辜, 12월은 도塗로 달을 이름했다.[正月爲陬, 二月爲如, 三月爲寎, 四月爲餘, 五月爲皐, 六月爲且, 七月爲相, 八月爲壯, 九月爲玄, 十月爲陽, 十一月爲辜, 十二月爲塗: 月名.]

는 책을 인용하였고, 송옥^{宋玉}이 「풍부^{風賦}」에서 웅풍^{雄風}과 자풍^{雌風}을 언급하기도 했다. 심약^{沈約}의 시에는 "암무지개가 지렁이에 닿았네[雌霓連蜷]"라는 구절이 있고, 『춘추원명포^{春秋元命包}』에도 "음양이 합해지면 천둥이 친다[陰陽合而爲雷]"는 구절이 있다. 『법원주림^{法苑珠林}』에 실려있는 『사광점^{師曠占}』에도 자웅^{雌雄}을 언급한 다음과 같은 구절이 있다.

봄날 천둥이 치기 시작하는데 그 소리가 구르릉구르릉하면서 큰 벼락이 치는 것을 웅뢰^{雄雷}라고 하는데, 한기^{旱氣} 즉 가뭄의 징조이다. 천둥의 소리가 우르릉우르릉하면서 소리는 큰 벼락이 칠 때만큼 크지 않은 것을 자뢰^{雌雷}라고 하며, 수기^{水氣} 즉 비가 올 조짐이다.

내가 소장하고 있는 『효경자웅도^{孝經雌雄圖}』라는 고서^{古書} 하나가 있는데, 듣자하니 한나라 때 장안에서 출판된 『역전^{易傳}』이라고 히며 역시 해와 별을 보며 점치는 책이라고 한다.

8. 소식의 시 東坡三詩

소식이 혜주^{惠州}[44]에 처음 부임했을 때, 협산사^{峽山寺}를 들렀는데 주지승을 만날 수 없어, 다음과 같은 시를 지었다.

산사의 승려는 원래 묵묵히 홀로 지내는 법	山僧本幽獨,
걸식하러 나가 아직 돌아오지도 않았네.	乞食況未還.
구름 디딜방아는 절로 물방아 찧고 있고	雲碓水自舂,
관문처럼 우뚝 선 소나무엔 바람 일렁이네.	松門風爲關.
돌 틈 샘물은 나그네 갈증 시원히 해소해주고	石泉解娛客,
거문고 축 음률이 텅 빈 산에 울리네.	琴築鳴空山.

혜주에 도착해서 음력 섣달 말에 홀로 노닐러 갔다가 서선사^{棲禪寺}에까지 갔는데, 역시 한 사람의 승려도 만나지 못해 다음의 시를 한 수 지었다.

강변을 미복잠행하며,	江邊有微行,
구불구불 성을 등지고 걸었네.	詰曲背城市.
봄 풀빛과 똑같은 잔잔한 호수 따라,	平湖春草合,
걸어 서선사에 도착했는데	步到棲禪寺.
텅 빈 채 사람 하나 보이질 않으니	堂空不見人,
늙은이 문 걸어 잠그고 잠청했네.	老稗掩關睡.
한 끼 밥 챙겨먹는데	所營在一食,
식사 끝났으니 다시금 길 떠나야지.	食已寧復事.
나그네 길 어찌 얻은 것이 아무것도 없겠는가?	客行豈無得,
시동은 깨끗이 땅을 쓸고,	施子淨掃地,
바람 이는 소나무 홀로 조용히 있을 수 없는지,	風松獨不靜,
나를 전송하며 내게 기운 내라 하네.	送我作鼓吹.

후에 담이儋耳[45]에서 「관기觀棋」를 지었는데, 이 시는 여산廬山의 도교사
원인 백학관白鶴觀을 유람하면서 백학관의 모든 이들이 문을 걸어 잠그고
낮잠을 잘 때 홀로 바둑소리를 들었던 것을 기록한 것이다.

여산의 오로봉 앞,	五老峰前,
백학관 있던 자리.	白鶴遺址.
잘 자란 소나무는 정자에 그늘을 드리웠고,	長松蔭庭,
시원한 바람에 햇볕 따사롭네.	風日淸美.
홀로 유람하며,	我時獨遊,
아무도 만나지 못했네.	不逢一士.
누군가 바둑을 두는지,	誰歟棋者,
문 앞에는 신 두 켤레만 놓여있네.	戶外屨二.
사람소리는 들리지 않고	不聞人聲,
가끔 바둑알 놓는 소리만 들리네.	時聞落子.

그 적막하고 쓸쓸한 느낌이 마치 눈에 보이는 듯하니, 구절과 시어의
절묘함이 극지에 이르렀다.

45 儋耳 : 지금의 광동성 담현儋縣.

9. 칠정 天文七政

『상서尚書·요전舜典』에 "칠정七政을 가지런히 하다[以齊七政]"라는 구절이 있다. 공안국孔安國은 칠정을 해와 달, 그리고 금목수화토金木水火土의 다섯 개 별이라고 주석하였다. 그러나 마융馬融은 다음과 같은 주석을 달았다.

> 칠정은 북두칠성北斗七星으로 각 별들마다 주관하는 바가 있다. 첫 번째 별은 해를 관할하고, 두 번째 별은 달을 관할한다. 세 번째 별은 명화命火인데, 형혹熒惑 즉 화성火星이다. 네 번째 별은 살토煞土로, 전성塡星 즉 토성土星이다. 다섯 번째 별은 대수代水로, 신성辰星 즉 수성水星이며, 여섯 번째 별은 위목危木으로 세성歲星 즉 목성木星이고, 일곱 번째 별은 표금剽金으로 태백太白 즉 금성金星이다. 일월과 오성을 각기 다르기에 칠정이라고 했다.

『상서대전尚書大傳』[46]에는 '칠정'에 대한 또 다른 설명이 있다.

> 칠정은 봄·여름·가을·겨울 사 계절과 천문天文, 지리地理, 인도人道를 이른 것으로, 정치를 행하는 방법이다. 사람이 지켜야 할 도리인 인도人道가 바르게 되면, 모든 일이 순조롭게 이루어진다.

칠정에 대한 세 가지 해설은 각기 다른데, 공안국의 해설이 가장 합리적인 것 같다.

10. 한유가 아들에게 독서를 권한 글 符讀書城南

「부독서성남符讀書城南」[47]이란 글은, 한유가 자신의 아들을 가르치기 위해 지은 글이다. 아들에게 뱃속을 『시경詩經』과 『서경書經』 같은 고전으로 가득

---

46 『尚書大傳』: 『금문상서』. 『상서』가 분서갱유로 소실되자 한 문제文帝 때 진秦에서 박사를 지낸 복생伏生이 상서에 정통하다는 말을 듣고 한 왕실에서 유학을 진흥시키기 위해 조조晁錯를 보내 배워오게 했다. 복생은 조조에게 29편의 상서를 전해주었고 조조는 상서를 당시의 문자체, 즉 금문今文으로 받아썼는데, 이것이 『금문상서』이다.

47 符 : 한유의 아들인 한부韓符
城南 : 한유의 별장이 있는 곳으로 장안의 계하문리啓夏門里 동남쪽이다.

채우고, 열심히 이를 배우고 익히면 원하는 바를 모두 이룰 수 있다고 가르친 내용으로 좋은 의미이다. 그러나 이런 구절도 있다.

한사람은 삼공·재상의 고귀한 사람이 되어,	一爲公與相,
넓고 넓은 큰 저택에서 산다네.	潭潭府中居.
……	
보지 못했는가 삼공과 재상이,	不見公與相,
농가에서 나와 출세한 것을.	起身自犁鋤.

이 구절들은 분수에 넘치는 야심으로 부귀를 얻기 위해 호시탐탐 기회를 노리는 듯한 느낌을 주기에 비난받아 마땅하다. 두목^{杜牧}의 「기소질아의^{寄小姪} ^{阿宜}」 역시 그런 구절이 있다.

조정에서 문신들을 우대하여,	朝廷用文治,
과거를 통해 관료를 크게 선발하네.	大開官職場.
바라건대 네가 집을 나서,	願爾出門去,
양떼 몰 듯 쉽게 관직에 오르기를.	取官如驅羊.

이 시의 의미는 한유의 「부독서성남」과 같다. 내가 전에 진주^{陳鑄}[48]의 「성남당기^{城南堂記}」를 보았는데, 이 글 또한 대체로 한유·두목의 시와 같은 견해를 말하였다.

11. 퇴직 관리의 입궐 致仕官上壽

범진^{范鎭}[49]은 한림학사^{翰林學士}에서 퇴직하면서 본관^{本官}인 호부시랑^{戶部侍郎}

- -

48 陳鑄 : 남송 때의 관리. 건도^{乾道} 연간에 진사가 되어, 정주^{汀州}의 지주와 제거복건상^{提擧福建} ^{常平}의 관직을 역임했다.

49 范鎭(1008~1089) : 자 경인^{景仁}, 시호 충문^{忠文}. 북송 성도^{成都} 화양^{華陽} 사람. 인종^{仁宗} 보원^寶 ^元 원년(1038) 장원으로 급제하여, 지간원^{知諫院}에 올랐다. 일찍이 인종에게 글을 올려 후사를 세울 것을 권했다가 간직^{諫職}에서 파직되고, 집현전수찬^{集賢殿修撰}으로 옮겼다. 영종^{英宗}이 즉위하자 한림학사^{翰林學士}에 오르고, 얼마 뒤 진주지주^{陳州知州}로 나갔다. 신종^{神宗}이 서자 다시 한림학사가 되었다. 왕안석의 신법^{新法}을 극력 반대하다가 퇴직하였다. 철종^{哲宗} 때

의 신분도 사직하였는데, 여전히 개봉에 머물렀다. 그가 신종神宗의 생신 때 여러 신하들과 함께 조회에 참석하여 황제의 생신을 축하드릴 수 있도록 입궐을 허가해달라고 청했고, 신종은 그의 청을 받아들였다. 그리고 곧바로 입궐을 허락한다는 조서를 내렸다.

한강韓絳[50]은 철종哲宗 원우元祐 2년(1088) 사공司空직으로 퇴직했다. 그가 태황태후太皇太后의 책봉식 때 여러 관리들과 함께 태황태후의 책봉을 축하할 수 있도록 입궐을 허가해달라고 청하였지만, 철종은 불가하다는 조서를 내렸다.

범진과 한강이 똑같이 퇴직 후 나라의 경사에 여러 대신들과 함께 입궐하여 축하드리고자 했지만, 두 사람에 대한 황제의 총애가 달랐기에 이처럼 다른 결과가 나왔다.

12. 오경 속의 반대어 五經字義相反

治치와 亂난, 順순과 擾요, 定정과 荒황, 香향과 臭취, 邃수와 潰궤는 모두 美미와 惡오처럼 반대의 의미를 지닌 글자다. 그러나 오경五經에서 사용된 용법을 살펴보면 그렇지 않다. 예를 들면 다음과 같다.

국정을 다스리는 신하 열 사람.	亂臣十人.[51]
다스림이 우리나라에 미치다.	亂越我家.[52]
백성을 다스리기 위한 것이다.	惟以亂民.[53]

. . . .

단명전학사端明殿學士로 재기하여 숭복궁崇福宮을 관리했다. 촉군공蜀郡公에 봉해졌다. 학문은 육경을 근본으로 했으며, 고악古樂을 정밀히 연구했다. 일찍이 『신당서新唐書』와 『인종실록仁宗實錄』을 편수했다.

50 韓絳(1012~1088) : 북송의 대신. 자 자화子華. 한억韓億의 셋째 아들로, 신종 때 왕안석과 함께 신법을 집행했다.

51 『서경·태서泰誓』.

52 『서경·반경盤庚』.

사방의 새로운 제후들을 잘 다스리다.　　　　亂爲四方新辟.[54]

다스려 사보四輔[55]를 삼다.　　　　　　　　亂爲四輔.[56]

그 다스림이 우리가 새로이 건국한 나라를　　厥亂明我新造邦.[57]
밝게 하리라.

크게 이에 다스리게 하다.　　　　　　　　　丕乃俾亂.[58]

위의 예문에서 어지러울 '亂난'은 다스림 즉 '治치'로 해석된다.

나라가 편안하고 순조롭다.　　　　　　　　安擾邦國.[59]

순종하지만 내면은 확고하다.　　　　　　　擾而毅.[60]

용을 길들이다.　　　　　　　　　　　　　擾龍.[61]

여섯 종류의 순종하는 가축.　　　　　　　六擾.[62]

위의 예문에서 어지럽다는 뜻의 '擾요'는 순조롭다, 길들이다의 의미인
'順순'으로 해석된다.

토공을 크게 헤아려 다스렸다.　　　　　　荒度土功[63]

• •
53 『서경·설명說命』.
54 『서경·낙고洛誥』.
55 四輔 : 임금을 보좌하는 네 사람의 신하. 곧 전의前疑, 후승後丞, 좌보左輔, 우보右輔를 이르는
   말이다.
56 『서경·낙고洛誥』.
57 『서경·군석君奭』.
58 『서경·입정立政』.
59 『주례周禮·지관地官·대사도大司徒』.
60 『서경·고도모皐陶謨』.
61 『서경·고도모皐陶謨』.
62 『주례·하관夏官』.
63 『서경·익직益稷』.

용재수필

대동 지방까지 안정시켰다.	遂荒大東[64]
대왕이 안정시켰다.	大王荒之.[65]
칡과 등나무 덩굴 뒤덮였네.	葛藟荒之.[66]

위의 단문들에서 거칠다·황폐하다는 뜻의 '荒황'은 다스리다·뒤덮이다는
뜻의 '定정'으로 해석이 된다.

소리도 없고 향기도 없네.	無聲無臭.[67]
진실로 때 맞춰 향기가 나네.	胡臭亶時.[68]
그 향기가 나네.	其臭膻.[69]
향이 연천에까지 도달했다.	臭陰達於淵泉.[70]

위의 예문에서 악취·냄새라는 의미를 가진 '臭취'는 향기롭다·향기의
의미를 가진 '香향'으로 해석된다.

| 이렇게 해서는 아무것도 이루지 못하네. | 是用不潰于成[71] |
| 풀이 무성하지 않네. | 草不潰茂[72] |

이 두 예문에서 무너지다는 뜻의 '潰궤'는 이루다는 뜻의 '遂수'로 해석된다.

• •

64 『시경·노송魯頌·비궁閟宮』.
65 『시경·주송周頌·천작天作』.
66 『시경·국풍國風·주남周南·규목樛木』.
67 『시경·대아大雅·황의皇矣』.
68 『시경·대아·생민生民』.
69 『예기·월령月令』.
70 『예기·교특생郊特牲』.
71 『시경·소아小雅·소민小旻』.
72 『시경·대아·소민召旻』.

정현鄭玄은 『시경』의 '潰成궤성'을 모형毛亨과 똑같이 이루다, 성취하다의 뜻으로 해석하였다. 그러나 '潰茂궤무'에서 '潰궤'는 마땅히 모이다는 뜻의 '匯회' 즉 무성한 모양으로 해석된다. '潰궤'의 의미는 이와 같이 다르기에 논란의 여지가 있다.

13. 복이 되는 토성 鎭星爲福

세상의 방술은 금목수화토金木水火土 오성五星을 이용하여 운수를 점치는데, 대부분 화火와 토土를 나쁘게 생각한다. 이로 인해 낮에 화성이 보이는 것을 꺼려하고 밤에 토성이 보이는 것을 꺼려하는 풍습이 생겨났다.

토성은 진성鎭星으로 비교적 느리게 움직이고, 황도黃道 12궁宮의 각 궁에 이를 때마다 2년 4개월 동안 정지해 있다가 떠난다. 그렇기 때문에 재난이 가장 오랫동안 이어진다. 그러나 국가를 기준으로 논할 때는 그렇지 않다. 부견苻堅이 병사를 이끌고 남방을 정벌하려 했을 때, 목성과 토성이 남두성을 지키고 있었기에 천문 지식이 있는 이들은 때가 불리하다고 했다. 『사기·천관서天官書』에 다음과 같은 기록이 있다.

> 오황五潢은 오방 천제의 수레이며 창고이다. 화성이 오황으로 침입하면 가뭄이 들고, 금성이 오황으로 침입하면 천하에 전쟁이 일어나며, 수성이 오황으로 침입하면 수해가 든다.

송균宋均은 이 구절에 대해 다음과 같은 설명을 달았다.

> 목성과 토성에 대해 언급하지 않았는데, 목성과 토성은 상서로운 조짐을 지닌 덕성德星으로 해가 되지 않는다는 것을 의미한다.
> 오성五星이 북락北落[73]을 침범하면 전쟁이 일어나는데, 화성과 금성·수성이 침범

용재수필

---

73 北落 : 별 이름. 남쪽 하늘에서 빛나는 큰 별인 북락사문北落師門으로, 남쪽 물고기자리의 1등성 포말하우트(Formalhaut)를 가리킨다. 가을하늘을 대표하는 상징적인 별로, 서양에서는 가을의 남쪽 하늘에서 홀로 외롭게 빛나서 외로운 별(Lonely Star)이라고 부르기도 한다. 중국에서는 이 별이 북락사문北落師門이란 이름으로 알려졌고, 장안성의 북문을 북락사문이

350

했을 때는 아주 심각하고 큰 전쟁이 일어나고, 목성과 토성이 침범했을 때는 전쟁에서 유리해진다.

토성이 멈춰있는 곳의 나라는 그 운명이 길하다. 멈추지 않아야 하는데 멈추고, 떠났다가 다시 돌아와 멈추면, 그 나라는 영토를 획득하게 된다. 만약에 멈춰야 하는데 멈추지 않고, 혹은 멈추었다가 또 다시 바로 떠나 가버리면 그 국가는 영토를 잃게 된다. 토성이 머무르는 시간이 길면 그 나라는 복될 것이고, 머무르는 시간이 짧으면 그 나라는 박복하게 된다.

이처럼 토성은 목성과 똑같이 큰 복을 가져다주는 상서로운 별이다. 그렇기에 토성은 국가와 백성들의 평안과 길상을 말할 때 함께 논할 만한 것이다.

14. 역사서를 인용한 소식 東坡引用史傳

소식은 글을 쓸 때 역사서를 인용하였는데, 그 본말을 상세하게 기술하여 분량이 백여 자에 이르는 것도 있다. 이는 독자들에게 그 내용을 일목요연하게 소개하여, 다른 책을 찾지 않아도 그 내용을 정확하게 이해할 수 있게 하기 위해서였다.

예를 들면 『근상인시집勤上人詩集』의 서문에서는 적공翟公[74]이 정위廷尉직을 그만두자 문지방이 닳도록 오던 손님들이 문에 거미줄 쳐질 정도로 뜸해지다가 다시 정위직에 임명되자 다시 찾아온 일을 인용했고, 『조군성시집晁君成詩集』 서문에서는 이합李郃[75]이 한중漢中에 있을 때 별을 보고 두 명의 사자使者가

....
라고도 한다.

74 翟公 : 한나라 때 하규下邽의 관리. 정위廷尉로 부임하자 손님이 너무 많아 문지방이 닳았는데, 그 자리에서 물러나자 문에 거미줄이 쳐져 새를 잡는 그물을 친 듯해, '문전나작門前羅雀'이라는 고사성어가 생겼다. 후에 그가 다시 정위가 되자 또 손님들이 들끓어서 문에 「적공서문翟公書門」이라는 방을 붙여, 세상 인정의 경박함을 논했다. "죽은 뒤에야 그 참다운 사귐을 알아볼 수 있고, 가난해져 보아야 부자로 살 때의 참된 태도를 알 수 있으며, 한 번 귀하게 되고 한 번 천하게 되는 그 속에서 사귄 정이 어떠했는지를 알게 되네.[一死一生乃知交情, 一貧一富乃知交態, 一貴一賤交情乃見.]"

75 李郃 : 한나라의 관리. 자 맹절孟節. 화제和帝 때 한중漢中의 호조사戶曹史를 지냈다. 효성과

한중으로 온 것을 알았던 일을 인용하였다. 또「상부승상서^{上富丞相書}」에서는 좌사^{左史}인 의상^{倚相}이 위무공^{衛武公}의 일을 찬미한 일을 인용하였으며,「답이종서^{答李琮書}」에서는 이고^{李固}가 군사를 일으켜 교지^{交趾}[76]를 토벌할 것을 논한 일을 인용하였다.「여주악주서^{與朱鄂州書}」에서는 왕준^{王濬}[77]이 파군태수^{巴郡太守}로 있으면서 병사들과 백성들이 잦은 전쟁과 요역으로 아들을 낳아도 기르지 않고 버리는 경우가 많은 것을 보고, 법규를 만들어 요역과 과세를 경감하여 아이를 낳아 기를 수 있게 해준 일을 인용하였다.「개공당기^{蓋公堂記}」에서는 조참^{曹參}[78]이 한신^{韓信}[79]과 함께 제^齊 땅을 다스릴 때 무위지치^{無爲之治}의 원칙으로 잘 다스려 현명한 정치가라고 칭송을 받은 일을 인용하였으며,「등현공당기^{滕縣公堂記}」에서는 서공^{徐公}의 일을 인용하였고,「온공비^{溫公碑}」에서는 모용소종^{慕容紹宗}[80]과 이적^{李勣}의 일을 인용하였으며,「밀주통판제명기^{密州通判題名記}」에서는 양숙자^{羊叔子}와 추담^{鄒湛}의 일을 인용하였고,「여지탄^{荔枝歎}」이라는 시에서는 당강^{唐羌}[81]이 여지^{荔枝}에 대해 한 말을 인용하였다.

....

청렴함으로 유명했으며, 상서령^{尙書令}과 사공^{司空}을 역임했다. 『후한서<sup>後漢書 · 이합전^{李郃傳}』에 화제가 즉위한 다음 사자를 사방으로 파견하여 미복^{微服}으로 다니면서 사방의 풍속과 민요를 채집해 오게 하였는데, 이때 파견된 두 명의 사신이 자신의 신분을 숨기고 이합의 집에 투숙했다는 기록이 있다. 때가 마침 여름이라 함께 밖에 나와 하늘을 보게 되었는데, 천문에 밝았던 이합이 별을 보고 "두 사신이 이곳에 파견되었다"고 말했다고 한다.

76 交趾 : 한나라 때의 군^郡의 하나. 현재의 베트남 북부 통킹, 하노이 지방에 해당한다.

77 王濬(206~286) : 진^晉나라의 장군. 자 사치^{士治}. 삼국시대 말기에 오^吳 나라 수도 건강^{建康}을 함락시켜, 오나라 군주 손호^{孫皓}의 항복을 이끌어냈다. 이로 인해 무국대장군^{撫國大將軍}으로 책봉되었다.

78 曹參(?~B.C.190) : 한나라 개국 공신으로 평양후^{平陽侯}에 책봉되었으며, 고조가 죽은 뒤 소하의 추천으로 상국^{相國}이 되어 혜제^{惠帝}를 보필하였다.

79 韓信(?~B.C.196) : 한 고조 때의 개국 공신^{開國功臣}. 회음^{淮陰}(강소성) 출생. 처음에는 항우^{項羽}에게 있다가 소하^{蕭何}가 후에 고조가 되는 유방^{劉邦}에게 천거하여 대장이 되었으며, 고조의 천하 평정 때 큰 공을 세움으로써 제왕^{齊王}, 이어 초왕^{楚王}이 되었다. 그러나 한나라의 권력이 확립되자 차차 권력에서 밀려나, 회음후^{淮陰侯}로 격하되었고 끝내 진희^{陳豨}의 난에 가담하였다가 멸족을 당했다.

80 慕容紹宗(501~549) : 북위, 동위의 장수.

81 唐羌 : 후한 화제^{和帝} 때의 관리. 호 백유^{伯遊}. 공부^{公府}의 취임을 마다하고 계양군^{桂陽郡} 임무현^{臨武縣} 현령으로 부임했다. 임무현은 교주와 접해 있어 용안과 여지를 공납하면 주야로 역마를 이용하여 장안으로 보냈다. 역마가 도중에 호랑이나 늑대를 만나 계속해서 사람들이

15. 두 명의 막수 兩莫愁

막수莫愁는 영주郢州[82] 석성石城사람으로, 지금의 영주에 막수촌莫愁村이 있다. 화공이 그녀의 용모를 그려 놓았는데, 일 벌이기 좋아하는 호사가들은 그것을 모사하여 사방팔방으로 보냈다고 한다. 『당서唐書·악지樂志』에 다음과 같은 기록이 보인다.

> 「막수악莫愁樂」은 「석성악石城樂」에서 나온 것으로, 석성에 막수라는 이름의 여인이 노래를 아주 잘 불렀다고 한다.

막수에 대해 노래한 고사古詞도 있다.

막수는 어디에 있는가?	莫愁在何處?
막수는 석성의 서쪽에 있네.	莫愁石城西,
사공이 두 개의 노 저어	艇子打兩槳,
막수를 재촉해 데려 가려고 오는구나.	催送莫愁來.

이상은李商隱의 시에도 막수를 언급한 것이 있다.

바다 밖에 구주九州와 같은 곳 있다는 말 헛되이 들려오지만,	海外徒聞更九州,
다음 생은 점칠 수 없고 이생은 끝이 나버렸네.	他生未卜此生休.
금군禁軍이 치는 딱따기 소리만 들려올 뿐,	空傳虎旅鳴宵柝,
새벽을 알리는 계인雞人은 다시 볼 수 없으리.	無復雞人送曉籌.
그날 육군六軍이 다 함께 말을 멈추었을 때,	此日六軍同駐馬,

목숨을 잃었기에, 당강이 상서를 올려 간했다. "신이 듣기에 군주는 맛있는 것으로 덕을 삼지 않으며 신하는 선물로 공을 이루면 안 된다고 했습니다. 고로 천자는 태뢰太牢의 음식을 숭상해야지 과일 같은 것으로 진미를 삼으면 안 된다고 했습니다. 엎드려 보건데 교지交趾 7군이 신선한 여지와 용안龍眼 등을 헌납함에 새가 놀라 날아가고 바람이 세차게 일어나고 있습니다. 이곳 남쪽의 토지는 악충과 맹수가 도로에 끊이지 않고 나타나 지나가는 사람이 목숨을 잃기까지 합니다. 죽은 사람은 다시 살려낼 수 없으나 구할 수는 있습니다. 이 두 가지 물건이 궁궐에 올려 진다 해도 수명을 늘릴 수는 없습니다." 황제가 당강의 간언을 받아들여 여지와 용안의 공납을 금지했다.

82 郢州 : 지금의 호북성 강릉江陵.

칠석의 견우를 비웃었는데.　　　　　　他時七夕笑牽牛.
어찌하여 사십여 년 천자로 있었으면서도,　如何四紀爲天子,
막수가 시집갔던 노씨盧氏 집만도　　　　不及盧家有莫愁?[83]
　　못하단 말인가?

여기에 언급된 막수는 낙양洛陽사람이다. 양무제梁武帝의 「하중지가河中之歌」
를 감상해보자.

황하의 물은 동쪽으로 흐르고　　　　　　河中之水向東流,
낙양에 막수라는 아가씨 살았다네.　　　　洛陽女兒名莫愁.
막수는 열세 살에 비단을 짤 수 있었고　　莫愁十三能織綺,
열네 살에 남쪽 밭두렁에서 뽕잎을 땄네.　十四采桑南陌頭,
열다섯에 노씨 집안으로 시집가서　　　　十五嫁爲盧家婦,
열여섯에 아후阿侯란 아들 낳았네.　　　　十六生兒似阿侯.
노씨 집안 여인들은　　　　　　　　　　盧家蘭室桂爲梁,
　　계수나무 대들보 집에서 살았는데
방 안에는 울금향과 소합향이 맴돌았다네.　中有鬱金蘇合香.
머리에는 금비녀 열두 개나 꽂고　　　　頭上金釵十二行,
발에는 오색무늬 비단 신발 신었지.　　　足下絲履五文章.
거울 앞에 빛 휘황찬란한 산호 걸어놓았고　珊瑚掛鏡爛生光,
언제나 하인이 달려와 신발 신겨주었다네.　平頭奴子擎履箱.
부귀롭게 사니 무엇을 더 바랄까　　　　人生富貴何所望,
일찌감치 동가왕에게 시집 못 간 게　　　恨不早嫁東家王.
　　한이라면 모를까?

노씨 집안의 부귀이 이와 같았는데, "일찌감치 동가왕에게 시집 못 갔다"라
고 말한 것은 무슨 의미인지 모르겠다.
주방언周邦彦[84]의 악부 「서하西河」는 전적으로 금릉金陵[85]을 읊은 것인데,

──────────

83 「馬嵬二首」 제2수.
84 周邦彦(1056~1121) : 북송의 사詞 작가. 자 미성美成. 호 청진거사清眞居士. 전당錢塘(절강성浙
　江省) 출생. 원풍元豊 연간에 수도로 올라가 「변도부汴都賦」를 헌상獻上하여 신종神宗으로부터
　인정받고 태학제생太學諸生에서 태학정太學正으로 승진하였고, 휘종조徽宗朝에 이르러 궁중음
　악을 담당하는 대성부大晟府의 제거提擧에 임명되었다. 음악에 정통하여 고전음악의 정비와
　신곡新曲의 개발을 통하여 완약성婉約性과 전아성典雅性을 겸비한 작품을 완성시켰다. 남송南宋

용재수필

그중 "막수의 배가 매어져 있네[莫愁艇子曾繫]"라는 구절이 있다. 주방언이 석두성石頭城[86]을 석성과 혼동한 것이 아닐까?

16. 소식의 「하공교시」 何公橋詩

소도시 영주英州[87]에는 강이 관통하여 흐른다. 예전에는 나무 다리였는데 매번 몇 년이 되지도 않아 큰 비가 내리면 무너졌다. 군수郡守인 건안建安 사람 하지보何智甫가 처음으로 돌을 쌓아 다리를 만들었다. 다리가 막 완성되었을 때 마침 소식蘇軾이 해남도에서 돌아오면서 이곳을 지나게 되었다.[88] 하지보는 다리에 관한 글을 지어 달라고 청했다. 소식은 4언으로 된 56구의 시를 지어 주었는데 지금 『후집』 8권에 수록되어 있는 것으로 다음과 같이 시작된다.

하늘과 땅 사이,	天壤之間,
온통 어디나 물천지일세.	水居其多.
오가는 사람들,	人之往來,
강 위 두견새 같네.	如鵜在河.

나는 부모님을 모시고 영주에 거주했었다. 승려 희사希賜와 남산南山을 노닐다가 그 다리를 지나며 시비詩碑를 읽었다. 희사가 말했다.

"진본은 하씨何氏가 소장하고 이곳에는 석각이 있었는데 당금黨禁[89]을 거치면서

의 강기姜夔와 함께 북송의 대표사인代表詞人으로 꼽힌다.

85 金陵 : 지금의 강소성 남경南京.

86 石頭城 : 지금의 강소성 남경의 별칭.

87 英州 : 지금의 광동성廣東省 영덕英德.

88 소식은 소성紹聖 4년(1097) 62세에 해남도 담주儋州로 유배되었다. 1100년 1월 휘종이 즉위하고 4월에 황태자의 탄생을 경축하는 의미에서 구법파 대신들을 대거 사면하였다. 이에 소식 또한 5월에 염주안치廉州安置의 부분적 사면령을 받아 6월에 담주를 떠났고, 8월에 서주단련부사舒州團練副使 영주거주永州居住로 더욱 경감되었다. 11월 영주英州 부근에 도착했을 때 소식은 완전히 사면되어 조봉랑朝奉郎에 복위됨과 동시에 제거성도옥국관提擧成都玉局觀에 임명되고 거주의 자유를 회복했다는 소식을 듣게 된다.

없어지게 되었지요."

지금 목판에 새겨진 시는 희사가 쓴 것이다. 희사는 이런 얘기를 해
주었다.

처음 하공何公이 청탁을 했을 때 소식은 이 시를 지었지요. 이미 큰 글씨로 다
완성을 해 놓고서도 보내주지를 않았습니다. 마을의 병졸이 근무를 서다가 보고
서는 하공에게 알려주었습니다. 하공이 소식을 찾아오자 소식은 이렇게 말했습
니다.
"제가 다리가 있는 곳을 가보지도 못했으니 어떻게 써야 할지 구상이 잘 되지
않는구료."
하공은 즉시 먹을 것을 차리도록 명하고 소식과 함께 다리가 있는 곳으로 갔습니
다. 소식은 "태수가 이곳의 주인이니 먼저 수레에 오르셔야지요."라며 권했으나
하공이 사양하며 감히 먼저 오르지 못하자 함께 가마에 올라 나란히 가게 되었습
니다. 다리에 도착하자 소식이 이렇게 말했습니다.
"와 보니 시를 지을 만 하오. 저녁까지 갖다 드리리다."
소식은 저녁 무렵 시를 보내 주었고 시에는 이러한 내용이 있었답니다.

내가 하공과 함께 오니,	我來與公,
모두들 수레와 배를 타고 구경 나왔네.	同載而出.
환호하는 사람들 길을 가득 메우며,	歡呼塡道,
말 다리를 잡아끄네.	抱其馬足.

다리에 함께 오고자 했던 것은 이 시구에 맞추기 위한 것이었다고 합니다.

소식의 이 시는 건중정국建中靖國 원년(1101)인 신사辛巳년에 지은 것이다.
내가 희사에게 이 이야기를 들은 것은 소흥紹興 17년(1147) 정묘丁卯년이니

89 黨禁 : 숭녕崇寧 원년(1102) 휘종은 채경蔡京을 재상에 임명하면서 희녕熙寧 연간의 신정新政을
부활시키고자 하여, 원우元祐 연간 신법에 반대했던 자들과 원부元符 연간 과격한 언행이
있었던 대신의 명단을 제출하도록 명했다. 채경은 문언박文彦博, 여공저呂公著, 사마광司馬光,
범순인范純仁, 소식, 범조우范祖禹, 황정견, 정이程頤등 120명의 명단을 제출하였다. 휘종은
이들을 '간당奸黨'이라 지목하고 직접 이들의 성명을 써서 돌에 새겨 단례문端禮門 밖에 두고
이를 '원우당인비元祐黨人碑'라 하였다. 이들의 자손은 경사에 머무를 수 없고, 과거에 참가할
수 없으며, 비석에 이름이 나열된 자들은 모두 영원히 등용되지 못하도록 했다.

용재수필

356

46년의 간격이 있는 것이다. 예전의 일을 회상해 보니 지금 소희^{紹熙} 5년(1194) 갑인년과 또 47년의 간격이 있다.

1. 碑誌不書名

碑誌之作, 本孝子慈孫欲以稱揚其父祖之功德, 播之當時, 而垂之後世, 當直存其名字, 無所避隱。然東漢諸銘, 載其先代, 多只書官。如淳于長夏承碑云, 「東萊府君之孫, 太尉掾之中子, 右中郎將之弟」, 李翊碑云, 「牂柯太守曾孫, 謁者孫, 從事君元子」之類是也。自唐及本朝名人文集所志, 往往只稱君諱某字某, 至於記序之文亦然, 王荊公爲多, 殆與求文揚名之旨爲不相契。東坡先生送路都曹詩, 首言:「乖崖公在蜀, 有錄事參軍老病廢事, 公責之, 遂求去, 以詩留別, 所謂『秋光都似宦情薄, 山色不如歸意濃』者。公驚謝之, 曰:『吾過矣, 同僚有詩人而吾不知。』因留而慰薦之。坡幼時聞父老言, 恨不問其姓名。及守潁州, 而都曹路君以小疾求致仕, 誦此語, 留之不可, 乃采前人意作詩送之。」其詩大略云:「結髮空百戰, 市人看先封。誰能搔白首, 抱關望夕烽。」則路君之賢而不遇可知矣。然亦不書其名, 使之少獲表見, 又爲可惜也。

2. 漢文帝不用兵

史記律書云:「高祖厭苦軍事, 偃武休息。孝文卽位, 將軍陳武等議曰:『南越、朝鮮, 擁兵阻阨, 選蠕觀望。宜及士民樂用, 征討逆黨, 以一封疆。』孝文曰:『朕能任衣冠, 念不到此。會呂氏之亂, 誤居正位, 常戰戰慄慄, 恐事之不終。且兵凶器, 雖克所願, 動亦耗病, 謂百姓遠方何! 今匈奴內侵, 邊吏無功, 邊民父子荷兵日久, 朕常爲動心傷痛, 無日忘之。願且堅邊設候, 結和通使, 休寧北陲, 爲功多矣。且無議軍。』故百姓無內外之繇, 得息肩於田畝, 天下富盛, 粟至十餘錢。」予謂孝文之仁德如此, 與武帝黷武窮兵, 爲霄壤不侔矣。然班史略不及此事。資治通鑑亦不編入, 使其事不甚暴白, 惜哉!

3. 帝王諱名

帝王諱名, 自周世始有此制, 然只避之於本廟中耳。「克昌厥後, 駿發爾私。」成王時所作詩。「昌」、「發」不爲文、武諱也。宣王名誦, 而「吉甫作誦」之句, 正在其時。厲王名胡, 而「胡爲虺蜴」、「胡然厲矣」之名, 在其孫幽王時。小國曰胡, 亦自若也。襄王名鄭, 而鄭不改封。至於出居其國, 使者告於秦、晉曰:「鄙在鄭地。」受晉文公朝, 而鄭伯傅王。唯秦始皇以父莊襄王名楚, 稱楚曰荊, 其名曰政, 自避其嫌, 以正月爲一月。蓋已非

周禮矣。漢代所謂邦之字曰國，盈之字曰滿，徹之字曰通，雖但諱本字，而吏民犯者有刑。唐太宗名世民，　在位之日不偏諱。故戴冑、唐儉爲民部尚書，　虞世南、李世勣在朝。至于高宗，始改民部爲戶部，世勣但爲勣。韓公諱辨云：「今上書及詔，不聞諱滸、勢、秉、機，惟宦官宮妾，乃不敢言喩及機，以爲觸犯。」此數者，皆其先世嫌名也。本朝尙文之習大盛，故禮官討論，每欲其多，廟諱遂有五十字者。舉場試卷，小涉疑似，士人輒不敢用，一或犯之，往往暗行黜落。方州科舉尤甚，此風殆不可革。然太祖諱下字內有從木從与者，廣韻於進字中亦收。張魏公以名其子，而音爲進。太宗諱字內有從耳從火者，又有梗音，今爲人姓如故。高宗諱內从门从口者亦然。眞宗諱从心从亘，音胡登切。若缺其下畫，則爲(恒)，遂幷(恒)字不敢用，而易爲「常」矣。

4. 家諱中字

士大夫除官，於官稱及州府曹局名犯家諱者聽回避，此常行之法也。李燾仁甫之父名中，當贈中奉大夫，仁甫請於朝，謂當告家廟，與自身不同，乞用元豐以前官制，贈光祿卿。丞相頗欲許之。予在西垣聞其說，爲諸公言，今一變成式，則它日贈中大夫，必爲祕書監，贈太中大夫，必爲諫議矣，決不可行。遂止。李愿爲江東提刑，以父名中，所部遂呼爲通議，　蓋近世率妄稱太中也。李自稱只以本秩曰朝散。黃通老資政之子爲臨安通判，府中亦稱爲通議，而受之自如。

5. 記張元事

自古夷狄之臣來入中國者，必爲人用。由余入秦，穆公以霸，金日磾仕漢，脫武帝五柞之厄。唐世尤多，執失思力、阿史那社爾、李臨淮、高仙芝、渾瑊、李懷光、(辣)跌光顏、朱耶克用皆立大功名，不可殫紀。然亦在朝廷所以御之，否則爲郭藥師矣。儻使中國英儁，翻致力於異域，忌壯士以資敵國者，固亦多有。賈季在狄，晉六卿以爲難日至；桓溫不能留王猛，使爲苻堅用；唐莊宗不能知韓延徽，使爲阿保機用，皆是也。西夏曩霄之叛，其謀皆出於華州士人張元與吳昊，而其事本末，國史不書。比得田晝承君集，實紀其事云：「張元、吳昊、姚嗣宗皆關中人。負氣倜儻，有縱橫才，相與友善。嘗薄遊塞上，觀覘山川風俗，有經略西鄙意。姚題詩崆峒山寺壁，在兩界間，云：『南粤干戈未息肩，五原金鼓又轟天。崆峒山叟笑無語，飽聽松聲春晝眠。』范文正公巡邊，見之大驚。又有『踏破賀蘭石，掃清西海塵』之句。張爲鸚鵡詩，卒章曰：『好着金籠收拾取，莫敎飛去別人家。』吳亦有詩。將謁韓、范二帥，恥自屈，不肯往，乃礱大石，刻詩其上，使壯夫拽之於通衢，三人從後哭之，欲以鼓動二帥。旣而果召與相見，躊躇未用間，張、吳徑走西夏，范公以急騎追之，不及，乃表姚入幕府。張、吳旣至夏國，夏人倚爲謀主，以抗朝廷，連兵十餘年，西方至爲疲弊，職此二人爲之。時二人家屬羈縻隨州，間使諜者矯中國詔釋之，

人未有知者。後乃聞西人臨境，作樂迎此二家而去，自是邊帥始待士矣。姚又有述懷詩曰：『大開雙白眼，只見一靑天。』張有雪詩曰：『五丁仗劍決雲霓，直取銀河下帝畿。戰死玉龍三十萬，敗鱗風卷滿天飛。』吳詩獨不傳。觀此數聯，可想見其人非池中物也。」承君所記如此。予謂張、吳在夏國，然後舉事，不應韓、范作帥日尙猶在關中，豈非記其歲時先後不審乎！姚、張詩，筆談諸書，頗亦紀載。張、吳之名，正與羌酋二字同，蓋非偶然也。

6. 宮室土木

秦始皇作阿房宮，寫蜀、荊地材至關中，役徒七十萬人。隋煬帝營宮室，近山無大木，皆致之遠方，二千人曳一柱，以木爲輪，則憂摩火出，乃鑄鐵爲轂，行一二里，轂輒破，別使數百人賚轂，隨而易之，盡日不過行二三十里，計一柱之費，已用數十萬功。大中祥符間，姦佞之臣罔眞宗以符瑞，大興土木之役，以爲道宮。玉淸昭應之建，丁謂爲修宮使，凡役工日至三四萬，所用有秦、隴、岐、同之松，嵐、石、汾、陰之栢，潭、衡、道、永、鼎、吉之楗，柟、橦，溫、台、衢、吉之橋，永、澧、處之槻、樟，潭、柳、明、越之杉，鄭、淄之靑石，衡州之碧石，萊州之白石，絳州之斑石，吳越之奇石，洛水之石卵，宜聖庫之銀朱，桂州之丹砂，河南之赭土，衢州之朱土，梓、信之石靑、石綠，磁、相之黛，秦、階之雌黃，廣州之藤黃，孟、澤之槐華，虢州之鉛丹，信州之土黃，河南之胡粉，衞州之白堊，鄆州之蚌粉，兗、澤之墨，歸、歙之漆，萊蕪、興國之鐵。其木石皆遣所在官部兵民入山谷伐取。又於京師置局，化銅爲鍮、冶金薄、鍛鐵以給用。凡東西三百一十步，南北百四十三步。地多黑土疏惡，於京東北取良土易之，自三尺至一丈有六等。起二年四月，至七年十一月宮成，總二千六百一十區。不及二十年，天火一夕焚爇，但存一殿。是時，役遍天下，而至尊無窮兵黷武、聲色苑囿、嚴刑峻法之舉，故民間樂從，無一違命，視秦、隋二代，萬萬不侔矣。然一時賢識之士，猶爲盛世惜之。國史志載其事，欲以爲夸，然不若掩之之爲愈也。沈括筆談云：「溫州雁蕩山，前世人所不見。故謝靈運爲太守，未嘗游歷。因昭應宮采木，深入窮山，此境始露於外。」他可知矣。

7. 歲月日風雷雄雌

虞喜天文論漢太初曆十一月甲子夜半冬至云：「歲雄在閼逢，雌在攝提格，月雄在畢，雌在觜，日雄在子。」又云：「甲，歲雄也，畢，月雄也，觜，月雌也。」大抵以十干爲歲陽，故謂之雄，十二支爲歲陰，故謂之雌。但畢、觜爲月雄雌不可曉。今之言陰陽者，未嘗用雄雌二字也。郎顗傳引易雌雄祕歷，今亡此書。宋玉風賦有雄風、雌風之說。沈約有「雌霓連蜷」之句。春秋元命包曰：「陰陽合而爲雷。」師曠占曰：「春雷始起，其音格格，其霹靂者，所謂雄雷，旱氣也；其鳴依依，音不大霹靂者，所謂雌雷，水氣也。」見法苑珠

林。予家有故書一種, 曰孝經雌雄圖, 云出京房易傳, 亦曰星占相書也。

8. 東坡三詩

東坡初赴惠州, 過峽山寺, 不值主人, 故其詩云:「山僧本幽獨, 乞食況未還。雲碓水自舂, 松門風爲關。石泉解娛客, 琴筑鳴空山。」既至惠州, 殘臘獨出, 至栖禪寺, 亦不逢一僧, 故其詩云:「江邊有微行, 詰曲背城市。平湖春草合, 步到栖禪寺。堂空不見人, 老稗掩關睡。所營在一食, 食已寧復事。客行豈無得, 施子淨掃地。風松獨不靜, 送我作鼓吹。」後在儋耳作觀棋詩, 記游盧山白鶴觀, 觀中人皆闔戶晝寢, 獨聞棋聲, 云:「五老峰前, 白鶴遺址。長松蔭庭, 風日清美。我時獨游, 不逢一士。誰歟棋者? 戶外屨二。不聞人聲, 時聞落子。」其寂寞冷落之味, 可以想見, 句語之妙, 一至於此。

9. 天文七政

尚書舜典:「以齊七政。」孔安國本注, 謂「日月五星也」。而馬融云:「七政者, 北斗七星, 各有所主。第一主日;第二主月;第三曰命火, 謂熒惑也;第四曰煞土, 謂填星也;第五曰代水, 謂辰星也;第六曰危木, 謂歲星也;第七曰剽金, 謂太白也。日月五星各異, 故曰七政。」尚書大傳一說又以爲:「七政者, 謂春、秋、冬、夏、天文、地理、人道, 所以爲政也, 人道正而萬事順成。」三說不同, 然不若孔氏之明白也。

10. 符讀書城南

符讀書城南一章, 韓文公以訓其子, 使之腹有詩、書, 致力於學, 其意美矣。然所謂「一爲公與相, 潭潭府中居, 不見公與相, 起身自犁鋤」等語, 乃是顓覬富貴, 爲可議也。杜牧之寄小侄阿宜詩亦云:「朝廷用文治, 大開官職場。願爾出門去, 取官如驅羊。」其意與韓類也。予向爲陳鑄作城南堂記, 亦及此意云。

11. 致仕官上壽

范蜀公自翰林學士, 以本官戶部侍郎致仕, 仍居京師, 同天節乞隨班上壽, 許之。遂著爲令。韓康公元祐二年以司空致仕, 太皇太后受冊、乞隨班稱賀, 而降詔免赴, 二者不同如此。

12. 五經字義相反

治之與亂, 順之與擾, 定之與荒, 香之與臭, 遂之與潰, 皆美惡相對之字。然五經用之或相反。如亂臣十人, 亂越我家, 惟以亂民, 亂爲四方新辟, 亂爲四輔, 厥亂明我新造邦, 丕乃俾亂之類, 以亂訓治也。安擾邦國, 擾而毅, 擾龍, 六擾之類, 以擾訓順也。荒度土

功, 遂荒大東, 大王荒之, 葛藟荒之之類, 以荒訓定也。無聲無臭, 胡臭亶時, 其臭膻, 臭陰達于淵泉之類, 以臭訓香也。是用不潰于成, 草不潰茂之類, 以潰訓遂也。鄭康成箋毛詩潰成, 與毛公皆釋爲遂, 至於潰茂, 則以爲潰當作彙, 彙, 茂貌也。自爲異同如此。

13. 鎮星爲福

世之伎術, 以五星論命者, 大率以火、土爲惡, 故有晝忌火星夜忌土之語。土, 鎮星也, 行遲, 每至一宮, 則二歲四月乃去, 以故爲災最久。然以國家論之則不然, 苻堅欲南伐, 歲鎮守斗, 識者以爲不利。史記天官書云: 「五潢, 五帝居舍。火入, 旱; 金, 兵; 水, 水。」宋均曰: 「不言木、土者, 德星不爲害也。」又云: 「五星犯北落, 軍起。火、金、水尤甚。木、土, 軍吉。」又云: 「鎮星所居國吉。未當居而居, 已去而復, 還居之, 其國得土。若當居而不居, 既已居之, 又西東去, 其國失土。其居久, 其國福厚; 其居易, [輕速也。] 福薄。」如此則鎮星乃爲大福德, 與木亡異, 豈非國家休祥所係, 非民庶可得俸邪!

14. 東坡引用史傳

東坡先生作文, 引用史傳, 必詳述本末。有至百餘字者, 蓋欲使讀者一覽而得之, 不待復尋繹書策也。如勤上人詩集敍引翟公罷廷尉賓客反覆事, 晁君成詩集敍引李郃漢中以星知二使者事, 上富丞相書引左史倚相美衛武公事, 答李琮書引李固論發兵討交趾事, 與朱鄂州書引王濬活巴人生子事, 蓋公堂記引曹參治齊事, 滕縣公堂記引徐公事, 溫公碑引慕容紹宗、李勣事, 密州通判題名記引羊叔子、鄒湛事, 荔枝嘆詩引唐羌言荔枝事是也。

15. 兩莫愁

莫愁者, 郢州石城人, 今郢有莫愁村。畫工傳其貌, 好事者多寫寄四遠。唐書樂志曰: 「莫愁樂者, 出於石城樂, 石城有女子名莫愁, 善歌謠。」古詞曰「莫愁在何處? 莫愁石城西, 艇子打兩槳, 催送莫愁來」者是也。李義山詩曰: 「海外徒聞更九州, 他生未卜此生休。空傳虎旅鳴宵柝, 無復雞人送曉籌。此日六軍同駐馬, 他時七夕笑牽牛。如何四紀爲天子, 不及盧家有莫愁?」此莫愁者, 洛陽人, 梁武帝河中之歌曰「河中之水向東流, 洛陽女兒名莫愁。莫愁十三能織綺, 十四采桑南陌頭。十五嫁爲盧家婦, 十六生兒似阿侯。盧家蘭室桂爲梁, 中有鬱金蘇合香。頭上金釵十二行, 足下絲履五文章。珊瑚挂鏡爛生光, 平頭奴子擎履箱。人生富貴何所望, 恨不早嫁東家王」者是也。盧氏之盛如此, 所云「不早嫁東家王」, 莫詳其義。近世周美成樂府西河一闋, 專詠金陵, 所云「莫愁艇子曾繫」之語, 豈非誤指石頭城爲石城乎?

16. 何公橋詩

英州小市, 江水貫其中, 舊架木作橋, 每不過數年, 輒爲湍潦所壞。郡守建安何智甫, 始疊石爲之, 方成而東坡還自海外, 何求文以紀。坡作四言詩一首, 凡五十六句, 今載於後集第八卷, 所謂「天壤之間, 水居其多, 人之往來, 如鵜在河」是也。予侍親居英, 與僧希賜游南山, 步過橋上, 讀詩碑。希賜云:「眞本藏于何氏, 此有石刻, 經黨禁亦不存。」今以板刻之, 乃希賜所書也。賜因, 言何公初請記, 坡爲賦此詩, 旣大書矣, 而未遣送, 郡候兵執役者見之, 以告何, 何又來謁, 坡曰:「軾未到橋所, 難以想像落筆。」何卽命具食, 拉坡偕往。坡曰:「使君是地主, 宜先升車。」何謝不敢, 乃並轎而行。旣至, 坡曰:「至堪作詩, 晚當奉戒。」抵暮送與之。蓋詩中云:「我來與公, 同載而出。歡呼塡道, 抱其馬足。」故欲同行, 以印此語耳。坡公作詩時, 建中靖國元年辛巳。予聞希賜語時, 紹興十七年丁卯, 相去四十六年。今追憶前事, 乃紹熙五年甲寅, 又四十七年矣。

1. 반반, 태랑, 호호 세 기녀 盼泰秋娘三女

백거이白居易의 「연자루燕子樓」 시 서문은 이러하다.

> 서주徐州의 고故 장상서張尚書에게는 반반盼盼이라는 기녀가 있었다. 가무에 뛰어
> 나고 자태가 우아했다. 팽성彭城에 고택이 있었는데 집 안에 연자燕子라는 누각이
> 있었다. 장상서가 세상을 뜬 후 반반은 옛 사랑을 그리워하며 재가하지 않고서
> 이곳에서 10여 년을 혼자 쓸쓸히 지냈다.

백거이도 그녀를 알았기에 예전의 교분에 감회가 있어 절구를 지었다.
첫 장과 마지막 장은 다음과 같다.

밝은 달빛 창에 가득, 주렴에는 온통 서리,	滿窓明月滿簾霜,
찬 이불 희미한 등불 아래 잠자리를 편다.	被冷燈殘拂臥牀.
연자루 서리 내린 달밤,	燕子樓中霜月苦,[1]
가을은 이 한사람에게 길기만 하다.	秋來只爲一人長.
금년 봄에 낙양에서 온 나그네가	今春有客洛陽回,
장상서의 무덤을 찾아갔었는데	曾到尚書塚上來.
무덤가 백양목이 기둥에 쓸 만큼 굵었다고 하더군	見說白楊堪作柱,
그러니 관반반의 붉은 얼굴 어찌 시들지 않으리오	爭教紅粉不成灰.

이 시를 읽으면 슬픔과 처연함을 금할 수가 없다.

---

1 백거이 시집에는 '燕子樓中霜月夜'로 되어있다.

유우석劉禹錫[2]은 「태랑가泰娘歌」에서 이렇게 말했다.

태랑泰娘은 본디 위상서韋尙書의 가녀였다. 위상서가 오군吳郡의 태수로 지내던 시절에 그녀에게 비파와 가무를 가르쳤고 후에 경사로 데려왔다. 위상서가 죽자 그녀는 그 집에서 나와 민간에 거주하였다. 후에 기주蘄州 자사 장손張愻이 그녀를 거둬들였다. 장손이 폄적되어 무릉武陵에서 지내다가 죽자 태랑은 돌아갈 곳이 없었다. 땅은 황량하고 장안에서도 멀리 떨어진 곳이라 그녀의 용모와 기예를 알아봐 줄만한 사람이 없었다. 그녀는 매일 악기를 부둥켜 안고 울었다.

유우석은 이 일을 시로 읊었다.

화려함 하루아침에 사라지고,	繁華一旦有消歇,
총애가 빛을 잃자 신발 소리 끊겼네.	題劍無光履聲絶.
기주자사 장공자,	蘄州刺史張公子,
백마타고 동타리에 나타났네.	白馬新到銅駝里.
웃음을 사려 황금을 던지니,	自言買笑擲黃金,
이때부터 기녀와 야유 생활 시작되었네.	月墮雲中從此始.
산성에는 사람 적고 강물은 푸르고,	山城少人江水碧,
비바람 몰아치는 밤 길 잃은 기러기, 애절한 현 소리.	斷鴈哀絃風雨夕.
지음을 위해 악기 줄 이미 끊어버렸으나,	朱絃已絶爲知音,
귀밑머리 아직 쇠지 않았음을 혼자 애석해하네.	雲鬢未秋私自惜.
눈을 들어 바라보니 옛 풍경 아니고	擧目風煙非舊時,
꿈에 돌아가는 길을 찾아도 가로막혀 있구나	夢尋歸路多參差.
천 갈래 흐르는 이 눈물을 어찌할까,	如何將此千行淚,
상강에 뿌리니 대나무 가지 얼룩지네.[3]	更灑湘江斑竹枝.

• •

2 劉禹錫(772~842) : 중당의 시인. 자 몽득夢得. 유종원과 함께 왕숙문王叔文의 정치개혁에 동참했는데 그것이 실패하고 왕숙문이 실각하자 낭주朗州(지금의 호남성湖南省 상덕시常德市) 사마로 좌천되었다. 중당의 사회현실이 반영된 작품을 창작하여 환관의 횡포, 번진 세력의 할거, 정치 권력에 대한 풍자와 비판을 아끼지 않았다.

3 전설에 의하면 순舜은 창오蒼梧에서 풍토병으로 병사하였다. 두 왕비인 아황娥皇, 여영女英은 상수湘水까지 따라와 비보를 듣자 비탄의 눈물을 흘렸는데 그 눈물이 대나무에 물들어 얼룩 반점을 남겼다. 두 왕비는 결국 순임금을 그리워하며 소상강에 몸을 던져 세상을 떠났다고 한다.

두목杜牧[4]은 「장호호시張好好詩」에서 이렇게 말했다.

나는 강서江西 막부에서 지금은 세상을 떠난 이부吏部의 심공沈公을 보좌했는데 호호好好는 당시 13살이었다. 노래를 잘해 악적樂籍에 이름을 올리고 심공을 따라 선성宣城으로 옮겨온 후 심저작沈著作의 첩이 되었다. 낙양 동성東城에서 그녀를 만나니 옛 생각에 감회가 떠올라 시를 지어 주었다.[5]

그대 예장의 가기 되었을 때,	君爲豫章姝,
겨우 열 셋 남짓이었네.	十三才有餘.
주인이 재삼 감탄하며,	主公再三嘆,
천하에 최고라고 하였지.	謂言天下無.
이때부터 매번 서로 왕래하니,	自此每相見,
삼일만 지나도 이미 오래된 것 같았지.	三日已爲疏.
몸 밖의 세상사는 진토와 같아,	身外任塵土,
술잔 앞에서 한껏 환락을 다하다가,	尊前極歡娛.
돌연 집선전 교리校理의 객이 되어,	飄然集仙客,
자운거를 탔다네.	載以紫雲車.
그 이후 몇 년 되지 않아,	爾來未幾歲,
고양의 술꾼[6] 다 흩어지고	散盡高陽徒.
낙양 동성에서 다시 만나니,	洛城重相見,

- - - - - - - - - - - - - - - -

4 杜牧(803~852) : 당나라 시인. 자는 목지牧之, 번천樊川. 문장과 시에 능했으며, 이상은李商隱과 더불어 '이두李杜'로 불리었고, 작풍이 두보杜甫와 비슷해서 '소두小杜'로도 불리었다. 호방하고 낭만적인 성격으로 많은 염문을 만들기도 했다.

5 두목은 대화大和 3년 남창南昌 심전사沈傳師의 강서관찰사江西觀察使 막부 임직 시기에 장호호를 알게 되었고 호감이 있었다. 대화 4년, 심전사가 선흡관찰사宣歙觀察使로 전직되자 두목도 그를 따라 안휘安徽 선성宣城으로 갔으며 장호호도 선성으로 함께 데려갔으므로 두목과 장호호는 자주 보면서 지내게 되었다. 2년 후 장호호가 심전사의 동생인 심술사沈述師의 첩이 된 이후 두 사람은 소원하게 되었다. 대화 7년, 심전사가 이부시랑에 임명되면서 막부에 함께 있던 동료들도 모두 각자의 길을 가게 되었다. 몇 년 후, 장호호는 남편에게 버림받고 낙양 동성의 술집에서 술을 파는 신세로 전락하게 되었다.

6 高陽徒 : 고양高陽(지금의 하남성河南省 기현杞縣 서남쪽)의 술꾼. 『사기史記 · 역생육고열전酈生陸賈列傳』에 이러한 내용이 있다. 처음 패공이 군대를 이끌고 진류陳留를 지날 때 역생이 군대의 문 앞까지 찾아와 뵙기를 청하였다. …… 사자가 밖으로 나와서 거절하며 말했다. "패공께서 선생께 삼가 사죄하시며 지금은 천하의 대사로 바쁘기 때문에 선비를 만날 겨를이 없다고 하십니다." 그러자 역생은 눈을 부릅뜨고 검을 잡더니 사자에게 꾸짖었다. "다시 들어가라. 다시 들어가 패공께 나는 고양의 술꾼이지 선비가 아니라고 전하라" 역생은 고양 출신이었다. 이후 술을 좋아하고 방탕한 사람을 가리키는 말로 사용되었다.

여유롭게 술을 팔고 있네.　　　　　　　綽綽爲當壚.
교유하던 친구들 아직 있는지,　　　　　朋遊今在否,
예전처럼 그리 호탕하지는 않겠지요.　　落拓更能無?
객사에서 한바탕 통곡하고 나니,　　　　門舘慟哭後,
물과 구름은 초가을 풍경.　　　　　　　水雲秋景初.
옷깃 가득한 눈물을 털어버리고,　　　　灑盡滿襟淚,
짧은 노래를 써 내려가네.　　　　　　　短歌聊一書.[7]

아녀자는 꽃 같은 미색이 시들고 기댈 수 있는 낭군마저 없어지는 이 같은 경우가 많다. 이 세 사람은 그래도 뛰어난 문인들의 작품 덕분에 이름이 지금까지 전해지게 되었다. 하물며 종신토록 군자를 만나지 못하고 초목과 함께 썩어 사라진 여인네들은 얼마나 많겠는가! 반반의 지조와 의리는 태랑과 호호가 미칠 바가 아니었다.

2. 안진경 사당의 시 顔魯公祠堂詩

우리 집에 소장되어 있는 『운림회감雲林繪監』에는 안진경顔眞卿[8]의 화상畫像과 서부徐俯[9]의 제시題詩가 있다.

. . . .

7 이 시는 전체가 58구로 구성된 장편 오언고시五言古詩인데 홍매는 중간에 다소 누락된 상태로 인용하였다.

8 顔眞卿(709~785) : 자 청신淸臣. 노군개국공魯郡開國公에 봉해졌기 때문에 안노공顔魯公이라고도 불린다. 당나라 저명 서예가로 현종, 숙종, 대종, 덕종의 네 조대에서 관직을 지냈다. 과거에 급제하여 여러 관직을 지냈으나 재상 양국충楊國忠의 미움을 받아 한직인 평원태수平原太守로 좌천되었다. 755년 안녹산安祿山의 반란이 일어나자 이때 그는 상산常山 태수였던 사촌형 안고경顔杲卿과 함께 의병을 일으켜 싸웠다. 안고경은 안녹산에게 체포되어 처형당했으며 안진경은 불리한 전세에도 불구하고 항전을 계속하였다. 숙종肅宗에게 발탁되어 수도 장안에서 헌부상서憲部尙書 등 요직을 역임하였으나 환관과 권신들의 미움을 사 번번이 지방으로 좌천되었다. 784년, 회서淮西 절도사 이희열李希烈이 반란을 일으키자 당시 재상이었던 노기盧杞는 이 기회에 이희열의 손을 빌려 안진경을 죽이고자 하여 덕종에게 안진경을 파견할 것을 건의하였다. 결국 안진경은 이희열에게 죽임을 당했다.

9 徐俯(1074~1140) : 자 사천師川. 자호 동호거사東湖居士. 강서시파江西詩派의 시인. 홍주洪州 분녕分寧(지금의 江西 修水縣) 사람. 부재상인 참지정사參知政事까지 올랐다.

공은 개원 연간에 태어나,	公生開元間,
천보 연간의 난리까지 추앙받았네.	壯及天寶亂.
범양의 오랑캐에게 몸을 던져,[10]	捐軀范陽胡,
결국 채주의 반란군에게 죽임을 당했네.	竟死蔡州叛.
그는 위징처럼 현명했으나	其賢似魏徵,
천하는 정관의 시대가 아니었네.	天下非貞觀.
네 명의 황제 수십 년간,	四帝數十年,
그 한 몸으로 온갖 어려움을 만났네.	一身逢百難.
젊었을 적 역사를 읽으며,	少時讀書史,
마음을 이미 정하였네.	此事心已斷.
늙어 귀밑머리 쇠하고,	老來鬢髮衰,
공명을 이룸이 늦은 것을 개탄하네.	慨嘆功名晚.
아! 충의의 길,	嗟哉忠義途,
조금도 지체할 수 없었으니	捷去不可緩.
그는 슬퍼하지 않았으나,	初無當年悲,
후세로 하여금 탄식하게 할 뿐이네.	只令後世歎.
하루 아침에 단비 그치니,	一朝絶霖雨,
밭은 항상 가물다네.	南畝常亢旱.
소부의 계획은 비록 이루었으나,	小夫計雖得,
백성은 도탄에 빠졌네.	斯民蓋塗炭.
긴 노래로 그대의 절개 노래하니,	長歌詠君節,
천년의 용사라도 그대에 비한다면 나약하리.	千載勇夫懦.
자장이 띠에 썼던 말을 공손히 쓰며,[11]	敬書子張紳,
옛 사람의 반이라도 닮을 수 있기를.	庶幾古人半.

서부의 시는 강서江西 일대에서 유명하지만 이 시는 그다지 훌륭하지

---

10 천보天寶 14년(755年) 안록산의 반란이 일어났다. 안록산은 평로平盧, 범양范陽, 하동河東 삼진三鎭의 절도사였다.

11 『논어·위령공衛靈公』: 자장이 행해짐을 묻자, 공자께서 말씀하셨다. "말이 충신忠信하고 행실이 돈독하고 공경스러우면 비록 오랑캐의 나라라 하더라도 행해질 수 있지만, 말이 충신하지 못하고 행실이 돈독하고 공경스럽지 못하면 주리州里라 하더라도 행해질 수 있겠는가? 일어서면 그것이 앞에 참여함을 볼 수 있고, 수레에 있으면 그것이 멍에에 기댐을 볼 수 있어야 하니, 이와 같은 뒤에야 행해질 수 있는 것이다." 자장이 이 말씀을 띠에 썼다.[子張問行, 子曰: "言忠信, 行篤敬, 雖蠻貊之邦, 行矣. 言不忠信, 行不篤敬, 雖州里, 行乎哉? 立則見其參於前也, 在輿則見其倚於衡也, 夫然後行." 子張書諸紳.]

못하다.

이덕원李德遠이 나에게 동민덕童敏德의 7언 고시를 알려주었다. 동민덕이 호주湖州를 노닐다가 안노공의 사당에 대해 읊은 것이다.

돛 걸고 단숨에 출발하니 새보다 빨라,	卦帆一縱疾於鳥,
밤에 장흥을 출발하여 오흥에 도착하니 새벽.	長興夜發吳興曉.
지팡이 짚고 올라 노공의 사당을 방문하니,	杖藜上訪魯公祠,
눈이 맑아지고 마음은 명료해진다.	一見目明心皦皦.
이곳 사람들 그대를 그리워할 뿐만 아니라,	未說邦人懷使君,
옛 충신을 애석해하네.	且爲前古惜忠臣.
덕종이 다시 노기를 재상으로 등용하여,	德宗更用盧杞相,
이 자리를 맡는 것은 실로 고생스러운 것이었네.	出當斯位誠艱辛.
살아서는 용의 비늘을 거스르고 호랑이의 입에서 죽으니,	生逆龍鱗死虎口,
그의 형과 함께 불후한 명성을 이루고자 하였네.	要與乃兄同不朽.
미친 아이 이희열 무슨 죄가 있겠는가,	狂童希烈何足罪,
간사한 무리 충심을 질투하여 그의 손을 빌린 것.	奸邪嫉忠假渠手.
인을 이루려 죽을 수도 있지만,	乃知成仁或殺身,
살아남은 자가 현명한 자는 아님을 알겠네.	保身不必皆哲人.
공 같은 사람이 어찌 세상에 다시 있을까,	此公安得世復有,
일시에 평범한 말을 씻어버린 기린이네.[12]	洗空凡馬須騏驎.

동민덕의 시는 언어와 의미가 모두 탁월하다. 그 또한 임천臨川 사람이다. 그러나 평생 관직에 나가지 못했으니 애석한 일이다.

3. 공자는 민자의 이름을 부르지 않았다 閔子不名

『논어論語』 중 공자와 사람들의 대화나 문하생들과의 문답에는 모두 이름

---

12 두보의 칠언고시七言古詩 「丹靑引·贈曹將軍霸」 중 '잠깐 사이 궁궐에서 참 용이 나타나니 한꺼번에 만고의 평범한 말 단번에 씻어버렸네[斯須九重眞龍出, 一洗萬古凡馬空]'라는 대목이 있다.

을 부르고 자字를 부르지 않았다. 안회顏回나 염옹冉雍과 같은 수제자들도 회回나 옹雍이라고 이름을 불렀다. 그러나 민자閔子만 자건子騫이라고 부르면서 책 전체에서 한 번도 이름을 부르지 않았다.[13] 현자들은 『논어』가 증자曾子와 유자有子의 문하생에게서 나왔다고 하지만 내가 생각하기에는 민씨閔氏에게서 나온 것 같다. 민자는 좌우에서 모셨다는 표현이 있으나, 염유冉有와 자공子貢·자로子路는 그렇지 않다는 점으로 알 수 있다.

4. 증석은 아들에게 자애롭지 않았을까? 曾晳待子不慈

전기傳記에 기록된 것을 보면 증석曾晳은 아들 증삼曾參에게 자애롭지 않았다. 증삼이 호미질을 하다 잘못해서 오이를 상하게 하자, 증석은 증삼을 땅에 엎어놓고 큰 몽둥이로 매질했다. 공자는 증삼이 작은 매는 맞고 큰 매는 피했던 순임금처럼 행동하지 않고, 큰 매를 그냥 맞아서 아버지를 무정하고 의롭지 못한 이로 만들었다고 하며, 문하생들에게 다음과 같이 당부했다.

"증삼이 오면 들이지 말라."

나는 이 일은 실제로 있었던 일이 아니라 전국 시기 학자들이 지어낸 것이라고 생각한다.

증석이 자로子路와 염유·공서화公西華와 공자를 모시고서 "기수에서 목욕하고 바람 맞으며 춤을 추고 싶다"고 했던 말에는 공자의 가르침에 대한 체득과 초연함·범상함이 담겨있다. 그러므로 공자는 네 사람 가운데 오직 증석 만을 칭찬하며 "나는 그와 함께 하겠다"고 하였다.[14] 이 내용을 통해 증석의 사람됨이 어질다는 것은 알 수 있다. 이러한 그가 증자와 같은

13 閔子 : 이름은 손損이고, 자건은 자다. 공자보다 15살 연하였으며 효성과 덕행으로 유명하다.
14 『논어·선진先進』

아들을 몇 번이나 죽을 지경까지 이르게 만들었을까? 일반 사람도 차마 그렇게 하지 않았을 텐데, 증석 같은 이가 그런 일을 했겠는가?

『맹자』에는 증자가 증석을 봉양하면서 술과 고기로 '뜻을 봉양했다養志'는 표현이 있는데 이러한 말도 없었을 것이다.[15]

5. 법구의 시 具圓復詩

오吳 땅 승려 법구法具의 자字는 원복圓復으로 시와 음악에 뛰어난 재능을 가진 범상한 인물이다. 나는 『이견지夷堅志』[16]에서 그에 대해 썼다. 최근 복주福州의 승려 지회智恢에게서 원복의 시 원고를 보았는데 왕안석王安石의 글씨를 모방한 것이었다.

「송승送僧」시는 다음과 같다.

여울 소리 콸콸 빗소리와 섞여,　　　　　　灘聲嘈嘈雜雨聲,
집 남쪽 북쪽엔 봄물이 가득하네.　　　　　舍北舍南春水平.
지팡이 짚고 꽃길 지나 문을 나서니,　　　　拄杖穿花出門去,
오호의 바람과 파도 흰 갈매기 가볍다.　　　五湖風浪白鷗輕.

「송옹사특送翁士特」시에서는 이렇게 읊었다.

아침에 양장으로 들어가 저녁에는 녹두,　　朝入羊腸暮鹿頭,
13개의 관역을 거쳐 형주에 도착했네.　　　十三官驛是荆州.

....

15 『맹자·이루장구상離婁章句上』: 증자가 증석을 봉양할 때 반드시 술과 고기를 준비하였는데, 상을 물리려고 할 때 반드시 "누구에게 줄까요?"라고 여쭈었으며, "남은 것이 있느냐?"고 물으시면 반드시 "있습니다"라고 하였다. 증석이 죽고, 증원이 증자를 봉양할 때 반드시 술과 고기를 준비하였는데, 상을 물리려고 할 때 "누구에게 줄까요"라고 여쭙지 않았고, "남은 것이 있느냐?"라고 물으면 반드시 "없습니다"라고 대답하였는데, 다음에 다시 올리기 위한 것이었다. 이것은 이른바 "입과 몸을 봉양한다"는 것이며, 증자처럼 하는 것은 "뜻을 봉양한다"고 말할 수 있다. 어버이를 섬기는 것은 증자처럼 하는 것이 좋다.

16 『夷堅志』: 홍매가 엮은 필기소설집. 민간에서 일어난 이상한 사건이나 괴담을 모은 책으로, 당시의 사회, 풍속 따위의 자료가 풍부하다. 모두 420권이던 것이 흩어지고 없어져서 오늘날은 약 절반만 전한다.

수레 갖추고 말 여물 주어 새벽에 출발하려는데,　　具車秣馬曉將發,
차가운 촛불 다 타도록 대화가 그치질 않네.　　寒燭燒殘語未休.

「죽헌竹軒」은 이러하다.

처마를 밀치도록 자란 대나무 누가　　老竹排簷誰手種,
　　손수 심었나,
산 중의 해 지지 않았는데 차가운 날씨　　山日未斜寒翠重.
　　초록색이 짙다.
6월에 머리 풀고 나뭇잎 바닥에서 잠드니,　　六月散髮葉底眠,
바람 따라 비스듬히 내리는 차가운 비 자꾸　　冷雨斜風頻入夢.
　　꿈으로 드네.
바라보니 모두 푸른 대나무라,　　冬凋峰木雪縞廬,
겨울 시들었던 산봉우리 나무, 하얗게 눈 덮였던　　落眼青青卻笑渠.
　　오두막이 우습네.
꽃 피는 봄 늘어선 죽순 숲 위로 바람 스치니,　　花時吹筍排林上,
오주에서 「죽계도」를 다시 보는 듯하네.　　吳州還見竹溪圖.

「화자창삼마도和子蒼三馬圖」 시는 다음과 같다.

전에는 말을 그린 것에 대해 신묘함을　　從來畫馬稱神妙,
　　칭찬했는데,
지금은 강도왕만을 말한다.[17]　　至今只說江都王.
조패曹霸[18] 장군도 그에 비하면 사실 막내고,　　將軍曹霸實季仲,
사원 승상[19]도 오히려 젊은이라네.　　沙苑丞相猶諸郎.
용면거사[20]는 말 그림에 뛰어나,　　龍眠居士善畫馬,

....

17 당나라 이서李緒는 말 그림에 뛰어나 강도왕江都王에 봉해졌고, 그가 그린 말을 '강도마江都馬'
　　라 하였다.
18 曹霸 : 당나라 현종玄宗 개원開元 연간 그림으로 명성을 떨쳤는데 특히 말 그림에 뛰어났다.
　　좌무위장군左武衛將軍까지 올랐다. 두보杜甫는 「단청인丹青引 – 증조장군패贈曹將軍霸」, 「관조장
　　군화마도觀曹將軍畫馬圖」 시를 써서 그의 그림을 칭송했다.
19 沙苑丞相 : 당나라 시기 저명 화가인 한간韓幹(701~761). 그의 관직이 사원승沙苑丞이었다.
　　왕유王維가 그의 재주를 알아보고 후원하였으며 처음에는 조패曹霸에게 배웠으나 이후 독자
　　적인 화풍을 이루었다. 천보 연간에 궁정 화가가 되었다. 말 그림을 잘 그렸기에, 현종은
　　공헌된 말들을 모두 그에게 그리게 하였다.
20 龍眠居士 : 이공린李公麟(1149~1106). 북송 저명 화가. 자 백시伯時, 호 용면거사.

홀로 두 사람과 멀리 서로 바라보네.　　　　　獨與二子遙相望.
나란히 선 두 마리는 실로 숙상[21]이고,　　　兩馬駢立眞驌驦.
한 마리는 벗어나 날아오르는 듯,　　　　　一馬脫去仍騰驤.
완화노인[22]은 지금 이미 없으니,　　　　　浣花老人今已亡,
아, 세 마리 말을 누가 품평할 것인가.　　　嗚呼三馬誰平章！
살과 뼈를 다 그렸으니,[23]　　　　　　　　飽知畫肉亦畫骨,
묘처는 황무쌍보다 덜하지 않다네.　　　　　妙處不減黃無雙.

또 다른 한편에서는

등불 켜진 집을 지나니 객은 고향이 그리워져,　燒燈過了客思家,
홀로 형문에 서서 저녁 무렵 돌아가는　　　　　獨立衡門數暝鴉.
　　까마귀를 세어본다.
제비가 돌아오지 않았는데 매화는　　　　　　　燕子未歸梅落盡,
　　다 떨어지고,
작은 창 밝은 달이 배꽃에 닿아있다.　　　　　小窗明月屬梨花.

　　모두 음미할 만한 시들이다. 오문吳門의 승려 유무惟茂가 천태산天台山의
한 사찰에서 거주하면서 아침과 저녁에 산을 바라보는 것을 좋아하여 절구를
지었다.

사방의 초록빛 봉우리 구름 속까지 솟아있고　四面峰巒翠入雲.
한 줄기 시냇물은 산기슭을 씻어 내린다.　　　一溪流水漱山根.
노승은 다만 산이 옮겨갈까 걱정하여,　　　　老僧只恐山移去,
정오에 먼저 절 문을 닫는다.　　　　　　　　日午先教掩寺門.

　　시인의 풍취가 살아있다. 그러나 혹자는 산이 가려고 한다고 해서 어찌
문을 닫아 막을 수 있겠느냐고 한다. 이는 오지방 사람들의 바보스런 습관으
로 시를 제대로 이해하지 못하는 것이다.

....

21　驌驦 : 양마良馬
22　浣花老人 : 두보를 가리킨다. 두보의 집이 완화계浣花溪 부근에 있었기 때문에 '완화옹浣花翁',
　　'완화수浣花叟'라 하였다.
23　두보의 「단청인丹靑引」에 "한간은 말의 살만 그렸지 뼈는 그리지 못했다幹惟畫肉不畫骨]"는
　　구절이 있다.

6. 안분지족 人當知足

내가 일흔이 넘었을 때 원칙대로라면 치사致仕를 해야 했지만, 소희紹熙[24] 말년 영종寧宗께서 즉위하셨기 때문에 갑작스럽게 퇴직을 청할 수가 없었다. 그리하여 옥릉玉隆 만수궁萬壽宮의 임기가 만료된 후 본래 관직의 신분으로 마을에 거주하게 되었다.[25] 이부상서 조자직趙子直은 나의 봉록과 식량이 끊기는 것을 안타까워하면서 자리를 지키라고 했지만, 나는 공적 없이 봉록만 받고 있는 것이 부끄러웠다. 친지와 친구들은 나의 자리가 위 두 분 형님들만 못하므로 마음속으로 힘들어 할 것이라 여겼다.[26] 나는 백거이의 「초수습유初授拾遺」 시를 읊어주었다.[27]

황제의 명령 받들어 문하성에 출근하고,	奉詔登左掖,
관복을 차려입고 국정 논의에 참석하였다.	束帶參朝議.
어찌 품계가 낮다고 할 수 있으리오,	何言初命卑,
속세의 지방관리 벗어났구나.	且脫風塵吏.
그 옛날 두보와 진자앙은,	杜甫陳子昂,
재주와 명성이 천지에 가득했었지.	才名括天地.
그 당시 불우한 건 아니었으나,	當時非不遇,
재주에 걸 맞는 지위를 얻지 못했지.	尚無過斯位.

· ·

24 紹熙 : 남송 광종光宗 시기 연호. 1190～1194.
25 홍매는 소희 원년(1190, 68세) 환장각학사煥章閣學士가 되어 선봉대부宣奉大夫 지소흥부知紹興府가 되었다가 융흥부隆興府 옥릉玉隆 만수궁萬壽宮에 임명되었다. 남송 시기 궁관宮觀의 임기는 2년이었다. 홍매는 재임하였고 소희 5년(1194, 72세) 퇴직을 하려 했으나 영종寧宗이 즉위하게 되면서 치사하지 못하고 옥릉에서의 직위를 연장하게 되었다.
26 홍매는 위로 두 형이 있었는데 홍적洪適과 홍준洪遵이다. 큰형인 홍적은 재상의 자리에 올랐으며, 홍준도 자정전학사資政殿學士까지 지냈는데 이는 홍매의 단명전학사端明殿學士보다 높은 관직이다. 홍매 3형제는 당시 '삼홍三洪의 명성이 천하에 가득하다三洪文名滿天下'고 할 정도로 손꼽히던 수재들이었다.
27 백거이가 37세에 좌습유에 임명되어 쓴 시이다. 좌습유는 문하성에 속하는 관직으로 종8품 상이었다. 고관은 아니지만 황제가 내린 명령 중 시의적절하지 못하거나 불합리한 것들을 골라서 엄중한 사안은 조정에서 공론화시켜 논의를 하고 사소한 것들은 글로 간언하는 업무였다. 조정에서 황제를 알현하고 국정에 대해 논의하게 된 백거이가 그 희열과 각오를 읊은 시이다.

용재삼필 권 12

백거이의 안분지족하는 마음은 평생토록 달라지지 않았다.

송나라 이래 명신과 위인 중 한 시대의 중망을 받고도 큰 쓰임에 오르지 못한 자들을 살펴보니 왕우칭王禹偁과 양억楊億 · 이종악李宗諤 · 장영張詠 · 손석孫奭 · 조형晁迥 · 유균劉筠 · 송기宋祁 · 범진范鎭 · 정해鄭獬 · 등보滕甫 · 소식蘇軾 · 범조우范祖禹 · 증조曾肇 · 팽여려彭汝礪 · 유창劉敞 · 채양蔡襄 · 손각孫覺이 있다. 근세에는 왕조汪藻와 손적孫覿 등이 그러했다. 그들 모두 상서학사尙書學士 이상의 직책에 임명되지 못하였고, 중년에 유명을 달리하거나 폄적을 당하거나 또 밭이 없어 먹고 사는 것이 문제가 된 이도 있었으며, 거할 집이 없는 자들도 있었다. 하물며 나의 부친 충선공忠宣公[28]께서는 어려운 상황에서도 인내하시며 아무 말씀하지 않으셨으니, 나는 이만큼만으로도 이미 과분하다.

7. 도연명 시 속의 고송 淵明孤松

도연명陶淵明의 시와 문장은 모두 사실을 기록한 것이다. 꽃과 대나무에 뜻을 기탁한 것까지도 그러하다. 「귀거래사歸去來辭」를 살펴보자.

| 해는 뉘엿뉘엿 넘어가려 하는데, | 景翳翳以將入, |
| 고송을 쓰다듬으며 서성인다. | 撫孤松而盤旋. |

「음주飲酒」 시 20수 중 한 편을 감상해보자.

동원에 자란 푸른 소나무,	青松在東園,
무성한 풀에 그 자태 묻혔다가	衆草沒其姿.
찬 서리에 다른 나무 시들자,	凝霜殄異類,
높은 가지 우뚝 솟아 보이네.	卓然見高枝.
숲에 끼어 사람들이 알아보지 못했으나,	連林人不覺,
홀로 남으니 더욱 기특하여라.	獨樹衆乃奇.[29]

....

376 28 忠宣公 : 홍매의 부친 홍호洪晧. 자는 광필光弼이며, 시호가 충선이다.

이는 모두 고송孤松에 대해 쓴 것으로 자신을 비유한 것이다.

8. 요주자사 饒州刺史

요주饒州[30]의 훌륭한 지방관으로 오吳나라 시기부터 지금까지 정치 공적이 뛰어난 아홉 현인을 꼽을 수 있다. 고을에서 사당을 세워 이들을 기념하고 있지만 이 외에 이름이 알려진 사람은 드물다. 백거이의 「오부군비吳府君碑」를 보자.

> 군은 휘諱가 단丹이고 자는 진존眞存으로 진사에 급제하여 벼슬길에 올랐다. 수천권의 책을 읽고 수만 언의 글을 지었다. 4, 5살부터 도가의 법사法事를 흉내 내며 놀았다. 약관의 나이가 지나서는 도가 서적을 좋아하고 부적을 신봉하였으며 항상 기氣를 모아 정좌수행을 하였고 몇 년 동안 곡식을 전혀 먹지 않으면서 표연히 속세를 벗어나려는 마음이 있었다. 그는 집안의 장자였기 때문에 아래로 3명의 동생과 8명의 조카가 있었다. 장년이 되자 동생과 조카들이 추위와 배고픔에 시달리는 것을 차마 볼 수가 없자 벼슬길에 뜻을 두게 되었다. 명성을 구하여 얻게 되었으나 집에는 좋은 물건이 없었고 소박한 생활을 하면서 시종 자연의 순리를 따랐다. 향년 82세, 아내와 자식으로 인한 근심 없이 요주 자사로 생을 마쳤다.

그의 관력은 대략 이러하다. 오군은 요주에서 기록할만한 일을 남기지는 못했지만 한 지역의 군수였기 때문에 기록을 해 둔 것이다. 그의 사람됨은 깨끗하고 조용했으니 '현달한 선비達士'라 할만하다. 그러나 나이가 80이 넘어서도 여전히 군수로 있었고, 또 처자식을 위해 아무런 계획도 세우지 않았다는 점은 실로 이해할 수가 없다. 당나라는 제도적으로 노인을 내치지 않았기 때문에 관직에 있으면서도 스스로 지나치다고 여기지 않은 것이다.

．．．．．．．．．．．．．．．．．．．．．

29 「飮酒二十首」 제8수.
30 饒州 : 치소治所는 지금의 강서성 파양鄱陽.

9. 자극관의 종 紫極觀鐘

요주饒州의 자극관紫極觀에 당나라의 종이 하나 있는데, 견고하고 소리가
맑아 근세의 기술에 비할 바가 아니다. 그 위에는 이런 글귀가 새겨져 있다.

> 천보天寶 9년(750) 경인庚寅년 2월 경신庚申일인 초하루에 시작하여 15일 계유癸酉
> 일에 완성되었다. 통직랑通直郎 · 전前 감찰어사監察御史에서 낙평樂平으로 폄적된
> 원외위尉 이봉년李逢年이 명문을 썼다. 전前 향공진사鄕貢進士 설언위薛彦偉가
> 서문을 쓰고, 급사랑給事郎 · 행참군行參軍 조종일趙從一이 쓰고 중대부中大夫 · 사지
> 절사持節 파양군鄱陽郡 제군사諸軍事 · 검교檢校 파양군鄱陽郡 태수太守 · 천수군天水
> 郡 개국공開國公 상관경야上官經野의 아내 부풍군扶風郡 군위씨君韋氏가 개원천지
> 대보성문신무응도황제開元天地大寶聖文神武應道皇帝[31]를 위해 종을 만들다

그 다음에 녹사참군錄事參軍과 사공司功 · 사법司法 · 사사참군司士參軍 각각 1명
씩, 사호참군司戶參軍 2명, 참군參軍 2명, 녹사錄事 1명, 파양현령鄱陽縣令 1명,
현위縣尉 2명의 이름이 나열되어 있다. 또 전검교관專檢校官이자 파양현의
현승縣丞 송수정宋守靜, 전검교내공봉도사專檢校內供奉道士 왕조은王朝隱과 7명의
도사가 열거되어 있다. 명문은 우아하고 간결하며 글씨체가 속되지 않다.
그러나 초하루가 경신일이면 계유일은 14일이다. 금석金石에 글씨를 새기면
서 이러한 오류를 범하였다.

부주浮州 개복원開福院에도 오吳나라 무의武義[32] 연간의 종이 있지만 이것에
비할 바가 아니다.

10. 겸중서령 兼中書令

소희紹熙 5년(1194) 12월 22일, 선마宣麻[33] 조서를 내려 사수왕嗣秀王 백규伯圭[34]

---

31 開元天地大寶聖文神武應道皇帝 : 현종의 존호尊號. 현종은 생전에 6차례 존호를 더하였으
　　며, 이 존호는 천보8년(749)에 더해진 것이다.

32 武義 : 오대 십국 중 오나라의 연호(919~921).

378　33 宣麻 : 당송唐宋 시기 재상과 장수를 임명할 때 흰 마麻로 만든 종이에 조서를 작성하여

를 겸중서령^{兼中書令}에 임명하였다. 오랫동안 이 관직에 임명된 사람이 없었기에 학사와 사대부들은 대부분 이 관직의 유래를 알지 못하였고 심지어는 상서성에서 처리해야 하는 것이 아닌지 의심하기까지 했다. 중서령에 임명하는 저보^{邸報}가 외지에 도착했지만 그곳 사람들도 이에 대해 알지 못했다.

나는 이 관직의 전고를 고찰해 보았다. 시중^{侍中}과 중서령^{中書令}은 두 성의 장관이다. 당나라 이래로 재상의 직위에 해당되었으나 중서령이 시중보다는 위였다. 숙종^{肅宗} 이후 대장^{大將}이 이 직책을 맡기 시작하면서, 곽자의^{郭子儀}와 복고회은^{僕固懷恩}·주차^{朱泚}·이성^{李晟}·한홍^{韓弘}이 임명되었다. 경사에 있을 때는 정사당^{政事堂}에 들어가지만 국사에는 간여하지 않았다. 의종^{懿宗}

조정에서 공포하였으므로 '선마^{宣麻}'라 한다. 후에 장수와 재상을 임명하는 조서를 칭하는 용어로 사용되었다.

34 趙伯圭 : 남송 효종^{孝宗}의 동모^{同母} 형.

35 兼 : '겸^兼'은 본래의 관직 외에 다른 관직을 겸임한다는 의미이다. 양한 시대 이러한 경우가 많았는데, 예를 들면 장안세^{張安世}는 차기장군겸광록훈^{車騎將軍兼光祿勳}이었다. 남북조 시대에는 임시로 어떤 관직을 대행할 때 '兼'이라 하거나, 정식으로 어떤 관직에 임명되기 전에 먼저 '兼'자를 수여하기도 했다. 당나라에서는 직사관들이 모두 산관^{散官}을 같이 수여 받았는데 산관이 본관보다 한 품계 낮은 경우나 본직 이외에 다른 관직을 겸할 때 '兼'자를 붙였다. 당 고종 이후 겸직이 점차 많아졌다. 현종시기 양국충^{楊國忠}은 탁지랑^{度支郎}일 때 50여개의 관직을 겸했고, 재상이 되어서도 40여개의 관직을 겸했다. 북송 시대에는 임명된 관직이 기록관보다 낮을 때는 본관 앞에 '兼'자를 첨가하여 '모상서^{某尙書}(3품)겸어사중승^{兼御史中丞}(4품)'이라 표기하였고, 관품이 기록관과 같을 때는 기록관 앞에 '兼'자를 붙여 표기하였다. 신종 시기 관제가 개편된 후에는 관원이 두 개의 직사관을 겸할 경우 관품이 높은 것을 앞에, 낮은 것을 뒤에 나열하고 중간에 '兼'자를 넣었으니 예를 들면 '좌복야^{左僕射}(종1품)겸문하시랑^{兼門下侍郎}(정2품)'과 같이 쓴다.

36 邸報 : 고대의 신문. 지방장관들은 경사에 저택을 두고 내조^{來朝}할 때 저^邸 안에서 조령^{詔令}·장주^{章奏} 따위를 베껴서 제후에게 보고하였던 것에서 유래한다.

37 侍中 : 문하성^{門下省}의 장관으로 재상직이다.

38 中書令 : 중서성의 수장. 수당^{隋唐} 이후 중서령, 문하시중, 상서령^{尙書令}이 함께 국정을 의논하였으며, 모두 재상직에 해당하였다. 북송 시기에는 2품 기록관^{寄祿官}으로 품계와 봉록을 나타낼 뿐 실제 직무는 없어 친왕^{親王}·추밀사^{樞密使}·유수^{留守}·절도사^{節度使} 등의 겸관^{兼官}이었으며, 사상^{使相}이라 불렀다. 정사에 관여하지 않으며, 조정의 명령에 서명을 하지도 않으며 관직을 제수하는 칙서의 말미에 관함^{官銜}이 나열될 뿐이다. 신종 시기 관제를 개편하면서 중서성의 장관으로 정1품 관직으로 복구하였으나 실제 제수된 적이 없었고 상서우복야겸중서시랑이 대행하였다. 남송 시기에 폐지되었다.

·희종僖宗·소종昭宗 시기에는 관원이 점차 많아지면서 평장사平章事에서 겸시중兼侍中으로, 이어서 겸중서령兼中書令에서 수중서령守中書令이 되었다. 평장사·시중·중서령 세 직책은 모두 사상使相[39]이라 하였으므로, 황제의 칙서와 직함에는 '使사'자가 쓰여 있었다. 당말 오대에는 이러한 상황이 더 많아졌다.

송나라 개국 초에는 이전의 관례를 답습하여 오월국吳越國 왕전숙王錢俶, 천웅절도사天雄節度使 부언경符彦卿, 웅무雄武 왕경王景, 무녕武寧 곽종의郭從義, 보대保大 무행덕武行德, 성덕成德 곽숭郭崇, 소의昭義 이균李筠, 회남淮南 이중진李重進, 영흥永興 이홍의李洪義, 봉상鳳翔 왕언초王彦超, 정난定難 이이흥李彝興, 형남荊南 고보융高保融, 무평武平 주행봉周行逢, 무녕武寧 왕안王晏, 무승武勝 후장侯章, 귀의歸義 조원충曹元忠 15인을 동시에 겸중서령兼中書令에 임명하였다.

태종 시기에는 석수신石守信만을 임명하였고 조보趙普는 전직 재상으로 겸중서령에 임명되었다. 진종眞宗은 친왕親王만을 제수하였다. 가우嘉祐[40] 연간 말, 종실의 동평왕東平王 윤필允弼, 양양왕襄陽王 윤량允良이 임명되었다. 원풍元豊[41] 연간, 조일曹佾을 제수하였는데 윤필·윤량과 17·8년의 거리가 있으나 관직은 지속적으로 있었다. 심괄沈括의 『몽계필담夢溪筆談』에 담당관리가 조일을 관직에 임명하면서 여태까지 살아있는 중서령이 봉록을 받은 전례가 없었다고 했다는 대목이 있는데[42] 이는 심괄이 잘못 안 것이다.

신종 원풍 연간 관제가 개편되면서[43] 세 사상使相을 모두 개부의동삼사開府儀同三司[44]라 하였다. 철종 원우元祐[45] 연간 이후 중서령의 관직이 없어졌다.

....

39 使相 : 당 후기, 재상은 왕왕 절도사를 겸직했고, 절도사도 재상을 겸직했기에 이들을 사상이라 칭했다. 송 초기, 친왕·추밀사·절도사가 시중·중서령·동평장사를 겸할 때 사상이라 칭했으나 실제로는 재상의 직위와 무관했다.
40 嘉祐 : 북송 인종 시기 연호(1056~1063).
41 元豊 : 북송 신종 시기 연호(1078~1085).
42 『몽계필담』권2 「故事」.
43 북송 초기 이래로 관직 제도에 각 기구의 역할이 중첩되거나 정원과 전적으로 담당하는 직무가 없거나 명칭만 있고 실제 업무는 없는 무용의 기구와 관원이 넘쳐나는 문제로 인해 신종 원풍 연간에 관직 제도에 대해 개혁을 단행하였다.
44 開府儀同三司 : 관직 명칭으로 문산관文散官의 최고 품계 대우를 받았다. 개부란 독립적으로 관아를 설치하고 속관屬官을 두는 일로 한漢 나라에서는 사도司徒·사마司馬·사공司空의 삼사三

휘종 숭녕崇寧·대관大觀·정화政和·선화宣和[46] 연간에는 관작을 남발하면서 재상을 좌보左輔와 우필右弼로 바꾸었다. 채경蔡京은 세 차례 공상公相이 되었으나, 감히 중서령의 자리에는 오르지 못했다. 남송 효종 건도乾道[47] 연간, 중서성 승지承旨가 초안한 문서와 고명告命에서 시중侍中과 중서령中書令을 삭제하도록 조서를 내렸고 결국 이 관직은 폐지되었다.

지금 이 관직을 복원하려면 먼저 관직의 설치를 복구한다는 성명을 하는 것이 이치에 합당하다. 사수왕께서 끝내 이 직위를 맡지 않으셔서 임명안은 중지되었고, 황제께서 '찬배불명贊拜不名'[48]을 하사하였다.

11. 글을 쓸 때는 꼼꼼히 살펴야 한다 作文字要點檢

글을 쓸 때는 기교의 뛰어남과 서투름, 글의 길고 짧음에 관계없이 꼼꼼히 살피지 않으면 안 된다. 만약 한 가지라도 체재에 맞지 않으면 어휘의 운용이 탁월하다 하더라도 훌륭하다 할 수 없게 된다. 옛 사람 중 문장의 대가라도 이러한 실수를 피하지 못했다.

구양수의 「인종어서비백기仁宗御書飛白記」에 이런 내용이 있다.

> 내가 박주亳州로 갈 때 여음汝陰을 지나가던 중 자리子履의 집에서 서예를 열람하게 되었다. 글씨가 일월처럼 찬란히 빛나 의관을 바로하고 엄숙한 얼굴로 거듭 절을 올린 후에야 올려다 볼 수 있었다. 인종 황제의 비백飛白[49]이었다. 나는 물었다.

司와 대장군大將軍의 지위에 있는 관리에게만 허용했던 제도이다.
45 元祐 : 북송 철종 시기 연호(1086~1094).
46 崇寧 : 북송 휘종徽宗 시기 연호(1120~1106)
   大觀 : 북송 휘종 시기 연호(1107~1110).
   政和 : 북송 휘종 시기 연호(1111~1118).
   宣和 : 북송 휘종 시기 연호(1119~1125).
47 乾道 : 남송 효종 시기 연호(1165~1173).
48 贊拜不名 : 신하가 황제를 알현할 때 예를 주관하는 사람은 그의 성명을 부르지 않고 관직만 호칭하는 것으로 이는 황제가 대신에게 주는 일종의 특혜이다.
49 飛白 : 특수한 서체로, 필획이 마치 비로 쓴 것처럼 붓끝이 잘게 갈라져서 쓰기 때문에

"이는 보문각寶文閣에 소장된 것이거늘 어찌 그대의 집에 있는가?"

그가 대답했다.

"예전 천자께서 군옥群玉[50]에서 신하들에게 연회를 베풀 때 비백을 하사하셨는데 제가 요행히도 하사를 받았습니다.[予幸得預賜焉.]"

어찌 황제의 진적을 앞에 두고서 '予여'라고 하면서, 육경陸經[51]의 자字를 호칭할 수 있겠는가?[52]

이 외에 등진관登眞觀[53]의 「어서각기御書閣記」에서도 태종의 비백을 말하면서 스스로를 '予'라 칭하였다. 「외재집서外制集序」에서는 경력慶曆 연간 대신 중 여이간呂夷簡과 하송夏竦·한기韓琦·범중엄范仲淹·부필富弼의 이름을 직접 언급하면서 "내가 어떤 사람인가를 돌아보니 또한 그 안에 뽑혀있었다[顧予何人, 亦與其選]"라고 했고 "나는 당시 고명을 담당하고 있었다[予時掌誥命]", "나는 조종의 고사를 편수하는 일에 참여하였다[予方與修祖宗故事]"라고 하였다. '予'라고 칭한 것이 7번이나 된다.

소식蘇軾은 그렇지 않았다. 왕회王誨를 위해 기記를 쓰면서 "태자소부太子少傅, 안간安簡 사람 왕공王公 휘諱 거정擧正, 소신은 그 사람을 친히 보지 못했습니다[臣不及見其人矣]"라고 하였으니 격식을 안다 할 수 있다.[54]

12. 시종과 양제 侍從兩制

우리 송나라의 관직 칭호는 대학사大學士에서 대제待制까지 '시종侍從'이라

필세가 비동飛動한다 하여 붙여진 이름이다. 송나라 시기 인종이 비백의 일인자로 꼽혔다.

50 群玉 : 원래 전설 중 제왕이 서책을 소장하는 곳이었으나 후에 일반적으로 황제가 서적과 서화를 소장하던 곳을 가리키게 되었다.

51 陸經 : 북송 중기의 정치가이자 문학, 예술가. 자 자리子履, 호 숭산노인嵩山老人.

52 상대를 '자字'로 호칭하는 것은 존중을 표하는 것이다. 구양수는 문장에서 황제인 인종에게 자신을 칭하는 말로 '신臣'이라 하지 않고 '내予'라고 했으면서, 친구에 대해서는 자로 호칭한 것을 지적한 것이다.

53 登眞觀 : 도관道觀으로, 태종이 어서비백御書飛白을 하사하여 이 도관에 소장하게 하였다.

54 「仁宗皇帝御飛白記」.

하고, 한림학사翰林學士와 중서사인中書舍人을 '양제兩制'라 하는데, 이들이 내제內制[55]와 외제外制를 관장하기 때문이다. 사인舍人 관직에 이르지 않은 자를 '지제고知制誥'라 하기 때문에 '삼자三字'[56]라고 미칭美稱한다. 상서시랑尚書侍郎을 '육부장이六部長貳'라고 부르고, 산기상시散騎常侍와 급사간의給事諫議를 '대량성大兩省'이라고 부른다. 명칭이 이와 같다.

지금 경사에 머무르는 직사관直事官 중 상서尚書에서 권시랑權侍郎·학사대제學士待制까지 모두 '시종侍從'이라 하니, 이는 구습을 그대로 답습하면서 제대로 고찰을 하지 않았기 때문이다.

우리 집에 왕연王沇의 『춘추통의春秋通義』가 있다. 책에는 지화至和 원년(1054) 등주鄧州에서 헌상되었고 2년 양제兩制로 보내 상세히 고찰하도록 어명을 내렸다는 기록이 있다. 이 때 함께 상주한 28명의 직함이 나열되어 있는데, 다음과 같다.

> 학사 7인은 학사승지學士承旨·예부시랑禮部侍郎 양찰楊察, 한림학사翰林學士·중서사인中書舍人 조개趙概와 양위楊偉, 형부낭중刑部郎中 호숙胡宿, 이부낭중吏部郎中 구양수歐陽脩, 기거사인起居舍人 여진呂溱, 예부낭중禮部郎中 왕수王洙이다.
> 지제고知制誥 5인은 기거사인起居舍人 왕규王圭, 우사간右司諫 가암賈黯, 병부원외랑兵部員外郎 한강韓絳, 기거사인起居舍人 오규吳奎, 우정언右正言 유창劉敞이다.

다른 관직은 참여하지 않았음을 알 수 있다.

한림은 본래 6명이 정원이다. 유항劉沆[57]이 재상으로 온성溫成 황후[58]의

---

55 內制 : 당송 시대 한림학사가 담당하던 황제의 조령詔令을 '내제內制'라 한다. 당초唐初 중서성의 중서사인이 조명詔命의 초안 작성을 담당했는데 현종 개원 26년부터 한림학사를 두어 내제를 담당하게 하고, 중서사인은 외제外制를 담당하게 하였다.

56 三字 : 당송 시기 '지제고知制誥'의 별칭.

57 劉沆 : 황우皇祐 3년(1051) 유항은 상서공부시랑尚書工部侍郎에서 부재상인 참지정사로 승진하였다. 이전에는 정사의 대부분을 재상이 결정하였고 부재상은 자리만 있는 정도였으나 유항은 부재상을 맡은 이후부터 적극적으로 국정의 정책 결정에 참여하였다. 지화至和 원년(1054), 동중서문하평장사, 집현전대학사集賢殿大學士에 임명되면서 재상이 되었다.

58 溫成皇后 : 인종의 비妃 장씨張氏. 황우皇祐 6년(1054), 장씨가 병으로 죽자 그녀를 아꼈던 인종은 황후의 예로 비의 장례를 치루고자 했다. 많은 신하들의 반대에도 불구하고 장귀비는 황후의 수의를 입고 종실과 대신들의 문상을 받았으며, 간관의 반대를 걱정한 인종은 발상

장례를 주관했는데, 왕수王洙와 함께 예법에 맞지 않는 제기祭器를 제작하고 원외랑을 동원하였다. 그래서 이 일로 당시 의론이 분분했었는데, 그 때가 바로 지화 원년이었다.

13. 한 마디 말로 화를 면하다 片言解禍

참소를 당한 장상대신이 군주의 노여움을 사게 되어 죽음에 이를 정도로 위험에 처하게 되었을 때 어떤 사람의 한 마디로 전화위복되는 경우가 있다. 아주 절묘하게 던져져서 듣는 사람은 명확하면서도 쉽게 깨닫게 된다. 그러나 사리에 밝은 군주가 아니라면 불가능한 일이다.

소하蕭何[59]가 백성을 위해 상림원上林苑[60]의 빈 땅을 청하였을 때 고조는 소하가 상인에게 뇌물을 많이 받은 것이라 여겨 노발대발하였고 소하를 정위廷尉[61]에게 보내 형틀로 묶게 했다. 왕위위王衛尉가 말했다.

> "폐하께서 항우와 수년간 맞서고 진희陳豨와 경포黥布가 반란을 일으켰을 때 상국(소하)은 관중을 지키면서 그 기회를 이익으로 취하지 않았는데 장사치의 재물을 이익이라 여기겠습니까!"

고조는 언짢아했지만 그날로 소하를 석방하였다.

강후絳侯 주발周勃[62]이 재상에서 면직되어 봉국으로 돌아갈 때 누군가가 주발이 모반을 도모한다고 상주하였다. 정위廷尉가 주발을 체포하여 죄를 다스리려 했다. 박태후薄太后[63]가 문제에게 말했다.

....

나흘째 되는 날 장귀비를 온성황후로 추봉하였다.

59 蕭何(?~B.C.193) : 유방과 함께 한나라 개국의 기틀을 닦아 고조가 즉위할 때 논공행상에서 일등가는 공신이라 인정하여 찬후酇侯에 봉하였다. 한신의 반란을 평정하고 재상에 임명되었다.

60 上林苑 : 함양咸陽의 남쪽에 있는 황제의 전용 사냥터.

61 廷尉 : 형옥刑獄을 관장하는 구경九卿의 하나.

62 周勃(?~B.C.169) : 한나라 건국 공신. 유방과 동향으로 한나라 건립에 군공이 뛰어나 강후絳侯로 봉해졌으며, 문제 때 우승상右丞相을 지냈다.

"강후는 황제의 옥새를 관장하면서 북군의 병력을 장악하던 시기에도 모반하지 않았소. 지금 작은 현 하나를 가지고 있으면서 모반을 하겠습니까?"

문제는 주발을 즉시 사면하였다. 이 두 가지 일은 모두 살아날 수 없는 위기 상황에 적절한 말로 효과를 거둔 경우라고 할 수 있다.

소망지蕭望之[64]가 유조遺詔를 받아 정치를 보좌하게 되자, 허가許嘉와 사고史高·홍공弘恭·석현石顯이 그를 시기하였다. 이들은 소망지가 주감周堪·유경생劉更生과 당파를 결성하였다며 "불러 정위에게 데려가도록[召致廷尉]" 할 것을 주청하였다. 원제元帝는 '召致廷尉'가 하옥을 의미한다는 것을 알지 못하고 그들의 주청에 동의하였다. 그러나 얼마 안 가 잘못되었다는 것을 알고서 소망지에게 옥에서 나와 정사를 돌보라고 하였다. 사고史高가 말했다.

"천자께서 즉위하신 지 얼마 되지 않아 아직 천하에 덕화가 펼쳐지지 않았는데, 사부師傅[65]만을 돌보려하십니다. 구경九卿 대부인 소망지는 이미 하옥된 상태이니 다시 불러들여 직무를 맡기는 것은 아니 됩니다. 응당 결단을 내려 면직을 면직시켜야 합니다."

결국 소망지는 서인으로 강등되었다.

고조와 문제는 현명한 군주였으므로 간언을 받아들였지만, 원제는 어리석은 군주이였기에 시비를 분별하지 못했음을 알 수 있다.

14. 진심어린 말과 훌륭한 의견 忠言嘉謨

양웅揚雄[66]의 『법언法言』에 이런 내용이 있다.

....
63 薄太后 : 원래 항우項羽의 부장 위표魏豹의 아내였으나, 위표가 한신韓信에게 패한 후 한 왕실로 들어오게 되었다. 아들이 문제로 등극한다.
64 蕭望之(B.C.106~B.C.47) : 전한 시기 학자, 관리. 자 장천長倩. 홍공, 석현 등 환관의 전횡을 막아 제도를 개혁하려 했으나 반대로 모함에 빠져 벌을 받게 되자 자살하였다.
65 사부는 소망지를 가리킨다. 선제宣帝는 임종 시 소망지에게 정치를 보좌할 것을 명했고, 원제는 그를 스승으로 존중하였다.
66 揚雄(B.C.53~18) : 전한 말의 학자. 자 자운子雲. 『역학易學』을 모방해 『태현경太玄經』을

어떤 사람이 진심어린 말[忠言]과 훌륭한 의견[嘉謨]에 대해 물었다.
이에 답했다.
"말은 직稷67과 설契68에 부합하면 충이라 하고, 의견은 고요皐陶69에 부합하면
훌륭하다 할 수 있다."

양웅에 따르면 말과 의견·진심과 훌륭함 둘로 나누어지는데, 주석가들은
모두 이것에 대해 설명하지 않았다. 그렇다면 직稷과 설契은 훌륭한 의견을
낼 수 없고, 고요皐陶는 충언을 할 수 없단 말인가? 세 성현이 후세에게
남긴 말은 「우서虞書」70에 남아있는 것이 유일하다. 「우서」 5편에는 고요의
의견은 많지만 직과 설의 말은 한 마디도 없는데, 양웅은 무엇을 근거로
이런 결론을 내렸는지 모르겠다.

위징魏徵71은 "어진 신하인 직稷과 설契, 고요皐陶"라고만 했다. 이것이 통론이
라 할 수 있다.

용재수필

15. 직학사원의 해임 免直學士院

경원慶元 원년(1195) 정월 1일, 정식鄭湜이 기거랑직학사원起居郎直學士院에
임명되었다. 2월 23일, 조여우趙汝愚가 재상에서 해임되었고, 정식이 조서의

지었고, 『논어論語』를 모방하여 『법언法言』을 지었으며 각 지방의 언어를 집성하여 『방언方言』을 지었다.

67 稷 : 전설상 주나라의 시조. 농경의 신. 성은 희姬, 이름은 기棄. 후에 요임금의 농관農官이 되고 태邰(섬서성 무공현武功縣 부근)에 책봉되어 후직이 되었다.

68 契 : 전설상 상나라의 시조. 우禹의 치수를 도와준 공이 있어, 순임금이 사도司徒라는 벼슬을 주어 백성을 다스리게 하고, 상商에 봉하였다. 설의 정치로 백성은 평화를 찾고, 성탕成湯 시대에 상商은 하夏나라를 멸하여 천하를 통일하였다.

69 皐陶 : 고대의 전설상의 인물. 순임금의 신하로, 구관九官의 한 사람이다. 법을 세우고 형벌을 제정하였으며, 옥獄을 만들었다고 한다.

70 『虞書』 : 『서경書經』의 편명으로 「요전堯典」·「순전舜典」·「대우모大禹謨」·「고요모皐陶謨」·「익직益稷」의 다섯 편이다.

71 魏徵(580~643) : 당나라 초기 정치가. 자 현성玄成. 당 태종太宗에게 끊임없는 간언을 하여 '정관의 치[貞觀之治]'를 이루는 데 큰 역할을 했다.

386

초안을 작성했다. 사람들은 조서에 조여우를 칭찬하는 말이 너무 지나치게 많다고 평가했다. 25일, 정식의 직학사원^{直學士院72} 겸직을 해임한다는 교지가 내려지자, 혹자는 이런 일은 선례에 없다고 했다.

이에 대해 고찰해 보았다. 신종 희녕^{熙寧73} 초, 왕익유^{王益柔}가 지제고겸직학사원^{知制誥兼直學士院}에 임명되었다. 중서성 숙상^{熟狀74}에서 동전^{董氈}의 품계를 올려 잘못 더하였는데, 왕익유가 이를 바로 잡았다.⁷⁵ 재상은 왕익유가 먼저 자신에게 알리지 않은 것을 원망하였고 이후 다른 일을 구실로 그를 겸직학사원에서 해임하였다. 얼마 후 왕익유는 용도각직학사^{龍圖閣直學士}로 옮겼다.

정식^{鄭湜}도 겸직학사원에서 해임되었으므로 전근을 요구하였으나 윤허를 받지 못했는데, 3개월 후에 권형부시랑^{權刑部侍郎}으로 이직할 수 있었다. 왕익유와 매우 비슷한 경우이다.

16. 명현의 후예 大賢之後

두보^{杜甫}에게 이러한 시가 있다.

명현의 후예인 그대 결국 영락하였지만,　　　大賢之後竟陵遲,
도도함만은 예나 지금이나 같다네.　　　蕩蕩古今同一體.⁷⁶

---

72 直學士院 : 관명^{官名}. 북송 태조 개보^{開寶} 2년(969)에 처음 설치하여 중서사인과 지제고가 맡게 했다. 한림학사, 지제고와 동일한 직무를 수행하였다.

73 熙寧 : 북송 신종 시기 연호(1068~1077).

74 熟狀 : 당송 시기의 문서 제도. 국가의 대사는 삼성^{三省}에서 의정^{議定}·면주^{面奏}·획지^{獲旨}의 순서로 결정된다. 관직의 임명과 해임 같은 일반적 사항에 대해서는 서면으로 주청하는데 이를 숙상^{熟狀}이라 한다.

75 동전^{董氈}은 북송 시기 청해^{青海} 동부 토번^{吐蕃}의 수령으로 희녕 3년(1070) 군대를 이끌고 송나라를 도와 서하를 공격하여 큰 공을 세웠다. 이에 중서성에서는 그에게 '광록대부^{光祿大夫}(종2품)'를 더하는 문서를 작성하고 있었는데 동전의 이전 품계가 이미 특진^{特進}(종1품)이었다. 왕익유는 이를 황제에게 고하였고, 황제는 중서성에게 "만약 한림이 알려주지 않았다면 오랑캐에게 조롱을 살 뻔했다"고 하였다. 재상은 왕익유가 우선 자기에게 먼저 알려주지 않은 것에 앙심을 품었고 다른 일을 구실로 그의 겸직학사 직위를 파면하였다.

이는 두보가 적인걸狄仁傑[77]의 증손에게 준 시이다. "민岷, 한漢 지역을 떠돌며 왕후王侯를 찾아뵙는다[飄泊岷漢, 干謁王侯]"[78] 이 구절에서 적공의 후손이 쇠락하였음을 알 수 있다.

근자에 여간餘干의 객 이씨李氏에게 이런 말을 들었다. 우리 송나라에서 3명의 이씨 재상이 나왔으니 문정공文正公 이방李昉과 문정공文靖公 이항李沆 · 문정공文定公 이적李迪[79]이다. 모두 당시의 명재상이었고 후손들 또한 현달한 직위에 올랐다. 그러나 수세 후 영락하여 남송 이후로 지금까지 3인의 후예는 모두 여간餘干에 거주하고 있는데, 벼슬길에 나간 사람이 한 사람도 없다고 한다. 복주濮州에 있었던 문정공文定公 이적의 후손은 지금 남월南越에 거주하고 있는데, 비록 높은 관직으로 세상에 이름을 떨치지는 못하지만 그나마 관료의 지위를 유지하고 있다. 그러나 이방과 이항의 집안에는 이마저도 들리는 바가 없으니 안타깝구나!

....

76 「寄狄明府博濟」.

77 狄仁傑(630~700) : 측천무후 시기 재상. 자 회영懷英. 적인걸은 중종을 다시 세우도록 무후에게 건의하여 당 왕조의 부활에 공을 세웠다. 직간으로 정치의 기강을 바로 세웠을 뿐 아니라, 민생을 안정시켜 백성에게 존경을 받았다. 그리고 장간지張柬之와 환언범桓彦范 · 경휘敬暉 · 두회정竇懷貞 · 요숭姚崇 등 새로운 인재들을 추천하여 정치의 기풍을 쇄신하였다. 700년, 적인걸狄仁傑이 죽자 측천무후는 매우 슬퍼했고, 그에게 문창우승文昌右丞의 직위와 문혜文惠라는 시호諡號를 내렸다.

78 이 구절은 「寄狄明府博濟」 중의 일부로 원래는 "어찌하여 그대가 민한 사이에서 떠돌며, 번진의 왕후들을 찾아다니는 신세가 되었는가.[胡爲飄泊岷漢間, 干謁王侯頗歷詆]"인데, 홍매가 편의대로 인용한 것이다.

79 이방은 태종 조에 재상을 지냈으며, 이항은 진종 조에, 이적은 진종과 인종 시기에 재상을 지냈다.

1. 盼泰秋娘三女

白樂天鷺子樓詩序云:「徐州故張尚書月有愛妓曰盼盼, 善歌舞, 雅多風態。尚書既
歿, 彭城有舊第, 第中有小樓名鷺子。眄眄念舊愛而不嫁, 居是樓十餘年, 幽獨塊然。」白
公嘗識之, 感舊游, 作二絶句, 首章云:「滿窗明月滿簾霜, 被冷燈殘拂臥床。鷺子樓中霜
月苦, 秋來只爲一人長。」末章云:「今春有客洛陽回, 曾到尚書家上來。見說白楊堪作
柱, 爭敎紅粉不成灰。」讀者傷惻。劉夢得泰娘歌云:「泰娘本韋尚書家主謳者, 尚書爲
吳郡, 得之, 誨以琵琶, 使之歌且舞, 攜歸京師。尚書薨, 出居民間, 爲蕲州刺史張愻所
得。愻謫居武陵而卒, 泰娘無所歸。地荒且遠, 無有能知其容與藝者, 故日抱樂器而哭。」
劉公爲歌其事, 云:「繁華一旦有消歇, 題劍無光履聲絶。蕲州刺史張公子, 白馬新到銅
駝里。自言買笑擲黃金, 月墮雲中從此始。山城少人江水碧, 斷鴈哀絃風雨夕。朱絃已
絶爲知音, 雲鬢未秋私自惜。舉目風煙非舊時, 夢尋歸路多參差。如何將此千行淚, 更灑
湘江斑竹。」杜牧之張好好詩云:「牧佐故吏部沈公在江西幕, 好年年十三, 以善歌來樂
籍中, 隨公移置宣城, 後爲沈著作所納。見之於洛陽東城, 感舊傷懷, 題詩以贈曰: 君爲
豫章姝, 十三纔有餘。主公再三歎, 謂言天下無。自此每相見, 三日已爲疏。身外任塵
土, 尊前極懽娛。飄然集仙客, 載以紫雲車。爾來未幾歲, 散盡高陽徒。洛城重相見, 綽
綽爲當壚。朋遊今在否, 落拓更能無? 門館慟哭後, 水雲秋景初。洒盡滿襟淚, 短歌聊
一書。」予謂婦人女子, 華落色衰, 至於失主無依, 如此多矣。是三人者, 特見紀於英辭鴻
筆, 故名傳到今。況於士君子終身不遇而與草木俱腐者, 可勝歎哉!然盼盼節義, 非泰
娘、好好可及也。

2. 顔魯公祠堂詩

予家藏雲林繪監冊, 有顔魯公畫象, 徐師川題詩曰:「公生開元間, 壯及天寶亂。捐軀
范陽胡, 竟死蔡州叛。其賢似魏徵, 天下非貞觀。四帝數十年, 一身逢百難。少時讀書
史, 此事心已斷。老來鬢髮衰, 慨歎功名晚。嗟哉忠義途, 捷去不可緩。初無當年悲, 只
令後世嘆。一朝絶霖雨, 南畝常亢旱。小夫計雖得, 斯民蓋塗炭。長歌詠君節, 千載勇夫
懦。敬書子張紳, 庶幾古人牛。」師川以詩鳴江西, 然此篇不爲工。嘗記李德遠舉似童敏
德游湖州題公祠堂長句曰:「挂帆一縱疾於鳥, 長興夜發吳興曉。杖藜上訪魯公祠, 一見

용재삼필 권12

目明心皦皦。未說邦人懷使君, 且爲前古惜忠臣。德宗更用盧杞相, 出當斯位誠艱辛。生逆龍鱗死虎口, 要與乃兄同不朽。狂童希烈何足罪, 奸邪嫉忠假渠手。乃知成仁或殺身, 保身不必皆哲人。此公安得世復有, 洗空凡馬須騏驎。」童之詩語意皆超拔, 亦臨川人, 而終身不得仕, 爲可惜也。

3. 閔子不名

論語所記孔子與人語及門弟子并對其人問答, 皆斥其名, 未有稱字者, 雖顏、冉高第, 亦曰回, 曰雍。唯至閔子, 獨云子騫, 終此書無指名。昔賢謂論語出於曾子、有子之門人, 予意亦出於閔氏。觀所言閔子侍側之辭, 與冉有、子貢、子路不同, 則可見矣。

4. 曾晳待子不慈

傳記所載曾晳待其子參不慈, 至云因鉏菜誤傷瓜, 以大杖擊之仆地。孔子謂參不能如虞舜小杖則受, 大杖則避, 以爲陷父於不義, 戒門人曰:「參來, 勿内。」予切疑無此事, 殆戰國時學者妄爲之辭。且曾晳與子路、冉有、公西華侍坐, 有「浴乎沂, 風乎舞雩」之言, 涵泳聖教, 有超然獨見之妙, 於四人之中, 獨蒙「吾與」之襃, 則其爲人之賢可知矣。有子如此, 而幾眞之死地, 庸人且猶不忍, 而謂晳爲之乎! 孟子稱曾子養曾晳酒肉養志, 未嘗有此等語也。

5. 具圓復詩

吳僧法具, 字圓復, 有能詩聲, 予乃紀之於夷堅志中, 殊爲不類。比於福州僧智恢處, 見其詩藁一紙, 字體效王荆公。其送僧一篇云:「灘聲嘈嘈雜雨聲, 舍北舍南春水平。拄杖穿花出門去, 五湖風浪白鷗輕。」送翁士特云:「朝入羊腸暮鹿頭, 十三官驛是荆州。具車秣馬曉將發, 寒燭燒殘語未休。」竹軒云:「老竹排簷誰手種, 山日未斜寒翠重。六月散髮葉底眠, 冷雨斜風頻入夢。冬凋峰木雪縞廬, 落眼青青却笑渠。花時吹笋排林上, 吳州還見竹溪圖。」和子蒼三馬圖云:「從來畫馬稱神妙, 至今只說江都王。將軍曹霸實季仲, 沙苑丞相猶諸郎。龍眠居士善畫馬, 獨與二子遙相望。兩馬駢立眞驪驪, 一馬脫去仍騰驤。浣花老人今已亡, 嗚呼三馬誰平章! 飽知畫肉亦畫骨, 妙處不減黃無雙。」又一篇云:「燒燈過了客思家, 獨立衡門數暝鴉。燕子未歸梅落盡, 小窓明月屬梨花。」皆可咀嚼也。吳門僧惟茂, 住天台山一禪刹, 喜其旦暮見山, 作絶句曰:「四面峯巒翠入雲, 一溪流水漱山根。老僧只恐山移去, 日午先教掩寺門。」甚有詩家風旨, 而或者謂山若欲去, 豈容人掩住, 蓋吳人癡獃習氣也, 其說可謂不知音。

용재수필

6. 人當知足

予年過七十, 法當致仕, 紹熙之末, 以新天子臨御, 未敢遽有請, 故玉隆滿秩, 只以本官職居里。鄉衰趙子直不忍使絶祿粟, 俾之, 因任。方用贅食太倉爲愧, 而親朋謂予爵位不逮二兄, 以爲耿耿。予誦白樂天初授拾遺詩以語之, 曰:「奉詔登左掖, 束帶參朝議。何言初命卑, 且脫風塵吏。杜甫、陳子昂, 才名括天地。當時非不遇, 尚無過斯位。」其安分知足之意, 終身不渝。因略考國朝以來名卿偉人負一時重望而不躋大用者, 如王黃州禹偁、楊文公億、李章武宗諤、張乖崖詠、孫宣公奭、晁少保迥、劉子儀筠、宋景文祁、范蜀公鎮、鄭毅夫獬、滕元發甫、東坡先生、范淳父祖禹、曾子開肇、彭器資汝礪、劉原甫敞、蔡君謨襄、孫莘老覺、近世汪彦章藻、孫仲益覿諸公, 皆不過尚書學士, 或中年卽世, 或遷謫留落, 或無田以食, 或無宅以居, 況若我忠宣公者, 尚忍言之! 則予之忝竊亦已多矣。

7. 淵明孤松

淵明詩文率皆紀實, 雖寓興花竹間亦然。歸去來辭云:「景翳翳以將入, 撫孤松而盤桓。」其飲酒詩二十首中一篇云:「青松在東園, 衆草沒其姿。凝霜殄異類, 卓然見高枝。連林人不覺, 獨樹衆乃奇。」所謂孤松者是已。此意蓋以自況也。

8. 饒州刺史

饒州良牧守, 自吳至今, 以政績著者有九賢, 郡圃立祠以事, 此外知名者蓋鮮。白樂天集有吳府君碑云:「君諱丹, 字眞存。以進士第入官。讀書數千卷, 著文數萬言。生四五歲, 所作戲輒象道家法事。旣冠, 喜道書, 奉眞錄, 每專氣入靜, 不粒食者數歲, 飄然有出世心。旣壯, 在家爲長屬, 有三幼弟、八稚姪, 不忍見其飢寒, 慨然有干祿意。求名得名, 家無長物, 澹乎自處, 與天和始終。享壽命八十二歲, 無室家累, 無子孫憂, 終于饒州。」官次大略如此。吳君在饒, 雖無遺事可紀, 以其邦君之故, 姑志於書。吳爲人清淨恬寂, 所謂達士, 然年過八十, 尚領郡符, 又非爲妻子計者, 良不可曉。唐之治不播棄黎老, 故其居職不自以爲過云。

9. 紫極觀鐘

饒州紫極觀有唐鐘一口, 形製淸堅, 非近世工鑄可比。刻銘其上, 曰:「天寶九載, 歲次庚寅, 二月庚申朔, 十五日癸酉造, 通直郎前監察御史貶樂平員外尉李逢年銘, 前鄉貢進士薛彦偉述序, 給事郎、行參軍趙從一書, 中大夫、使持節鄱陽郡諸軍事、檢校鄱陽郡太守、天水郡開國公上官經野妻扶風郡君韋氏奉爲開元天地大寶聖文神武應道皇帝敬造洪鐘一口。」其後列錄事參軍、司功、司法、司士參軍各一人, 司戶參軍二人, 參軍

391

二人, 錄事一人, 鄱陽縣令一人、尉二人, 又專檢校官、鄱陽縣丞宋守靜, 專檢校內供奉道士王朝隱, 又道士七人。銘文亦雅潔, 字畫不俗, 但月朔庚申, 則癸酉日當是十四日, 鐫之金石而誤如此。浮洲開福院亦有吳武義年一鐘, 然非此比也。

10. 兼中書令

紹熙五年十二月二十二日, 宣麻制除嗣秀王伯圭兼中書令。此官久不除, 學士大夫多不知本末, 至或疑爲當入都堂治事。邸報至外郡, 尤所不曉。邁考之典故, 侍中、中書令爲兩省長官, 自唐以來, 居眞宰相之位, 而中令在侍中上。肅宗以後, 始以處大將, 故郭子儀、僕固懷恩、朱泚、李晟、韓弘皆爲之, 其在京則入政事堂, 然不預國事。懿、僖、昭之時, 員浸多, 率由平章事遷兼侍中, 繼兼中書令, 又遷守中書令, 三者均稱使相, 皆大敕繫銜而下書使字。五代尤多, 國朝創業之初, 尚仍舊貫, 於是吳越國王錢俶、天雄節度符彥卿、雄武王景、武寧郭從義、保大武行德、成德郭崇、昭義李筠、淮南李重進、永興李洪義、鳳翔王彥超、定難李彝興、荊南高保融、武平周行逢、武寧王晏、武勝侯章、歸義曹元忠十五人同時兼中書令。太宗朝, 唯除石守信, 而趙普以故相拜。眞宗但以處親王。嘉祐末, 除宗室東平王允弼、襄陽王允良。元豐中, 除曹佾, 與允弼、允良相去十七八年, 爵秩固存。沈括筆談謂有司以佾新命, 言自來不曾有活中書令請俸則例, 蓋妄也。官制行, 改三使相並爲開府儀同三司。元祐以後, 不復有之, 雖崇、觀、政、宣輕用名器, 且改爲左輔、右弼, 然蔡京三爲公相, 亦不敢居。乾道中, 詔於錄黃及告命內除去侍中、中書令, 遂廢此官。今當先降指揮復置, 則於事體尤愜當也。嗣王終不敢當, 於是寢前命, 而賜贊拜不名。

11. 作文字要點檢

作文字不問工拙小大, 要之不可不著意點檢, 若一失事體, 雖遣詞超卓, 亦云未然。前輩宗工, 亦有所不免。歐陽公作仁宗御書飛白記云:「予將赴亳, 假道於汝陰, 因得閱書于子履之室。而雲章爛然, 輝映日月, 爲之正冠肅容再拜而後敢仰視, 蓋仁宗皇帝之御飛白也。曰,『此寶文閣之所藏也, 胡爲乎子之室乎?』曰,『曩者天子燕從臣于羣玉, 而賜以飛白, 予幸得預賜焉。』」烏有記君上宸翰而彼此稱「予」, 且呼陸經之字? 又登眞觀御書閣記言太宗飛白, 亦自稱「予」。外制集序歷道慶曆更用大臣, 稱呂夷簡、夏竦、韓琦、范仲淹、富弼, 皆斥姓名, 而曰「顧予何人, 亦與其選」, 又曰「予時掌誥命」, 又曰「予方與修祖宗故事」, 凡稱「予」者七。東坡則不然, 爲王誨亦作此記, 其語云「故太子少傅、安簡王公諱擧正, 臣不及見其人矣」云云, 是之謂知體。

12. 侍從兩制

國朝官稱，謂大學士至待制爲「侍從」，謂翰林學士、中書舍人爲「兩制」，言其掌行內、外制也。舍人官未至者，則云「知制誥」，故稱美之爲三字。謂尚書侍郎爲「六部長貳」，謂散騎常侍、給事諫議爲「大兩省」。其名稱如此。今盡以在京職事官自尚書至權侍郎及學士待制均爲「侍從」，蓋相承不深考耳。予家藏王泌春秋通義一書，至和元年，鄧州繳進，二年有旨送兩制看詳，於是具其奏者十二人皆列名銜：學士七人，曰學士承旨、禮部侍郎楊察、翰林學士、中書舍人趙槩、楊偉，刑部郎中胡宿，吏部郎中歐陽脩，起居舍人呂溱、禮部郎中王洙；知制誥五人，曰起居舍人王珪，右司諫賈黯，兵部員外郎韓絳，起居舍人吳奎，右正言劉敞。而他官弗預，此可見也。翰林本以六員爲額，劉沆作相，典領溫成后喪事，以王洙同其越禮建明，於是員外用之，嘗爲一時言者所論，正此時云。

13. 片言解禍

自古將相大臣，遭罹譖毀，觸君之怒，墮身於危棘將死之域，而以一人片言，轉禍爲福，蓋投機中的，使聞之者曉然易寤，然非遭值明主，不能也。蕭何爲民請上林苑中空地，高祖大怒，以爲多受賈人財物，下何廷尉，械繫之。王衛尉曰：「陛下距楚數歲，陳豨、黥布反，時相國守關中，不以此時爲利，乃利賈人之金乎！」上不懌，即日赦何出。絳侯周勃免相就國，人上書告勃欲反，廷尉逮捕勃治之。薄太后謂文帝曰：「絳侯綰皇帝璽，將兵於北軍，不以此時反，今居一小縣，顧欲反邪？」帝即赦勃。此二者，可謂至危不容救，而於立談間見效如此。蕭望之受遺輔政，爲許、史、恭、顯所嫉，奏望之與周堪、劉更生朋黨，請「召致廷尉」，元帝不省爲下獄也，可其奏。已而悟其非，令出視事。史高言：「上新卽位，未以德化聞於天下，而先驗師傅，既下九卿大夫獄，宜因決免。」於是免爲庶人。高祖、文帝之明而受言，元帝之昏而遂非，於是可見。

14. 忠言嘉謨

楊子法言：「或問忠言嘉謨。曰：言合稷、契謂之忠，謨合皋陶謂之嘉。」如子雲之說，則言之與謨，忠之與嘉，分而爲二，傳注者皆未嘗爲之辭，然則稷、契不能嘉謨，皋陶不能忠言乎？三聖賢遺語可傳於後世者，唯虞書存，五篇之中，皋陶矢謨多矣，稷與契初無一話一言可考，不知子雲何以立此論乎？不若魏鄭公但云「良臣稷、契、皋陶」，乃爲通論。

15. 免直學士院

慶元元年正月一日，鄭湜以起居郎直學士院。二月二十三日，趙汝愚罷相，制乃湜所草，議者指爲襃詞太過。二十五日，有旨免兼直院，或以爲故事所無。案熙寧初，王益柔

以知制誥兼直學士院，嘗奏中書熟狀加董氈階官之誤，宰相怒其不申堂，用他事罷其兼直，已而遷龍圖閣直學士。湜亦以罷直求去，不許，越三月而遷權刑部侍郎，甚相類也。

16. 大賢之後

杜詩云：「大賢之後竟陵遲，蕩蕩古今同一體。」乃贈狄梁公曾孫者，至云「飄泊岷、漢，干謁王侯」，則其衰微可知矣。近見餘干寓客李氏子云：本朝三李相，文正公昉、文靖公沆、文定公迪，皆一時名宰，子孫亦相繼達宦。然數世之後，益爲蕭條，又經南渡之厄，今三裔並居餘干，無一人在仕版。文定濮州之族，今有居越者，雖曰不顯，猶簪纓僅傳，而文正、文靖無聞，可爲太息！

1. 종정의 명문 鍾鼎銘識

삼대^{三代}의 종정^{鍾鼎} 등 청동 문물 중 지금까지 보존되는 것에는 낙관이 있다. '만수무강^{眉壽萬年}', '자자손손 영원한 보물^{子子孫孫永寶用}'과 같은 말은 식별할 수 있지만, 그 나머지는 모두 해독이 불가능하다. 논자들은 옛 문자가 질박하기 때문에 본래 이러했을 것이라 하지만, 나는 이에 대해 크게 의문을 갖는다. 『시경』과 『서경』·삼三「반盤」¹·오五「고誥」²에 보이는 상^商과 주^周의 문장은 비록 난삽하기는 하지만 그 의미를 정확히 알 수 있고, 다른 것도 마치 사람들과 대화를 하는 것처럼 명백하고 분명하다.

무왕^{武王} 『단서^{丹書}』의 여러 명^銘과 기타 경전에 보이는 것들, 예를 들면 탕^湯 임금의 반명^{盤銘}에는 이런 말이 있다.

날마다 새롭게 또 새롭게하라.

참정^{讒鼎}의 명에는 이런 말이 있다.

이른 새벽에 일어나 명성을 크게 빛내기 위해 노력하지만 후세 자손에 가서는 오히려 게을러진다.

정고보^{正考父}³의 정명^{鼎銘}에는 이렇게 새겨져 있다.

용재삼필 권13

---

1 三盤 : 『상서^{尚書}』의 「반경^{盤庚}」상중하 세 편.
2 五誥 : 『상서^{尚書}』의 「대고^{大誥}」·「강고^{康誥}」·「주고^{酒誥}」·「소고^{召誥}」·「낙고^{洛誥}」.
3 正考父 : 공자의 조부. 송나라의 대공^{戴公}·무공^{武公}·선공^{宣公} 세 왕을 보좌하면서 삼명^{三命}이 되었으나, 그 자세는 더욱 공경스러워졌다. 원문에 나오는 '일명^{一命}', '재명^{再命}', '삼명^{三命}'은

미관말직일 때는[一命] 등을 굽혔고, 하경이 되어서는[再命] 몸을 굽혔고, 상경이 되어서는[三命] 고개를 숙이고 담장 옆을 걸어갈 때 걸음을 빨리하면 누구도 감히 나를 업신여기지 못할 것이다. 진한 죽도 여기에, 묽은 죽도 여기에 끓어 입에 풀칠하듯 죽을 먹고 생활할 것이다.

율씨栗氏의 양명量銘은 다음과 같다.

항상 신중하게 생각하여 최대한 완벽하게 하라. 훌륭한 양量이 만들어졌으니 사방의 나라를 볼 수 있다. 영원히 후손에게 알려 이 기물이 준칙이 되게 하라.

사후射侯가 말했다.

왕명에 순종하는 제후가 되라. 왕명하게 순종하지 않는 제후가 되지 말라. 왕에게 속하지 않으면 너를 공격할 것이다.

위衛나라 예지禮至가 지은 명문에는 다음과 같은 글귀가 새겨져 있다.

내가 국자國子를 겨드랑이에 끼어 죽일 때 감히 나를 막는 자가 없었다.

위나라 공회孔悝의 정鼎에는 이런 명문이 새겨져 있다.

6월 정해일, 공이 태묘에 이르러 말하였다.
"숙구여⁴, 그대의 선조인 장숙莊叔은 성공을 좌우에서 잘 보좌하였다. 성공이 장숙에게 명해 피난하여 초나라의 수도까지 갈 때 수행하게 하였고, 주나라의 왕궁에 갇혀있을 때에도 이를 따라 분주하게 다니기를 꺼리지 않았다. 또 헌공을 도와 인도하였으므로 헌공은 성숙에게 조부의 직무를 이어받게 하였다. 이에 그대의 아버지인 문숙文叔은 선조로부터 물려받은 충절의 마음을 일으켜, 경대부와 사士보다 먼저 솔선하여 위나라를 구하고자 부지런히 공무에 힘쓰기는 아침저녁으로 게을리하지 않으니, 백성들이 모두 칭찬했다."
공이 또 "숙구여, 그대에게 명문을 주노니, 그대는 아버지의 직무를 이어받아라"

관직의 단계를 말한다. 주나라는 관작을 9등분 하였는데, '일명'은 가장 낮은 관계이고, '재명'은 천자의 중사中土 그리고 공公·후侯·백伯의 대부大夫와 자子·남男의 경卿이 해당되며, '삼명'은 공·후·백의 경이 해당된다.
4 숙구 : 공회를 가리킨다. 제후는 동성同姓인 대부大夫에게는 백부伯父·숙부叔父라 불렀고, 이성異姓인 대부에게는 백구伯舅·숙구叔舅라 불렀는데, 공회는 성이 다른 대부이다.

396

하니 공회는 절하고 머리를 조아리며 말하였다.
"백성을 위해 애쓰는 공의 마음을 널리 알리고자 이것을 특별히 정鼎에 새기겠습니다."

부풍扶風 미양美陽의 정명鼎銘은 다음과 같다.

왕이 신하에게 명하길 순읍栒邑의 관리로 삼아 깃발과 방울이 달린 수레[5]를 하사하고 문양이 새겨진 화려한 예복과 창을 하사하노라. 신하는 손을 모으고 머리를 조아리며 말하였다. "삼가 천자의 큰 뜻을 받들겠사옵니다."

이 명문들은 모두 의미가 분명한데 지금까지 전해지는 것들은 어찌 난삽하고 두서가 없는가?

한漢나라는 주周나라에서 멀지 않아, 무제와 선제宣帝 이래로 각 군국郡國에서 정鼎을 얻을 때마다 종묘에 바치고 제사를 지냈으며, 신하들은 천자의 장수를 기원했다. 두헌竇憲이 출정하였을 때 남선우南單于가 그에게 고정古鼎을 주었다. 오두五斗의 용량으로 이러한 명문이 새겨져 있었다.

중산보의 정이니 만년동안 자자손손이 영원히 보호하고 사용하라.

두헌은 구하기 어려운 것이라 여겨 조정에 바쳤다.

지금은 한나라와 천년의 격차가 있는데도 귀한 기물은 셀 수 없이 발견되고 대부분은 그 의미를 해석할 수 없는 것들이다. 무제가 분음汾陰의 수상雎上에서 정鼎을 얻자 낙관이 없었지만 예를 갖추어 맞아들이고 제를 올렸다. 선제는 미양美陽에서 정을 얻자 군신들에게 어떻게 처리할 것인지를 의논하게 하였다. 장창張敞은 낙관이 있기 때문에 그것을 내다 버릴 것을 제의했는데 이는 또 왜인가?

---

5 鸞 : 난령鸞鈴이 달린 수레. 임금이 타는 수레는 네 마리의 말이 끌고 네 개의 재갈과 8개의 방울을 사용하는데 방울의 소리가 난새의 울음소리와 비슷하여 명명된 것이다.

2. 희준과 상준 犧尊象尊

『주례周禮』의 「사준이司尊彝」[6]에 이런 내용이 있다.

> 관裸제사[7]에는 계이雞彝와 조이鳥彝를 사용하고 조헌朝獻[8]에서는 헌준獻尊 두 개를 사용하고 두 번째 술을 올릴 때는 상준象尊 두 개를 사용한다.

이에 대해 한나라 유학자는 이렇게 설명하였다.

> 계이雞彝와 조이鳥彝는 닭이나 봉황의 형태를 조각하고 그린 것이다. '獻헌'은 犧헌으로 읽는데 희준犧尊은 비취로 장식하였고, 상준象尊은 봉황의 모양을 한 것이다.

어떤 사람은 또 다음과 같이 풀이하였다.

> 코끼리 뼈로 술잔을 장식한 것이다. 혹은 '獻'은 '娑사'로 읽는데 취해서 비틀거리는 모습婆娑을 뜻한다.

왕숙王肅은 "희犧와 상象 두 술잔은 모두 소와 코끼리의 형상을 본 땄으며, 등 부위를 파서 술잔으로 만든 것"이라 했고, 육덕명陸德明은 『주례周禮』를 해석하면서 '헌준獻尊'의 '獻'을 素소와 何하의 반절이라고 했다. 그러나 『좌전左傳』에서는 "희준犧尊과 상준象尊은 도성의 성문 밖으로 내가지 않는다犧象不出門"[9]의 '犧'자를 許허와 宜선의 반절이라고 해석하였고, 또 素소와 何하의 반절이라고 하였다.

나는 세상에 전하는 옛 기물들을 모두 조사해보았다. 『선화박고도宣和博古圖』에 의하면, '희준犧尊'은 모두 소 모양이고 '상준象尊'은 모두 코끼리의 형상이며 등에 술잔이 있다고 하니, 왕숙의 설명과 일치한다. 그러므로 '犧희'자는 본래 음대로 읽어야 한다. 정현과 다른 사람의 설명은 옛날의 관례와 같지

● 용재수필

- -

6 尊彝 : 준尊과 이彝, 모두 고대의 주기酒器이다.
7 裸 : 술을 땅에 뿌려 신에게 기도하는 것이다.
8 朝獻 : 제례의 의식 중 하나로 술잔을 바치는 것이다.
9 『좌전·정공定公 10년』.

않다. 눈으로 보지 않고 억측한 것이 어찌 이것뿐이겠는가!

지금 사용하는 작爵[10]은 태상시太常寺[11]에서 사용하는 예기를 제외하고 군현에서는 심지어 나무로 참새 모양을 조각하고 참새의 등 위에 따로 술잔을 놓아 술을 담으니, 술잔에서 두 손잡이[兩柱], 세 발[三足], 한쪽 귀[隻耳], 큰 입[侈口]의 형태는 더 이상 찾아볼 수 없게 되었다.[12] 예전에 복주福州에서 보았던 것이 특히 가소로웠다.

3. 『박고도』를 다시 논하다 再書博古圖

예전에 한나라 시대의 주전재[匜]를 얻고 『박고도博古圖』[13]의 서술 중에서 가소로운 것들 몇 가지를 『용재수필』에서 언급한 적이 있다.[14] 근자에 다시 전체를 일독해보니 오류와 낭설이 일일이 다 언급할 수 없을 정도이다. 북송 휘종 정화政和[15]·선화宣和[16] 연간, 채경蔡京이 정권을 장악하면서 사대부들이 역사를 읽는 것을 금지하였고, 심지어 『춘추삼전春秋三傳』도 볼 수 없었기 때문에 인용에 오류가 많다. 지금 모두를 여기에 기록하여 호사자들과 동호인들에게 알려주려 한다.

상商의 계정癸鼎은 '癸'자가 하나뿐인데 "탕의 부친 주계主癸"라고 풀이하였다. 부계준父癸尊도 똑같이 설명하였다. 그러나 부계이父癸匜에 대해서는 제나라 계공癸公의 아들이라고 했다.

---

10 爵 : 참새 부리 모양을 한 술잔.

11 太常寺 : 제사와 예악을 관장하는 관서.

12 작爵은 작은 몸통과 주둥이에 따르는 구멍[流]과 꼬리[尾], 한 쌍의 우산 모양의 손잡이[柱]가 있고 몸통부분에 역시 손잡이, 아래 부분에 발이 셋 있다.

13 『博古圖』: 송나라 왕보가 편찬한 옛 기물의 도록圖錄. 북송 휘종徽宗이 대관大觀 초기부터 수집하여 선화전宣和殿 후원에 수장되어있던 고기古器 1만 점 중 상商·주周·한漢·당唐에 속하는 정鼎, 호壺, 종鐘, 탁鐸, 전錢, 경鏡 등 839점을 선택하여 그것을 대략 20종으로 나누어서 그림을 그리고 명문銘文을 기록하고 해석해 놓은 것이다.

14 『용재수필』권14, 「『博古圖』」 참조.

15 政和 : 북송 휘종시기 연호(1111~1118).

16 宣和 : 북송 휘종시기 연호(1119~1125).

을정^{乙鼎}의 명문 중 '을모^{乙毛}' 두 글자를 다음과 같이 풀이하였다.

> 상나라에는 천을^{天乙}·조을^{祖乙}·소을^{小乙}·무을^{武乙}이 있었고 태정^{太丁}의 아들인 을^乙이 있었는데, 지금 명문의 '을^乙'은 태정의 아들을 가리킨다.

부기정^{父己鼎}을 설명하여 "부기^{父己}는 옹기^{雍己}이다. 옹기^{雍己}를 계승한 자는 동생 태무^{太戊}이니 어찌 그 후계자가 아들이 아니란 말인가?"라고 하였으나, 부기준^{父己尊}에 대해서는 "옹기^{雍己}의 아들 태무^{太戊}가 부친을 위해 만든 것"이라고 했다. 내 생각에 상나라 사람들은 귀천을 막론하고 모두 이름을 십간^{十干}으로 정했으므로 반드시 임금으로 해석할 필요는 없다. 6, 7백 년 동안 아무도 '癸'를 부계^{父癸}로, '己'를 옹기^{雍己}로 해석하지 않았다.

상공비^{商公非}의 정명^{鼎銘}에는 '非^비' 한 글자만 있는데 이렇게 설명했다.

> 『사기』에 근거하면, 비자^{非子}라는 사람이 있었는데 주나라 효왕^{孝王}의 말을 관리하는 자로 시기적으로 상나라와 너무 멀다. 공유^{公劉}의 오세손이 공비^{公非}이니, 시기적으로 따져본다면 여기서의 '非'는 공비를 가리킨다.

'非'자 하나를 가지고 고대 인물을 추적해 증거로 삼는 것은 이치에 맞지 않다.

주^周 익정^{益鼎}에 대해서는 다음과 같이 말했다.

> 『춘추』문공^{文公} 6년에 양씨익^{梁氏益}이 있고, 소공 6년에는 문공^{文公} 익^益이 있는데 어느 것이 옳은지 알지 못하겠다.

내가 찾아보니 『좌전』문공 8년에 양익^{梁益}이 있었고, 기^杞나라 문공의 이름은 익고^{益姑}이다.

또 주^周 사구보정^{絲駒父鼎}에 대해서는 다음과 같이 말했다.

> 『좌전』에 있는 구백^{駒伯}은 극극^{郤克}의 군사 업무를 보좌하는 자로 성이 구^駒이다. 여기 구보^{駒父}는 구백^{駒伯}과 같은 성인가?

『좌전』을 살펴보니 구백^{駒伯}은 극극의 아들인 극기^{郤錡}이다. 당시 극씨 중 3명의 경^卿이 있었으니 기^錡는 구백, 주^犨는 고성숙^{苦成叔}, 지^至는 온계^{溫季}라

하였다. 모두 식읍의 지명일 뿐이지 어찌 성씨이겠는가?

숙액정叔液鼎에 대해서 다음과 같이 해석하였다.

> 전대前代를 고찰해보니 숙액叔液이라는 이름은 경전에 보이지 않고 주나라 팔사八士[17] 중 숙야叔夜라는 자가 있었으니 같은 집안이 아니겠는가?

백중숙계伯仲叔季는 형제 지간의 호칭으로 옛 사람들은 모두 그렇게 불렀다. 그런데 숙야를 지목하여 같은 집안이라 하며 '叔'을 성씨로 보았다.

주周 주유州卣[18]에 대해 이렇게 설명했다.

> '州주'는 내국來國에서 나왔고 후에 '주'를 성씨로 삼았다. 진나라 대부 주작州綽, 위나라 대부 주우州吁는 같은 성씨이다.

자료를 찾아보았으나 '내국'이라는 명칭은 찾지 못했다. 주우는 위衛나라 장공莊公의 아들이다. 『춘추』를 읽지 않았더라도 국풍國風의 위시衛詩조차 모른단 말인가![19] 이를 성씨로 보았으니 더욱 가소롭다.

주周 고극준高克尊에 대해서는 다음과 같이 설명했다.

> '고극高克'은 다른 곳에는 보이지 않고 주나라 말 위문공衛文公 때, 고극이 군사를 거느린 적이 있으니 이 사람이 아닐까 생각된다. 이 준尊은 위나라 기물일 것이다.

원래의 명문을 찾아보니 '伯克백극'이라 되어있으니 처음에는 '高고'자가 없었던 것이다. 고극은 「정풍鄭風·청인淸人」 시에 나오는 사람으로, 이 시는

용재삼필 권13

• •

17 주나라에 8명의 재능 있는 선비가 있었다고 한다.
　○『논어·미자微子』: 周有八士. 伯達, 伯適, 仲突, 仲忽, 叔夜, 叔夏, 季隨, 季騧.
18 卣: 중형의 술통. 청동으로 만들었고 보통 타원형이며 배 쪽이 크고 입구 쪽은 좁다. 둥근 발이 있고 뚜껑과 손잡이가 있다. 대부분 예기禮器로 제작되었으며 상나라와 서주 시기에 사용되었다.
19 위장공은 태자인 완完(환공桓公)과 애첩이 낳은 주우州吁가 있었다. 주우가 성장하면서 병사兵事를 좋아하였으나 장공은 이를 금하지 않았다. 석작石碏은 주우를 후사로 삼을 생각이 있다면 확실히 결정을 바꾸고, 그렇지 않다면 군주의 총애가 장차 화란을 부를 것이라 간하였으나 장공은 이를 듣지 않았다. 결국 주우는 환공을 시해하고 보위에 올랐다. 『시경』의 패풍邶風에는 이 사건을 읊은 노래들이 있다.

아이들도 다 외울 수 있는 것인데[20] 이를 위 문공 시기, 주나라 말기라고
하였다. 서국書局의 학사들이 『모시毛詩』를 읽지 않은 것이다.

주周 훼대毁敦[21]에 대해서는 또 다음과 같은 설명을 달았다.

> 명문에서 말한 백화보伯和父는 위衛나라 무공武公이다. 무공이 융戎을 평정하는
> 공을 세워 주나라 평왕平王이 그를 공公으로 임명한 것이다.

당시의 열국을 조사해보니 자작, 남작의 비교적 낮은 작위도 모두 공으로
호칭하였다. 어찌 평왕이 위무衛武만을 공으로 임명했겠는가?

주周 혜계력慧季鬲[22]에 대해서는 다음과 같이 해석하였다.

> '慧혜'자는 '惠혜'와 통한다. 『춘추』에 혜백惠伯, 혜숙惠叔이 있고 곡강대觥姜敦에는
> 혜중惠仲이 있으며 이 역鬲은 혜계惠季라 이름하였으니 '惠'는 성씨이고, 형제의
> 서열을 말하는 백중숙계를 뜻하는 것이 아니겠는가?

검토해보니 '혜백惠伯'과 '혜숙惠叔'은 '장백莊伯' · '대백戴伯' · '평중平仲' · '경중敬
仲' · '무숙武叔' · '목숙穆叔' · '성계成季'와 마찬가지로 앞 글자는 시호諡號이고 뒷
글자는 자字이다. 어찌 성씨가 될 수 있겠는가?

제후齊侯 박종명鎛鐘銘의 "구주九州를 다스렸으며 우임금의 도읍에 자리 잡았
다[咸有九州, 處禹之都.]"라는 구절에 대해 다음과 같이 풀이하였다.

> 제齊나라 영역에는 임치臨淄 · 동래東萊 · 북해北海 · 고밀高密 · 교동膠東 · 태산泰山 ·
> 낙안樂安 · 제남濟南 · 평원平原이 있으니, 이를 구주라 한다.

・・・・・・・・・・・・・・・・・・・・・・・・・・・

20 정鄭 문공文公이 대부 고극을 미워하여 그에게 군대를 이끌고 정나라의 북쪽 변경인 황하
유역에 주둔하게 하고는 오랜 시간이 지나도록 불러들이지 않았다. 이에 군사들은 모두
사방으로 도망쳐 흩어졌고 고극은 진陳나라로 망명하였다. 「청인」은 정나라 사람들이 고극
을 동정하고 전력이 약해진 정나라의 현실을 안타까워하며 지은 것이다.

21 敦 : 음은 '대'이다. 고대의 식기食器로 기장이나 벼를 담았다. 형태가 비교적 다양한데 일반적
으로 세 개의 짧은 다리와 몸통은 둥글고 두 개의 귀가 달려 있으며 뚜껑이 있다. 뚜껑에
대부분 잡는 자루가 있으며 춘추 전국 시기에 유행하였다.

22 鬲 : 밥을 짓는 그릇. 입구는 둥글고 정鼎과 비슷하다. 세 개의 다리는 가운데가 비어있으면서
구부러져있다.

내 생각에 여기서의 구주는 우임금의 구주九州[23]를 가리킨 것이다. 여기서 지목한 고을 명은 주나라 때에는 있지도 않았는데 어찌 주州가 될 수 있겠는가!

송공宋公 경종명磬鐘銘에 "송공성宋公成의 경종磬鐘"이라는 구절에 대해 다음과 같이 해설하였다.

> 송나라는 미자微子부터 20대가 있었다. 공공고성共公固成이 있었고, 1대에는 평공성平公成이, 7대에는 척공성剔公成이 있었으니 어느 것인지 알 수 없다.

송나라 공공共公의 이름을 찾아보니 『사기』에는 '하瑕'로 되어 있고 『춘추』에는 '고固'로 되어 있다. 애초에 '固成고성'이라는 자가 없었다. 부친의 이름이 '成성'인데 그 아들을 또 '成'자로 지을 리가 있겠는가? 척성군剔成君은 동생 언偃에게 축출되었고 그 또한 이름이 '成'이 아니었다.

주周 운뢰경雲雷磬에 대한 해석은 다음과 같다.

> 『춘추』에 노나라에 기근이 들자 장문중臧文仲이 옥경玉磬을 두드리며 제나라로 가 곡식을 사들일 것을 청했다.

『춘추』를 검토해보니 "장손진臧孫辰이 제나라로 가 곡식을 사들일 것을 청했다"고 되어 있고, 『좌전』에도 옥경 이야기는 없다.

한漢 정도정定陶鼎에 대해서는 다음과 같이 풀이했다.

> 한나라가 처음 천하를 통일하고 정도定陶의 땅에 팽월彭越을 봉하고 양왕梁王으로 삼았다. 팽월이 반역을 일으키자 고조의 아들 회恢에게 봉해 주었으니 이가 정도 공왕定陶共王이다.

조사해보니 회恢는 양왕梁王에 봉해졌고 후에 조趙로 옮겼다. '정도공왕'은 원제元帝의 아들이자 애제哀帝의 부친으로 이름은 강康이다.

용재삼필 권13

---

23 九州 : 『상서尙書』 중의 「하서夏書·우공禹貢」에는 '대우大禹의 시기에 천하를 기주冀州, 연주兗州, 청주靑州, 서주徐州, 양주揚州, 형주荊州, 예주豫州, 양주梁州, 옹주雍州의 9주九州로 나누었다'라는 기록이 있다. 9주는 춘추전국 시기 중국인들의 지역개념을 반영한 용어이며 주州라는 용어가 실질적인 행정구획이 된 것은 동한東漢 후기에 들어서야 비롯된 것이다.

4. '碌碌록록'과 통용되는 일곱 글자 碌碌七字

지금 사람들이 사용하는 '碌碌록록'이란 글자는『노자老子』에서 나왔다.

옥처럼 고귀해지려고 하지 말고 돌처럼 소박하라.[不欲碌碌如玉, 落落如石][24]

손면孫愐은『당운唐韻』에서 이 구절을 인용하였는데, 왕필王弼의 판본과 다른 판본에서는 '琭琭록록'이라고 하며, 이 외에 錄錄록록·媒媒록록·鹿鹿록록·陸陸륙륙·祿祿록록이 있어 모두 7가지라고 했다.

『사기史記』에 "모수毛遂는 '그대들은 평범하여 다른 사람의 힘에 의지하여 일을 이루었다公等錄錄, 因人成事'고 말했다"는 기록이 있고,『당운』에서는 '媒媒'이라고 했다.『한서漢書·소하전찬蕭何傳贊』중 "평범하여 특별한 절개가 없다錄錄未有奇節"는 구절에 대해 안사고顏師古는 "錄錄은 '鹿鹿'과 같다. 평범하다는 의미"라고 풀이 했다.「마원전馬援傳」에는 "지금은 더욱 모두 평범하다[今更共陸陸]"라는 표현이 있고,『장자·어부편漁父篇』에는 "평범하게 속세 속에서 감화되다[祿祿而受變於俗]"란 표현이 있다.

후대 학자들 중에는 이 일곱 글자를 다 알지 못하기도 한다.

5. 별점 占測天星

천문과 역법을 관장하는 송나라 관리의 기술은 한나라·당나라보다 훨씬 뒤떨어져 천문 현상에 대한 점은 황당하고 가소로운 수준이다. 우연히 『사조사四朝史·천문지天文志』를 읽게 되었다.

원우元祐 8년(1093) 10월 무신戊申일, 별이 동벽東壁[25]의 서쪽에서 나와 천천히 흘

· ·

24 『도덕경』 39장.
　ㅇ 여기서 '碌碌'은 아름다운 옥석의 모양으로, 진귀함을 의미한다.『사기』와『한서』에서 인용한 대목에서 錄錄, 媒媒, 鹿鹿, 陸陸, 祿祿는 평범하다는 의미로 사용되었다.
25 東壁 : 별자리. 벽수壁宿(28수 중 제 14수에 해당하는 별자리로 선선한 가을의 기운이 시작될

러 우림군羽林軍[26]에서 사라졌다. 문사를 선발 임용하고 현신이 제 자리에 있음을 예시한다.

소성紹聖 원년(1094) 2월 병오丙午일, 별이 벽수壁宿 동쪽에서 나와 천천히 흘러 탁濁[27]으로 들어가 사라졌다. 뛰어난 문장을 갖춘 자가 등용되고 현신이 제 자리에 있음을 예시한다.

원부元符 원년(1098) 6월 계사癸巳일, 별이 실수室宿[28]에서 나와 벽수壁宿 동쪽에서 사라졌다. 문사가 나라에 들어오고 현신이 등용됨을 예시한다.

2년 2월 계묘일, 별이 영대靈臺[29]에서 나와 북쪽으로 운행하다가 헌원軒轅[30]에서 사라졌다. 현신이 제 자리에 있고 천자가 자손의 기쁨이 있음을 예시한다.

당시는 선인태황태후宣仁太皇太后[31]가 세상을 떠났을 때였다. 나라에 변고가 일어나 일시에 바른 사람들이 잇달아 쫓겨나고 장돈章惇[32]이 재상이 되고 채변蔡卞[33]이 보좌하는 때였으니 네 별의 점괘가 어찌 가소롭지 않은가!

....

무렵 동쪽 하늘에 떠오른다)이다. 천문天門의 동쪽에 위치하기 때문에 동벽이라 한다.
26 羽林軍 : 별자리. 병영 별자리를 의미하는 루벽진壘壁陣 앞에 위치한다. 임금의 친위군이라고도 하며, 군대의 기마대를 주관하기도 했다. 루벽진과 함께 군대의 운을 주관하는 별武星.
27 濁 : 필성畢星의 별칭. 필성은 28수 중 19번째 별이다.
28 室宿 : 28수 중 13번째 별자리. 하늘에서 집과 거처를 주관하는 별자리가 된다. 영실營室이라고도 부르며, 토목공사를 주관하고 임금의 궁실이 되기도 했다.
29 靈臺 : 천문기상을 관측하는 천문대에 해당하는 별자리. 이 별자리의 운행을 통해 흉년이나 전쟁 등 재난의 징조를 읽을 수 있다고 믿었다.
30 軒轅 : 별자리. 28수의 북쪽에 있으며 용처럼 구불구불하여 붙여진 이름이다. 14번째 별이 큰 별인데 오제좌五帝座 옆에 있기 때문에 여주女主의 상이다. 후에는 주로 황후를 가리키게 되었다.
31 宣仁太皇太后(1032~1093) : 북송 영종英宗의 황후이자 신종神宗의 모친. 왕안석의 신법을 반대하였으며, 사마광을 중심으로 한 보수당을 신임했다. 1085년 신종의 병세가 악화되자 당시 10세였던 철종哲宗이 즉위하였다. 황후는 당시 태황태후였기에 신종의 유조를 받들어 어린 황제를 보좌한다는 명목으로 수렴청정을 시행하였다.
32 章惇(1035~1106) : 북송의 대신. 자 자후子厚. 신종神宗 희녕熙寧 초에 왕안석王安石이 정권을 잡자 편수삼사조례관編修三司條例官에 발탁되었으며 원풍元豐 2년(1079) 참지정사參知政事에 올랐다. 철종哲宗이 즉위하여 선인태후가 섭정하자 지추밀원사知樞密院事에 임명되었다.
33 蔡卞(1058~1117) : 북송의 대신. 자 원도元度. 채경蔡京의 동생이자 왕안석王安石의 사위다. 신종神宗 희녕熙寧 3년(1070) 진사進士가 되고, 기거사인起居舍人와 동지간원同知諫院, 시어사侍御史를 지냈다. 철종哲宗이 즉위하자 예부시랑禮部侍郎이 되었다.

천자에게 자손이 있을 거라는 말은 유황후劉皇后를 음해하려는 것일 것이다.

6. 정화 연간의 궁실 政和宮室

한나라 이래로 대규모의 궁실 토목공사로는 한 무제의 감천궁甘泉宮·건장建章宮, 진후주陳後主의 임춘궁臨春宮·결기궁結綺宮, 수 양제煬帝의 낙양궁洛陽宮·강도궁江都宮, 당 현종의 화청궁華淸宮·연창궁連昌宮을 들 수 있으며 이들에 대해서는 모두 역사서에 기재되어 있다.

북송 진종眞宗 대중상부大中祥符[34] 연간, 간신들이 아부하여 옥청소응玉淸昭應·회령會靈·상원祥源 등의 궁궐을 만들었다. 사람들은 사치를 숭상하고 노동과 재력을 낭비함을 말하며 이를 경계로 삼지만 희종 정화政和[35] 연간 채경이 했던 일은 이를 훨씬 능가한다.

채경은 자신의 자리가 안정되고 정치를 농단하게 되자 환관 동관童貫과 양전楊戩·가상賈詳·남종희藍從熙·하흔何欣 5명을 불러 궁궐을 건축하는 일을 분담시켰다. 이리하여 연복궁延福宮에는 목청穆淸·성평成平·회녕會寧·예모睿謨·응화凝和·곤옥昆玉·군옥群玉 등 7전殿을 만들었고, 동쪽에는 혜복蕙馥·보경報瓊·반도蟠桃·춘금春錦·첩경疊瓊·분방芬芳·여옥麗玉·한향寒香·불운拂雲·언개偃蓋·취보翠葆·연영鉛英·운금雲錦·난훈蘭薰·적금摘金의 15각閣, 서쪽에는 번영繁英·설향雪香·피방披芳·연화鉛華·경화瓊華·문기文綺·강악絳萼·농화穠華·녹기綠綺·요벽瑤碧·청음淸音·추향秋香·총옥叢玉·부옥扶玉·강운絳雲의 15각을 두었다. 또 돌을 쌓아 산을 만들고 높이가 11장인 명춘각明春閣, 폭이 12장인 연춘각宴春閣을 지었다. 둥근 연못을 파서 바다海라 하니 가로가 400척, 세로가 267척이었다. 학장鶴莊·녹채鹿砦·공취孔翠 등의 여러 목책을 만들어 수천 마리의 동물을 길렀다. 5명이 따로 각자 제도를 만들어 옛 화려함을 다투었으므로 이들을 이들을 '연복오위延福五位'라 이름하였다. 그 후 또 만

---

34 大中祥符 : 북송 진종시기 연호(1008~1016).
35 政和 : 북송 휘종시기 연호(1111~1118).

세산萬歲山과 간악산艮嶽山을 세우니, 둘레가 10여리이고 가장 높은 봉우리
는 90척이며, 그 곳의 정亭과 당堂·루樓·관館은 이루 다 기록할 수가 없을
정도였다.

휘종은 처음에는 좋아하였으나, 얼마 후 과오를 깨달았고 싫증을 내면서
노역이 점차 줄어들었다. 정강靖康 연간의 변란[36]이 있고 난 후 조서를 내려,
산짐승과 조류 10여만 마리를 변거汴渠[37]에 던져버렸다. 집을 헐어 뗄나무로
쓰고 바위를 깨 탄약으로 만들고 대나무를 잘라 성벽을 방어하는 울타리를
만들고 사슴 수천 마리는 모두 죽여 호위병들을 먹였다.

7. 승려의 시경관 僧官試卿

당나라 대종代宗이 호승胡僧 불공不空을 홍려경鴻臚卿 개부의동삼사開府儀同三司
에 임명했었던 것에 대해 언급했었다. 이후 이것이 상례가 되었고 우리
송나라도 여전히 이와 같았다.

원풍元豊 3년(1080), 상정관제소詳定官制所[38]에서 지금부터 불경을 번역하는
승관僧官 중에 시광록홍려경試光祿鴻臚卿[39], 시광록홍려소경少卿에 임명된 자들
중 시경試卿을 삼장대법사三藏大法師로, 시소경試少卿을 삼장법사三藏法師로 바꿀
것을 요청하였다. 조서를 내려 시광록홍려경에게는 6자 법사를, 시광록홍려
소경試少卿에게 4자 법사를 하사하고[40] '역경삼장譯經三藏'이라는 말을 앞에

36 정강 연간의 변란 : 북송北宋의 정강연간(1126~1127)에 수도 개봉開封이 금金나라 군대의
   공격을 받아 함락되고 황제인 휘종과 흠종은 포로가 되어 금나라로 압송되어 북송은 멸망하
   게 된다.
37 汴渠 : 황하와 회하淮河을 연결하는 운하. 수나라 양제 때 개통하였다. 변하汴河 또는 통제거通
   濟渠라 하기도 한다.
38 詳定官制所 : 북송 원풍元豊 3년(1080)에 설치되었으며, 관직 제도를 상정하고 개혁하는
   업무를 담당하는 관서이다.
39 試 : 당송 시대 관제의 하나로, 당나라의 관제에서는 어떤 관직을 담당하지만 정식 임명이
   아닌 경우 '시試'라고 하였다. 송나라 관제에서는 직사관에 임명된 경우 기록관보다 2품이
   낮을 경우 '시試'라고 하였다.
40 송나라에서는 승려에게 봉호封號를 하사하였는데 글자 수가 많을수록 지위가 존귀하였으

붙여 주었다. 그러나 이후에 다시 폐지되었다.

8. 대관 연간의 산학 大觀算學

북송 휘종 대관大觀[41] 연간, 학교 제도에 산학算學을 두었다. 대관 3년(1109) 3월, 조서를 내려 문선왕文宣王[42]을 선사先師로 삼고, 연兗·추鄒·형荊 3인의 국공國公을 배향하고,[43] 십철十哲[44]을 함께 제사지내면서, 자고이래의 유명한 수학자들을 나열하고 양쪽 회랑에 초상화를 그리고 5등급의 작위를 하사하였다.

중서사인中書舍人 장방창張邦昌이 명단을 정하였다. 풍후風后·대요大橈·예수隸首·용성容成·기자箕子·상고商高·상복常僕·귀유구鬼臾區·무함巫咸 9인을 공公으로 봉하였다.

사소史蘇·복도보卜徒父·복언卜偃·재신梓愼·복초구卜楚丘·사조史趙·사묵史墨·비조裨竈·영방榮方·감덕甘德·석신石申·선우망인鮮于妄人·경수창耿壽昌·하후승夏侯勝·경방京房·익봉翼奉·이심李尋·장형張衡·주흥周興·단양單颺·번영樊英·곽박郭璞·하승천何承天·송경업宋景業·소길蕭吉·임효공臨孝恭·장증원張曾元·왕박王朴 28명을 백伯에 봉했다.

등평鄧平·유흥劉洪·관로管輅·조달趙達·조충지祖沖之·은소殷紹·신도방信都芳·허준許遵·경순耿詢·유작劉焯·유현劉炫·부인균傅仁均·왕효통王孝通·구담라瞿

....

며, 2자·4자·6자·8자의 사호師號를 수여하였다. 예를 들어 인종 시기 법호法護를 '보명자각전범대사普明慈覺傳梵大師'라는 6자 사호에 봉하였다. 남송 시기에는 혜관惠寬을 '위제령응보혜묘현대사威濟靈應普惠妙顯大師'라는 8자 사호에 봉하였다.

41 大觀 : 북송 휘종시기 연호(1107~1110).

42 文宣王 : 공자를 가리킨다. 당나라 현종 개원開元 27년에 공자를 문선왕에 봉했다.

43 연兗은 안자顏子, 추鄒는 맹자, 형荊은 왕안석을 가리킨다. 안연은 당나라 현종 시기 '연공兗公'으로 추존되었고 북송 진종은 그를 다시 '연국공兗國公'에 봉하였다. 맹자는 북송 신종 시기 '추국공鄒國公'에 봉해졌으며, 왕안석은 '형국공荊國公'에 봉해졌다.

44 十哲 : 공자의 제자 가운데 뛰어난 열 사람. 안회顏回·민자건閔子騫·염백우冉伯牛·염옹冉雍·재아宰我·자공子貢·염구冉求·자로子路·자유子遊·자하子夏를 이른다.

曇羅·이순풍李淳風·왕희명王希明·이정조李鼎祚·변강邊岡·낭의郎顗·양해襄楷 20인을 자子에 봉하였다.

사마계주司馬季主·낙하굉洛下閎·엄군평嚴君平·유휘劉徽·강급姜岌·장립건張立建·하후양夏侯陽·견란甄鸞·노태익盧太翼 9인을 남男에 봉했다.

항목에 따라 나열된 것을 고찰해보니, 전기에 기록이 없는 자도 있고 고하의 차등은 매우 터무니없다. 예를 들어 사마계주司馬季主와 엄군평嚴君平은 남작에 머무르고, 선우망인鮮于妄人과 낙하굉洛下閎은 함께 태초력太初曆을 정하였는데도, 선우망인은 백작에 봉해지고 낙하굉은 남작에 봉해졌으니, 더욱 가소롭다. 11월에는 또 황제黃帝를 선사先師로 삼았다.

9. 18정 十八鼎

하夏나라 우禹왕이 구정九鼎을 주조했다는 것은 『좌전』 중 초나라 장왕莊王이 구정을 요구하자 왕손만王孫滿이 대답하는 대목에서만 보인다.[45] 그 후 『사기』에는 구정九鼎이 사수泗水에 빠지게 되었다는 말이 나온다.[46] 우악스럽고 사나운 진나라는 쇠락한 주나라를 안석 위 고기 덩어리로 여겼는데 무엇이 두려워 취하지 않았겠는가? 주나라 또한 무슨 말로 요구를 물리쳤겠는가?

주나라 난왕赧王이 망하고 모든 보물은 진나라로 들어왔으나 구정만 없었으니 이처럼 중요한 신물을 절대 물에 빠뜨렸을 리가 없다. 사수泗水는 주나라 경내에 있지 않은데 누구를 시켜서 그것을 운반하게 했겠는가? 하물며 그것을 알고서 아무도 진나라에 알려주지 않았단 말인가? 진시황이 사람을

---

45 『좌전·선공宣公 3년』: 초楚 장왕莊王이 육혼陸渾 땅에 사는 융인을 공격하고 낙수雒水에 이르러 왕실의 경내에서 군사시위를 했다. 주정왕은 대부 왕손만을 보내 초장왕을 위로했다. 초장왕이 왕손만에게 구정의 크기와 무게를 물었다. 그러자 왕손만은 우가 구정을 주조한 과정과 구정이 하나라에서 상나라로, 상나라에서 다시 주나라로 전해진 과정을 설명하면서 천자가 되는 것은 "덕에 달린 것이지 정에 달린 것이 아니다"란 말로 초장왕이 주왕실을 넘보려는 마음을 단념시키게 했다.

46 『사기·봉선서封禪書』.

시켜 물에 들어가 그것을 찾게 하였으나 얻지 못했다는 것은 아마 소문이었을 것이다.[47]

『삼례三禮』에 기재되어 있는 종이鐘彝의 명칭과 수량은 아주 상세한데 구정에 대해서는 전혀 언급이 없다. 『시경』과 『역경』의 기록도 고증할 만한데, 이들을 근거로 생각해보건데 구정이 반드시 있었던 것은 아닌 것 같다.

당나라 측천무후 시기 처음으로 통천궁通天宮에 정鼎을 두었는데 언제 훼손되었는지 알 수 없다.

송나라 숭녕崇寧 3년(1104), 방사 위한진魏漢津[48]의 말을 채용하여 정을 주조하였다. 4년 3월 정이 완성되 중태일궁中太一宮[49]의 남쪽에 전각을 지어 정을 두고 구성궁九成宮이라 이름 하였다. 중앙의 것을 제내帝鼐, 북쪽은 보정寶鼎, 동북쪽은 모정牡鼎, 동쪽은 창정蒼鼎, 동남쪽은 망정罔鼎, 남쪽은 동정彤鼎, 서남쪽은 부정阜鼎, 서쪽은 정정晶鼎, 서북쪽은 괴정魁鼎이라 하였다. 배치를 마친 날 채경을 정정예의사定鼎禮儀使로 임명했다. 대관大觀 3년(1109), 정을 주조한 장소에 보성궁寶成宮을 지었다.

정화政和 6년(1116), 방사 왕자석王仔昔의 논의를 채용하여 천장각天章閣 서쪽에 건물을 지어 구정을 이곳으로 옮겼다. 제내帝鼐을 융내隆鼐라 하고 나머지 여덟 개 정의 명칭도 모두 바꾸었으며 건물은 원상휘조각圓象徵調閣이라 하였다.

7년(1117), 또 신소神霄 9정을 주조하여 첫째는 태극비운동겁지정太極飛雲洞劫

47 『사기 · 진시황본기』: 진 소왕昭王 때에 주나라에서 구정을 빼앗아 함양으로 옮기다가 정을 사수에 빠뜨렸다고 한다. 진시황은 팽성을 지나다가 사수에 빠진 정을 꺼내기 위해 천여 명을 보내 물 속에 들어가 찾도록 했으나 얻지 못하였다.

48 魏漢津: 원래는 촉땅의 죄인이었는데 자신이 당나라 신선 이량학李良學에게서 신선의 도를 배웠다고 말했다. 휘종시기 악율樂律로 임용되어 구정과 종악鐘樂을 만들었다.

49 中太一宮: 태일신을 제사 지내는 궁전. 『송회요宋會要』에 따르면, 방사方士 초지란楚芝蘭이 태일신을 제사 지내면 나라와 백성이 편할 수 있는데 제사 장소는 45년에 한번씩 옮겨야 한다고 건의했다. 이리하여 옹희雍熙 원년(984)에 동태일궁을 짓고, 천성天聖 7년(1029)에 서태일궁을, 희녕 연간에 또 중태일궁을 지었다.

용재수필

之鼎, 둘째는 창호사천저순지정^{蒼壺祀天貯醇之鼎}, 셋째는 산악오신지정^{山嶽五神之鼎}, 넷째는 정명동연지정^{精明洞淵之鼎}, 다섯째는 천지음양지정^{天地陰陽之鼎}, 여섯째는 혼돈지정^{混沌之鼎}, 일곱째는 부광통천지정^{浮光洞天之鼎}, 여덟째는 영광황요련신지정^{靈光晃曜煉神之鼎}, 아홉째는 창귀대사충어금륜지정^{蒼龜大蛇蟲魚金輪之鼎}이라 하였다. 이듬해 정이 완성되자 상청보록궁신소전^{上淸寶錄宮神霄殿}에 두었으니 결국 18개의 정이 되었다. 또 조서를 내려 구정의 새 이름을 폐지하고 모두 옛 이름을 복구하도록 하였다. 지금 사람들은 구정만 알고 있다. 18의 숫자는 주승비^{朱勝非50}의 『수수한거록^{秀水閑居錄}』에 간단히 소개가 되어있기 때문에 내가 이곳에 자세히 기록해 둔다.

10. 『사조국사 · 직관지』의 오류 四朝史志

『사조국사^{四朝國史}』[51]의 본기는 모두 내가 편수관에 재직하던 시절 편찬한 것이다. 순희^{淳熙} 을사년(1185)과 병오년(1186)에 또 열전 135권을 완성했다. 지^志 200권은 대부분 이도^{李燾52}가 집필했는데, 자료를 모으고 정리하는 과정에 특별히 공을 들였지만 실수를 한 부분이 있기도 하다. 문서가 광범위하기 때문에 당연히 있을 수 있는 일이다.

「직관지^{職官志}」에 이러한 내용이 있다.

사상^{使相53}은 훈공을 세운 현인과 장로 및 오랫동안 재상을 지내다가 퇴직한 자들

50 朱勝非 : 남송의 재상. 숭녕^{崇寧} 연간 진사가 되어 건염^{建炎}과 소흥^{紹興} 초 두 번의 재상을 지냈다. 진회가 정권을 잡자 면직되어 8년간 한거 생활을 하다 세상을 떠났다. 『수수한거록』은 그가 강서 의춘에 거주할 때 지은 것으로 '수수^{秀水}'는 이곳의 강이름이다.
51 『四朝國史』 : 홍매는 30여 년 동안 사관으로 지내면서, 북송 신종^{神宗}, 철종^{哲宗}, 휘종^{徽宗} · 흠종^{欽宗} 4대 왕조의 역사인 『사조국사』를 집필했다.
52 李燾(1115~1184) : 중국 남송의 사학자. 자 인보^{仁甫}. 호는 손암^{巽巖}. 여러 지방관을 거쳐 국사^{國史}와 실록의 편수관이 되었다. 실증주의 학자로서, 경제와 역사뿐 아니라 의술과 농업 분야에서까지 학식이 뛰어났다. 저서로 『속자치통감장편^{續資治通鑑長編}』이 있다.
53 使相 : 당 후기, 재상은 종종 절도사를 겸직했고, 절도사도 재상을 겸직했기에 이들을 사상이라 칭했다. 송 초기, 친왕 · 추밀사 · 절도사가 시중 · 중서령 · 동평장사를 겸할 때 사상이라

을 우대하기 위해 수여하는 것인데 조보^{趙普}만 임명되었다. 명도^{明道54} 연간 말, 여이간^{呂夷簡}이 재상의 직위에서 물러나면서 다시 사상을 제수하기 시작했다. 이후 왕흠약^{王欽若}이 재상에서 면직된 날에 또 사상에 임명되었으며 결국 규정이 되었다.

고찰해보니, 조보^{趙普} 이후 구준^{寇准}과 진요수^{陳堯叟}·왕흠약^{王欽若}이 모두 대중상부^{大中祥符55} 연간에 추밀사에서 면직되어 사상^{使相}을 제수 받았다. 왕흠약은 천성^{天聖56} 초에 또 재상에 임명되었고, 재상의 직위에서 생애를 마쳤다. 여이간은 그로부터 10여년 후에 재상에 임명되었다. 「직관지」에서는 여이간을 선례로 왕흠약을 말하고 있으니 잘못된 것이다.

또 『신당서』에는 이러한 내용이 있다.

덕종^{德宗} 시기 이필^{李泌57}이 재상에 임명되어 숭문관대학사^{崇文館大學士}를 더하게 되었다. 이필은 건의하기를, 학사에 '대^大'자를 붙이는 것은 중종^{中宗} 때에 시작되었으며,⁵⁸ 장열^{張說}이 대학사에 임명되었으나 간곡히 사양하여 결국 학사지원사^{學士知院事}에 임명되었다고 하였다. 후에 최원^{崔圓}이 대학사^{大學士}에 임명되었을 때도 이필의 전례를 인용하며 사양하였다.

내가 고찰해보니, 최원은 숙종^{肅宗} 시기 재상으로 이필이 재상이 된 것은 최원 보다 30년 후의 일이다. 그런데 오히려 최원이 이필의 전례를 인용하여 사양하였다고 했으니, 이는 「직관지」의 오류와 비슷한 경우이다.

· ·

칭했으나, 실제로는 재상의 직위와 무관했다.

54 明道 : 북송 인종시기 연호(1032~1033).

55 大中祥符 : 북송 진종시기 연호(1008~1016).

56 天聖 : 북송 인종시기 연호(1023~1032).

57 李泌(722~789) : 당나라 재상. 자 장원^{長源}. 현종이 태자 숙종에게 그와 포의교^{布衣交}를 맺게 하고 선생이라 부르게 했다. 숙종이 즉위한 뒤 밖에 나갈 때마다 말을 함께 탔고, 잘 때는 탑^榻을 마주하여 태자로 있을 때처럼 대우했다. 덕종이 태자를 폐하려 할 때 간절하게 충간하여 중지하도록 했다.

58 대학사^{大學士}라는 관직은 중종 경룡^{景龍} 2년(708) 홍문관^{弘文館}에 처음으로 설치하였으며 문학적 능력이 뛰어난 자를 임명하였다. 덕종^{德宗} 정원^{貞元} 4년(788)에 폐지하였으며 대부분 재상이 겸임하였다.

11. 종실의 인재 선발 참여 宗室參選

이부吏部에서 임명해야 할 인원은 많은데 결원은 적은 상황이 지금 더욱 심각하다. 주부主簿와 현위縣尉 같은 지방 관부의 보조 관원을 선발하여 충원할 때마다 종실에 의해 빼앗기는데 종실에서 압력을 행사하기 때문이다. 선화宣和 7년(1125) 8월, 신료들이 논의했다.

> 태조와 태종 시기에는 종실이 선발에 참여하지 못했는데, 휘종 숭녕崇寧 초 대대적으로 관로를 개방하면서부터 종실은 마음대로 관직에 출사할 수 있게 되었습니다. 게다가 종실을 우대하는 법을 마련하여 선발에 참가한 날 이름을 명단의 맨 앞에 놓도록 하였습니다. 종실은 천자에게서 갈라져 나온 혈친들이니 인재가 없다고는 할 수 없습니다. 그러나 부귀한 자제의 습관은 탐욕스럽고 방탕하여 백성에게 해가 되는 경우가 적지 않습니다. 그러므로 이전의 폐단을 거울삼아 제도를 개혁하여 백 명을 위하는 사사로운 은혜를 그만두고 억 만 백성의 공리를 위하는 것이 지당하다고 논자들은 말합니다. 만약 종친이라는 점 때문에 차마 배제하지 못하시겠다면 이부吏部 선발 후보자 명단을 재능의 순서대로 나열할 것을 청합니다.

이를 따랐다.

정강靖康 원년(1126) 8월, 또 상소가 올라왔다.

> 태조와 태종 시기에는 종실이 이부吏部의 관리 선발에 참가하는 경우가 없었는데, 신종 시기에 처음으로 한 두 사람을 선발하여 지방 관리로 파견하였습니다. 숭녕 초엽, 우대가 지나쳐 종실들이 인재선발에 참가하는 날 이들의 명단을 후보자들의 앞에 배열하니 나이가 많거나 공로가 있는 자들보다 우선하게 되었고, 또 규모가 큰 주州와 현縣, 이익이 많은 곳을 모두 종실이 차지하게 되었습니다. 그러므로 관리 선발에 있어 종실들은 어느 지역의 군수와 현령을 원하는지 기입하지 말고 이부에서 선발한 사람들과 함께 재능에 따라서 명단을 배열하도록 개혁해야 한다는 논의가 있습니다.

조서를 내려 그렇게 하도록 했다.

이 두 상소문의 내용은 전혀 달라진 것이 없다. 선화 연간에 이 문제가 제기되어 고치도록 했는데, 정강 연간에 다시 이 문제가 불거져 나왔으니 언제 다시 문란해 진 것인지 모르겠다.

12. 원풍 연간의 국고 元豐庫

북송 신종神宗은 항상 북쪽 오랑캐의 강성함에 격분하여, 유幽와 연燕 지역[59]을 회복하려는 뜻을 품고 있었다. 그리하여 황궁의 국고에 별도의 창고를 마련하고, 다음과 같은 4언시를 지었다.

오대 때는 책략이 부족해,	五季失圖,
오랑캐가 발호했으니,	獫狁孔熾.
태조께서 나라를 세우시고,	藝祖造邦,
이 난국을 바로잡으려 하셨네.	思有懲艾.
이에 내전 안에 창고를 세우고,	爰設內府,
이것으로 군사를 모으셨으니,	基以募士.
증손이 이를 보존함에,	曾孫保之,
감히 그 뜻을 잊을 수 있으랴!	敢忘厥志!

32개의 창고를 마련하고 매 창고마다 한 글자를 걸어두고 비축을 가득 채웠다. 또 별도의 창고를 마련하고 20글자의 시를 지어 나누어 걸어두었다.

매일 저녁마다 두려워하며 반성하노라,	每虔夕惕心,
선대 황제들의 유업을	
헛되이 저버리지는 않았던가?	妄意遵遺業.
돌아보니 내게는 무사다운 모습이 없구나.	顧予不武資,

---

[59] 오대의 후진後晉 석경당이 후당을 멸망시킬 때 거란契丹(요遼)으로부터 군사원조를 받았는데, 원조에 대한 대가로 거란에게 연운燕雲16주를 할양하였다. 지금의 북경北京과 대동大同을 중심으로 한 지역으로, 하북성에 속한 유幽·계薊·탁涿·단檀·순順·영瀛·막莫·신新·규嬀·유儒·무武·울蔚과 산서성에 속한 운雲·환寰·응應·삭朔을 말한다. 북송 태평흥국 4년(979) 이 연운16주를 제외한 나머지는 모두 송 왕조에 편입되었다. 태종은 두 차례 연운 16주의 수복을 위해 출정하였으나 유주幽州에서 참패하고 큰 타격을 입었으며, 요나라는 수차례 국경 지역을 침범하였다. 진종 시기에는 송나라가 매년 요나라에 재화를 보내주기로 하고 쌍방이 화친을 이룬 전연의 맹약이 성사되었고, 송나라는 결국 연운 16주를 수복하지 못하게 된다.

언제나 오랑캐를 쳐부술 수 있을까?　　　　　何日成戎捷.

그의 뜻이 이와 같았으며 국가 재정의 부유함을 알 수 있다.

희녕熙寧 원년(1068), 봉신고奉宸庫[60]의 구슬을 하북의 변경에 주어 네 곳의 각장榷場[61]에서 은전을 팔아 말을 살 준비를 했는데, 그 수가 2천 3백 43만 알이었다. 남송 효종 건도乾道[62] 이래, 봉장고封椿庫[63]와 남고南庫에 비축된 금은과 지폐가 도합 4천만 민이어서 효종은 특히 조심하였다. 소희紹熙 연간 이래 상을 하사하는 용도로 쓰여 점차 감소하고 있다고 들었다.

13. 속자 五俗字

글자에는 속체가 있는데 일률적으로 다시 고칠 수가 없는 것으로 沖충, 涼량, 況황, 減감, 決결 5글자가 있다. 모두 水수를 冫빙으로 쓰고 선비들도 서한에서 그렇게 쓴다. 『옥편玉篇』에는 水 부수에 포함되어 있으나 冫 부수의 말미에도 수록되어 있으며, 모두 '속자'라고 주를 달아 놓았으니 그 유래가 오래 된 것임을 알 수 있다. 당나라 장참張參은 『오경문자五經文字』에서 오류라 고 하였다.

용재삼필 권13

---

60 강정康定 원년(1040), 선성전고宣聖殿庫·목청전고穆淸殿庫·숭성전고崇聖殿庫·수납진진고受納眞珍庫·악기고樂器庫를 합쳐 봉신고奉宸庫라 하고 금옥을 보관하였다.

61 榷場 : 송요금원 시기 국경에 설치된 교역 시장이다.

62 乾道 : 남송 효종 시기 연호(1165〜1173).

63 封椿庫 : 송 태조는 건국 초 연운 16주 수복에 필요한 재원 마련을 위해 '봉장고'라는 전용 창고를 설치하고 이렇게 말했다. "이 봉장고에 350만이 채워지면 사자를 보내 거란과 담판을 지어, 만약 거란이 연운 지역의 땅과 백성을 우리 송나라에 돌려준다면 이 재물을 모두 그들에게 줄 것이다. 만약 그들이 받아들이지 않으면, 나는 이 재물로 용사들을 모집해 무력으로 연운 지역을 수복할 것이다."

1. 鍾鼎銘識

三代鍾鼎彝器存於今者，其間款識，唯「眉壽萬年」，「子子孫孫永寶用」之語，差可辨認，餘皆茫昧不可讀，談者以爲古文質朴固如此，予切有疑焉。商、周文章，見於詩、書，三盤五誥，雖詰曲聱牙，尚可精求其義，它皆坦然明白，如與人言。自武王丹書諸銘外，其見於經傳者，如湯之盤銘曰：「苟日新，日日新，又日新。」讒鼎之銘曰：「昧旦丕顯，後世猶怠。」正考父鼎銘曰：「一命而僂，再命而傴，三命而俯，循牆而走，亦莫余敢侮。饘於是，鬻於是，以餬余口。」欒氏量銘曰：「時文思索，久臻其極。嘉量既成，以觀四國。永啓厥後，茲器維則。」祭射侯辭曰：「惟若寧侯，毋或若女不寧侯，不屬于王所，故抗而射女。」衛禮至銘曰：「余掖殺國子，莫余敢止。」孔悝鼎銘曰：「六月丁亥，公假于太廟。公曰叔舅乃祖莊叔，左右成公，成公乃命莊叔，隨難于漢陽，卽宮于宗周，奔走無射，啓右獻公，獻公乃命成叔，纂乃祖服。乃考文叔，興舊嗜欲，作率慶士，躬恤衛國，其勤公家，夙夜不解，民咸曰休哉！公曰叔舅，予女銘，若纂乃考服。悝拜稽首曰：對揚以辟之勤大命，施于烝彝鼎。」扶風美陽鼎銘曰：「王命尸臣，官此栒邑，賜爾旂鸞，黼黻琱戈。尸臣拜手稽首曰：敢對揚天子丕顯休命。」　此諸銘未嘗不粲然，何爲傳於今者艱澀無緒乃爾。漢去周未遠，武、宣以來，郡國每獲一鼎，至於薦告宗廟，羣臣上壽。寶憲出征，南單于遺以古鼎，容五斗，其銘曰：「仲山甫鼎，其萬年子子孫孫永保用。」憲乃上之，蓋以其難得故也。今世去漢千年，而器寶之出不可勝計，又爲不可曉已。武帝獲汾陰脽上鼎，無款識，而備禮迎享，宣帝獲美陽鼎，下羣臣議，張敞乃以有款識之故絀之，又何也？

2. 犧尊象尊

周禮司尊彝：「祼用鷄彝、鳥彝，其朝獻用兩獻尊，其再獻用兩象尊。」漢儒注曰：「鷄彝、鳥彝，謂刻而畫之爲鷄、鳳凰之形。獻讀爲犧，犧尊飾以翡翠，象尊以象鳳凰。或曰：以象骨飾尊。又云：獻音娑，有婆娑之義。」惟王肅云：「犧、象二尊，並全牛、象之形，而鑿背爲尊。」陸德明釋周禮獻尊之獻，音素何反。而於左氏傳「犧象不出門」，釋犧爲許宜反，又素何反。予案今世所存故物，宣和博古圖所寫，犧尊純爲牛形，象尊純爲象形，而尊在背，正合王肅之說。然則犧字只當讀如本音，鄭司農諸人所云，殊與古製不類。則知目所未覩而臆爲之說者，何止此哉。又今所用爵，除太常禮器之外，郡縣至以木

刻一雀, 別置杯於背以承酒, 不復有兩柱、三足、隻耳、侈口之狀, 向在福州見之, 尤爲
可笑也。

3. 再書博古圖

予昔年因得漢匜, 讀博古圖, 嘗載其序述可笑者數事於隨筆, 近復盡觀之, 其謬妄不可
殫舉。當政和宣和間, 蔡京爲政, 禁士大夫不得讀史。而春秋三傳, 眞束高閣, 故其所引
用, 絶爲乖盾。今一切記之於下, 以示好事君子與我同志者。商之癸鼎, 只一「癸」字, 釋之
曰:「湯之父主癸也。」父癸尊之說亦然。至父癸匜, 則又以爲齊癸公之子。乙鼎銘有「乙
毛」兩字, 釋之曰:「商有天乙、祖乙、小乙、武乙、太丁之子乙, 今銘『乙』, 則太丁之子
也。」父己鼎曰:「父己者, 雍己也。繼雍己者乃其弟太戊, 豈非繼其後者乃爲之子邪?」
至父己尊, 則直云雍己之子太戊爲其父作。予案以十干爲名, 商人無貴賤皆同, 而必以爲
君, 所謂癸卽父癸, 己卽雍己, 是六七百年中更無一人同之者矣。商公非鼎銘只一字曰
「非」, 釋之曰:「據史記有非子者, 爲周孝王主馬, 其去商遠甚。惟公劉五世孫曰公非, 考
其時當爲公非也。」夫以一「非」字而必强推古人以證之, 可謂無理。周益鼎曰:「春秋文
公六年有梁氏益, 昭公六年有文公益, 未知孰是?」予案, 左傳文八年所紀, 乃梁益耳, 而
杞文公名益姞。周絲駒父鼎曰:「左傳有駒伯, 爲郤克軍佐, 駒其姓也。此曰駒父, 其同
駒伯爲姓邪?」予案左傳, 駒伯者郤錡也, 錡乃克之子。是時郤氏三卿, 錡曰駒伯, 犨曰
苦成叔, 至曰溫季, 皆其食采邑名耳, 豈得以爲姓哉!叔液鼎曰:「考諸前代, 叔液之名
不見於經傳, 惟周八士有叔夜, 豈其族歟!」夫伯仲叔季爲兄弟之稱, 古人皆然, 而必指
爲叔夜之族, 是以「叔」爲氏也。周州卣曰:「『州』出於來國, 後以『州』爲氏。在晉則
大夫州綽, 在衛則大夫州吁, 其爲氏則一耳。」予案來國之名無所著見, 而州吁乃衛公子,
正不讀春秋, 豈不知衛詩國風乎!遂以爲氏, 尤可哂也。周高克尊曰:「高克者, 不見於
它傳, 惟周末衛文公時, 有高克將兵, 疑克者逎斯人, 蓋衛物也。」予案元銘文但云「伯克」,
初無「高」字, 高克鄭清人之詩, 兒童能誦之, 乃以爲衛文公時, 又言周末, 此書局學士, 蓋
不曾讀毛詩也。周毁敦曰:「銘云伯和父, 和者衛武公也。武公平戎有功, 故周平王命之
爲公。」予案一時列國, 雖子男之微, 未有不稱公者, 安得平王獨命衛武之事?周慧季鬲
曰:「慧與惠通, 春秋有惠伯、惠叔, 虢姜敦有惠仲, 而此鬲名之爲惠季, 豈非惠爲氏而伯
仲叔季者乃其序邪?」予案, 惠伯、惠叔, 正與莊伯、戴伯、平仲、敬仲、武叔、穆叔、
成季相類, 皆上爲謚而下爲字, 烏得以爲氏哉!齊侯鑄鐘銘云:「咸有九州, 處禹之都。」
釋之曰:「齊之封域, 有臨淄、東萊、北海、高密、膠東、泰山、樂安、濟南、平原, 蓋
九州也。」予案銘語正謂禹九州耳, 今所指言郡名, 周世未有, 豈得便以爲州乎!宋公鐘
鐘銘曰:「宋公成之鐘鐘。」釋之曰:「宋自微子有國二十世, 而有共公固成, 又一世而有
平公成, 又七世而有剔公成, 未知孰是?」予案宋共公名, 史記以爲瑕, 春秋以爲固, 初無

曰「固成」者。且父既名「成」，而其子復名之可乎？剔成君爲弟偃所逐，亦非名「成」也。周雲雷磐曰：「春秋魯饑，臧文仲以玉磐告糴於齊。」案經所書，但云「臧孫辰告糴於齊」，左傳亦無玉磐之說。漢定陶鼎曰：「漢初有天下，以定陶之地封彭越爲梁王，越既叛命，乃以封高祖之子恢，是爲定陶共王。」予案恢正封梁王，後徙趙。所謂定陶共王者，元帝之子，哀帝之父名康者也。

4. 碌碌七字

今人用碌碌字，本出老子，云：「不欲碌碌如玉，落落如石。」孫恒唐韻引此句及王弼別本以爲珠珠，然又爲錄錄、娽娽、鹿鹿、陸陸、祿祿凡七字。史記：「毛遂云：『公等錄錄，因人成事。』」唐韻以爲娽娽。漢書蕭何贊云：「錄錄未有奇節。」顏師古注：「錄錄猶鹿鹿，言在凡庶之中也。」馬援傳：「今更共陸陸。」莊子漁父篇：「祿祿而受變於俗。」後生或不盡知。

5. 占測天星

國朝星官曆翁之伎，殊愧漢、唐，故其占測荒茫，幾於可笑。偶讀四朝史天文志云：「元祐八年十月戊申，星出東壁西，慢流至羽林軍沒。主擢用文士，賢臣在位。」「紹聖元年二月丙午，星出壁東，慢流入濁沒。主天下文章士登用，賢臣在位。」「元符元年六月癸巳，星出室，至壁東沒。主文士入國，賢臣用。」「二年二月癸卯，星出靈臺，北行至軒轅沒。主賢臣在位，天子有子孫之喜。」案是時宣仁上仙，國是丕變，一時正人以次竄斥，章子厚在相位，蔡卞輔之，所謂四星之占，豈不可笑也！子孫之說，蓋陰諂劉后云。

6. 政和宮室

自漢以來，宮室土木之盛，如漢武之甘泉、建章，陳後主之臨春、結綺，隋煬帝之洛陽、江都，唐明皇之華清、連昌，已載史策。國朝祥符中，奸臣導諛，爲玉清昭應、會靈、祥源諸宮，議者固以崇侈勞費爲戒，然未有若政和蔡京所爲也。京既固位，竊國政，招大璫童貫、楊戩、賈詳、藍從熙、何訢五人，分任其事。於是始作延福宮，有穆清、成平、會寧、睿謨、凝和、崑玉、羣玉七殿，東邊有蕙馥、報瓊、蟠桃、春錦、疊瓊、芬芳、麗玉、寒香、拂雲、偃蓋、翠葆、鉛英、雲錦、蘭薰、摘金十五閣，西邊有繁英、雪香、披芳、鉛華、瓊華、文綺、絳萼、穠華、綠綺、瑤碧、清音、秋香、叢玉、扶玉、絳雲，亦十五閣。又疊石爲山，建明春閣，其高十一丈，宴春閣，廣十二丈。鑿圓池爲海，橫四百尺，縱二百六十七尺。鶴莊、鹿砦、孔翠諸柵，蹄尾以數千計。五人者各自爲制度，不相沿襲，爭以華靡相誇勝，故名「延福五位」。其後復營萬歲山、艮嶽山，周十餘里，最高一峯九十尺，亭堂樓館，不可殫記。徽宗初亦喜之，已而悟其過，有厭惡語，由是

力役稍息。靖康遭變, 詔取山禽水鳥十餘萬投諸汴渠, 拆屋爲薪, 斸石爲砲, 伐竹爲笓籬, 大鹿數千頭, 悉殺之以啗衞士。

7. 僧官試卿

唐代宗以胡僧不空爲鴻臚卿、開府儀同三司, 予已論之矣。自其後習以爲常, 至本朝尚爾。元豐三年, 詳定官制所言, 譯經僧官, 有授試光祿鴻臚卿、少卿者, 請自今試卿者, 改賜三藏大法師, 試少卿者, 賜三藏法師。詔試卿改賜六字法師, 少卿四字, 並冠以譯經三藏。久之復罷。

8. 大觀算學

大觀中, 置算學如庠序之制, 三年三月, 詔以文宣王爲先師, 兗、鄒、荊三國公配饗, 十哲從祀, 而列自昔著名算數之人, 繪像於兩廊, 加賜五等之爵。於是中書舍人張邦昌定其名, 風后、大橈、隸首、容成、箕子、商高、常僕、鬼臾區、巫咸九人封公, 史蘇、卜徒父、卜偃、梓愼、卜楚丘、史趙、史墨、裨竈、榮方、甘德、石申、鮮于妄人、耿壽昌、夏侯勝、京房、翼奉、李尋、張衡、周興、單颺、樊英、郭璞、何承天、宋景業、蕭吉、臨孝恭、張曾元、王朴二十八人封伯, 鄧平、劉洪、管輅、趙達、祖沖之、殷紹、信都芳、許遵、耿詢、劉焯、劉炫、傅仁均、王孝通、瞿曇羅、李淳風、王希明、李鼎祚、邊岡、郎顗、襄楷二十人封子, 司馬季主、洛下閎、嚴君平、劉徽、姜岌、張立建、夏侯陽、甄鸞、盧太翼九人封男。考其所條具, 固有於傳記無聞者, 而高下等差, 殊爲乖謬。如司馬季主、嚴君平止於男爵, 鮮于妄人、洛下閎同定太初曆, 而妄人封伯, 下閎封男, 尤可笑也。十一月, 又改以黃帝爲先師云。

9. 十八鼎

夏禹鑄九鼎, 唯見於左傳王孫滿對楚子及靈王欲求鼎之言, 其後史記乃有鼎震及淪入于泗水之說。且以秦之强暴, 視衰周如机上肉, 何所畏而不取, 周亦何辭以却。赧王之亡, 盡以寶器入秦, 而獨遺此, 以神器如是之重, 決無淪沒之理。泗水不在周境內, 使何人般舁而往, 寧無一人知之以告秦邪? 始皇使人沒水求之不獲, 蓋亦爲傳聞所誤。三禮經所載鐘彝名數詳矣, 獨未嘗一及之。詩、易所書, 固亦可考, 以予揣之, 未必有是物也。唐武后始復置于通天宮, 不知何時而毀。國朝崇寧三年, 用方士魏漢津言鑄鼎, 四年三月成, 於中太一宮之南爲殿, 名曰九成宮。中央曰帝鼐, 北方曰寶鼎, 東北曰牡鼎, 東方曰蒼鼎, 東南曰岡鼎, 南方曰彤鼎, 西南曰阜鼎, 西方曰晶鼎, 西北曰魁鼎。奉安之日, 以蔡京爲定鼎禮儀使。大觀三年, 又以鑄鼎之地作寶成宮。政和六年, 復用方士王仔昔議, 建閣於天章閣西, 徙鼎奉安。改帝鼐爲隆鼐, 餘八鼎皆改焉, 名閣曰圓象徽調閣。七年, 又鑄

神霄九鼎，一曰太極飛雲洞劫之鼎，二曰蒼壺祀天貯醇之鼎，三曰山嶽五神之鼎，四曰精明洞淵之鼎，五曰天地陰陽之鼎，六曰混沌之鼎，七曰浮光洞天之鼎，八曰靈光晃曜鍊神之鼎，九曰蒼龜大蛇蟲魚金輪之鼎。明年鼎成，寘于止清寶錄宮神霄殿，遂爲十八鼎。繼又詔罷九鼎新名，悉復其舊。今人但知有九鼎，而十八之數，唯朱忠靖公秀水閑居錄略紀之，故詳載于此。

10. 四朝史志

四朝國史本紀，皆邁爲編修官日所作，至於淳熙乙巳丙午，又成列傳百三十五卷。惟志二百卷，多出李燾之手，其彙次整理，殊爲有工，然亦時有失點檢處。蓋文書廣博，於理固然。職官志云：「使相以待勛賢故老，及宰相久次罷政者，惟趙普得之。明道末，呂夷簡罷，始復加使相，其後王欽若罷日亦除，遂以爲例。」案，趙普之後，寇準、陳堯叟、王欽若，皆祥符間自樞密使罷而得之。欽若以天聖初再入相，終於位，夷簡乃在其後十餘年。今言欽若用夷簡故事，則非也。因記新唐書所載：「李泌相德宗，加崇文館大學士。泌建言，學士加大，始中宗時，及張說爲之，固辭。乃以學士知院事。至崔圓復爲大學士，亦引泌爲讓而止。」案，崔圓乃肅宗朝宰相，泌之相也，相去三十年，反以爲圓引泌爲讓，甚類前失也。

11. 宗室參選

吏部員多闕少，今爲益甚，而選人當注職官簿尉，輒爲宗室所奪，蓋以盡壓已到部人之故。案，宣和七年八月，臣僚論：「祖宗時宗室無參選法，至崇寧初，大啓僥倖，遂使任意出官，又優爲之法，參選一日，卽在闕選名次之上。以天支之貴，其間不爲無人，而膏粱之習，貪淫縱恣，出爲民害者不少。議者頗欲懲革，罷百十人之私恩，爲億萬人之公利，誠爲至當。若以親愛未忍，姑乞與在部人通理名次。」從之。靖康元年八月，又奏云：「祖宗時，未有宗室參部之法，神宗時，始選擇差注一二。崇寧初，立法太優，宗室參選之日，在本部名次之上，旣壓年月深遠、勞效顯著之人，復占名州大縣、優便豐厚之處。議者頗欲懲革，不注郡守、縣令，與在部人通理名次。」有旨從之。此二段，元未嘗衝改，不知何時復紊也。

12. 元豐庫

神宗常憤北狄倔彊，慨然有恢復幽、燕之志，於內帑置庫，自製四言詩，曰：「五季失圖，獫狁孔熾。藝祖造邦，思有懲艾。爰設內府，基以募士。曾孫保之，敢忘厥志。」凡三十二庫，每庫以一字揭之，儲積皆滿。又別置庫，賦詩二十字，分揭於上，曰：「每虔夕惕心，妄意遵遺業。顧予不武資，何日成戎捷。」其用志如此，國家帑藏之富可知。熙寧元

年, 以奉宸庫珠子付河北緣邊, 於四榷場鬻錢銀, 準備買馬, 其數至於二千三百四十三萬
顆。乾道以來, 有封樁、南庫所貯金銀楮券, 合爲四千萬緡, 孝宗尤所垂意。入紹熙以
來, 頗供好賜之用, 似聞日減於舊云。

13. 五俗字

書字有俗體, 一律不可復改者, 如沖、涼、況、減、決五字, 悉以水爲冫, 筆陵切, 與
「冰」同。雖士人札翰亦然。玉篇正收入於水部中, 而冫部之末亦存之, 而皆注云「俗」,
乃知由來久矣。唐張參五經文字, 亦以爲訛。

1. 백거이의 「삼교논형」三敎論衡

당나라 덕종德宗은 매년 탄신일마다 조서를 내려 불교도와 도교도에게 인덕전麟德殿에서 대규모 토론을 펼치게 했다. 또 급사중給事中 서대徐岱와 조수趙需·허맹용許孟容·위거모韋渠牟를 불러 토론에 참여하게 했다. 처음 유·불·도 삼가三家는 약간의 모순이 있었지만 최종적으로는 좋게 마무리를 지었고, 덕종은 기뻐하며 차등적으로 상을 내렸다. 이에 관해서는 『신당서』의 관련 열전에 수록되어 있다.

『백락천집白樂天集』에 「삼교논형三敎論衡」이라는 글이 있다.

> 문종文宗 태화太和 원년(827) 10월, 황제의 탄신일에 칙을 받들어 인덕전 내 도장道場[1]에 모여 황제와 신하가 모두 모인 연회 석상에서 삼교가 논쟁을 펼쳤다. 여기에 대략을 기록한다.
> 제1좌座: 비서감秘書監 백거이白居易, 안국사安國寺의 인가사문引駕沙門[2] 의림義林, 태청궁太淸宮 도사道士 양홍원楊弘元.

서문은 다음과 같다.

> 토론에 앞서 삼교에 대한 설명과 찬양 연설로 시작하였습니다. 신의 학문이 미천함에도 외람되이 강연의 자리에 오르게 되었습니다. 의림법사는 대승大乘과 소승小乘의 경전에 밝고 불학과 다른 학문에 통달하였으니 대중에게 사자후 같은 존재입니다. 신은 선왕의 전적을 검토하고 폐하의 위엄을 빌렸으니 질문을 해 온다

---

1 道場 : 불교와 도교에서 경을 외우고 예배를 드리는 장소이다.
2 引駕沙門 : 인가引駕는 어가를 이끈다는 의미이다. 사문沙門은 출가하여 불도佛道를 닦는 사람을 가리킨다.

면 감히 응하지 않겠습니까.

그러나 내 보기에 의림이 물은 것은 『모시毛詩』에서 '육의六義[3]'와 『논어』의 '사과四科'[4]로 몇 가지 명칭을 갖춰 나열하면 되는 것이었다. 백거이는 공자 문하의 3천 제자 중 현명한 자를 네 가지로 나눈 것이 '사과'이며, 『모시』 3백편의 요지를 '육의'로 나누어 대답했다. 그런 후 육의의 수와 사과의 항목, 십철十哲의 이름을 말했다. 다시 불법을 인용하여 육의는 12부경部經[5]에, 사과는 6도度[6]에, 십철은 10대 제자에 비유하여 설명했다. 승려가 질문했다.

"증삼曾參의 지극한 효는 백행의 으뜸인데 어찌 사과에 들지 못했습니까?"

백거이는 그에 대해 설명을 하고는 말했다.

"유가 서적의 심오한 의미에 대해서는 이미 논의했으니, 불경의 미언대의 또한 질문해야 할 것입니다."

그러나 겨자씨에 수미산須彌山[7]을 들인다는 말의 의미를 질문했을 뿐이다. 그런 후에 도사에게 『황정경黃庭經』[8]에서 말하는 양기養氣와 존신存神 · 장생의

3 六義 : 시경의 풍風 · 아雅 · 송頌 · 부賦 · 비比 · 홍興. 풍아송은 음악적 특징이다. 풍은 각국의 민가를 말하며, 주로 전쟁이나 노역 · 피난 · 애정 등 평민들의 생활과 관련된 내용이 많다. 아는 궁중의 연회의 의식에서 사용되는 음악이고, 송은 제사에서 사용되는 음악이다. 부비홍은 시의 창작기법과 관련된 특징이다. 부는 어떤 일이나 느낌을 직접적으로 서술하는 방식이며, 비는 비유와 상징의 기법, 홍은 암시 또는 연상을 유도하는 기법이다.
4 四科 : 공자 문하에 있던 제자들을 네 과, 즉 덕행德行 · 언어言語 · 정사政事 · 문학文學으로 분류한 것이다. 덕행에는 안연顏淵 · 민자건閔子騫 · 염백우冉伯牛 · 중궁仲弓, 언어에는 재아宰我 · 자공子貢, 정사에는 염유冉有 · 자로子路, 문학에는 자유子遊 · 자하子夏가 해당된다. 사과에 속한 10명의 인물을 십철十哲이라 한다.
5 12部經 : 부처님의 일대 교설敎說을 그 경문의 성질과 형식을 따라 열 둘로 나눈 것으로 수다라修多羅 · 기야祇夜 · 화가나和伽那 · 가타伽陀 · 우타나優陀那 · 니타나尼陀那 · 아파타나阿波陀那 · 이제목다가伊帝目多伽 · 사타가闍陀伽 · 비불략毗佛略 · 아부달마阿浮達摩 · 우바제사優波提舍이다.
6 六度 : 열반涅槃에 이르기 위하여 보살菩薩이 수행해야 할 여섯 가지 덕목으로 보시布施 · 지계持戒 · 인욕忍辱 · 정진精進 · 선정禪定 · 지혜智慧이다.
7 須彌山 : 불교의 세계관에 나오는 상상의 산. 세상은 아홉 산과 여덟 바다가 겹쳐져 있는데 가장 높은 산이 수미산이다.
8 『黃庭經』 : 도가의 경서로 양생養生과 수련修鍊의 원리를 담고 있어 선도仙道 수련의 주요

방법을 물었고, 도사는 한 사람을 존경하면서 천만 사람을 기쁘게 하는 것을 물었다. 이들의 문답을 살펴보니 심오하고 미묘하여 이해하기 어려운 것은 아니었다.

당나라 황제에게는 매년 이것이 생일의 중요한 의식이었으나 생략할 수 있는 것이었다.

송나라 조정에서는 승려가 자리에 올라 불경을 강의할 때 유가의 성인을 칭송하게 하는데 이는 삼교 합일의 뜻을 나타내는 것이다.

2. 지아비의 형에 대한 호칭 夫兄爲公

결혼한 여자는 지아비의 형을 '백伯'이라 부르는데 이에 대한 기록이 없다. 내가 예전에 금나라로 사신을 갔을 때 경손景孫 아우가 수행하였고 제수씨는 집에서 재초齋醮[9]와 신령에게 감사하는 의식을 행하였다. 나는 청사靑詞[10]를 지었다.

> 근자에 형백兄伯이 사신으로 떠나시는데 남편이 수행하였습니다.

「진평전陳平傳」에서 '형백'이라는 말을 차용하였으나 나는 그렇게 생각하지 않는다. 문득 『이아爾雅·석친釋親』편이 기억났다.

> 부인은 남편의 형을 형공兄公이라 하고 남편의 아우를 숙叔이라 한다.

이에 '형백'을 '형공'으로 고치고 보니 이전에 쓴 것과 차이가 크다.

· ·

경전으로 여겨진다. 위魏·진晉 시대에 구성된 초기 도교의 경전經典으로 칠언운문七言韻文으로 쓰였다.

9 齋醮 : 재앙을 물리치고 복을 비는 일을 당사자를 대신하여 도사가 신에게 빌어주는 도교제례의식. 기원하는 내용의 길흉에 따라 흉사를 위한 것은 재齋로, 길사를 위한 것은 초醮로 구별하며 재의 기원문은 재사, 초의 기원문은 청사라고 한다.

10 靑詞 : 도사가 하늘에 아뢰거나 신을 부를 때 사용하는 부적으로 붉은 글씨로 푸른 색 등나무 종이에 글씨를 쓰기 때문에 청사라 한다.

『옥편玉篇』에서 '妐[아주버니 종]'자의 음은 '鐘종'으로, "남편의 형이다"라고 해석했다. 『이아』의 해석만 못하다.

3. 정화 연간의 문자 금기 政和文忌

채경蔡京은 국정을 농단하고 학교와 과거 시험으로 선비들을 장악하였다. 그러나 그에게 달라붙고자 하는 자들은 그를 비호하였다. 선비의 시험지에서는 한 마디, 한 글자라도 의심을 사게 되면 은밀하게 폐출되었다. 포휘경鮑輝卿이라는 자가 말했다.

> 지금 주현州縣에서 거행되는 시험은 문학적 능력의 뛰어남과 부족함을 비교하지 않고 먼저 당시의 금기를 어긴 것이 있는지 없는지를 묻고 만약 조금이라도 금기에 거스르는 것이 있으면 아무리 문장이 좋아도 채택되지 않습니다. 예를 들어 "전쟁을 멈추어 백성을 쉬게 하고, 쓰임을 아껴 재물을 풍성하게 하고, 시급하지 않은 노역은 중단하고, 인재 등용의 흐름을 투명하게 하시옵소서"와 같은 말을 희녕熙寧·원풍元豊·소성紹聖 연간의 시험에서는 모두 사용했었고 피해야 하는 것이라 여기지 않았지만, 지금은 이런 말을 쓰면 모두 다 물리치니 이런 것은 폐지해야 합니다.

조서를 내려 그리 하도록 했다. 정화政和 3년(1113), 또 관료가 진언했다.

> 근자에 시험 문장을 보면 성현과 경전의 글 중 작금의 금기라고 여겨 그것을 피하는 것이 있습니다. 예를 들면 '위대하구나, 요의 임금됨이여[大哉堯之爲君]'·'군주로다, 순임금은[君哉舜也]'·'어지러움이 생기기 전에 다스리고, 위태로움이 닥치기 전에 나라를 지킨다[制治于未亂, 保邦于未危]'·'길흉과 재앙은 움직이는 데서 생긴다[吉凶悔吝生乎動]'[11]·'길흉을 백성과 함께 근심한다[吉凶與民同患]' 같은 것인데, '哉재'의 음이 '災재'와 같고, 위태로움[危]·어지러움[亂]·흉[凶]·뉘우침[悔] 같은 의미는 사람들이 듣기 좋아하지 않는다 하여 모두 피합니다. 지금은 거리낄 것이 없는 세상이거늘 이것이 마땅한 것입니까!

11 『주역·겸謙괘』.

조서를 내려 금하도록 했다.

이 두 가지 경우를 고찰해보니 당시 시험 문장으로 무고하게 연루되어 축출된 자가 많을 것이다. 이 일은 『사조지四朝志』에 수록되어 있다.

4. 瞬息순식과 須臾수유　瞬息須臾

순식瞬息과 수유須臾·경각頃刻은 모두 길지 않은 시간을 나타내는 말로, 불가의 '일탄지간一彈指間[12]·'일찰나경一刹那頃'[13]과 같은 의미이다. 그러나 불교 서적에서는 여기에 담긴 의미를 세밀하게 구분해 놓았다. 『신파사론新婆沙論』 에 의하면 다음과 같다.

> 120찰나刹那는 1달찰나怛刹那[14]이고 60달찰나는 1납박臘縛이며, 20납박은 1모호맥 다牟呼麥多이며 30모호맥다는 1주야晝夜이다.

또 『비담론毗曇論』에서는 다음과 같이 설명하였다.

> 1찰나刹那는 1념念이고, 1달찰나怛刹那는 1순瞬이고, 60달찰나는 1식息이고, 1식은 1라파羅婆이고, 30라파는 1마후라摩睺羅이며 1수유須臾이다.

『승지율僧祇律』에는 이렇게 되어있다.

> 20념念은 1순瞬이고, 20순은 1탄지彈指, 20탄지는 1나예羅預, 20나예는 1수유須臾이 니, 하루는 30수유이다.

5. 신종의 문신과 무신에 대한 대우　神宗待文武臣

원풍元豊 3년(1080), 조서를 내려 지주군知州軍은 경관京官의 임용에 천거하지

12　一彈指間 : 손가락을 한 번 튀기는 정도의 매우 짧은 시간을 말한다.
13　一刹那頃 : 눈 깜짝할 순간. 찰나는 범어의 음역이다.
14　怛刹那 : 산스크리트어 tat-kṣaṇa의 음사. 시간의 단위. 1주야晝夜는 30모호율다牟呼栗多, 1모 호율다는 30납박臘縛, 1납박은 60달찰나怛刹那이므로 1달찰나는 1.6초가 된다.

못하도록 하고 통판通判[15]을 천거하도록 했다. 지방 장관 중 궁정의 하급 관원이 맡는 경우가 있기 때문에 통판을 조정에 들이고자 그들을 천거하도록 한 것이다. 그러나 지금 하급 관원이 변경의 작은 군郡에 임명되면 이들은 공공연히 다른 사람을 추천하고 자신은 승진하여 경관으로 옮긴다. 담당 관리들이 전례를 준수하지 않는 것이다.

신종이 막 즉위했을 때 형부낭중刑部郞中 유술劉述[지금의 조산대부朝散大夫]이 오랫동안 승진을 하지 못해 특별히 이부낭중[지금의 조의대부朝議大夫]에 임명하였다. 추밀원樞密院에서 이렇게 말했다.

> 좌장고부사左藏庫副使 진방陳昉은 차분하고 진작 승진을 신청했어야 하지만 스스로 말하지 않았습니다.

신종이 말했다.

> 중요한 직위에 있는 자가 만약 조정과 선비 사이에 명성이 있어 상을 주고 승진 시킨다면 이런 풍조가 더욱 심해져 좋지 않다.

이튿날, 병부원외랑兵部員外郞 장문張問[지금의 조청랑朝請郞]이 10년 동안 승진을 하지 못해 특별히 예부낭중禮部郞中[지금의 조봉대부朝奉大夫]에 임명하였다. 이렇게 적절히 상을 내리는 것은 각각 마땅함이 있어야 명실상부한 선정이라 할 수 있다. [『사조지四朝志』에 보인다.]

6. '綠竹녹죽'과 '王芻왕추'의 의미 綠竹王芻

『수필』에 이런 내용이 있다.

> 모공毛公이 녹죽綠竹과 왕추王芻를 해석한 것은 북방 사람들이 대나무를 본 적이

....

15 通判 : 송대에 설치한 관직. 주군州郡의 일은 모두 통판과 장리長吏의 합의가 이루어진 후에 시행될 수 있었고 관리의 공적과 비리, 업무 수행 등을 상전에 고하는 등 관리를 감찰하는 실권을 가지고 있었기 때문에 '감주監州'라고도 한다.

없기 때문에 녹綠과 죽竹을 따로 보고 녹綠을 왕추라 한 것이다.[16]

북송 신종 희녕熙寧 초, 우찬선대부右贊善大夫 오안도吳安度가 사인원舍人院의 시험에 참여하여 합격자 명단에 이름이 올랐다. 그러나 관리는 오안도가 지은 「녹죽시綠竹詩」가 녹죽을 대나무로 보았으므로 왕추王芻에 대한 고설古說과 모순된다 판단하여 결국 탈락시켰다. 그러나 당시 재상이었던 부필富弼[17]이 "『사기』에 '기원지죽淇園之竹'이 있는데 위衛나라에서 생산된 것이다.[18] 오안도의 말은 근거가 있는 것이다."라고 하였고 결국 진사에 합격할 수 있었다.

선인들의 기록을 찾아보니 인종 시기 과거 시험의 제목이 「당인불피어사론當仁不避於師論」[19]이었는데 가변賈邊이 '師사'를 '衆중'으로 해석하자 전대 유가들의 해석과 위배된다는 이유로 그를 축출한 일이 있었다. 이 때는 사풍士風이 두터워 순박하여 왕안석처럼 새롭고 신기한 것만을 추구하던 것과는 달랐다.

7. 간관의 임명 親除諫官

인종 경력慶曆 3년(1043), 구양수歐陽脩와 여정余靖·왕소王素를 간관諫官으로 임명했다. 당시 명사들의 시에 '어필로 3인의 간관을 새로 임명하다御筆新除三諫官'라는 구절이 있다.

원풍元豊 8년(1085), 조서를 내려 범순인范純仁을 간의대부諫議大夫에 임명하고, 당숙문唐淑問과 소철蘇轍을 사간司諫에, 주광정朱光庭과 범조우范祖禹를 정언正

---

16 『용재수필』권6, 「綠竹青青」 참조.
　ㅇ『시경·위풍衛風·기오淇奧』 두 번째 장인 "저 기수의 물굽이를 바라보니 푸른 대나무가 파릇파릇하구나[瞻彼淇奧, 綠竹青青]"에 대한 해석과 관련된 내용이다.
17 富弼(1004~1083) : 북송 시기 재상. 자 언국彦國. 추밀사樞密使가 되어 범중엄范仲淹 등과 함께 경력신정慶曆新政을 추진했으며, 재상까지 지냈다. 왕안석王安石의 청묘법青苗法을 반대하다가 탄핵을 받아 강등되었다.
18 『사기·하거서河渠書』.
19 『논어·위령공衛靈公』 : 공자가 말하길, 인仁을 행할 일에 당면하면 스승에게도 사양하지 않는다.[子曰, 當仁不讓於師.]

^言에 임명했다. 선인태후宣仁太后²⁰가 그 다섯 사람들이 어떤지 중신들에게 묻자 다들 "덕망이 훌륭한 자들입니다"라고 말했으나, 장돈章惇²¹만이 다음과 같이 답했다.

> "전례에 간관은 모두 시종侍從이 추천한 연후에 대신들이 황제에게 아룁니다. 지금은 임명하는 조서가 궁에서 바로 나왔으니 황제의 신임을 받는 자들이 추천한 것 아닙니까? 이런 방식으로는 안 됩니다."

태후가 말했다.

> "대신들이 실제로 모두 그들을 말한 것이지 측근에서 추천한 것이 아니다."

장돈이 말했다.

> "대신들이라면 공개적으로 추천해야지 어찌 비밀리에 추천했습니까?"

이리하여 친족 관계의 혐의를 피하기 위해 여공저呂公著가 범조우를, 한진韓縝과 사마광司馬光이 범순인을 추천했다. 장돈이 말했다.

> "대간臺諫²²은 대신의 월권을 바로잡는 곳입니다. 전례에는 고위 관료가 처음 임명되었을 때 만약 친척이나 그에게 추천을 받았던 자가 대간에 있다면 모두 다른 곳으로 옮겼습니다. 지금 천자께서는 아직 어리시고 태황태후께서 정무를 함께 보고 계시므로 전례를 어길 수 없습니다."

사마광이 말했다.

----

20 宣仁太后 : 북송 영종英宗의 황후이며 신종神宗의 모친. 원풍 8년(1085), 신종이 죽고 철종哲宗이 어린 나이에 즉위하자 섭정이 되어 왕안석의 신법당을 물리치고 사마광司馬光등의 구법당 세력을 대거 등용하였다.

21 章惇(1035~1106) : 북송의 재상. 자 자후子厚. 신종神宗 희녕熙寧 초에 왕안석이 정권을 잡자 편수삼사조례관編修三司條例官에 발탁되었으며 원풍元豊 2년(1079) 참지정사參知政事에 올랐다. 철종이 즉위하여 선인태후가 섭정하자 지추밀원사知樞密院事에 임명되었다.

22 臺諫 : 당송唐宋 시기 관리의 탄핵을 담당한 어사御史를 대관臺官이라 하고 간언을 담당한 급사중給事中과 간의대부諫議大夫를 간관諫官이라 하였다. 두 관직은 각자 맡은 역할이 있지만 업무가 종종 섞이기도 하기 때문에 주로 '대간臺諫' 병칭하기도 한다.

"범순인과 범조우는 분명 간관의 대열에 있어야 하는 자들입니다. 신으로 인해 그들의 현능함을 막아서는 안 됩니다. 차라리 제가 자리에서 물러나겠습니다."

장돈이 말했다.

"한진과 사마광·여공저는 사심이 없을 것입니다. 그러나 후일 간사한 마음을 먹고 권력을 차지하려는 자가 있게 되면 이 사례를 따라 자신의 당파를 끌어들일 것이니 나라를 위한 일이 아닙니다."

후에 범순인을 대제待制로, 범조우를 저작좌랑著作佐郎으로 바꾸어 임명했다. 그러나 이런 제도를 항상 엄격하게 준수할 수는 없다.

8. 난민 구제 檢放災傷

홍수와 가뭄 등의 재해로 손해가 생기면 농민은 상부에 하소연을 하지만 군현郡縣에서는 대부분 조정의 은덕을 제대로 전달하지 못한다. 만약 볏모와 양식의 방출이 줄어들게 되면 규정된 수량 외에 자신이 횡령할 수 있는 부분이 줄어들기 때문에 종종 작은 것에서부터 고려하여 중앙 정부로부터 더 많은 지원을 얻을 수 있도록 한다. 최근 허위 숫자로 구제를 하고서 거짓 공로로 상을 받은 자가 있다. 조세 면제는 실제로 실행되지도 않으며 백성에게 불이익이 돌아가는데도 한 번도 처벌한 적이 없다.

휘종 선화宣和 연간 모두 현명한 재상만 있던 것은 아니지만 정책의 시행에 있어서는 민심을 위로할 줄 알았다. 경서운판京西運判 이호李祜가 이렇게 상주했다.

방주房州[23] 백성 수백 명이 재해를 고하였으나, 지주知州 이회李悝는 주모자를 잡아 곤장을 치고 그 모습을 군중에게 보게 하여, 윗전에 아뢰려는 자들에게 경고하였습니다. 이 때문에 이 고을은 조세 감면을 하나도 받지 못했습니다.

. . . .

23 房州 : 지금의 호북성湖北省 방현房縣.

그리하여 "이회를 제명하고 문서에 서명을 한 관리들도 모두 정직시키라" 는 조서를 내렸다.

이호는 또 이런 내용을 상주하였다.

> 재해를 입은 당주唐州[24]와 등주鄧州[25]는 구휼을 모두 법령에 따라 시행하였으나, 균주均州[26]와 방주房州는 모두 감세하지 않아, 도적이 일어나는 상황에 이르게 되었습니다.

이에 다음과 같은 조서가 내려졌다.

> 균주와 방주의 군수와 현령을 모두 파면하고, 당주와 등주의 지주知州와 통판通判 은 각각 품계品階를 한 등급씩 올리도록 하라.

백성이 어려움을 당하자 휘종이 성의를 베풀었고 대신들은 그 뜻을 따른 것이다.

9. 「단궁」의 주석 檀弓注文

「단궁檀弓」[27] 상·하편은 모두 공자 문하의 수제자들이 전국戰國 시기 전에 편찬한 것이다. 그 문장은 웅건하면서도 정교하여 비록 초楚·한漢 사이의 사람들이라도 미칠 수 없을 정도이다. 정현鄭玄의 주는 특히 간결하고 합당하 며 글 너머의 의미가 느껴진다. 여기서 몇 구절을 예로 들어 동인들에게 보이고자 한다.

> ○ 위나라 사구司寇 혜자惠子의 상에 자유子游가 마최麻衰를 입고 숫삼으로 만든 허리끈을 묶고서 조문했다.

- -

24 唐州 : 지금의 하남성河南省 당하唐河.
25 鄧州 : 지금의 하남성 등현鄧縣.
26 均州 : 지금의 호남성湖南省 균현均縣.
432　27 「檀弓」 : 『예기禮記』 편명. 상례에 대한 규정과 각종 일화들이 많이 수록되어 있다.

정현의 주 :
혜자가 적자를 폐위하고 서자를 세우자 자유가 그 때문에 중복重服을 하여 그를
나무란 것이다.[惠子廢適立庶, 爲之重服以譏之.]

○ 문자文子[28]가 사양하며 말했다.
"그대가 욕되게도 미모彌牟의 아우와 교유하고서 또 상복을 입었으니 사양합니
다."
자유가 말했다. "예의입니다."
문자가 물러나 자기의 위치로 돌아가 곡했다.

정현의 주 :
자유가 예의라는 명분을 대자 문자도 그러하다고 여기고 그것에 나무라는 의도
가 담겨있음을 깨닫지 못했다.[子游名習禮, 文子亦以爲當然, 未覺其所譏.]

○ 자유는 걸음을 재촉하여 신하의 자리로 나아갔다.

정현의 주 :
깊이 그를 나무란 것이다.[深之譏]

○ 문자가 또 사양하며 말했다.
"그대가 미모의 아우와 교유하였고 또 욕되게 상복을 입었으며 또 욕되게 문상에
임하시니 감히 사양합니다."
자유가 말하였다. "굳이 청합니다."
문자는 물러나 적자嫡子를 부축하여 남면하여 서게 하고서는 말했다.
"그대가 욕되이 미모의 아우와 교유하고 또 욕되게 상복을 입고 욕되게 조문에
임했으니 호虎를 어찌 감히 제 자리로 돌려놓지 않을 수 있겠습니까."

정현의 주 :

---

28 문자는 혜자의 형으로 자는 미모彌牟이다. 혜자가 죽자 자유가 문상을 간 것이다. 친구의
상에는 조복을 입고 고운 삼의 요질을 두르는 것이 예이다. 그러나 자유는 혜자가 적자인
난호蘭虎를 폐하고 서자를 세웠으므로 예가 아닌 옷차림으로 조문한 것이다. 혜자의 형인
문자가 이를 깨닫지 못하자 자유는 자신이 서야할 빈객의 자리에 서지 않고 신하의 위치에
섰다. 문자는 자유의 정성이 지나침을 두려워하고 감격한 나머지 거듭 사양하였으나 자유
또한 한사코 사양하였다. 그제서야 자유의 행동이 비판의 뜻임을 깨닫고 혜자의 적자인
난호를 붙들고 들어와 남면하여 서게 한 것이다. 상중에 있는 사람이 과거에 잘못한 점이
있어 이를 나무라고 싶으나 면전에서 할 수 없으므로 행동으로 깨닫게 하였다.

나무라는 것을 깨달은 것이다.[覺所譏也]

○ 자유는 종종 걸음으로 객의 자리에 나아갔다.

정현의 주 :
나무라는 행동이다.[所譏行]

이 내용을 고찰해보니 이 사건은 만약 주에서 분명히 말하지 않는다면 그 의미를 파악할 수가 없다. 여기서는 5번의 '譏'자를 씀으로서 의미가 확연해졌다. 마지막의 '나무라는 의미를 깨닫다[覺所譏]'와 '나무라는 행동이다[所譏行]'라는 6글자는 더욱 분명하다.

> ○ 계손季孫의 모친이 죽자 애공이 조문하였다. 그 때 증자와 자공도 조문하러 갔는데 문지기가 안에 임금이 있다면서 들여보내주지 않았다. 증자는 자공과 함께 마구간에 들어가 위용을 꾸미고 자공이 먼저 들어가니 문지기가 말했다. "아까 이미 주인께 아뢰었습니다."

정현의 주 :
감히 막을 수 없어 말로 겸양한 것이다.

○ 증자가 뒤따라 들어가니 문지기가 길을 비켰다.

정현의 주 :
두 현인이 서로 따르는 것을 보고는 더욱 공손하게 한 것이다.

지금 사람들은 이 단락을 읽으면 마치 직접 계씨의 마당에 서서 당시의 정황을 직접 보는 듯하다. 주석이 요점을 분명히 해 주고 있기 때문이다.

10. 『좌전』 중 이치에 맞지 않는 내용 左傳有害理處

『좌전』의 의론과 언어운용에는 이치에 맞지 않는 것이 꽤 있다. 그러나 문장이 아름답기 때문에 후인들은 일체 이에 대해 따지지 않았다. 여기에 대략 몇 가지를 나열하여 실수를 경계하고자 한다.

○ 정무공鄭武公과 장공莊公이 주나라 평왕平王의 경사卿士가 되자 왕은 괵에 대해 두 마음을 갖게 되었다.[鄭武公、莊公爲平王卿士, 王貳於虢.][29]

두예의 주 :
다시는 전적으로 정백을 임용하지 않고자 한 것이다.[不復專任鄭伯也]

○ 주공알이 왕손소와 권력을 다투었고 왕은 왕손소를 배반하였다.[周公閼與王孫蘇爭政, 王叛王孫蘇.]

두예의 주 :
叛반이라는 것은 함께하지 않았다는 의미이다.[叛者, 不與也]

군주가 신하에 대해 '貳이' 혹은 '叛반'이라는 글자를 사용하는 것이 어찌 이치에 맞는가!

○ 진晉나라가 주천자와 융인의 화평을 주선하였다. 왕실의 경사 선양공單襄公이 진나라로 가서 화해를 이루게 해준데 대해 배사했다. 이때 유강공이 요행을 바라고 융인을 깨뜨릴 생각에 틈을 노려 치려고 하자 왕실의 내사 숙복이 만류했다. "맹약을 배신하고 대국을 속이는 것은 의롭지 못합니다."[晉平戎於王, 單襄公如晉拜成. 劉康公徼戎, 將遂伐之. 叔服曰, "背盟而欺大國, 不義."][30]

진나라 범길사范吉射와 조앙趙鞅이 교전한 대목은 다음과 같다.

○ 주왕실의 경사卿士 유씨劉氏와 진나라 대부 범씨范氏 가문은 대대로 혼인관계를 맺어왔다. 게다가 왕실의 대부 장홍萇弘이 유문공劉文公을 섬긴 까닭에 주왕실은 범씨를 편들었다. 진나라 대부 조앙이 이를 왕실에 추궁했다.[劉氏、范氏世爲昏姻, 萇宏事劉文公, 故周與范氏. 趙鞅以爲討.][31]

천자의 사신이 제후국에 사신으로 간 것인데 '拜成배성'라는 표현을 쓰고, 주나라가 진나라에 대해 '欺大國기대국'이라 했으며, 제후의 경卿이 천자에게 전횡하여 '討토'라고 하였으니 이는 모두 명분에 맞지 않는 것들이다.

29 『좌전·은공隱公 3년』.
30 『좌전·성공成公 원년』.
31 『좌전·애공哀公 3년』.

이 외에 진나라 대부 형후^{邢侯}가 숙어^{叔魚}를 죽이자 숙어의 형 숙향^{叔向}은 아우의 죄상을 열거하며 동생의 시체를 저잣거리에 두어 사람들에게 보이도록 했다.[32] 이는 형제의 우애가 도탑지 못한 것이다. 또 이에 대해 공자가 "가족을 죽임으로 더욱 영예로워졌다^{殺親益榮}"고 했으며, 두예는 주석에서 "영예와 명성이 자신에게 더해졌다^{榮名益己}"고 하였다. 동생의 시신을 기시하는 것이 형의 명예가 되었다는 것은 더욱 잘못된 해석이다.

11. 부인과 종실 여인들의 씀씀이 夫人宗女請受

친척 종부^{宗婦}가 군국부인^{郡國夫人}에 봉해지고 종녀^{宗女}가 군현주^{郡縣主}에 봉해지면, 모두 매달 돈과 쌀을 받고 봄과 겨울에 비단을 받는데 그 수량이 매우 많다. 그러나 「가우녹령^{嘉祐祿令}」에는 이에 대해 제대로 기록되어 있지 않다.

근자에 장륜^{張掄}이 조중뢰^{趙仲儡}[33]의 여식을 아내로 맞이했는데, 이 딸은 수안현주^{遂安縣主}로 책봉되었다. 매달 수입이 천^千이 넘었고, 내인에게 공급되는 것들로 양료원^{糧料院}[34]과 좌장고^{左藏庫}에서 지급해 주는 것 외에 국고에서도 보태주는 것이 더 있지만, 외정^{外庭}에서는 이러한 정황을 알지 못한다.

희녕^{熙寧} 연간 초, 신종^{神宗}이 왕안석에게 이런 말을 했다.

32 『좌전·소공 14년』.
   ○ 숙어는 나라의 재판을 담당하는 관리였다. 형후와 옹자가 땅을 사이에 두고 다툼이 벌어졌는데 옹자가 자신의 딸을 숙어의 아내로 삼게 하면서 재판을 자신에게 유리하게 해줄 것을 부탁하였고 숙어는 그렇게 해 주었다. 이에 분개한 형후는 숙어와 옹자를 죽였다. 당시 경이던 한선자가 걱정하자 숙어의 형인 숙향이 "세 사람의 간악한 죄는 모두 같으니 살아있는 자는 죽이고, 죽은 자의 시체는 저자에 걸어두어 모든 사람에게 보게 하라"고 했다.

33 趙仲儡: 경왕^{瓊王}. 복안의왕^{濮安懿王} 조윤양^{趙允讓}의 손자이며 경왕^{景王} 조종한^{趙宗漢}의 아들이다.

34 糧料院: '양료^{糧料}'를 관장하는 관서. 양료는 당송 시기 관원의 봉록과 봉록 이외에 지급되는 물품을 말한다.

"지금 재정이 적은 것은 아니지만 쓰임새를 아끼지 못하니 어떻게 하면 충족이 될 수 있겠는가?"

"궁에서 잡일을 하는 자의 봉급이 80관에 이르고 공주 한 명이 시집가는 비용이 7,80만민에 이릅니다. 심귀비沈貴妃의 요전料錢[35]이 매달 800관입니다. 태종 시기 궁인들은 검은색의 명주 행주치마만을 둘렀고, 원덕황후元德皇后께서는 금실로 테를 두른 옷깃을 보시고는 사치스러움에 화를 내셨습니다. 인종 초 공주의 봉급을 정하면서 헌목대주獻穆大主에게 의견을 물었는데 대답을 않다가 재삼 묻자 비로소 말을 했으니 처음에는 겨우 5관이었습니다. 어떤 때는 황후가 매달 겨우 7백전만 받을 때도 있었습니다. 예의상 사치스러운 것 보다는 소박한 것이 나으니 이는 미덕입니다."

이는 황제의 일시적인 뜻이었지 실행이 되었다는 것은 듣지 못했다. 지금 상황으로 헤아려 보건데 열 배, 백 배 뿐이겠는가?

12. 촉차의 전매법 蜀茶法

촉도蜀道의 여러 관서 중 차마茶馬를 담당하는 곳이 가장 부유하다. 차세금의 다과多寡 및 차농의 이익과 손해에 대해 다른 지역에서는 파악을 할 수 없다. 『동파집東坡集』에 「송주조의수한주送周朝議守漢州」[36]라는 시가 생각 난다.

차가 서남 지방의 병폐가 되니,	茶爲西南病,
백성은 두 이씨를 기억하네.	岷俗記二李.
누가 그 날카로운 기세를 꺾었는가,	何人折其鋒,
강직한 여섯 군자라네.	矯矯六君子.

이 시에 다음과 같은 주가 달려있다.

두 이씨二李란 이기李杞와 이직李稷이다. 육군자六君子는 사도思道와 조카 정유正

---

35 料錢 : 당송 시대, 관리의 봉급 외에 별도로 식료품 혹은 돈으로 대체해서 지급하였던 것을 요전이라 한다.
36 周朝議 : 이름은 표신表臣, 자는 사도思道로 조의대부朝議大夫의 관직에 있었다.

孺・장영휘張永徽・오순옹吳醇翁・여원균呂元鈞・송문보宋文輔이다.

희녕熙寧 7년(1074), 삼사간당공사三司幹當公事 이기李杞를 파견하여 차의 매입을 책임지게 하고 포종민蒲宗閔이 함께 그 일을 담당하게 했다. 촉 땅의 차밭은 오곡을 심지 않고 차만 재배하였으므로 세금은 일률적으로 돈으로 납부하게 하였다. 3백전으로는 견絹 한 필을 절납하고, 320전은 명주[紬] 한 필을, 10전은 면 한량을 절납하였고, 2전으로는 풀[草] 한 묶음[圍]을 절납하게 하여, 총 세액이 30만이었다. 이기는 관장官場을 창설하여 매년 이윤이 40만까지 증가되었다. 차농이 수송할 때 관부에서는 무게를 눌러 부당이득을 취하였다. 이기가 병으로 관직을 떠나고 나자 도관랑중都官郎中 유좌劉佐는 세금 규정을 더 세밀하게 하였다. 이에 포종민이 매년 10분의 3의 차식茶息을 더 거둬들이고 차를 모두 관부에 팔도록 할 것을 건의했다. 촉 땅의 차는 모두 관장에서 전매하게 되면서 백성이 피해를 입게 되었다. 팽주彭州 지사 여도呂陶가 말했다.

> 천하의 차법茶法 중 오직 촉 지방에서만 금각禁権을 시행하고 있습니다. 그러나 사천四川・섬서사로陝西四路에서 생산된 차는 동남 지역에 비해 10분의 1도 되지 않습니다. 여러 지방에서는 이미 통상을 허가하였는데 양천兩川 지방만 금지하고 있으니 이보다 더 법도에 어긋나는 일은 없습니다. 게다가 백성의 차를 전부 사들이는데 수시로 사고 팔면서 오늘은 만萬에 샀다가 내일 만 3천에 팝니다. 한 해를 이런 식으로 보내니 결산을 제대로 할 수가 없습니다. 10분의 3을 더 징수한다고 어찌 해결되겠습니까? 유좌와 이기・포종민이 폐해를 만들어 서남의 백성들에게 막중한 피해를 입혔습니다.

이에 유좌가 파면되고, 국자박사國子博士 이직李稷이 그를 대신하게 되었다. 여도 또한 처벌을 받았다.

시어사侍御史 주윤周尹은 각차権茶의 피해를 논한 일로 시어사에서 파면되어 호북湖北 제점형옥提點刑獄으로 전임되었다.

이로利路 조신漕臣 장종악張宗諤과 장승경張升卿이 다시 차장사茶場司를 폐지하고 이전대로 통상通商할 것을 건의하였다. 이직은 이들의 상소가 터무니

없음을 탄핵하였고, 모두 직위가 강등되었다. 차장사茶場司가 공문을 발행하여 면주綿州 창명현彰明縣을 감독하였는데, 지현知縣 송대장宋大章이 전매가 부당하다는 상소를 올렸다. 그러자 이직은 그가 전매 가격을 조작하여 큰 이익을 얻었다고 고발하였고, 송대장 또한 좌천되었다. 한 해 동안 세금과 이자가 76만민이 넘자, 조서를 내려 이기의 공로를 언급하며 그의 아들을 관직에 임명하였다. 후에 이직은 영락성永樂城에서 세상을 떠났는데, 그를 대신한 육사민陸師閔이 그가 차를 담당한 5년 동안 획득한 이익이 428만민이라고 했다. 조서를 내려 토지 10경을 하사하였다. 이상의 기록은 모두 국사에 수록되어 있다.

소식이 칭송한 사도思道는 바로 주윤周尹이고, 용휘永徽는 두 장씨張氏 중 한 명이며 원균元鈞은 여도呂陶이고, 문보文輔는 대장大章이다. 정유正孺와 순옹醇翁의 일은 명확하지 않다.

13. 판부와 지부 判府知府

송나라 법에 의하면 복야僕射·선휘사宣徽使·사상使相이 지주知州나 지부知府가 되면 '판判'이라 하였다. 이후 복야를 특진特進으로 바꾸었으나 관청은 예전과 동일하였다. 장돈章惇이 재상에서 해임되고 월주越州 지주로 임명되었을 때 제문制文 말미에 이렇게 썼다.

전례대로 특진지월주特進知越州

비록 강등이지만 학사원學士院의 실수이기도 하다. 같은 시기 집정執政 장영숙蔣穎叔에게는 '판부判府'라 호칭하였으나, 장질부章質夫는 '지부知府'라고만 했으니 실제 정황에 근거한 것이다. 내가 소장하고 있는 명인들의 서법책에도 이 기록들이 있다.

나와 같은 고향 사람인 팽기자彭器資의 유묵 한 첩帖이 있는데 누구에게 보낸 것인지 알 수 없다. 내용에는 "지군상공각하知郡相公閣下에게 삼가 머리를

조아립니다"라고 되어 있다. 이는 분명 지주知州이므로 '부府'자를 빌려 칭할
필요가 없었던 것이다.

지금은 작은 지방이나 조정의 말단 관리도 지방 장관을 맡으면 수하의
관리들과 백성들이 그를 판부判府라 하고, 그 자신도 자랑스러워하며 받아들
이고는 아무런 의심을 하지 않는다. 풍속의 순박함과 경박함이 이렇게
다르구나!

14. 가선과 무의 歌扇舞衣

당나라 이상은李商隱에게 이런 시가 있다.

달을 조각하여 가무 부채 만들고,	鏤月爲歌扇,
구름을 잘라 춤 옷 만드네.	裁雲作舞衣.[37]

당시 사람인 장회경張懷慶이 이 구절을 훔쳐 각 구에 '生情생정', '出性출성'
두 글자를 더하여 "生情鏤月爲歌扇, 出性裁雲作舞衣."라고 썼다. 결국 사람
들로부터 '생탄활박生吞活剝'[38]이라는 비난을 받았다.

나는 유희이劉希夷[39]의 「대규인춘일代閨人春日」에서 다음과 같은 구절을 본
적이 있다.

연못 속 달 가무 부채를 아끼고,	池月憐歌扇,
산 위 구름 춤옷을 아끼네.	山雲愛舞衣

이 구절은 이상은의 시와 아주 비슷하다.

두보도 이렇게 읊었다.

· ·

37 「堂堂」.
38 生吞活剝 : '산 채로 삼키고 산 채로 껍질을 벗긴다'는 뜻으로, 다른 사람의 시문詩文을
   허가도 없이 그대로 모방하는 것을 말한다.
39 劉希夷(651?~679?) : 당나라 초기 시인. 숙종肅宗 상원上元 2년(675) 진사에 급제했지만,
   관직을 지낸 적은 없다.

용재수필

가무 부채 아래 맑은 강,   江淸歌扇底,
춤옷 앞에 펼쳐진 넓은 벌판.   野曠舞衣前.

저광희儲光羲[40]에게도 이런 구절이 있다.

피리 소리 가무에 남아있고,   竹吹留歌扇,
연꽃 향기 춤옷에 스며드네.   蓮香入舞衣.

당나라 시인들은 가선歌扇과 무의舞衣의 대구를 즐겨 사용했음을 알 수
있다.

15. 송대 지폐의 유통 官會折閱

관에서 발행한 지폐인 회자會子[41]는 소흥 30년(1160)에 제작되기 시작했다.
당시 호부시랑戶部侍郎이었던 전단례錢端禮가 휘주徽州에 위탁하여 모양을 설계
하고 종이 50만을 만들게 하였는데 모서리는 모두 자르지 않았다. 처음에는
배분된 액수를 관원들에게 봉록으로 지급하고, 시장의 번화한 곳에 다섯
곳의 지폐 교환 장소를 설치하였다. 1천 전을 바꿀 때마다 지폐의 교환을
담당하는 관리의 보수로 따로 10전을 지불하였다. 상인이 세금을 납부하거나
외지로 운송할 때, 회자는 현금과 동일하게 사용되었으며 수량이 부족하여
배상을 해야 하는 상황이나 운송비가 들지 않아 공사公私가 모두 편리하게
여겼다.

그러나 발행되는 지폐가 점점 많아지고 실제 가치는 점점 낮아지면서
10분의 1로 떨어졌고, 10년이 되지도 않아 폐단은 감당할 수 없을 만큼

----

40 儲光羲(707?~760?) : 당나라 시인. 현종玄宗 개원開元 14년(726) 진사가 되고, 중서시문장中
書試文章과 사수위泗水尉를 지냈다. 종남산終南山에 은거했다가 다시 나와 태축太祝에 임명되어
세칭 저태축儲太祝으로 불린다. 안록산安祿山이 장안長安을 함락했을 때 협박으로 관직을 받았
기 때문에, 난이 평정된 뒤 폄적되어 영남嶺南에서 죽었다.
41 會子 : 남송南宋 시기의 지폐. 처음에는 민간에서 사용되다가 소흥 30년 호부戶部에서 발행되
었다.

불어났다. 효종은 지폐의 폐단을 염려하여 황궁의 창고에 있던 은 2백만 량을 시장에 내다 팔아 은전으로 지폐를 바꾸어 사들여 그것들을 불살라 버렸다. 이렇게 해서 일시의 급한 불은 끌 수 있었다. 이때가 건도乾道 3년(1167) 이었다.

순희淳熙 12년(1185), 내가 무주婺州에서 돌아올 때 임안臨安 사람이 걸어놓은 소첩을 보았는데 750전을 지폐 한 장으로 바꾼 것이었다. 나는 이 일을 입조하여 황제에게 아뢰었다. 효종께서는 지폐가 다시 유통되고 있음을 기뻐하시며 말씀하셨다.

> "이 일은 오직 경만 알고 있게. 짐은 회자會子의 일 때문에 거의 10년 동안 잠을 못 이루었다네."

그러나 후에 이전의 폐단이 재발되었고 지폐를 위조하는 자가 도처에서 생겨났다. 체포하여도 엄벌에 처하지 않았기 때문에 지폐의 가치는 점차 떨어졌다. 경원慶元 원년(1195), 620전이면 지폐 한 장을 바꿀 수 있게 되자 조정은 이를 걱정하여 강소江蘇와 절강浙江 및 여러 도道에 조서를 내려 반드시 770전으로 지폐 한 장을 바꾸도록 했다. 이는 좋은 의도에서 비롯된 것이었으나 심사숙고하지 않은 것이다. 돈으로 지폐를 바꾸어 조금의 이익도 생기지 않는다면 누가 바꾸려 하겠는가?

북송 휘종 숭녕崇寧 4년(1105) 조서를 내려 경사 저잣거리에서 상인의 교자交子[42]를 사면 1천 전은 950전까지 지방에서는 970전까지 가격을 낮춰주고, 거래와 매매는 법에 따라 하며, 가격을 더 낮출 수는 없으나 올릴 수는

---

42 交子 : 관자關子라고도 한다. 사천四川 지방에서 발행된 어음에서 발달한 지폐이다. 당唐나라 이후 민간의 금융업자가 어음·환 등의 신용권을 발행하였는데, 송나라 때에는 상업의 발달에 따라 기부포寄附鋪라고 하는 금융업자가 전국 여러 도시에서 전화錢貨를 맡고 어음을 발행하여 주었다. 사천 지방은 철전鐵錢을 사용한 지역으로 철전은 가격이 낮아 다량을 사용해야 하기 때문에 불편하였다. 그래서 익주益州의 대상인大商人 16호戶의 교자포交子鋪가 조합을 결성, 관청의 허가를 얻어 교자무交子務를 설치하여 수수료를 받고 교자를 발행, 신용을 강화하였다. 정부에서는 1023년 교사에 법적 유통력을 부여하여 지폐로 하였다.

있게 하였다. 이익이 되어야 통용될 수 있다는 이치는 쉽게 알 수 있는 것이다.

16. 먼 이웃 飛鄰望鄰

소위 사린^{四鄰}은 동서남북의 네 방향을 가리켜 말한 것이다. 그러나 탐욕스럽고 백성에게 해를 끼치는 관리들은 모든 것을 마음대로 한다.

원풍_{元豊} 연간 이후, 주현^{州縣}에서는 방장^{坊場43}을 설립하고 운영하여 그 이익으로 백성의 복역을 모집하였는데 오랫동안 시행되자 폐단이 생겨났다. 파산한 자들이 재산을 팔면 정부는 이를 억지로 주변 이웃^{四鄰}에게 떠넘겼고, 주변 이웃이 궁핍하면 비린^{飛鄰}과 망린^{望鄰44}의 집안까지 멀고 가깝고를 묻지 않고 배상금을 받아 내고야 말았다. 비린^{飛鄰}과 망린^{望鄰}이라는 말은 들어본 적이 없다.

원우_{元祐} 원년(1086), 전중시어사^{殿中侍御史} 여도^{呂陶}가 상소를 올려 잠시 중단되기는 했지만, 소성^{紹聖} 연간 다시 복구되었다.

17. 관리의 알현 衙參之禮

감사^{監司}와 군수^{郡守}가 처음 임명되면 하급 관리들의 인사를 받는다. 저녁 무렵까지 관료들은 객사에서 시중을 들고 서리들은 나란히 서서 방문한 자들의 성명을 통보한다. 이를 '衙아'라고 하며, 이에 맞춰 들어가고 나오는데 이렇게 사흘을 한다. 만약 주인이 이러한 예를 하지 않는다면 다음 날 아침에는 또 사례 편지가 도착한다. 이러한 예가 언제부터 시작되었는지는 알 수 없다.

• •

43 坊場 : 관에서 운영하는 전매^{專賣} 시장.
44 飛鄰, 望鄰 : 모두 먼 이웃을 가리키는 말로 사용된다.

443

당나라 잠삼岑參[45]이 괵주虢州의 상좌上佐[46]가 되었을 때 군수를 뵙고 돌아와 「아군수환衙郡守還」이라는 시를 지었다.

세상사 어찌나 변화무상한지,	世事何反覆,
이 한 몸 예측하기 어렵다.	一身難可料.
흰 머리로 도리어 허리를 숙이고,	頭白翻折腰,
집으로 돌아와 혼자 웃는다.	還家私自笑.
생업이 없음을 탄식하고,	所嗟無産業,
처자식은 승진하지 못함을 탓하네.	妻子嫌不調.
닷말 쌀이 사람을 붙드니,	五斗米留人,
동계에서 낚시하던 시절 생각나네.[47]	東溪憶垂釣.

그러한 즉 유래가 오래 되었음을 알 수 있다. 한유의 시에는 이런 내용이 있다.

이제 관장의 자리를 떠나니,	如今便別官長去,
새해 조회를 하는 날까지.	直到新年衙日來.[48]

정월 초이튿날을 가리키는 것 같다.

---

45 岑參(715~770) : 당나라 시인. 몰락한 관료 집안에서 태어났기에 가문을 다시 일으켜 세우기 위해 두 차례에 걸쳐 5년여 간 안서安西와 북정北庭 등의 서부 변경 지역에서 종군하였다. 변방의 황량한 풍경과 혹독한 기후, 전쟁의 참혹함과 병사들의 고통 등을 시로 남겨 '변새시邊塞詩'라는 새로운 시의 영역을 확립하였다.

46 上佐 : 부하 속관에 대한 통칭. 잠삼은 건원乾元 2년(759) 기거사인起居舍人에 임명되었다가 한 달이 되지도 않아 다시 괵주 장사長史로 폄적되었다.

47 천보天寶 10년(751) 장안으로 돌아온 잠삼은 천보 13년(754) 북정절도사北庭節度使 봉상청封常淸의 관관이 되어 2차 종군에 나갈 때까지 장안 근교의 종남산終南山에 초당을 짓고 은거하였다. 동계는 종남산에 있다.

444 48 「송후희送侯喜」.

1. 三教論衡

唐德宗以誕日歲歲詔佛、老者大論麟德殿， 并召給事中徐岱及趙需、許孟容、韋渠牟講說。始三家若矛楯，然卒而同歸于善，帝大悅，賚予有差。此新書列傳所載也。白樂天集有三教論衡一篇，云：「太和元年十月，皇帝降誕日，奉敕召入麟德殿內道場，對御三教談論，略錄大端。第一座，祕書監白居易，安國寺引駕沙門義林，太清宮道士楊弘元。」其序曰：「談論之先，多陳三教，讚揚演說，以啓談端。臣學淺才微，猥登講座。竊以義林法師明大小乘，通內外學，於大眾中能師子吼。臣稽先王典籍，假陛下威靈，發問既來，敢不響答。」然予觀義林所問，首以毛詩稱六義，論語列四科，請備陳名數而已。居易對以孔門之徒三千，其賢者列爲四科，毛詩之篇三百，其要者分爲六義。然後言六義之數，四科之目，十哲之名。復引佛法比方，以六義可比十二部經，四科可比六度，以十哲可比十大弟子。僧難云：「曾參至孝，百行之先，何故不列於四科？」居易又爲辯析，乃曰：「儒書奧義，既已討論，釋典微言，亦宜發問。」然所問者不過芥子納須彌山一節而已。後問道士黃庭經中養氣存神長生久視之道，道士却問敬一人而千萬人悅。觀其問答旨意，初非幽深微妙，不可測知。唐帝歲以此爲誕日上儀，殊爲可省。國朝命僧升座祝聖，蓋本於此。

2. 夫兄爲公

婦人呼夫之兄爲伯，於書無所載。予頃使金國時，辟景孫弟輔行，弟婦在家，許齋醮及還家賽願。予爲作青詞，云：「頃因兄伯出使，夫婿從行。」雖借用陳平傳「兄伯」之語，而自不以爲然。偶憶爾雅釋親篇曰：「婦稱夫之兄爲兄公，夫之弟爲叔。」於是改「兄伯」字爲「兄公」，視前所用，大爲不侔矣。玉篇妭字音鐘，注云：「夫之兄也。」然於義訓不若前語。

3. 政和文忌

蔡京頡頏，以學校科舉箝制多士，而爲之鷹犬者，又從而羽翼之。士子程文，一言一字稍涉疑忌，必暗黜之。有鮑輝卿者言：「今州縣學攷試，未校文學精弱，先問時忌有無，苟語涉時忌，雖甚工不敢取。若曰：『休兵以息民，節用以豐財，罷不急之役，淸入仕之流。』

諸如此語, 熙、豐、紹聖間試者共用, 不以爲忌, 今悉紐之, 所宜禁止。」詔可。政和三年,
臣僚又言:「比者試文, 有以聖經之言輒爲時忌而避之者, 如曰『大哉堯之爲君』,『君哉
舜也』, 與夫『制治於未亂, 保邦於未危』,『吉凶悔吝生乎動』,『吉凶與民同患』, 以爲『哉』
音與『災』同, 而危亂凶悔非人樂聞, 皆避。今當不諱之朝, 豈宜有此!」詔禁之。以二
者之言考之, 知當時試文無辜而坐黜者多矣, 其事載於四朝志。

4. 瞬息須臾

瞬息、須臾、頃刻, 皆不久之辭, 與釋氏「一彈指間」,「一刹那頃」之義同, 而釋書分別
甚備。新婆沙論云:「百二十刹那成一怛刹那, 六十怛刹那成一臘縛, 二十臘縛成一牟呼
栗多, 三十牟呼栗多成一畫夜。」又毗曇論云:「一刹那者翻爲一念, 一怛刹那翻爲一瞬,
六十怛刹那爲一息, 一息爲一羅婆, 三十羅婆爲一摩睺羅, 翻爲一須臾。」又僧祇律云:「二
十念爲一瞬, 二十瞬名一彈指, 二十彈指名一羅預, 二十羅預名一須臾, 一日一夜有三十
須臾。」

5. 神宗待文武臣

元豐三年, 詔知州軍不應舉京官職官者, 許通判舉之。蓋諸州守臣有以小使臣爲之,
而通判官入京朝, 故許之薦舉。今以小使臣守沿邊小郡, 而公然薦人改官, 蓋有司不舉行
故事也。神宗初卽位, 以刑部郎中劉述,〔今朝散大夫。〕久不磨勘, 特命爲吏部郎中。〔今朝
請大夫。〕樞密院言:「左藏庫副使陳昉恬靜, 久應磨勘, 不肯自言。」帝曰:「右職若效朝
士養名, 而獎進之, 則將習以爲高, 非便也。」翌日以兵部員外郎張問,〔今朝請郎。〕十年不
磨勘, 特遷禮部郎中。〔今朝奉大夫。〕其旌賞駕御, 各自有宜, 此所以爲綜核名實之善政。
〔見四朝志。〕

6. 綠竹王芻

隨筆中載:「毛公釋綠竹王芻, 以爲北人不見竹, 故分綠竹爲二物, 以綠爲王芻。」熙寧
初, 右贊善大夫吳安度試舍人院, 已入等。有司以安度所賦綠竹詩背王芻古說, 而直以爲
竹, 遂黜不取。富韓公爲相, 言:「史記敍載淇園之竹, 正衛產也, 安度語有據。」遂賜進
士出身。予又記前賢所紀, 仁宗時, 賈邊試當仁不避於師論, 以師爲衆, 謂其背先儒訓釋,
特黜之。蓋是時士風淳厚, 論者皆不喜新奇之說, 非若王氏之學也。

7. 親除諫官

仁宗慶曆三年, 用歐陽脩、余靖、王素爲諫官, 當時名士作詩, 有「御筆新除三諫官」之
句。元豐八年, 詔范純仁爲諫議大夫, 唐淑問、蘇轍爲司諫, 朱光庭、范祖禹爲正言。宣

용재수필

仁后問宰執：「此五人者如何？」僉曰：「外望惟允。」章子厚獨曰：「故事，諫官皆薦諸侍從，然後大臣稟奏。今詔除出中，得無有近習援引乎？此門寖不可啓。」后曰：「大臣實皆言之，非左右也。」子厚曰：「大臣當明揚，何爲密薦？」由是有以親嫌自言者，呂公著以范祖禹、韓縝、司馬光以范純仁。子厚曰：「臺諫所以糾大臣之越法者，故事，執政初除，苟有親戚及嘗被薦引者，見爲臺臣，則皆他徙。今天子幼沖，太皇同聽萬幾，故事不可違。」光曰：「純仁、祖禹實宜在諫列，不可以臣故妨賢，寧臣避位。」子厚曰：「縝、光、公著必不私，他日有懷奸當國者，例此而引其親黨，恐非國之福。」後改除純仁待制，祖禹著作佐郎，然此制亦不能常常恪守也。

8. 檢放災傷

水旱災傷，農民陳訴，郡縣不能體朝廷德意。或慮減放苗米，則額外加耗之入爲之有虧，故往往從窄。比年以來，但有因賑濟虛數而冒賞者，至於蠲租失實，於民不便者，未嘗小懲。宣和之世，執政不能盡賢，而其所施行，蓋猶慰人意。京西運判李祐奏：「房州民數百人，陳言災傷。知州李惇取其爲首者，杖而徇之城市，以戒妄訴，用此其州蠲稅不及一氂。」詔：「李惇除名，簽書官皆勒停。」祐又奏：「唐、鄧州蠲災賑乏，悉如法令，均、房州不盡減稅，致有盜賊。」詔：「均、房州守令悉罷，唐、鄧守貳各增一官秩。」百姓見憂出於徽宗聖意，而大臣能將順也。

9. 檀弓注文

檀弓上下篇，皆孔門高第弟子在戰國之前所論次。其文章雄健精工，雖楚、漢間諸人不能及也。而鄭康成所注，又特爲簡當，旨意出於言外。今載其兩章以示同志。「衛司寇惠子之喪，子游爲之麻衰，牡麻絰。」注云：「惠子廢適立庶，爲之重服以譏之。」「文子辭曰：子辱與彌牟之弟游，又辱爲之服，敢辭。子游曰：禮也。文子退反哭。」注：「子游名習禮，文子亦以爲當然，未覺其所譏。」「子游趨而就諸臣之位。」注：「深譏之。」「文子又辭曰：子辱與彌牟之弟游，又辱爲之服，又辱臨其喪，敢辭。子游曰：固以請。文子退，扶適子南面而立曰：子辱與彌牟之弟游，又辱爲之服，又辱臨其喪，虎也敢不復位。」注：「覺所譏也。」「子游趨而就客位。」注：「所譏行。」案，此一事儻非注文明言，殆不可曉。今用五「譏」字，詞意渙然，至最後「覺所譏」「所譏行」六字，尤爲透徹也。「季孫之母死，哀公吊焉。曾子與子貢弔焉，閽人爲君在，弗內也。曾子與子貢入於其廄而脩容焉。子貢先入，閽人曰：鄉者已告矣。」注：「既不敢止，以言下之。」「曾子後入，閽人辟之。」注：「見兩賢相隨，彌益恭也。」今人讀此段，眞如親立季氏之庭，親見當時之事，注文尤得其要領云。

447

10. 左傳有害理處

左傳議論遣辭, 頗有害理者, 以文章富豔之故, 後人一切不復言, 今略疏數端, 以箴其失。傳云:「鄭武公、莊公爲平王卿士, 王貳於虢。」杜氏謂:「不復專任鄭伯也。」「周公閼與王孫蘇爭政。」「王叛王孫蘇。」杜氏曰:「叛者, 不與也。」夫以君之於臣, 而言貳與叛, 豈理也哉! 「晉平戎於王, 單襄公如晉拜成。劉康公徼戎, 將遂伐之。叔服曰:背盟而欺大國, 不義。」晉范吉射、趙鞅交兵。「劉氏、范氏世爲昏姻, 萇弘事劉文公, 故周與范氏。趙鞅以爲討。」夫以天子之使出聘侯國, 而言拜成, 謂周於晉爲欺大國, 諸侯之卿跋扈於天子而言討, 皆於名分爲不正。其他如晉邢侯殺叔魚, 叔魚兄叔向數其惡而尸諸市, 其於兄弟之誼爲弗篤矣, 而託仲尼之語云:「殺親益榮。」杜氏又謂:「榮名益己。」以弟陳尸爲兄榮, 尤爲失也。

11. 夫人宗女請受

戚里宗婦封郡國夫人, 宗女封郡縣主, 皆有月俸錢米, 春冬絹綿, 其數甚多, 嘉祐祿令所不備載。頃見張掄娶仲偁女, 封遂安縣主, 月入近百千, 內人請給, 除糧料院幫勘、左藏庫所支之外, 內帑又有添給, 外庭不復得知。因記熙寧初, 神宗與王安石言:「今財賦非不多, 但用不節, 何由給足? 宮中一私身之奉, 有及八十貫者, 嫁一公主, 至用七十萬緡。沈貴妃料錢月八百貫。聞太宗時, 宮人惟繫皂紬裙, 元德皇后嘗以金錢緣幨而怒其奢。仁宗初定公主俸料, 以問獻穆大主, 再三始言, 其初僅得五貫耳。異時, 中官月有止七百錢者。禮與其奢寧儉, 自是美事也。一時旨意如此, 不聞奉行。以今度之, 何止十百倍也。

12. 蜀茶法

蜀道諸司, 惟茶馬一臺, 最爲富盛, 茶之課利多寡, 與夫民間利疚, 它邦無由可知。予記東坡集有送周朝議守漢州詩云:「茶爲西南病, 岷俗記二李。何人折其鋒? 矯矯六君子。」注:「二李, 杞與稷也。六君子, 謂思道與姪正孺、張永徽、吳醇翁、呂元鈞、宋文輔也。」初, 熙寧七年, 遣三司幹當公事李杞經畫買茶, 以蒲宗閔同領其事。蜀之茶園不殖五穀, 惟宜種茶, 賦稅一例折輸, 錢三百折絹一匹, 三百二十折紬一匹, 十錢折綿一兩, 二錢折草一圍, 凡稅額總三十萬。杞刱設官場, 歲增息爲四十萬。其輸受之際, 往往壓其斤重, 侵其加直。杞以疾去, 都官郎中劉佐體量, 多其條畫。於是宗閔乃議民茶息收十之三, 盡賣於官場, 蜀茶盡榷, 民始病矣。知彭州呂陶言:「天下茶法既通, 蜀中獨行禁榷。況川峽四路所出茶貨, 比方東南諸處, 十不及一。諸路既許通商, 兩川却爲禁地, 虧損治體, 莫甚於斯。且盡榷民茶, 隨買隨賣, 或今日買十千, 明日卽作十三千賣之, 比至歲終, 不可勝算, 豈止三分而已。佐、杞、宗閔作爲敝法, 以困西南生聚。」佐坐罷去, 以國

子博士李稷代之, 陶亦得罪。侍御史周尹復極論榷茶爲害, 罷爲湖北提點刑獄。利路漕臣張宗諤張升卿復建議廢茶場司, 依舊通商；稷劾其疏謬, 皆坐貶秩。茶場司行箚子督綿州彰明縣, 知縣宋大章繳奏, 以爲非所當用。稷又詆其賣直釣奇, 坐衝替。一歲之間, 通課利及息耗至七十六萬緡有奇, 詔錄李杞前勞而官其子。後稷死於永樂城, 其代陸師閔言其治茶五年, 獲淨息四百二十八萬緡, 詔賜田十頃。凡上所書, 皆見於國史。坡公所稱思道乃周尹, 永徽乃二張之一, 元鈞乃呂陶, 文輔乃大章也, 正孺、醇翁之事不著。

13. 判府知府

國朝著令, 僕射、宣徽使、使相知州府者爲判, 其後改僕射爲特進, 官稱如昔時。唯章子厚罷相守越, 制詞結尾云：「依前特進知越州。」雖曰黜典, 亦學士院之誤。同時執政蔣穎叔以手簡與之, 猶呼云判府, 而章質夫只云知府, 蓋從其實, 予所藏名公法書冊有之。吾鄉彭公器資有遺墨一帖, 不知與何人, 其辭曰：「某頓首知郡相公閣下。」是必知州者, 故亦不以府字借稱。今世蕞爾小壘, 區區一朝官承乏作守, 吏民稱爲判府, 彼固偃然居之不疑。風俗淳澆之異, 一至於此！

14. 歌扇舞衣

唐李義山詩云：「鏤月爲歌扇, 裁雲作舞衣。」同時人張懷慶竊爲己作, 各增兩字云：「生情鏤月爲歌扇, 出性裁雲作舞衣。」致有生吞活剝之誚。予又見劉希夷代閨人春日一聯云：「池月憐歌扇, 山雲愛舞衣。」絕相似。杜老亦云：「江清歌扇底, 野曠舞衣前。」儲光羲云：「竹吹留歌扇, 蓮香入舞衣。」然則唐詩人好以歌扇、舞衣爲對也。

15. 官會折閱

官會子之作, 始於紹興三十年, 錢端禮爲戶部侍郎, 委徽州創樣撩造紙五十萬, 邊幅皆不剪裁。初以分數給朝士俸, 而於市肆要鬧處置五場, 輩見錢收換, 每一千別輸錢十以爲吏卒用。商賈入納, 外郡綱運, 悉同見錢。無欠數陪償及脚乘之費, 公私便之。既而印造益多, 而實錢浸少, 至於十而損一, 未及十年, 不勝其弊。壽皇念其弗便, 出內庫銀二百萬兩售於市, 以錢易楮, 焚弃之, 僅解一時之急, 時乾道三年也。淳熙十二年,〔邁〕自婺召還, 見臨安人揭小帖, 以七百五十錢兌一楮, 因入對言之, 喜其復行。天語云：「此事惟卿知之, 朕以會子之故, 幾乎十年睡不著。」然是後羕弊又生, 且僞造者所在有之。及其敗獲, 又未嘗正治其誅, 故行用愈輕。迨慶元乙卯, 多換六百二十, 朝廷以爲憂。詔江、浙諸道必以七百七十錢買楮幣一道。此意固善, 而不深思, 用錢易紙, 非有微利, 誰肯爲之！因記崇寧四年有旨, 在京市戶市商人交子, 凡一千許損至九百五十, 外路九百七十, 得貿鬻如法, 毋得輒損, 願增價者聽。蓋有所贏縮, 則可通行, 此理固易曉也。

16. 飛鄰望鄰

自古所謂四鄰, 蓋指東西南北四者而言耳。然貪虐害民者, 一切肆其私心。元豐以後, 州縣榷賣坊場, 而收淨息以募役, 行之浸久, 弊從而生。往往鬻其抵產, 抑配四鄰, 四鄰貧乏, 則散及飛鄰、望鄰之家, 不復問遠近, 必得償乃止。飛鄰、望鄰之說, 誠所未聞。元祐元年, 殿中侍御史呂陶奏疏論之, 雖嘗暫革, 至紹聖又復然。

17. 衙參之禮

今監司、郡守初上事, 既受官吏參謁, 至晡時, 僚屬復伺於客次, 胥吏列立廷下通刺曰衙, 以聽進退之命, 如是者三日。如主人免此禮, 則翌旦又通謝刺。此禮之起, 不知何時。唐岑參爲虢州上佐, 有一詩題爲衙郡守還, 其辭曰:「世事何反覆, 一身難可料。頭白翻折腰, 還家私自笑。所嗟無產業, 妻子嫌不調。五斗米留人, 東溪憶垂釣。」然則由來久矣。韓詩曰:「如今便別官長去, 直到新年衙日來。」疑是謂月二日也。

1. 내명부 책봉 조서 작성 內職命詞

황실 내명부 직함의 승급은 모두 황제의 뜻에서 나오는 것이며 중서성에서 문서를 작성한다. 따라서 상서내성관^{尚書內省官1}은 오랫동안 일을 해 왔다는 것을 알고 있고, 사^司자와 전^典자·장^掌자가 붙은 관직은 비교적 낮은 자리라는 것을 알고 있다.² 그러나 붉은색과 자주색의 하피^{霞帔3}를 입은 군국부인^{郡國夫人}들은 연령의 많고 적음·작위의 높고 낮음을 짐작할 수가 없다.

소흥^{紹興} 28년(1158) 9월, 작은 형님께서 좌사^{左史4}의 신분으로 앞으로 나가 일을 아뢰었는데 형님께서는 당시 권중서사인^{權中書舍人5}을 겸임하고 있었다. 고종께서 말씀하셨다.

> "한 가지 일을 경에게 말하려 하오. 어제 궁정^{宮正6} 궁인^{宮人}이 부인^{夫人}으로 책봉해 줄 것을 요청하였소. 궁에서 사무를 담당하는 자로 60여 세이고, 빈어^{嬪御7}가 아니니 아마 그대는 알지 못할 것이오."

• •

1 尚書內省 : 황궁 내 관서^{官署} 명칭. 여관^{女官}으로 구성된다.
2 수당^{隋唐} 시기 궁에 여관^{女官}으로 육상국^{六尚局}을 두었다. 상궁^{尚宮}·상의^{尚儀}·상복^{尚服}·상식^{尚食}·상침^{尚寢}·상공^{尚工}으로 황궁의 정무를 관장한다. 육상 아래 속관으로 24사^司가 있으며, 24사를 돕는 것으로 24전^典이 있고, 24사와 24전을 보좌하는 것으로 24장^掌이 있다.
3 霞帔 : 송대 이후 작위를 받은 여인^{命婦}의 예복^{禮服}.
4 左史 : 주나라 사관직에는 좌사^{左史}와 우사^{右史}의 구분이 있어 좌사는 행동을 기록하고 우사는 말을 기록하였다. 당송 시기에는 문하성^{門下省}의 기거랑^{起居郎}, 중서성^{中書省}의 기거사인^{起居舍人}을 좌사와 우사라 하여 사건과 말을 나누어 기록하였다.
5 權 : 시관^{試官}이나 임시 대리직을 '권'이라 한다.
6 宮正 : 궁관^{宮官}의 하나로서 내명부^{內命婦} 정5품. 계령^{戒令}·규금^{糾禁}·적벌^{謫罰}의 일을 맡음.
7 嬪御 : 제왕과 제후의 시첩이나 궁녀.

형님께서는 이렇게 아뢰었다.

"왕강중王剛中이 작성해야 하는 조서인데 그가 촉수蜀帥에 제수되었으니 신이 황지黃紙를 작성하도록 하겠습니다. 신이 따로 조서를 작성하도록 윤허해 주십시오."

고종께서 그리하도록 윤허하셨다. 4일 후, 경연이 끝난 후 형님께서는 남아 아뢰었다.

"며칠 전 폐하께서 영가군永嘉郡 장부인張夫人의 책봉 수여 문건을 작성하라는 명을 내리셨습니다. 성지聖旨를 얻은 후 곧바로 삼성三省에 전달하고 별도로 조서를 작성하여 바치려 했습니다. 그러나 어제 재상께서 제게 별도로 다시 작성할 필요가 없다는 성지를 전달해 주셨습니다."

고종께서는 이렇게 말씀하셨다.

"장부인은 황후전에서 오랫동안 일을 맡았던 사람으로 올해 66세요. 궁정宮正은 사무를 담당하는 직책으로 어제 재상이 문건을 고쳐 사용하여도 무방하다고 하였으니 따로 바칠 필요가 없소. 이미 나이가 많고 병이 있어 칭호를 얻고자 할 뿐이오."

어제의 훈사訓詞에서는 그녀의 용모를 칭찬했었다.

2. 채경의 관리 채용 蔡京除吏

당唐나라 현종 천보天寶[8] 연간, 당시 우상右相 겸 이부상서吏部尙書였던 양국충楊國忠[9]은 자신의 집에서 관리 선발을 했다. 절차대로라면 관리 임명이 끝난 후 문하시중門下侍中과 급사중給事中의 동의를 거쳐야 하기 때문에, 양국충은

용재수필

시중^{侍中}이었던 진희열^{陳希烈}을 옆에 앉히고 급사중도 불러놓고 말했다.

"이미 명부를 작성했으니 문하성^{門下省}에 보내서 살피도록 하시오."

이부시랑 두 사람과 낭관이 급히 뛰어가는 것을 보면서, 양국충은 자신의 누이들에게 자랑했다.

"자색 관복을 입은 저 두 관리들이 어떠하냐?"

이 일화를 통해 양국충이 정권을 전횡했음을 알 수 있다. 그러나 양국충은 그래도 자신이 결코 독단하지 않는다는 것을 보여주기 위해 시중과 급사중을 불러 같이 앉혀두었다. 하지만 북송 시기 채경^{蔡京10}의 전횡은 이를 능가한다.

정화^{政和11} 연간, 채경은 중서성^{中書省}·문하성^{門下省}·상서성^{尚書省} 삼성^{三省}의 일을 관장하는 태사^{太師12}가 되었는데 정무를 집에서 보았다. 당시 그의 아우 채변^{蔡卞}은 개부^{開府13}의 신분으로 경연에 참석하였다가, 친구인 장사랑^{將仕郎} 오열^{吳說}을 데리고 함께 채경을 만나러 갔다. 별실에 앉아 있었는데 탁자 위에는 지필묵과 고급 관방 업무 용지 수십 장이 쌓여 있었다. 채변은 상주교수^{常州教授}가 오랫동안 승진을 못하고 있다고 말했다.

"급제 후 처음 교관^{教官}을 맡았는데 이제 겨우 조봉랑^{朝奉郎}이니 아직도 원래 자리를 벗어나지 못했습니다."

· ·

10 蔡京(1047~1126) : 북송^{北宋} 말기의 재상, 서예가. 자 원장^{元長}. 휘종 시기 환관 동관^{童貫}의 도움으로 52세에 재상이 된 뒤, 전후 4회에 걸쳐 16년을 재상 자리에 있었다. 금나라와 동맹하여 요^遼를 멸망시킨 것은 그의 공적이지만, 휘종에 아첨하여 사치를 권하고, 재정을 궁핍에 몰아넣었으며 증세를 강행하여 민심의 이반을 초래하였다. 금나라가 침입하고 흠종^{欽宗}이 즉위하자 국난을 초래한 6적^賊의 우두머리로 몰려 실각, 해남도인 담주^{儋州}로 유배되어 가던 도중 병사하였다.

11 政和 : 북송 휘종 시기 연호(1111~1118).

12 太師 : 삼공^{三公} 중 가장 존귀하다. 후대에는 대부분 중신에게 가장 영예로운 은사로 내려지는 직함이었고 실제 직책은 없었다.

13 開府 : 관아를 설치하고 속관을 두는 것. 삼공^{三公}이나 대장군 등의 고급 관료만이 할 수 있다.

채경이 물었다.

"어떻게 하면 좋겠느냐?"

채변이 말했다.

"제학提學[14] 자리를 주는 것이 좋겠습니다."

채경이 종이 한 장을 빼더니 그 사람의 이름과 제학으로 승진시킨다는 글을 썼다. 그러고는 다시 채변에게 물었다.

"어디로 보내면 좋겠느냐?"

채변이 대답했다.

"그는 매우 가난하니 봉록이 후한 곳이어야 합니다."

이에 '하북서로河北西路'라는 네 글자를 쓰고는 사람을 시켜 전달하게 했다. 잠시 후에 하인이 편지 한 통과 자주색 상자를 갖고 왔는데 그 속에는 복건福建 전운판관轉運判官 직용도각直龍圖閣 정가鄭可의 편지와 새로 딴 찻잎이 들어 있었다. 채경은 즉각 편지 봉투 빈 곳에 '비찬운부秘撰運副'[15]라는 네 글자를 써서 하인에게 주었다.

채변이 자기 친구 오열을 소개했다.

"이 사람은 사간司諫 오안중吳安中의 아들입니다. 능력도 있고 또 왕봉원王逢原 의 외손자이니 서왕부인舒王夫人과 사돈뻘입니다. 그의 어머니가 연로하셔서 곁 에서 모셔야 하니 성국省局의 빈자리를 구하고자 합니다."

채경이 물었다.

....

14 提學 : 관명. 북송 휘종 숭녕崇寧 2년(1103) 각 로路에 제거학사사提擧學事司를 두어 주현州縣의 학정學政을 관장하게 하였다.

15 秘撰運副 : 비찬은 비각수찬秘閣修撰을, 운부는 운사運使의 부직副職인 부사副使를 가리킨다. 비각수찬은 직용도각에서 승진하는 자리이다. 전운사 아래 전운부사와 전운판관이 있다.

"어느 곳에 빈자리가 있는지 알아보았느냐?"

채변이 대답했다.

"조정의 물품을 관리하는 타투국打套局에 마침 빈자리가 있습니다."

채경은 즉시 그 말대로 한 장 써 내려갔다. 잠시 후 채변은 오열에게 먼저 가라고 눈짓했고, 오열은 집으로 돌아왔다. 오열은 문하시랑門下侍郎 설앙薛昻에게 시집간 이종 누이의 집에 머무르고 있었다. 집으로 돌아온 오열은 설앙에게 채경의 집에서 보고 들은 일을 말해주면서 관리 임용의 신속함에 감탄했다고 했다. 그러자 설앙이 말했다.

"이 세 사람의 일은 이미 처리되었다네."

오열이 집으로 돌아오는 사이, 임용 안건이 이미 마무리된 것이다. 양국충은 채경에 비하면 오히려 한 수 아래라고 할 수 있다.

3. 선성묘의 시 題先聖廟詩

연주兗州 선성묘先聖廟 벽에 이런 시가 있었다.

옛 영광전[16]에 가을 풀 돋아나고,	靈光殿古生秋草,
황량한 곡부성에 퍼지는 저녁 갈까마귀 울음.	曲阜城荒散晚鴉.
석양 비추는 공림만이,	惟有孔林殘照日,
아직까지 공자 집안에 속해 있네.	至今猶屬仲尼家.

작자는 알 수 없었지만 사대부들 사이에서 자못 유명하였다.

••••••••••••••••••••••

16 靈光殿 : 한나라 경제의 아들 노 공왕이 지은 궁전으로 고지故址는 산동성山東省 곡부시曲阜市 동쪽이다. 한나라가 쇠하자 도적이 일어나면서 미앙궁과 건장궁建章宮은 모두 무너지고 허물어졌으나 영광전만이 온전하였다고 한다.

근자에 내가 복주福州에 있을 때 여허기呂虛己의 집에 머무르다 소무邵武 상관교서上官校書의 시집 한 권을 보게 되었다. 안에 「주서행州西行」이라는 제목의 시가 있었는데, 주서州西는 채경蔡京의 거처를 말한다. 이렇게 설명이 되어 있었다.

> 정강靖康 원년에 지은 것이다. 당시 채경은 호상湖湘으로 폄적되었고 자손들은 외지로 달아나 숨었다. 그가 살던 집은 이미 훼손되어 황량하고 스산하여 인적이 없게 되었으므로 옛 악조로 시를 지어 상념을 표현하였다.

30여 운인데 지금은 그 마지막만 기억이 난다.

그대는 보지 못했는가,	君不見
높다란 나무 하늘 찌를 듯하던 독락원,	喬木參天獨樂園,
지금까지 여전히 온공의 집인 것을.[17]	至今仍是溫公宅.

그 의미가 선성묘의 시와 매우 흡사하다.

소흥紹興 25년(1155) 겨울, 진회秦檜[18]가 죽자 그가 하사받은 저택은 아무도 살지 않게 되었다. 이듬해 운하를 개설하면서 부역하는 자들이 진흙을 가져다 담장 아래에 쌓아 두었다. 천태天台의 선비 좌군左君이 다음과 같은 시를 지었다.

격천각은 그대로인데 사람은 어디 있나,	格天閣在人何在?
깊은 언월당, 깊은 한스러움.	偃月堂深恨亦深.
낙양도의 백발 노인 보이지 않으니,	不見洛陽圖白髮,
미오에 황금 쌓는 일만 알았네.[19]	但知郿塢積黃金.

....

17 온공溫公은 사마광司馬光을 가리킨다. 사마광은 낙양에 은거하던 시기 '독락원'이라는 정원을 만들었다.

18 秦檜(1090~1155) : 남송의 정치가. 자 회지會之로, 고종高宗의 신임을 받아 24년간 재상의 자리에 있었다. 충신 악비岳飛를 죽이고, 금나라에 항전하여 잃어버린 영토를 회복하자는 항전파를 탄압했으며, 금나라와 굴욕적인 강화를 체결했다. 민족적 영웅인 악비와 대비되어 간신으로 평가받는다.

19 후한後漢 초평初平 3년 동탁董卓은 미현郿縣에 산과 같이 높은 언덕을 쌓고 장안에 필적할 만한 곳이라며 만세오萬歲塢라고 불렀는데 이를 '미오'라 한다. 미오에는 온갖 보물과 30년의

곧은 말을 할 때마다 죄를 뒤집어 씌웠으니,	直言動便遭羅織,
눈 들어보면 하늘이 살피고 있음을	舉目寧知有照臨.
어찌 몰랐는가.	
뜨겁던 부귀 권세 모두 사라지니,	炙手附炎俱不見,
슬프구나 진흙만이 온 담장에 가득하네.	可憐泥滓滿牆陰.

비록 사실을 기록했지만 너무 노골적이며 앞의 두 시만큼 의미가 자연스럽
지 못하다.

좌군은 재능이 있고 해학에 뛰어났다. 소흥 28년(1158) 양화왕楊和王[20]의
아들 양설楊偰이 권공부시랑權工部侍郎에 임명되었다. 당시 장준張俊[21]의 아들
자안子顔과 자정子正도 모두 집영수찬集英修撰의 직함을 갖고 대제待制로 승진할
예정이었다. 마침 섭심언葉審言이 시어사侍御史에서, 양원로楊元老가 급사중에
서 이부吏部·병부시랑兵部侍郎으로 옮겼는데 혼란의 국면을 수습하였기 때문
이었다. 좌군은 헐후어歇後語[22]를 사용하여 절구를 지었다.

목이木易(楊)는 이미 공부시랑이 되었고,	木易已爲工部侍,
궁장弓長(張)은 집영수찬이 되려하네.	弓長肯作集英修.
이제 상서대와 중서성에는	如今臺省無楊葉,
버드나무[楊] 잎[葉] 없으나,	
돼지와 개들의 승진은 멈춘 적이 없네.[23]	豚犬超陞卒未休.

· ·

식량을 비축해두고 "일이 잘 되면 천하가 내 차지요, 일이 잘못 된다면 이곳에서 여생을
보내리라." 동탁이 패하고 미오도 파괴되었다.

20　楊和王 : 남송 초 명장인 양존중楊存中. 본명은 기중沂中, 자는 정보正甫. 소흥 연간 존중이라는
이름을 하사받았다.

21　張俊(1086~1154) : 남송의 명장. 자 백영伯英. 남만을 정벌하고 서하를 공격하였으며 금나
라 군대를 제압하여 전공을 세워 무공대부武公大夫에 임명되었으며 사후 순왕循王으로 추중되
었다. 그러나 주화파 진회秦檜와 함께 금나라와의 화의를 주장하였으며 악비岳飛를 모함하고
살해하는 것에 가담하였다.

22　歇後語 : '헐후歇後'란 뒷부분을 덜어버린다는 의미로 두 가지 종류가 있다. 성어成語에서
뒷부분을 생략하고 앞부분만으로 의미를 표현하거나, 앞부분은 비유로 뒷부분은 해석으로
이루어져 있다.

23　이 구절은 양, 섭씨에게 아부하며 빌붙었던 사람들은 조정에 여전히 남아 승진함을 이른
것이다.

용재삼필 권15

좌군은 서호西湖에 살면서 사람들과 교유하는 것을 좋아했다. 그러나 사람들은 그의 해학을 두려워하였고 끝내 포의로 생을 마쳤다.

4. 계문자와 위헌자 季文子魏獻子

"사람을 비교할 때는 반드시 동류를 가지고 해야 한다擬人必於其倫"[24]라는 말은 후세 사람들의 말이지 옛 사람들은 그렇지 않았다. 노나라 계문자季文子[25]가 거莒나라 태자 복僕[26]을 내쫓을 때 순임금이 16재상을 천거하고 4흉을 내쫓은 것을 인용하며 말했다.

> "순임금에게는 20가지의 공적이 있어 천자가 되었던 것입니다. 이제 저는 비록 한 사람의 현인도 얻지 못했지만 한 사람의 악인을 제거했습니다. 그러니 순임금의 공적에 비교한다면 20분의 1에 지나지 않습니다."[27]

진晋나라 위헌자魏獻子가 정치를 할 때 그의 아들 무戊를 경양대부梗陽大夫로 삼고 성전成鱄에게 물었다.

> "내가 아들인 무戊에게 고을을 주었으니 남들이 내가 당파를 만든다고 여기지 않을까?"

성전은 『시경』의 「대아大雅·문왕文王」 중 "시비와 선악을 분별하여 어른노

---

24 『예기·곡례하曲禮下』.
25 계문자 : 노魯나라의 대부大夫. 신중하면서도 검소한 재상으로 이름이 있었다.
26 거거공莒紀公은 태자 복僕을 낳은 뒤 또 계타季佗를 낳았다. 거거공은 계타를 총애하여 태자 복을 폐출하였고, 나라 안에서 무례한 일을 많이 저질렀다. 그리하여 태자 복이 거나라 사람들의 힘을 모아 부친인 거거공을 시해한 뒤 보옥을 가지고 노나라로 도망쳤다. 태자 복이 보옥을 노선공에게 바치자 노선공은 그에게 채읍을 주라고 명하면서 당부했다. "오늘 중 반드시 주어야 한다." 그러나 계문자는 오히려 사구司寇를 시켜 태자 복을 국경 밖으로 내쫓게 하면서 당부했다. "오늘 중 반드시 국경 밖으로 내쫓아야 하오." 노선공이 계문자에게 그 연고를 묻자 계문자는 태자 복이 군부를 죽이고 보옥을 훔친 도적이므로 그를 숨겨주고 물건을 이용한다면 장물아비가 되는 것이며, 백성은 본받을 것이 없게 되므로 그를 내쫓았다고 답했다.

27 『좌전·문공 18년』.

릇을 하고 임금 노릇을 하시니, 사방이 순복하고 친애하여 문왕에 이르렀네[克明克類, 克長克君, 克順克比, 比于文王]"의 구절을 읊으면서, 구덕九德에 잘못이 없다고 답했다. 또한 베푸는 것에 힘쓰며 사심이 없는 것을 '類류', 좋은 것을 골라 따르는 것을 '比비'라 하니, "그대의 인재 등용은 주문왕의 덕행에 가깝습니다"라고 했다.[28]

계문자와 순임금, 그리고 위헌자와 문왕이 어찌 천양지차에 그치겠냐마는 계문자는 순을 자신에 비유하였고, 위헌자는 아첨을 받으면서도 싫어하지 않았다. 그러므로 맹자가 이렇게 말한 이유를 알 수 있다.

> 안연이 말하였다. "순임금은 어떤 분인가? 나는 어떤 사람인가? 훌륭한 일을 하는 자는 또한 이 순임금과 같다."[29]

이는 지나친 말이 아니다.

5. '聖성'자의 의미 尊崇聖字

공자가 『주역周易』을 찬양하고 맹자가 선함과 믿음[善信][30]을 말하기 전에는 결코 '聖성'자를 존숭하지 않았다. 『시경』, 『서경』, 『예기』 등 경전에 수록된 것 또한 그러하다. 『서경』에서는 요堯와 순舜의 덕을 칭송하면서 다만 '사리에 밝고 지혜와 도덕이 있다[聰明文思]', '공경하고 밝으며 지혜와 도덕이 있다[欽明文思]', '깊고 지혜롭고 우아하고 밝다[濬哲文明]', '온화하고 공손하며 미덥고

---

28 『좌전·소공 28년』.
29 『맹자·등문공상滕文公上』.
30 『맹자·진심하盡心下』 : 호생불해浩生不害가 맹자에게 악정자樂正子가 어떤 사람이냐고 묻자 "선한 사람이며 믿음직스러운 사람이다[善人也, 信人也]"라고 답했다. 호생불해가 "무엇을 선이라고 말하며, 무엇을 믿음이라고 말합니까?"라고 되묻자, 맹자는 "하고자 할 만한 것을 선이라고 말하고, 자기에게 있는 것을 믿음이라고 말하고, 충실함을 아름다움이라고 말하고, 충실하여 빛나는 것을 크다고 말하고, 커서 변화하는 것을 성스러움이라고 말하고, 성스러워서 알지 못하는 것을 신령함이라고 한다[可欲之謂善, 有諸己之謂信, 充實之謂美, 充實而有光輝之謂大, 大而化之之謂聖, 聖而不可知之之謂神.]"고 대답하였다.

충실하다[溫恭允塞]'이라는 표현을 썼을 뿐이다. 익益이 순에 대해 언급할 때 처음으로 '성스럽고 신명하시다[乃聖乃神]'라는 표현을 썼다. 「홍범洪範」에 서는 '생각이 은미한 곳까지 통하여 통달하지 않음이 없다[睿作聖]'가 '공손하 면 엄숙하게 되며, 이치에 맞으면 조리가 있고, 보는 것이 밝으면 지혜롭게 되며, 듣는 것이 분명하면 헤아림이 있다[恭作肅, 從作乂, 明作哲, 聰作謀]'는 것과 함께 오사五事[31]로 나열되었다. '성스러움에 때에 맞는 바람이 순응한다 [聖時風若]'는 나쁜 징험[咎徵]의 몽매함[蒙]과 대구를 이루었다.[32]

"성인이라도 생각하지 않으면 미친 사람이 되고, 미친 사람이라도 생각할 수 있으면 성인이 된다[惟聖罔念作狂, 惟狂克念作聖]"는 '미침[狂]'과 '성인[聖]'을 선악의 대로 하였다.

『시경』에서는 "나라가 비록 안정되지 못하였으나 혹 훌륭하기도 하고 그렇지 않기도 하며[國雖靡止, 或聖或否]"라고 하여 '훌륭하다[聖]'와 '그렇지 않다[否]'를 대로 하였다. 그 다음에서는 "혹 현명하기도 하고 꾀하기도 하며 혹 엄숙하기도 하고 다스리기도 하니[或哲或謀, 或肅或乂]"라 하였으니 오사五事 와 대략 비슷하다.[33]

총명하고 지혜로운 사람[人之齊聖]은 '술을 마셔도 온화함으로 자제하는[飮 酒溫克]' 것에 지나지 않는다.[34]

『좌전左傳』에서는 팔개八愷[35]를 일러 "중용을 지키고 매사에 통달하며 도량

....

31 五事 : 통치자가 자신을 수양하는 다섯 가지. 하늘에 오행五行이 있는 것처럼 사람은 오사五事 를 갖춰야 한다고 보았다. 공손한 태도, 순종하는 말, 밝게 살피고, 밝게 들으며, 깊게 생각하 는 것이다.
32 이 대목은 '아름다운 징험[休徵]'과 '나쁜 징험[咎徵]'이 각각 5개로 대對를 이룬다. 원문은 다음과 같다. "曰休徵, 曰肅, 時雨若, 曰乂, 時暘若, 曰哲, 時燠若, 曰謀, 時寒若, 曰聖, 時風若, 曰咎徵, 曰狂, 恒雨若, 曰僭, 恒暘若, 曰豫, 恒燠若, 曰急, 恒寒若, 曰蒙, 恒風若."
33 『시경·소아小雅·절남산지십節南山之什·소민小旻』.
34 원래는 『시경·소아小雅·절남산지십節南山之什·소완小宛』으로 원문은 다음과 같다.

총명하고 지혜로운 사람은,	人之齊聖,
술을 마셔도 온화함으로 자제하지만,	飮酒溫克,
저 어두워 알지 못하는 사람은,	彼昏不知,
한결 같이 취해 날로 심해진다.	壹醉日富.

용재수필

이 넓고 생각이 깊으며 밝고 믿음이 있고 두텁고 성실했다[齊聖廣淵, 明允篤誠]'
고 했으며 『주례周禮·지관地官』에서는 '육덕六德'을 "지知·인仁·성聖·의義·충忠
·화和"라 하여 '성'을 다른 글자와 함께 사용하면서 차이를 두지 않았다.
그러므로 노나라에서는 장무중臧武仲을 성인聖人이라 하였고, 백이伯夷와 이윤
伊尹·유하혜柳下惠에 대해서도 모두 '성인[聖]'이라는 표현을 사용하였으나[36]
맹자는 그렇게 여기지 않았다.[37]

6. '腃잉'자의 의미 腃字訓

'잉腃자'는 보낸다는 '送송'의 의미이다. 『춘추春秋』에서 진인晉人과 위인衛人
이 '來腃내잉'했다는 것은[38] 모두 여인을 보내왔다[送女]는 것이다. 『초사楚辭
·구장九章』에 다음과 같은 구절이 있다.

물결은 넘실넘실 맞이해주는데,	波滔滔兮來迎,
물고기는 줄지어 나를 전송하네.	魚鱗鱗兮腃予.

이 의미도 마찬가지 이다.

『주역·함咸』에서 "볼과 뺨·혀는 말을 하는 것이다.[咸其輔頰舌, 腃口說也.]"
라고 해석했고, 『경전석문經典釋文』에서는 "腃등"은 '이르다[達]'로 풀이하였다.

35 『좌전·문공 18년』: 옛날에 고양씨高陽氏에게 8명의 훌륭한 아들이 있었으니, 창서蒼舒와
　퇴애隤敱·도연檮戩·대림大臨·방강尨降·정견庭堅·중용仲容·숙달叔達이 그들입니다. 이들은
　중용을 지키고 매사에 통달하며 도량이 넓고 생각이 깊으며 밝고 믿음이 있고 두텁고 성실했
　습니다. 천하의 백성들이 이들을 일러 '팔개八愷[8명의 온화한 인물]'라고 했습니다.
36 『맹자·만장하萬章下』: 백이는 성인 가운데 청렴한 분이고, 이윤은 성인 가운데 천하의 일을
　스스로 맡은 분이며, 유하혜는 성인 가운데 화합한 분이고, 공자는 성인 가운데 때에 맞게
　행한 분이다.[伯夷, 聖之淸者也, 伊尹, 聖之任者也, 柳下惠, 聖之和者也, 孔子, 聖之時者也.]
37 맹자는 「만장하萬章下」에서 백이와 이윤·유하혜에 대해 모두 '성인[聖]'이라 칭하였는데 홍매
　가 왜 이렇게 말했는지 알 수 없다. 맹자는 「공손추상公孫丑上」에서 "백이는 좁고 유하혜는
　공손하지 아니하니, 좁음과 공손하지 아니함은 군자가 따르지 않는다.[伯夷隘, 柳下惠不恭.
　隘與不恭, 君子不由也.]"라고 말한 대목을 염두한 것이 아닐까 한다.
38 『좌전·성공 8년』에 "위인래잉공희衛人來腃共姬", 「성공9년」에 "진인래잉晉人來腃"이라는 기록
　이 있다.

구가九家[39]는 모두 '乘승'으로 해석하였고, 정현鄭玄과 우번虞翻은 '媵잉'이라 했으니 또한 보낸다는 '送송'의 의미로 해석한 것이다.

7. 『주례』의 기이한 글자 周禮奇字

육경六經 중 가끔 기이한 글자[奇字]를 쓰는 경우가 있기는 하지만, 『주례周禮』는 유독 많다. 나는 이 책이 유흠劉歆[40]에게서 나왔다는 견해에 동의한다. 유흠은 자주 양웅揚雄에게서 기자를 배워 사용했고 이것을 경전에까지 썼다.

예를 들면 法법을 灋법으로, 柄병을 枋방으로, 邪사를 衺쇠로, 美미를 微미로, 呼호를 嘑호로, 拜배를 𢷎로, 韶소을 磬로, 怪괴를 傀괴로, 暴포를 虣포로, 獨독을 箝겸으로, 風풍을 飌풍으로, 鮮선을 鱻선으로, 槁고를 薧고로, 螺나를 蠃나로, 脾비를 膍비로, 魚어를 𩵹어로, 埋매를 貍리로, 吹취를 龡취로, 陔해를 祴계로, 暗암을 韽암으로, 柝탁을 㯩탁으로, 探탐을 撢탄으로, 翅혈을 翨시로, 摘적을 硩척으로, 駭해를 駴해로, 擊격을 轚격으로, 辜고를 橭고로, 掬국을 鞠국으로, 冪멱을 幎명으로, 藻조를 璪조로, 昊호를 顥호로, 叩고를 敂구로, 艱간을 囏간로, 魅매를 鬽매로 기록하였고, 이외에도 庮유·膔표·胖반·鱐숙·齍자·眂시·劀괄·酏이·㮚률·臡니·箈지·鬻죽·柶사·紾진·鬴·㚅표·䮧함·輴인과 같은 글자들을 사용하였다.

이는 다른 경전에서는 자주 사용되지 않는 것이며 나 또한 앞에서도

39 九家 : 전한 시기 회남왕淮南王 유안劉安이 『역易』에 능통한 9인을 모아 『회남구가역경』을 지었다.

40 劉歆(B.C.53?~25) : 전한 말기의 유학자. 자 자준子駿. 나중에 이름을 수秀, 자를 영숙穎叔으로 고쳤다. 아버지 유향劉向과 궁정의 장서를 정리하고 육예六藝의 군서群書를 7종으로 분류하여 『칠략七略』이라 하였다. 이것은 중국 최초의 체계적인 서적 목록으로 현존하지는 않지만, 『한서漢書·예문지藝文志』가 대체로 그에 의해서 엮어졌다. 『좌씨춘추左氏春秋』·『모시毛詩』·『고문상서古文尙書』를 특히 존숭하여 학관에 이에 대한 전문박사專門博士를 설립하기 위하여 당시의 학관 박사들과 일대 논쟁을 벌였으나 뜻을 이루지 못하고 하내태수河內太守로 전출되었다. 그 후 왕망王莽이 한왕조漢王朝를 찬탈한 후 국사國師로 초빙되어 그의 국정에 협력하였다. 만년에는 왕망에 반대하여 모반을 기도하였으나 실패하여 자살하였다.

언급했던 적이 있지만 상세히 다루지는 않았다. 「고공기考工記」[41]에는 셀 수도 없을 정도다.

8. 『대우』大禹之書

「하서夏書·오자지가五子之歌」[42]에 대우大禹의 훈계를 이야기하고 있는데 앞 3장만이 그것이다. 대우의 가르침은 「우서虞書」와 「하서夏書」 두 책 외에 다른 책는 기록이 없다. 『한서漢書·예문지藝文志』의 잡가류에 『대우大命』 37편 이 있는데, 다음과 같은 설명이 있다.

> 우임금이 지었다고 전해지는데 그 글은 후세의 말 같다.

'命'자는 '禹우'의 옛글자이다. 아마 모방해서 지은 것일 텐데 주周나라와 한漢나라 사이의 사람이 지은 것일 것이다. 지금은 사라져 전하지 않으니 애석하다.

9. 묵자의 제자인 수소자와 호비자 隨巢胡非子

『한서·예문지』의 묵가류墨家流에 『수소자隨巢子』 6편과 『호비자胡非子』 3편 이 있는데, 모두 묵적墨翟의 제자라 한다. 두 책 모두 지금은 전하지 않지만, 마총馬總의 『의림意林』에 의거하면 각각 1권이 있었다. 수소자의 이런 말이 있다.

> 성인의 행동은 만민을 모두 사랑하여 소원하더라도 단절하지 않으니 현자는 기 뻐하고 불초한 자는 연민의 마음이 있다. 현자가 기뻐하지 않는다면 이는 천한 덕이며, 불초한 자가 연민을 느끼지 않는다면 이는 잔인한 사람이다.

· · · · · · · · · · · · · · · · · · · ·

41 「考工記」:『주례』의 편명. 중국의 가장 오래된 공예기술서로 도성都城·궁전·관개灌漑의 구축, 차량·무기·농기구·옥기玉器 등의 제작에 관한 내용이 담겨있다.
42 『서경·하서夏書·오자지가五子之歌』: 하夏나라 임금 태강이 사냥만 일삼다가 나라를 빼앗기 고 쫓겨나자 그의 다섯 동생들이 대우大禹의 경계를 이어서 노래로 만든 것이다.

또 '귀신이 성인보다 현명하다[鬼神賢於聖人]'는 말도 있다. 이는 겸애[兼愛]와 명귀[明鬼]에서 나온 것이니 묵자의 무리임을 알 수 있다.

호비자는 이런 말을 했다.

> 용감함에는 다섯 등급이 있다. 긴 검을 가지고 초목이 무성한 곳으로 달려가 들소, 표범과 싸우고 큰 곰을 사로잡는 것, 이는 사냥꾼의 용기이다. 긴 검을 가지고 심연으로 들어가 교룡을 꺾고 자라와 악어를 사로잡는 것은 어부의 용기이다. 위태롭고 높은 곳에 올라 꼿꼿하게 우뚝 서 사방을 바라보아도 안색이 변하지 않는 것은 옹기장이과 목공의 용기이다. 약탈하면 반드시 찌르고 보면 반드시 죽이는 것은 오형[五刑]의 용기이다. 제나라 환공이 노나라를 남쪽의 변경으로 삼자 노나라가 걱정하였다. 필부인 조귀[曹劌]가 격노하여 만승의 군사를 무찌르고 천승의 나라를 지켰으니 이는 군자의 용기이다.[43]

그의 말은 비루하고 뛰어난 점이 없다.

10. 양웅의 『방언』別國方言

지금 세상에 전해지는 양웅[揚雄]의 『유헌사자절대어석별국방언[輶軒使者絶代語

....

43 『좌전·장공10년』.
  ○ 환공은 즉위한 이듬해에 노나라를 공격했다. 제나라의 행패를 더 이상 참을 수 없던 장공은 결전을 벌이기로 했다. 평민인 조귀[曹劌]가 장공을 찾아와 자신도 종군하게 해 달라고 청했다. 노장공은 조귀와 함께 전차를 타고 출격했다. 장공이 진격의 북을 울리려고 하자 조귀가 아직은 아니라며 만류하였다. 제나라 군사가 세 번이나 북을 울리고 나서야 조귀는 "이제 북을 쳐도 좋다고 했다." 노나라는 이 북소리에 맞춰 진격하여 제나라 군사를 크게 무찔렀다. 달아나는 제나라 군사를 추격하려 하자 조귀는 아직 아니라며 만류했다가 전차에서 내려 제나라 군사의 전차 바퀴 자국과 제나라 군사의 움직이는 모습을 살펴본 후 이제 추격해도 좋다고 하였다. 조귀의 말을 따른 노장공은 대승을 거두었다. 노장공이 조귀에게 그리한 까닭을 묻자 조귀는 이렇게 대답했다. "전쟁이란 군사들의 사기로 싸우는 것입니다. 상대방이 첫 번째로 북을 울릴 때가 가장 사기가 높을 때이지요. 그리고 두 번째로 북을 울릴 때는 사기가 좀 낮아지고 세 번째로 북을 울릴 때는 이미 사기가 해이해졌을 때입니다. 이때 우리 군사들은 오히려 사기가 부쩍 올라 싸우지 못해 안달이지요. 이때 진격의 북을 울리면 승리하지 못할 까닭이 있겠습니까. 추격을 만류한 것은 복병에게 기습을 당할 우려가 있었기 때문입니다. 그러므로 적의 전차 바퀴 자국과 깃발이 어지럽게 흔들리는 것을 살펴 보고 추격 명령을 내리도록 요청했던 것입니다."

釋別國方言』」⁴⁴은 13권으로 곽박郭璞이 서문을 쓰고 해설하였다. 말미에는 한나라 성제成帝 시기 유흠劉歆이 양웅에게 서신을 보내어『방언』을 구한 것과 양웅의 답서가 수록되어 있다. 그러나 고증을 해 보니 대부분 거짓이다. 양웅은 자신이 지은 글을 직접 언급하였는데『한서·양웅전』에 이렇게 수록되어 있다.

> 경서 중에서는『주역』만한 것이 없기 때문에『태현太玄』을 지었다. 전傳 중에서 는『논어論語』만한 것이 없기 때문에『법언法言』을 지었다. 아이를 가리키는 자서 字書로는『창힐倉頡』만한 것이 없기 때문에『훈찬訓纂』을 지었고, 잠箴 중에서는 『우잠虞箴』만한 것이 없기 때문에『주잠州箴』을 지었다. 부賦 중에서는「이소離騷」 만한 것이 없기 때문에 이를 널리 전파했고, 사辭 중에서는 사마상여司馬相如보다 아름다운 것이 없기 때문에 네 편의 부를 지었다.

양웅이 평생 동안 지은 글은 이것이 전부로,『방언』이 없다.『한서·예문지』 의 소학에『훈찬』1편이 있고, 유가儒家에 양웅이 지었다고 표시된 것으로 38편이 있는데, "『태현太玄』19편,『법언』13편, 악樂 4편, 잠箴 2편"이라고 주가 되어 있다. 잡부雜賦에 양웅의 부 12편이 있지만, 역시『방언』에 대해서는 언급하지 않았다.

유흠에게 답한 편지를 보면 "촉 사람 엄군평蜀人嚴君平"이라고 되어 있 는데, 군평의 원래 성은 장莊씨로, 한 명제明帝의 이름인 '莊장'을 피휘하여 '嚴엄'으로 바꾼 것이다.⁴⁵『법언』에서 '촉 땅의 장선생님께서는 깊은 생각 에 빠졌다蜀莊沈冥', '촉 땅 장선생님의 재주는 실로 진귀하다蜀莊之才之 珍', '나는 장선생님을 진귀하게 여긴다吾珍莊也'이라고 하여 모두 본래 글

....

44 『輶軒使者絕代語釋別國方言』:『방언』의 원제이다. '輶軒使者'란 주나라와 진秦나라 때 각 지방의 시가나 민요·방언 등을 채집하던 과정을, '絕代語釋'은 옛날에 사용되다가 지금은 끊어진 전 시대의 말을 풀이함을, '別國方言'은 각 나라國 또는 지역에서 사용되던 말을 뜻한다.
45 嚴君平 : 이름은 엄준嚴遵. 원래 장莊씨였으나 한나라 명제明帝의 이름이 '莊'이었으므로 피휘 하여 엄준으로 바꿨다. 자가 군평君平이며 촉군성도蜀郡成都 출신이다. 양웅은 젊은 시절 엄군평에게 배웠다.

자를 사용했는데 어찌 이 편지에서만 '嚴엄'이라고 했겠는가?[46] 또 유흠이 양웅에게 책을 구하자 양웅은 이렇게 답했다.

> 위엄으로 협박하고 무력으로 누르려 한다면 목매어 죽는 것으로 명을 따르겠습니다.[47]

어찌 이렇게까지 되었는가! 성제成帝 때 유흠이 양웅에게 서신을 보냈다고 해놓고서는 또 효성황제孝成皇帝라 했으니 앞뒤가 맞지 않는다. 또 책에서는 '여영지간汝潁之間'이라고 했는데 한나라 사람들에게는 이런 말이 없었다.[48] 필시 한漢·위魏시기 호사자가 지은 것일 것이다.

11. '縱臾종유'의 의미 縱臾

『사기史記·형산왕전衡山王傳』에 "밤낮으로 왕이 반역을 도모하도록 종용했다日夜從容王密謀反事"는 내용이 있다. 『후한서後漢書』의 열전에는 "밤낮으로 왕이 반역을 도모하도록 종유했다日夜縱臾王謀反事"고 되어 있다.

여순如淳은 "臾유는 勇용으로 읽는다. 縱臾종유는 억지로 권한다는 의미이다."라고 해석했고, 안사고顏師古는 "縱종은 子자와 勇용의 반절이다. 종유는 권한다는 의미이다"라고 풀이했다. 양웅揚雄은 『방언方言』에서 이렇게 말했다.

· · · · · · · · · · · · · · ·

46 대진戴震은 『방언소증方言疏證』에서 홍매가 엄군평의 피휘를 근거로 『방언』을 의심한 것을 지적하며, "이는 본래의 서신은 피휘하지 않았고 후대 사람들이 그것을 고친 경우가 많다는 것을 홍매가 알지 못한 것이다"라고 하였다. 대진은 홍매의 견해를 조목조목 반박하였다.
47 홍매의 인용은 원문과 다소 출입이 있다. 원문은 이러하다. "만약 당신께서 위엄으로써 협박하거나 무력으로써 억눌러 이를 저록에 넣고자 하신다고 해도, 이 책은 아직 완성된 것이 아니니 보여드릴 수가 없습니다. 당신께서 또 당장 마치라고 하시면 목을 매어 죽음으로써 명령에 따르겠습니다.[即君必欲脅之以威, 陵之以武, 欲令入之於此, 此又未定, 未可以見. 令君又終之, 則縊死以從命也.]"
48 이에 대해서도 대진은 『방언소증』에서 "『방언』 안에서 물 이름을 들어 그 지역을 대표한 것이 많은데, 어찌하여 한대 사람들은 '여영지간汝潁之間'이라고 할 수 없다는 것인가?"라며 반박하였다.

"食閻식염과 慫慂종용은 권한다[勸]는 뜻이다. 남초南楚 지방에서는 무릇 자신이 좋아하지 않는데 옆 사람이 좋아하거나, 자신은 화가 나지 않는데 옆 사람이 화를 내면 이를 '食閻' 또는 '慫慂'이라고 한다."

지금 『예부운략禮部韻略』에 이 말이 수록되어 있는데, 『한서』의 주를 인용하지 않았다.

12. 총지사의 위임장 總持寺唐敕牒

당나라 시기 부첩문서符帖文書 중 지금까지 전해지는 것은 적다. 융흥부隆興府 성내 총지사總持寺에 비석이 하나 있다. 비석 앞에는 종이가 있는데, 당 건부乾符 3년(876) 홍주洪州 도독부都督府가 승려 중섬仲暹에게 써 준 것이다. 다른 종이는 중화中和 5년(885) 감군사監軍使가 승려 신우神遇에게 써 준 것이다. 세 번째 종이는 광계光啓 3년(887) 11월, 중서문하에서 강서관찰사江西觀察使에게 써 준 것이다.

그 뒷면에 24명의 직함이 나열되어 있는데 중서시랑겸병부상서평장사두손능中書侍郎兼兵部尙書平章事杜遜能, 문하시랑겸이부상서평장사공위門下侍郎兼吏部尙書平章事孔緯, 그 다음에는 검교좌복야檢校左僕射 1인, 검교사공檢校司空 2인, 검교사도檢校司徒 8인, 검교태보檢校太保 3인, 검교태부檢校太傳 1인, 검교태위檢校太尉 3인, 검교태사檢校太師 1인의 직함이 나열되어 있으며, 모두 평장사平章事를 달고 있고 성씨가 적혀 있다. 태보겸시중太保兼侍中 소도昭度는 위韋자를 쓰지 않았고,[49] 검교태사겸시중檢校太師兼侍中 1인, 태사겸중서령太師兼中書令 1인도 모두 성을 쓰지 않았다. 두손능杜遜能과 공위孔緯·위소도韋昭度 세 명의 정식 재상을 제외하고 나머지는 모두 작은 글씨로 '使사'자를 썼으니 '사상使相'일 것이다. 뒤에 또 절도사節度使 종전鍾傳의 공문서 두 첩이 있는데, 서체가 단정하고 힘이 있는 선비의 서한으로 오늘날 대성臺省의 관리들이 미칠

....

49 韋昭度 : 당나라 대신. 자 정기正紀. 희종僖宗 시기 태보겸시중太保兼侍中을 지냈다.

수 없는 것이다.

가우嘉祐 2년(1057), 낙양洛陽 사람 직방원외랑職方員外郎 이상교李上交가 예장豫章의 동호東湖에 와서 소장되어 있는 진적을 보고는 이렇게 판단하였다.

> 21인은 장준張浚·주매朱玫·이복李福·이가거李可擧·이한지李罕之·진경선陳敬瑄·왕처존王處存·왕휘王徽·조성曹誠·이광위李匡威·이무정李茂貞·왕중영王重榮·양수량楊守亮·왕용王鎔·낙언정樂彦禎·주전충朱全忠·장전의張全義·탁발사공拓跋思恭·시부時溥·왕탁王鐸·고병高駢이다.

그리고 "『희종기僖宗紀』와 『실록』에 보인다"고 주를 달았다.

고찰해 보건데, 세 명의 재상과 탁발拓跋·낙언정樂彦禎·시부時溥·장준張浚·주전충朱全忠·이무정李茂貞 외에 이극용李克用·주선朱瑄·왕행유王行瑜는 모두 당시 사상使相이었으므로 빠질 리가 없다. 그리고 주매朱玫와 왕탁王鐸·왕중영王重榮·이복李福은 모두 당시 이미 세상을 떠난 상태였으며, 태사중서령太師中書令이라는 관직은 사서에 수록되어 있지 않다. 오직 진경선陳敬瑄만이 검교檢校의 관직에 있으면서 중서령을 겸직했는데, 그렇다면 맨 마직막은 그인가? 나머지는 모두 정확히 고증할 수 없다.

13. 금군의 진급과 충원 禁旅遷補

송나라의 숙위宿衛와 금군禁軍[50]의 진급과 충원 제도는 시간과 공로에 따라 결정되었는데 이를 '배련排連[51]'이라 한다. 의례를 거행한 후 이듬해 궁궐의 마당에서 무예를 겨룰 때 어가가 친히 참석하는 것을 '추타자推垜子'라 한다. 기한을 채우고 숙위직을 떠날 때는 본인의 자질에 따라 기간이 오래된

---

50 禁軍 : 송대 중앙에서 직접 관리하는 정규군. 송대는 오대시기처럼 장수와 병사들이 부모와 자식처럼 유착되는 상황을 방지하기 위해 금군 장수들을 주기적으로 전근시켰으며, 금위군을 지방에 파견하되 3년마다 한 번씩 교체한다는 조항도 있었다. 여기에는 병사들로 하여금 집과 고향을 그리워하지 않게 하기 위해서라는 명분을 내세웠지만 실제 의도는 특정 장수와 병사들이 유착하는 것을 방지하는데 있었다.

51 排連 : 송대 금군의 차례대로 진급하는 제도이다.

자는 단련사團練使와 자사刺史의 직책으로 외주의 총관總管과 검할鈐轄을 맡게 되고, 기간이 짧은 자는 주州의 도감都監을, 남아야 하는 자는 군직 내에서 공석으로 승진하는데 이를 '전원轉員'이라 한다. 어가가 친히 참관하는 추타推垜 날 병 때문에 참석하지 못하는 자는 엄중한 불이익을 당하게 된다.

소흥紹興 32년(1162) 4월, 나는 우사右史의 직책으로 낮에 황제를 뵈었는데 곧 사신의 임무를 맡게 될 예정이었다. 상개上介[52] 장재보張才甫와 함께 황성사皇城司에서 밥을 먹고 있었다. 한 노병老兵이 머리에 두건을 두르고 검은 지팡이를 짚고서 황성皇城 간판관幹辦官 유지합劉知閤에게 절을 하였는데 목이 메어 눈물을 흘리고 있었고, 유지합 또한 그를 가엾게 여겼다. 내가 그 까닭을 물으니 노병이 지팡이를 보여주었다. 지팡이에는 사병의 이름과 병영의 일들이 빼곡하게 기록되어 있었다. 그는 본래 천무天武 제1군의 도지휘사都指揮使로 전공을 세워 먼 군의 단련사團練使까지 승진하였다가 올해 임기가 다 되어 직책을 그만두게 되었다. 만약 어전에서 겨루기를 한다면 정식으로 임명되어 가까운 군의 총관이 될 수 있었으나 불행히도 사소한 병으로 결국 탈락되었고, 강등되어 외번外藩의 장교로 임명되었다. 원래의 관직도 모두 삭탈되어 지금은 주州 도감都監[53]의 수하에서 관영管營[54]을 관할하는 업무로 복무하고 있었다. 30년의 고생이 하루아침에 무너져 박복하고 불우함이 그 지경에까지 이른 것이다. 앉아 있던 사람들도 모두 탄식하며 그를 동정하였다.

숭녕崇寧 4년(1105), 조서를 내려 각 반직班直[55] 중 숙위宿衛를 담당한 적이 있었던 자들은 병가가 만료되어도 치료를 받을 수 있으며 만약 이전에 전전지휘사殿前指揮使였다면 외뢰성外牢城[56]의 지휘사指揮使가 될 수 있는 후보가

----

52 上介 : 고대 외교사단外交使團의 부사副使 혹은 군정 장관의 고급 보조를 지칭한다.

53 都監 : 송대에는 지방의 로路와 주州·부府에 모두 병마도감兵馬都監을 두었는데 이를 '도감'이라 한다.

54 管營 : 변방 지역에서 도형徒刑과 유형流刑을 받은 자들을 군인으로 동원하는 것과 죄수들의 복역을 관리하는 관리.

55 班直 : 송대 어전에서 근무하는 금위군. 행문반行門班·전전좌반殿前左班·전전우반殿前右班·내전직반內殿直班·금창반金槍班·은창반銀槍班·궁전반弓箭班 등 24반班으로 나뉜다.

될 수 있게 하였다. 이는 옛 법을 따른 것이다.

14. 육언시는 잘 짓기가 어렵다 六言詩難工

당나라 장계張繼[57]의 시 중 지금 사람들에게 전해지는 것은 「풍교야박楓橋
夜泊」[58] 한 수 뿐이다. 『형공시선荊公詩選』[59]에 그의 다른 시 두 수가 수록되어
있고, 악부인 「새고塞孤」 한 편이 있다. 그리고 『황보염집皇甫冉集』에 장계가
보낸 6언시가 수록되어 있다.

경구京口[60]에서 님과 이별한지 오래인데,　　京口情人別久,
양주에서 오는 행상은 드물다.　　　　　　　揚州估客來疏.
조수는 심양에 이르면 돌아가는데,　　　　　潮至潯陽回去,
님 그리는 마음 전할 길이 없구나.　　　　　相思無處通書.

황보염은 이 시에 답을 하였는데 이런 서문이 있다.

> 의손懿孫은 나의 오랜 친구로 마침 일이 있어 무창武昌에 왔다가 6언시로 마음을
> 전해 왔다. 나는 시를 짓는 일이 서툴러 표현이 번다하기 때문에 7언으로 지어
> 답한다.

황보염은 6언이 다듬기가 어렵기 때문에 6언을 늘여 7언으로 했다는

....

56 牢城 : 송나라 시기 유배형의 범죄자들을 구금하는 곳.
57 張繼 : 당나라 시인. 자 의손懿孫. 일찍부터 시로 이름을 세상에 드러내고 유장경劉長卿·
　고황顧況 등과 왕래하였다. 전해지는 작품 수는 그리 많지 않으나 「풍교야박楓橋夜泊」은 지금
　까지 인구에 회자되고 있다.
58 달 지고 까마귀 울고 하늘엔 서리 가득한데,　　月落烏啼霜滿天,
　강가 단풍나무 고깃배 등불 마주하고 시름 속에 졸고 있네.　江楓漁火對愁眠,
　고소성 밖 한산사 한밤중 종소리가　　　　　　　　姑蘇城外寒山寺,
　객이 머무는 배까지 들려오네.　　　　　　　　　夜半鐘聲到客船.
59 『荊公詩選』: 『당백가시선唐百家詩選』으로, 왕안석王安石이 송민구宋敏求 집에 소장된 당인
　시집에서 선별한 작품들을 수록한 것이다.
60 京口 : 지금의 강소성 진강鎭江에 옛 터가 있다. 이 시는 연인을 그리워하는 마음으로 작자의
　황보염에 대한 그리움을 표현한 것이다.

470

의미이다. 그러나 그에게는 6언시 3장이 있다.

강가에는 해마다 봄이 일찍 찾아오고,	江上年年春早,
나룻터에는 날마다 사람이 다니네.	津頭日日人行.
산음이 얼마나 먼지 물었는데,	借問山陰遠近,
저녁 무렵 종소리가 들려오네.	猶聞薄暮鐘聲.
절벽 아래 계곡에서는 종일 물이 흐르고,	水流絶澗終日,
깊은 산의 무성한 풀에 저녁 구름이 감도네.	草長深山暮雲.
어디선가 개 짖고 닭 우는 소리,	犬吠雞鳴幾處,
뽕 캐고 살구나무 심는 것은 누구인가.	條桑種杏何人.
문 밖 물은 어디로 흘러가나,	門外水流何處,
하늘가 나무는 누구의 집을 둘러싸고 있나.	天邊樹繞誰家.
동서로 가로막힌 산은 거리가 얼마나 되나,	山絶東西多少,
아침마다 봉우리는 구름에 몇 번 가리워지나.	朝朝幾度雲遮.

　　모두 그림으로 그려낼 수 있을 정도로 절묘한 묘사이니, 서툴러서 6언을 지을 수 없는 것이 아니었다. 나는 당인절구를 편찬했는데[61] 7언이 7천 5백수, 5언이 2천 5백수, 도합 만수였다. 그러나 6언은 4천수도 채 되지 않으니 6언이 어렵다는 말은 과연 그렇다.

15. 『맹자』 '杯水救車薪배수구거신'의 의미 杯水救車薪

맹자孟子가 말했다.

　　인이 불인을 이기는 것은 물이 불을 이기는 것과 같다. 그러나 지금의 인한 자는 한 잔의 물로 한 수레의 나무에 붙은 불을 끄는 것과 같다. 꺼지지 않으면 이르기를 "물이 불을 이기지 못한다"고 한다.[仁之勝不仁也, 如水勝火, 今之爲仁者, 猶以一杯水救一車薪之火也, 不熄, 則謂之水不勝火.][62]

．．．．．．．．．．．．．．．．．．．．．．．．．．．

61 홍매는 순희淳熙 연간, 당대의 오언, 칠언 절구 5400수를 효종에게 바쳤고, 이후 보충하여 만萬수를 채워 소희紹熙 초년에 진상하였다.

62 『맹자·고자상告子上』.

『문자文子』에 이런 내용이 있다.

> 물의 기세는 불을 이기지만 한 국자의 물로 한 수레의 나무에 붙은 불을 끌 수
> 없고, 금의 기세는 나무를 이기지만 칼날 하나로 숲을 벨 수는 없으며, 토의 기세
> 는 물을 이기지만 한 덩어리의 흙으로 강물을 막을 수는 없다.

문자는 주周나라 평왕平王 때의 사람이니 맹자의 말은 아마 여기에서 나온
것 같다.

16. 한 사람의 아래에 굽히다 詘一人之下

소하蕭何[63]가 고조高祖에게 한왕漢王의 봉작을 받을 것을 권하며 말했다.

> "무릇 한 사람의 아래에 굽혀 만인의 신뢰를 받을 수 있었던 자는 탕왕과 무왕입
> 니다."

『육도六韜』[64]에 이런 내용이 있다.

> 문왕文王이 기岐에 있을 때 태공太公을 불러 말했다.
> "나의 땅은 작다."
> 태공이 답했다.
> "천하에 곡식이 있으면 어진 자는 그것을 먹고, 천하에 백성이 있으면 어진 자는
> 그들을 이끕니다. 한 사람의 아래에 수그려 만인의 위에 있는 것은 오직 성인만
> 이 그렇게 할 수 있는 것입니다."

소하의 말은 여기에서 나온 것이다. 그러나 『한서』의 주는 여러 설들을
인용하면서 이에 대해서는 인용하지 않았다.

· ·

63 蕭何(?~B.C.193) : 한나라 건국 공신. 유방과 함께 한나라 개국의 기틀을 닦아 고조가
   즉위할 때 논공행상에서 일등가는 공신이라 인정하여 찬후酇侯에 봉하였다. 한신의 반란을
   평정하고 재상에 임명되었다.
64 『六韜』 : 주周나라의 태공망太公望이 지은 병법서. 문도文韜·무武도·용龍도·호虎도·표豹도
   ·견犬도의 6권 60편이 있다.

17. 현령의 빈객을 우대한 진나라와 한나라 秦漢重縣令客

진秦나라와 한나라 때 군수郡守와 현령縣令의 권한은 막중하였다. 작은 마을의 현령이라도 사람을 살리고 죽일 수 있었다. 이 때문에 현령의 빈객은 백성들이 공경하지 않을 수 없었다.

선보單父[65] 사람 여공呂公은 패현沛縣 현령과 친분이 두터웠다. 그는 원수진 사람을 피해서 패현으로 달아나 현령의 식객이 되었다. 패현의 호걸과 향리鄕吏들은 현령에게 귀빈이 와 있다는 소식을 듣고 모두 축하하러 왔으며 예물까지 가지고 와서 경축하였다.[66]

사마상여司馬相如가 양梁을 유람하다 촉蜀땅으로 돌아갈 때, 그는 평소 임공臨邛[67]의 현령 왕길王吉과 관계가 돈독하여 그곳을 지나다가 도정都亭[68]에서 머물렀다. 임공의 거부 탁왕손卓王孫과 정정程鄭은 다음과 같이 상의하였다.

> "현령께서 귀한 손님이 있으시다니 술자리를 마련하여 초청하고 현령도 같이 모십시다."

사마상여가 탁왕손의 딸을 데리고 성도로 달아났다가 빈곤해지자 다시 임공으로 돌아갔는데, 탁왕손은 문을 닫고 나오지 않았다. 형제들이 탁왕손에게 말했다.

> "장경은 재능이 있어 의지하기에 충분하고 또 현령의 빈객인데 어찌 이처럼 욕보인단 말이요!"

이 대목에 "현령의 객은 욕보여서는 안 된다는 의미이다"라는 주가 달려있

- -

65 單父 : 지금의 산동성 선현單縣.
66 당시 이곳의 정장亭長이었던 한 고조 유방 역시 여공을 방문하였다. 관상보기를 좋아했던 여공은 유방의 생김새를 보고는 자신의 딸을 유방에게 시집보냈고, 이 딸이 고조의 황후 여후呂后이다.
67 臨邛 : 지금의 사천성四川省 공래현邛崍縣.
68 都亭 : 한나라는 마을 10리마다 정을 하나씩 설치하고, 정장을 두어 치안을 관리하거나 여행객을 접대하고 민사를 관리하였다. 성 안에 설치되어 있었기 때문에 '도정都亭'이라고 칭하였다.

다. 당시 현령의 빈객에 대한 대우가 이와 같았음을 알 수 있다.

그러나 오늘날 사대부가 군수郡守와 현령縣令의 벗이라 하더라도 방문하는 자들이 모두 현인은 아니니 어찌 이런 예우를 받을 수 있겠는가? 만약 법에 조금만 저촉되거나 사소한 청탁을 한다면 분명 주인까지 연루될 것이다.

18. '之지'자의 의미 변화 之字訓變

한나라 고조高祖의 휘諱[69]는 방邦이다. 순열荀悅은 다음과 같이 주를 달았다.

> 그 글자는 '나라國'를 의미한다. 혜제惠帝의 휘는 '盈영'[70]이니 그 글자는 '가득차다滿'를 의미한다.[之字曰國. 惠帝諱盈, 之字曰滿.]

이는 신하로서 '邦'자와 '盈'자를 피하기 위해 '之지'자로 대체하여 사용한 것이다. 그렇기 때문에 '之'자의 의미는 바뀔 수 있다. 『좌전』을 살펴보자.

> 주나라 왕실의 태사가 『주역』을 갖고 진여공을 만났다. 진여공이 그에게 시초로 점을 치게 하자 '관觀'괘가 '부否'괘로 변하는 점괘가 나왔다.[周史有以周易見陳侯者, 陳侯使筮之, 遇觀之否]"[71]

관괘의 육사효가 바뀌어 부괘가 된 것이다.[72] 다른 것도 이를 모방한 것이다.

---

69 諱 : 원래는 죽은 사람의 생전의 이름을 삼가 부르지 않는다는 뜻에서 나온 말인데, 생전의 이름 그 자체를 일컫기도 한다.

70 혜제의 본명은 유영劉盈이다.

71 『좌전·장공 22년』.

72 관괘(☷)의 육사효인 음효(--)가 양효(—)로 바뀌어 부괘(☶)가 되었다.

용재수필

1. 內職命詞

內庭婦職遷敍, 皆出中旨, 至中書命詞。如尙書內省官, 固知其爲長年習事, 如司字、典字、掌字, 知其爲主守之微者。至於紅紫霞帔郡國夫人, 則其年齡之長少, 爵列之崇庳, 無由可以測度。紹興二十八年九月, 仲兄以左史直前奏事, 時兼權中書舍人, 高宗聖訓云:「有一事待與卿說, 昨有宮人宮正者封夫人, 乃宮中管事人, 六十餘歲, 非是嬪御, 恐卿不知。」兄奏云:「係王剛中行詞, 剛中除蜀帥, 係臣書黃, 容臣別撰入。」上頷首。後四日, 經筵留身奏事, 奏言:「前日面蒙宣諭, 永嘉郡張夫人告詞, 旣得聖旨, 卽時傳旨三省, 欲別撰進。昨日宰臣傳聖旨, 令不須別撰。」上曰:「乃皇后閤中老管事人, 今六十六歲, 宮正乃執事者, 昨日宰執奏欲換告, 亦無妨礙, 不須別進。今已年老多病, 但欲得稱呼耳。」蓋昨訓詞中稱其容色云。

2. 蔡京除吏

唐天寶之季, 楊國忠以右相兼吏部尙書, 大集選人注擬於私第。故事, 注官訖, 過門下侍中、給事中, 國忠呼左相陳希烈於座隅, [時改侍中爲左相。] 給事中在列, 曰:「旣對注擬, 過門下了矣。」吏部侍郞二人與郞官同咨事, 趨走於前, 國忠誇謂諸妹曰:「兩個紫袍主事何如?」史策書此, 以見國忠顓政舞權也。然猶令侍中、給事同坐, 以明非矯。若蔡京之盜弄威柄, 則又過之。政和中, 以太師領三省事, 得治事于家。弟卞以開府在經筵, 嘗挾所親將仕郞吳說往見, 坐于便室, 設一卓, 陳筆硯, 置玉版紙闊三寸者數十片于上。卞言常州敎授某人之淹滯, 曰:「自初登科作敎官, 今已朝奉郞, 尙未脫故職。」京問:「何以處之?」卞曰:「須與一提學。」京取一紙, 書其姓名及提擧學事字而缺其路分, 顧曰:「要何地?」卞曰:「其家極貧, 非得俸入優厚處不可。」於是書「河北西路」字, 付老兵持出。俄別有一兵齎一雙縑及紫匣來, 乃福建轉運判官直龍圖閣鄭可簡, 以新茶獻, 卽就可漏上書「祕撰運副」四字授之。卞方語吳說曰:「是安中諫之子, 頗能自立, 且王逢原外孫, 與舒王夫人姻眷, 其母老, 欲求一見闕省局。」京問:「吳曾踏逐得未?」對曰:「打套局適闕。」又書一紙付出。少頃, 卞目吳使先退。吳之從姊嫁門下侍郞薛昂, 因館其家, 才還舍, 具以告昂, 嘆所見除目之迅速。昂曰:「此三者, 已節次書黃矣。」始知國忠猶落第二義也。

3. 題先聖廟詩

兗州先聖廟壁，嘗有題詩者云：「靈光殿古生秋草，曲阜城荒噪晚鴉。惟有孔林殘照日，至今猶屬仲尼家。」不顯姓名，頗爲士大夫傳誦。予頃在福州，於呂虛己處，見邵武上官校書詩一冊，內一篇題爲州西行。州西者，蔡京所居處也。注云：「靖康元年作。時京謫湖湘，子孫分竄外郡，所居第摧毀，索寞殆無人跡，故爲古調以傷之。」凡三十餘韻，今但記其末聯云：「君不見喬木參天獨樂園，至今仍是溫公宅。」其意甚與前相類。紹興二十五年冬，秦檜死，空其賜宅，明年開河，役夫輦泥土堆于牆下。天台士人左君作詩曰：「格天閣在人何在，偃月堂深恨亦深。不見洛陽圖白髮，但知郿塢積黃金。直言動便遭羅織，舉目寧知有照臨。炙手附炎俱不見，可憐泥滓滿牆陰。」語雖紀實，然太露筋骨，不若前兩章渾成也。左頗有才，最善謔，二十八年，楊和王之子倓，除權工部侍郎，時張循王之子子顏、子正，皆帶集英脩撰，且進待制矣。會葉審言自侍御史、楊元老自給事中徙爲吏、兵侍郎，蓋以繳論之故。左用歇後語作絕句曰：「木易已爲工部侍，弓長肯作集英脩。如今臺省無楊、葉，豚犬超陞卒未休。」左居西湖上，好事請謁，人或畏其口，後竟終於布衣。

4. 季文子魏獻子

儗人必於其倫，後世之說也，古人則不然。魯季文子出一莒僕，而歷引舜舉十六相去四凶，曰：「舜有大功二十而爲天子，今行父雖未獲一吉人，去一凶矣，於舜之功二十之一也。」晉魏獻子爲政，以其子戊爲梗陽大夫，謂成鱄曰：「吾與戊也縣，人其以我爲黨乎？」鱄誦大雅文王克明克類、克長克君、克順克比，比于文王之句，而以爲九德不愆。勤施無私曰類，擇善而從之曰比。言：「主之舉也，近文德矣。」且季孫行父之視舜，魏舒之視文王，何啻天壤之不侔，而行父以自比，舒受人之誎不以爲嫌，乃知孟子所謂：「顏淵曰：『舜何人也？予何人也？有爲者亦若是。』」非過論也。

5. 尊崇聖字

自孔子贊易、孟子論善信之前，未甚以聖爲尊崇，雖詩、書、禮經所載亦然也。書稱堯、舜之德，但曰「聰明文思」，「欽明文思」，「濬哲文明」，「溫恭允塞」，至益之對舜，始有「乃聖乃神」之語。洪範「睿作聖」與「恭作肅，從作乂，明作哲，聰作謀」，同列於五事，其究但曰「聖時風若」，咎徵至以蒙爲對。「惟聖罔念作狂，惟狂克念作聖」，則以狂與聖爲善惡之對也。詩曰：「國雖靡止，或聖或否。」則以聖與否爲對也。下文「或哲或謀，或肅或乂」，蓋與五事略同。人之齊聖，不過「飲酒溫克」而已。左傳八愷，「齊、聖、廣、淵、明、允、篤、誠」，周官六德「知、仁、聖、義、忠、和」，皆混於諸字中，了無所異。以故魯以臧武仲爲聖人，伯夷、伊尹、柳下惠皆曰聖，而孟子以爲否。

6. 媵字訓

媵之義爲送, 春秋所書, 晉人衛人來媵, 皆送女也。楚辭九章云:「波滔滔兮來迎, 魚鱗鱗兮媵予。」其義亦同。周易咸卦象曰:「咸其輔頰舌, 滕口說也。」釋文云:「滕, 達也。」九家皆作乘, 而鄭康成、虞翻作媵, 而亦訓爲送云。

7. 周禮奇字

六經用字, 固亦間有奇古者, 然惟周禮一書獨多。予謂前賢以爲此書出於劉歆, 歆常從揚子雲學作奇字, 故用以入經。如法爲灋、柄爲枋、邪爲衺、美爲媺、呼爲嘑、拜爲撢、韶爲磬、怪爲傀、暴爲虣、獨爲箹、風爲飌、鮮爲鱻、槁爲薨、螺爲蠃、脾爲臡、魚爲歔、埋爲貍、吹爲龡、陔爲祴、暗爲讂、柝爲欜、探爲撢、翅爲翨、摘爲晢、駭爲駴、擊爲鼕、辜爲磔、捊爲掔、幂爲榠、藻爲薻、昊爲厏、叩爲敂、艱爲囏、魅爲彪、與夫盾、醲、胖、鱺、齍、胝、劀、酏、槀、虋、萏、鬻、柶、縓、皵、歟、鱳、棘之類, 皆他經鮮用, 予前已書之而不詳悉。若考工記之字, 又不可勝載也。

8. 大禹之書

夏書五子之歌, 述大禹之戒, 其前三章是也。禹之謨訓, 捨虞、夏二書外, 他無所載。漢藝文志雜家者流, 有大命三十七篇, 云:「傳言禹所作, 其文似後世語。」命, 古禹字也, 意必依倣而作之者, 然亦周、漢間人所爲, 今寂而無傳, 亦可惜也。

9. 隨巢胡非子

漢書藝文志墨家者流, 有隨巢子六篇, 胡非子三篇, 皆云墨翟弟子也。二書今不復存, 馬總意林所述, 各有一卷。隨巢之言曰:「大聖之行, 兼愛萬民, 疏而不絕, 賢者欣之, 不肖者憐之。賢而不欣, 是賤德也, 不肖不憐, 是忍人也。」又有「鬼神賢於聖人」之論, 其於兼愛、明鬼, 爲墨之徒可知。胡非之言曰:「勇有五等:負長劍, 赴榛薄, 折兕豹, 搏熊羆, 此獵徒之勇也; 負長劍, 赴深淵, 折蛟龍, 搏黿鼉, 此漁人之勇也; 登高危之上, 鵠立四望, 顏色不變, 此陶匠之勇也; 剔必刺, 視必殺, 此五刑之勇也; 齊桓威公以魯爲南境, 魯憂之, 曹劌匹夫之士, 一怒而劫萬乘之師, 存千乘之國, 此君子之勇也。」其說亦卑陬無過人處。

10. 別國方言

今世所傳楊子雲輶軒使者絕代語釋別國方言, 凡十三卷, 郭璞序而解之。其末又有漢成帝時劉子駿與雄書, 從取方言, 及雄答書。以予考之, 殆非也。雄自序所爲文, 漢史本傳但云:「經莫大於易, 故作太玄; 傳莫大於論語, 作法言; 史篇莫善於倉頡, 作訓纂;

箴莫善於虞箴，作州箴；賦莫深於離騷，反而廣之；辭莫麗於相如，作四賦。」雄平生所
爲文盡於是矣，初無所謂方言。漢藝文志小學有訓纂一篇。儒家有雄所序三十八篇，注
云：「太玄十九，法言十三，樂四，箴二。」雜賦有雄賦十二篇，亦不載方言。觀其答劉子
駿書，稱「蜀人嚴君平」，案君平本姓莊，漢顯帝諱莊，始改曰「嚴」。法言所稱「蜀莊沈冥」，
「蜀莊之才之珍」，「吾珍莊也」，皆是本字，何獨至此書而曰「嚴」。又子駿只從之求書，而
答云：「必欲脅之以威，陵之以武，則縊死以從命也。」何至是哉！既云成帝時子駿與雄
書，而其中乃云孝成皇帝，反覆抵牾。又書稱「汝、穎之間」，先漢人無此語也，必漢、魏
之際，好事者爲之云。

11. 縱臾

史記衡山王傳：「日夜從容王密謀反事。」 漢書傳云：「日夜縱臾王謀反事。」 如淳
曰：「臾讀曰勇，縱臾，猶言勉強也。」顏師古曰：「縱，音子勇反。縱臾，謂獎勸也。」揚
雄方言云：「食閻、慫慂，〔音與上同。〕勸也。南楚凡己不欲喜，而旁人說之，不欲怒，而旁
人怒之，謂之食閻，亦謂之慫慂。」今禮部韻略收入，漢注皆不引用。

12. 總持寺唐敕牒

唐世符帖文書，今存者亦少，隆興府城內總持寺有一碑，其前一紙，乾符三年洪州都督
府牒僧仲遷，次一紙中和五年監軍使帖僧神遇，第三紙光啓三年十一月中書門下牒江西
觀察使。其後列銜者二十四人，曰中書侍郎兼兵部尚書平章事杜孫能，門下侍郎兼吏部
尚書平章事孔緯，此後檢校左僕射一人，檢校司空二人，檢校司徒八人，檢校太保三人，檢
校太傅一人，檢校太尉三人，檢校太師一人，皆帶平章事著姓，太保兼侍中昭度不書韋字，
檢校太師兼侍中一人，太師兼中書令一人，皆不著姓，捨杜、孔、韋三正相之外，餘皆小
書使字，蓋使相也。後又有節度使鍾傳兩牒，字畫端勁有法，如士人札翰，今時臺省吏文
不能及也。嘉祐二年，雒陽人職方員外郎李上交來豫章東湖，見所藏眞蹟，爲辨之云：二
十一人者，乃張濬、朱玫、李福、李可擧、李罕之、陳敬瑄、王處存、王徽、曹誠、李
匡威、李茂貞、王重榮、楊守亮、王鎔、樂彥禎、朱全忠、張全義、拓拔思恭、時
溥、王鐸、高駢也。而注云：「見僖宗紀及實錄。」以予考之，自三相及拓拔、樂彥禎、
時溥、張濬、朱全忠、李茂貞諸人外，如李克用、朱瑄、王行瑜皆是時使相，不應缺，而
朱玫、王鐸、重榮、李福皆已死，所謂太師中書令者，史策不載，唯陳敬瑄檢校此官而
兼中令，最後者其是歟？ 它皆不復可究質矣。

13. 禁旅遷補

國朝宿衛禁旅遷補之制，以歲月功次而遞進者，謂之排連。大禮後，次年殿庭較藝，乘

興臨軒, 曰「推垛子」。其歲滿當去者, 隨其本資, 高者以正任團練使、刺史補外州總管、鈐轄, 小者得州都監, 當留者於軍職內陞補, 謂之轉員。唯推垛之日, 以疾不趁赴者, 爲害甚重。紹興三十二年四月, 予以右史午對, 時將有使事, 與上介張才甫同飯於皇城司。有一老兵, 幞頭執黑杖子, 拜辭皇城幹辦官劉知閤, 泣涕哽噎, 劉亦爲惻然。予問其故, 兵以杖相示, 滿其上皆揭記士卒姓名營屯事件, 云:「身是天武第一軍都指揮使, 曾立戰功, 積官至遙郡團練使, 今年滿當出職, 若御前呈試了, 便得正任使名, 而爲近郡總管。不幸小疾, 遂遭揀汰, 只可降移外藩將校, 在身官位一切除落, 方伏事州都監聽管營部轄。三十年勤勞, 一旦如掃, 薄命不偶, 至於如是。坐者同嘆息憐之。」案, 崇寧四年有詔, 諸班直誓備宿衛, 病告滿尚可療者, 殿前指揮使補外牢城指揮使, 蓋舊法也。

14. 六言詩難工

唐張繼詩, 今人所傳者唯楓橋夜泊一篇, 荊公詩選亦但別詩兩首, 樂府有塞孤一篇。而皇甫冉集中載其所寄六言曰:「京口情人別久, 揚州估客來疏。潮至潯陽回去, 相思無處通書。」冉酬之, 而序言:「懿孫, 予之舊好, 祗役武昌, 有六言詩見憶, 今以七言裁答, 蓋拙於事者繁而費。」冉之意, 以六言爲難工, 故衍六爲七, 然自有三章曰:「江上年年春早, 津頭日日人行。借問山陰遠近, 猶聞薄暮鐘聲。」「水流絕澗終日, 草長深山暮雲。犬吠雞鳴幾處, 條桑種杏何人?」「門外水流何處, 天邊樹繞誰家? 山絕東西多少, 朝朝幾度雲遮。」皆清絕可畫, 非拙而不能也。予編唐人絕句, 得七言七千五百首, 五言二千五百首, 合爲萬首。而六言不滿四十, 信乎其難也。

15. 杯水救車薪

孟子曰:「仁之勝不仁也, 如水勝火, 今之爲仁者, 猶以一杯水救一車薪之火也, 不熄, 則謂之水不勝火。」予讀文子, 其書有云:「水之勢勝火, 一勺不能救一車之薪; 金之勢勝木, 一刃不能殘一林; 土之勢勝水, 一塊不能塞一河。」文子, 周平王時人, 孟氏之言, 蓋本於此。

16. 詘一人之下

蕭何諫高祖受漢王之封, 曰:「夫能詘於一人之下, 而信於萬乘之上者, 湯、武是也。」六韜云:「文王在岐, 召太公曰:『吾地小。』太公曰: 天下有粟, 賢者食之; 天下有民, 賢者牧之。屈於一人之下, 則申於萬人之上, 唯聖人能爲之。』然則蕭何之言, 其出於此, 而漢書注釋諸家, 皆不曾引證。

17. 秦漢重縣令客

秦、漢之時，郡守縣令之權極重，雖一令之微，能生死人，故爲之賓客者，邑人不敢不敬。單父人呂公善沛令，辟仇從之客，沛中豪桀吏聞令有重客，皆往賀。謂以禮物相慶也。司馬相如游梁歸蜀，素與臨邛令王吉相善，來過之，舍於都亭。臨邛富人卓王孫、程鄭相謂 曰：「令有貴客，爲具召之，幷召令。」相如竊王孫女歸成都，以貧困復如臨邛，王孫杜門不出，昆弟諸公更謂王孫曰：「長卿人材足依，且又令客，奈何相辱如此！」注云：「言縣令之客，不可以辱也。」是時爲令客者如此。今士大夫爲守令故人，往見者雖未必皆賢，豈復蒙此禮敬。稍或戾於法制，微有干託，其累主人必矣。

18. 之字訓變

漢高祖諱邦，荀悅云：「之字曰國。惠帝諱盈，之字曰滿。」謂臣下所避以相代也。蓋「之」字之義訓變。左傳：「周史以周易見陳侯者，陳侯使筮之，遇觀之否。」謂觀六四變而爲否也。他皆倣此。

용재수필

1. 건씨 부자 蹇氏父子

건주보蹇周輔[1]가 강서江西와 복건福建의 차법茶法을 만들어 두 지방에 해를
끼쳤다. 그 아들 건서진蹇序辰[2]은 소성紹聖[3] 연간에 『원우장소안독元祐章疏案牘』
을 편찬할 것을 청하여, 상소문을 올린 사람들마다 한 질씩 만들어 이부二府에
두었다.[4] 이로 인해 사대부 중 화를 벗어날 수 있는 사람이 하나도 없었다.

이는 오히려 말할 거리도 되지 않는다. 원부元符 연간에는 황제의 상중에
풍악을 울리며 즐거움을 행하였다. 이후 소주蘇州 지주로 있을 때는 천녕절天寧
節[5]이 부친의 기일과 겹치자 하루 전날 연회를 마련하였고 천녕절 당일에는
풍악을 울리지 않았다. 이처럼 신하된 도의를 지키지 않았던 자는 세상에서
들어본 적이 없다.

- -

1 蹇周輔(1013~1088) : 북송의 대신. 자 반옹磻翁. 원풍元豊 초에 대리소경大理少卿이 되고,
삼사탁지부부사三司度支部副使로 옮겼으며, 거듭 승진하여 형부시랑刑部侍郎이 되었다. 철종哲宗
원우元祐 초에 강서江西와 복건의 염법鹽法 일에 연좌되어 이주지주利州知州로 쫓겨났다가 여주
廬州로 옮긴 뒤 죽었다.
2 蹇序辰 : 북송의 관료. 자 수지授之. 소성 연간, 기거랑起居郎, 중서사인中書舍人, 동수국사同修國
史에 임명되자 상소를 올려 사마광 등 구법당이 원우 연간 8년동안 제도와 법도를 어지럽혔
으니 그들의 장소안독章疏案牘을 수집하여 엮어낸다면 간신의 언행을 통해 후세를 경계시킬
수 있을 것이라 건의하였다. 그의 건의에 따라 원우 연간의 장소안독章疏案牘이 편찬되었다.
3 紹聖 : 북송 철종哲宗 시기 연호(1094~1098).
4 소성은 원우(1086~1094) 다음의 연호이다. 원우 8년(1092) 태왕태후 고씨가 세상을 떠나자
철종이 친정을 시작하였다. 태황태후의 국정간섭에 불만을 가졌던 철종은 연호를 '소성'으로
바꿈으로써 선황의 유지와 유업을 받들어 계승하겠다는 뜻을 표명하고, 장돈·증포·채변
·채경 등 신당파를 기용해 신법의 회복을 시도하였다. 이에 따라 신당은 구당에게 대대적인
보복을 가했고, 원우 초기의 대신들은 모두 유배되거나 좌천되었다.
5 휘종의 탄신일을 천녕절로 정했다.

2. 신비궁 神臂弓

신비궁神臂弓은 노유법弩遺法에서 나왔는데 고대에는 없었다. 희녕熙寧 원년 (1068), 이굉李宏이라는 백성이 처음으로 신비궁을 조정에 바쳤는데, 부도지副都知 장약수張若水가 궁노의 제조를 관리하도록 막 교지를 받았을 때였기에, 신비궁을 신종에게 바쳤다.

신비궁의 활은 산뽕나무로 몸통을, 박달나무로 활고자를, 쇠로 화살촉을, 구리로 방아쇠 장치를 만들고 마麻 끈으로 활시위를 만들었다. 활의 몸통은 3척 2촌, 활시위의 길이는 2척 5촌, 화살의 나무와 깃의 길이는 수數 촌, 발사거리는 240여 보로, 느릅나무에 쏘면 화살대 반이 박힌다. 신종은 보고서 매우 기뻐했다. 이리하여 신비궁을 제작하여 사용하게 되자 다른 활과 화살은 비할 바가 못 되었다.

소흥紹興 5년(1135), 한세충韓世忠[6]이 다시 신비궁을 더 크게 만들고 '극적궁克敵弓'이라 하였는데, 이것으로 금나라 군대와의 전쟁에서 크게 승리를 거두었다. 소흥 12년(1142) 과거 시험에서 고시관은 「극적궁명克敵弓銘」이라는 제목을 출제했다.

3. 칙·령·격·식 敕令格式

법령 문서에는 칙敕·령令·격格·식式 네 가지가 있다. 신종神宗은 성훈聖訓에서 이렇게 말했다.

> 미연에 금지하는 것을 칙敕이라 하고, 이미 발생한 후에 금지하는 것을 령令이라 하며, 만들어 두고 해당하는 일이 생기기를 기다리는 것을 격格이라 하며, 만들어 두고 그것을 본받게 하는 것을 식式이라 한다.

....

6 韓世忠(1089~1151) : 송대 명장. 자 양신良臣. 서하와 금나라의 격퇴와 지방의 반란을 제압하는데 큰 공을 세웠다. 화의和議에 반대하면서 진회秦檜가 나라를 그르친다고 상소하였으나 결국 파직되어 예천관사醴泉觀使로 쫓겨났고, 두문불출하면서 병사兵事에 대해 언급하지 않았다. 효종孝宗 때 기왕蘄王에 추봉되었고, 시호는 충무忠武이다.

무릇 태형笞刑과 장형杖刑·도형徒刑·유형流刑·사형死刑[7]의 형벌을 판결 받은
자는 구체적인 안건에서부터 단옥斷獄까지 12종류가 있다. 매 종류마다 형벌
의 명칭과 처벌의 경중을 설명해 두었는데 이것을 '칙敕'이라 한다. 품관品官에
서 단옥까지 35가지가 있는데 모두 속박하고 금지하는 것과 관련된 것으로
'령令'이라 한다. 범죄자의 신분이 관리인지 일반 백성인지에 따라 처벌의
경중도 달라진다. 어떤 경우는 배가 되고, 어떤 경우는 동일하게 처벌하며,
어떤 경우는 경감해 주어, 처벌 등급에 고하가 있으니 이를 '격格'이라 한다.
표주表奏와 장적帳籍·관첩關牒·부격符檄과 같이 정해진 체제와 격식이 있는
것들은 모두 '식式'이라 한다. 『원풍편칙元豊編敕』은 위의 분류를 그대로 사용하
였는데, 이후 비록 몇 차례 수정이 있었지만 대체로 이러한 체제를 그대로
답습하였다. 지금 '가녕假寧'[8] 항목에는 실제로 격이 수록되어 있다. 각종
공사의 문서와 통지를 모두 '식가式假'[9]라 칭하는데 이는 잘못된 것이다.

4. 안진경의 해학시 顔魯公戱吟

도연명陶淵明이 「한정부閑情賦」를 지어 여색女色의 뜻을 기탁했다. 소통蕭統[10]
은 이 부가 도연명 작품 중 백옥의 티라고 했다. 송경宋璟[11]의 「매화부梅花賦」에
대해 피일휴皮日休는 쇠 마음과 돌 심장을 가진 사람에게 이러한 풍류와
아름다움이 있을 줄 몰랐다며 칭송하였다.

．．．．．．．．．．．．．．．．．．．．．．．．．．．．

7 태형은 경범자를 소형장小荊杖으로 볼기·다리·등을 때리는 형벌이고, 장형은 대형장大荊杖으
  로 때린다. 도형은 중노동에 종사하게 하는 형벌이고, 유형은 유배를 말한다.
8 假寧 : 휴가를 내고 고향에 돌아가 부모님을 찾아뵙는 것이다.
9 式假 : 관원의 휴가를 말한다.
10 蕭統(501~531) : 육조시대 양나라의 소명태자昭明太子. 자 덕시德施. 남조南朝 양梁 무제 소연
  蕭衍의 장남으로 황태자가 되었으나, 즉위하기 전에 죽었다. 저서로 제齊·양나라의 대표적인
  시문을 모아 엮은 『문선文選』이 있다.
11 宋璟 : 당나라 현종 시기의 명재상. 자 광평廣平. 수령으로 가는 곳마다 백성에게 은혜를
  베풀어 사람들이 '유각지양춘有脚之陽春(두 다리로 걸어 다니는 봄)'이라 칭송했고, 시인 피일
  휴皮日休가 평하기를 '송광평은 강직하여 철장석심鐵腸石心(쇠 마음 돌 심장)인 줄 알았으나,
  그가 지은 매화부梅花賦를 보니 맑고 고와 그의 사람됨과는 다르다'라고 하였다.

안진경顏眞卿[12]의 『안노공집顏魯公集』에 7언 절구 네 수가 있는데, 제목은 「대언大言」·「낙어樂語」·「참어饞語」·「취어醉語」이다. 그 중 「낙어樂語」를 감상해보자.

고난을 견뎌낸 승려는 기뻐하고,	苦河既濟眞僧喜,
새로 사귄 벗들 가득 앉아 웃으며 바라보네.	新知滿坐笑相視.
변경을 지키러 갔던 객 돌아와 처자식을 만나고,	戍客歸來見妻子,
공부 마친 학생은 몰래 저잣거리를 향하네.	學生放假偷向市.

「참어饞語」는 다음과 같다.

떡 집고 손가락 핥기를 그칠 줄 모르고,	拈餤舐指不知休,
고기 굽는 옆에 서 있으니 침이 줄줄 흘러내린다.	欲炙侍立涎交流.
푸줏간 지나면서 입맛을 다시며 멋쩍어하고,[13]	過屠大嚼肯知羞,
음식점 문 밖에서 억지로 머뭇거리네.	食店門外強淹留.

「취어醉語」는 이러하다.

술지게미와 누룩을 만날 때마다 취하니,	逢糟遇麴便酩酊,
수레가 뒤집히고 말에서 떨어져도 깨지를 않네.	覆車墜馬皆不醒.
두건을 뒤집어 써 머리카락이 옷깃까지 내려오고,	倒著接䍦髮垂領,

··

12 顏眞卿(709~785) : 당나라의 저명한 서예가. 자 청신淸臣. 노군개국공魯郡開國公에 봉해졌기 때문에 안노공顏魯公이라고도 불린다. 현종·숙종·대종·덕종의 네 조대에서 관직을 지냈다. 과거에 급제하여 여러 관직을 지냈으나 재상 양국충楊國忠의 미움을 받아 한직인 평원태수平原太守로 좌천되었다. 755년 안녹산安祿山의 반란이 일어나자 이때 그는 상산常山 태수였던 사촌형 안고경顏杲卿과 함께 의병을 일으켜 싸웠다. 안고경은 안녹산에게 체포되어 처형당했으며 안진경은 불리한 전세에도 불구하고 항전을 계속하였다. 숙종肅宗에게 발탁되어 수도 장안에서 헌부상서憲部尙書 등 요직을 역임하였으나 환관과 권신들의 미움을 사 번번이 지방으로 좌천되었다. 784년, 회서淮西 절도사 이희열李希烈이 반란을 일으키자 당시 재상이었던 노기盧杞는 이 기회에 이희열의 손을 빌려 안진경을 죽이고자 하여 덕종에게 안진경을 파견할 것을 추천하였다. 결국 안진경은 이희열에게 죽임을 당했다.
13 過屠大嚼 : 『태평어람太平御覽』권391에 한나라 환담桓譚의 『신론新論』을 인용하여 "사람들이 장안의 좋은 음악을 들으면 문을 나와 서쪽을 향해 웃고, 고기 맛을 알면 푸줏간 문 앞에서 입맛을 다신다人聞長安樂, 則出門西向笑; 知肉美味, 則對屠門而大嚼"라고 했다. 후에 이 표현은 마음속으로는 간절히 바라지만 이루어질 수 없기 때문에 실제적이지 않은 방법으로 자신을 위로한다는 의미로 사용되었다.

횡설수설하니 아무도 함께하지 않네.　　　狂心亂語無人幷.

　안진경은 강직함과 곧음을 지켰는데 이런 시를 지었다니, 해학을 표현한
것인가? 그렇지만 의미가 상투적이고 여운이 없으니 안진경의 시가 아닐
것이라 의심된다.

5. 선대의 명칭을 사용한 연호 紀年用先代名

　당나라 덕종德宗은 건중建中[14]·흥원興元[15] 연간에 난亂이 일어나자, 따라잡을
수는 없지만 태종太宗 시기 정관貞觀 연간과 현종 개원開元 연간을 그리워하는
마음에 연호를 정원貞元으로 바꾸었다. 이는 정관과 개원에서 각각 한 글자씩
취하여 이 두 시기를 본받고자 하는 의도를 표현한 것이다.

　고종高宗 건염建炎의 연호는 북송 태조의 첫 번째 연호인 건륭建隆 시기를
본받고자 한 것이었으나, 두 번째 글자인 '炎염'은 출처가 없다.

　효종 이래 정원貞元 연간의 고사를 따랐다. 융흥隆興[16]은 건륭建隆과 소흥紹興
을, 건도乾道[17]는 건덕乾德과 지도至道를, 순희淳熙[18]는 순화淳化와 옹희雍熙를,
소희紹熙[19]는 소흥紹興과 순희淳熙를, 경원慶元[20]은 경력慶曆과 원우元祐를 취한
것이다.

6. '中舍중사'의 의미 中舍

　관제가 개편되기 전에는 중앙 관리로 처음 승진할 경우 경력이 있으면

14　建中 : 당나라 덕종 시기 연호(780~783).
15　興元 : 당나라 덕종 시기 연호(784년 정월~12월).
16　隆興 : 남송 효종 시기 연호(1163~1164).
17　乾道 : 남송 효종 시기 연호(1165~1173).
18　淳熙 : 남송 효종 시기 연호(1174~1189).
19　紹熙 : 남송 광종 시기 연호(1190~1194).
20　慶元 : 남송 영종 시기 연호(1195~1200).

태자중윤太子中允이 되고 경력이 없으면 태자중사太子中舍가 되었는데, 두 직책 모두 지금의 통직랑通直郎에 해당한다. 그런데 요새 사대부들은 이를 잘 모르고서 중서사인中書舍人을 중사中舍라 하니 가소롭다.

소순흠蘇舜欽[21]이 진주원進奏院[22]에 있을 때 관직館職[23]의 모임이 있었다. 어떤 중사中舍가 자리에 참석하고자 했다. 소순흠이 말했다.

> "음악에 쟁[箏]과 비파[琶]·피리[篳]·피리[笛]가 없는데, 자리에 어찌 국國·사舍·우虞·비比가 있겠습니까."

국은 국자박사國子博士를, 사는 중사中舍, 우는 우부虞部, 비는 비부원외比部員外와 비부랑중比部郎中을 말하는 것으로 모두 임자관任子官[24]이다.

7. 사면의 남용이 악행을 조장하다 多赦長惡

희녕熙寧 7년(1074), 가뭄이 들자 신종은 사면령을 내리려고 하였다. 그러나 당시 이미 두 차례나 사면을 시행한 상황이었기에 왕안석은 다음과 같이 건의했다.

> "탕왕湯王은 가뭄이 들자 여섯 가지 일로 자신을 책망하며 정사가 무절제하지 않았는가를 반성하였습니다. 만약 1년에 3번이나 사면을 행하게 된다면 이는 정사가 무절제한 것이지 재앙을 막는 것이 아닙니다."

결국 사면령을 내리지 않았다. 왕안석의 평생 지론은 남들과 견해를 달리하는 것이 많았는데, 이러한 관점은 아주 공정한 것이었다.

....

21 蘇舜欽(1008~1048) : 북송 시기 문인. 자 자미子美, 호 창랑옹滄浪翁.
22 進奏院 : 당송 시기 관서 명칭. 각 주州와 진鎭의 관원들이 경사에 왔을 때 머무르는 곳으로 이곳에서 장주章奏, 조령詔令 등 각종 문서의 상주와 하달을 관장한다. 송나라 시기에는 문하성에 속했으며 급사중이 주로 관장하였다.
23 館職 : 당송 시기 소문관昭文館과 사관史館·집현원集賢院에서 수찬修撰과 편집 교정의 업무를 맡는 관직을 말한다.
24 任子官 : 임자란 부형父兄의 공적으로 관직을 수여받는 것을 말한다.

최근 6년 동안 국가의 경사스런 일이 있을 때마다 대대적인 사면이 여러 번 시행되었다. 무주婺州의 부자인 노조교盧助敎는 가혹한 착취로 집안을 일으켰는데 소작농의 집에 갔다가 소작농 부자父子 네 사람에게 잡히는 봉변을 당하였다. 그들은 노조교를 절구 안에 처 넣고 살이 다 뭉개지도록 찧어버렸다. 관부에서는 이들을 국문하여 하옥시켰으나 기유己酉년(1189)에 특별 사면 되었다. 그들은 다시 노씨 집 대문에 와서 웃으며 그를 욕했다.

"노조교는 왜 소작세를 거두러 다니질 않나?"

이 일은 몹시 원통한 일이다. 그러나 고을에서는 이를 황제에게 아뢰지 못했다.

소희紹熙 갑인년(1194)에도 4차례나 사면이 시행되어, 흉악한 도적들과 살인을 행한 자들을 하나도 죽이지 않고 은혜를 베풀어 악을 조장하니, 어찌 정치에 보탬이 되겠는가?

8. 재판에 대해 조정에서 결정을 내리다 奏讞疑獄

지방 주군州郡에서 진상이 확실하지 않은 재판에 대해 조정에 상주하면, 조정에서 이에 대해 논의하여 결정을 내리도록 하는데, 이는 조정의 큰 은혜이다. 그러나 범죄의 경중과 해악, 그리고 도리에 부합하는지의 여부를 묻지 않고 모두 방임하는 것은 법의 기강을 무너뜨리는 것이다.

경연년耿延年이 강동江東의 제점提點[25]이 되어 형옥을 관장하였는데 오로지 사형수를 전부 살리는데 주력하였으니 그 마음은 선량한 것이었다. 그러나 남강南康 부인이 그 남편을 모살한 것이 증거가 확실한데도, 경연년은 그녀의 목숨을 구해주고자 하였고 도리어 이 안건을 심사한 관리가 죄를 입었다.

내가 공주贛州에 있을 때 한 병사가 외읍外邑으로 달아나 깊은 산 속에서

25 提點 : 송대에 설치한 관명으로 제거提擧·검점檢點의 의미이다. 사법司法과 형옥刑獄을 관장한다.

농민을 살해했다. 후에 살해된 농민의 형은 범인을 알았으나 소송비를 낼 수 없음을 걱정하여 그 시체를 태워버렸다. 그래서 사건이 폭로되고 범인은 체포되었지만, 살인을 할 때의 증거가 없었고 시체도 조사를 하지 못했기 때문에, 심리 후 형시^{刑寺}에서는 외지로 보내어 복역하라는 판결이 내려졌다. 나는 칙문을 내려 보내지 않고 다시 심리할 것을 상주하였는데, 판결이 나기 전에 병사가 옥중에서 죽어버렸다.

원풍^{元豊} 연간에 또 이런 일이 있었다. 선주^{宣州}에 섭원^{葉元}이라는 백성이 있었는데, 같이 사는 형이 그의 아내와 간통하는 바람에 형을 죽였고 형의 아들까지 죽였다. 그리고 부친과 형수를 협박하여 관가에 고발하지 않겠다는 각서를 받아냈다. 이웃에서 그 일을 고발하였고 마을에서는 동정론이 일어나 황제에게 관대한 처분을 부탁하였다. 심형원^{審刑院}에서도 그의 죄를 용서해 줄 것을 청하였다. 그러나 신종은 다음과 같이 말했다.

> "간음죄를 지은 자는 이미 죽었고 그가 간음을 했다는 것도 섭원의 입에서만 나온 것이니 이것으로 형의 죄를 단정 짓기는 부족하다. 백성이 비록 무지하여 법령을 어긴 것은 가엾지만 아내를 사랑한다고 해서 그 형과 조카를 죽이고 아비를 협박한 것은 천리를 거스르고 인륜을 해친 것이다. 형을 구타하여 죽음에 이르게 한 법으로 판결해야 한다."

신종의 뜻이 영명하다 할 수 있다.

9. 의원직 임용의 남발 醫職冗濫

신종^{神宗}은 관제를 정비하면서 의관^{醫官}을 설립하고 정원을 4명으로 제한하였다. 그러나 휘종 선화^{宣和26} 연간에 이르자 화안대부^{和安大夫}에서 한림의관^{翰林醫官}까지 모두 117인, 직국^{直局}에서 지후^{祗候}까지가 979인이었으니 관리 임용의 남발이 이와 같았다. 선화 3년(1121) 5월에 처음으로 조서를 내려 대부^{大夫}

26 宣和 : 북송 휘종 시기 연호(1119~1125).

20명과 낭郎 30명으로 정하고, 의효醫效는 지후祗候까지 300명을 정원으로 하였다. 정원 외의 사람들은 다른 직업으로 바꿀 필요는 없었으나 관원이 될 수 없게 하였고, 먼 곳의 의원직은 원풍元豊 연간의 구제를 따르게 하였다. 그러나 결국 이들은 모두 실행되지 못했다.

건도乾道 3년(1167) 정월, 수용의관隨龍醫官 · 평화대부平和大夫 · 계주階州 단련사團練使[27] 반유潘佑가 태의국太醫局에 지시하여 능성能誠과 같이 자신들에게도 지급해 줄 것을 청하였다. 나는 당시 서액西掖[28]에 있었기에 능성能誠의 모든 지출 상황을 잘 알고 있었다. 능성은 화안대부和安大夫 · 담주潭州 관찰사觀察使[29]였기 때문에 달마다 쌀과 보리 백 여 석碩과 수백천의 돈을 청구하였고, 봄과 겨울에 입는 면과 견은 다른 사람의 열배였다. 그래서 나는 반유의 요구가 받아들여지도록 호부戶部에 명하여 전례대로 지급해 줄 것을 청하는 상주문을 올렸다. 효종께서 성유聖諭를 내려 말씀하셨다.

> "어찌 반유만 합당한 대우를 받지 못할 수 있겠느냐. 아울러 능성은 그러한 대우를 더 이상 누리지 못하도록 하라."

그날로 효종께서 친히 비준 하시어, 능성이 이미 받았던 진봉眞俸[30]의 교지를 바로잡고, 그를 의관국醫官局에서 파면하였다.

----

27 團練使 : 당나라 숙종 시기에 모든 도道에 단련사를 설치하여 큰 곳은 10주를, 작은 곳은 3, 5주의 군정을 담당하였다. 그러나 송대에는 실제 직무가 없었으며 주로 무신의 기록관 역할을 담당하였다. 원풍元豊 연간 종5품에 해당하였다.

28 西掖 : 중서성中書省을 가리킨다.

29 觀察使 : 당나라 중기 절도사를 설치하지 않은 강남과 영남의 각 도에서 최고 장관에 해당하는 관직으로 군정과 민정을 총괄하였다. 송나라에서는 각 주에 두었으나 대부분이 무신과 종실의 기록관으로 실제 직무는 없었다. 원풍 연간 이전에는 4품이었고, 이후에는 정5품이었다.

30 眞俸 : 송대의 봉록 제도에는 '진봉眞俸'과 '차감借減'이 있었다. '차감'은 규정된 액수의 전액이 아니라 조금 감소된 금액을 지급하는 것이고, '진봉'은 규정에 따라 전액을 지급하는 것이다. 남송 효종 시기 특별한 교지가 있지 않고서는 대부분 '차감'이었다. 예를 들어 절도사는 매달 400관貫을 지급해야 하는데 200관이었고, 쌀은 150석石이었으나 20석만 지급하였다.

10. 절각 切脚語

글자의 음音을 '절각切脚'[31]으로 부르는데 간혹 관부의 문서 가운데에서도 찾아볼 수 있다. 蓬봉의 독음을 勃籠발롱이라 하고, 槃반의 음을 勃闌발란, 鐸탁을 突落돌락, 叵파를 不可불가, 團단을 突欒돌란, 鉦정을 丁寧정녕, 頂정을 滴顙적녕, 角각을 矻落골락, 蒲포를 勃盧발로, 精정을 卽零즉령, 螳당을 突郎돌낭, 諸저를 之乎지호, 旁방을 步廊보랑, 茨자를 蒺藜질려, 圈권을 屈攣굴련, 錮고를 骨露골로, 窠과를 窟駝굴타라고 하는 것들이다.

11. 당나라 시기 관직 수여 문서 唐世辟寮佐有詞

당나라의 절도사節度使와 관찰사觀察使는 수하 관리 선발부터 주군州郡의 속관에게 관직을 수여하는 것까지 모든 글을 사륙문四六文으로 썼는데, 대략 고사告詞와 비슷하다. 이상은李商隱의 『번남갑을집樊南甲乙集』과 고운顧雲의 『편고編稿』, 나은羅隱의 『상남잡고湘南雜稿』에 모두 사륙문이 수록되어있다. 그래서 한유韓愈의 「송석홍부하양막부서送石洪赴河陽幕府序」에 "글을 짓고 말과 재물을 갖춘다撰書辭, 具馬幣"고 한 것이다.

이조李肇의 『국사보國史補』에 애주崖州에서 전임 재상 위집의韋執誼에게 군사 아추軍事衙推의 직무를 맡게 하였을 때의 사륙문이 수록되어 있는데, 지금 이부吏部의 공문 처리와는 다르다. 전무숙錢武肅이 진鎭에 있을 때 공문을 내려 종정한鍾廷翰을 안길주부安吉主簿에 임명하면서 이렇게 지었다.

> 회남淮南과 진해鎭海·진동鎭東 등의 군軍 절도사에게 명한다. 장사랑將仕郎 시비서성교서랑試秘書省校書郎 종정한鍾廷翰은 이전에 문관으로서 소양을 함양하여 일찍부터 승진하였다. 삽수霅水에 거주하며 오랫동안 고생을 겪으면서도 청렴하고 신중하게 규정을 준수하여 온화하고 공경하는 도리를 보여주었다. 지금 인재를 채용하고자 논의를 하고 있는데 안길의 수하 관원 중 마침 주부(印曹)의 자리가

31 切脚 : 음을 쪼개는 원리로 독음을 표기하는 방식으로 반절反切이다.

결원되어 사람을 보내 맡도록 하기를 희망하니, 종정한에게 그 일을 하도록 하여 나라에 온 힘을 다할 수 있게 하기를 바란다. 만일 그가 보좌에 뛰어난 재능이 있음을 안다면 어찌 파격적인 승진이라고 인색하게 말할 수 있겠는가? 이 일은 안길현安吉縣의 주부主簿를 맡길 수 있는 사람을 찾는 것이기에, 이 첩문을 쓴다. 정명貞明 2년 3월일."

첩牒의 뒤에는 직함이 있다.

　　　사使·상보尙父·수상서령守尙書令·오월왕吳越王 수결[押]

　　이 첩은 지금 왕순백王順伯의 집에 소장되어 있다. 글씨체가 법도에 맞고 단정하지만 문장은 장서기掌書記가 지은 것이라 아주 잘 쓴 것은 아니고 도장도 없다. '주부主簿'를 '인조印曹'라 한 것이 훌륭하다.

12. 고자윤의 알자 高子允謁刺

　　왕순백王順伯은 옛 현인의 묵첩을 매우 많이 소장하고 있다. 그 중에 「고자윤제공알자高子允諸公謁刺」[32]가 있는데, 모두 16명으로 시공미時公美·서진보徐振甫·여중余中[33]·공심보龔深父·원기녕元耆寧[34]·진관秦觀[35]·황정견黃庭堅·장뢰張耒[37]·조보지晁補之[38]·사마강司馬康[39]·이성계李成季·섭도葉濤[40]·황도부黃道

32　謁刺 : 알현할 때 사용하는 명함.
33　余中 : 신종神宗 희녕熙寧 6년(1073) 장원급제했으며, 국자직강國子直講과 호주湖州와 양주杭州의 지주知州를 지냈다.
34　元耆寧 : 북송의 관료. 신종 때 참지정사를 지낸 원강元絳의 아들로, 숭문원교서崇文院校書·관각교감館閣校勘 직을 역임했다.
35　秦觀(1049~1100) : 북송의 문인. 자 소유少遊, 태허太虛, 호 회해거사准海居士. 양주揚州 고우高郵 출신. 고문古文과 시에 능하였고 특히 사詞에 뛰어났다. 황정견黃庭堅·장뢰張耒·조보지晁補之 등과 함께 '소문蘇門 4학사四學士'로 일컬어졌다.
36　黃庭堅(1045~1105) : 자 노직魯直, 호 산곡山谷. 홍주洪州 분녕分寧(지금의 강서성江西省 수수현修水縣) 출생. 송대 저명 시인으로 강서시파의 시조이며, 화가와 서예가로서도 명성이 높다.
37　張耒(1054~1114) : 북송의 시인. 자 문잠文潜, 호 가산柯山. 초주楚州 회음淮陰 사람으로, 태상소경太常少卿 등의 벼슬을 지냈으나, 정치적으로 소식을 따랐기 때문에 일찍이 좌천당하

夫・요명략廖明略・팽여려彭汝礪・진상도陳祥道[41]이다. 모두 원우元祐 4년(1089)의 중앙 관료들인데 팽여려만 중서사인中書舍人이고 나머지는 모두 관직館職[42]이다.

명함에는 관직이나 마을, 성명을 쓰거나 혹은 이름만 쓴 것도 있는데 모두 손으로 썼다. 또 주인의 자字를 넣기도 하고 동사同舍・존형尊兄의 명목이 포함되기도 했다. 그 풍류와 기운이 종이 위에 그대로 전달되어 마치 공손하게 절을 올리는 듯하니, 후대 사대부들이 일률적으로 필리筆吏에게 대필하여 작성한 것과는 다르다.

충혜공忠惠公 채양蔡襄의 첩도 두 장 있다. 하나는 '채양이 자석 형님의 안부를 묻고자 초하루 아침에 삼가 뵈옵니다[襄奉候子石兄起居, 朔旦謹謁]', 또 하나는 '채양이 홍주 소경학사와 헤어지며[襄別洪州少卿學士]'라고 써 있다. 앞의 것이 30년 앞서는 것이다.

13. 비문 쓰는 것을 사양한 채양 蔡君謨書碑

구양수의 「채군모묘지蔡君謨墓志」[43]에 이런 내용이 있다.

● ● ● ● ● ● ● ● ● ● ● ● ● ● ● ● ● ● ● ●

였다. 시부詩賦 등 문학에 뛰어났고, 황정견黃庭堅・조보지晁補之・진관秦觀과 함께 '소문사학사蘇門四學士'로 불렸다.

38 晁補之(1053~1110) : 북송의 사인詞人. 자 무구無咎, 17살 때 아버지를 따라 항주 일대를 유람하면서 그곳의 경치를 묘사한 「전당칠술錢塘七述」을 지었다. 이 글을 소식에게 보이자 소식이 자신은 그만 못하다고 탄식해 유명해져 소식의 제자가 되었는데, 진관秦觀・황정견黃庭堅・장뢰張耒 등과 함께 '소문 4학사'로 일컬어졌다. 서화와 시문・산문에 두루 뛰어났다.

39 司馬康(1050~1090) : 북송의 관료. 자 공휴公休. 사마광의 큰 형인 사마단司馬旦의 아들로, 사마광의 아들인 동童과 당唐이 모두 요절한 후 사마광의 양자가 되었다. 사마광이 『자치통감資治通鑑』을 편찬할 때 승사랑承事郞으로 검열문자檢閱文字 직을 담당했다.

40 葉濤(1050~1110)) : 북송의 시인. 자 치원致遠. 왕안석의 동생인 왕안국王安國의 사위이다.

41 陳祥道(1053~1093) : 북송의 관료. 자 용지用之・우지祐之. 영종 치평 4년(1067)에 진사급제하여, 국자감직강國子監直講과 관각교감館閣校勘・태상박사太常博士・비서성정자秘書省正字를 역임했다. 삼례三禮(『예기禮記』・『주례周禮』・『의례儀禮』)의 학문에 뛰어났으며, 왕안석을 스승으로 모셨다.

42 館職 : 소문관昭文館, 사관史館, 집현원集賢院 등에서 편찬과 교정의 일을 담당하는 관직을 지칭한다.

공은 서화에 뛰어났으나 스스로 아껴 다른 사람에게 함부로 글씨를 써 주지 않았다. 인종황제께서 특별히 공의 서화를 좋아하셔 친히 「원구농서왕비문元舅隴西王碑文」을 짓고 조서를 내려 채공에게 쓰도록 하셨다. 그 후 인종황제는 또 학사에게 명하여 「온성황후비문溫成皇后碑文」을 짓게 하고 칙서를 내려 채공에게 쓰도록 하였는데 채공은 사양하며 이렇게 말했다. "이는 대조待詔가 할 일입니다."

국사國史의 채양 본전에 수록되어 있는 것도 구양수가 쓴 묘지명을 인용한 것이다. 최근 채양이 구양수에게 써준 글씨 첩을 보았는데 이런 내용이 있었다.

> 일전에 영광스럽게도 황상을 모시고 있을 때 황상께서 지으신 비문과 황궁 및 관서의 제방題榜을 쓰라는 성지가 있었습니다. 또한 공적이 있는 가문에서는 제게 글씨를 쓰도록 조정에서 조서를 내려 달라는 청을 하기도 했었습니다. 요새 비문을 쓰면 이익이 있지만 만약 조정의 명이라면 담당 관리가 있으니 이는 대조待詔가 할 일입니다. 대조와 이익을 다투는 것이 가하겠습니까? 때문에 극구 사양한 것입니다.

사양할 수 있는 것은 사양하고 사양할 수 없는 것은 사양하지 않는다는 것이다. 이리하여 채양의 뜻을 이해할 수 있게 되었다. 비록 훈공이 있는 집안에서 조정에서 명을 내어 글씨를 쓰게 해 줄 것을 청하여도 그것을 사양하였으니 「온성비溫成碑」만 그러했던 것이 아니었다. 채양의 맑고 강직한 마음을 후세 사람들이 알지 못할까 여기에 기록해둔다.

14. 양섭 부자 楊涉父子

당나라 양섭楊涉[44]은 온화하고 진중한 사람이었다. 애제哀帝 시기, 이부시랑

용재삼필 권16

---

43 蔡君謨 : 채양蔡襄(1012~1067)을 가리킨다. 자 군모君謨. 송대 저명 서예가로 소식蘇軾·황정견黃庭堅·미불米芾과 함께 송대 4대가로 꼽힌다.

44 楊涉 : 조부와 부친이 재상과 병부시랑을 지낸 명문 집안 출신으로 진사에 급제한 후 소종 시기 이부상서가 되었고 애제가 즉위하자 중서시랑, 동중서문하평장사에 임명되었다. 당나라 멸망 후 후량後梁을 섬겨 문하시랑, 동중서문하평장사를 지냈으나 자리에 있는 3년 동안 정권에 순종하기만 하면서 아무 시책도 행하지 않아 해임되어 좌복야左僕射가 되었다.

에서 재상으로 임명되었다. 당시 주전충^{朱全忠45}이 국정을 장악하고 있었는데 양섭은 자신이 재상에 임명되었다는 것을 듣고 가족들과 함께 울면서 그의 아들 양응식^{楊凝式}에게 말했다.

"이는 우리 집안의 불행이다. 필히 너에게까지 연루될 것이다."

2년 후, 주전충이 제위를 찬탈하자 양섭은 국새를 압송해 오는 사신이 되었다. 아들인 응식이 말했다.

"아버님은 당나라의 재상이었기에 지금 당 왕조가 이와 같은 지경이 된 것에 잘 못이 없다고 할 수 없습니다. 하물며 손수 천자의 옥새를 다른 사람에게 넘겨주 었으니, 비록 부귀영화를 보존할 수 있다 하더라도 천년 이후의 사람들에게 어찌 하려 하십니까? 어찌 관직을 사양하지 않으십니까?"

양섭은 크게 놀라 말했다.

"네가 우리 집안을 망치려 하느냐!"

이 때문에 마음과 낯빛이 며칠 동안 편치 않았다. 이 양섭이라는 사람은 막 재상에 임명되었을 때 그 아들에게 "이는 우리 집안의 불행이다"라는 말을 했었지만, 국보를 가지고 반역을 했을 때는 아들이 그만둘 것을 청하자 놀랐으니 어찌하여 앞뒤가 이리도 맞지 않는단 말인가? 비겁한 사람은 잃을 것을 두려워하며 백마^{白馬}의 화^禍에 겁을 먹고,[46] 양심을 버려 육신^{六臣}[47]의 반열에 들었으니 부끄러운 줄을 모르는 것이다. 양응식은 그 부친이

45 朱全忠(852~912) : 본명 주온^{朱溫}. 오대^{五代} 후량^{後梁}의 건국자(재위 907~912). 당나라 말기 '황소의 난'에 가담하였으나 형세의 불리함을 간파하고 관군에 항복, 정부로부터 '全忠' 이라는 이름을 하사받고 반란의 잔당을 평정하여 그 공으로 각지의 절도사를 겸하는 등 화북 제일의 실력자가 되었다. 이후 양^梁나라를 세우고 당 왕조를 멸망시켰다.

46 백마의 화 : 천우^{天祐} 2년(905), 주전충은 측근이었던 이진^{李振}의 부추김에 활주^{滑州} 백마역^{白馬} ^驛(지금의 하남성^{河南} 활현^{滑縣})에서 하룻밤에 좌복야^{左僕射} 배구^{裴樞}, 신임 청해군^{淸海軍} 절도사 독고손^{獨孤損}, 우복야 최원^{崔遠}, 이부상서 육의^{陸扆}, 공부상서 왕부^{王溥} 등 30여명의 '청류^{淸流}'를 죽여 시신을 강에 던졌다. 이를 '백마지화'라 한다.

47 六臣 : 당 말의 여섯 간신으로 장문위^{張文蔚}·양섭^{楊涉}·설이구^{薛貽矩}·소순^{蘇循}·장책^{張策}·조광

지조를 잃은 것에 상심하여 마음의 병을 구실로 오대五代 열 두명의 군주를 거치는 동안 제정신이 아닌 척 하며 출사하지 않았으니, 현명하다 할 수 있다.

15. 부처 가슴의 '卍만'자 佛胸卍字

『법원주림法苑珠林』에 부처가 처음 태어났을 때를 이렇게 서술하였다.

> 가슴 앞에 만卍자가 열리고 발 아래 천 개의 바퀴를 밟고 있었다.

또 「점상부占相部」에는 이런 내용이 있다.

> 여래불如來佛은 지고의 진인으로 항상 가슴 앞에 자연스런 만卍자가 생겨난다. 대인상大人相[48]은 예전의 세계에서 더럽고 탁하고 선하지 않은 행실을 모두 없앴기 때문이다.

내가 쓴 『이견정지夷堅丁志』[49]에 채경蔡京[50]의 가슴 글자에 대한 내용이 있다.

> 채경이 죽은 후 42년이 지나 이장을 하는데 피부와 살이 다 사라졌는데 오직

························

봉趙光逢이다. 이들은 『신오대사新五代史·당육신전唐六臣傳』에 수록되어 있다.

48 大人相 : 부처가 갖추고 있다는 32가지 뛰어난 신체적 특징을 말한다.

49 『夷堅志』: 홍매가 60여년에 걸쳐 쓴 필기소설집. 민간에서 일어난 이상한 사건이나 괴담을 모은 책으로, 당시의 사회, 풍속 따위의 자료가 풍부하다. '이견夷堅'이라는 명칭은 『열자列子·탕문湯問』에 『산해경山海經』의 고사에 대해 "우임금은 돌아다니면서 보았고, 백익은 알아보고서 이름을 붙였으며 이견은 듣고서 기록하였다大禹行而見之, 伯益知而名之, 夷堅聞而志之」"라는 대목에서 유래하였다. 초지初志·지지支志·삼지三志·사지四志로 구성되며, 각 지志는 갑甲·을乙·병丙·정丁의 순서로 되어 있다. 모두 420권이었으나 지금은 약 절반만 전한다.

50 蔡京(1047~1126) : 북송北宋 말기의 재상, 서예가. 자 원장元長. 휘종 시기 환관 동관童貫의 도움으로 52세에 재상이 된 뒤, 전후 4회에 걸쳐 16년을 재상 자리에 있었다. 금나라와 동맹하여 요遼를 멸망시킨 것은 그의 공적이지만, 휘종에 아첨하여 사치를 권하고, 재정을 궁핍에 몰아넣었으며 증세 강행하여 민심의 이반을 초래하였다. 금나라가 침입하고 흠종欽宗이 즉위하자 국난을 초래한 6적賊의 우두머리로 몰려 실각, 해남도인 담주儋州로 유배되어 가던 도중 병사하였다.

가슴 위에 희미하게 '卍'자가 일어나 있었다. 높이는 2푼 정도 되는데 칼로 새긴 것 같았다.

바로 이것과 같다. 채경처럼 나라를 망친 간사한 사람이 이런 상서로운 징표를 가지고 있다니 이해할 수가 없다. 하늘이 무너지고 땅이 갈라지고 나라가 망하는 것은 정해진 운명이 있다. 그러므로 이 이상한 요물이 만들어져 종묘사직의 화가 된 것이 아니겠는가?

16. 소환의 시 蘇渙詩

두보杜甫는 「증소환시서贈蘇渙詩序」에서 이렇게 말했다.

> 대시어大侍御 소환蘇渙[51]은 조용한 것을 좋아한다. 강가에 머무르면서 오랫동안 주부州府의 빈객들과 교류하지 않고 관계를 모두 끊고 지냈다. 강가에서 가마를 타고 지나가다가 갑자기 이 노부를 방문하였기에 근자에 지은 시를 암송해 줄 것을 부탁하자 몇 수를 기꺼이 읊어주었다. 재능과 패기가 있고 시구는 감동적이며 생각이 물처럼 샘솟고 목소리는 우레와 같다. 글 상자와 지팡이까지도 은은하게 금석의 소리를 내는 듯하다. 8운을 읊어 의외의 수확을 기록하고 노부가 소환 시의 지극함에 탄복하였음을 기록한다.

시에 이런 구절이 있다.

신작을 암송하는 것을 들어보니,	再聞誦新作,
황초 연간의 시[52]보다 뛰어나네.	突過黃初詩.

· ·

51 蘇渙 : 사천四川사람으로 두보杜甫와 같은 시대이지만 조금 뒤이다. 처음에는 무술을 익혀 쇠뇌 쏘기에 능하여 파주巴州사람들이 노척弩躑(쇠뇌 쏘기에 뛰어난 자)이라 칭했다. 후에 이전의 무술을 버리고 글을 배워서 급제하여 시어사侍御史까지 올랐다. 나중에 호남관찰사湖南觀察使 최관崔瓘을 보좌해 종사從事가 되었다. 최관이 살해당하자 교交와 광廣으로 달아나 가서황哥舒晃과 함께 반란을 일으켰다가, 패하여 살해당했다. 『전당시』에 시 4수가 실려 있다.

52 黃初 : 시체詩體의 하나. 건안建安 풍격을 갖고 있다. 건안과 황초는 삼국시기 위나라의 연호로 시체의 풍격이 비슷하다.

또 「기배도주병정소환시어寄裴道州幷呈蘇渙侍御」[53]라는 시가 있다.

편지를 써 배도주에게 주어 　소환에게 보여주게 하니,	附書與裴因示蘇,
이 생애 이미 다른 사람의 도움 　필요함이 부끄럽네.	此生已媿須人扶.
임금을 요순처럼 되게 하려던 희망을 　그대들에게 부탁하니	致君堯舜付公等,
일찌감치 요로에 의지하여 　나라 위해 목숨 바칠 생각하게나.	早據要路思捐軀.

두보가 소환의 시를 상당히 높게 평가했다는 것을 알 수 있다. 『당서唐書·예문지藝文志』에 소환의 시가 한 권 있다고 기록되어 있다.

소환은 소시적 약탈을 좋아하고 흰 쇠뇌[白弩]를 즐겨 사용했기에 파촉巴蜀의 상인들은 그를 골칫거리라 여겨 '백척白蹠'이라 부르며 장교莊蹻에 비유했다.[54] 이후 행실을 고치고 책을 읽어 진사에 급제했다. 호남湖南 최관崔瓘의 막료에서 일하다가, 교주交州와 광주廣州로 가서 가서황哥舒晃과 모반을 일으킨 일로 주살되었다.

이러하다면 소환은 결코 조용한 은자가 아니다. 소환이 광주廣州에 있을 때 「변율시變律詩」 19수를 지어 광주부廣州府의 우두머리에게 바쳤다. 첫 수는 다음과 같다.

누에길러 흰 실 만드는데,	養蠶爲素絲,
잎을 다 먹어도 누에는 자라지를 않네.	葉盡蠶不老.
광주리 기울이고 텅빈 침상 마주하니,	傾筐對空床,
이 마음 누구에게 말하나.	此意向誰道.
한 여인이 짜지 못하면,	一女不得織,
만 명 사내들이 추위에 떨어야 하고,	萬夫受其寒,
한 사내가 뜻을 얻지 못하면,	一夫不得意,

．．．．．．．．．．．．．．．．．．．．．．．．．
53 이 시는 두보가 세상을 떠나기 1년 전 배규裴虬가 도주자사에 임명되었다는 소식을 듣고 자신의 희망과 이상을 그에게 기탁하는 내용이다.
54 白蹠, 莊蹻 : 고대 중국의 대도大盜인 진秦의 도척盜蹠과 초楚의 장교莊蹻.

온 세상이 어려움에 처하게 된다네.	四海行路難.
화는 큰 것에 있지 않고,	禍亦不在大,
화는 앞에 있지 않다네.	禍亦不在先.[55]
세상살이 맹문처럼 험난하니,[56]	世路險孟門,
노력하세나.	吾徒當勉旃.

둘째 수는 이러하다.

독벌이 집을 지어,	毒蜂一巢成,
나쁜 나무 높은 곳에 매달렸네.	高掛惡木枝.
행인은 백보 밖에서,	行人百步外,
보기만 해도 혼비백산.	目斷魂爲飛.
장안 대로변에,	長安大道邊,
탄환을 든 것은 누구 집 아이인가?	挾彈誰家兒?
손에 황금 탄환을 가지고,	手持黃金丸,
시위를 당김에 주저하지 않네.	引滿無所疑.
한발이 명중해서 부셔져 내리니,	一中紛下來,
비바람같이 벌레가 일어,	勢若風雨隨.
온 몸에 만 번의 침을 맞은 듯,	身如萬箭攢,
정신없이 뛰어다니네.	宛轉送所之.
악을 미워하는 마음만 가지고	徒有疾惡心,
어찌 그 징조를 몰랐는가.	奈何不知機.

이 두 시를 보면 그의 사람됨을 알 수 있다. 두보가 소환에게 시를 주면서 의외의 수확을 기록한다 했지만 이는 다른 곳의 기재와 다르다. 아마 다른 뜻이 있었을 것이다.

17. 새해 후 8일 歲後八日

『동방삭점서東方朔占書』에 새해 후 8일이 있는데 1일은 닭의 날[雞], 2일은

....

55 『전당시』에는 "福亦不在先"로 되어있다.
56 孟門 : 산명山名. 지금의 하남성河南省 휘현輝縣 서쪽. 춘추 시기 진晉나라의 요지로 좁은 길[隘道]이다."

용재수필

개의 날[犬], 3일은 돼지의 날[亥], 넷째를 양의 날[羊], 다섯째를 소의 날[牛], 여섯째를 말의 날[馬], 일곱째가 사람의 날[人], 여덟째가 곡식의 날[穀]이다. 날이 맑게 개이면 그 날의 생물이 왕성하게 되고, 날이 흐리면 그 날의 생물에 재앙이 있게 된다. 두보의 「인일량편人日兩篇」에 다음과 같은 구절이 있다.

정월 초하루에서 인일인 7일까지, 　　　　　元日到人日,
흐리지 않을 때가 없다.[57] 　　　　　　　未有不陰時.

이 구절이 바로 그런 의미이다. 8일은 곡식의 날이니 더욱 중요하다. 이를 아는 사람이 드물기에 여기에 적어둔다.

18. '焉언'자의 활용 門焉闔焉

『좌전左傳』은 '門焉문언'이라는 표현을 자주 썼다. 예를 들면 다음과 같다.

진문공이 조나라를 포위하고 문에 맹공을 퍼부었다.[晉侯圍曹, 門焉.][58]
제경공이 용읍을 포위했다. 노포취괴가 성문을 공격했다.[齊侯圍龍, 盧蒲就魁門焉.][59]
오나라가 소읍을 공격할 때 오왕이 성문 안으로 진입하였다[吳伐巢, 吳子門焉.][60]
핍양 사람이 성문을 열자 제후들의 군사가 성 안으로 쳐들어갔다.[偪陽人啟門, 諸侯之士門焉.][61]

그리고 '門문'을 사용한 또 다른 문장도 있다.

채나라 공손편은 두 발의 화살을 들고 문에 있었다.[蔡公孫翩以兩矢門之.][62]
정나라의 사지량문을 공격했다.[門于師之梁.][63]

<hr>

57 『동방삭점서』에 의하면 그 날이 맑으면 생육生育에 좋고 흐리면 재앙災殃이 든다고 한다.
58 『좌전·희공 28년』.
59 『좌전·성공 2년』.
60 『좌전·양공 25년』.
61 『좌전·양공 10년』.
62 『좌전·애공 4년』.

양주의 성문을 공격했다.[門于陽州].64

『공양전公羊傳』에도 보인다.

집 대문을 들어갔으나 사람이 없었다. 규방으로 들어갔으나 규방에도 사람이 없었다. 마루에 올라가봤으나 사람이 없었다.[入其大門, 則無人門焉者 ; 入其閨, 則無人閨焉者 ; 上其堂, 則無人焉.]65

이 또한 여운이 있는 뛰어난 표현이다. 하휴何休는 맨 마지막의 "당무인언堂無人焉"의 아래에 다음과 같은 주석을 달았다.

'焉언'자만 말한 것은 말을 매듭짓는 것이다. 마루에 지키는 사람이 없었으므로 '焉者언자'라고 쓰지 않은 것이다.[但言焉, 絕語辭, 堂不設守視人, 故不言焉者.]

하휴의 엄정한 학문으로 언어의 깊은 의미를 모두 이해할 수 있었다.

19. 군주·현주 남편의 관직 郡縣主婿官

송나라 종실에서 단면袒免66의 먼 친척 여식이 시집을 갈 때, 사위가 백신인白身人이라면 글을 아는 자는 장사랑將仕郎이 되고, 그렇지 않으면 승절承節·승신랑承信郎이 된다. 아내가 죽더라도 남편의 관직은 전과 같이 유지된다.

당나라 정원貞元67 연간 회택현주懷澤縣主의 남편 검교찬선대부檢校贊善大夫 두극소竇克紹가 문서를 올려 말했다.

....

63 『좌전·양공 9년』.
64 『좌전·정공 8년』.
65 『공양전公羊傳·선공宣公 6년』.
66 袒免 : 웃통을 벗고 관을 쓰지 않는 것. 고대 상례에서 오복五服의 범주를 벗어나는 먼 친척은 상복에 대한 규정이 없기 때문에 웃옷을 벗어 왼쪽 팔을 드러내고 관을 벗고 머리를 묶고 폭이 한 마디[寸]짜리 천으로 턱부터 이마까지, 다시 상투까지 둘러 애도의 뜻을 표한다.
   ○ 五服 : 상喪을 당했을 때 죽은 사람과의 혈통 관계의 원근에 따라 다섯 가지로 구분되는 유교의 상복제도喪服制度. 3년 상복의 참최斬衰, 1년 상복의 자최齊衰, 9개월 상복의 대공大功, 5개월 상복의 소공小功, 3개월 상복의 시마緦麻가 있다.

67 貞元 : 당나라 덕종德宗 시기의 연호(785~805).

신은 근래 국친이었기 때문에 과분한 관직과 후한 봉록을 받았습니다. 그러나 현주縣主가 세상을 떠나자 신의 관직이 폐지되었습니다. 신이 검교관檢校官에 임명되기 전에 본래 관직이 있었으니 관련 부분에 칙서를 내리시어 이전의 직함인 무주婺州 사호참군司戶參軍으로 복귀할 수 있도록 해 주십시오.

덕종은 조서를 내렸다.

그가 전근하도록 허락하라. 그리고 담당 관리들에게 예전 정규관의 상황을 참조하여 경력에 따라 그의 관직을 정하도록 하라. 지금부터 종실의 군주와 현주의 남편은 부모의 상을 제외하고는 정규관을 지냈으나 검교관이 받는 봉록과 요전의 지급이 정지된 사람은 이 규정대로 처리하도록 하라.

송나라에서는 종실의 딸이 죽어도 사위의 관직은 삭탈하지 않았으니 은혜가 당나라보다 후하였다.

소흥紹興[68] 연간, 고사굉高士轟이 가짜 복국장공주福國長公主[69]에게 장가를 들어 관직이 관찰사觀察使에 이르렀다. 일이 발각되어 공주는 주살되었으나, 고사굉은 예전의 관직을 유지하였으니 후대하였다고 할 수 있다.

20. 악부시의 비유 樂府詩引喻

제齊 · 양梁이래로 시인들은 「자야사시가子夜四時歌」 같은 악부를 지을 때 앞 구절은 비흥比興으로 비유를 하고, 뒷 구절에서 실제의 상황을 설명하였다.

용재삼필 권16

. . . .

68 紹興 : 남송 고종高宗 시기 연호(1131~1162).
69 福國長公主 : 유복柔福은 북송 흠종의 딸로 흠종을 따라 금金 나라로 잡혀갔는데, 건염建炎 4년(1130)에 한 여인이 궐문闕門에 찾아와 유복이라 자칭하며 "오랑캐 땅에서 도망해 돌아왔다."고 하였다. 늙은 궁녀宮女를 보내어 그 모습을 살펴보게 하니, 과연 적실하고 궁중의 옛일을 물으니 대략 말하나, 다만 발이 너무 큰 것을 의심하자 그 여인은 "금나라 사람들이 짐승 떼 몰듯하여 맨발로 만리 머나먼 길을 걸어왔으니 어찌 옛 모습이 있을 수 있겠는가?'라고 하였다. 고종高宗은 이에 측은히 여겨 의심하지 않고 조서詔書를 내려 궁중으로 들어오게 하고 복국장공주福國長公主라고 이름하였으며, 고세영高世榮에게 출가시켰는데 혼수婚需의 경비가 1만 8천 민緡에 이르렀다. 소흥紹興 12년에 현인태후顯仁太后가 돌아오자 유복이 오랑캐 땅에서 죽은 것을 비로소 알게 되었고, 가짜 유복 행세를 했던 여인은 극형에 처해졌다.

당나라의 장호張祜와 이상은李商隱·온정균溫庭筠·육구몽陸龜蒙이 그런 방식을
많이 사용했는데, 4구로 이루어진 절구絶句들은 모두 그런 체제를 사용했다.
여기에 대략적으로 소개해보겠다.

절구로는 다음과 같은 것들이 있다.

높은 산에 부용 심고,	高山種芙蓉,
다시금 황벽나무 마을 지나네.	復經黃蘗塢.
연을 하나도 구하지 못하고,	未得一蓮時,[70]
이리저리 떠돌며 고생하네.	流離嬰辛苦.[71]
창밖에 산소[72]가 서 있으니,	窓外山魈立,
그 다리가 많지 않은 걸 알지.	知渠脚不多.
한밤 중 베틀 아래,	三更機底下,
만져지는 것은 누구의 북인가.	模著是誰梭.[73]
회수에는 비가 없을 수 있지만,	淮上能無雨,
고개 돌리면 언제나 그리움.	回頭總是情.
청포 돛 짜지 못했으니,	蒲帆渾未織,
어찌 기쁜 만남을 이룰 수 있을까.	爭得一歡成.[74]

2구로 이루어진 구절은 아래와 같다.

· ·

70 『악부시집』에는 '果得一蓮時'로 되어있다. '蓮'은 '戀(사랑)'과 쌍관어이다.
　○ 쌍관어雙關語 : 어떤 글자에 음이 같은 다른 글자의 뜻이 더해져 이중의 뜻을 가지는
　　글자.
71 「子夜歌」.
　○ '蓮'은 '憐'과 쌍관어이고, '黃蘗'은 맛이 '쓰다辛苦'는 의미이다.
72 山魈 : 전설 속의 동물. 당나라 『광이기廣異記』에 산소에 대한 기록이 있다. "남령南嶺의
　남쪽 산중에 많이 산다. 다리가 하나이며 발과 발꿈치가 거꾸로 있고, 손과 발은 세 갈래이
　다. 수컷은 '산공山公', 암컷은 '산고山姑'라고 한다. 산 속에서 사람과 만나면 산공은 금전을
　요구하고, 산고는 연지[脂]와 백분白粉을 요구하는데, 인간이 그 요구에 응하면 산공이나
　산고가 자신들의 영역권 내에서 호위해준다."
73 「讀曲歌」.
　○ 상해고적上海古籍출판사 판본 및 기타 본에는 '模'자가 '摸'자로 되어있다. 의미상 '摸'자로
　　보는 것이 더 순통하다.
74 육구몽陸龜蒙, 「山陽燕中郊樂錄」.

| 바람 불면 연잎 움직이니, | 風吹荷葉動, |
| 연이 움직이지 않는 밤이 없구나. | 無夜不搖蓮. |

| 날실 없이 씨실만 부질없이 짜고 있으니, | 空織無經緯, |
| 베를 만들기 어렵다네. | 求匹理自難.[75] |

| 기약을 어겨 헤진 두루마기를 불태우지만, | 圍棋燒敗襖, |
| 그대를 그리워하는 마음 여전하네. | 著子故依然.[76] |

| 실 매만지고 짜던 베틀 오르지만, | 理絲入殘機, |
| 한 필도 이루지 못할 줄 뉘 알았으리. | 何悟不成匹. |

| 문 열어두고 빗장 걸지 않았으니, | 攤門不安橫, |
| 더 이상 관심이 없다는 뜻. | 無復相關意. |

| 황벽나무 봄 향해 되살아나고, | 黃蘗向春生, |
| 고심은 날마다 늘어나네. | 苦心日日長.[77] |

| 밝은 등 빈 바둑판을 비추니, | 明燈照空局, |
| 아득하니 기약이 없네. | 悠然未有期.[78] |

| 옥으로 탄기彈棋[79] 판 만들었는데, | 玉作彈棋局, |

---

75 '匹'은 직물의 길이에 사용하는 양사이면서 짝을 의미하기도 한다. '求匹'은 짝을 구한다는 의미로 해석할 수도 있다.

76 '圍棋'는 '기약을 어기다違期'와 쌍관이다. '故依然'은 '古衣燃(옛날 옷을 태워버리다)'와 쌍관이 되므로 윗 구절의 '燒敗襖'와 통한다. '著子'는 '바둑 알을 놓는다'는 의미와 '그대를 그리워한다'는 의미로 해석될 수 있다.

77 「子夜四時歌·春歌」.

78 「子夜歌」.
  ○ 이 시는 윗 구절의 '빈 바둑판空局'과 아랫구절의 '期'가 '棋'와 연결된다. 아래 구절은 '油燃未有棋'로 되어있는 판본도 있다. '아득하니 기약은 없네'는 '기름은 타는데 바둑알은 없네'와 완전히 쌍관이 된다.

79 彈棋 : 고대의 박희와 같은 놀이인데, 한 나라 성제때 시작되었다고 한다. 두 사람이 대국하여 각각 흑백 여섯 개의 바둑돌로써 먼저 상대방의 여섯 개 돌을 튕겨 맞추는 자가 승리하였다. 『서경잡기』에 의하면 "한성제는 공을 차는 축국을 좋아하였지만 군신이 축국을 하는 것은 몸을 수고롭게 하는 것이라 지존이 하기에 마땅하지 않다고 여겼다. '비슷하면서도

가운데가 평평하지 않네.　　　　　　　　　　中心最不平.[80]

가위가 눈 아래 가로놓여 있는데,　　　　　翦刀橫眼底,
눈물은 자르기 어려움을 깨닫는다.　　　　　方覺淚難裁.[81]

뜰 앞 대추나무 가운데를 갈라,　　　　　　中劈庭前棗,
낭군에게 붉은 마음 보게하리.　　　　　　　敎郞見赤心.[82]

길고 긴 냉이 가지,　　　　　　　　　　　千尋葶藶枝,
길고 긴 쓴맛 어찌할까.　　　　　　　　　　爭奈長長苦.[83]

거미줄 짜는 것을 근심스럽게 바라보며,　愁見蜘蛛織,
날 밝을 때까지 생각하네.　　　　　　　　　尋思直到明.[84]

두 개의 등불 모두 다 되니,　　　　　　　雙燈俱暗盡,
어찌 할까나 모두 기름이 없으니.　　　　　奈許兩無由.[85]

한밤에 비석을 새기고,　　　　　　　　　三更書石闕,[86]
그대 생각하며 한밤에 구슬피 우네.　　　　憶子夜啼悲.[87]

부용은 속이 시들어가고,　　　　　　　　芙蓉腹裏萎,
그대에 대한 연민 마음에서 일어나네.　　憐汝從心起.[88]

. . . .

힘들지 않은 것을 아뢰어라'라고 명하였고 결국 탄기라는 유희가 만들어지게 되었다"고
한다.
80 이상은, 「柳枝五首」 제2수.
81 張祜, 「蘇小小歌三首」 제2수.
82 장호, 「蘇小小歌三首」 제3수.
83 장호, 「自君之出矣」.
84 장호, 「讀曲歌五首」 제1수.
85 「독곡가讀曲歌」.
　○ '雙'은 '兩과 '燈盡'은 '無油'와 연결되며, '無油'는 '無由'와 음이 같다.
86 石闕 : 옛날 묘도墓道 밖 좌우에 석궐을 세워놓고, 거기에 죽은 이의 관작과 이름을 새겼다.
87 「독곡가讀曲歌」.
　○ 삼경三更은 '夜'와 석궐石闕은 '碑'와 연관이 있다. 『악부시집』의 원문은 "憶子夜啼碑"이다.
　　'碑'는 '悲'와 동음이다.
88 「독곡가讀曲歌」.

아침에 저녁 소의 자취를 보니,　　　　　　朝看暮牛跡,
지난 밤 눈물 흔적 알겠네.　　　　　　　　知是宿啼痕.[89]

머리빗고 황천에 가서야,　　　　　　　　　梳頭入黃泉,
둘로 나뉘어 죽을 생각이네.　　　　　　　　分作兩死計.

슬픔이 입에서 솟구치는데,　　　　　　　　石闕生口中,
재갈을 문 듯 슬퍼 말할 수 없네.　　　　　銜悲不能語.[90]

누에가 고치가 되지 못하고,　　　　　　　　桑蠶不作繭,
밤낮으로 길게 실에 매달려있네.　　　　　　晝夜長懸絲.[91]

이러한 것들이다.

육구몽에게 「풍인시風人詩」[92] 4수가 있다.

10만 전체 군사가 출정하여,　　　　　　　十萬全師出,
멀리서도 그대를 그리워함을 알겠네.　　　遙知正憶君.
한 마음 서맥[93]과 같으니,　　　　　　　一心如瑞麥,
길게 두 갈래로 나뉘어졌네.　　　　　　　長作兩歧分.

그루터기 베어 아침 불떼는데 쓰니,　　　破蘖供朝爨,
이 고생을 알아야만 하리.　　　　　　　　須知是苦辛.

　○ 『악부시집』의 원문은 "蓮汝從心起"로, '蓮'은 '憐'과 쌍관이며, '芙蓉'은 '夫容(그대의 얼굴)'
　　과 쌍관이다.
89 「독곡가讀曲歌」.
　○ 『악부시집』의 원문에는 "知是宿蹄痕"으로 되어있다. '발자국[蹄痕]'은 '눈물자국[啼痕]'과
　　쌍관이다.
90 『악부시집』에는 "銜碑不得語"로 되어있다.
　○ '碑'와 '悲'는 음이 같다. '銜碑'는 '含悲'와 통한다.
91 「七日夜女歌九首」 제5수.
　○ '懸絲'는 '懸思[그리워하다]'와 음이 같다.
92 「풍인시風人詩」: 고대 민가民歌의 한 종류로 '풍인체風人體'라고도 한다. 육조의 악부 「자야子
　　夜」, 「독곡讀曲」등의 언어는 대부분 쌍관어로 의미를 표현한다. 윗 구절을 아랫 구에서 해석
　　하는 방식으로 구성되어 있다.
93 瑞麥: 한 그루에 많은 이삭이 열리거나, 다른 그루에서 같은 이삭이 열리는 것으로 길조를
　　의미한다.

새벽 하늘 사라져가는 별을 바라보니,　　　　曉天窺落宿,
누가 홀로 깨어있는 사람을 알랴.　　　　　　誰識獨醒人.

해뜰 녘 한 쌍의 신을 생각하고,　　　　　　旦日思雙屨,
밝을 때 빨리 만나기를 바라네.　　　　　　　明時願早諧.⁹⁴
사독⁹⁵을 그릴 수는 있으나,　　　　　　　　丹靑傳四瀆,
표현하기 어려운 가을 그리움.　　　　　　　難寫是秋懷.

새로 깃발을 바꾸었다고 들었으니,　　　　　聞道更新幟,
예전의 기약은 무효가 되겠죠.　　　　　　　多應廢舊期.⁹⁶
출정한 장수의 옷 다듬이질 할 아내 없이,　征衣無伴搗,
홀로 지내니 절로 슬퍼지네.　　　　　　　　獨處自然悲.

피일휴^{皮日休}가 육구몽에게 화답한 시 3수가 있다.

돌에 이별의 한 새기니,　　　　　　　　　　刻石書離恨,
이별 후의 슬픔을 이루네.　　　　　　　　　因成別後悲.
봄 누에가 얇다고 말하지 말게,　　　　　　莫言春蠒薄,
만 겹의 심사가 있으니.　　　　　　　　　　猶有萬重思.⁹⁷

은장도에 장식을 새겨,　　　　　　　　　　鏤出容刀飾,
좋아하는 이 만나도 웃기 힘드네.　　　　　親逢巧笑難.
시인이 찬 노리개를 보니,　　　　　　　　　目中騷客佩,
넘치는 눈물 어쩔 수 없네.　　　　　　　　　爭奈卽闌干.

강 위에 가을 소리 일어나니,　　　　　　　江上秋聲起,
따라 오는 파도가 이름을 얻었네.　　　　　從來浪得名.
역풍에 오히려 돛을 올려도,　　　　　　　　逆風猶挂席,
슬프게도 돛을 올린 그 마음 알지 못하네.　苦不會凡情.⁹⁸

....

94 '諧'는 신발을 의미하는 '鞋'와 동음이다.

95 四瀆 : 장강^{長江}·황하^{黃河}·회하^{淮河}·제수^{濟水}의 합칭.

96 '舊期'는 '舊旗^{헌 깃발}'와 동음으로 윗 구절의 '新幟^{새 깃발}'와 대를 이룬다.

97 '思'는 '絲'와 음이 같다.

98 『피일휴집』에는 '苦不會帆情'으로 되어있다.
　　ㅇ '凡'은 '帆'과 동음이며 윗 구절의 '掛席'과 대를 이룬다.

용재수필

유채춘劉采春은 이렇게 노래했다.[99]

부엌의 꼬치가 아니거늘,	不是廚中串,
구워지는 마음을 어찌 알리.	爭知炙裏心.
우물가에서 떨어뜨린 은팔찌,	井邊銀釧落,
엎치락 뒤치락 한스러움 더욱 깊어지네.	展轉恨還深.
조릿대에 납을 입혀 홍촉을 만드니,	幹蠟爲紅燭,
정말로 자유롭지 않음을 아네.	情知不自由.
얇은 실 비스듬히 거미줄을 엮지만,	細絲斜結網,
얽어지지 않는 것을 어찌하나.	爭奈眼相鉤.

윗 구에서 비유적으로 표현하고 아랫 구에서 실제적 정황을 설명하는 것이 더욱 명확하다. 7언시에서도 가끔 그러한 표현 수법이 보인다. 예를 들면 다음과 같다.

동녘에서는 해가 돋고 서녘에서는 비가 오니,	東邊日出西邊雨,
흐린 날이라 해야 하나 맑은 날이라 해야 하나.	道是無情又有情.[100]
영롱한 주사위에 박힌 붉은 점,	玲瓏骰子安紅豆,
뼈에 사무치는 그리움을 아는지 모르는지.	入骨相思知也無?[101]
합환한 복숭아 씨 원망스럽네,	合歡桃核眞堪恨,
속에는 원래 다른 사람이 있었네.	裏許元來別有人.[102]

····························

99　『전당시全唐詩』에 의하면 이 시는 배성裴誠의 시이다. 유채춘劉采春은 당나라 시기 강남의 여성 예인藝人이다. 원진元稹이 월주자사越州刺史 · 절동관찰사浙東觀察使를 지내던 시기에 그녀의 재주를 높이 평가했었다.
100　劉禹錫, 「竹枝詞二首」 제1수.
　　○『유우석집』 원문은 "道是無晴還有晴"이다.
101　溫庭筠, 「新添聲楊柳枝辭二首」(혹은 「南歌子詞」) 제2수.
　　○『온정균집』 원문은 "入骨相思知不知"이다.
102　溫庭筠, 「新添聲楊柳枝辭二首」 제1수.
　　○ 여기서의 '人'은 씨를 의미하는 '仁'과 해음이다. 복숭아 씨 안에 있는 '복숭아 씨의 알맹이 [桃仁]'는 여기서 다른 한 사람이 있다는 의미로 해석될 수 있다.

근세의 비루한 사詞들 중 「일락삭一著索」 같은 것들이 대체로 이러한 격식을 모방하였는데, 의미는 참신하지만 너무 속된 것이 안타깝다. 그러나 재능 있는 선비가 아니라면 할 수 없는 것이다. 세상에 널리 알려진 소식의 시 한 수를 살펴보자.

연자를 쪼개면 연자 알이 보이고,   蓮子擘開須見薏,
바둑을 다 두고 나니 바둑알이 없네.   楸枰著盡更無棋.
찢어진 적삼은 다시 바느질 할 수 있는데,   破衫卻有重縫處,
한 끼 밥 어찌 숟가락을 잊어본 적이 있겠는가.   一飯何曾忘卻匙.[103]

글과 의미가 한 구절에 드러나니 앞의 것들과 비할 바가 아니다. 소식의 문집에는 이 시가 수록되어 있지 않다.

103 「席上代人贈別」.
  ○『소식시집』원문에는 "蓮子擘開須見臆, 楸枰著盡更無期, 破衫卻有重逢處, 一飯何曾忘卻時"로 되어있다. 이 시는 매 구절마다 쌍관의 의미를 활용하였다. 첫 구의 '薏'는 '臆[마음]'과, 둘째구의 '棋'는 '期[기약]'와, 셋째구의 '縫'은 '逢[만남]'과, 넷째구의 '匙'는 '時[시간]'와 쌍관이다.

508

1. 蹇氏父子

蹇周輔立江西、福建茶法，以害兩路。其子序辰在紹聖中，乞編類元祐章疏案牘，人爲一帙，置在二府。由是搢紳之禍，無一得脫。此猶未足言，及居元符邊密中，肆音樂自娛。後守蘇州，以天寧節與其父忌日同，輒於前一日設宴，及節日不張樂。其無人臣之義如是，蓋舉世未聞也。

2. 神臂弓

神臂弓出於弩遺法，古未有也。熙寧元年，民李宏始獻之入內，副都知張若水方受旨料簡弓弩，取以進。其法以檿木爲身，檀爲弰，鐵爲蹬子鎗頭，銅爲馬面牙發，麻繩札絲爲弦，弓之身三尺有二寸，弦長二尺有五寸，箭木羽長數寸，射二百四十餘步，入楡木半笴。神宗閱試，甚善之。於是行用，而他弓矢弗能及。紹興五年，韓世忠又侈大其制，更名「克敵弓」，以與金虜戰，大獲勝捷。十二年詞科試日，主司出克敵弓銘爲題云。

3. 敕令格式

法令之書，其別有四，敕、令、格、式是也。神宗聖訓曰：「禁於未然之謂敕，禁於已然之謂令，設於此以待彼之至謂之格，設於此使彼效之謂之式。」凡入笞杖徒流死，自例以下至斷獄十有二門，麗刑名輕重者，皆爲敕；自品官以下至斷獄三十五門，約束禁止者，皆爲令；命官庶人之等，倍全分釐之給，有等級高下者，皆爲格；表奏、帳籍、關牒、符檄之類，有體制模楷者，皆爲式。元豐編敕用此，後來雖數有修定，然大體悉循用之。今假寧一門，實載於格，而公私文書行移，並名爲式假，則非也。

4. 顏魯公戲吟

陶淵明作閑情賦，寄意女色，蕭統以爲白玉微瑕。宋廣平作梅花賦，皮日休以爲鐵心石腸人而亦風流豔冶如此。顏魯公集有七言聯句四絕，　其目曰大言、樂語、嚵語、醉語。於樂語云：「苦河既濟眞僧喜，新知滿坐笑相視。戒客歸來見妻子，學生放假偸向市。」嚵語云：「拈饐舐指不知休，欲炙侍立涎交流。過屠大嚼肯知羞，食店門外強淹留。」醉語云：「逢糟遇麴便酩酊，覆車墜馬皆不醒。倒著接䍦髮垂領，狂心亂語無人

並。」以公之剛介守正而作是詩，豈非以文滑稽乎！然語意平常，無可咀嚼，予疑非公詩也。

5. 紀年用先代名

唐德宗以建中、興元之亂，思太宗貞觀、明皇開元爲不可跂及，故改年爲貞元，各取一字以法象之。高宗建炎之元，欲法建隆而下字無所本。孝宗以來，始一切用貞元故事。隆興以建隆、紹興，乾道以乾德、至道，淳熙以淳化、雍熙，紹熙以紹興、淳熙，慶元以慶曆、元祐也。

6. 中舍

官制未改之前，初升朝官，有出身人爲太子中允，無出身人爲太子中舍，皆今通直郎也。近時士大夫或不能曉，乃稱中書舍人曰中舍，殊可笑云。蘇子美在進奏院，會館職，有中舍者欲預席，子美曰：「樂中既無箏、琵、篳、笛，坐上安有國、舍、虞、比。」國謂國子博士，舍謂中舍，虞謂虞部，比謂比部員外、郎中，皆任子官也。

7. 多赦長惡

熙寧七年旱，神宗欲降赦，時已兩赦矣。王安石曰：「湯旱，以六事自責，曰政不節與？若一歲三赦，是政不節，非所以弭災也。」乃止。安石平生持論務與衆異，獨此說爲至公。近者六年之間，再行覃霈。婺州富人盧助教，以刻核起家，因至田僕之居，爲僕父子四人所執，投置杵臼內，搗碎其軀爲肉泥，既鞠治成獄，而遇己酉赦恩獲免。至復登盧氏之門，笑侮之，曰：「助教何不下莊收穀？」茲事可爲冤憤，而州郡失於奏論。紹熙甲寅歲至於四赦，凶盜殺人一切不死，惠奸長惡，何補於治哉！

8. 奏讞疑獄

州郡疑獄許奏讞，蓋朝廷之仁恩。然不問所犯重輕及情理蠹害，一切縱之，則爲壞法。耿延年提點江東刑獄，專務全活死囚，其用心固善。然南康婦人謀殺其夫甚明，曲貸其命，累勘官翻以失入被罪。予守贛，一將兵逃至外邑，殺村民於深林，民兄後知之，畏申官之費，卽焚其尸，事發係獄，以殺時無證，尸不經驗，奏裁刑寺輒定爲斷配。予持赦不下，復奏論之，未下而此兵死於獄。因記元豐中，宣州民葉元，以同居兄亂其妻而殺之，又殺兄子，而彊强父與嫂約契，不訟於官。鄰里發其事，州以情理可憫，爲上請。審刑院奏欲貸，神宗曰：「罪人已前死，奸亂之事，特出於葉元之口，不足以定罪，且下民雖爲無知，抵冒法禁，固宜哀矜。然以妻子之愛，既殺其兄，仍戕其姪，又罔其父，背逆天理，傷敗人倫，宜以毆兄至死律論。」此旨可謂至明矣。

9. 醫職冗濫

神宗董正治官, 立醫官, 額止於四員。及宣和中, 自和安大夫至翰林醫官, 凡一百十七人, 直局至祇候凡九百七十九人, 冗濫如此。三年五月, 始詔大夫以二十員, 郎以三十員, 醫效至祇候, 以三百人爲額, 而額外人免改正, 但不許作官戶, 見帶遙郡人並依元豐舊制, 然竟不能循守也。乾道三年正月, 隨龍醫官、平和大夫、階州團練使潘攸差判太醫局, 請給依能誠例支破。邁時在西掖, 取會能誠全支本色, 因依誠係和安大夫、潭州觀察使, 月請米麥百餘碩, 錢數百千, 春冬綿絹之屬, 比他人十倍, 因上章極論之, 乞將攸合得請給, 令戶部照條支破。孝宗聖諭云:「豈惟潘攸不合得, 并能誠亦合住了。」即日, 御筆批依, 仍改正能誠已得眞俸之旨, 旋又罷醫官局。

10. 切脚語

世人語音有以切脚而稱者, 亦間見之於書史中, 如以蓬爲勃籠, 槃爲勃闌, 鐸爲突落, 叵爲不可, 團爲突欒, 鉦爲丁寧, 頂爲滴顙, 角爲矻落, 蒲爲勃盧, 精爲卽零, 螳爲突郎, 諸爲之乎, 旁爲步郎, 茨爲蒺蔾, 圈爲屈攣, 錮爲骨露, 窠爲窟駝是也。

11. 唐世辟寮佐有詞

唐世節度、觀察諸使, 辟置寮佐以至州郡差掾屬, 牒語皆用四六, 大略如告詞。李商隱樊南甲乙集、顧雲編稿、羅隱湘南雜稿皆有之。故韓文公送石洪赴河陽幕府序云:「撰書辭, 具馬幣。」李肇國史補載崖州差故相韋執誼攝軍事衙推, 亦有其文, 非若今時只以吏牘行遣也。錢武肅在鎭牒鍾廷翰攝安吉主簿云:「敕淮南、鎭海、鎭東等軍節度使, 牒將仕郎試祕書省校書郎鍾廷翰, 牒奉處分, 前件官儒素修身, 早昇官緒, 寓居雪水, 累歷星霜, 克循廉謹之規, 備顯溫恭之道。今者願求錄用, 特議掄材, 安吉屬城印書闕吏, 俾期差攝, 勉效公方, 儻聞佐理之能, 豈恡超昇之獎!事須差攝安吉縣主簿牒擧者, 故牒。貞明二年三月日。」牒後銜云:「使、尙父、守尙書令、吳越王押。」此牒今藏於王順伯家, 其字畫端嚴有法, 其文則掌書記所撰, 殊爲不工, 但印記不存矣。謂主簿爲印曹, 亦佳。

12. 高子允謁刺

王順伯藏昔賢墨帖至多, 其一曰高子允諸公謁刺, 凡十六人:時公美、徐振甫、余中、龔深父、元者寧、秦少游、黃魯直、張文潛、晁無咎、司馬公休、李成季、葉致遠、黃道夫、廖明略、彭器資、陳祥道。皆元祐四年朝士, 唯器資爲中書舍人, 餘皆館職。其刺字或書官職, 或書郡里, 或稱姓名, 或只稱名, 既手書之, 又斥主人之字, 且有同舍、尊兄之目, 風流氣味, 宛然可端拜, 非若後之士大夫一付筆吏也。蔡忠惠公帖亦有其二, 一曰「襄奉候子石兄起居, 朔旦謹謁」;一曰「襄別洪州少卿學士」。蓋又在前帖三十

年之先也。

13. 蔡君謨書碑

歐陽公作蔡君謨墓志云：「公工於書畫，頗自惜，不妄與人書。仁宗尤愛稱之，御製元舅隴西王碑文，詔公書之。其後命學士撰溫成皇后碑文，又敕公書，則辭不肯，曰：『此待詔職也。』」國史傳所載，蓋用其語。比見蔡與歐陽一帖云：「曏者得侍陛下清光，時有天旨，令寫御撰碑文，宮寺題牓。至有勳德之家，干請朝廷出敕令書。襄謂近世書寫碑誌，則有資利，若朝廷之命，則有司存焉，待詔其職也。今與待詔爭利，其可乎？力辭乃已。」蓋辭其可辭，其不可辭者不辭也。然後知蔡公之旨意如此。雖勳德之家請於朝出敕令書者，亦辭之，不止一溫成碑而已。其清介有守，後世或未知之，故載於此。

14. 楊涉父子

唐楊涉爲人和厚恭謹。哀帝時，自吏部侍郎拜相。時朱全忠擅國，涉聞當爲相，與家人相泣，謂其子凝式曰：「此吾家之不幸也，必爲汝累。」後二年，全忠篡逆，涉爲押傳國寶使，凝式曰：「大人爲唐宰相，而國家至此，不可謂之無過，況手持天子璽綬與人，雖保富貴，奈千載何，盍辭之？」涉大駭，曰：「汝滅吾族！」神色爲之不寧者數日。此一楊涉也！方其且相，則對其子有不幸之語，及持國寶與逆賊，則駭其子勸止之請，一何前後之不相侔也？既夫患失，又懲白馬之禍，喪其良心，甘入「六臣」之列，其可羞也甚矣。凝式病其父失節，託於心疾，歷五代十二君，佯狂不仕，亦賢乎哉！

15. 佛胸卍字

法苑珠林敍佛之初生云：「開卍字於胸前，躡千輪於足下。」又占相部云：「如來至眞，常於胸前自然卍字，大人相者，乃往古世蠲除穢濁不善行故。」予夷堅丁志中載蔡京胸字，言：「京死後四十二年遷葬，皮肉消化已盡，獨心胸上隱起一卍字，高二分許，如鐫刻所就。」正與此同。以大奸誤國之人，而有此祥，誠不可曉也。豈非天崩地坼，造化定數，故產此異物，以爲宗社之禍邪！

16. 蘇渙詩

杜子美贈蘇渙詩序云：「蘇大侍御渙，靜者也，旅寓于江側，凡是不交州府之客，人事都絕久矣。肩輿江浦，忽訪老夫，請誦近詩，肯吟數首，才力素壯，詞句動人，涌思雷出，書篋几杖之外，殷殷留金石聲。賦八韻記異，亦記老夫傾倒於蘇至矣。」詩有「再聞誦新作，突過黃初詩」之語。又有一篇寄裴道州幷呈蘇渙侍御云：「附書與裴因示蘇，此生已媿須人扶。致君堯舜付公等，早據要路思捐軀。」其褒重之如此。唐藝文志有渙詩一卷，

云：「渙少喜剽盜，善用白弩，巴蜀商人苦之，稱『白跖』，以比莊蹻。後折節讀書，進士及第，湖南崔瓘辟從事，繼走交、廣，與哥舒晃反，伏誅。」然則非所謂靜隱者也。渙在廣州作變律詩十九首，上廣府帥，其一曰：「養蠶爲素絲，葉盡蠶不老。頃筐對空床，此意向誰道。一女不得織，萬夫受其寒。一夫不得意，四海行路難。禍亦不在大，禍亦不在先。世路險孟門，吾徒當勉旃。」其二曰：「毒蜂一巢成，高挂惡木枝。行人百步外，目斷魂爲飛。長安大道邊，挾彈誰家兒？手持黃金丸，引滿無所疑。一中紛下來，勢若風雨隨。身如萬箭攢，宛轉送所之。徒有疾惡心，奈何不知幾。」讀此二詩，可以知其人矣。杜贈渙詩，名爲記異，語意不與它等，厥有旨哉。

17. 歲後八日

東方朔占書，歲後八日，一爲鷄，二爲犬，三爲豕，四爲羊，五爲牛，六爲馬，七爲人，八爲穀。謂其日晴，則所主之物育，陰則災。杜詩云：「元日到人日，未有不陰時。」用此也。八日爲穀，所係尤重，而人罕知者，故書之。

18. 門焉闉焉

左氏傳好用「門焉」字。如「晉侯圍曹，門焉」，「齊侯圍龍，盧蒲就魁門焉」，「吳伐巢，吳子門焉」，「偪陽人啓門，諸侯之士門焉」。及「蔡公孫翩以兩矢門之」，「門于師之梁」，「門于陽州」之類，皆奇葩之語也。然公羊傳云：「入其大門，則無人門焉者；入其閨，則無人闉焉者；上其堂，則無人焉。」又傑出有味。何休注「堂無人焉」之下曰：「但言焉，絕語辭，堂不設守視人，故不言焉者。」休之學可謂精切，能盡立言之深意。

19. 郡縣主壻官

本朝宗室祖免親女出嫁，如壻係白身人，得文解者爲將仕郎，否則承節、承信郎，妻雖死，夫爲官如故。按，唐貞元中，故懷澤縣主壻檢校贊善大夫竇克紹狀言：「臣頃以國親，超授寵祿，及縣主薨逝，臣官遂停。臣陪位出身，未授檢校官，自有本官，伏乞宣付所司，許取前衛婺州司戶參軍隨例調集。」詔：「許赴集，仍委所司比類前任正員官依資注擬。自今已後，郡縣主壻除丁憂外，有曾任正員官停檢校官俸料後者，準此處分。」乃知壻官不停者，恩厚於唐世多矣。紹興中，高士轟尙僞福國長公主，至觀察使。及公主事發誅死，猶得故官，可謂優渥。

20. 樂府詩引喻

自齊、梁以來，詩人作樂府子夜四時歌之類，每以前句比興引喻，而後句實言以證之。至唐張祜、李商隱、溫庭筠、陸龜蒙，亦多此體，或四句皆然。今略書十數聯于

策。其四句者如:「高山種芙蓉, 復經黃蘗塢。未得一蓮時, 流離嬰辛苦。」「窗外山魈立, 知渠脚不多。三更機底下, 模著是誰梭。」「淮上能無雨, 回頭總是情。蒲帆渾未織, 爭得一歡成。」其兩句者如:「風吹荷葉動, 無夜不搖蓮。」「空織無經緯, 求匹理自難。」「圍棋燒敗襖, 著子故依然。」「理絲入殘機, 何悟不成匹。」「攤門不安橫, 無復相關意。」「黃蘗向春生, 苦心日日長。」「明燈照空局, 悠然未有期。」「玉作彈棋局, 中心最不平。」「翦刀橫眼底, 方覺淚難裁。」「中劈庭前棗, 教郎見赤心。」「千尋葶藶枝, 爭奈長長苦。」「愁見蜘蛛織, 尋思直到明。」「雙燈俱暗盡, 奈許兩無由。」「三更書石闕, 憶子夜啼悲。」「芙蓉腹裏萎, 憐汝從心起。」「朝看暮牛迹, 知是宿啼痕。」「梳頭入黃泉, 分作兩死計。」「石闕生口中, 銜悲不能語。」「桑蠶不作繭, 晝夜長懸絲。」皆是也。龜蒙又有風人詩四首, 云:「十萬全師出, 遙知正憶君。一心如瑞麥, 長作兩歧分。」「破蘗供朝饡, 須知是苦辛。曉天窺落宿, 誰識獨醒人。」「旦日思雙履, 明時願早諧。丹青傳四瀆, 難寫是秋懷。」「聞道更新幟, 多應廢舊期。征衣無伴擣, 獨處自然悲。」皮日休和其三章, 云:「刻石書離恨, 因成別後悲。莫言春蠶薄, 猶有萬重思。」「鏤出容刀飾, 親逢巧笑難。目中騷客珮, 爭奈卽闌干。」「江上秋聲起, 從來浪得名。逆風猶挂席, 苦不會凡情。」劉采春所唱云:「不是廚中串, 爭知炙裏心。井邊銀釧落, 展轉恨還深。」「葬蠟爲紅燭, 情知不自由。細絲斜結網, 爭奈眼相鉤。」尤爲明白。七言亦間有之, 如「東邊日出西邊雨, 道是無情又有情。」「玲瓏骰子安紅豆, 入骨相思知也無」,「合歡桃核眞堪恨, 裏許元來別有人。」是也。近世鄙詞, 如一落索數闋, 蓋效此格, 語意亦新工, 恨太俗耳, 然非才士不能爲。世傳東坡一絕句云:「蓮子擘開須見薏, 楸枰著盡更無棋。破衫却有重縫處, 一飯何曾忘却匙。」蓋是文與意並見一句中, 又非前比也。集中不載。

찾아보기

용재수필

용재수필

용재수필

용재수필

용재수필

찾아보기

● 지은이 ●

홍매洪邁

저자 홍매洪邁(1123~1202)는 자는 경로景盧, 호는 용재容齋이며, 시호는 문민공文敏公으로 강서성江西省 파양鄱陽 사람이다. 홍매의 부친과 두 형들은 모두 당시의 저명 인사였다. 부친인 홍호洪皓는 금나라에 사신으로 갔다가 억류되어 15년 만에 송나라로 돌아왔는데, 고종 황제는 "한나라 시기 흉노에게 억류되었다가 19년 만에 돌아왔던 소무와 같은 충절"이라며 칭송하였다. 홍매의 두 형들 또한 재상과 부재상을 지낸 고위 관료이자 학자였기에 당시 '홍씨 삼 형제의 학문과 문학적 명성이 천하에 가득했다三洪文名滿天下'는 평판이 있었다.

홍매는 고종 소흥紹興 15년(1145) 박학굉사과博學宏詞科에 급제한 후 여러 관직을 거쳐 단명전학사端明殿學士로 관직생활을 마감하였다. 저작으로는 『이견지夷堅志』와 『만수당인절구萬首唐人絶句』, 『용재수필容齋隨筆』, 『야처류고野處類稿』가 있다. 또한 30여 년 동안 사관史官을 지내면서 북송 신종神宗, 철종哲宗, 휘종徽宗, 흠종欽宗 4대의 역사인 『사조국사四朝國史』와 『흠종실록欽宗實錄』, 『철종보훈哲宗寶訓』을 집필하였다.

● 옮긴이 ●

홍승직洪承直

고려대 중문과를 졸업하고 동대학원에서 석사와 박사학위를 취득하였다. 현재 순천향대학교 중문과 교수로 재직하고 있다. 중국 섬서사범대학에서 방문학자로 연구한 바 있다. 주로 중국 고전 산문 분야를 연구 강의하며 중국 고전의 번역에 힘쓰고 있다. 『논어』, 『대학·중용』, 『이탁오평전』, 『분서』, 『아버지 노릇』, 『유종원집』 등의 번역서와 「유종원산문의 문체별 연구」, 「풍자개의 산문세계」, 「사부에 나타난 유종원의 우환의식」 등의 논문이 있다.

노은정盧垠靜

성신여대 중문과를 졸업하고 고려대학교에서 석사와 박사학위를 취득하였다. 현재 성신여자대학교 인문과학연구소 연구원으로 재직하고 있다. 중국 고전시 분야를 연구하며 중국 고전을 강의하고 있다. 『중국문학이론비평사』(선진편, 양한편, 수당오대편, 송원편, 명대편/ 공역), 『그림으로 읽는 중국고전』 등의 번역서와 「사시가의 연원과 범성대 『전원사시잡흥』의 시간」, 「양성재楊誠齋와 이퇴계李退溪 매화시의 도학자적 심미관」 등의 논문이 있다.

안예선安芮璿

순천향대 중문과를 졸업하고 고려대에서 석사를, 중국 푸단復旦대학에서 박사학위를 취득하였다. 현재 고려대와 순천향대에서 강의하며, 중국 고전 산문 분야를 연구하고 있다. 「구양수歐陽脩『신오대사新五代史』의 서사 기획 —『구오대사舊五代史』와의 비교를 중심으로」, 「『한서漢書』 중 한漢 무제武帝 이전 시기 서사 고찰 —『사기史記』와의 비교를 중심으로」 등의 논문이 있다.

한국연구재단
학술명저번역총서
[동양편] 615

용재수필容齋隨筆 ❸ 용재삼필容齋三筆

초판 인쇄 2016년 7월 1일
초판 발행 2016년 7월 15일

지 음 | 홍매洪邁
옮 김 | 홍승직·노은정·안예선
펴낸이 | 하운근
펴낸곳 | 學古房

주 소 | 경기도 고양시 덕양구 통일로 140 삼송테크노밸리 A동 B224
전 화 | (02)353-9908 편집부(02)356-9903
팩 스 | (02)6959-8234
홈페이지 | http://hakgobang.co.kr/
전자우편 | hakgobang@naver.com, hakgobang@chol.com
등록번호 | 제311-1994-000001호

ISBN   978-89-6071-598-1   94820
           978-89-6071-287-4   (세트)

값 : 43,000원

■ 이 책은 2010년도 정부재원(교육부)으로 한국연구재단의 지원을 받아, 연구되었음(NRF-2010-421-A00053).
This work was supported by National Research Foundation of Korea Grant funded by the Korean Government(NRF-2010-421-A00053).

이 도서의 국립중앙도서관 출판예정도서목록(CIP)은 서지정보유통지원시스템 홈페이지(http://seoji.nl.go.kr)와 국가자료공동목록시스템(http://www.nl.go.kr/kolisnet)에서 이용하실 수 있습니다. (CIP제어번호 : CIP2016016155)

■ 파본은 교환해 드립니다.